Rick Moody
Ein amerikanisches Wochenende

Rick Moody

Ein amerikanisches Wochenende

Roman

Aus dem Amerikanischen von Nikolaus Stingl

Piper
München Zürich

Die Originalausgabe erschien 1997 unter dem Titel
»Purple America« bei Little, Brown and Company
in New York.

ISBN 3-492-04015-2

Gesetzt aus der Garamond
Gesamtherstellung: Friedrich Pustet, Regensburg
Printed in Germany

Für MSM

1

Wer immer die Falten und Feinheiten des Körpers seiner Mutter kennt, *der wird nie sterben.* Wer immer die Zonen des Körpers seiner Mutter kennt, wer immer sie in die Arme genommen, zuerst das eine und dann das andere ihrer Alabasterbeine über den Rand der Wanne im ersten Stock gehoben und sie gleich einem Täufer darin eingetaucht hat, wer immer sie mit Woolworth-Seife aus Probepackungen wäscht, wer immer die knirschenden Hähne aufdreht und mit der Innenseite des Handgelenks die Wassertemperatur prüft, wer immer ein paar Eßlöffel Rosen-Badesalz unter den pladdernden Strahl schaufelt und dessen zinnoberrote Farbe bestaunt, wer immer mit der Hand die sklerotischen Glieder seiner Mutter biegt, wie um sich über den Zustand eines Scharniers zu vergewissern, wer immer seine Mutter auf die Stelle geküßt, die ihr weißes Haar in zwei lappige Hälften teilt, und ihren Namen geflötet hat, während er sie unter der Brust einseifte, die ihn einst nährte, wer immer den strengen, niederdrückenden Geruch des Körpers seiner Mutter einatmet, während er diesen Geruch mit Woolworth-Lavendelseife weitgehend abschrubbt, wer ihren BH und ihren übergroßen Schlüpfer (die hinter ihm auf dem Kachelboden liegen) mit dem Fuß zur Seite geschoben hat, weg von dem Wasser, das zuweilen über den Wannenrand schwappt und nicht richtig abfließen kann, wer auf diesem Schlüpfer ausgerutscht ist, einem Schlüpfer, der einst mit dem Blut unempfangener Kinder, seiner unempfangenen Geschwister, betupft war und nun dazu gedacht ist, über eine Unterhose aus Vinyl zu passen, wer seiner Mutter mit einem angefeuchteten violetten Waschlappen Sabberstalaktiten vom Mund gewischt hat, wer den ärgerlichen violetten Duschvorhang zur Seite gerissen hat, um seine Strichmännchenmutter besser lüpfen und ihr den Hintern waschen zu können, wo sich zuweilen ein bißchen süßlich riechende Kinderscheiße sammelt, die ihr sowohl Unbehagen als auch Scham bereitet, wer immer mit feuchter Hand wütend an der Sendereinstellung des (auf dem Spülkasten der Toilette stehenden) Badezimmerradios kurbelt, um einen Collegesender zu finden, der nur CD-Aufnahmen von Zugunglücken und Großbaustellen bringt *(in seinem Alter müßte er eigentlich über diesen Krach hinaus sein)*, wer immer sich schließlich für die Trommler aus Burundi auf WUCN entscheidet, obwohl er ganz genau weiß, daß seine Mutter nur Schlager aus den zwanziger Jahren und bestimmte klassische Stücke ertragen kann, und wer immer dann aus lauter Schuldgefühlen über seinen Egoismus irgendeinen seichten UKW-Sender einstellt, auf dem die größten Hits des Swing laufen, wer immer im Laufe seiner Mission bemerkt hat, welche Effekte das reife Licht der ersten Novembertage auf der Badezimmerwand hervorbringt, wo eine jener elektrischen Kerzen mit Plastikfuß die einzige Beleuchtung darstellt, wer immer in diesem Dämmerlicht wartet, während seine Mutter das letzte körperliche Vergnügen auskostet, das ihr noch geblieben ist: die Zeit, in der ihr nutzloser Körper im warmen, feuchten, gleichmäßigen Geplätscher von nach Rosen duftendem Badewasser schwebt, ein Wasser, das trotz der Freuden, die es bereithält, bei seiner Mutter ab und zu vorübergehende Gesichtsfeldausfälle, Bewegungsstörungen, Schluckbeschwerden, Taubheit und andere zeitweilige Dysfunktionen hervorruft, wie sie mit ihrer Krankheit einhergehen, wer immer dennoch das friedvolle Gesicht seiner Mutter in diesem Wasser betrachtet und – auf eine vom New Age geläufige Weise – das Gesicht kennt, das er vor seiner Geburt hatte, wer immer über den Zustand seiner Mutter weint, während er sie badet, stumm weint, ohne beim Weinen Worte oder Ausdrücke des Mitleids von sich zu geben, sich zu schneuzen oder laut zu werden, sondern bloß ganz kurz wie ein Trottel weint, wer immer sich danach rasch und energisch zusammengerissen hat, wer immer einen schlichten Dank für die Tatsache formuliert hat, *daß er noch eine Mutter hat,* um sich zugleich darüber zu verwundern, welche astrale Gerechtigkeit dafür gesorgt hat, daß sie sich kaum noch rühren kann, wer immer dann gewünscht hat, das Bad wäre schon vorüber, damit er sich in einer hiesigen Kneipe einen antrinken kann, einer Kneipe, in der er den Bürgern dieser seiner Heimatstadt begegnen wird, einer Kneipe, in der er seine Spezis von der High School treffen wird, die, die nie die Kurve gekriegt haben, die dageblieben sind, um Stützen der Gesellschaft zu werden, die ihre Kinder auf dieselbe Tagesschule geschickt haben, in die sie selbst vor dreißig Jahren gegangen sind, wer immer auf seine Uhr gesehen, gegähnt und sich dabei gefragt hat, wie lange er seine Mutter einweichen lassen muß, wer immer seine Mutter ein zweites Mal einseift, um sicherzugehen, daß jede Ritze desinfiziert, jedes Schmutzteilchen, jedes Dreckkörnchen entfernt ist, wer immer in die Wanne mit dem ablaufenden Wasser steigt, um seine Mutter herauszuhieven, als hieve er einen vollgesogenen Fallschirm aus einem Flußbett, wer immer sie auf dem heruntergeklappten Toilettendeckel im Gleichgewicht gehalten hat, damit er sie mit einem (lila) Handtuch von dekadenter Flauschigkeit abtrocknen kann, wer immer beim Abtrocknen leicht und unmerklich ihre Haut beschnuppert hat, wer immer sich geweigert hat, seiner Mutter gerade jetzt die Brille aufzusetzen, so wie er es früher immer getan hat, wenn er dazu verdonnert war, sie zu baden, und wie er es eigentlich auch jetzt tun müßte, obwohl sie aller Wahrscheinlichkeit nach sowieso nur ein paar verschwommene

Formen wahrnehmen kann (jedenfalls so lange, bis ihr zentrales Nervensystem abgekühlt ist), wer immer jedoch dieses Stadium zusätzlicher Behinderung verlängern will, weil seine Mutter sich, wenn sie, ohnenhin schon an allen vier Gliedmaßen so gut wie gelähmt, dazu noch stockblind ist, damit abfindet, daß ihre Orientierungsfähigkeit sich auf ein Minimum beschränkt, wer immer seiner Mutter den Schlüpfer über die Beine streift und noch einmal den zarten, haarlosen Eingang in ihre Vulva überprüft, weil er der sich bietenden Gelegenheit zum Erwerb von *Wissen* nicht widerstehen kann, wer immer ob seiner eigenen Dreistigkeit kurz würgen muß, wer immer seiner Mutter den BH anzieht und zuhakt, obwohl ein BH für sie nur von geringem Nutzen ist, wer immer ihr ein Hauskleid überstreift und dabei zuerst ihren einen und dann ihren anderen Arm in der Halsöffnung verheddert, wer immer nach dem Stecker des Radios greift und ihn herauszieht, weil das Stück, das gerade läuft, zu traurig ist, irgendeine furchtbar traurige Jazzballade mit gestopfter Trompete, wer immer seiner Mutter Pantoffeln anzieht, zuerst den linken, dann den rechten, und zuvor kurz an ihren Zehen herumspielt, einfach um festzustellen, ob sie darin Gefühl hat, weil ihre mit langsamem Verfall verbundene Krankheit von Phasen gekennzeichnet ist, in denen Empfindung oder Gefühl *bis zu einem gewissen Grade* (wenngleich nie vollständig) in die betroffenen Extremitäten zurückkehren, und desgleichen von Phasen, in denen jegliches Gefühl jäh *ausgelöscht* wird, wer immer das Ausbleiben jedweder Reaktion bei seiner Mutter zur Kenntnis nimmt, wenn er sie in den großen Zeh kneift, und wer immer diese Nicht-Reaktion gefaßt zur Kenntnis nimmt, wer immer seiner Mutter nun endlich die Brille auf die Nase setzt und die Bügel zurechtrückt, damit sie auch bequem auf ihren Ohren sitzen, wer immer seine Mutter ein zweites Mal auf die

Stelle küßt, wo ihr wirres Haar am dünnsten ist, und wer immer sie nun richtig in die Arme nimmt, um sie zu dem Rollstuhl an der Tür zu tragen, wer immer zu seiner verfallenden Mom sagt – und dabei aufgrund von Erwartungsangst, und weil er nicht genügend Zeit für das Ein- und Ausströmen des Atems läßt, leicht stottert –, *Hey, Mom, du siehst richtig p-p-p-p-p-prima aus h-h-heute abend, wirklich k-k-klasse,* wer immer das sagt und dabei die Bremse des Stuhls löst, wer immer dann den Stuhl auf dem Flur vor der Küche, unter dem billigen Abklatsch einer impressionistischen Landschaft, zum Stehen bringt, bloß damit er seine Mom noch einmal umarmen kann, weil er sie monatelang nicht gesehen hat, weil er ein pflichtvergessener Sohn ist, weil ihr Zustand sich verschlechtert hat, sich ständig verschlechtert, wer immer sich dennoch ausmalt, er befestige einen Fernsehtisch auf Rollen an ihrem Stuhl, damit er sie und die Glotze mit ihren Schlafmittelprogrammen einfach im Haus herumschieben kann, ohne mit ihr reden zu müssen, weil er diesen Verfall jetzt schon zwei Jahrzehnte lang mit ansieht und *die Trösterei und die Selbstaufopferung satt hat, schon den bloßen Gedanken daran zum Kotzen findet*, wer immer es ihr in der Küche am Resopaltisch bequem macht und im Kühlschrank nach irgendeinem Brei sucht, mit dem die Sache für diesen Abend erledigt wäre, irgendeinem Brei, den er ihr in den Hals schieben kann und an dem sie nicht die ganze Nacht herumwürgt, was mitunter vorkommt, so daß er ihr mit diesem kleinen medizinischen Absaugedings, diesem zahnmedizinischen Gerät, Speichel und Essensteilchen aus der Kehle entfernen muß, winzige, anverdaute Bröckchen von Minestrone und Babynahrung, wer immer sich aus dem Kühlschrank Schokoladenmilch holen will und dabei am Rollstuhl seiner Mutter hängenbleibt, kurz ins Stolpern kommt und sich den Zeh stößt, *Scheiße, Scheiße, Scheiße,*

’tschuldigung, Ma, wer immer es sich dann anders überlegt und einen Sechser-Pack vom besten Importbier herausnimmt, den er sich in einem Gemischtwarenladen in der Stadt gekauft hat, und eine Dose für sich und eine für seine Mutter aufreißt, wer immer dann einen schwankenden und zitternden Trinkhalm in das Bier seiner Mutter steckt, wer immer dieses Getränk dann zu seiner Mutter trägt, ihr das Ende des Trinkhalms zwischen die Lippen klemmt und sie zum Trinken ermahnt, wer immer dann den Kopf zurücklegt und mit zwei Schlucken das schöne Importbier in sich hineinschüttet, damit er zum nächsten übergehen kann, wer immer dann (abermals) seine Mutter umarmt und im Hochgefühl des Hopfen- und Malzprodukts findet, sein Leben könne insgesamt gar nicht besser sein, sei voller Gefahr und Lohn in Fülle, Unerfreulichem und Erfreulichem, Reichtum und Not, Heiligem und Profanem, Männlichem und Weiblichem, Gegenwärtigem und Wiederholungen der Vergangenheit, wer immer in diesem Augenblick der Trauer und der Ehrfurcht *die Antworten darauf weiß,* warum Rosen blühen, warum Weingläser singen, warum Menschenlippen, wenn man sie küßt, so weich sind und warum Eltern leiden, *der wird nie sterben.*

Hex Raitliffe. Und wenn er ein Held ist, dann sind Helden Massenware, und die Welt ist so voll von ihnen wie von entlaufenen Haustieren, abgefahrenen Reifen und verlorenen Schlüsseln.

2

Die Stimme seiner Mutter, Billie Raitliffes Stimme, so, wie sie sie mittlerweile hört, wie sie sich selbst durch die dichte Materie ihrer Körperlichkeit hört, *He, so laß das doch,* während das Bier ihr aus dem Mund auf ein zum Lätzchen umfunktioniertes Geschirrtuch und durch das Lätzchen auf das Vorderteil ihres Hauskleides läuft und das triste beigefarbene Muster durchweicht, *He!,* ihre Stimme, das weiß sie, ist im Herbst ihrer Nervenkrankheit schwach und unverständlich, voller Murmeleien und Nuscheleien, Ungenauigkeiten, Unsinn, phonemischer Unfälle, nonsyntaktischer Vokalisierungen, unvollendeter Gedanken und Sätze; ihre Stimme kommt in unwahrscheinlich langsamem Tempo und mit offenkundiger Anstrengung. Das weiß sie. Von ihr geht nur Mitleiderregendes aus. Ihr Sohn versteht beispielsweise nicht, daß die Dose Importbier, deren Inhalt sich mittlerweile zum größten Teil auf sie ergossen hat und über den Linoleumboden auf eine Diele zurinnt, sie gar nicht interessiert; ihr Sohn versteht nicht, daß sie sich nichts mehr aus Bier macht, sich eigentlich nie viel daraus gemacht hat, weil sie findet, Bier sei ein Getränk für Unterprivilegierte, alles andere als das Getränk der Wahl *zu ihrer Zeit,* als sich im Keller die Holzkisten stapelten, in denen die staubigen Flaschen mit den seltenen Lagen eintrafen, *wobei der Wein während der Weltwirtschaftskrise nach ihrem Dafürhalten am besten war und der französische Bordeaux in den dreißiger Jahren einen Zustand unvergleichlicher Vollendung erreichte.* Der Trinkhalm entgleitet ihren gespitzten Lippen, fällt aus der Dose und trudelt über ihren Schoß, ehe er in das Bier klatscht, das neben ihrem Rollstuhl eine Lache bildet. Ihr Sohn versteht das nicht. Er funkelt sie an, bringt die Dose zu dem Wertstoff-Karton aus verstärkter Pappe an der Hintertür und beginnt erneut im Kühlschrank zu stöbern. Der Grund, warum sie ihn herzitiert und die Krankenschwester, Aviva, übers Wochenende nach Hause geschickt hat, liegt unter den bislang noch nicht vollständig geäußerten Sätzen verborgen. Sie ist sich dessen bewußt – genau wie ihr Sohn, der nervös versucht, sich mit den Zähnen einen Fingernagel zu stutzen *(Laß bitte die Kühlschranktür nicht so lange offenstehen,* will sie sagen), ebendiese Tür zuknallt und dann aus der Küche schlurft, um mit einer Flasche Whisky aus der Speisekammer zurückzukehren. Ihr Sohn versucht, ihre Bedürfnisse vorauszuahnen, ihrem Bedürfnis nach Worten zuvorzukommen, eine auf Bedürfnissen fußende Sprache, und damit *die Sprache an sich zu eliminieren* (und mit ihr das Drama eines qualvollen Gesprächs). Er formuliert jedes Gespräch in eine schlichte Abfolge von Ja und Nein um. *W-w-willst du das Bier nicht? Hast du's b-b-bequem? Ist dir warm genug? S-soll ich noch eine Lampe anmachen? Ziemlich d-dunkel hier, Mom, oder? Mußt du umgezogen werden? War die Schwester heute mit dir d-draußen?* Doch ist selbst dieses schlichte binäre Informationssystem fehlerhaft und steckt voller Mißverständnisse. Denn ihre Antworten, genau besehen bloße Bedeutungswahrscheinlichkeiten, werden mittels *Mikrogebärden*, einer Semantik der schwach übermittelten Botschaften – das halb geschlossene Augenlid, das Zusammenpressen aufgesprungener oder sabbernder Lippen, der leicht zur Seite geneigte Kopf oder der epiglottale Würgelaut – formuliert, jener Mitteilungen also, die ihre überkrusteten Nervenverbindungen noch zulassen. Das ist mittlerweile die Grundlage ihrer Sprache, wie sie sehr wohl weiß, und deshalb ist es *die Sprache von Müttern und Söhnen* oder jedenfalls die zwischen den Generationen der Raitliffes gepflegte Sprache der Liebe; alle Erinnerungen, Anliegen, Ausdrücke von Zärtlichkeit müssen, neben Billie Raitliffes banaleren Bitten und Forderungen, mit dieser Semantik der Gebärden beginnen. Das heißt, gesprochene Sprache wird für sie bald der Vergangenheit angehören. Der Sprechakt wird ihrer Handschrift, ihren parfümierten Dankschreiben, Liebesbriefen, Tagebucheinträgen, Geschäftsbriefen, ja selbst ihrer Unterschrift, jenem schwungvollen, rechtsverbindlichen Erweis des Ichs, in den Dämmer nachfolgen. Wie dies alles, so wird auch ihre Sprechfähigkeit verschwinden. Doch während Hex ihr ein paar Gramm Apfelmus in eine Teetasse löffelt, *Mein Gott, Apfelmus ist unglaublich fade,* kann sie das aufgezwungene Schweigen mit einmal nicht mehr ertragen, kann sich einfach nicht entspannen und probiert von innen heraus jeden Muskel, noch die kleinste ihrer Gliedmaßen aus, das Gelenk eines Zehs, dessen Nagel einst lavendelblau lackiert war, eine Fingerspitze, die einst auf den Tasten klimperte. In dem verschlossenen Raum, in dem sie sich befindet, konzentriert sie alle Willenskraft, die ihr noch geblieben ist, auf ihren *Arm* und denkt, fühlt dabei, *Liebes, ich muß dir etwas sagen. Könntest du dich bitte einen Moment lang hinsetzen, damit ich dir etwas erklären kann? Könntest du bitte so lange einen klaren Kopf behalten, daß wir miteinander reden können? Ich habe eine nicht ganz einfache Bitte an dich.* Sie spürt, wie sich der Arm bewegt, sie ist sich dessen sicher, doch als sie (durch eine Trifokalbrille) hinsieht, erkennt sie, daß er sich nicht bewegt, daß dieser Arm bewegungslos in ihrem Schoß liegt, weißer, zarter Flaum auf Alabasterfleisch, und dieses Fleisch wie aufs Geratewohl locker um die Elle geschlungen. So gut wie kein Muskel. Sie versucht, nach ihm, nach ihrem Sohn, zu greifen, doch der Arm bleibt, wie der andere, auf ihrem Schoß liegen, und die linke Hand hält weiter die spastische rechte. Mit ihrer linken Seite, in der ihre restliche

Bewegungsfähigkeit aufgespeichert ist, kann sie sich nach wie vor ein paar Zentimeter hin und her bewegen, doch heute, da sie diese Fähigkeit wirklich braucht, scheint sie vor sich hin zu dämmern und stillzuliegen. Wenn Billie ihren nächsten Schnupfen oder Bläschenausschlag bekommt oder das nächstemal von einem Moskito gestochen wird, dann wird sie – wenn man sich nach der Vergangenheit richten kann – diese Bewegungsfähigkeit wie schon anderswo einbüßen. So verläuft die Krankheit. (An dieser Stelle niest Hex Raitliffe unheilvoll und blickt sich mit an der Nase baumelndem Schleimfaden zerstreut nach etwas zum Schneuzen um. Er wankt mit zurückgelegtem Kopf zu einem Geschirrtuch, rubbelt sich die Oberlippe und kehrt dann zum Apfelmus zurück.) Die Anstrengung jedoch und die von dem Bad hervorgerufene, vorübergehende Lähmung erschöpfen Billie, ermüden sie zu sehr, und sie weiß nicht, ob sie mit Zunge, Zähnen und Atem den simplen Zaubertrick zustande bringen wird, ein paar Konsonanten und Vokale zu bilden. Das Alphabet besteht nur noch aus Haarnadelkurven und Schikanen. Sie denkt: wenn es bei ihr keine Anzeichen für irgendeine *wahrnehmbare* Sprache gibt, wer ist dann daran schuld? Wenn Sprache an Wahrnehmung gebunden ist, tja, dann ist sie eine ziemlich mangelhafte Konstruktion. In ihr tanzt die Sprache weiter. Desgleichen die Erinnerung. Was für einen reichen Vorrat an Erinnerungen sie neben allem Hör- und Sichtbaren besitzt und – während Hex sich etwas zu trinken macht – was für einen Tanz von Gefühlen sie bei dem Geräusch erlebt, mit dem das Eis auf dem Boden des Glases aufschlägt. Wie so viele Söhne, gleicht auch ihr Sohn seinem Vater, denkt sie, und diese Gedankenassoziation führt sie auf Abwege, diese Assoziation kollidiert mit der Gegenwart und schießt dann in entgegengesetzter Richtung davon, und Billie Raitliffe folgt, was ihr freisteht, der Vergangenheit, bis sie an einem Punkt vor zwei Jahren abrupt innehält. *An dem Punkt, wo sie ihr ein Geschenk gemacht haben.* Ihr Sohn und ihr zweiter Mann, es war Weihnachten, hatten ihr das Geschenk gemacht, ihr *ein Notebook von Dell* gekauft, *mit PCMCIA Type II Slot, einem YM262-Zwanzig-Stimmen-Synthesizer plus Mediavision-Pro-Audio-Studio von Yamaha,* wie Louis, ihr Mann, es beschrieben hatte, *das sich mit dem weitverbreiteten HandiSpeak von Microsoft koppeln läßt*, weitgehend netzunabhängig, weitgehend kabellos, ein neuer Prototyp, eine kabellose Technologie, so daß das Notebook auf dem Klapptischchen an ihrem Rollstuhl stehen und die Mitteilung an das (auf ihrem antiken Rollschreibtisch aufgestellte) Desktop-System senden konnte. Wie klang die Faksimile-Stimme? Die Stimme von HandiSpeak? Zu dritt, erinnert sie sich, zu dem Tableau um den Weihnachtsbaum in dem zugigen, trübe erleuchteten Wohnzimmer gruppiert – die Zimmerdecke zu hoch, der Weihnachtsbaum überladen, (von Hex) mit Lametta überladen –, zu dritt lösten sie die Bänder von dem *Geschenk,* das heißt, Louis und Hex lösten sie, während sie selbst nur zusah, wie sich schwere Kabel und obskure Stecker und Schnüre unter hastig und schlampig gefaltetem Geschenkpapier – kleine, auf einem lila Feld tanzende, seraphische Elfen – hervorschlängelten und Tannennadeln und verirrte Lamettaschnipsel das schwarzgraue Plastikgehäuse, wie überhaupt sämtliche Flächen des Wohnzimmers, sprenkelten. Hex und Louis sahen sie beifallheischend an, und weil sie damals, vor zwei Jahren, noch ein klein wenig nicken konnte, *nickte sie unverbindlich,* und ihr Mann trieb ihren Sohn an, als wäre dieser noch ein Kind und nicht Mitte dreißig, *Na los, fahr ihn mal hoch,* und Hex tat wie geheißen, schaltete den Monitor ein, an dem noch wie chirurgische Nähte kleine Plastikbandfetzen klebten, sämtliche rotschimmernden

Kontrollämpchen leuchteten auf, und es erschien, wie das beruhigende erste Luftschnappen eines Neugeborenen, die Windows-*Oberfläche* und dann der HandiSpeak-Zeiger mit seinem stilisierten Zeigefinger und aufgekrempelten Ärmel. Vor ihnen auf dem Bildschirm (Louis schob sie näher heran, damit sie es sehen konnte) standen in einem kunstvollen Computer-Font – Garamond Antiqua – die sechsundzwanzig Buchstaben des englischen Alphabets, so vollkommen und schlicht, wie Atome angemutet haben mußten, als Demokrit (dachte sie) sie sich vorstellte, jene schlichten kleinen Schnörkel, aus denen Argumente gebildet wurden, jene Schnörkel, die Häuser teilten und zusammenfügten, die zu den Worten angeordnet wurden, die man über Taufbecken und Sterbebetten sprach. Jene Buchstaben, welche die Krankheit ihr genommen hatte. Hex betätigte die Maus des Systems, den ergonomisch gestalteten Joystick, der *ein absolutes Minimum an Mobilität* von seiten des vom Unglück geschlagenen Benutzers erforderte, und klickte das Alpha des HandiSpeak-Alphabets an:

a aal aas ab abändern abarbeiten abart abbau abbeißen abbeizen abbekommen abberufen abbestellen abbezahlen abbiegen abbild abbinden abbitte abblasen abblättern abblenden abblitzen abblocken abbrand abbrechen abbremsen abbrennen abbringen abbröckeln abbruch abbuchen abbürsten abc abdämpfen abdanken abdecken abdichten abdrehen abdruck abend abenteuer aber aberglaube aberkennen abermals abfahren abfall abfangen abfärben abfertigen abfinden abflachen abflauen abfliegen abfließen abflug abfluß abfolge abfragen abfrieren abfuhr abfüllen abfüttern abgabe abgang abgas abgebrüht abgedroschen abgefeimt abgehärtet abgehetzt abgeklärt abgelegen abgelten abgemacht abgenutzt abgeordnete abgerissen abgesagt abgesandte abgesang abgeschafft abgeschlagen abgeschlossen abgeschmackt abgesehen abgesondert abgespannt

Schön und fremdartig, dieser Wald von A-Worten, durch die der Bildlauf führte. Worte machten eben doch Zivilisation aus! Und während sie daraufstarrte, auf ihre verlorene Gesellschaft (obwohl natürlich nicht zu übersehen war, daß das Vokabular von HandiSpeak einem jener minderwertigen College-Wörterbücher entstammte), war sie natürlich *sprachlos.* Auf der Suche nach dem *mot juste,* der vollkommenen Verschmelzung von Euphonie und Inhalt, durchforschte ihr Sohn mit dem Joystick die Liste und entschied sich schließlich für **abenteuer**, das er mit dem Zeiger markierte. Dann wählte er im Edit-Menü *Go.*

»Abenteuer.«

Abenteuer, rief die *körperlose Frauenstimme* des Yamaha YM262-Zwanzig-Stimmen-Synthesizers aus dem Stapel von futuristischem Müll und Geschenkpapier auf dem Orientteppich im Wohnzimmer, tönte die selbstsichere und dennoch klinische Frauenstimme, als befände sich noch eine vierte Person, ein unerwarteter und die Gastfreundschaft über Gebühr beanspruchender Feriengast, im Zimmer. Die Stimme glich Billies Erinnerung nach am ehesten der Stimme der *Wissenschaft,* der Stimme des technischen Fortschritts, der Stimme der Laser, Digitalanzeigen, Teilchenbeschleuniger und Ultrakurzwellenübertragungen. Eine Frauenstimme, wie Männer sie gestalten würden. Im Zimmer schwebte ein Duft von sterbendem Tannenholz. Ein kräftiger Duft. Und Kerzenlicht brannte. Ein intimes kleines Feuer im Kamin. Und dann kam da diese Stimme. Louis und Hex umkreisten Billie und versuchten, ihre Reaktion abzuschätzen. Sie waren voller Erwartungsfreude. Hex kniete vor dem Computer und klickte noch zweimal auf *return: abenteuer, abenteuer.* Endlich wurde Billie Raitliffe das Ungeheure der Maschine offenbar, das, wozu die Wissenschaft imstande war und was in ihrem Falle auf den Einsatz von fünfzig Pfund Mikrochips, Hauptplatinen und Plastikgehäuse hinauslief, damit sie ein paar dürftige Bemerkungen quaken konnte, und das mit einer vorfabrizierten Frauenstimme, ganz anders als ihre eigene, die kräftig und volltönend gewesen war, mit herzhaftem Lachen und üppiger Melodik – *ihre Stimme war weg.*

Und reden hatte sie gekonnt. Sie hatte den Unbeholfenen die Befangenheit nehmen können; sie hatte Kinder trösten können; sie hatte pampigen Ladenbesitzern um den Bart gehen können. Aber ihre Stimme war weg, war nun der Unterwelt verwitweter Socken und Ohrringe überantwortet. Sie begann, im Wohnzimmer, zu weinen, und ihre Tränen waren von der speziell behinderten Sorte. Sie kamen ohne Fäustehämmern oder Fluchen, sie fielen einfach wie Nieselregen im Sommer, ohne Begleitgeräusch, bloß das erratische Herabrinnen über ihre Wangen, *W-w-wir haben darauf geachtet, daß es eine F-f-frauenstimme ist,* sagte Hex und stolperte über eine Rolle Steckverbindungsschnur, als er sich neben sie schob, und dann sagte Louis, *Billie, Schatz, du mußt dich bemühen, du darfst das nicht so einfach über dich ergehen lassen; wir lieben dich, aber du mußt dich auch bemühen. Das wird dir helfen, dir deine Selbständigkeit zu bewahren, verstehst du das denn nicht? Willst du das denn nicht? Willst du denn nicht imstande sein, dein Alltagsleben zu bewältigen? Ich weiß, daß du das willst. Wir wissen es. Wir haben über dich nachgedacht, Schatz; wir wollen das Beste für dich, und wir haben das Beste besorgt, ein Spitzenprodukt, das fortgeschrittenste Modell. Versuch es doch einfach mal.* Und Hex sagte, *Wenn's nach mir ginge, Ma, hätte ich dir eine Urdu-Stimme besorgt, oder eine t-t-t-tibetisch-burmesische Stimme oder so was, aber du kannst zusätzliche Stimmen laden, Ma, genauso, wie du für deinen Computer zusätzliche Sch-schriftarten laden kannst. Bei der Software ist schon ein Upgrade-Satz dabei.* Aber es war gar nicht die Frauenstimme – diese rauchige Sprechstundenhilfestimme –, die einen weiteren Nagel in Billies Sarg trieb. Das war bloß der *wahrnehmbare* Teil des Ganzen. Die erbarmungslose Absehbarkeit lähmender Traumen war mit Worten nicht zu beschreiben, umstellte sie von allen Seiten, engte sie ein. Warum also überhaupt reden? *Nein,* sagte sie, *ich werde das nicht benutzen. Auf keinen Fall.* Und diese Worte wurden tatsächlich korrekt übertragen. Louis Sloane, ihr Mann, und ihr Sohn Hex hörten sie, obwohl sie es nicht wollten. Das setzte der Weihnachtsstimmung einen Dämpfer auf. Als Aviva sie am Eßzimmertisch zu füttern versuchte – ein auf eine Gabelzinke gespießtes Stückchen Gans –, hielt sie den Mund fest geschlossen. Wie ein störrisches Balg. Und seither stand *das Geschenk*, sein hintergrundbeleuchteter Active-Matrix-Bildschirm glänzend, unbenutzt herum und wartete auf den Moment, da sich die Stimmungen und Erinnerungen von Billie Raitliffes Leben von ihm verschlingen und in die Einsen und Nullen einer 16-Bit-Soundkarte umwandeln lassen würden. Mit der Zeit benutzte sie es dann doch ab und zu, wenn auch widerwillig. Da war zum Beispiel die Telefonansage. Sie fragte sich stets, warum die Leute nicht gleich wieder auflegten: *Hallo, hier ist Billie Raitliffe, Flagler Drive, Fenwick. Ich kann zur Zeit leider nicht mit Ihnen sprechen. Meine Assistentin ist jedoch erreichbar, wenn Sie am frühen Nachmittag noch einmal anrufen möchten. Ich wünsche Ihnen einen schönen Tag.* Meistens jedoch blieb er unbenutzt, ihr Doppelgänger, obwohl der Hausstrom ihn weiter durchfloß (der Strom, der von dem Generator weiter oben an der Küste erzeugt wurde, in dem Kraftwerk, wo ihr Mann, Louis Sloane, Betriebsleiter war). Meistens blieb ihr Doppelgänger stumm, das heißt bis gestern. Donnerstag. Da nämlich schob Aviva sie an ihren Schreibtisch und half ihr, den Text ihres Telefonanrufs zu formulieren. Mit dem sie ihren Jungen herbeizitierte.

Einen Mann mittleren Alters. Ihr einziges Kind. Den Sohn, der jetzt den mit Apfelmus gefüllten Löffel aus rostfreiem Stahl an ihren Mund führt und ihr mit einer Hand die Kinnlade herunterdrückt, sein Gesicht dem ihren dabei ganz nahe, die geplatzten Äderchen wie eine Höhenschichtenkarte um seine Nase und unter seinen Augen, sein Kopf bis auf einen leichten Schatten seines einst vollen kastanienbraunen Haars geschoren, sein Kinn, schändlicherweise unrasiert, mit seiner Mischung aus rotblonden und grauen Stoppeln, seine gräßliche Brille, aus den fünfziger Jahren (vermutete sie), seine blutunterlaufenen Augen, ach, was ist nur aus ihm geworden! Wie konnte er nur so plötzlich älter werden? Als er endlich etwas sagt, als er aus seiner Zerstreutheit auftaucht, um sie zur Kenntnis zu nehmen und an bestimmten *Gebärden* zu erkennen, daß sie etwas auf dem Herzen hat, *Was ist denn, Ma? Stimmt was nicht? Möchtest du etwas s-s-sagen?,* als er sein wahrscheinlich ungewaschenes, mit Schmalz verstopftes Ohr dicht an ihre Lippen hält, so dicht, daß es ihre Lippen streift, *da endlich* beginnt sie, das Reservoir von Panik in sich zu spüren, der Panik, die wie ein zweiter Bewohner dieses einem losen Gewand gleichenden Körpers ist, der Panik, die niemals fern ist, der Panik, die sie meistens zu verdrängen vermag, die nun aber, einem wundersamen Fetus gleich, in ihr anschwillt, und sie sagt *Ach, Dexter* zu ihrem Sohn, flüstert die Worte, so gut es geht, und es verstreicht ein Moment, ehe sie den Gedanken in der Stille der Küche, bei Einbruch der Nacht, da der Herbst den Winter ankündigt, vollenden kann, *deine Mutter steckt wirklich sagenhaft in der Klemme. Ach, Hex, ich bin allein.*

3

Eine geordnete Linearität von Ereignissen, eine Sequenz, in der Hex sodann von seiner Mutter erfährt, daß *Louis gegangen* ist, daß ihr Mann gegangen ist, das Haus verlassen hat, geflohen ist, sich davongemacht hat, getan hat, was schon so viele Ehemänner getan haben – Ehemänner von der Antike bis zur Gegenwart –, daß er seine Absichten für sich behalten oder seine Pläne nur heimlich mit gleichgesinnten Drückebergern und Ehebrechern besprochen und dann heimlich gepackt hat, oder vielmehr gar nicht so heimlich, denn er hätte ebensogut ganz offen packen können, in seinem eigenen Schlafzimmer, während seine behinderte Frau im großen Schlafzimmer oder in ihrem Klinikbett im Erdgeschoß platt auf dem Rücken lag, er hätte die Jalousien herunterlassen und packen können, er hätte, damit beschäftigt, einen Stapel Boxershorts in Übergröße zusammenzustellen, kurz innehalten können, bloß um nach seiner Frau zu sehen und *sie umzudrehen,* damit sie sich nicht wundlag, er hätte sie auf geschlossene Augenlider küssen und dann zum offenen Koffer (purpur) zurückkehren können, um seine Sockenhalter tief in ein Paar Halbschuhe zu stopfen, hätte erneut die gefalteten und gestärkten weißen Hemden (frisch aus der Reinigung) umpacken und, da die kalte Jahreszeit gerade begonnen hat, ein paar pastellfarbene Strickjacken daraufstapeln können, hätte sich, um den Koffer richtig zu schließen, daraufsetzen und daran denken können, den zusammenklappbaren Kofferkuli aus Aluminium nicht zu vergessen – eine geordnete Sequenz von Ereignissen, in der auf den Verrat die Erkenntnis des Verrats folgt, in der Hex Raitliffe von seiner Mutter erfährt, daß *ihr Mann gegangen ist,* und Hex, von dieser Mitteilung wie betäubt, leblos auf einen Stuhl am Küchentisch plumpst und sich mit seinen Wurstfingern die grauen Augenhöhlen reibt, eine Sequenz, in der auf die Vergangenheit unabwendbar die Gegenwart folgt, diese Sequenz *löst sich an dieser Stelle zwangsläufig auf.* Im Gravitationsfeld von Krisen findet nicht einfach eines nach dem anderen statt, geht nicht ein Ereignis aus dem anderen hervor. Als Hex daher in der nur von den Straßenlaternen des Flagler Drive erleuchteten Küche seine Mutter an den Schultern packt, *K-k-könnten wir vielleicht mal ein bißchen Licht in die Sache bringen, ja, Mom? Also, jetzt s-s-sag mir noch mal, was du gerade gesagt hast, okay?*, als er die alte Neonröhre über dem Herd anknipst, wird ihm klar, daß er es irgendwo *schon weiß,* es schon vermutet hat, schon dabei war, auf und ab zu gehen und sich Sorgen zu machen, obwohl es ihm eigentlich an Verständnis für das Chaos häuslicher Beziehungen fehlt. *Sieh's dir selbst an... na los,* flüstert seine Mutter, und das tut er. Oder macht er sich zuerst noch einen Drink? Nimmt er, ehe er durch die gewölbten Kammern ihres leeren und heruntergekommenen Steinhauses geht, zum erstenmal seit Monaten durch sie geht, ehe er zu jenem gottverlassenen Computer, jenem Informationsspeicher- und -rückholgerät, kommt, nimmt er zuvor seine Mutter bei den Schultern und sagt, *Was w-w-willst du mir denn s-s-sagen?* Ist das die Sequenz, an die er sich später erinnern wird? Er überprüft rasch den Zustand seiner Mutter. Die Bremse ihres Rollstuhls ist festgestellt, im Haus ist es ruhig, ab und zu schiebt sich der Golfwagenverkehr daran vorbei, und von fern hört man ein beruhigendes Brandungsgeräusch. Sein Mietwagen, der, so scheint es ihm, irgendwie *Benzin verliert,* ist in der Einfahrt geparkt. Und wieder hält er sich eine Sekunde lang mit der ungeheuren Kränkung auf, die das Verbrechen bedeutet. Stell es dir der Reihe nach vor. Wie sein Stiefvater Mittwoch abend wie gewöhnlich von der Arbeit nach Hause kommt; wie sein Stiefvater ein aus, sagen wir, Schweinekotelett, Apfelmus und Spargel bestehendes Abendessen zu sich nimmt – das er sich selbst zubereitet; wie sein Stiefvater die Spülmaschine füllt (und zuviel Spülmittel in die Kammer gibt), wie er es sogar noch schafft, Kaffeebohnen zu mahlen und die Schweizer Kaffeemaschine vorzubereiten, die Schaltuhr zu stellen, so daß am Donnerstagmorgen, wenn Aviva kommt, Billies Spezialmischung, *halb koffeinfreier, halb richtiger,* schon auf sie wartet. Dann, nachdem er seinen großen Koffer die Dachbodentreppe hinunter in sein Schlafzimmer geschafft hat – großer Koffer im Gegensatz zu Wochenend- oder Reisetasche –, beginnt Sloane *zu packen.* Spielt es sich so ab? Eine Reihe derartiger Möglichkeiten überschneiden sich – manche erfunden, manche zutreffend, manche sowohl erfunden als auch zutreffend –, und diese Überschneidungen erscheinen und verschwinden in Hex, während er sich durch die Speisekammer in Richtung Wohnzimmer aufmacht. Das aber heißt, daß hier eine lange Geschichte beginnt, während Hex – der seine Mutter, ihren Mann und *das Mausoleum,* das sie bewohnen, normalerweise meidet –, zu Hause installiert, durch die Zimmer geht und Lichter anmacht. Jedenfalls hat er das vor, und das erste, was passiert, ist, daß er in der Speisekammer, zwischen Vitrinen voller Kristall und Feiertagspracht (größtenteils verstaubt und unbenutzt), neben der Besteckkommode, über einen alten samtbezogenen Hocker stolpert. *M-mein lieber Mann, du steckst ganz schön t-t-t-tief in der Scheiße, du darfst hier nämlich verschärft den Pfleger spielen, und das für länger.* Er humpelt, als er weitergeht. Läßt sich Zeit. Die Vergangenheit verdichtet sich um ihn.

Er war sieben, als sie hierherzogen, weg von der Raubtierwelt dessen, was einmal schlicht *Stadt* hieß – den Ghettos, dem Verbrechen, den Einwanderern, den anderen Gesellschaftsklassen –, als sie gemäß jener *Theorie vom Paradies,* jener Theorie der fünfziger Jahre hierherzogen, als sie hierher nach Fenwick, Connecticut, in den Flagler Drive zogen, zu Rhododendren, Rosen, Geranien, Magnolien und Hartriegelgewächsen des Frühlings, die alle in seinem neuen Garten leuchteten. Fülle! Er war sieben, das Schuljahr war gerade zu Ende gegangen. Auf dem Wendeplatz parkten zwei Möbelwagen mit je einem halben Dutzend Achsen, und nette, freundliche Möbelpacker luden gerade den Shaker-Schrank seiner Mutter ab und stellten ihn ans Ende einer Schlange von Antiquitäten, die sich über die gekieste Einfahrt bis zur Haustür hinzog. 1959. Die Wagentür fiel zu. Sein Kindermädchen und seine Mutter nahmen ihn bei der Hand, und er stand in Habachtstellung vor dem großen, furchterregenden Portal dieses Idylls. Ein Türklopfer aus Messing in Gestalt eines Fabeltiers. Seine Mutter hob ihm die ungeschickten Hände hoch, damit er dessen Gesicht berühren konnte. Er klopfte. Und verlangte lautstark, auch den Türknauf drehen zu dürfen. Und so stieß man, *wenn man durch den Haupteingang ins Foyer eintrat,* wie seine Mutter gesagt haben könnte, als erstes auf die aus der Pilgerväter-Zeit New Englands stammenden Porträts, die sie damals gesammelt hatte, Porträts aus Antiquitätengeschäften und von Flohmärkten. Die meisten mittlerweile weggegeben oder verräumt, weil es Louis Sloane, genau wie Hex, verwirrte, daß es sich bei den Porträtierten gar nicht um Vorfahren handelte. *Tja,* hatte seine Mutter erklärt, *meine Eltern hätten niemals selbst Porträts in Auftrag gegeben. Und ein Porträt hat so einen warmen, persönlichen Aspekt, findest du nicht?* Ja, die Porträts waren der Ausgangspunkt jener Tour, und seine Mutter, die ihn an der Hand hielt und voranging, war schön und blond, und ihre Lippen waren kräftig geschminkt, dies alles *vor dem Gehstock,* vor der langen Phase des Gehstocks. Sie war damals noch stark genug – sie war gesund und kräftig –, um auf der gärtnerisch gestalteten Insel des Wendeplatzes vor dem Haus zu knien und Unkraut zu jäten. Sie war stark genug, um ihn in die Arme zu nehmen und einen Teil des Weges durch das Anwesen zu tragen (in die gleiche Richtung, die er jetzt auch einschlägt). Vorbei an Porträts von *Esther Miller, Dame von Stand und Freundin der Bedürftigen, 1840,* dargestellt im ersten Jahr des mormonischen Exodus, und des *Geliebten Moses Trask,* vorbei an den *in der Werkstatt von Paul Revere geschaffenen* Zinnleuchtern, die auf einem Butterkneter standen, den einst das Button Gwinnet Museum beherbergt hatte. Seine Mutter war stark. Und sie ging nun nach links voran, über den langen, schmalen Läufer, der das Foyer schmückte, ein dunkles Persermuster, Mitte neunzehntes Jahrhundert, das an die Farben der Stuckdecke anknüpfte. Seine Mutter und ihre Innenarchitektin Mavis Elsworth (Mavis folgte in ihrem Kielwasser) drückten sich in dieser Sprache der Ornamentik aus. Dieser Läufer *brachte das eiserne Geländer zur Geltung,* das zu dem offenen Treppenabsatz im ersten Stock führte, wo eine zweite Webarbeit aus derselben Zeit an der Wand hing. In der Frage der Farbharmonien *arbeiteten sie,* das Team von Innenarchitekten, *auf einen Einklang von Gegensätzen hin.* Seine Mutter blieb kurz stehen und wandte sich an ihn. *Hex, Liebling,* hatte sie gesagt, *das ist jetzt dein neues Zuhause.* Sie versuchten natürlich – er war schließlich nicht blöd –, ihm die Sache schmackhaft zu machen, und das schon seit Wochen. Sie versuchten, den Schock der Umsiedelung abzumildern. Es war alles Augenwischerei. Sein richtiges Zuhause, das wußte er ganz genau, war die Upper East Side von Manhattan, New York City, und die Hügel, Sträucher, offenen Felder und Statuen von Frederick Law Olmsteds Central Park. Wo er, auch wenn die anderen Kinder ständig versuchten, ihm seinen Schal zu klauen und ihn damit zu ärgern, ein kleiner Feudalherr in einem Traum vom alten New York war. Diese Rabauken waren seine Freunde. Was hatte er hier verloren? In der finstersten Provinz? Dieses skeptische Großstadtkind. In der Bibliothek. (Vom Foyer aus wendet man sich nach links. Zur Bibliothek mit ihrer dunklen Eichenholztäfelung.) *Dieses ganze Holz,* sagte seine Mutter, an niemand Besonderen gewandt, *diese ganzen Paneele stammen von Bäumen, die bei dem Wirbelsturm von 1938, einem richtigen Prachtexemplar von Sturm, kaputtgegangen sind. Fenwick stand damals nämlich zum größten Teil unter Wasser – das Ganze hier, der Country Club, die Strände, die Marschen, einfach alles. Es gab eine gezeitenbedingte Bodenerosion, und dann ist auch noch der Fluß über die Ufer getreten.* Der mächtige Connecticut River nämlich, dessen Mündungsarme und Marschen die Stelle bildeten, an der dieses Küstendorf gegründet und errichtet worden war. Seine Mutter stand in der Bibliothek und breitete die Arme weit aus, wie um den Glanz der Naturkatastrophe zu beschreiben. Die damals in der Bibliothek stehenden Bände (Hex entsinnt sich nun, als er hier innehält und Lampen mit Schirmen aus tiefrotem Leder – ihr Licht gedämpft, trübe – anknipst) gingen auf die Zeit vor dem Sturm zurück, auf die stolze Frühzeit der amerikanischen Literatur. Whittier, Longfellow, Cooper, eine staubige, unaufgeschnittene Emerson-Ausgabe. Diese dekorativen Bücher bekräftigten eine dauerhafte literarische Philosophie, doch wessen Philosophie genau, blieb unklar. Wenn Hex sich in der Bibliothek aufhielt, dachte er meistens an Stürme, nicht an Ideen.

Dann war da das riesige Gemälde gewesen, das mit eigens darauf gerichtetem Punktstrahler an einer Wand über den Regalen hing. Dort, wo die Decke gewölbt war. Darauf lenkte seine Mutter nun seine Aufmerksamkeit. Öl auf Leinwand. Einszwanzig auf zweivierzig. Schottische Schule des ausgehenden neunzehnten Jahrhunderts. *Beherrschter und dennoch feierlich überhöhender Pinselstrich.* Das Gemälde zeigte – vor einem Hintergund von Ackergäulen, sanft gewellten Hügeln und reichlich Sonnenschein – genau den Typ von rosigen, dicken, sympathischen Kindern, zu dem sich Hex, wie seine Eltern geglaubt hatten, selbst einmal entwickeln würde. Diese Trompe-l'œil-Kinder, diese Cherubim, hielten Geranien in den pummeligen Fäusten. Mit ihrem Getolle, ihrem Gebalge und ihren Umarmungen waren sie für immer im schönsten Teil eines farbenfrohen Frühlingstages gefangen. *Sie* stotterten nie und waren demzufolge auch niemals nachgeahmtem Gestotter ausgesetzt. Sie mußten sich niemals um Worte mühen. Sie waren die Bewohner des *idealen ländlichen Paradieses.* Nicht weiter verwunderlich also, daß Hex viel mehr Interesse an dem mit Filz ausgekleideten Gewehrschrank seines Vaters zeigte. Ja, sein Vater liebte Schußwaffen und hatte nun jede Menge Platz, sie zu sammeln. Hier in Connecticut hatte er seine Sammlung vervollständigt und sogar seine Winchester-Doppelflinte niemals weggeschlossen. Sie lehnte auf der Veranda an der Wand, und dort blieb sie, solange er lebte, damit er, falls nötig, auf Eindringlinge oder einheimische Haustiere feuern konnte. (Aber die Bibliothek enthält keine Bücher mehr, stellt Hex der Trödler fest, und auch die Veranda, die winterfest gemachte Veranda, ist aller Treibhausblüten und tropischen Schlingpflanzen bar, die sie einst behaust hatte. Alle Leser haben diesen Ort verlassen. Daß seine Mutter doppelt sieht, erschwert ihr das Lesen. Und Louis Sloane? Der überfliegt Techno-Thriller.) Von der Bibliothek gingen seine Mutter, sein Kindermädchen und Mavis Elsworth in jenen längst vergangenen Tagen durch die Veranda und den mit Fliegengitter versehenen Eingang hinaus zum *Swimming-pool.* Sie registrierten den Patio, den Pool und den Ausblick: keine hundert Meter weit weg die Sandbänke des Long Island Sound. Die Physik jener sanft an diese Halbinsel rollenden Wellen, geradezu die Atmung der Natur. Wie tröstlich diese Wellen waren. In der Ferne schlenderten die Golfer des Country Clubs mit ihren Caddies über das neunte Fairway hinter dem Haus. So baumlos, so flach war es in Fenwick, daß man noch auf dem fernsten Fairway die Golfer ihre Schläger heben sehen konnte – als wollten sie sich über den Zorn der Frühlingsgewitter lustig machen. Und am besten, besser als aller bis hierher geschilderte Luxus, besser noch als der Swimming-pool, war das landschaftsgärtnerische Element, auf das der junge Hex Raitliffe nun zueilte. Der Goldfischteich! Mit seinen mutierten Karpfen! Karpfen so groß wie Wale! Und an jenem ersten Tag, jenem Anfangstag, fand er hier seinen Vater herumsitzen. Auf einem großen Stein am Teich. Seinen *wirklichen* Dad. Den alten Herrn mit seinem zweifelnden Lächeln. Seinen *richtigen* Dad. Allen Thomas Raitliffe. Mit einem Streuer, gefüllt mit diesen Flocken, mit denen er die Wale speiste, indem er, ein rätselhaftes Lächeln im Gesicht, eine Schicht orangefarbener Schuppen auf dem Goldfischteich verstreute. *Siehst du das, Jungspund? Das wird in Zukunft deine große Aufgabe sein. Du bist ab jetzt der Fischefütterer.* Die bewegungsunfähigen Karpfen trieben an die Oberfläche und verschlangen mit ihren Saugerlippen das mit Nährstoffen angereicherte Pergament, das sie am Leben hielt. Sein Vater war restlos begeistert. Sein Vater war bester Stimmung, war von allem begeistert und wies aufgeregt auf einen Vorzug nach dem anderen hin. Allen Raitliffe schob die knarrenden Gartenmöbel an den Pool. Machte die Frauen auf Einzelheiten aufmerksam. Seine Mutter, das weiß Hex noch, trug einen knielangen Rock (lavendelblau), so daß ihre Waden zu sehen waren – wohlgeformt und mit ausgeprägter Wölbung von ihren Stöckelschuhen. Während Hex seine Mutter betrachtete, ihren Körperbau betrachtete, bekam er Lust, *diese Waden zu essen,* sie zu packen und zu verschlingen. Doch Allen lenkte ihn von dieser Phantasie ab. Sein Dad hatte Pläne. Als die Damen bequem saßen, zog Allen Raitliffe sein lindgrünes, bügelfreies Hemd aus, streifte seine Halbschuhe ab und ließ sich dann entschlossen in die Untiefen des Swimming-pools gleiten, wo er sich seiner Frau zuliebe auf die Brust trommelte und laut johlte. Dann streckte er die Arme nach seinem Sohn aus. *Okay, dann mal los, Dexter.* Kommt nicht in Frage. Hex nämlich war wegen der in der Stadt verbrachten Sommer kein Schwimmer, war nie in den Schwimmbädern gewesen, *von wegen,* und seine einschlägigen Erfahrungen beschränkten sich auf ein gelegentliches Getunktwerden am Strand von Long Island. Er war erstarrt, gelähmt. *Bitte, nein danke, bloß nicht.* Und es war klar, daß seine Mutter nicht eingreifen würde. Doch sein Dad stand mit sich bauschender Badehose auf der untersten Stufe und *winkte ihn zu sich.* Seine Hände hatten pelzige Rücken; es waren großartige, solide Hände, und Hex vertraute ihnen. Jedenfalls irgendwie. Vertrauen war etwas Neues, was er gerade ausprobierte. Er wußte noch nicht recht, was davon zu halten war. Trotzdem bemühte er sich, dessen Stimme zu folgen. Mit der Hingabe, die mit dem Vertrauen einhergeht, und ohne seine Lackschuhe auszuziehen *(Aber Allen, doch nicht in Schuhen!,* und seine Mutter kam vom Liegestuhl hoch), warf sich Hex vom Beckenrand in die Arme seines Vaters. Mit unter ihm durch die Luft strampelnden Beinen und wild rudernden Armen beschrieb er einen Bogen über dem blauen Gekräusel und plumpste unelegant hinein. Sein Vater fing ihn auf, mehr schlecht als recht, und setzte ihn klatschnaß auf die oberste Treppenstufe des Pools. Nun war es Zeit für eine weitere praktische Lektion. Geduldig demonstrierte Allen Raitliffe seinem Sohn, wie er sich die Nase zuhalten, wie er sich, um seine Nebenhöhlen nicht zu gefährden, die Nasenlöcher zukneifen und den eindrucksvollen kleinen Kopf (die männlichen Raitliffes mit ihren verhältnismäßig großen Köpfen) in die Wassertiefen eintauchen konnte. Dem Prinzip der Imitation folgend, das ein entscheidender Bestandteil des unheimlichen Überhandnehmens von Familien ist, klemmte sich Hex die von Sommersprossen gezierte Nase zu und ließ sich seitwärts von der Treppe ins flache Ende fallen. Das fanden alle wahnsinnig lustig! *Hiermit erkläre ich dich zum Landbewohner,* sagte Allen Raitliffe, als er Hex herausfischte, ihn auf den Schädel küßte und dann auf die Fliesen am Pool stellte. *Willkommen, junger Dexter, im Königreich des guten Lebens.* Und Allen Raitliffe, der neben seinem Hemd und seinen Schuhen ein gefaltetes Taufhandtuch bereitliegen hatte, griff danach – für seinen Sohn, doch Hex, der eine Spur von chemisch behandeltem Wasser und grobem Patiosand hinter sich herzog und dessen feine Schuhe quietschten, als wäre er ein Plattfuß, ein G-man, wollte sich nicht abtrocknen lassen. Dazu war er zu aufgeregt. Statt dessen *rannte er darauf zu.* Auf sein neues Haus. Indem er es auf der vom Patio abgewandten Seite an den Pappeln entlang umging, *gelangte er als nächstes zum Eßzimmer und von dort zu der Hintertür, die in die Speisekammer führte,* und auf diese Weise gelingt es auch Hex, dem Mann mittleren Alters, einen Besuch des inneren Heiligtums, des zentralen Raums im Hause, des Wohnzimmers hinauszuzögern. Er kommt wieder in der Speisekammer heraus (seine Mutter ist nach wie vor in der Küche – sie ist nirgendwohin gegangen), wirft von dort einen Blick auf den Eßzimmertisch – für zwölf Personen –, den polierten Messingleuchter, den viktorianischen Spiegel mit Goldrahmen und *geht dann noch einmal zurück,* denselben Weg, den er gekommen ist, zurück ins Foyer und die Haupttreppe hinauf. Damit nämlich folgt er Schritt für Schritt seinem ersten Rundgang durch das Haus – bei dem der junge Hex die Haupttreppe hinaufflitzte und der eben noch leicht abwesende Gesichtsausdruck seiner Mutter ziemlich streng wurde, während sie ihm vom Pool zur Speisekammer und durch das Foyer in den ersten Stock folgte. Er hinterließ überall im Haus Wasserspuren! *Hex! Komm augenblicklich her! Sofort!* Tränen brannten ihm in den Augen. Er konnte seine Gefühle nicht beherrschen. Und wenn es tausendmal schön war, das war ihm egal. *Er wollte nicht hier wohnen!* Und im ersten Stock kam er mit vor Anstrengung wogender Brust vor dem Elternschlafzimmer zum Stehen. Die Tür stand offen. Die Möbelpacker stellten gerade den Schrank ab. Ehebett mit Betthimmel (längst verkauft) in Samt und Seide, vollständig von Vorhängen umgeben. Mittlerweile verfolgte ihn eine Phalanx von Erwachsenen, darunter auch Mavis, die Innenarchitektin, die in der Diele damit beschäftigt war, Tapetenmuster an die Wand zu heften, als er vorbeikam. Er lief weiter. Sauste unter den Armen eines Möbelpackers hindurch. Vorbei am Gästezimmer, in dem der korpulente Lou Sloane Jahre später auf seinem Samsonite-Koffer sitzen würde, vorbei an der Dachbodentreppe, wo er, am Ende des Korridors, endlich an seinem eigenen Zimmer anlangte. Hier war er am Ende des Tages, am Ende der Jagd. Er wimmerte. Er stemmte die Schulter gegen die im Rahmen verklemmte Tür, und sie gab nach. Seine Eltern unmittelbar hinter ihm. Griffen nach ihm, als er diese Schwelle überschritt. Dann – Ach! Ach! Dieses unglaublich große Zimmer! Dieses Reich des Spiels! Die Farben darin waren verblüffend. Es war der reinste Karneval. Wenn ansonsten eine Symphonie aus kräftigen und gedämpften Farben das Raitliffesche Haus am Flagler Drive geschmackvoll schmückte, war Hex' Zimmer ein *Karneval,* ein Ort, an dem sämtliche Regeln der Innenarchitektur außer Kraft gesetzt waren, wo alles kindlicher Exzeß war. *Das donnernde Rum-ta-ta der Primärfarben.* Und die Spielzeuge. Sie versuchten *wirklich,* ihn herumzukriegen. Die handgeschnitzten und handbemalten Clowns, Seefahrer, Soldaten und Mimen aus Trickfilmen an den Wänden, all die Farben im Zimmer, sie äfften den Postkartenherbst im Nordosten nach. Nie würde er sich hier allein fühlen! Zwischen den Kissen und Decken und Plüschtieren! Mobiles über dem Bett! Es gab sogar ein Licht *unter dem Bett,* um Gespenster zu vertreiben und das Einschlafen zu erleichtern. Es war die beste Simulation von Gesellschaft, die für Geld zu haben war. Und nach alledem, nach der dreieinhalbstündigen Fahrt von der City hierher, dem Trauma der Umsiedelung, der Jagd und der Schelte und der Erneuerung der Zuneigungen, da war er mit einmal todmüde. Also scheuchte seine Mutter alle weg – scheuchte ihren Mann und das Gefolge weg –, steckte Hex ins Bett und ließ die Tür hinter sich einen schmalen Spalt weit offen. *Und sein Bewußtsein verengte sich zu einem Punkt.*

Heute aber, an diesem Tag der Infamie, da der Hex der Jetztzeit den Rundgang durch seine Kindheit beschließt, da er die lange Reihe seiner Zögerungen damit beschließt, daß er sich auf sein altes, schmales Bett setzt, heute steht Schlaf *nicht zur Wahl.* Er kann nirgendwo anders mehr hingehen als ins Wohnzimmer. Er wird den Brief lesen müssen. Den Brief von Sloane. Und so begibt er sich zwanzig Minuten nach seinem Aufbruch die Vordertreppe hinunter, schwenkt nach links in die Bibliothek und nach rechts durch die Tür ins Wohnzimmer. Das sich einmal durch die mahagonifarbene Couch samt Beistelltischchen auszeichnete, den im Stil der Brunswick-Schule beschnitzten Billardtisch, den mit Intarsien verzierten Musikschrank mit Grammophon, das Tête-à-Tête samt Sitzgruppe aus Rosenholz, die den Stil eines britischen

Pubs imitierende Hausbar mit einem Satz Longdrinkgläser und Whiskybecher, den aus der Frühzeit des Fernsehens stammenden Schwarzweißempfänger von Magnavision, den französischen Bodenkäfig mit dem ausgestopften Papagei und vieles mehr; es hatte sich hier, in den Worten von Mavis Elsworth, eine regelrechte Familiengeschichte der Raitliffes entfaltet: *Meine Kunden, die Raitliffes, hatten ihre Wurzeln im Mittleren Westen, und obwohl sie Pioniergeist, den kernigen, ungekünstelten Geist der frühen Siedler hatten, ging es ihnen darum, die New-England-spezifischen Stilmittel ihrer Wahlheimat nachzuschaffen. Wir haben deshalb authentische Antiquitäten aus der Zeit der Pilgerväter mit schönen Reproduktionen kombiniert. Mich persönlich interessiert ein Original nur, wenn es auch funktional ist, und die Raitliffes teilten diesen pragmatischen Standpunkt. Wir haben nach Möbeln gesucht, die zugleich repräsentativ waren und der Beanspruchung durch Kinder standhielten. Die Raitliffes haben sich eifrig am Erwerb dieser New-England-Antiquitäten beteiligt, und ich habe sie beide häufig auf Auktionen getroffen. Gelegentlich habe ich sogar gegen sie geboten und sie als sachkundigee, entschlußfreudige Sammler kennengelernt. Das Wohnzimmer der Raitliffes mit seiner hohen Decke, seiner Täfelung und seinen gedämpften Erdfarben bot einem Innenarchitekten bei der Suche nach dekorativen Stoffen einige Schwierigkeiten. Es handelte sich um ein großes Haus, und der Etat war nicht unbegrenzt; trotzdem ließ Mrs. Raitliffe ein sehr risikofreudiges, sehr modernes Verlangen erkennen, mit strahlenden Farben zu arbeiten, besonders mit Farben des Purpurspektrums.* Und zwar vor allem im Wohnzimmer. Doch mittlerweile ist dieser Ton nur noch in Rudimenten sichtbar, als Überbleibsel, als bloße Spur einer früheren Ära – der Zeit vor verblichenen Schlafsofas und medizinischen Geräten. Mittlerweile hat das Wohnzimmer das Gepräge eines Krankenhauses. Da ist zum Beispiel der zusätzliche Rollstuhl mit den Schienbeinriemen (in den Anfangsmonaten der Paraplegie krampften und zitterten ihre Beine unkontrollierbar); da ist eine Sauerstoffflasche mit Plastikmaske; und da ist eine kardiologische Ausrüstung – ein Heim-EKG mit Monitor (seit Beginn der Behandlung mit Steroiden hat sie mit Arterienverengungen zu kämpfen). Die Phantome von Hex' Kindheit sind im technologischen Gleißen kaum zu erkennen. Von Stehlampe zu Stehlampe macht er zwanghaft Licht. Der Billardtisch ist fort, die Bar weitgehend leer (Lou Sloane hatte es nicht mit dem Trinken). Die Stukkowände haben das letzte Mal vor einem Jahrzehnt den Maler gesehen. Am augenfälligsten aber ist das Abenteuerliche der alten Wohnung, *das Abenteuerliche des Landlebens,* verschwunden. Hex' Unbehagen vergrößert sich, während er darüber nachdenkt. Hex' Unbehagen überspannt Jahrzehnte, vom ersten Getrippel durch die prächtigen Flure des Zuhauses seiner Kindheit bis zu diesem trostlosen Hinuntergetrotte ins Wohnzimmer – er weiß genau, das wird *eins von diesen Wochenenden, wo alles den B-b-bach runtergeht, und darauf ist er überhaupt n-n-nicht scharf,* und dann sieht er, daß der Computer an ist, daß der Farbbildschirm blinkt und der aufgekrempelte Ärmel des HandiSpeak-Zeigers am Ende der Mitteilung eine Abfrage bedeutet, *Was ist eigentlich der Dateiname, Lieber John?* Er bleibt an der Bar stehen, gießt sich nach, *füllt auf* und setzt sich dann mit dem Gefühl einer schweren Atembeklemmung an den Computer, *Ach du g-g-grüne Scheiße, was muß das für ein K-k-kerl sein* – eine Nachricht auf dem Computer, nicht mal eine handschriftliche Nachricht, nicht mal eine persönliche Mitteilung, nein, *auf dem Computer,* und auch nicht auf Sloanes eigenem Computer, sondern auf dem von Hex' Mutter, dem, den sie ihr zu Weihnachten geschenkt haben. Sloane *weiß*, daß sie ihn nicht benutzt. Die Nachricht steht nur wegen des damit verbundenen Symbolgehalts an dieser Stelle. Sloane weiß außerdem, daß sie nicht mehr gut lesen kann. Er hat darauf gebaut, daß Billie *Go* betätigen würde. Damit die Sprechstundenhilfe in der tönenden Sprache der Nachsorgetermine und Ermahnungen zur Zahnhygiene, damit jene Digitalstimme, welche die Feinheiten und Kämpfe der menschlichen Psyche in der Dialektik des Entweder-Oder wiedergibt, damit jene Stimme das Urteil über vierzehn oder fünfzehn Jahre Ehe verkünden konnte:

Liebe Billie,
Falls du denkst, diese Nachricht bedeutet, daß ich wütend bin, hast du recht. Falls du denkst, daß ich an dem Punkt angelangt bin, wo ich dich nicht mehr versorgen kann, hast du recht. Ich hoffe, du kommst zur Besinnung und bemühst dich in der dir noch verbleibenden Zeit ein bißchen. Ich kann nicht mehr mit ansehen, wie du dich so vom Leben zurückziehst. Deine Schwäche hat mich erschöpft.

L.

4

»Ich b-b-bring ihn um.«

Hex' Stimme klingt ihm durch Wohnzimmer und Speisekammer voran. Sein Stammeln weckt Billie sanft aus ihren Erinnerungen. Darum geht es eigentlich auch in der verfluchten Nachricht auf dem Computer: daß es nur ein *Hier und Jetzt* gibt, daß sie zuviel Zeit woanders verbringt, fern von dieser Mathematik des Empirischen und Wirklichkeitsgetreuen. Auf ihrem Stuhl, in der Küche, stiehlt sie sich aus dem Bereich des Quantifizierbaren. Sie hat sich an den Gedanken gewöhnt, daß die Schwierigkeiten mit Lou, die Kräche und Meinungsverschiedenheiten, bloß die kleinen Tiefs aller Vermählten sind; sie hat sich darauf verlassen, daß der Anstand sich durchsetzen würde; nach dem ersten Blick auf *den Brief* hat sie sogar geglaubt, Lou würde sich im Tides Motel einmal richtig ausschlafen, sich das Ganze überlegen und dann, zum Beispiel, mit einem Topf Muschelsuppe (nach Art New Englands) wieder auftauchen, um sich ihr zu Füßen zu werfen. Doch nun, da ihr Sohn den Brief gesehen hat, ist dessen Faktizität einigermaßen gesichert. Und sie hat Angst.

»Ich spür ihn auf, den Scheißk-k-kerl, ich k-k-krieg ihn, und dann mach ich ihn fertig. M-m-mann, ich hab den Kerl von Anfang an nicht riechen können, Mom, ich hab's gleich gewußt. Ich hab ihn noch nie riechen können. Ich fand schon immer, an dem ist was f-f-f-f-faul, schon bei der Hochzeit, M-m-mom. Schon bei der F-f-f-feier hatte sein Verhalten so was Schräges. Wenn einer sich schon sein M-m-m-«

Und an dieser Stelle wird ihr Sohn, während er mit einem Ausdruck des anstößigen Dokuments herumfuchtelt, einen Moment lang von seinem Stottern überwältigt, und sein Gesicht verzieht sich, als bekäme er gleich einen Backenzahn gezogen. Während die Sekunden verrinnen, ist er wie erstarrt, und die *M's* verstopfen den Ausgang. So, denkt sie, sehen heutzutage wohl die Leidenschaften aus: rasierter Schädel, gedecktes Tweedsakko, weißes Hemd mit Doppelmanschetten, alles elegant geschnitten, und die Syntax abgewürgt. Als die Anstrengung für sie beide peinlich wird – *wer weiß, ob er es je herausbringt* –, tut Hex, was er schon als Junge immer getan hat. Er schlägt sich. Er holt mit der linken Hand aus (er ist Linkshänder) und ohrfeigt sich die Backe rot, bis seine Suada wieder in Gang kommt –

»*-m-m-monogramm auf den Taschenrechner draufpappt, Herrgott noch mal,* so ein Blödmann mit M-m-monogramm auf dem Taschenrechner ...«

Worauf sie selbst gereizt wird:

»Moment mal ... nun ist es aber gut ... «

»So einer hat es gerade nötig, seiner –«

»Was geht das dich an? ... « Ihre Worte ein Brei, eine Consommé von Gesprochenem. »Kannst du denn nicht –«

»W-w-w-*was?*« Hex schiebt einen der Stühle vom Frühstückstisch neben sie. »Ma? Falls w-w-wir uns ... Dann fängst du am besten damit an, daß du v-v-versuchst, deutlich zu a-a-a-«

»Ich frage dich auch nicht ... nach deiner ... «

Sie hat vor, ihn nach seiner Freundin, seiner Geliebten zu fragen, Barclay oder Gillian oder Carrington – irgendein Vorname, den keine Frau außerhalb der Stadtgrenzen je tragen würde –, die plötzlich überhaupt nicht mehr in Erscheinung tritt, und vielleicht erklärt das seine Schroffheit. Aber dann bringt sie es doch nicht über sich, weil seine Freundinnen nach einer gewissen Zeit häufig nicht mehr in Erscheinung treten und er sich stets nach ihnen verzehrt, nach denen, die ihm seine Liebeskrankheit ermöglichen. Sie war eine feine, gutgekleidete junge Frau, und nun ist sie weg.

Wie um die Hypothese zu bestätigen, stößt Hex mit dem Fuß den Stuhl zur Seite und beginnt, hin und her zu gehen, eilt zum Frühstückstisch, rührt in der halb gegessenen Schale Apfelmus. Er hängt schon wieder fest. Errötet. Die *A's*. Er ohrfeigt sich.

»*Artikulieren«*, sagt er endlich. »Du fängst besser an, deutlich zu a-a-artikulieren. Willst du das noch aufessen?«

»Ich mag ... Apfelmus nicht.« *Wllkanapflmusch,* einigermaßen verständlich. Die Worte sind lautmalerisch. Vielleicht reicht ihre Klangähnlichkeit aus, Sinn zu vermitteln. »Ich habe dich auch nie mit Apfelmus gefüttert ... als du klein warst. Ich glaube nämlich nicht, daß es die erforderlichen Mineralstoffe für ein ... «

»Ich kann dich nicht verstehen«, sagt er.

»Ich will mich jetzt nicht streiten. Könnten wir das ... in Ruhe besprechen? Weil deine Mutter ... Schmerzen hat. Wir haben später noch reichlich Zeit, uns in die Wolle zu kriegen.«

»Okay, a-aber versuchen könntest du es wenigstens.«

Was genau versteht er eigentlich nicht, denkt sie, und was provoziert ihn daran so, daß er ein irgendwie abweisendes Gesicht macht? Liegt es daran, *was* sie sagt, oder einfach nur daran, daß *sie* es sagt?

»Dexter«, sagt sie, »ich kann das leider nicht deutlicher machen *(knnnslnnnchdlchmch),* ich kann das nur so ... na, du weißt ja ... du mußt einfach zuhören ... und ich muß ... muß dich etwas ... Wichtiges fragen.«

»Moment«, sagt er.

Und ehe sie mit ihrer Initiative zu den Themen familiäre Verantwortung, Sterblichkeit etc. weiterkommt, ehe sie sich diesen Dingen zuwenden kann, schleicht sich Hex hinter sie, tritt auf die Feststellbremse an der Rückseite des Rollstuhls und steuert sie vorwärts durch die Küche. Mit ihren Ergs werfen die Lichter ein seltsames Schattengesplitter über sie, während sie durch die Speisekammer und das Foyer gefahren wird. Hex wechselt den Verhandlungsort. Er sagt nichts, und vielleicht gibt es auch nichts zu sagen. Außer folgendem: wenn sie es noch zwei bis drei Jahre macht, dann wäre das ein Riesenglück. Wahrscheinlicher ist, daß es irgendwann nächstes Jahr – nun ja, sie möchte nicht einmal daran denken. Positiv gesehen wird es immer noch Erinnerungen und Tagträume geben. Beides nicht voneinander zu unterscheiden. Tagträume wovon? Von Besuch, davon, nach etwas zu greifen, ihren Sohn zu fragen, *wie seine Geschäfte gehen oder ob er sich mit Frauen trifft* (seit Gillian oder Carrington oder Barclay weg ist), Tagträume davon, noch so lange da zu sein, daß sie ein Enkelkind, *Kindeskind,* erkennen könnte, einen mit Bauklötzen spielenden Bengel, der sich auf ihrem Krankenbett an sie kuschelt, wenn Hex doch bloß Nachwuchs bekäme! Und Erinnerungen an Leidenschaft, an das Niederkauern und Sich-Aufeinanderstürzen und Lachen mit ihren jeweiligen Männern, an ausgiebige Essen und Händchenhalten – es wird an ihr sein, diese Routineakte der Phantasie *zu erfinden und abzuwandeln und so in die Zeit hineinzuzwängen, daß sie Spaghetti aus der Zeit machen,* und diese Erinnerungen werden das einzige sein, was ihr dann noch bleibt, und sie wird sich in sie einschmiegen, in diese Erinnerungsbilder, etwa von Cadillacs, die sich langsam zur Kirche schieben und ihr Gewusel reizender kleiner Jungen und Mädchen ausspeien, von Hex, ein paar Jahre nach ihrem Umzug nach Fenwick, mit seiner Krawatte zum Anstecken. Oder wie die Mädchen mit ihren Ansteckbuketts auf den Plattenwegen zur Grace Episcopal Church hüpften, auf dem gemauerten Bürgersteig, wo irgendein kleiner Schurke, irgendein kleiner Halbstarker (wahrscheinlich der junge Nelson) Hex am Hals packte, während sie zusah und die anderen Mütter und Väter ebenfalls zusahen, wie Brian Nelsons blasse Hände Daumenabdrücke knapp unter Hex' Adamsapfel machten, als er sagte, *Raitliffe, wieso bist'n du eigentlich so fett?*, und Hex eine Antwort hervorzustammeln versuchte, jedoch an den Worten hängenblieb, an Atemzügen, die seine Entgegnung aufstauten, *Raitliffe, du Bratwurst!*, ihr Junge wie betäubt und reglos, die Arme nach ihr ausgestreckt, nach Billie, die auf die Kirche zusteuerte, in einem wadenlangen, dezenten Tweedrock auf die Kirche zuging, Herrgott noch mal, und beschloß, *nein, das einzig Richtige ist, nichts zu unternehmen,* selbst wenn sie ihn umstoßen und ihm Grasflecken auf seinen Sommeranzug machen, sie konnte nicht jedesmal dabeisein und eingreifen, sie mußte zulassen, daß *er Erscheinungen wie Ungerechtigkeit und Rüpelhaftigkeit wenigstens bis zu einem gewissen Grade zu spüren bekam,* das bedeutete Kindheit schließlich, mußte zulassen, daß ein Neunjähriger die Erfahrungen eines Neunjährigen machte, weinend die Hände nach ihr ausstreckte, zusah, wie sie in die Kirche ging und ihn allein ließ. Warum hat sie das nur getan? Nie wieder wird sie sich so schuldig fühlen.

»Hör zu, ich will die Sache nicht noch k-k-k-komplizieren«, sagt Dexter, der sie nun ins Wohnzimmer, jenen Kristallisationspunkt gesellschaftlichen Lebens, schiebt, zurück zu diesem verdammten Computer. Wie denn auch anders. Was man meidet, wird zum Verbündeten.

»Wenn wir das ausdiskutieren sollen«, sagt er, »und daß wir das m-müssen, darüber sind wir uns ja wohl einig, oder? Schon damit ich genau weiß, was p-p-p-passiert ist und was du vorhast und s-s-so. Was wir juristisch unternehmen müssen. V-v-v-vollmachten und so weiter. Wer als Zeuge aussagt. Du mußt in dieses b-blöde Ding reintippen, und ich lese es einfach ab, dann b-b-brauchen wir uns diese Stimme mit ihrem Quatsch nicht anzuhören. Also tu mir den Gefallen, okay, Mom? Um den V-v-vorgang zu beschleunigen.«

... Erinnerungen an Allen Raitliffe werden während ihres Verfalls ihr Halt sein. Sie wird sich den auf sie einstürzenden Erinnerungen an ihren Sohn und seinen Vater ergeben – Allen, der unter keine Zimmerdecke und in kein Auto paßte und in dessen Gegenwart anderen so unwohl war, sein Grimm um ihn gebreitet wie die Ebenen und Seen seines geliebten Mittleren Westens. Zu derartigen Anfällen von Rechtschaffenheit imstande, daß Hex' Hintern grün und blau war, wenn er ihn versohlt hatte, und andererseits bestimmt von einer väterlichen Leidenschaft dafür, die Dinge wieder ins Lot zu bringen, *Dexter, mein Junge, es tut mir leid, ich weiß, du hast jetzt keinen Grund, mir zu verzeihen, aber hoffe, du kannst es später.* Rundlich, ja rund (genau wie Hex als Junge), über eins achtzig, mit gewölbtem Brustkasten und knalliger, türkisfarbener Gürtelschnalle. Er aß wie ein Scheunendrescher, trank noch mehr und hatte bei Tisch ein Glöckchen neben sich stehen, mit dem er nach einem Nachschlag läuten konnte. Sein Vermögen machte er nach dem Krieg im Bergbau, in der Urangewinnung, verkaufte dann für einen Batzen und gab sich danach keinerlei Mühe mehr, seine Gelüste zu zügeln, außer vielleicht sonntags, wenn er nach *dem Geist* gierte, nach dem polierten, lackierten Inneren der Kirche, um sich in den subtileren ethischen Fragen unterweisen zu lassen. Und so weckten sie ihren Jungen und gingen mit ihm hin, damit er neben den Kindern der Betuchten von Old Saybrook und Umgebung sitzen konnte, den Chafees und den Wards und den Walker-Mädchen, den Snyders, den Sutherlands, den Morses. Allen und sie gingen mit dem jungen Dexter Raitliffe zur Kirche, mit dem dicken, neunjährigen Stotterer, und dort wurde er in den Evangelien unterrichtet, ob es ihm paßte oder nicht. Und es paßte ihm nicht. Hex schlich sich sonntags im Morgengrauen bei ihnen ein und stellte ihren Wecker ab, oder er simulierte eine Krankheit, und es sah daher so aus, als ginge er nur in den Wochen zur Kirche, in denen Mrs. Skillings, Sonntagsschullehrerin und Drache, Zuckerriegel oder Schokoladennikoläuse oder Marshmallow-Osterhasen verteilte, jene kommerziellen Verlockungen, die mit der religiösen Indoktrination einhergingen: *Okay, und nun gebt fein acht, während ihr eure Süßigkeiten eßt, Kinder, ich will euch die Geschichte von der Geburt des kleinen Jesulein erzählen. In der Adventszeit wollen wir über dieses wunderbare Ereignis reden, so wie es in den ersten vier Büchern des Neuen Testaments steht, weiß jemand, wie diese Bücher heißen? Die Evangelien, richtig, und das allererste Buch des Neuen Testaments heißt wie? »Als seine Mutter Maria mit Joseph verlobt war, fand es sich, ehe sie miteinander lebten, daß sie empfangen hatte vom Heiligen Geiste.« Versteht ihr das alle? Okay, ich will mich hier nicht mit der Biologie aufhalten, da fragt ihr lieber eure Mom und euren Dad, mal sehen, wie es weitergeht: »Die Tage vollendeten sich, da sie gebären sollte, und sie gebar ihren Sohn, den Erstgeborenen, wickelte ihn in Windeln und legte ihn in eine Krippe, weil für sie kein Platz in der Herberge war.« Weiß jemand, was eine Krippe ist?* Vielleicht hob Hex die Hand, obwohl er wegen der mit seinen Antworten verbundenen Verzögerung selten aufgerufen wurde, und statt dessen riß Brian Nelson, der Quälgeist, den es kaum noch auf dem Stuhl hielt, die Hand hoch – offenbar wußte er, was eine Krippe ist. »Bitte, Mizz Skillings, ich! Hier!« Und dann blökte er die Antwort. »Das ist ein Stall.« Erst dort, in der Sonntagsschule, begriffen Billie und ihr Mann allmählich, welches Ausmaß die Probleme ihres Sohnes hatten. Soweit Billie sich entsinnen kann, wurden die Kinder aufgefordert, jenen folgenschweren Schmu von wegen der Krippe zu illustrieren: *Siehe, ich verkünde euch eine große Freude, die dem ganzen Volke zuteil werden wird.* Und die Walker-Mädchen gestalteten aufwendige, mit Fingerfarben gemalte Bilder von der Verkündigung, die sie aus Daphnes und Johns Kunstbildbänden abkupferten – Bilder, auf denen Maria vor einem riesigen Engel wehklagte. Und der kleine Brian Nelson steuerte etwas eher Realistisches bei, eine herrlich primitive Darstellung des armen kleinen Jesus, der in einem Stall vor sich hin zitterte, umringt von Vieh, das sein Bett verschmutzte, von Säuen, die durch Gemüsereste schnoberten, dazu Marias schwere Wehen, Plazenta und Nachgeburt, während Joseph sich etwas abseits hielt und eine Bruderschaft zahnloser Bauern mit Weinflaschen versorgte, Bauern, die kreuz und quer über die Ebene gezogen waren, verblüfft vom Anblick der allerersten Bogenlampe, einer von der Staupe befallenen, an der Krippe zitternden Kuh mit Schaum vor dem Mund, Maria mit schwerer Blutung, *ein schöner Mythos, natürlich,* aber nicht entfernt zu vergleichen mit dem Bild, das Hex zeichnete und das er später mit nach Hause brachte und beschrieb: *Jesus k-kommt wieder, Mom, in N-new York City, er will in N-new York City leben, damit er die B-bösen auf den Straßen beseitigen kann, alle m-möglichen B-bösen. Er ist nämlich P-polizist, Mom, und er ist immer im Einsatz, und eines T-tages versuchen irgendwelche B-bösen, Jesus zu entkommen, und er jagt sie und so. Ach so, ja, und seine Eltern h-h-haben ihn in einem Hotel am Flughafen gefunden, in einem K-k-körbchen, weil es in sämtlichen Hotels von N-new York City kein Zimmer mehr gab, alles voll, und deshalb ist er in einem irischen V-v-viertel aufgewachsen, g-ganz weit weg von allem, und er ist h-h-halb Neger und Italiener, sein D-dad macht Käse und so, und er jagt Böse, er jagt sie, weil sie auf L-leute schießen und die g-g-g-g-goldene Regel nicht kennen, und er will sie umb-b-b-b-b-bringen, deshalb schießt er einen d-d-durchs Herz, und d-d-d-d-der ist t-tot. Da l-liegt er auf der Straße. Da sind seine Frau und die B-babys, die w-weinen alle um ihn, und er ist g-ganz b-b-blutig. Und die anderen b-beiden k-kommen davon, und Jesus k-kann sie nicht k-kriegen, weil er mit seinem P-p-p-p-p-p-p-polizeiauto nicht aus V-versehen jemand v-verletzen will. Also jagt er sie eine Weile, und dann s-steigt er aus und jagt sie zu Fuß weiter, a-aber einer k-kommt davon, und d-der andere, dem b-bricht Jesus den Arm, damit er seine L-lektion lernt. Da sitzt er mit seinem g-gebrochenen Arm und schreit, AHHHHH HHHHHH!, und Jesus fliegt weg, a-a-aber dann knallt er* – Schluß jetzt, sagte sie zu ihm, *das reicht.* Aber ihr Mann fand es amüsant, beunruhigte sich überhaupt nicht, sondern schien sogar einen Riesenspaß daran zu haben, jedenfalls solange, bis sie den Anruf von Mrs. Skillings bekamen, die andeutete, daß ihr Junge im lerneifrigen, leistungswilligen Umfeld der Sonntagsschule, nun ja, *Probleme habe,* obwohl sie, Mrs. Skillings, ihn eigentlich manchmal auch nachdenklich und heiter erlebe, aber er scheine nun einmal nicht mit den anderen Schülern auszukommen. Und das sei ein Problem. In der Schule hatte er auch Schwierigkeiten. Und so beschloß Allen, in der folgenden Woche zu ihr zu gehen und mit ihr, mit dieser Mrs. Skillings, zu reden. An dem Sonntag, nachdem er Dexter zum erstenmal auf die Jagd mitgenommen hatte, oben in den Wäldern bei Amenia, um ihn im Gebrauch des Kleinkalibergewehrs zu unterweisen. Und als sie am Samstag abend nach Hause kamen, war klar, daß Hex, sein Haar windzerzaust, seine Wangen rosig angehaucht, genau wie sein Vater in die zerstörerische Gewalt von Schußwaffen vernarrt war. Vor diesem Hintergrund ging Hex am nächsten Tag mit seinem Vater zu dem Gespräch mit Mizz Skillings. Er wäre mit seinem Dad überallhin gegangen. Als Billie aufwachte, waren ihr Mann und ihr Sohn bereits angezogen und beim Kochen – Eier mit Tabascosauce, Hafergrütze mit Ahornsirup, kanadischen Speck. Allen war mitten in einer Ansprache: *Du bist ein Herzensbrecher, mein Lieber, vergiß das bloß nicht. Die Frauen werden dir zu Füßen liegen. Deine Zeit kommt schon noch. Die wollen genau das, was du hast. Mach dir keine Sorgen über die mageren Jahre.* Billie duschte und machte sich zurecht, und als sie fertig war, saßen die beiden schon draußen im Coupé, und der Motor lief. Sie stieg hinten ein. Allen bereitete sich auf die Auseinandersetzung mit der Frau vor. *Was ist denn nun das Problem mit dieser Sonntagsschullehrerin? Bringt sie dir überhaupt irgendwas bei?* Worauf Hex mit nervösem Kopfschütteln anwortete. Und das machte Allen leicht gereizt, obwohl er bis zu einem gewissen Grade durchaus gewillt war, höflich zu bleiben, er wollte Elaine Skillings einfach guten Tag sagen, ihr sagen, das ist unser Sohn Dexter, er stottert, ganz recht, und er hat etwas Übergewicht, begriffsstutzig ist er auch ein bißchen, aber er ist unser Sohn, einen anderen haben wir nicht. Aber auf dem Weg dorthin wurde sein Entschluß zuschanden: *Wenn dieses Weib schon Sonntagsschullehrerin ist, dann könnte sie ruhig mal ein paar christliche Tugenden wie Verständnis und Versöhnlichkeit an den Tag legen, anstatt sich über ihre Schützlinge zu beklagen, wenn sie einen Routinejob will, dann sollte sie vielleicht lieber irgendwo einen Strahlenschutzkasten bedienen, wenn sie das will, aber als Sonntagsschullehrerin bei den Episkopalen kann sie verdammt noch mal ihre Religion praktizieren, anstatt sich darüber zu beklagen, daß ein Junge, der bloß ein bißchen persönliche Zuwendung braucht, nicht in ihre Klasse von Himbeerheinis paßt,* orgelte Allen, aber soweit Billie aufgrund späterer Berichte wußte, fand das Gespräch mit der Skillings niemals statt. Sie gingen die Treppe hinunter, die beiden, die Raitliffe-Männer, Allen gebeugt unter den Heizungsrohren, Allen aller Wahrscheinlichkeit nach von einer gewissen Ungeduld schwelend, in den Augen etwas Geschmolzenes, als hätte er etwas Unangenehmes gesehen. Sie stiegen die Treppe hinunter in den Kerker, wo die Ketzereien gebüßt wurden, und Allen bombardierte Hex mit Behauptungen wie etwa, *Na ja, vielleicht hat sie ja recht, vielleicht hat Mrs. Skillings recht, und du strengst dich nicht genügend an. Woher soll ich das wissen? Beweis es mir doch einfach, Dexter, wenn ich bei der Kontroverse für dich Partei ergreifen soll. Sag mir doch zum Beispiel mal, wer der Papst ist. Weißt du, wer der Papst ist?* Erneut schüttelte Hex den Kopf. Allen blieb stehen. Fuhr Hex mit der Hand durchs Haar. *Na ja, ist auch nicht so wichtig. So ein Italiener halt ... mit einer Kunstsammlung. Schwamm drüber.* Allens Gang nahm etwas Hüpfendes an, während er sich die nächste Frage ausdachte. *Dreifaltigkeit?* sagte er plötzlich. *Was ist die heilige Dreifaltigkeit? Weißt du, was das ist?* Und dann lehnte sich ihr Mann, Billie Raitliffes Mann, dort auf dem Flur an die Kante eines Aktenschranks, wie um einen Moment lang die korrekte Antwort auf diese Frage zu durchdenken. Es war ein schlichter grauer Aktenschrank, der alte Kirchenblättchen und längst gehaltene Predigten beherbergte. Und Allen sackte dagegen. Er, der Junge, wälzte die Frage nach der Dreifaltigkeit zum Klang des Chors droben (wo sie selbst, wo Billie gerade einen Dollarschein in eine Opferschale aus Messing warf), und der Chor traf den höchsten Ton irgendeines Madrigals, als sich unten das Blech des Aktenschranks leicht eindellte. *Ah,* sagte Allen. Die anfängliche Überraschtheit kam von ihm. Was machte sein Dad da? fragte sich Hex. Sollte das irgendein Scherz sein? Eine weitere Prüfung seiner Kenntnisse in diesen Fragen? War das etwa die Antwort auf die Frage nach der Dreifaltigkeit? *Irgendwas ist da nicht ... He, bleib mal einen Moment da, okay?* sagte sein Dad. Und dann stürzte Allen Raitliffe zu Boden; alles Gleichgewicht verließ seinen Körper – als wäre sein Inneres plötzlich zusammengefallen. Er kippte um. Aus der aufrechten Haltung, in der er am Aktenschrank lehnte. Auf den Boden. Er stöhnte ein einziges Mal. Es war sein Kopf. Er klammerte sich an diesem riesigen Kopf fest. *O Mann,* sagte er, *mir geht's wirklich nicht so toll. Dexter, meinst du, du könntest mal da runterlaufen und ... äh, Mrs. Skillings für mich alarmieren? Denk trotzdem weiter über die Frage nach, die ich dir gestellt habe ... Laß dir Zeit. Das ist kein Trick.* Und dann begann er zu bluten. Das Blut floß in mittelalterlicher Fülle. Wo konnte so unvermittelt Blut herkommen? *Und warum so viel?* Er war nicht verletzt oder krank. Er blutete bloß. Aus dem Auge? Aus einer Stelle hinter dem linken Auge? Allen hielt sich die Hände vor die Augen, und das Effluvium rann herab, lief über seine Ärmel, so daß seine Handteller schließlich wie stigmatisiert aussahen, und er schauderte, und sein Körper leerte sich, aufgrund des *Aneurysmas,* und Hex erfüllte den letzten Wunsch seines Vaters (nämlich Mrs. Skillings zu holen) nicht, sondern blieb in diesem Korridor *wie angewurzelt auf dem Linoleum* stehen; und ein ganzes Leben in psychiatrischer Behandlung würde die Tatsache seiner Reglosigkeit nicht ungeschehen machen. Ach, ihr armer Sohn. Hex versuchte, etwas zu seinem Vater zu sagen, wollte unbedingt etwas sagen, aber unter den gegebenen Umständen waren die Chancen gering. Die Zeit war nicht grenzenlos. *Hex,* sagte sein Vater und rief seinen Sohn damit beim Spitznamen, einem Namen, den er normalerweise nicht leiden konnte, obwohl er für seinen Jungen leichter auszusprechen war. Es war sein letztes Wort, mit dem er das Thema abschließen sollte, denn während der Blutfluß weiterging, geriet Allen selbst in Panik, empfand schreckliche Enttäuschung, von massiven körperlichen Beschwerden ganz zu schweigen. Er war sich über die Diagnose im klaren. Er wußte, wieviel Blut er verlor. Wie viele Sekunden waren verstrichen? Er war von Lachen umgeben. Hex fiel auf seinen Vater, umarmte ihn, weinte. Das Kreischen, das dem Jungen endlich entfuhr, hatte nichts mit Worten gemein. Hex war ein in einem trübe beleuchteten Flur einer Vorstadtkirche mit dem Blut seines Vaters beschmierter Junge, dessen inbrünstiger Wunsch – daß es seinem Vater wieder gutginge – von der begrenzten Allmacht der Kirche nicht erfüllt werden würde. Dann trat Elaine Skillings auf den Flur, wies die Kinder an, *Bleibt bitte im Klassenzimmer*, und Allen war mittlerweile bewußtlos, schwebte im Koma, das Geräusch einer zuschlagenden Tür mit Glasfenster, als der furchtlose Brian Nelson sich mit den anderen Kindern im Zimmer einschloß, sich mit ihnen unter dem Tisch verkroch und der Gottesdienst oben wegen des in der stillen Ehrfurcht der Eucharistie wahrnehmbaren Tumults zum Erliegen kam, Elaine Skillings' Absätze auf dem Linoleum, als sie Hex bei der Hand nahm, ihn von dem Liegenden wegzerrte, *Nun komm, Liebes* sagte, mit ihm nach oben rannte, mittlerweile selbst auch voller Blut, ihr Kleid fleckig, und dann die Doppeltür hinten in der Kirche aufriß, als wäre für die Protestanten die Zeit des Märtyrertums wiedergekehrt, in ihrer Erscheinung etwas Apokalyptisches an dem Punkt, da sie selbst, da Billie Raitliffe, ins Geschehen eintrat, sich von eucharistischen Gebeten ihrem armen Sohn zuwandte, *O mein Gott, nie im Leben hatte sie so … Du lieber Himmel, wo kommt nur das viele Blut her?*, und, ohne daß man es ihr zu sagen brauchte, wußte, daß ihr Glück sich erschöpft hatte, und dann diese lange, schwarze, beinahe aus dem Gedächtnis getilgte Minute, der Moment, in dem sie in den Mittelgang trat und nicht mehr nur von Allens Tod erfuhr, sondern ihn miterlebte, an seiner Seite, *ihr*

Mann war tot, genaugenommen lebte er noch ein, zwei Tage, obwohl er das Bewußtsein nicht wiedererlangte, und sie beobachtete die Vorgänge von irgendeiner erhöhten oder himmlischen Warte aus, beobachtete sich selbst aus dieser Entfernung, während sie sich unter Klagelauten die Augen bedeckte, die fahrbare Trage hinter ihr die Treppe herunterklapperte, die Feuerwehrleute mit ihrer Trage, Lakaien des Unglücks, und dann dachte sie, *Wo ist Hex? Wo ist Hex?* Eine letzte Minute allein mit Allen. Sein Gesicht resigniert, erschöpft, seine Arme zur Seite geschleudert. Von anderen hochgezogen, stand sie auf, um festzustellen, daß Hex oben beim Pastor war, ausgerechnet beim Pastor, der nicht erkannt haben konnte, daß die religiöse Unterweisung ihres Sohnes soeben abrupt zum Abschluß kam, *daß er gerade alles an Theologie mitbekommen hatte, was er je brauchen würde,* daß er nie wieder den Fuß in eine Kirche setzen, daß er Bänke, Sakristeien, Lichtgaden, Vorhallen, Hauptschiffe, Narthizes und Altäre von Kirchen meiden, daß er jegliche Unterweisung durch Kirchen verweigern würde. Sie brachten ihren Mann weg, ihren komatösen Mann, zu einem Kurzaufenthalt in New London, im Krankenhaus, und sie ging Hex suchen, der in diesem Moment gerade den Pastor fragte, *wer der Papst war.* Unter den gegebenen Umständen wußte der Geistliche darauf nichts zu erwidern.

Soweit eine von Billies Erinnerungen.

»Laß dir Zeit«, sagt Hex, jetzt, im Wohnzimmer, als er sie auf den Joystick, auf die elektronische Apparatur zurollt. »Nur keine Eile, wir haben reichlich Zeit. Obwohl ich irgendwann w-w-was zwischen die Zähne brauche. Aber l-l-l-laß dir Zeit, okay?«

5

Auf der I-95 käme Lou Sloane am besten aus der Stadt heraus. Diese gewaltige Verkehrsader wäre am geeignetsten für die Fahrt in seinem cremefarbenen Cadillac, zu den Klängen von Schlagern aus der Stereoanlage, bei offenen Fenstern, so daß Herbstbrisen durchs Auto wehen, um die leeren Styroporbecher wehen, mit denen das Kunstlederinnere übersät ist. Und für die I-95 hat er sich auch entschieden, gemäß einer Reiseroute, die er einige Stunden zuvor festgelegt hat, als er aufgrund einer Art Automatismus beschloß, *den Staat zu verlassen.* Welche Straße wäre besser geeignet? Die sechs Spuren der Interstate sind der Weg der Wahl für jene, die sich von Gewohnheiten und Alltagstrotts lösen und einfach losfahren, die Car-Pool-Spuren meiden, das Radio anmachen und (unmelodisch) mitsingen – diese Amerikaner, die es nicht so genau nehmen mit dem Verbot offener Trinkgefäße im Wageninneren, die sich nicht an Geschwindigkeitsbegrenzungen halten, die rechts überholen, *diese krassen Individualisten*, die am Ende eines langen Gerangels zu dem Schluß kommen, daß die Ehe ein Gefängnis ist, diese Typen, die überzeugt sind, daß es etwas gibt im süßen Leben, das ihnen verschlossen, ein Fleckchen Zufriedenheit, das ihnen bislang vorenthalten war, *wo doch das Streben nach Glück, verdammt noch mal, schon in der Gründungsakte der Nation drinsteht.* Die Straße für diesen Typ muß die Interstate sein, die I-95, die Straße nach Nordosten mit ihrem Aufgebot an McDonalds', State Troopers, Sattelschleppern (und unter Amphetaminen stehenden Fahrern), die I-95, ein gewaltiger Demokratisator, Gratisgabe unserer Regierung nach dem Krieg, um für den Fall eines feindlichen Angriffs Zivilschutzrouten zu erschließen, die I-95, *Bringen Sie unbedingt Hacken und Schaufeln mit,* das Asphaltband nach Nordosten, das überallhin führt, wohin zu gehen sich lohnt. Allerdings verhält es sich so, daß an der Interstate ständig gearbeitet wird, alle fünf Meter, verflucht noch mal, so jedenfalls kommt es Sloane vor, der in diesem Moment gerade mit seinem letzten Lunch an der Küste Connecticuts fertig wird, und zwar in Arlene's Surf'N Turf: einem *Grillteller*, bestehend aus Calamari, Shrimps, falschem Crab Meat und dick paniertem Kabeljau – und als Beilage, in Wachspapierschalen, Krautsalat und Remoulade. *Fahrbahnteiler aus Zement, dazu der sich einfädelnde Verkehr und überall Polizei,* Baustellen von New York City bis Boston, vierhundert Kilometer, und nie werden sie fertig, setzen einfach Heerscharen von Bauarbeitern mit ihren Helmen und Hacken da draußen ab, Sicherungsposten, die lässig auf der Überholspur stehen, ständig sind sie da, von Pelham bis Lowell in beiden Fahrtrichtungen, Tag für Tag, im Berufsverkehr genauso wie in der tiefsten Nacht, und kaum ist ein Abschnitt neu asphaltiert, stürzt anderswo eine Brücke ein, und man schickt schleunigst die Bautrupps hin. Die I-95 ist der reinste Parkplatz, so sieht's aus, voller wütender Angehöriger der Arbeiterklasse in ihren unversicherten, tiefergelegten Autos, *man hört es doch jeden Tag,* man hört es von den Verkehrshubschraubern und von den Nachrichtensendern, *Meiden Sie die I-95.* Und während er so herumgrübelt, könnte sich Lou – der seine Papierserviette zerknüllt, sie in die Tellermitte schiebt und sich dann auf die Herrentoilette begibt, um sein gespraytes weißes Haar zu kämmen und seine getönte Brille zu putzen – unmöglich vorstellen, daß sein Stiefsohn, sein stotternder, sich übertrieben kleidender Stiefsohn (der genau in diesem Moment in seinem Mietwagen mit dem Leck im Tank in New York City losfährt), in bezug auf die I-95 *erst kürz-*

lich vor dem gleichen Problem stand und – wie Lou – zu dem gleichen unvermeidlichen Schluß gelangte. Sloane jedoch glaubt, während er in dem trüben Toilettenspiegel sein Antimaterie-Gegenüber betrachtet, er allein sei auf die elegante Lösung gekommen: *Er wird die U.S.1 nehmen müssen.* Zumindest ein Stück weit. Zumindest bis New London. Und dann wieder ab Groton, so zirka eine halbe Stunde lang. U.S.1, *die Boston Post Road,* die älteste Straße des Landes, die sich von New York bis Boston und weiter zieht, sich durch Maine windet, entlang der zerklüfteten Küste und durch die North Woods, durch Holzfällerland, ehe sie in den Weiten Kanadas verschwindet. Die Boston Post Road, auf der die einander bekriegenden privaten Postunternehmen – Vorläufer des Bundesmonopols – durch Indianerland hetzten und die Pilgerväter versorgten. Heute, dreihundert Jahre später, ist die Straße praktisch ein einziges, langgezogenes Einkaufscenter, von Anfang bis Ende, von Fordham bis New York City, wo sich die Kids mit Marihuana oder härteren Drogen eindecken – die ganze Strecke bis zur Automeile von Norwood, in der Nähe des Foxboro Stadium, wo es mehr Autovertragshändler pro Hektar gibt als irgendwo sonst auf der Welt, Dutzende, mit ihren salbungsvollen Verkäufern in Schlips und Kragen. Die Boston Post Road steht für Franchising und Mobilität, und besonders für die Kombination von beiden – den Autohandel –, die jenen Amerikanern etwas zu bieten hat, die dazu neigen, sich ohne einen Blick zurück davonzumachen. Sloane denkt, *Was soll's, verdammt, wenn ich die Post Road nehmen muß, dann nehme ich eben die Post Road, vielleicht bis Kingston, und dann fahre ich wieder auf die 95. Kann ja schließlich nicht die ganze Strecke bis zur Küste dicht sein.* Und er beendet die Rituale, die auf seinen Lunch folgen (wäscht sich zweimal die Hände, trocknet sie sorgfältig am Handtuchautomaten ab), und kehrt an seinen

Tisch zurück, um zwanghaft sein Trinkgeld auszurechnen – ganz genau fünfzehn Prozent. Rechnen kann Sloane. Das Trinkgeld beschäftigt ihn auch deshalb, weil er beim Bezahlen an der Kasse (Vorschrift in Arlene's Surf'N Turf) der Besitzerin des Lokals, Arlene höchstpersönlich, gegenüberstehen wird. Er ißt seit etwa fünfzehn Jahren im Surf'n Turf, und zwischen ihm und Arlene herrscht so etwas wie wissende Freundlichkeit. Sie weiß beispielsweise von der Beendigung seines Arbeitsverhältnisses im *Werk* – dem von der Coastal Power and Light, Inc. betriebenen Atomkraftwerk von Millstone –, weil Klatsch im Arlene's nichts Unübliches ist, besonders Millstone-Klatsch, und sie weiß vielleicht sogar von seiner neuesten Adresse, dem Tides Motel (in Niantic), aber er hat keine Lust, mit ihr oder mit sonst wem, den er an diesem Nachmittag vielleicht noch trifft, darüber zu reden. Er hofft, sie wird auch weiterhin, wie bisher, höfliches Schweigen wahren. Trotzdem ist er nervös. Aber weil Lou ein schwermütiger, wortkarger Bär ist und gewohnheitsmäßig eine Sonnenbrille mit bernsteinfarben getönten Gläsern trägt, stößt er auf keinerlei Schwierigkeiten. Als sie seine Rechnung herausspult und sich mit einer altersfleckigen Hand mit lackierten Nägeln durch das kastanienbraune Haar fährt, stellt er fest, daß ihr anderes durch den Kopf geht: *Lou,* sagt sie, *hör zu, meine Enkelin kommt gestern nacht um vier Uhr morgens heim.* Sie gibt ganz automatisch heraus. Sie zählt nicht nach. *Es ist mir egal, wie alt sie ist! In meinem Haus nicht! Nicht in meinem Haus!* Schüttelt wehmütig den Kopf. Lou lächelt, bleibt ansonsten aber stumm, weil ihn nach wie vor Rückzugsstrategien in Anspruch nehmen. So muß er vor seiner Rückkehr ins Büro noch einen Zwischenstop einlegen, um seine Rechnung im Tides Motel zu begleichen, der Absteige, wo er sich im Laufe der Jahre so manches Augenzwinkern eingehandelt hat – wegen nächtlicher Sicherheitsüberprüfungen (Stichproben an den Speisewassersystemen, dem Not- und Nachkühlsystem, den Abblaseregelventilen, Notfallprozeduren für Störfälle aller drei Kategorien – Kühlmittelverlust, Freisetzung von Spaltprodukten, Kernschmelze) und wegen gelegentlicher Nachtschichten in der Steuerzentrale. Er bleibt gern in Übung. Bei solchen Gelegenheiten hat Sloane stets das Tides beehrt. Aus praktischen Gründen, aber auch deshalb, weil er das Gewohnte zu schätzen weiß. Zuverlässig mottenzerfressene Decken, gestärkte Laken, die Geräusche der Route 156, das Klatschen, mit dem das Wasser des Long Island Sound an den Rumpf eines irgendwo in der Nähe vertäuten Dinghis schlägt, am Himmel kreisende Möwen. Lou mag das Gewohnte. *Warum wäre er wohl sonst fünfzehn Jahre mit einer Frau zusammengeblieben, die nicht mehr gehen, reden, mit ihm schlafen, ja nicht einmal mehr essen konnte, ohne daß er sie fütterte? Warum zum Teufel wäre er so lange geblieben, wenn darin nicht auch irgend etwas betäubend Tröstliches läge?* Als er am Kaugummi- und am Zigarettenautomaten vorbeikommt, verengt sich etwas in seiner Brust. Er hat Herzklopfen, wieder einmal, und er drückt den Daumen gegen das Handgelenk der anderen Hand, während er auf den Parkplatz schlendert, sich matt an den Wagen lehnt und wartet, bis sie vorbei ist, die Arhythmie der Verzweiflung. Die Sonne ist auf dem Weg nach unten. Der Parkplatz ist voll. Amerikanische Autos. Wenn er erst auf der Post Road ist, wird es besser werden. Lou steigt in den Wagen, läßt den Motor aufheulen und fährt durch die Stadt zurück. Durch Waterford. Zum Motel. Sieben Ampeln. Waterford ist genauso angelegt wie alle zu kurz gekommenen Küstenstädtchen. Die Union Avenue, die Straße, die den Hafenbereich vom Stadtinneren trennt. Hier, links von ihm, spiegelt sich das Bernstein des Nachmittags im kabbeligen Sound. Er passiert die Post, den Videoverleih, jede Menge Motels, die meisten jetzt, in der Nebensaison, verrammelt, Jachthäfen mit aufgebockten Booten, die Handelskammer, und dann ist er wieder draußen aus der Stadt und fährt in südwestlicher Richtung nach Niantic hinein, dorthin, wo mit Blick aufs Wasser das Tides liegt. Draußen bei den Biergroßhändlern. Hier parkt Sloane vor Zimmer Nr. 3, seinem außerhäusigen Zuhause, und geht zu Fuß zum Empfang zurück, wo er Pranav K. Chanapurthi antrifft, der sich an einem winzigen, schrillen Schwarzweißfernseher in steifer Haltung eine Talkshow ansieht. *Pranav, wieviel?* Lou hatte, wenn überhaupt, nur eine Nacht bleiben wollen, um den ganzen Kram seines letzten Tages erledigen zu können. Und zwar am Donnerstag. Das war Strategie A gewesen. Am Mittwoch aber war Sloane von *einer unerklärlichen Herzensregung* übermannt worden, von anfallartigen Gewissensbissen, verbunden (abermals) mit Herzklopfen und Kurzatmigkeit, *während er Billies Wegwerfunterwäsche wechselte.* Einfach so. Er saß mit seiner langjährigen Ehefrau vor dem Fernseher. Urin lief aus ihr auf den Boden der Bibliothek, lief unter ihrem Kleid hervor, während sie sich ein Video der Ballerinen des Kirow-Balletts ansahen. Aviva hatte Billies Windel offenbar nicht richtig befestigt. Wie üblich nahm Sloane die lästige Pflicht auf sich. *Schatz,* hatte er gesagt, *ich lege dich mal eben auf die Chaiselongue auf der Veranda und wechsle dir die, äh, du weißt schon … Hast du das Gefühl, du hast da unten einen Rückstau? Möchtest du dir nicht einmal überlegen, dich katheterisieren zu lassen?* Die Worte waren durchaus mitfühlend, schließlich hatte er ihr oft genug Unerfreuliches beigebracht, *Wie wär's, wenn ich dich trage?* oder *Liebling, ich glaube, das Bett braucht jetzt Platz für eine Bettpfanne,* oder *Liebes, wir können wirklich nicht besonders gut verstehen, was du sagst.* Er hatte dergleichen mit unterschiedlicher Geduld gesagt, denn als er sie geheiratet hatte, als sie noch am Stock gegangen war, hatte ihr Gesicht einem vielgestaltigen, ganz von Weisheit, Schmerzen und Kummer geformten Kristall geglichen, ganz und gar schön wie ein von der Bucht aufgeschreckter Vogelschwarm, ganz und gar schön wie Celloklänge, ganz und gar schön wie ein Morgen nach dem ersten Schneefall, ganz und gar schön von einem erfüllten Leben. Sie war eine umwerfende ältere Frau, mit weißem Haar, das sie einfach wehen ließ, sie band es weder zusammen, noch färbte sie es blau oder sonstwie, benutzte weder Rouge, um wie ein junges Ding auszusehen, noch zupfte sie sich die Augenbrauen, sie war eine Frau voller Würde, und sie konnte noch mit den Händen zu ihm herauflangen, als er sie heiratete, und darüber lachen, wie herrlich sie sich an manchen Abenden amüsiert hatten, nur sie beide, im schlechtesten Restaurant der Stadt, bei einem Essen für zwanzig Dollar, und es war ihr piepegal, daß er sparen mußte, nach ihren Maßstäben ein armer Schlucker war, piepegal, daß er gerade so auskam, ohne große Sprünge machen zu können, es kümmerte sie kein bißchen, und sie waren mit ihrem Körper so sanft umgegangen wie mit einem kostbaren Porzellangegenstand, im Licht des großen Schlafzimmers, auf dem alten Bett mit den Vorhängen, sie waren sanft vorgegangen, hatten ihren Körper und ihre Hingabefähigkeit erprobt, und er hatte dieses Erproben sanfter und schöner gefunden als alles, was er von Rechts wegen erwarten durfte, und ein anderes Mal hatten sie sich in seiner Wohnung auf der billigen Seite der Stadt getroffen, er bemühte sich aufzuräumen, ein bißchen Stil hineinzubringen, weil ihm die Plumpheit der Umarmungen eines jüngeren Mannes peinlich war, *klar, um die Frau kann ich mich kümmern,* hatte er gedacht, ich bin dazu da, mich um diese arme Frau zu kümmern, auf die eine Menge Probleme zukommen, ich bin fünfundvierzig Jahre lang allein geblieben und habe darauf gewartet, daß ich zur Abwechslung mal etwas Uneigennütziges tun kann. *Ich habe gewartet.* Aber das war, bevor er gelernt hatte, ihr Unerfreuliches beizubringen. Das war, bevor er mit angesehen hatte, wie sie stürzte und sich das Handgelenk brach, als sie nach einer Tasse griff; bevor er eine wundgelegene Stelle mit Jod behandelt und dabei bis auf ihr Skelett geblickt hatte; bevor sie begann, zwei, drei Tage am Stück zu schlafen; bevor sie begann, endlos lange in Schweigen zu verfallen; vor alledem, und vor Mittwoch abend, als er irgendwie einfach schlappmachte. Man weiß, wie so etwas läuft, es geht einem einfach der Saft aus. Ihm war einfach der Dampf ausgegangen, als hätte er plötzlich ein Loch gekriegt, als wäre die ganzen Jahre etwas verborgen gewesen und er hätte es plötzlich gefunden, hätte festgestellt, daß er es genau vor der Nase hatte, genau da, wo er gerade saß – bei seiner Frau, deren Wegwerfunterwäsche er gerade wechselte. Die schlichte Einsicht genau vor seiner Nase. *Er mußte nicht dableiben.* Es war ganz einfach. Er ließ sie einen Moment auf der Chaiselongue allein, ging einfach an ihrem Körper, dieser verschlissenen Verpackung, vorbei hinaus und nach hinten zum Pool. Der Entschluß war offenbar schon lange gereift. Es war, als hätte er plötzlich eine Reklametafel gelesen, an der er jeden Morgen vorbeikam. Sofort standen ihm die Nächte vor Augen, in denen die Offenbarung dieses Gedankens ihn wachgehalten hatte und er wie ein Teenager vor dem offenen Kühlschrank gestanden hatte, schluchzend, in den Händen eine Milchtüte (mit dem Bild eines vermißten Kindes darauf), weinend, weil er wußte, daß sein Leben aus dem Gleis geraten war. Die Tage, an denen er diesen Gedanken bei der Arbeit gehabt hatte, wenn er mit seinem Klemmbrett von Dampfventil zu Thermometer zu Monitor ging, überprüfte, was bereits überprüft worden war, und dabei wußte, daß etwas schieflief, daß sich etwas verändert hatte. Auch in den mitfühlenden Blicken von Kollegen hatte er es gesehen, ohne zunächst zu wissen, was es war, ohne zu wissen, daß er beim Weggehen einfach die Tür abschließen, sie irgendwelchen Einrichtungen anvertrauen konnte, der staatlichen Fürsorge, ihren Steuerberatern oder wer immer aufgrund von Blutsverwandtschaft für sie verantwortlich war. Er hatte es *gewußt,* und nun verstand er die Empfindung. Er mußte sich nicht vorwerfen, daß er weiterlebte und bei Kräften war, daß er lange Strecken allein fahren wollte, daß er Vieh auf einer Wiese betrachten wollte, daß er in einem stillen Waldwinkel Kaffee aus einem Styroporbecher trinken wollte; er mußte sich überhaupt nichts vorwerfen. Er war bloß ein Mann, der nachts lange auf war, der nicht mehr gut schlief, ein Aufseher in einer Steuerzentrale – der einen ganzen Haufen Nachtschichten übernommen hatte, in denen er die Sache durchdachte und sich fragte, wie es dahin hatte kommen können, die Füße auf den Schreibtisch gelegt, während er sich dann und wann einen *Fremdkörper* aus dem Auge wischte. Dann kam der Mittwoch. Dort draußen allerdings, im Garten, am Mittwoch abend, hatte das Geräusch des Atlantiks etwas Begütigendes, und er wußte, daß es in Ordnung war wegzugehen. Es würde ein heilloses Chaos anrichten, und er hatte eine Heidenangst davor, aber es war in Ordnung. Er holte Luft. Er ging ins Haus zurück. Er wechselte seiner Frau die Windel, trocknete sie mit einem Handtuch ab und umarmte sie hinterher ungewohnt innig, weil er sie liebte, weil sie für ihn ein Engel gewesen war. Dann hob er sie hoch, und sie gab ein zufriedenes Murmeln von sich, und er trug sie wankend, mit angestrengt arbeitenden Lungen, die Treppe hinauf ins Elternschlafzimmer, wo sie dieser Tage selten schlief. Er setzte sie auf dem Bett ab, streckte ihre Gliedmaßen aus, bog ihren spastischen rechten Arm gerade, und sie schrie auf. Dann entkleidete er sie, zog ihr das Kleid über den Kopf, das sich einen Moment lang in Wülsten vor ihr Gesicht legte, hakte dann ihren BH auf und durchwühlte sämtliche Schubladen nach einem Nachthemd oder etwas ähnlichem. Fand ein lavendelblaues Unterkleid. Doch bevor er es ihr anzog, hievte er sich selbst aufs Bett, streifte die Schuhe ab, zog sich das Hemd aus der Hose, entspannte sich selbst ein bißchen, und dann küßte er sie überall im Gesicht – sie hatte dort, abgesehen von der Neuralgie, immer noch etwas Gefühl. Sie empfand dort immer noch Lust. Sie mochte es sehr, geküßt zu werden, und sie lächelte ein wenig, oder vermutete er nur, daß sie lächelte, interpretierte er nur als Lächeln, was wahrscheinlich nichts weiter als die Vorstellung von Dankbarkeit war, oder lächelte sie tatsächlich? Wußte sie, als er sich mit einem Zipfel des Lakens die Augen wischte, daß er nun gleich packen würde? Hörte sie ihn danach auf den Speicher gehen? Nachdem er sie geküßt hatte, überlegte er, ein letztes Mal mit ihr zu schlafen. *Aber wozu sollte das gut sein?* Er würde nur wieder gewaltsam in sie eindringen müssen, weil sie die entsprechenden Muskeln nicht entspannen konnte, und er würde die Lotionen und die Cremes zusammensuchen müssen, und es wäre wie immer eingeschränkt vom guten Rat der Neurologen, ein vernünftiger, vorsichtiger Austausch von Zärtlichkeit, und genau das konnte er nicht mehr, er schaffte es einfach nicht. Er war verachtenswert, er war genau besehen nicht stark genug, weder stark genug noch gut genug, und so ließ er sie allein. Sie schlief ohnehin, war ohne Kleider am Leib eingeschlafen, und er deckte sie zu. Und ließ sie allein, ließ sie im Haus allein, ließ seine Sachen größtenteils zurück, nahm bloß das mit, was jetzt im Auto lag, ließ sein Aftershave auf der Ablage im Badezimmer stehen, ließ sein Geschirr in der Spülmaschine, hinterließ einen Brief auf ihrem Computer, einen Brief mit lauter falschen Worten. Er war kinderlos, auf Kurzarbeit, in den Ruhestand gezwungen, und er würde in seinem Alter nicht mehr arbeiten. Er befand sich zwischen zwei Lebenssituationen.

Daher das Tides Motel in Niantic. Mit seinen vom Parkplatz aus zugänglichen Zimmern; seiner Knastarchitektur; seinem Gestank nach Ausschweifung; seinen unbegrenzten Möglichkeiten zum Konsum von *Pornos;* seiner allgemeinen Linie von Diskretion und Anonymität; seinen Vinylvorhängen (zugezogen); seinen unheilverkündenden braunen Flecken an der Decke; seinen eselsohrigen Reiseprospekten über die Wasserrutsche von Bridgeport; seinem europäischen Frühstück aus verbrannt schmeckendem Kaffee und weißem Toast; all dieser Komfort, und mehr, für den Mann, der seine Frau verläßt. Diskret über Lous Discover-Karte abgerechnet. Nachdem er seine Unterschrift hingesetzt hat, langt Lou über das Empfangspult, um Pranav K. Chanapurthi, dem Motelbesitzer, freundlich auf die Schulter zu klopfen. Sie haben im Lauf der Jahre viel miteinander zu tun gehabt. *Schönen Nachmittag noch, Louis,* sagt Pranav, *und grüßen Sie Ihre Frau von mir.* Sloane verspricht es. Dann steuert er wieder Zimmer Nr. 3 an, wo er seinen Koffer auf den Rücksitz des Cadillac legt. Der Parkplatz ist leer. Behutsam schließt er die hintere Tür und läßt sich dann hinter dem Steuer nieder. Und jetzt auf zum letzten Nachmittag bei der Arbeit – ein letztes Hindernis, ehe er endgültig aufbrechen kann –, ein Nachmittag, der eine lästige Pflicht sein wird, wie Sloane weiß, und zwar wegen der *Party.* Wenn ihn nicht alles täuscht, werden die Leute von der Steuerzentrale, Reggie Davis, Mac Kowalski, Dorothy Halleran, Ronald Self, und wahrscheinlich auch ein paar Typen von der Wartung (er hat sich immer für sie starkgemacht), jedenfalls die, die wissen, wieviel Arbeit er in den Laden gesteckt hat, werden diese Leute ihm eine

Flasche Champagner kaufen, und sie werden, mit gemischten Gefühlen, auf die Freiheit des fortgeschritteneren Alters anstoßen. Ganz ehrlich, er findet diese Partys grauenhaft. Findet schon das Dabeisein grauenhaft und wird es noch grauenhafter finden, der Ehrengast zu sein. Und das Management wird in den Kulissen stehen, und außerdem wird dieser Widerling Stanford Warren, sein Nachfolger, sich dort herumdrücken und in Sloanes Büro Fotos aufhängen. Sie werden die Party mit Frauen aus der Abteilung Menschliche Resourcen und Kommunikation auffüllen. Sie werden alle herumsitzen und so tun, als kennen sie ihn schon ewig. Und Warren wird zu ihm kommen und sagen, *Ach, übrigens, Lou, weißt du, wer von der Rechtsabteilung eine Kopie der Monatszahlen bekommt?* (Sloane läßt die elektrischen Fenster herunter. Sieh mal: die Sonne balanciert genau auf der Stelle, wo Meer auf Küste trifft.) Lous Loyalität gehört der Firma, und das seit fünfzehn Jahren, und er wird mit dieser Information herausrücken, weil er muß, so wie er auch bereit war, den Kopf hinzuhalten, als die Korrosion der Röhren publik wurde. Immerhin hatte es Sloane persönlich autorisiert, hatte die Verwendung von Salzwasser, die Verwendung des *Atlantischen Ozeans* als Kühlmittel autorisiert – schließlich war davon massenhaft da, und das direkt vor der Haustür, und sie hatten es entsalzt, jedenfalls weitgehend, und Waterford litt, ungeachtet seines Namens, wegen Trockenheit unter Versorgungsengpässen, und es war die ganze Zeit nur eine Ausweichmaßnahme gewesen, und er hatte es nicht getan, ohne das Management ausdrücklich darauf hinzuweisen, und nicht ohne Babcock and Wilcox zu konsultieren, die das Werk geplant hatten. In Ordnung, in Ordnung, hatten sie gesagt, *in Ordnung*. Aber dann stellte sich heraus, daß der Dampf in den zur Turbine führenden Röhren Chloride ausfällte, Spurenelemente, Reste, wohlgemerkt, und diese

Chloride hatten die Kupferröhren ziemlich stark angegriffen, und zwar die zum Dampferzeuger und die zur Turbine führenden Röhren. Salzwasser und Installationen – eine schlechte Kombination. Es war ein Experiment, das nicht besonders gut geklappt hatte, und Millstone – und alle anderen an der Küste gelegenen Kraftwerke – profitierten von dem Experiment. Es wäre natürlich ideal gewesen, wenn man die Schwierigkeiten unterm Deckel hätte halten können. Das Werk hätte die schadhaften Materialien austauschen können, die Kosten wären tragbar gewesen, und man hätte die Sicherheitscodes entsprechend anpassen können. Alles wäre bestens gewesen, nur kam die Sache leider heraus. Landete in den Zeitungen von New London. Emissionen. Passiert nun mal bei Korrosion. Unbedeutende Emissionen, Caesium, Americium, sonst kaum etwas, gefährliches Zeug, das nicht sehr lange heiß blieb und sich in Hundertstelprozent auf die normale Hintergrundstrahlung auswirkte. Und das allenfalls ein paar Monate lang. Aber es landete in der Zeitung. Es spielte keine Rolle, wer dafür verantwortlich war. Spielte keine Rolle. *Der eigentliche Fallout ereignete sich im Bereich der Public Relations.* Der Betrieb war einfach nicht in der Lage, sich mit dem Gedanken auseinanderzusetzen, daß die örtliche Wasserversorgung seinen Bedürfnissen nicht genügte; man hatte sich selbst in Schwulitäten gebracht und mußte sich bußfertig zeigen. Man mußte demonstrieren, daß man gewillt war, sich zu ändern. Also brachte der CEO von Coastal Power and Light, Spencer Murphy – der in Fenwick Golf spielte und Billies ersten Mann gekannt hatte –, Lou bei, was man von ihm erwartete. Sloane wurde in einer Limousine nach New Haven kutschiert. *Lou, du weißt, wir alle erkennen an, mit welchem Engagement du dich immer für die Belange preiswerter Atomenergie eingesetzt hast ... Wir alle erkennen an, daß wir in dir einen*

Angestellten haben, wie ihn sich jedes Management nur wünschen kann. Einen nüchternen Typ, der mit Leib und Seele dabei ist. Und dafür sind wir aufrichtig dankbar ... Du bist genau wie ich wegen bestimmter Werte in diese Branche gegangen. Ike hat es am besten formuliert, findest du nicht? »Aus der dunklen Kammer ins Licht hinaustreten.« Erinnerst du dich noch daran? Ich weiß, daß du das tust, Lou. Und ich weiß, daß du Offenheit zu schätzen weißt, deswegen will ich nicht um den heißen Brei herumreden. Du weißt genausogut wie ich, was wir in Millstone am Hals haben. Das Ganze ist eine Schweinerei. Eine blöde Geschichte. Heute allerdings müssen wir folgendes tun, Lou, wir müssen uns beide überlegen, wie wir am geschicktesten aus der Sache herauskommen. Ich glaube, du weißt, worauf ich hinauswill, Lou. Ich will dich nicht in Verlegenheit bringen. Ich will nicht von oben herab mit dir reden. Wir möchten dir eine sehr großzügige Pension anbieten, eine der großzügigsten, die unsere Firma jemals einem Angestellten gewährt hat, dazu Aktienoptionen und lebenslanges Krankengeld – überleg mal, was das für Billie heißen könnte, Lou –, wenn du uns diesen letzten Dienst erweist. Speziell wollten sie natürlich, daß er das Memo beibrachte, mit dem er die Verwendung von Salzwasser als Kühlmittel angeordnet hatte. Und sie wollten, daß er es veröffentlichte. Er holte die Kastanien aus dem Feuer. Er sorgte dafür, daß das Memorandum am nächsten Morgen auf dem Schreibtisch des Herausgebers des *New London Day* lag. Er hatte es kommen sehen, und er hatte auf eine Weise dafür geradegestanden, die heutzutage aus der Mode war, so wie auch seine Branche aus der Mode war. Er hatte sich von den hohen Tieren, den Golfspielern und Freizeitskippern, seinen guten Ruf abschwatzen lassen. Er war selbst schuld daran.

Der Verkehr schiebt sich im Schneckentempo die Union Avenue entlang. Die Kids sind fürs Wochenende der Schule entronnen. Sie spazieren alle an der Pizzeria, dem Schuhmacher, den Bars vorbei. Es sind sogar ein paar Segelboote auf dem Wasser, die, zur Seite geneigt, auf Gardiners Island zuhalten – während Lou das Kap erreicht, Millstone Rock, auf dem das Werk liegt. Sie ragt etwas mehr als einen Kilometer in den Hafen hinein, diese Landzunge, manikürt wie der Park eines Kaiserpalasts, Magnolien, Forsythien, roter Ahorn, bis man über den Hügel kommt und sich die Reaktorgebäude aus der Gartenanlage erheben – nicht die stundenglasförmigen Sicherheitshüllen, wie man sie von handkolorierten Schockfotos kennt, sondern ein Paar große Stahlbetonklötze, die die beiden Reaktoren enthalten, leblos und praktisch, kuppelförmig, gerippt (um Sommergewittern zu widerstehen), drei Stockwerke hoch, knapp fünfzig Meter im Durchmesser, die Reaktoren – Dampfmaschinen mit erstaunlichem Brennstoff –, und um sie herum zahlreiche Nebengebäude, der rot-weiß gestreifte Abluftkamin, das Brennelemente-Kompaktlager, die Sicherheits-Kontrollpunkte, Schutzmauern, überall Kameras. Vulgär, so wie jede praktische industrielle Anlage vulgär ist. Doch zugleich auch irgendwie schön. Auf einem Rasendreieck ein großes Schild. *Willkommen im Kernkraftwerk Millstone.* Als Sloane das Hauptsicherheitstor durchfährt, winkt er der Frau in dem Glaskabuff zu und manövriert sich in eine Lücke auf dem Management-Parkplatz. Einer liebgewordenen Gewohnheit folgend, betritt er das Werk von hinten, über die Laderampe mit der Aufschrift ANLIEFERUNG, wo die Brennstofftransporte eintreffen und der Abfall weggeschafft wird. Er mag den Hintereingang, meidet nach Möglichkeit die PR-Schmeißfliegen und hat keine Angst vor den Hochsicherheitsaspekten des Produkts, das er fünfzehn Jahre lang geliefert hat. Lou nämlich hat von der Pike auf gedient. Lou war bei Hyman Rickovers Marine mit ihren

Atom-U-Booten. Er war in der U-Boot-Basis Groton stationiert, und er hat sechs Monate unter der Oberfläche des grauen Atlantik abgerissen, hat Gefechtsköpfe ein- und ausgeladen und Brennelemente gehandhabt. Er hat keine Angst. Er war sogar auf der *Nautilus,* als der erste Maat ein Reaktorleck mit sechzig Litern Auto-Gefrierschutzmittel abdichtete und sie einfach weiterfuhren – und das noch dreißig Tage lang. Während Sloane durch die langen Flure spaziert, winken ihm einige Leute vom Verlade- und Abnahmebereich zu. Er ist der abtretende Boß, und der Boß auf dem Abgang ist dem, der ans Ruder kommt, dem Reformer mit seinen Schikanen und seinem Papierkram, allemal vorzuziehen. Sie winken, und Sloane ist davon gerührt. Er versucht, diesen letzten Gang durch die langen Flure unvergeßlich zu machen, versucht, jedes Detail im Gedächtnis zu speichern – Thanksgiving-Dekorationen am schwarzen Brett, die ungewöhnlich widerstandsfähigen Büropflanzen auf Schreib- und anderen Tischen. An den Duschen und den Spinden vorbei kommt er schließlich zum Fahrstuhl und damit zur eigentlichen Reaktorsteuerung. Er fährt in den ersten Stock und gelangt zu jener Reihe luftdichter Türen mit computergesteuerter, kodierter Mehrfachverriegelung, die in die Steuerzentrale führen. Hier zeigt er Manny vom Sicherheitsdienst seine ID-Karte. Sie plaudern ein Weilchen miteinander. *Lou, ich muß dir unbedingt von meinem Jüngsten, dem Halfback, erzählen.* Dann geht Lou durch die Luftschleuse. Und als er diese Schwelle überschritten hat, stellt er fassungslos fest, *daß der Raum fast leer ist.* In der Steuerzentrale halten sich drei oder vier Leute auf, hauptsächlich Trainees, praktisch noch Kinder, die mit nervösen, benommenen Gesichtern über der Reihe von Videomonitoren, den fünfhundertneunzehn Schalttafeln und den Meldegeräten mit ihren Sequenzen von Lämpchen und Meßanzeigen grübeln – die riesige

Fläche von computergesteuerten Klingeln und Pfeifen, die B & W nach dem PR-Schreck von 1979 neu installiert hatte. Wo zum Teufel sind die Schichtaufseher? Mein lieber Mann, wenn das die Zeitung erfährt! Zwanghaft überprüft Sloane im Vorbeigehen Meßgeräte, und zwar die großen drei: Druckhalter, Turbine, Notspeisewasser, er geht entlang der Schalttafeln hin und her, überfliegt Ausdrucke, und natürlich sieht alles gut aus, keine Alarme. Am Ende einer Fläche von Schalttafeln trifft er in einer Ecke auf einen *Wartungsmonteur* im grünen Overall, in Habachtstellung. Ein Wartungsmonteur in der Steuerzentrale! Er fragt, wo alle stecken.

Der Wartungsmonteur macht ein dümmliches Gesicht.

Aus Gewohnheit gerät Lous Inneres einen Moment lang in Aufruhr, als er Möglichkeiten, Eventualitäten, innerbetriebliche Intrigen in Erwägung zieht, *doch dann fällt ihm das Naheliegende ein.* Wie hat er das nur vergessen können? Nun sieht er auch, daß der Wartungsmonteur lächelt. Es ist ein verhaltenes Lächeln, ein liebenswürdiges Lächeln. Und die beiden lachen. Das Ganze ist eine *Überraschung*. Eine Überraschungsparty! Der Monteur hätte – weil er ein arbeitsamer Mensch ist – beinahe die Überraschung verdorben!

»Okay«, sagt Sloane. »Ich hab's kapiert. Aber ich werde trotzdem ein paar von diesen trüben Tassen hierher zurückschicken, wo sie hingehören.«

Der Wartungsmonteur nickt. Wieso redet Lou Sloane mit ihm? Mit einem Monteur? Es ist 15 Uhr 21. (Sloane hat eine Digitaluhr, ein Spitzenprodukt, stellt einem praktisch noch das Horoskop, hat sogar einen Kompaß.) Er geht durch die Luftschleuse zurück. Nun ist diese blöde Party durchzustehen. Bis zu seinem Büro, bis zu den Kartons mit Erinnerungsstücken sind es vielleicht neunzig Schritte den Flur entlang. Neunzig Schritte bis zu den traurigen Gesichtern von Freunden, die wissen, daß etwas los ist. Warum ist es auf solchen Veranstaltungen immer so schwer, Konversation zu machen? Sloane passiert kleine Kabuffs, sonderbar leere Büros. Etwa drei Meter vor der Tür kommt er zum Stehen, erstarrt einen Moment lang. Vor Kummer. Und wenn es nun falsch ist, was er tut? In seinem Alter? *Vielleicht begeht er einen schrecklichen Fehler.* Er beginnt, sich den Puls zu messen. Mit seiner schicken Uhr. Doch ehe er damit fertig wird, sieht er Ron Self grinsend zur Tür herauslugen. Dann ertönt stürmisches Gelächter, *Überraschung! Überraschung!*, und Self ruft, *Herrgott noch mal, Lou, willst du uns etwa eine Dreiviertelstunde hier drin schmoren lassen? Wie lang sollen wir uns denn noch verstecken? Du weißt doch, daß wir einander nicht ausstehen können!* Und dann hört man die Klänge von Kazoos, und Sloane heuchelt ein Lächeln und biegt um die Ecke, und sie spielen alle »For He's a Jolly Good Fellow«. Auf Kazoos. Es ist zum Heulen. Auf Handbüchern, Monatsberichten und Memoranden verteilte Teller mit Plätzchen. Die Kisten mit Zeug, die er nach Hause schickt, obwohl er nicht mehr nach Hause geht. Self und Dorothy Halleran lassen die Sektkorken knallen. Plastikbecher mit Stielen. Es geht lebhaft zu. Jemand reicht ihm ein Kazoo: ein Andenken. Unter den gegebenen Umständen vermitteln sie alle einen feinen Eindruck von Kollegialität. Wie nicht anders zu erwarten, steht Stanford Warren allein in der Ecke und macht ein sorgenvolles Gesicht. Und in einem Augenblick der Zuneigung zu Freunden, die er bald hinter sich lassen wird, kann Lou der Versuchung nicht widerstehen, die lärmende Heiterkeit zu übertönen: *Stan, willst du diese Grünschnäbel wirklich in der Steuerzentrale allein lassen? Reichlich gewagt, findest du nicht? Ist das überhaupt zulässig? Diese Typen bröseln garantiert Kekskrümel in die Rohrleitungen, wenn du mich fragst.* Vereinzeltes nervöses Gekicher der Feiernden, und Warren versucht, eine diplomatisch ausgewogene Antwort zu formulieren, *Na ja, Lou, wenn du das so sagst.*

»Ich würde ein Auge drauf haben, wenn ich du wäre.«

»Na gut, dann schicke ich eben Dorothy … «

Aber als Warren sich umsieht, dämmert ihm, daß Dorothy integraler Bestandteil der Feier ist. Sie bedenkt ihn mit einem enttäuschten Blick. Kowalski desgleichen. Und so geht Warren, *diesem Blödmann,* auf, daß er die Sache selbst übernehmen muß. Er schiebt sich zwischen den übergewichtigen Körpern in der Tür hindurch und verschwindet.

»Okay, gut«, sagt Mac Kowalski, »jetzt wird's lustig.«

»Was?« gackert Ron Self, »mit dir Trauerkloß?«

Sie amüsieren sich eine Zeitlang, ehe plötzlich die typische Partystille eintritt. Die Anwesenheit eines Sündenbocks hatte sie zusammengeschweißt. Mit einmal ist es Abend; das Büro ist in das schräg einfallende, letzte herbstliche Tageslicht getaucht, blutrot, dann violett. Ron beginnt schließlich, die Anekdoten aus einem Dutzend Jahren der Zusammenarbeit zu erzählen – der Typ, der seine Thermosflasche immer auf den Kühlmittelrohren abstellte, damit sein Kaffee warm blieb, die Frau von der Abteilung Presse- und Öffentlichkeitsarbeit, die *ausgerechnet an dem Tag, an dem sie Prüfung hatten,* eine Kraftwerksführung der wesleyanischen Anti-AKW-Gruppe ansetzte, oder Kowalskis Behauptung damals, er habe ein Stück weit im Wasserzulauf einen Hummer gefunden, und zwar einen gekochten Hummer!

»Hey, Lou« (Kowalski *boxt ihn doch tatsächlich leicht in die Niere,* während er leise auf ihn einredet), »ich hab gestern abend versucht, dich anzurufen, wollte bloß mal sehen, du weißt schon, und die Schwester hat abgenommen und irgendwas gesagt von wegen, du wärst, äh –«

»Tja, na ja«, sagt Sloane.

Und beide verstehen sie dieses müde Eingeständnis

genau. Lou wird Mac vermissen. Die Freude im Raum ist kurzlebig. Mittlerweile herrscht nur noch Mitgefühl. Sie machen sich Sorgen. Die Fremden, die, die er sowieso nicht kennt, bewegen sich in Richtung Tür, strömen mit den Nachzüglern hinaus. Bloß die Unentwegten trinken den billigen Sekt leer. Lou, Ron, Dorothy, Mac, Reggie und noch drei oder vier andere. Keiner sagt viel. Und dann taucht der Wartungsmonteur aus der Steuerzentrale auf. *Der Wartungsmonteur und einer von den Grünschnäbeln.* Sie sind außer Atem. Die Lautsprecheranlage erwacht knisternd zum Leben.

6

Wenn ich über meinen Körper nachdenke, muß ich mir seinen Zustand vor Augen führen. Hex blickt seiner Mutter mit zusammengekniffenen Augen über die Schulter, während sie mühsam den Joystick handhabt, aber lange hält er es in dieser Haltung nicht aus; er schlendert unruhig im Zimmer umher, setzt sich zuerst in einen vinylbezogenen Sessel (beige) und dann auf die Couch – worauf um ihn herum eine Staubwolke aufsteigt. Der vorherrschende Geruch in diesem Zimmer ist der nach Staub. Hex hätte sein verdünntes Getränk gern zu der Bar an der Wand (der antiken Bar mit dem trübfleckigen Spiegel) hinübergetragen – dieses Verlangen regt sich ständig in ihm. Er denkt über Entfernung und Tempo nach, darüber, wie geräuschvoll ein Gang durchs Zimmer – seine schwarzen Halbschuhe auf dem Parkett – wäre und ob er seine Mutter damit ablenken würde. Er hat sich zu oft nachgegossen, und das ist ihm peinlich. Seine Mutter zählt mit, wieviel er trinkt. *Wenn ich die Wahrheit über meinen Körper wissen will,* schreibt sie, *muß ich die Augen aufmachen und ihn ansehen. Wenn meine Augen das überhaupt schaffen. Meine Hände oder Füße zu lokalisieren. Wie genau liegt mein Körper? Wie habe ich ihn zurückgelassen? Doch wenn ich die Augen geschlossen habe oder wenn ich allein bin, stelle ich mir mich so vor, wie ich vor zwanzig Jahren oder vor fünzehn oder vor fünfunddreißig Jahren war. Ich habe vielleicht ein gelbes Kleid an und gehe im Frühling über ein ganz bestimmtes Feld in der Nähe eines Sees oder am Strand entlang, oder ich schaukle dich auf dem Knie, oder ich halte die Hände deines Vaters. Ich denke oft daran, wie ich die Hände deines Vaters halte. Und daran, wie lockig dein Haar war.*

Wie ich dir mit den Händen durchs Haar fahre. Das sind so die Sachen, an die ich denke. Mittlerweile lese ich gern Bücher über das Gärtnern, weil mich das daran erinnert, wie sich mein Körper bei der Gartenarbeit angefühlt hat. Ich hatte Torf unter den Fingernägeln. Ich würde gern wieder gärtnern. Ich würde gern mit einer Gartenschere klappern. Ich würde gern Harfe spielen. Ich würde gern mit einem Hund aus der Nachbarschaft herumtollen. Ich würde gern einen antiken Tisch aufarbeiten. Ich würde gern Schuhe mit hohen Absätzen tragen und sie dann ausziehen. Ich würde gern hier in der Gegend vor die Haustüren fahren und den Nachbarn mal ordentlich die Meinung sagen. Bloß aus Jux und Tollerei. Ich würde gern mit einem Mann schlafen, Dexter, aber das werde ich wahrscheinlich nie mehr tun. Jedenfalls nicht so, wie ich es in Erinnerung habe. Louis hat geglaubt, er wüßte alles über meine Krankheit. Er hat mit Ärzten gesprochen, sie haben ihm den Krankheitsverlauf beschrieben, und er hat geglaubt, er wüßte, was ihm bevorsteht. Louis war sich darüber im klaren, daß ich an diesen Punkt gelangen würde. Er wußte, daß ich bettlägerig sein und mich kaum noch würde bewegen können, und er hat es akzeptiert, jedenfalls hat er das geglaubt. Aber als er dann schließlich konkret damit konfrontiert wurde, hat es ihn überfordert. Ich habe ihn überfordert. Ich denke, ich habe es geahnt. Er war ein guter Mann, aber er war dem nicht gewachsen. Wer ist das schon? Überrascht hat mich nur die Art und Weise, wie er sich davongemacht hat. Er tröstet sich irgendwo. Er verläßt sich darauf, daß du für ihn einspringst. Das ist das einzige Hintertürchen, durch das er entschlüpfen kann. Er rechnet damit, daß du willens und in der Lage bist, mich zu versorgen, wenn Aviva – oder die Schwester nach ihr – am Ende des Tages nach Hause geht. Aber ich denke nicht so, Dexter. Ich erwarte nicht, daß du dich um mich kümmerst. Ich will nicht, daß sich jemand um mich kümmert. Schon der Gedanke macht mich wütend. Und deswegen wollte ich heute auch mit dir reden. Das ist der Grund für diesen Brief. Es wird Zeit, ein bißchen Vorsorge zu treffen, meinst du nicht auch? Betrachten wir die Lage. Schließlich rückt der bewußte Tag näher, und schon nach dem nächsten Bad, der nächsten Erkältung oder Lungenentzündung könnte der Moment gekommen sein, in dem –

Es ist Freitag abend, die Zeit, da Hex Raitliffe, der von Beruf (soweit er als Erbe seines Vaters überhaupt einen Beruf hat) *freier Werbeagent* ist (besonders auf jenem der Werbung verwandten Spezialgebiet, das in der Veranstaltung von Partys der besseren Kreise, sprich Filmpremieren, Vernissagen, Theaterfeste, und der Beschickung dieser Ereignisse mit Leuten besteht, deren Fotos danach in den Klatschspalten der Zeitungen auftauchen – obwohl man nicht unerwähnt lassen sollte, daß Hex Raitliffe in seinem Job weder besonders tüchtig noch besonders fleißig ist, was zum Teil am Trinken und am Stottern liegt) – es ist jene Stunde am Freitag abend gekommen, da Hex normalerweise *etwas vorhat,* z. B. als Mitgastgeber einer Veranstaltung fungiert *(Hex Raitliffe lädt Sie mit Begleitung zu einem Abend im BIHAC, 175 W. B'Way ein)* oder downtown bei einer Soirée hereinschneit, sich in seinem maßgeschneiderten Anzug in die VIP-Räume von Soho und Tribeca hineinschwafelt, und das heißt, *es ist Wochenende, das Königreich des Wochenendes ist gekommen, die biologische Uhr hat es ganz plötzlich registriert,* und daß er nun statt dessen miterleben muß, wie in dem zugigen Wohnzimmer eine Dreiviertelstunde vergeht, dabei den Sechzehntelnoten des Joysticks seiner Mutter zuhört, während er wieder hinter sie tritt, um ihr über die Schulter zu sehen, *Mann, sogar Satzzeichen macht sie,* und ein winziges Speichelrinnsal wegwischt, das den Falten ihres Unterkiefers folgt, daß er damit beschäftigt ist, nach der Schnellesemethode Worte zu lesen, ohne zu verstehen, was sie sollen, und sich davon überzeugt, daß das alles Kram ist, auf den er gut und gern verzichten kann – *das ist eine Irritation,* eine sinnlose Nebenhandlung im Drama seines Wochenendes. Der Freitag geht jeder anderen Programmgestaltung vor. Sogar der Sorge um seine Mutter. Und so befindet er sich, ohne es zu beabsichtigen, auf halbem Weg durchs Zimmer, auf dem Weg zum *Nachfüllen,* auf dem Weg zum Feiern, obwohl er sich nicht erinnern kann, daß er das so geplant hat, geplant hat, durchs Zimmer zu gehen, und auch nicht weiß, was genau er eigentlich feiern will …

Ich werde wie ein Stück Holz hier auf dem Bett im Wohnzimmer liegen, und ich finde nicht, daß du hier sein und dich um mich kümmern mußt, mich in meiner Bewegungsunfähigkeit erleben und darauf warten mußt, daß die Lichter ausgehen. Ich will nicht, daß du deine Zeit damit verschwendest. Ganz ehrlich. Ich will nicht, daß jemand – jemand, der nicht dafür bezahlt wird – mit ansieht, wie ich versteinere. Verstehst du das? Tu nichts, was dir zuwider ist. Unter den gegebenen Umständen möchtest du ganz bestimmt nicht mit mir in diesem Haus wohnen. Ich weiß, daß es so ist. Du bist noch ein relativ junger Mann, und ich erwarte Großes von dir. Ich erwarte zum Beispiel, daß du vielleicht in nicht allzu ferner Zukunft häuslich wirst, daß du vielleicht selbst familiäre Pflichten hast, und diese Pflichten würden es dir erschweren, hier draußen in der finsteren Provinz zu leben und mich zu versorgen. Du bist ein Stadtmensch. Du hast dein Leben, und das ist auch gut so. Was also wäre unter den gegebenen Umständen am besten zu tun? Das ist der springende Punkt. Es gibt zwei Möglichkeiten. Seien wir ganz offen. Erstens könntest du mich in ein Pflegeheim stecken, wo ich mit ziemlicher Sicherheit im Handumdrehen in einen abgrundtiefen Trübsinn verfallen würde, den alle Arzneien der Welt nicht lindern könnten. Sicher erinnerst du dich noch an den Krankenhausaufenthalt deines Vaters. Denk an jene Zeit zurück. Genau das würde ein solches Heim für mich darstellen. Ich würde mich keinen Nachmittag damit abfinden. Ich habe mich an mein Zuhause gewöhnt, Dexter, ich lebe in dieser Umgebung – im Rauschen der Brandung, im Geruch von New England. Und ich habe hier mein altes Haus. Ich gebe mein Zuhause und die Pappeln und die Goldfische und die Golfspieler und die Leuchttürme des Sound nicht auf, ich gebe sie nicht auf. Nicht, um sechs Monate lang steif wie ein Brett in einem halbprivaten Zimmer neben einer Frau mit Alzheimer zu liegen. Ich hoffe deshalb, daß meine Wünsche in diesem Punkt klar sind. Daher können wir diese Idee wohl zu den Akten legen, womit nur noch eines bleibt.

Die plötzliche Glut des Alkohols, wenn er die Kapazität vergrößerter Entgiftungsorgane übersteigt, die ihn abbauen sollen! Das Purpur in den Wangen des Alkoholikers! Alkohol, wenn er zur Alltagschemikalie im Leben menschlicher Zellen wird! Diese Sehnsucht, die Bestandteil der Anfangsphase abendlichen Trinkens ist! Geplatzte Äderchen, die wie Sommersprossen über den Nasenrücken, unter den dicken Brillengläsern verstreut sind! Die ständig laufende Nase! Die tränenden Augen! Die in der Wahrnehmung des Säufers übersteigerte conditio humana, so daß das Pathos des Lebens unerträglich ist! Die allem anhaftende Sehnsucht und Innigkeit! Sehnsucht ist denn auch das Wort, das Hex Raitliffes momentanen Zustand am besten beschreibt, während ihm dieses warme Gefühl mit seinen Tentakeln durch die Eingeweide greift. *Sehnsucht und Zuneigung. Sehnsucht und Zärtlichkeit.* Einfach nur deshalb, weil er hier im Hause seiner Mutter ist. Bei seiner Mom! Seine Mom ist einfach toll! Er leert ein Glas, schluckt kräftig und weiß mit einmal, daß ein leeres Glas an diesem Abend kein Problem zu sein braucht. Na los, füll es nach! Pfeif auf Strategien! Sei kühn. Hex ist sich *bewußt,* Hex ist sich darüber im klaren, daß irgendein bedeutender familiärer Wendepunkt vor ihm liegt, doch vorderhand erscheint ihm dieser Wendepunkt bewältigbar, ja spannend! Das immerhin hat dieser letzte Bourbon mit Wasser an Erfreulichem mit sich gebracht. *Man wird sich in aller Ruhe mit den Problemen auseinandersetzen. Ohne jedes Ressentiment.* Doch gerade als er sich in dieser Selbstzufriedenheit einzurichten beginnt, macht sich auch eine gewisse Panik betreffs *Nervenkrankheiten* in ihm bemerkbar, bei der die Botschaften im zentralen Nervensystem, dieser Autobahn – normalerweise rasend schnell, sagen wir 360 km/h –, diese elektrischen Impulse, aufgrund großer seelischer Belastung oder chemischer Schadstoffe, auf das Tempo eines bloßen Sonntagsausfluges, hundertzwanzig oder hundertsechzig, mehr nicht, abbremsen. Mein Gott! Hex springt auf, hochgejagt von der irrationalen alkoholischen Angst, seine Nerven könnten irgendwie in den gleichen Zustand geraten wie die seiner Mutter. Vielleicht ist es etwas Ansteckendes. Erneut geht er durchs Zimmer. Er wird genau zuhören, aber er wird vielleicht auch die Flasche griffbereit halten. *Scheiße, schmeckt das gut.* Er versucht es mit dem Rattansessel, der ihr am nächsten steht. Er liebt den Freitagabend, den Freitag, destillierte Getränke, Autos und attraktive Frauen, *Frauen mit einer Vorgeschichte.* Das Radio laut aufgedreht, die Schneidezähne des Herbstes, die Fenster heruntergekurbelt …

Und ich weiß nicht, wie ich es besser formulieren kann, deshalb sage ich es einfach ohne jedes Brimborium. Ich glaube, der einzige Ausweg in meinem Fall, Dexter, ergibt sich von selbst. Ich möchte, daß du dich bereit erklärst, meine Leiden zum angemessenen Zeitpunkt zu beenden. Es tut mir schrecklich leid, das ansprechen zu müssen, aber welche andere Möglichkeit bleibt mir? Ich möchte, daß du es in naher Zukunft, wenn ich nicht mehr kommunizieren kann, übernimmst, mein Leben zu beenden. Ganz gleich, welche Mittel dazu erforderlich sind. Der genaue Zeitpunkt, zu dem es angemessen wäre, wird sich meiner Ansicht nach irgendwann nächstes Jahr ergeben, wenn ich die begrenzte Bewegungsfähigkeit meiner Hände endgültig einbüße und das Reden schließlich vollends unmöglich wird. Diese Deadline sollte jedoch flexibel gehandhabt werden. Ich möchte, daß du öfter meinen Zustand begutachtest und dir selbst in Absprache mit mir ein Urteil bildest. Daß ich diese Vorgehensweise im Gegensatz zu anderen, die ich erwogen habe, vorschlage, hat in erster Linie einen symbolischen Grund. Durch meine Krankheit habe ich meine Freiheit und mit ihr die Fähigkeit verloren, selbst Entscheidungen über die Qualität meines Lebens zu treffen. Louis beispielsweise war der Meinung, er könnte ohne Absprache mit mir Dinge entscheiden. Was ich hier demnächst mit deiner Hilfe in die Tat umsetzen möchte, würde mir die Fähigkeit zurückgeben, eine aggressive Rolle in meinem Leben zu spielen, und zwar auf eine Weise, die mich zufriedenstellen und zugleich ein passendes Ende meiner Torturen sein würde. Der zweite Grund für meine Bitte ist praktischer Natur: Ich will meinen Lieben, und das heißt dir, mein Schatz, unter keinen Umständen persönlich oder finanziell zur Last fallen. Ich möchte nämlich noch etwas Geld hinterlassen, anstatt es irgendwelchen Pflegeheimen nachzuwerfen. Ich möchte dir etwas hinterlassen. Und deshalb sollst du, Dexter, mir gegenüber eine Verpflichtung eingehen. Ich sollte vielleicht nicht unerwähnt lassen, daß der Zeitpunkt, was mich angeht, durchaus schon gekommen sein könnte, der Zeitpunkt, zu dem wir darüber nachdenken könnten, mit mir Schluß zu machen. Ich spreche insbesondere vom Verlust von Louis. Die letzten Tage waren unerfreulich. Ich weiß natürlich, daß ich viel von dir verlange, und ich möchte, daß du dich bei dem, was du wirst tun müssen, wohl oder jedenfalls einigermaßen wohl fühlst. Du sollst aber auch wissen, daß ich mir diese Entscheidung genau überlegt habe; ich weiß, was sie bedeutet, und habe sie nicht überstürzt getroffen. Ich hatte vor, Louis die gleiche Verpflichtung abzuverlangen, habe im Laufe der Jahre jedoch immer gezögert, weil ich glaubte, er würde es ablehnen. Bei dir habe ich solche Zweifel nicht, Dexter. Ich hoffe zuversichtlich, du wirst über alles nachdenken und dich mit mir besprechen wollen, während du das Pro und Kontra abwägst. Denke zugleich daran, daß Barmherzigkeit großmütig ist. Und christlich. Du wirst dich meiner Ansicht anschließen. Sie ist nur vernünftig. Und sei versichert, daß Schmerz keine Rolle spielen wird, Liebes. Ich werde überhaupt nichts spüren.

Als seine Mutter fertig ist, benimmt sie sich wunderlich. Untypisch. Nachdem sie ihr folgenreiches Dokument, ihren letzten Willen, abgeschlossen hat, *klickt sie in ihrer HandiSpeak-Software* Go *an* – so daß ihre Nemesis, die Microsoft-Finanzbeamtinnenstimme, den beiden, Mutter und Sohn, etwas vorzutönen beginnt, ihnen im Gewölbe des Wohnzimmers die eben verfaßten Sätze vorzutönen beginnt, als rezitiere sie eine Anleitung zur Ofenreinigung oder Verhaltensmaßregeln über die Sicherheit auf dem Wasser. Vielleicht ist es der Schmerz über den kürzlich erlittenen Verlust oder der Ernst ihres Vorhabens, der Billie dazu, zur Inanspruchnahme der Maschine, veranlaßt. Vielleicht geschieht es auch ganz spontan. Vielleicht erkennt sie *seine Zerstreutheit* und möchte ihre Argumentation wiederholen. Diese letzte, unerfreuliche Möglichkeit wird von Hex Raitliffes trudelndem Bewußtsein klar registriert. *Das ist die technologische Entsprechung eines verzweifelten Appells,* während diese Stimme, diese körperlose Stimme, wieder Teil der Familie wird: *Wenn ich über meinen Körper nachdenke, muß ich mir seinen Zustand vor Augen führen.* Deshalb bemüht sich Hex nach Kräften, alles mitzukriegen, sich dieses ausgefallene Beispiel der Denkweise seiner Mutter einzuprägen, und dabei gleiten einzelne Passagen weg, und er verpaßt sie. Er verpaßt beispielsweise die Einleitung und findet sich erst irgendwo in der Mitte wieder hinein, wo sie zu der Stelle über sein Haar als Kind kommt. Er beschließt, ihren Rollstuhl zu drehen, sie vom Schreibtisch und vom Computer wegzudrehen, so daß sie ihn ansieht, und auf diese Weise organisiert er das Gespräch um – in der unverkleideten Düsterkeit des Raums dröhnend, schallen die Worte ins Zimmer hinein –, so daß der Abend zu einer Angelegenheit von Angesicht zu Angesicht, einer Sache unter vier Augen wird. Aus dem Geleier dieser Stimme ergeben sich Implikationen: *Ich denke oft daran, wie ich die Hände deines Vaters halte.* Wie eine Art Übelkeit überkommt ihn ein eisernes Pflichtgefühl. Warum nicht damit aufhören, immer nur ausweichen, ausweichen, ausweichen zu wollen, wie ein Kind? Warum nicht einfach die Klappe halten? Warum nicht genau zuhören. *Ich werde nie mehr mit einem Mann schlafen.* Seine unverhüllte Verachtung für ihn selbst wallt auf. Verachtung dafür, daß er wankelmütig ist. Verachtung dafür, daß er chaotisch, verantwortungslos und daß es mit ihm nicht weit her ist. Verachtung für seine Unbeholfenheit in der Liebe, für seine Unbeholfenheit allgemein. Vielleicht ist Bourbon doch nicht das richtige, vielleicht sollte er zu Wein oder Bier übergehen. *Ma,* beginnt er und vergißt einen Moment lang seinen Sprachfehler, *M-m-m-m-mutter,* während sich die Stimme, die nicht aufzuhaltende Stimme von HandiSpeak, ohne Hm's oder Äh's oder andere Stockungen irgendwelcher Art in feierlicher Rede ergeht. *M-ma,* ruft er, während ihn die Stimme überrollt, *wer brächte denn so was fertig?*, und Hex weiß die Antwort, er weiß die Antwort, wünscht, er könnte sie aufhalten, *K-k-komm schon, Mom,* unterbricht er, *ich bin da, ich bin derjenige, der da ist, M-mom, und ich bin auch derjenige, der d-dableiben wird. Also müssen wir erst g-g-g-gar nicht …* denn er will nicht hören, was noch kommt, weil er in einem Teil seiner selbst sicher ist, in irgendeiner Falte zwischen seinen Gehirnlappen, wo Bänder von Dendriten Folgen von Mollakkorden übertragen, weil er sich irgendwo in diesem Teil seines Gehirns, dem Teil, in dem es um Verlust geht, darüber im klaren ist, wie das hier, wie dieses Gespräch ausgehen wird. Er versucht es zu unterbrechen, *Wir m-m-müssen doch n-n-n-nicht …* Die Stimme intoniert, *Schließlich rückt der bewußte Tag näher,* und wenn so etwas jetzt überhaupt noch möglich wäre, dann würde er sagen, daß seine Mutter sich fast bewegt, ein kleines bißchen jedenfalls; ihre linke Hand zittert. Ist das Einbildung? Liegt sie in Wirklichkeit ganz still? *Tu nichts, was dir zuwider ist.* Nein, seine Mutter zittert jetzt, zittert ganz deutlich. Es ist das Ende irgendeiner Konstellation von Nerven in ihr. Es ist die Bildung von Plaque im zentralen Nervensystem, was er da mit ansieht, entweder das oder irgendein wunderbarer Zurückbildungsvorgang. Oder es ist schlicht und einfach Alltagsgefühl, tief genug, um Krankengeschichten und ärztliche Prognosen beiseite zu fegen.

»Mom, ich steck dich n-n-n-nicht ins K-k-krankenhaus, verdammt. Ich weiß, was du m-meinst. Ich verstehe die Situation, und du k-kannst mir v-v-vertrauen, du k-kannst mir vertrauen. Wenn ich m-mal einen N-nachmittag nicht hier an deiner Seite sein kann, dann sorge ich dafür, daß jemand anders da ist. Ich s-sorge dafür. Ich b-b-bin dem gewachsen. Ich bin bis zum Ende h-hier, M-mom, b-b-b-b-b-«

... und wieder hängt er an der scheiß ersten Silbe fest, kommt schnaufend außer Atem, mit roten Wangen, während seine Mutter ataktisch bebt und schlingert und ihre linke Hand, die den schrecklichen Brief hervorgebracht hat, vollends verrückt spielt. In Ermangelung von Muskelgruppen, die sie in die Lage versetzen könnten, zu lächeln, die Stirn zu runzeln oder zu grimassieren, *drückt sie so ihre Besorgnis aus,* und er registriert sie, seinerseits verzweifelt bemüht, das eine Wort zu sagen, das in ihm feststeckt, während die Stimme fortfährt.

»B-b-bitte, bitte, hör doch mal, Mom, es ist E-e-ehrensache, daß ich dich v-versorge, b-b-b-bitte.«

... *Womit nur noch eines bleibt.* Und das Zittern seiner Mutter steigert sich zum Crescendo. Natürlich sagen die Experten, daß man bei diesen Entmarkungskrankheiten *belastende Momente vermeiden,* emotionale Belastungen vermeiden soll, was genauso ist, als würde man seiner Mutter nahelegen, sie solle um das ganze Panorama des Lebens einen großen Bogen machen, einen großen Bogen um sämtliche Ereignisse, um den Tod von Hex' Vater, den Weggang ihres zweiten Mannes, den Verfall des Hauses, ihren zugrunde gehenden Körper und Hex selbst, den *stotternden Alkoholiker,* der sich offenbar in keinem Job lange halten kann. Und sie soll *emotionale Belastungen vermeiden?* Die Lampen im Wohnzimmer umkränzen seine Mutter mit Licht, während ihr Arm zittert und ihre Lippen beben, ihre Augen nystagmisch oszillieren und sie außerdem mehrmals zusammenzuckt, als litte sie unter neuralgischen Beschwerden, einem scharfen Schmerz in den Jochbeinen, den Lippen und der Stirn, als würden ihr Reißnägel ins Gesicht getrieben; sie könnte glatt vom Stuhl fallen, so schlimm ist es, so schlimm ist ihr Zittern, und dann fällt ihr Kopf nach vorn, und die Tränen quellen hervor, und diese Stimme, die letzte noch irgend kompetente Stimme im Haus, die digitale Stimme, gelangt zu ihrem grauenhaften Schluß, *und ich weiß nicht, wie ich es besser formulieren kann, deshalb sage ich es einfach ohne jedes Brimborium, Dexter, ich möchte, daß du dich bereit erklärst, meine Leiden zu beenden* – und so erfährt er die Wahrheit, das, was er schon die ganze Zeit gewußt hat, das Wissen so klar und eindeutig wie Ladendiebe in einem Supermarkt, nichts, was ihm verborgen, nichts, was ungesagt bliebe, und er ist wieder aufgesprungen, hält sich den massigen Kopf, diesen plumpen Brocken, geht auf dem abgetretenen imitierten Perser hin und her, zieht Kreise durchs Zimmer, und als schließlich Worte von ihm kommen, sind sie unüberlegt, reflexhaft, qualvoll, *Nein, n-n-nein, kommt nicht in Frage,* zuerst und dann, *M-m-mom, kommt nicht in Frage, wenn du glaubst... Wenn du ... Es ist m-m-mir egal, w-w-wie schlimm es ist, mir egal, ich m-mach das nicht, kommt nicht in Frage, ich hab nämlich noch nie ... Ich k-k-könnte niemandem weh tun, ich w-war noch nie der T-typ, der jemandem weh tun k-könnte, ich k-könnte das gar nicht, Mom ... ich k-könnte nie ... Ich k-k-könnte nie ... Du mußt dir jemand anders suchen, das ist alles, b-besorg dir einen Spezialisten, tut mir leid, tut mir leid, und außerdem hab ich ja schon gesagt, daß ich hierbleibe, und das mach ich auch ... ich mach das, ich k-k-kümmere mich um dich,* aber die Sprechstundenhilfe läßt derweil keine Unterbrechung zu und fährt mit rüpelhafter Unbeirrbarkeit auf ihrer Reise durch die Kunst der gepflegten Aussprache fort, bis zu den letzten Sätzen, bei denen Hex erstarrt, während seine Mutter zittert, und wer weiß was sonst noch, unter wer weiß was für einer Entzündung des Sehnervs leidet, was für einer unbedeutenden Persönlichkeitsstörung, was für einer Parästhesie, Dysästhesie, spastischer Lähmung oder Harnverhaltung, bis endlich *Barmherzigkeit großmütig ist ... Ich werde überhaupt nichts spüren.* Und dann sackt seine Mutter nach vorn vom Stuhl, scheint ihn fast unter sich wegzustoßen. (Er muß daran denken, das kleine Tischchen am Stuhl zu befestigen.) Er stürzt durchs Zimmer, als sie mit dem Gesicht nach vorn zu Boden geht, wie ein gefällter Baum der Länge nach auf den Teppich schlägt, das Kleid über ihre Schenkel hochgerutscht, und um sie herum eine kleine Staubwolke aufsteigt, während sie zur Ruhe kommt. Er schiebt die Arme unter ihren Hals. Er schließt sie in die Arme. Hebt sie hoch.

»Fehlt dir was? W-w-willst du dich hinlegen?«

Sie flüstert:

»Ich will, daß ... du das ausdruckst ... damit ... ich es unterschreiben kann.«

»Unterschreiben? Wie willst du es denn unterschreiben?«

»Mach schon ... bitte.«

»Und w-wenn ich mich weigere? G-gibt's denn da nicht Gesetze über solchen Kram? M-mach ich mich zum K-k-komplizen, wenn ich das ausdrucke? W-wieso rufst du n-nicht einen N-n-notar? B-betrauen wir erstmal einen A-a-anwalt mit dem Fall. Oder einen M-medizinethiker. W-wozu soll das g-g-gut sein, daß ich d-d-dabei b-b-bin, wenn du d-das unterschreibst?«

Die Brille ist ihr von der Nase gefallen, und er kann sehen, daß ihre Augen verquollen sind, hellblau – voller Leben und zugleich kummervoll.

»Du kannst nicht ... *so tun* ... als wären das nicht meine Wünsche ... Dexter ... Du kannst nicht so tun.«

»Was soll's, es ist d-d-dein Leben. Ich bin bloß der N-nachtpfleger. Mach, was du willst. T-trink Sch-schierlingsaft. Ist m-m-mir doch egal. Aber b-b-b-bitte nicht in meiner Schicht, ja? B-b-beachte mich einfach n-nicht. Okay? Unterschreib, w-was du unterschreiben willst.«

»Wenn du bloß ... nicht so voreingenommen wärst ... Liebes.«

Was sie sagt, ist ziemlich undeutlich, es ist Silbenpüree, aber am unheimlichsten ist, daß er sie jetzt versteht. Und zwar ausgezeichnet. Ein paar Drinks, und er weiß genau, was sie sagt. Er hält sie wie eine Flickenpuppe, hebt sie wieder in den Stuhl und dreht sie zum Computer. Und dann betätigt er die Tastatur. Holt sich das *Edit*-Menü auf den Bildschirm. *Control P.*

»W-wenn ich dich das D-ding unterschreiben lasse, g-g-g-gehen wir dann was essen? Machst d-d-du das mit m-mir, M-m-mutter?«

Ein ganz schwaches Nicken.

Und der alte, verstaubte Nadeldrucker, Lous Drucker, den er Hex' Mutter vermacht hat, als er so etwa vor einem Jahr begriff, daß sie das erstklassige Lasermodell, das sie ihr geschenkt hatten, nicht benutzen würde, dieser gebrauchte Drucker setzt sich ruckend in Gang. Das Typenrad macht sich daran, seine automatischen Salven abzufeuern. Zack, kreisch, *zack, ZACK.* Und als es fertig ist, räumt Hex auf der Schreibunterlage (lila) neben dem Computer eine Stelle frei. Was für ein Stift ist in diesem Fall angemessen? Füllfederhalter? Zur Hand ist nur ein alter Bic-Kugelschreiber, gelbes Gehäuse mit sechseckigem Querschnitt, blaue Kappe, außen aufgedruckt *Atomkraftwerk Millstone.* Er gibt ihn ihr in die linke Hand, weil auch sie (wegen ihrer Krankheit) linkshändig ist, und er hält ihre schöne, ältere, unberingte Hand in seiner, und sie ziehen unten auf dem dritten Blatt eine Diagonale und dazu die Senkrechte, die neueste Version ihrer Unterschrift:

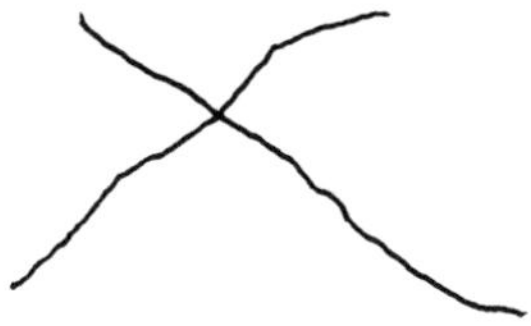

Gott sei Dank kriegt er in dieser beschissenen Bruchbude mit dem Wust von Vergangenheit um ihn herum wenigstens einen Hamburger, *Gott sei Dank.*

7

Aber er möchte es irgendwo sicher verstauen, ihr Sohn, das beunruhigende Dokument. Er hält es mit spitzen Fingern, als bestünde die Gefahr spontaner Entzündung. Er hält es an den Ecken. Er faltet es auf Drittel, legt es vorsichtig auf einen Beistelltisch und durchwühlt dann unter Verrückung von Arztrechnungen, Auszügen von Billies Investmentfonds und unbeantworteten Briefen den Schreibtisch nach einem Umschlag. Um den Papierkram hat sich Louis gekümmert, und Louis ist weg, und mit ihm jedes Ordnungssystem für den Papierkram, und deshalb ist es schwer, überhaupt etwas zu finden. Vielleicht ist schon seit Wochen keine Rechnung mehr bezahlt worden, was weiß Billie Raitliffe. Sie hat nie nachgefragt. Nirgendwo Umschläge. Ein echter Mangel, so wird ihr plötzlich klar, an Büromaterial allgemein. Ihr Sohn zieht an der unteren linken Seite des Rollschreibtisches eine Schublade heraus, eine Schublade voller Reliquien, und findet statt brauner Umschläge einen Stapel vergilbter, zerfledderter historischer Dokumente. *Sie hatte schon immer gern Zeitungsartikel ausgeschnitten.* Sie schickte Sachen an Familienmitglieder und Freunde. Hex schickte sie ganze Bände von Zeitungsartikeln, Woche um Woche, Jahr um Jahr. Und obwohl er essen möchte, obwohl die Restaurants ab halb neun kein Essen mehr servieren, durchblättert er diese Stücke einen Moment lang. Hält sie wortlos hoch: die Speisekarte einer Spendenwerbeveranstaltung der Republikaner in New York im Jahre 1956 (sie hatten Richard Nixon kennengelernt – als ersten Gang gab es Seezunge), einen Artikel aus *Town and Country* über hydroponische Gemüsegärten, eine Reihe billig gedruckter Broschüren, die sich für neue, vernünftige Behandlungsmethoden bei neurologischen Krankheiten aussprachen, wobei Mandeln, sehr hohe Dosen von Vitamin C und fettarme Kost eine Rolle spielten, und dann, in mehreren Exemplaren, den Nachruf auf Hex' Vater aus dem *New London Day* vom 16. Dezember 1963. Ihr Sohn hält inne:

Nach langer Krankheit verstarb am Montag Allen Hamilton Raitliffe, 39 Flagler Drive, Fenwick, Philantrop und Antiquitätensammler, an Herzversagen. Er wurde neununddreißig Jahre alt. Mr. Raitliffe wurde in Concorde, Massachusetts, geboren, wo er bis zur Abschlußprüfung im Jahre 1942 als Externer die Concord Academy besuchte. Nach seiner Immatrikulation an der Harvard University studierte er Altphilologie und im Nebenfach Theologie. Im Januar 1944 unterbrach er sein Studium, um in die Armee der Vereinigten Staaten einzutreten. Bei den Streitkräften erreichte er den Rang eines Leutnants beim Army Signal Corps. Nach seiner ehrenhaften Entlassung graduierte Mr. Raitliffe magna cum laude an der Harvard University. 1946 heiratete er Barbara Ashton Danforth aus Boston. Mrs. Raitliffe besuchte Radcliffe, wo sie 1944 die Abschlußprüfung ablegte. 1949 zog das Paar nach New York City um, wo Mr. Raitliffe nach mehreren Jahren bei der Guaranty Trust Company eine Transport- und Luftfrachtfirma, Allied Interstate, gründete, um sich 1957 aus dem Geschäftsleben zurückzuziehen. Danach siedelte er in die Gegend um Old Saybrook über, wo er sich kommunalen Projekten und dem Sammeln von Antiquitäten aus der Zeit der Revolution zu widmen begann. Die Menschen von Südost-Connecticut werden sich noch lange seiner Geselligkeit und seines uneigennützigen Wirkens für die Region erinnern. Er arbeitete aktiv im Mitgliederausschuß des Fenwick Country Club und in der Lokalpolitik mit, er war hochherziges Gemeindemitglied der Grace Church, und er war leidenschaftlicher Jäger, Fischer und Amateurpräparator. Außerdem fungierte er viele Jahre lang im Sommer als Rettungsschwimmer im Rocky Point State Park. Mr. Raitliffe hinterläßt seine Frau und seinen Sohn Dexter Allen Ashton Raitliffe.

Neben dem Artikel, zwei Spalten breit, ein Bild von Allen, wie er lächelt – sein riesiger Kopf, sein verschwörerisches Lächeln – und die Beengtheit des Bildes förmlich zu sprengen droht. Wäre nicht die Ermordung des Präsidenten einige Wochen zuvor gewesen, hätte er durchaus mehr Platz beanspruchen können.

»H-h-hab ganz vergessen, wieviel Sch-scheiß da drinsteht«, sagt Hex und schiebt den Nachruf in die Schublade zurück. Offenbar hat er auch vergessen, warum er überhaupt hier am Schreibtisch steht, da er ihren *Letzten Wunsch nach Beendigung ihrer Leiden* auf dem Beistelltisch ignoriert und ganz betriebsam, ganz geschäftig aufsteht und hinter sie wuselt.

»D-d-desinformation, weißt du. D-d-das hat er schon g-gekonnt, b-b-b-b-b-«

Er reicht weit zurück, Billies und Hex' Verdacht, daß Allen den Nachruf selbst verfaßt hat, obwohl sie sich seinerzeit nicht vorstellen konnte, warum, wenn nicht aus schierer Morbidität, ein Mann seines Alters, ein junger Mann, seinen eigenen Nachruf hätte schreiben und warum er absichtlich Lügen über seinen Bildungsweg, seine militärische Laufbahn, seine Herkunft, die Herkunft seiner Frau und sogar seinen zweiten Vornamen hätte verbreiten sollen. Der einzige Grund war Querköpfigkeit. Trotzdem stimmte es, daß er nach dem Krieg fast nie von seiner Arbeit im Südwesten sprach, so wie er auch äußerst verschlossen blieb, was seine spätere Betätigung im Bergbau anging. Allen schuf und nährte die Vorstellung, daß er ein *Yankee* war, daß seine Wurzeln mit den Ursprüngen der Nation verschlungen waren. Aber das war reine Sehnsucht. Er stammte aus dem Mittleren Westen, aus Minnesota, und als er den Mittleren Westen verließ, ließ er seine Eltern zurück, und als er den Südwesten verließ und nach New York City ging, ließ er seine Freunde dort zurück, und als er New York City verließ, ging er kaum je noch einmal dorthin. Er starb in New England, ließ sich einäschern und seine Asche im Long Island Sound verstreuen, weit weg von seinen Ursprüngen. Das war er.

»-b-b-bevor es in Mode war. Er war der erste Werbeagent«, sagt Hex. »Ein Lügner und ein Schwindler. Was für einen Mantel möchtest du anziehen? Möchtest du diesen, äh, P-parka anziehen?«

Sanft bringt Hex sie vor dem Schrank im vorderen Flur zum Stehen, wo die freien Kleiderbügel leise klingen, als die Tür aufgeht, und es ihm gelingt, inmitten eines in Plastik gehüllten Dickichts ihren portweinfarbenen, gesteppten, taillierten, knöchellangen Winterparka ausfindig zu machen und freizubekommen. Er hält ihn hoch.

»T-tut's der? M-meinst du, du k-k-k-könntest darauf achten, daß du mit dem Saum nicht in die Räder k-k-k-kommst? Er franst sonst aus. Und du ziehst eine Daunenspur hinter dir her.«

Er streckt ihren spastischen Arm, indem er kräftig daran zieht, bis die Gliedmaße schlaff wird und an ihrer Seite herabfällt, stopft sie dann in einen Ärmel, greift an der Manschette nach ihrer Hand und zupft ihre Finger durch.

Sie hatte versucht, Dexter von der Sache in New Mexico, von der Arbeit seines Vaters, zu erzählen; eines Tages, nach dem Gedenkgottesdienst, hatte sie ihn hingesetzt, *Dexter, es gibt da einiges über deinen Vater, was ich mit dir besprechen muß,* aber es war nur ein merkwürdig fruchtloses Gerede gewesen. Ihr Sohn hatte sich gegen die Fakten gesträubt. Daß Allens Geschichte Lücken hatte, war ihm nicht in den Sinn gekommen. Er hatte sich nie nach anderen Familienzweigen, nach seinen Großeltern oder überhaupt nach seiner Herkunft erkundigt. Auch nicht nachdem sein Vater gestorben war. Er hatte sich mit einer jährlichen Geburtstagskarte von seinen noch lebenden Großeltern zufriedengegeben, so wie er sich über die Jahre mit dem begnügt hatte, was man ihm an mageren Informationen zukommen ließ.

Ebenso hatte sie, als er auf das zehnte Lebensjahr zuging, beschlossen, daß es an der Zeit war, ihm *das Wunder der Empfängnis* zu erklären. Doch nachdem sie ihm zu dem Thema ein ziemlich technisches Buch, *Die menschliche Fortpflanzung*, aus der Reihe United Christian Publications gegeben hatte – *Mann und Frau können sich, wenn sie zu Bett gehen, bequem nebeneinander legen, und dabei führt der Mann seinen nun zu voller Größe angeschwollenen Penis in die Scheide der Frau ein und tauft dadurch das Ei, so wie es die Natur für die Zeugung von Kindern vorgesehen hat* –, hatte er wieder keine Fragen gestellt.

Es ist eine Woche her, daß sie im Freien war. Hex schiebt sie langsam die Rampe vor der Haustür hinunter. Dann in die Einfahrt. Ihr Rollstuhl schleudert Kies zur Seite. Ein herrliches Geräusch. Und am Himmel sind Möwen. Straßenlaternen beleuchten den Flagler Drive – wo die Golfwagen fahren –, schmucklose Straßenlaternen mit Katzengoldlicht. Auf dem Golfplatz ist es heute abend ruhig. In den zurückliegenden Sommern nutzten Liebespaare jedes Gebüsch da draußen für ihre Eskapaden und rannten auf dem Weg zum neunten Loch über Billies Rasen und die Rasen ihrer Nachbarn, doch nun ist es Herbst, und sie sind verschwunden.

»-Sch-schöner Abend«, meint ihr Sohn. »Und du h-h-hast p-p-p-prima Gesellschaft. W-was gibt's da zu k-k-klagen? W-wieso willst du ausgerechnet heute abend den S-s-s-s-stecker ziehen? W-warte doch erstmal ab, w-w-wie das Essen ist. W-wird ja vielleicht ein ganz t-t-toller Abend.«

Sie seufzt.

»Deine flapsigen Bemerkungen … kannst du dir sparen, Dexter ... Manchmal ... sind schmerzliche Themen ... unvermeidlich ... mittlerweile müßtest du ... das eigentlich wissen.«

Ihre früheren Gespräche waren nämlich auf ganz ähnliche Weise im Sande verlaufen – zum Beispiel, *Dein Vater war im Krieg, und er hat in einem hochgeheimen Bereich der Rüstung gearbeitet, bei dem es um die Herstellung bestimmter Arten von Waffen ging.* So etwa drei, vier Monate vor der Ermordung des Präsidenten, drei, vier Monate vor dieser Aussprache mit dem jungen Hex war der Vertrag über die Einstellung von Kernwaffenversuchen ausgehandelt worden, und sie nahm an, daß er *irgend etwas* davon gehört haben mußte *(in dem Wunsch, der Verseuchung der menschlichen Umwelt durch radioaktive Substanzen ein Ende zu setzen ...).* Bekamen Kinder dergleichen nicht aus dem Radio oder dem Fernsehen mit? Erfuhren sie davon nicht in der Schule? Und waren solche Diskussionen für kleine Jungen nicht besonders unwiderstehlich? Regelten sie so nicht ihre Schulhofstreitereien? *(Mein Dad schießt eine Interkontinentalrakete mit Atomsprengkopf auf deinen Dad ab und knallt ihm sein blödes Hirn weg.)* Nicht so Hex Raitliffe. *Irgendwann wirst du das alles ja doch wissen wollen, und deshalb denke ich, ich sollte dir sagen, daß dein Vater mit bestimmten Tests zu tun hatte, bei denen Menschen zu Schaden kamen, und das hat er bedauert – zu seiner eigenen Überraschung hat er das bedauert –, und damals hat er das Militär verlassen. Er ist deswegen dort ausgeschieden. Er wollte mit diesem ganzen Problem nichts zu tun haben. Es sind einige Zivilisten und einige Militärangehörige zu Schaden gekommen. Und als wir in den Osten gezogen sind, hat er aufgehört, über diesen Lebensabschnitt und über seine Jahre beim Militär und danach zu reden, und ich habe ihn nicht damit behelligt. Er hat das alles hinter sich gelassen. Und er war mehr als einmal in seinem Leben bestimmten Dingen ausgesetzt. Dein Dad hatte nämlich wichtige, verantwortungsvolle Positionen inne, verstehst du, und sie waren gefährlich. Er ist verletzt worden, und wir wissen es zwar nicht mit Sicherheit, aber es ist möglich, daß diese Vorfälle aus der Vergangenheit seine Gesundheit beeinträchtigt haben, weißt du. Möglich ist es.* Und an dieser Stelle liefen zwei Gesprächsstränge, die Wahrheit über seine Abstammung und das Geheimnis der Empfängnis, zusammen – in der Küche, Anfang der Sechziger, und sie fuhr fort, *Und nach dem Krieg konnte dein Vater, nun ja, keine Kinder mehr zeugen. Du verstehst doch, was das heißt? Ja, mein Schatz? Er könnte zwar schon vor dem Krieg steril gewesen sein, aber das ist unwahrscheinlich. Er war davon überzeugt, daß es mit seiner Arbeit zu tun hatte. Es hat ihm viel Kummer gemacht. Aber als wir schon die Hoffnung aufgaben, dich zu bekommen, unser eigenes Baby zu bekommen, bin ich schwanger geworden! Es war ein Wunder! Du warst ein kleines Gottesgeschenk. Du bist unverhofft gekommen und wurdest deshalb um so mehr geliebt. Dein Dad hat dich so geliebt, Dexter, er hat uns beide geliebt.* Je weiter sie bei der Erläuterung dieser Ereignisse ging, desto zweifelhafter wurde ihr dieses Bemühen. Was war denn letztlich wichtig daran? Es schien hier nur Unabgeschlossenes zu geben, Geschichten, die sich grenzenlos hinzogen. Das Ganze glich Allens eigener Arbeit, seiner Physik, wo eine Theorie die nächste hervorbrachte, und das ohne Ende. Den Beweis hatte sie direkt vor der Nase: Hex saß zappelnd am Küchentisch. Er war zu *jung* dafür. Er wollte über alles andere reden. Über die New York Yankees. Über Popmusik. Er war zehn Jahre alt, die Knochenstückchen seines Vaters waren im Long Island Sound verstreut worden, und seine Mutter konnte nicht aufhören zu reden.

»Ich wollte auch … Wissenschaftlerin werden«, meint

sie, als er die Beifahrertür des gemieteten Ford Taurus öffnet. »Hast du das gewußt? Ich wollte Astronomie studieren. Aber dann ... dann habe ich bloß noch *dich* gewollt, ich wollte ein Baby ... das war mein eigentliches Interesse ... und du warst die Erfüllung ... ganz bestimmter Träume.«

»Klar«, er schiebt die Hände unter ihren Hintern, ächzt, hebt an. Dann liegt sie in seinen Armen, und er wankt einen Moment mit ihr, so daß ihr Kleid sich bauscht. Er kommt ins Stolpern, findet das Gleichgewicht wieder, sein Gesicht dicht an ihrem, über ihr der Himmel mit Kräuselwolken. Der von der Wagentür gebremste Rollstuhl rollt los, als Hex dagegenstößt. Der Stuhl stürzt um. »Scheiße. M-müssen wir eigentlich ausgerechnet jetzt diese ganzen un-g-g-glaublich anstrengenden G-gespräche führen? Ich sag dir mal, was m-mich beschäftigt. Ich w-will einen *auf offenem Feuer g-gegrillten B-b-burger mit K-käse* und ein Bier, und danach rede ich über alles, d-darüber, ob d-du g-genügend B-b-barbiturate gehamstert hast, oder über die b-besten Arten von Schlingen, g-ganz egal.«

Er torkelt am Taurus zurück, setzt sie einen Moment auf der Motorhaube ab, ruht aus und schafft es dann, sie um die Tür herum auf den Beifahrersitz zu bugsieren. Er streicht ihr das Kleid glatt. Ihr linker Arm zittert leicht, und das macht sie befangen. Außerdem nimmt sie ein schwaches, aber gleichwohl entnervendes Gefühl von Harndrang wahr, und dabei fällt ihr ein:

»Liebling, ich glaube ... ich bräuchte ... für die Fahrt ... eine *Windel* ... und den Katheter auch ... Du schaust am besten ... im Wohnzimmer nach.«

»Ach so. Klar. 'tschuldigung.«

Sie wartet. Diese Geheimnisse der Familiengeschichte, sie machen sie konfus und schläfrig. Gibt es eigentlich eine Garantie dafür, daß Allens Eltern ihre Herkunft nicht ebenfalls verschleierten? Gibt es eine Garantie dafür, daß sie in Wirklichkeit gar nicht aus Massachusetts stammten, wie Allen einmal behauptet hatte? Oder doch von dort? Oder von der Insel Manhattan? Gibt es schlüssige Beweise dafür, daß der Name Raitliffe nicht so alt ist wie die dreizehn ersten Kolonien, so alt wie die Puritanerschiffe, die an der Küste von Maine landeten, so alt wie die White Mountains; gibt es irgendeine Garantie dafür, daß alle diese Raitliffes nicht auf irgendeinen Stammvater der Alten Welt zurückgehen, einen mittelalterlichen Gastwirt im Kerzenlicht des alten Europa? Und was ist mit ihrer eigenen Familie, die aufzutauchen, zu gedeihen und wieder zu verschwinden schien, und das alles zusammengedrängt auf den Zeitraum der Weltwirtschaftskrise? Solche Nachforschungen ergeben nichts weiter als Aufschlüsse über den *Menschen, der Aufschluß zu gewinnen versucht.* Was also wird Hex lernen, wenn er alle diese Geschichten in Erfahrung bringt? *Daß, wenn man Amerikaner ist, zwischen einem selbst und seinem Stammsitz ein Ozean liegt.*

Billies Atem umwölkt ihren Kopf, trübt die Fenster. Sie riecht neues Vinyl und bleifreies Normalbenzin. Es stinkt regelrecht nach Benzin. Hex kommt mit einem aufgerollten, durchsichtigen Plastikschlauch, einem leeren Urinbeutel, einer Windel zurück. Er wirft alles auf den Rücksitz, klappt dann den – in der Einfahrt umgekippten – Rollstuhl zusammen und verstaut ihn ebenfalls hinten. Dann schnallt er sich hinterm Steuer an. Er beäugt argwöhnisch die Armaturen.

»Radio?«

Das Gerät ist bereits auf einen 24-Stunden-Nachrichtensender eingestellt. *Wir halten sie über die weiteren Entwicklungen auf dem laufenden.* Hex drückt den Suchknopf, und das Radio surft durch Bruchstücke, übergeht den Bombast zeitgenössischer Tanzmusik, die Steel drums einer Salsa, Country and Western, bis er endlich findet, was er sucht, ein schwaches Signal am unteren Ende der Skala, bei dem weißes Rauschen nicht vom Gesang tibetanischer Mönche zu unterscheiden ist.

Als sie im Kriechtempo auf den Flagler Drive einbiegen, werden sie immer wieder vom Strahl des Leuchtfeuers von Fenwick erfaßt, der parabelförmig über die Küste streicht. Dutzende von Luxusvillen umgeben den Leuchtturm mittlerweile, so viele Häuser, daß sie entsetzt ist. Es besteht eine Disparität zwischen der Stadt, an die sie sich erinnert, der Stadt, in der sie sich niedergelassen hat, und der, die sie jetzt bewohnt. Damals war sie ein wohlgehütetes Geheimnis, eine kleine Küstenstadt, der eine Fußnote der Geschichte des Unabhängigkeitskrieges galt, ansonsten jedoch vernächlässigt, vernachlässigter jedenfalls als die glamouröseren Ortschaften und Fischerdörfer weiter östlich, Mystic, Stonington, Watch Hill, Newport. Fenwick war eine *Marsch* gewesen, eine Salzmarsch mit Rohrkolben, die die Häfen und Flußarme verstopften, mit flachen, für Angler und Freizeitkapitäne undurchdringlichen Wasserwegen, eine Marsch, in der es von *Stechmücken*, Krebsen, Fischadlern, Reihern, Strandläufern und allen möglichen Seevögeln wimmelte. Damals war es, was Seebäder anging, der falsche Teil der Küste. Heute jedoch ist die Küste ein einziges Seebad, und es gibt kein Entkommen vor der Vulgarität der Seebäder und Kurzurlauber. Old Saybrook und Fenwick sind *Siedlungen aus Eigentumswohnanlagen,* Sunset Gables und Pleasant Point und Marshland Estates – und es gibt Motels, Motels und noch mal Motels, Supermärkte und Grundeigentümerverbände, um Unerwünschte fernzuhalten. Hex biegt rechts auf die 156 und den Damm ab, und dort weicht die Melancholie in ihrem Herzen, und sie vergißt einen Moment lang ihre Probleme, denn das war eigentlich der einzige Grund, warum sie hierhergezogen ist, dieses ohne Bankette durch die Marsch verlaufende Stück Straße, ein schmales Asphaltband mit einer kleinen Fußgängerbrücke, etwas mehr als ein Kilometer durch die Salzmarsch nach Old Saybrook, genau auf Wasserhöhe, Teil jener lebendigen Stille, jener herrlichen, vernachlässigten Schönheit, und der Wagen, den Hex mit angemessener Muße fährt, beschreibt leichte Schlangenlinien. Sie könnten glatt hineinplumpsen. Am anderen Ufer, im Wasser gespiegelt, die Lichter der Stadt, die unregelmäßige Küstenlinie der Halbinsel, dann, auf der anderen Seite der Landzunge, erstreckt sich das Meer Richtung Old Lyme, Niantic und Waterford, und die Nacht ist so klar, daß man die Lichter von Orient Point auf Long Island erkennen kann; das ist die Stelle, wo Fluß und Hafen zusammentreffen, und neben dieser *Weitung* verblaßt die ganze provisorische Architektur, die Vulgarität der Erschließung. Wenn es einen Grund gäbe, dann wäre es dieser, der Grund, warum sie Allen hierhergebracht hat, weg von der Stadt, zu diesem Anblick, damit er die Aussicht in sich aufnimmt, in diesen zweieinhalb Minuten auf dem Damm, wo die ausgefeiltesten Pläne der Zivilisation unwesentlich, kurzlebig anmuten.

»Also, eine M-möglichkeit wäre die T-tavern«, sagt Hex. »W-wir k-k-könnten aber auch P-p-p-p …« Mit einer behandschuhten Hand hämmert er auf das Lenkrad. »P-p-penelope's P-p-pantry p-p-probieren«, murmelt er.

»Ganz wie du … willst, Liebes. Ich werde … wahrscheinlich … sowieso nicht viel essen.«

Und er biegt bei dem alten Fort Saybrook, bei dem dortigen Motel, vom Damm ab, und sie fahren die Main Street entlang, vorbei an den prächtigen Stadthäusern, den Häusern der Flußgötter, wie sie von den einheimischen Geschäftsleuten genannt wurden, jenen prächtigen Häusern mit ihren prächtigen Veranden, ihren Säulen und ihren 2000-Quadratmeter-Grundstücken, die Main Street entlang an der Grace Church vorbei, vorbei an der Feuerwehr (der komplette Fahrzeugbestand zu einer Übung im Freien) und weiter durch das Stadtzentrum, wo die Avenues zusammenlaufen. Hex biegt nach links auf die Boston Post Road ab, in Billies Augen eine Straße von erbarmungsloser Oberflächlichkeit, wo die Konsumenten hinkommen, um sich schröpfen zu lassen, und Durchreisende durchrasen. Hier lockt Penelope's Pantry, heruntergekommen, wenig einladend, nullachtfünfzehn.

Sie sollte ihm die Briefe geben, denkt sie. Wieso hat sie das eigentlich nicht schon längst getan? Sie sollte ihm sämtliche Briefe geben. Einige liegen in derselben Schreibtischschublade, eben der Schublade, die er durchwühlt hat. Nicht weit unten in den archäologischen Schichten dieser Schublade, nicht weit weg von dem Nachruf im Sediment persönlicher Effekten:

21.5.46

Liebe B:
Es fällt mir schwer, das zu schreiben, aber ich werde mich bemühen. Heute hat es im Labor einen Unfall gegeben. Slotin war mit letzten Vorbereitungen vor dem Umzug in den Süden beschäftigt. Er hat die Versuchsanordnung vorgeführt. Dieser Hinkley, der die Abteilung übernimmt, wollte noch ein, zwei Dinge wissen, deshalb hat Slotin ihm alles gezeigt. Wir hatten schon Überseekofer und Kisten zur Verschiffung in den Pazifik gepackt, aber Hinkley hatte noch einige Fragen darüber, wie alles kalibriert sei. Also sagt Slotin, kommen Sie mit runter, wir sehen's uns mal an. Ich war auch im Labor, zusammen mit Kline. Der Boß hatte so einen typisch verschmitzten Gesichtsausdruck. Er wußte, er hätte um diese Zeit eigentlich gar nicht mehr da sein und eine Reaktion vorführen dürfen, bloß um Eindruck zu schinden, aber er hat nun mal das Sagen. Und die Vorsichtsmaßnahmen waren

minimal, weil er es schon tausendmal gemacht hatte. Völlig egal, daß wir in letzter Zeit nie genügend Schlaf bekommen hatten.

Das Labor wurde hermetisch verschlossen. Hinkley stand auf der einen Seite des Tisches, an der Tür, Slotin auf der anderen. Slotin hatte die beiden Hälften des Versuchselements, so ähnlich wie die Hälften einer Grapefruit. Man fügt sie zusammen, Stift A in Schlitz B, und man kriegt eine kontrollierte Reaktion, bloß ein paar hin und her sausende Teilchen, nicht viel. Würde man einen Geigerzähler anschließen, würde er ein bißchen Energie anzeigen. Man könnte seine Verandabeleuchtung damit betreiben.

Allerdings muß man darauf achten, die Stücke richtig zusammenzufügen, das ist ganz wichtig. Und Slotin nimmt, während er die obere Hälfte aufzusetzen versucht, den Streifen heraus, der die beiden Hälften voneinander trennt, einen Drei-Millimeter-Streifen, und dabei redet er die ganze Zeit mit Hinkley über das Wetter im Pazifik, und wie toll die Mädchen auf Hawaii sind, solche Sachen eben, und als er gerade den Bügel in die Hand nehmen will, der die obere Hälfte sichert, läßt er das ganze Ding fallen. Ich habe zugesehen und weiß bis jetzt nicht genau, wie er das fertiggebracht hat. Er läßt einfach die obere Hälfte fallen, genauso wie man einen Hammer in eine Werkzeugkiste fallen läßt, und die beiden Hälften fallen aufeinander.

Das Schlimmste war, daß ich sofort wußte, was passiert war. Ich wußte es. Slotin auch. Es war ein prompter Stoß. Da war ein Glühen. Ich weiß nicht, wie ich es besser beschreiben soll. Jedenfalls war es zuerst blau und dann lavendelfarben. Der Raum war erleuchtet. In einem Sekundenbruchteil. So schnell er konnte, zerrte Slotin – der den Daumen zwischen die beiden Stücke geklemmt hatte – die beiden Hälfen auseinander. Das spielte aller-

dings keine Rolle mehr. Ich hörte die Geigerzähler Höchstwerte melden, noch ehe mir klar wurde, was das Geräusch war. So hatte ich sie noch nie verrückt spielen hören. Slotin bekam die Stücke auseinander und blickte zu Hinkley auf. Ich konnte Hinkleys Gesichtsausdruck sehen, er war völlig fertig. Und dann drehte sich Slotin zu mir und Kline um. »Ihr Jungs ruft mal lieber die Krankenstation an.«

Wir haben auch den Direktor benachrichtigt, die hohen Tiere informiert, und dann haben wir einfach draußen im Flur gewartet. Wir vier. Was konnten wir sonst tun? Ich besorgte von nebenan ein paar Decken – wir schliefen mitunter im Labor nebenan – und legte Slotin eine Decke um. Ich fragte ihn, wie hoch seiner Meinung nach die Dosis gewesen sei. »Wenn ich's bloß wüßte«, antwortete er. Dann übergab er sich. Auf den Boden. Das war noch das geringste seiner Probleme. Hinkley war kreidebleich. Er war nämlich nahe genug gewesen, um auch verseucht zu werden. Wir waren alle nahe genug gewesen. Aber das war sein erster Abend in New Mexico. Mit soviel Ärger hatte er nicht gerechnet.

Bis wir auf der Krankenstation waren, hatte Slotin bereits Verbrennungen. Vom Auseinanderdrücken der beiden Halbkugeln war sein Daumennagel abgestorben. Es sah aus, als hätte er eine heiße Bratpfanne angefaßt. Sie ließen uns duschen. Dann kam ein Rattenschwanz von Tests. Die Schwestern trugen Schutzanzüge, irgendein schützendes Gewebe, während sie uns der ganzen Prozedur unterzogen. Um sich zu schützen. So einsam habe ich mich noch nie gefühlt, Billie, das kann ich dir sagen. Kein Mensch weiß genau, was Sache ist, also müssen wir einfach abwarten. Das ist der jetzige Stand.

Die Wahrheit ist, daß es so aussieht, als hätte Slotin das meiste abgekriegt. Kline und ich haben auf der anderen Seite des Labors gestanden, also hat er die Nahbereichs-

dosis abbekommen. Seine Hände sind schon auf die doppelte Größe angeschwollen, und die Schwestern haben sie in Eis gepackt. Er versucht, den Humor nicht zu verlieren, obwohl er Bescheid weiß. Er hat miterlebt, wie Bowman vor ein paar Monaten krank wurde. Sie waren miteinander befreundet. Ich denke, die Ärzte konnten bei Slotin Berechnungen vornehmen, und zwar aufgrund des Kleingeldes in seiner Tasche, der Nickels und Dimes, und bei mir ebenso. Dem Himmel sei Dank für diese Münzen. Der Boß hat ungefähr 1000 Rad abgekriegt – mehr ist dazu nicht zu sagen. Ich habe immer zu ihm aufgeblickt. Trotzdem wünschte ich, ich hätte gestern abend nicht länger gearbeitet.

Ich rufe dich später an. Soviel Strahlung wie bei einem Schuhkauf hätte ich abgekriegt, heißt es. Und einen Mordsschrecken. Also mach dir nicht allzu viele Sorgen. Ich werde versuchen, heute nacht zu schlafen, wenn ich kann. Der Zensor, der in diesem Fall eine Ausnahme gemacht hat, weist darauf hin, daß du diesen Brief vernichten mußt. Sprich ein kleines Gebet für mich. Und auch für Slotin und Hinkley. Tust du das?

In Liebe
Allen.

8

Spezialität des Hauses: Meeresfrüchte. Die regionale Küche. Fischsuppen, alle möglichen Fischsuppen, Manhattan und New England. Diese als erstes oben links auf der plastikbeschichteten Speisekarte aufgeführt: unter *Penelope's Pantry* in einer an Schnörkeln reichen Kursivschrift. Dann Vorspeisen, darunter Lobster, Weißfisch – ein halbes Dutzend Arten von Weißfisch, die man getrost vergessen kann, Kabeljau (paniert, gebraten, gedünstet), Dorsch, Heilbutt, Schellfisch, Flunder – und für den, dem das Geld locker sitzt, ein fragwürdiges Lachssteak, das erst kürzlich weite Strecken auf der Interstate zurückgelegt hat. Lachs im Zustand des Verfalls. Oder Thunfisch. Dies gebraten, mit einem Schuß Zitrone. Nach hiesiger Art. Und für die Familie – denn Penelope's hält sich etwas darauf zugute, ein Familienrestaurant zu sein – für die Kleinen halbe Portionen dieser Fischgerichte, oder, wenn ihnen das lieber ist – *Mom, ich mag keinen Fisch!* –, gibt es auch Burger, alle möglichen Burger, Pastetchen, verkleidet mit Cheddar, Mozzarella, Chili, Speck und Sauerkraut. Diesen Burgern rast Hex Raitliffe – vom Parkplatz aus – entgegen, weil er beim Verzehr von Meeresfrüchten die vier bis sechs Stunden, die den Ereignishorizont einer von Fisch oder Schalentieren verursachten Lebensmittelvergiftung markieren, in bangem Warten verbringt; beim Verzehr von Meeresfrüchten kommen ihm zwangsläufig Vorstellungen von *exogen induziertem Erbrechen*, Magenpumpen und intravenöser Ernährung. Infolge des Kernkraftwerks und der U-Boot-Basis ist der Fisch von Südost-Connecticut sowieso radioaktiv verseucht, deshalb geht er das Risiko erst gar nicht ein. Nein, Hex will Rindfleisch. Das Fleisch, das Amerika groß gemacht hat.

Er will ausgiebig Gewürze verwenden. Er will in Fetten und Natrium schwelgen. Und er will trinken. Mit großer Mühe bugsiert er seine Mutter rückwärts die drei Eingangsstufen hinauf und läßt sie oben knapp hinter der Tür stehen, die sie – ihr eigener De-luxe-Türriegel – offenhält, während er sich eilends mit dem Oberkellner bekannt macht – *T-tisch für z-z-zwei, b-b-bitte* –, einem pieksauberen Mädchen im Teenageralter in Kordhosen und pinkfarbenem Rollkragenpullover, auf deren Plastiknamensschild *Jeanine* steht. Sie führt ihn zu einer Nische (es gibt nur Nischen) im Nichtraucherbereich. Hex hängt sein Tweedjacket an den Haken dort – es ist seit dem frühen Nachmittag sein erster Moment allein –, dann, in Phase zwei des Martyriums, geht er seine Mom holen. Sie hält noch immer die Tür auf. Zwei Betrunkene auf dem Weg zum Parkplatz salutieren vor ihr. Als er seine Mutter in den Speisebereich fährt, schwindet der Umgebungslärm in Penelope's Pantry, und wie schon so oft geschehen, beäugen die Gäste Hex und seine Mutter mit arglosem Yankeeblick. Das Innere des Restaurants ist rot. Die gepolsterten Bänke sind rot, die Tapete aus falschem Samt ist rot, in die Lampenfassungen sind rote Birnen geschraubt, die Plastikschüsseln an der Salattheke, wo es welken Kopfsalat und Kohl gibt, sind rot, die Hummerlätzchen sind weiß auf rotem Feld, und die Schürze, die ihre Kellnerin (Laurie) trägt, ist rot, genau wie die Schleife in ihrem Haar. Sie wischt den Tisch vor ihnen mit einem alten, fettigen Lappen. Dann beginnt Hex, wie in einer Art Clownsposse, Billie Raitliffe aus ihrem Stuhl zu nehmen. Von Hand hebt er einen ihrer Füße, einen orthopädischen Schuh, von der stählernen Fußstütze und setzt die Gliedmaße auf den verfilzten roten Teppich. Dann den anderen. Er hievt seine Mutter hoch und stupst mit der Hüfte den Stuhl aus dem Weg. Damit sie Jeanine und die übrigen Kellner im Gang zwischen den Tischen nicht behindert, zerrt er sie, mit unter ihre Achseln geschobenen Armen, zu der Bank hinüber, wo sich ihr Fuß an einem Tischbein verhakt und er versucht, dieses Hindernis gewaltsam zu überwinden, indem er den Körper seiner Mutter mit einer riesigen Kraftanstrengung in die Nische stößt; Gewalt erweist sich jedoch als ineffektiv, und seine Mutter kippt zur Seite – halb in, halb außerhalb der Nische, und er *fällt auf sie, Scheiße,* seine Schulter quetscht sich in eine ihrer Brüste, ein Ellbogen sticht sie in die Bauchspeicheldrüse, ihr Kopf eingeklemmt zwischen Sitzfläche und Rückenlehne der Vinylpolsterung, so daß sie Atemnot bekommt, ihr Fuß noch immer irgendwie am Tischbein festgehakt, und als er versucht, sich von ihr und sie vom Tisch loszumachen, schlägt er ihr die Brille von der Nase, und diese fällt unter den Tisch und schliddert auf einem Teppichschoner aus Plastik davon. Außer Reichweite. Er hievt seine Mutter in aufrechte Position (endlich), schiebt sie in die Nische und *kriecht unter den Tisch,* um nach der Brille zu suchen. Stößt sich dabei den Kopf an der Unterseite der Tischplatte, an einer der Streben. Verdammt. Die reinste Höhlenforscherei hier unten. Eine Stukkatur aus versteinertem Kaugummi und hartgewordenem Rotz ziert die Unterseite. Er paßt kaum darunter. Durch Deltas aus Schmutz, Staub und weggeworfener Plastikfolie greift er nach der Brille, die neben dem (in faltenwerfenden Strümpfen steckenden) dicklichen Knöchel einer Frau in der Nische nebenan gelandet ist. In diesem Licht wirkt der Knöchel marmoriert. Synthetisch. Vielleicht ist es aber auch nur so, daß die Strümpfe ein Leopardenfellmuster aus Sauce und Matsch tragen. Als er behutsam nach der Brille greift, schwingt *aus dem Nichts* ein zweiter Knöchel gefährlich dicht an seinem Gesicht vorbei und streift seine Nase. Die Spitze eines orthopädischen Schuhs kratzt beschützend den anderen Knöchel. Als wäre sie sich eines Eindringlings bewußt. Trotzdem entzieht er die Brille vorsichtig diesen beiden Wächtern, ohne die Frau aufzuschrecken. Zentimeterweise. Wobei er sich bemüht, so flach wie möglich zu atmen. *Erfolg!* Von seiner Leistung durchdrungen, nimmt er denselben Weg zurück, stößt sich an dem Querstück erneut den Kopf und murmelt Flüche. Als er endlich aus dem staubigen Winkel auftaucht, holt er den Rollstuhl aus dem Gang zwischen den Tischen und verstaut ihn auf der anderen Bank. *Bist du okay, Mom? Gibt's eigentlich eine b-b-bessere Methode, wie man das m-machen kann?*

Es gibt keine. Außerdem interessiert es ihn sowieso nicht. Ihm geht es mehr um sein Essen. Er registriert das Innere des Restaurants – Stil und Dialekt von Penelope's. Seine Einschätzung? Beködern, angeln, einholen, an Land ziehen sind nicht nur Ausdrücke aus der Speisekarte *(Das Fischernetz! Fischsuppen und Grogs! Schalentierhöhle!)*, sie sind hier auch die Sprache *der Bar.* Das heißt, in einer Kleinstadt ohne Nachtleben außerhalb der Saison, wenn die Motels verrammelt sind, der Jachtclub nur sonntags geöffnet hat und die betuchten Wochenendgäste in immer geringeren Zahlen kommen – ist Penelope's mangels Alternativen auch der Aufreißschuppen. Auf der anderen Seite des Salatwagens – unmittelbar hinter dem Hummeraquarium –, wo der Barkeeper mit verschränkten Armen und leerem Blick auf ein in die Wand eingelassenes Bord mit einem winzigen, quäkenden Fernseher starrt, sind daher, in düsterem Licht, stumm die Betrunkenen von Old Saybrook versammelt und werfen ihre Angeln aus. Sie wirken so reglos wie der Barkeeper, doch Hex weiß, wie sie sich einander zuwenden werden, um ihre Verzweiflung herauszuflüstern. *Wenn sie so richtig abgefüllt sind.* Während sich Hex' Augen an das aquarienhafte Innere von Penelope's gewöhnen, meint er, diese verlorenen Seelen allmählich zu erkennen. Zusätzlich zu den Gewerkschaftlern und Bauunternehmern, zusätzlich zu den Bedürftigen, den Rentnern und Ruheständlern in Penelope's Pantry gibt es auch Vertreter der Bevorteilten, der attraktiven Söhne und Töchter der herrschenden Klasse, jener direkten Nachfahren unserer Gründungsväter, Söhne und Töchter, die auf Abwege geraten sind. So meint er, die Frau in der *Fransenjacke aus Wildleder* sei Jane Ingersoll, das Mädchen, in das er in der zehnten Klasse verknallt war. Und neben ihr sitzt Mr. Shaw, der Hausmeister von der Eisbahn in Old Saybrook, allem Anschein nach in einem *purpurroten Ban-Lon-Hemd.* Dann, neben Mr. Shaw, Dick Flansburgh, der Stadtrat. Wenn Hex sich recht erinnert, war er in den sechziger Jahren Kapitän der U-16-Segelmannschaft des Jachtclubs. Er trägt denn auch eine Seemannsmütze – um eine kahle Stelle zu kaschieren. Sie sind alle da, im benebelnden Licht des Bar-Fernsehers (durcheinanderquirlende Sirenentöne). Sehen sich geistesabwesend die Nachrichten an. Und wenn sie es nicht sind, dann *kommen sie ihnen jedenfalls ganz schön nahe.*

Kurz darauf reißt ihn Laurie, ihre Kellnerin, aus seinem Philosophieren.

»K-könnten Sie uns die T-tagesgerichte sagen?«

»Steht genau über Ihnen«, gibt Laurie schroff zurück. Das stimmt. Er hat die Tafel übersehen. Sie bietet geringfügige Variationen der regulären Speisekarte. *Kabeljau in Weißweinsauce. Rasch angebratene, geschwärzte Flunder.* Die Nouvelle-Gerichte sind viel zu ambitioniert für den Laden hier. »W-w-weißt du schon, w-was du w-willst, Ma?«

Billie Raitliffe, deren Stimmung erheblich gesunken zu sein scheint, seit sie beide dem Wagen entstiegen sind, flüstert:

»Suppe ...«

»Fischsuppe für mein Mutter b-b-b-b-«

Sein Gesichtsausdruck ist unnachgiebig, während er das Wort herauszubringen versucht. Er blickt zu Laurie auf, die, einen Bleistiftstummel in der Hand, auf die Preisgabe des von ihm gewählten Gerichts wartet, als wolle sie ihn benoten. Die Pause dehnt sich über das erträgliche Maß hinaus, sein Gesicht läuft rot an, und auf seiner Stirn erscheint ein dünner Schweißfilm, bis er endlich Luft bekommt: »– bitte, und für mich einen Chiliburger mit Monterey-Jack-Käse und einen Single-Malt-Scotch on the rocks, danke, L-laurie –«

Noch bevor er den Gedanken mit einem Punkt versehen kann, reißt sie die Speisekarten an sich und verschwindet mit einer wegwerfenden Geste zur Salatbar hin und einem Genuschel von wegen *Roquefort und soviel Sie essen können.* Hex wirft einen verzweifelten Blick in diese Richtung. Was Laurie unterbrochen hat – die Projektion bestimmter Gestalten seiner Jugend auf ein Grüppchen einheimischer Kneipenhocker –, ist seinerseits die Unterbrechung einer viel wichtigeren Auseinandersetzung, die zwischen ihm selbst und seiner Mutter stattfindet, und während Laurie sie beide dort warten läßt, scheint diese schreckliche Situation erneut über den Raitliffes zu schweben. Er legt seiner Mutter die flache Hand auf den Rücken; er schaut ihr in das hölzerne Gesicht, *Z-ziemlich unhöflich war die, was?,* weiß dabei genau, welches Thema in der Luft liegt, und verdrängt es zugleich, bringt beides, das Akzeptieren und das Nichtwahrhaben-Wollen, gleichzeitig zustande, so daß er sich, während er sie ansieht, mit einmal schrecklich Sorgen macht und alles gäbe, um die Verantwortung, die er nun hat, nicht übernehmen zu müssen – *Entspann dich,* mahnt er sich, *trink was* –, alles gäbe, um dieses Interregnum in seinem geregelten alten Leben zu vermeiden – *v-v-verdammt, er hat vergessen, ihr den Mantel auszuziehen* –, das Interregnum, das gekennzeichnet ist durch seine verfallende Mutter, ihre Erschöpfung und die äußerst unerquickliche Plötzlichkeit ihrer Stimmungsumschwünge, von fröhlichem Überschwang zu untröstlicher Mutlosigkeit innerhalb fünfzehn Minuten. Ihr Arm zittert wieder. Er gäbe alles dafür, um diese Pflichten nicht vor sich zu haben. Er ist sich ohne Vorbehalt sicher, *daß er dem nicht gewachsen ist,* daß er nicht imstande ist, diese Last zu tragen, die Zyklen von Kummer und neurologischer Dysfunktion. Er wird fliehen. Sie ist genauso schwach und verletzlich, wie sie glaubt, und er ist es auch, doch bevor er aufstehen und gehen kann, in seinem Hertz-Mietwagen, diesem neuesten Modell aus heimischer Produktion mit dem ungewöhnlichen Leck im Tank *wie sein Stiefvater fliehen* kann, *Qui transtulit sustinet,* geht dieser Augenblick vorüber, verwandelt sich in eine diffuse Schwermut, und mit einmal *ist es ihm egal.* Piepegal. Immerhin muß er sie jetzt, *genau in diesem Moment,* nicht wickeln, muß ihre wundgelegenen Stellen nicht säubern, muß nicht für ihre Autopsie Sorge tragen, und so wendet sich seine Aufmerksamkeit allem anderen zu, zum Beispiel dem Grüppchen, das sich um den Fernseher an der Bar zu versammeln scheint –

»Weißt du was?« sagt er zu seiner Mutter. »Ich k-k-könnte schwören, die Blondine an der B-bar ist Jane Ingersoll, das M-m-mädchen, in das ich in der n-neunten K-k-klasse v-v-verknallt war. Oder in der zehnten.«

Seine Mutter taucht vorübergehend aus ihrer Träumerei auf.

»Die Stadt ist klein …«

»Ich m-m-muß mir das m-mal genauer ansehen. W-wenn wir g-gegessen haben.«

Laurie stellt einen Drink vor ihn hin.

»B-b-bist du wegen irgendwas sauer? Mom? D-d-du bist auf einmal s-s-so still. Du k-k-kannst es mir wirklich sagen, M-mom. W-wenn du w-wegen irgendwas sauer bist.«

Seine Mutter bleibt stumm. Ihre Augen, trübe und voller Tadel, sind in den Winkeln mit etwas schleimig Verfestigtem verklebt. Sie bleibt stumm.

»W-weißt du, manchmal hast du d-d-diese p-p-plötzlichen Stimmungsumschwünge, M-mom. Das g-gehört dazu. Zu der K-krankheit. K-k-könnte sein, daß das jetzt g-g-gerade einer ist.«

Sie bleibt stumm. Mit einer Serviette aus rotem Tuch langt Hex nach ihrem Gesicht, lüpft ihr die Brille und wischt ihr das Gesicht.

»Vielleicht b-bist du aber auch wegen d-dem, worüber w-wir g-g-gesprochen haben, sauer auf mich. Das kann ich verstehen. Aber w-wenn ich v-v-versuchen soll, m-mir d-d-deinen Standpunkt z-z-zu eigen zu machen, dann kannst d-d-du umgekehrt auch v-versuchen, d-d-dir m-meinen zu eigen zu machen. So was wie ein f-f-freier Aust-t-t-t ... w-wie ein M-m-marktplatz von Ideen. S-s-stell dir v-vor, w-was das für m-mich b-b-bedeutet. Verstehst du, w-was ich m-m-meine?«

Dann gibt es ein Durcheinander. In der Nische nebenan sitzt, wie gehabt, eine fünfköpfige Gesellschaft, darunter eine Frau mit Haar von königlichem Blau – aller Wahrscheinlichkeit nach die Frau mit den faltenwerfenden Nylons. Kleinstädtischer Sitte entsprechend, hat Jeanine, die Oberkellnerin, Hex und seine Mutter *direkt neben diese Gesellschaft* gesetzt, obwohl dahinter, völlig frei und einladend, noch ein halbes Dutzend Tische stehen. Hex bemerkt, daß diese Einheimischen, die blauhaarige Frau und ihre Freunde, ihre Bridgepartner, sich nach mehreren Minuten seines Privatgesprächs mit seiner Mutter ganz plötzlich in die entfernteste Ecke des Speisesaals verfügen. Sie stehen auf, nehmen ihre Salate, ihre

Eisberg- und Schinkenstücke mit italienischem Cremedressing und ihre White Russians, und ziehen um. Weg von den Wellen seines Gestammels, dessen Schwankungen. Das ist nichts Ungewöhnliches.

»W-warum v-v-verrätst du mir zur A-a-abwechslung nicht einfach m-mal, w-was du d-d-denkst?« sagt er zu Billie Raitliffe. »W-warum f-f-fangen wir n-nicht einfach mal d-d-damit an? Was?«

Sie kommt seiner Aufforderung nach.

»Sei nicht so herablassend zu mir ... Kein Wunder ... daß du nicht verstehen kannst ... daß es für meine Bitte ... gute Gründe gibt ... Und zweitens ... falls du glaubst ... du kannst mich ... draußen auf dem Parkplatz sitzen lassen, während du ...«

»Nun h-h-hör aber auf. Du b-b-bist einfach sauer«, sagt Hex, »und wenn *er* nicht ... wenn Lou nicht so ein B-b-blindgänger wäre, dann w-würden wir über w-w-was ganz anderes reden. H-h-holen wir doch mal die H-h-hintergründe in den V-v-vordergrund, M-ma. Ja?«

»Du elender ... junger Wicht!« Während seine Mutter sich langsam durch ihren Ausruf quält, steigert sich ihre Stimme in Spiralen auf eine glaserschütternde Frequenz, so daß die Gesellschaft von Bridgespielern, darunter die Frau mit dem blauen Haar, besorgt und mißbilligend herüberstarrt, während Hex seine Mutter zu beruhigen sucht, auf sie einflüstert, an seinem Drink nippt, ihr mitfühlend über den Rücken streicht. Sein T-Shirt ist völlig durchgeschwitzt, und auch sein edles weißes Hemd klebt ihm schon leicht am Rücken.

»H-herrgott noch mal, Mom!«

»Behandle mich nicht ... so gönnerhaft.«

»Also gut, tut mir leid. Ich w-w-will kein Urteil über den T-t-typ fällen ... Aber jetzt m-mal im Ernst ... Im M-m-moment m-mußt du allerhand mitmachen, w-w-weißt du? Ich finde, w-w-wir sollten einfach v-versuchen, anständig zu A-a-abend zu essen und n-nicht alle Weltp-p-p-probleme auf einmal zu lösen. S-s-sehen wir d-doch einfach noch ein W-weilchen zu, daß wir uns n-nicht auf juristisches N-neuland v-verirren. W-wir m-müssen uns n-nämlich aneinander g-g-gewöhnen, weißt du? N-n-nehmen wir uns ein W-wochenende Zeit, um uns an d-d-das Zusammensein zu g-g-gewöhnen. Ich v-verspreche dir, d-daß dann n-nur Liebe auf dem P-p-p-programm steht. Wirklich.«

Aber sie hat schon zu weinen begonnen, erliegt einem in der üblichen Skala menschlicher Lautäußerungen bislang nicht verzeichneten erstickten Keuchen und Wimmern (man bedenke die überlasteten Muskelgruppen ihrer Kehle, man bedenke die ständigen Krämpfe), und Hex zieht seine Mutter an sich, drückt sie an seine Brust; alles kommt jetzt heraus, die Zeiten ihrer Frustration kommen heraus. Er kann nichts weiter tun als dabei zusehen. Und er ist nicht der einzige, der zusieht. Das ganze Restaurant sieht zu. Stille hat sich über das feine Eßlokal gesenkt. Das Geräusch, mit dem ein Eiswürfel in einem Highball herumkullert. Sogar die Fernsehnachrichten werden von dem Schauspiel, das die Raitliffes bieten, auf den zweiten Platz verwiesen. Hex trinkt nervös seinen Scotch leer. Er lächelt. Bis Laurie das Essen bringt, ist seine Mutter in stumme Intransigenz abgeglitten. Sie rührt sich nicht von der Stelle – ihr Kopf liegt an seinem Schlüsselbein. Sie sagt kein Wort. Selbst Laurie, die eben noch so unfreundlich wirkte, stellt die Suppe und den Cheeseburger mit eilfertigem Bedauern hin. Er blickt entschuldigend zur Kellnerin auf. Und deutet dann auf sein Glas. *Noch einen, bitte.*

»Hör zu«, sagt Hex zu seiner Mutter. »Ich h-hab seit ein paar F-f-fritten heute nachmittag auf der H-herfahrt nichts mehr g-g-gegessen. Ich p-p-putz d-das hier eben weg, und d-dann füttere ich d-dir was von der S-s-suppe, okay? T-t-tu mir einfach den G-g-gefallen und iß was, okay? G-geht das jetzt ohne g-g-großes Getue, b-b-bitte?«

Er wischt seiner Mutter mit der roten Serviette die Nase und rückt ihr die Brille zurecht, aber sie gibt keine Antwort. Er lehnt sie gewaltsam nach hinten an das Rückenpolster und rührt in der Fischsuppe. Dann hält er ihr einen Löffelvoll zum Probieren hin. *Na l-los, Mom. Iß.* Es hat keinen Sinn. Sie registriert nicht einmal den Rand des Suppenlöffels an ihren Lippen. Und dann merkt er es plötzlich. *Sie schläft.* So schnell ist das gegangen. Er seufzt erneut. Die Bar – ihre Anteilnahme ist so wankelmütig – hat ihn mittlerweile auch vergessen. Man hat sich dort wieder dem Panikmacher im Fernsehen zugewandt, so daß er Billie Raitliffe in die Nischenecke lehnen, sie ignorieren, in Ruhe essen kann. Seinen Cheeseburger. Eine Offenbarung aus dem innersten Heiligtum unserer amerikanischen Doppelkoupon-Kultur. Von fast schon kritischer Rohheit. Ein Nährboden für Kolibakterien, purpurrot und roh wie eine Platzwunde. Er schmeckt verdammt gut. Er schmeckt einfach riesig. Stolz schwillt in Hex. Er verspürt so etwas wie Stolz auf seinen Cheeseburger, *der zurückreicht zu den Rinderzüchtern des Westens, jenen Verfechtern individueller Freiheit mit ihren traditionellen Werten, jenen Überlebenskämpfern, jenen Bürgerwehrmitgliedern, Naturzähmern, sein Cheeseburger und die Great Plains, jene Präriegebiete und die religiösen Familien, die den Westen vom Geschmeiß der Ureinwohner befreiten; sein Cheeseburger und purpurne Berge und früchtetragende Prärien; er liebt seinen Cheeseburger; er wird mehr als einen essen; er wird sich ganz und gar Cheeseburgern hingeben: zweihundert Gramm erstklassiges Rindfleisch auf einem getoasteten Brötchen mit Zwiebelringen, Eisbergsalat und steinharten*

Gewächshaustomaten, ein Kunstkäseprodukt aus einer Plastikflasche von kommerzieller Größe (wiederverwertbar), No-name-Ketchup und billiger Senf, belegt mit Tater Tots und wellig geschnittenen Gurkenscheiben! Rette den Westen! Iß einen Burger!

»Was fehlt ihr eigentlich?« fragt Laurie und unterbricht damit sein gefräßiges Schweigen. »Wenn ich fragen darf.«

Hex hat atemlos sein Essen hinuntergeschlungen und seinen zweiten Drink schon kräftig dezimiert. Die Kellnerin stemmt eine Hüfte gegen die Kante der mit Holzimitat furnierten Tischplatte. Mit ihrem Bleistiftstummel deutet sie auf Hex' Mutter.

»Tja, äh ...« macht er zaghaft. Die plötzlichen Pflichten des Gesprächs. Schon nämlich kann Hex das hysterische Würgen in seiner Kehle spüren. Weil Laurie attraktiv ist, die typische Seestadtschönheit, auch wenn sie ein bißchen zuviel Rouge, ein klein wenig zuviel Lidschatten aufgelegt hat. Außerdem ist sie freundlich, obwohl hinter ihrer Umgänglichkeit irgendeine Absicht steht. Sie beugt sich über den Tisch. Nimmt die Schale mit der lauwarmen Fischsuppe auf. *Soll ich das einpacken?* Mitleid ist vulgär; ein Gefühl, das nicht viel gilt in der Gesellschaft, in die sich einzufügen Hex so ehrgeizig erzogen wurde. Aber für die Aufmerksamkeit ist er durchaus empfänglich. Er lächelt zurück.

»Sie ... äh ... sie h-hat eine sogenannte D-d-demyelinisationskrankheit. Eine n-n-neurologische K-krankheit, wissen Sie. So was wie, äh, m-m-multiple, äh, *multiple Sklerose.* B-b-bloß daß MS im, äh, h-höheren Alter angeblich n-nicht mehr f-f-fortschreitet. Na ja, S-sie, äh ...«

Er bringt es durchaus fertig, ihr die ganze Geschichte zu erzählen.

»M-m-myelin ist so w-was wie eine Scheide, an den N-nerven, und ...«

»Wow«, sagt Laurie.

Hex nickt.

»Und b-b-bestimmt kennen Sie L-l-lou G-gehrigs Krankheit, d-das ist …«

»Der von den Yankees, klar. Hey, heißen Sie vielleicht *Raitland* oder so ähnlich?«

»J-ja. R-r-raitl-l-l-«

»Weil meine Freundin Kathleen …« Hier schaut Hex zur Bar hinüber und sieht eine Frau winken. Und zwar *genau die Frau, die er für Jane Ingersoll gehalten hat.* »Die sagt, sie kennt Sie. Von ganz früher. Oder ihre Schwester kennt Sie oder so was. Hat sie mir jedenfalls erzählt.«

»Wär m-m-m-«

Laurie die Kellnerin setzt sich unvermittelt in die Nische. Schiebt den zusammengeklappten Rollstuhl zur Seite und setzt sich auf die Kante der Bank.

»Kann sein«, sagt Hex.

»Kathy Ingersoll, so heißt meine Freundin. Kathleen.«

»A-a-also, das ist w-wirklich ein Z-z-zufall! R-r-richtig irre ist das! G-gleich beim Reink-k-k-k … wie ich reingek-kommen bin, hab ich n-n-nämlich gedacht, sie w-w-wäre ihre Schwester. Schon v-v-verückt, ich war n-n-nämlich schon lange nicht mehr …«

»Ist das nicht stark? Hey, Kathy!«

Laurie steht wieder auf und nimmt dabei die Suppenschale und das leere Scotchglas mit (es wird als Rückkauf wieder zu Hex zurückfinden), und während sie mit der Nachricht vom Zufall in jene Richtung steuert, zum Hummeraquarium und weiter zur Bar, darauf zusteuert, als bildete ihre Bewegung eine Choreographie mit gleichen und entgegengesetzten Bewegungen von seiten anderer, als sei mit einem Mal *eine unvergleichliche Vollkommenheit von Zufälligem* über Hex Raitliffes Wochenende gekommen, als sei der Zufall mit anderen, andere Leben betreffenden Zufällen verknüpft, *während Laurie also in diese Richtung steuert, steht Kathleen Ingersoll ihrerseits von ihrem Barhocker auf,* in grauem Wildledermini und Netzstrümpfen, *wow,* irgendeinem pinkfarbenen, tief ausgeschnittenen Oberteil mit Spitze und Rüschen und einer Wildlederjacke mit Fransen, und ihr Gang hat etwas so Enthusiastisches und Unbeschwertes, daß Hex zwangsläufig zu der Annahme gelangt, jede körperliche Bewegung – jeder Tanzschritt, jedes somnambule Schwanken, jedes schlaflose Sich-Wälzen und -Drehen, sogar die Ticks der Neuropathologie, *die ganze Geschichte menschlicher Kinästhetik* – sei schlicht eine Reihe von Analogien für den ganz intimen Schauer, der einen Körper im Augenblick erotischer Verzückung durchläuft, vielleicht ist es ja ein *Männerding,* aber Kathleens Bewegungen sind in einem Synchronismus mit Lauries Bewegungen gekoppelt, und das ist noch nicht alles, denn dieser balletthafte Augenblick weist noch mehr Variablen auf, weil Kathleen mit dem *dreifachen Axel,* der sie von ihrem Hocker befördert, ins Gravitationsfeld der *Tür* gelangt, die in diesem Moment zurückschwingt, um Penelope's Pantry einen weiteren glücklosen Gast zuzuführen, und während Kathleen in Richtung Laurie und damit in Richtung Hex, in Richtung Nostalgie, federt oder gar *hüpft, prallt* dieser *negativ geladene Gast,* eine kleine, etwas verloren wirkende Frau, von Kopf bis Fuß in Schwarz, in schwarzen Veloursamtleggings, schwarzem Pullover in Übergröße und schwarzer Jeansjacke, das (bis auf die grünen Strähnen) schwarz gefärbte Haar wirr und widerspenstig, den Blick auf die Füße gerichtet, prallt diese Frau in der Tür mit Kathleen zusammen, oder vielmehr Kathleen kommt dieser *grünhaarigen Lesbe* (Hex' Vorurteil) nahe, die dann die Hände hochnimmt, wie um einen Zusammenprall zu vermeiden, und unpassenderweise *aufquietscht,* als sich zwischen den beiden ein Moment des Wiedererkennens ergibt, ein Moment verzögerten Wiedererkennens, zunächst vielleicht mit einem Schuß Unterkühltheit – eine sofort zu *oberflächlicher Zärtlichkeit* nachkalibrierte Unterkühltheit –, und so endet der Zusammenprall in einer Umarmung, und die beiden polaren Ionen von Weiblichkeit, der helle und der dunkle Pol, verbinden sich magnetisch zum Gegensatzpaar, und Kathleen ruft den Namen der dunklen Priesterin aus – *Jane!* –, als werde das ganze Lokal von dem Wort profitieren, und dann küssen sie sich, die beiden, kleine Schmatzer auf die Wange der jeweils anderen, und trennen sich, während nun Laurie mit dem Scotch neben sie tritt, dem Gratisscotch, dem *Rückkauf*, und die beiden Ingersoll-Mädchen lachen wie aus einem Mund – *Wow, ist das komisch, ausgerechnet dich hier zu treffen!* –, und Jane begrüßt auch Laurie, die Kellnerin, sagt schüchtern *hallo*, und nun bilden sie ein komplexes Molekül, die drei Frauen, alle schön, und dann beginnt sich Jane zur Bar zu verfügen, es drängt sie dorthin, das Molekül zerfällt, doch ehe sie dazu kommt, schwenkt der Zufall – wie das hintere Ende einer Schockwelle – in Hex' Richtung, und Kathleen sagt, *Hey, du errätst nie, wer heute abend hier in der Bar ist!* Und Jane sieht in seine Richtung, und er kann – weil er ein Seismograph für bevorstehende Kränkungen ist – unmißverständlich feststellen, daß sie ihn sowohl erkennt als auch wünscht, es wäre nicht so. *Hex Raitliffe!* Sie lächelt. Unverbindlich. Hex winkt.

»Die geht bestimmt woanders zum Friseur«, sagt Laurie, als sie mit dem Drink auftaucht. »Glaub nicht, daß die bei Hair, There, and Everywhere grüne Strähnen machen.«

Wie spät ist es? Schon nach neun? Das Restaurant hat sich geleert, es ist ein vorgeschobener Posten, und Hex spürt allmählich die Trübsal des Abends in der Provinz. Als hätte das plötzlich entstehende Wirkungsfeld von

Jane Ingersoll weitere Unzufriedenheit geschürt. *Plötzlich mag er nicht allein nach Hause gehen.* Neben ihm schläft Billie Raitliffe völlig regungslos. Er sollte, im Dunkeln, seine Mutter zum Wagen hinaustragen. Sie anschnallen. Er sollte nach Hause fahren und sich mit nächtlichem Satellitenfraß begnügen.

Er sagt zu Laurie: »W-wißt ihr v-v-vielleicht, ob heute n-nacht irgendwo eine P-p-p-p-p-party läuft? … W-w-wär doch super, w-wenn man irgendwo zu einer P-p-p-p-«

Sie macht eine Geste zu den Ingersoll-Schwestern hin, die in streitbares Geflüster verfallen sind. Jane deutet auf die Bar; Kathleen lächelt heftig. »Fragen Sie die. Ich muß bis Mitternacht arbeiten. Ich gehe sowieso nie aus. Ich geh nach Hause. Ich guck mir noch ein paar Infomercials an, und dann geh ich ins Bett.« Damit verflüchtigt sich Laurie aus Hex' Wochenende, wenngleich ihre Simulation von Freundlichkeit im Gedächtnis bleiben wird. Sie verschwindet in der Küche – die Doppeltür klappt hinter ihr zu, und das war's. Dann tauchen plötzlich die Ingersoll-Schwestern an seinem Tisch auf, alle beide, der Doppelaspekt der Weiblichkeit.

Grüß dich! Kathleen schüttelt ihm die Hand – und das eine ganze Weile. »Ich bin Kathleen Ingersoll! Und das ist meine Schwester! *Jane!* Ich glaube, ihr beide kennt euch schon!?«

»Ja«, sagt Jane.

»Doch, ja, v-v-von damals, als Johnson P-p-p-p-«

Aus der Nähe kann er erkennen, daß *sie* auch älter geworden ist. Jane nämlich. Genau wie er. In ihren Augen, hinter den dicken Gläsern ihrer Ostblockbrille, zeigen sich Abnutzungserscheinungen, drumherum Furchen; und durch das schwarzgrüne Werk ihres Friseurs scheint gleichwohl der eine oder andere Lamettafaden hindurch; in ihrem Gesicht gibt es Falten für mißfällige Blicke, für Enttäuschungen; und als sie die Zigarette zum geschminkten Mißfallen führt, kann er sehen, daß auch ihre Hände von Falten und Verwerfungen durchzogen sind, Zeichen schwerer Arbeit; und er kann sehen, daß sie ebenfalls unverheiratet ist, frei von Flitter, von Silber, Gold oder Edelsteinen. Kathleen, ihre Schwester, dagegen besitzt die vollkommene Energie einer Frau von Anfang dreißig. Sie ist *munter.* Sie ist noch *jung.* Die so verschwindend schmale Grenze zwischen Jugend und mittleren Jahren ist noch nicht überschritten. Kathleen ist Jane *vor* dieser Grenze. *In Wahrheit aber denkt Hex nicht so sehr über die Ingersoll-Schwestern* und auch nicht über geistreiche und schlagfertige Äußerungen nach, sondern vielmehr fast ausschließlich über *Konsonanten.* Darüber, wie sie auszusprechen sind. Er versucht, sich Sätze einfallen zu lassen, in denen keine *d's* oder *p's* im Anlaut vorkommen – *Mathe,* zum Beispiel, dieser idiomatische Ausdruck, ist möglich, wenn auch nicht einfach. *Mrs. Pierce* dagegen, Name der Mathelehrerin, die er und Jane damals hatten, ist eher ungünstig.

»Deine Haare waren d-d-d … In der neunten K-klasse waren d-deine Haare n-nicht so schwarz.«

»Ja«, sagt Jane mit zur Bar gewandtem Blick.

»Hey«, sagt Kathleen und läßt sich in die Nische gleiten, »warum setzt du dich nicht zu uns! Wir wollten gerade was trinken.« Sie wirft einen besorgten Blick auf Billie Raitliffe. »Ist das deine *Mutter?*«

»Was? Ach so, ja. Sie schläft g-g-g-grade. Das g-g-g-gehört zu ihrer …«

»Dann trink schnell einen mit uns!« sagt Kathleen. »Wir können doch solange ein Auge auf sie haben!«

Die Erwähnung eines Drinks scheint Jane aus ihrem Ennui herauszureißen.

»Ich w-w-weiß nicht recht«, sagt Hex, »l-l-lieber nicht, g-glaub ich, w-w-weil …«

»Also, mit einem Nein lassen wir uns nicht abspeisen«, sagt Kathleen. »Wir setzen uns einfach zu dir!«

Jane Ingersoll jedoch erinnert sich unversehens, daß sie noch einen wichtigen Anruf zu erledigen hat; sie schiebt sich vom Tisch weg, murmelt dabei etwas von wegen *sehr wichtiger Anruf,* stiehlt sich davon, zuerst langsam, dann immer schneller – hin zum *obersten Bord* mit seiner Phalanx von Spiegeln, Lichtquellen und fleckigem Glas. Wodurch Kathleen mit Hex allein bleibt –

»Ist ja ganz schön *stark,* dein Stottern«, sagt Kathleen und knetet dabei ihre Hände. »Hast du mal an Sprachtherapie gedacht? Als ich klein war, bin ich *hier in der Stadt* zu einem prima Arzt gegangen, Dr. Perelli! Ich könnte dir seine Nummer geben. Natürlich nur, wenn du willst. Er praktiziert noch.«

Hex macht den Mund auf, um zu antworten, und es kommt nicht das geringste heraus. Dann, nach schwieriger Pause:

»W-wenn ich v-v-versuche, darüber zu r-r-r-reden, w-wird es jedesmal sch-sch-schlimmer.«

»Ist ja *furchtbar.*«

»M-mir ist allerdings eins aufgefallen, w-w-was in meinem F-f-fall viel h-h-hilft.«

»Und das wäre?«

Er fuchtelt verzweifelt mit den Händen.

»T-t-t-t-t-t«

»Fängt mit *t* an?« fragt Kathleen.

»T-t-t-trinken. In Maßen«, bringt er heraus. Und achtet leicht triumphierend darauf, wie sie zuhört. »D-d-d-drogen auch. In einer S-s-stunde oder so ist es w-w-wahrscheinlich schon b-besser.«

Hier hat Kathleens Kleinstadtneugier offensichtlich einen Leckerbissen zutage gefördert, der ein klein wenig *schärfer* ist, als sie erwartet hat. Sie beeilt sich, das Thema zu wechseln.

»Sag mal, arbeitet dein Vater nicht drüben im Kraftwerk? Hab ich, glaube ich, in der Kirche gehört.« (Nun nimmt Kathleen ihre Handtasche an sich. Eine rote Papierserviette klebt daran fest. Kathleen beginnt sich höflich zurückzuziehen.)

»Eigentlich Stiefvater«, sagt Hex und steht auf. Und bemerkt, daß er tatsächlich betrunken ist. Hält sich leicht schwankend an der Tischkante fest. Wirft einen besorgten Blick auf seine Mom.

»Dann macht er heute nacht bestimmt Überstunden. Wegen dem *Unfall* und so.«

»Dem was?«

Hex' Gedanken fügen sich jäh zu tadelloser Ordnung.

»Hast du das denn nicht mitgekriegt? Das gucken wir doch schon die ganze Zeit im Fernsehen! Störfallberichte!«

9

Der Schlaf ist ein Gnadengeschenk, für den Schlaf gibt es keine Garantie, dem Schlaf sollte man sich rückhaltlos hingeben wie dem Rausch herbstlicher Square dances, und das unverdaute Rohmaterial jedes quälend vertrauten Tages, das, von Werbung unterbrochen, in der Video-Jukebox des verdämmernden Bewußtseins abrollt, dieses Rohmaterial wird, daran führt kein Weg vorbei, erlitten, während ihr eurem Vergnügen frönt, ihr Schläfer mit eurer *Schnittechnik,* euren *faux raccords,* eurer *musique concrète,* eurem *cinéma vérité* und eurem *cadavre exquis,* ihr Schläfer, die ihr eurer Mühsal überlassen bleibt und zu euch, in diesem örtlichen Restaurant, in der ersten Nische, auch die Witwe Mrs. Billie Raitliffe zählt, deren Kopf unter dem Einfluß der Schwerkraft auf ihre Schulter sinkt, *der Schlaf kommt, und ihr ergebt euch ihm,* den Arm zwischen einem Oberschenkel und der Pseudotäfelung von Penelope's Pantry eingeklemmt, so daß sich das Blut in ihrer Hand staut, in ihrer Lebenslinie, ihrem Venushügel, in durchsichtigen Adern, um ein diaphanes Handgelenk gewundenen Spiralen, während ihre letzen Wahrnehmungen erlöschen, spärlich Luft aus ihrer Nase zischelt, sich einer gegen die Wand gequetschten Unterlippe grotesk ein Nylonfaden aus Speichel entspinnt, in Billies Stirn eine lange, gerade Falte auf Höhe der Nut zwischen zwei Wandtafeln, und dieser Speichelfaden nun leicht pendelnd knapp über ihrem Handgelenk hängt, sich dann löst, auf ihrem Unterarm zu einem Klümpchen gerinnt, die feinen weißen Haare und Altersflecken und präkanzerösen Verfärbungen verklebt, flüchtige Bilder vom Prüfen von Babynahrung am Handgelenk und vom Füttern des *kleinen Dexter, ja, und Fetzen ausgelassenen*

Gesprächs, fern, in der Küche, in dieser ausgelaugten Landschaft, die ihre Familie einst bestellte, vom Fluß durchschlängelt, die Muttererde verwirbelnder Staub, schwarze Sonne, und an einem Gasofen ihre Mutter mit verschränkten Armen, ihre Mutter? Und Disteln und schlechter Boden und gewaltige Stürme von Muttererde, oder das Treibhaus im Sommer, wenn sie bloß im Kleid mit nichts darunter herumlief, bloß im Kleid, überhaupt nichts dabei, im Sommer, wo sie allesamt mit den *Leuten von der Bank herumzogen, die zwecks Pfändung Ländereien inspizierten,* so erzählt man sich, *der Schlaf eine Riesenverantwortung, sie hat es schon immer gesagt,* ihr Handgelenk und die Druckstelle daran, eine häufige Komplikation bei eingeschränkter Bewegungsfähigkeit, das nicht ausreichend mit Sauerstoff versorgte Gewebe beginnt, wie unmerklich auch immer, abzusterben, sie schnarcht zum erstenmal, ein bebendes, komisches Schnarchen, steigt auf durch Schichten von Schlaf, wirft Schichten ab, spitzt die Ohren, *Essensgeräusche,* Messer und Gabeln, kein echtes Silber, und auch das Porzellan ist nicht echt, nicht die Sorte, die sie hat, ihre Mutter in der Küche, *Komm jetzt rein und wasch dir die Hände, verstanden?,* dann irgendwo das Geräusch einer Fernsehsendung, das Geschrei schlechter Nachrichten, bösartige Wellen, und sie bringt ihm einen Drink, eine Erfrischung, genau, vor den nagelneuen Magnavox, bringt *Allen Raitliffe,* ihrem Mann, einen Drink, im Fernsehen kommt Gesang, lässiger, heller Tenorgesang, dieses Programm wird ihnen präsentiert von General Electric oder Standard Oil of New Jersey, Ricky Nelson singt mit irgendwem, mit den Four Preps, die reinsten Engelsstimmen, ihr Hit in jenem Jahr »Big Man«, sie kann sich noch an die Überleitung daraus erinnern, und *Ach, Allen, wie scheußlich die letzten Tage waren,* irgendein Kummer zieht ihm das Gesicht zusammen, während die Four Preps Sanitätern in einem roten Krankenwagen mit träge rotierender Sirene auf dem Dach Platz machen, sie hatte den Anfall auf dem Küchenboden, als sie sie holen kamen, nach ihrem Anfall, *Allen, bitte,* die Jahrzehnte untergepflügt, hier wächst nichts Vernünftiges, ihr Mann reckt sich, kann ihn nicht zum Bleiben überreden, *Sei nicht albern, ich habe dieses ganze Elend ... ich habe das alles allein durchgemacht,* an ihrem Handgelenk beginnt sich dort, wo es gegen die Wand gedrückt wird, eine purpurrote Strieme zu bilden, noch nicht wahrnehmbar, aber dennoch dabei, sich zu bilden, und in ihrem Oberkörper brodelt ihr Schnarchen, an der Bar wird viel *geraucht,* während jede Empfindung in ihrer unteren Hälfte ihr aufgrund *schwergängiger elektrischer Übertragung* vollständig verborgen bleibt, nicht wahrzunehmen ist, ihre bis an ihr Fassungsvermögen gefüllte Blase hat die entsprechende Botschaft an ihr Gehirn gesandt, über gefurchte, löchrige Pfade des Zentralnervensystems, Belagbildung an Verbindungsstellen entlang ihrem Wirbelkanal, Entstehung von Belag und Myelinabbau im Hinterhirn, wo diese Information entspringen würde, *und die Weite der zehntausend Seen und Ebenen und die Böen von Mutterboden,* der Geruch danach im Wind, *Du kannst mich nicht einfach verlassen,* denn sie ist die junge Blondine im kanariengelben Kleid, die sich auf dem Notsitz zu einem See außerhalb der Stadt mitnehmen läßt oder in der Abenddämmerung hinter die Bäume läuft, einfach die Freude einer Jugend im Mittleren Westen empfindet, die Sorglosigkeit der Jugend, eine großartige Sache, das weiß sie, ein Mädchen in einem alten Kleid, so abgetragen, daß es schon fast durchsichtig ist, und der Druck eines Jungenknies zwischen ihren Beinen, *Es ist eine äh D-d-d-demyelinisationskrankheit,* und nicht zu vergessen, sie hat eine Zeitlang *doppelt gesehen,* alles war verdoppelt, das ist eine mathematische Behinderung, verstehen Sie, auf der Bank zwei Kassierer hinter zwei Schaltern, zwei Ehemänner, zwei Söhne, *so w-was wie eine Scheide,* der Blasendruck erhöht sich stetig, während das (um etwa 17.14 Uhr konsumierte) Importbier von den Exkretionsorganen in Dextrose und Formaldehyd verwandelt, im Laufe von Stunden aufgespalten wird, die Blase dehnt sich unangenehm, dehnt sich über ein für jeden anderen erträgliches Maß hinaus, das Gewebe weitet sich, etwas mehr als ein halber Liter, ein Rückstau, wieder steigt sie empor aus dem tieferen Verwahrtsein des Schlafes, die andere wirkende Kraft in ihr, das Schatten-Ich, der Teil, der sich um *die automatischen Funktionen* kümmert, registriert, in den Zellüberwachungssystemen der sekundären Ausscheidung, *Sozialisationsbruch,* und im Halbbewußtsein bemerkt sie, Billie, einen Stillstand im Raum, eine Unterbrechung, in der Frauen tanzen, weibliche Beschwörungen von Verlangen und schwesterlichem Zusammenhalt, klug und revolutionär, *Ich war eine gute Schwimmerin, damals hinter der Stadt, wo der See war, wo dieser Fluß in den See einmündete, ich war so glücklich im Hochsommer, im Wind, der über die Ebenen strich, und ich konnte in der Abenddämmerung schwimmen, ich war eine gute Schwimmerin, sprang nackt wie am Tag meiner Geburt in den Fluß, das war dieses eine Mal,* nun hat sie ihren kleinen Dexter im Arm, der sich naßgemacht hat, du lieber Himmel, und die Stoffwindeln, die sie so rasch verbrauchten, waren mal wieder in der Wäsche, *die geht bestimmt woanders zum Friseur,* Nebelhornklänge, die sie aufschrecken, die Sprache scheint sich ihrem Takt anzupassen, bestimmte, unter Schläfern wiederholte Arten von Lauten, *Ich guck mir noch ein paar Infomercials an, und dann geh ich ins Bett,* als wäre es ein Befehl, *der Rausch herbstlicher Square dances,* dann weckt Louis sie sanft, sein Gesichtsausdruck zugleich unversöhnlich und mitleidig, wie er sie zermürbt hat, dieser Gesichtsausdruck; ist sie jetzt wirklich wach?

Oder träumt sie nur, wach zu sein? *Ich verliere jedes Gefühl, wenn ich bloß versuche, mich morgens anzuziehen, wenn ich bloß versuche, den Knopf an einer Bluse zu schließen,* Louis beugt sich über sie, nimmt den Knopf selbst in die Hand, zwischen ungeschickten Zeigefinger und opponierbaren Daumen, oder das Knie zwischen ihren Beinen, an jenem Nachmittag am Fluß, das Knie zwischen ihren Beinen, seine Haut so blaß wie Knochenporzellan, *Weißt du, wie es ist, wenn man bemerkt, daß auf einmal sämtliche Gefühle weg sind?* Louis: *Ich habe mich mit einem Arzt hier in der Stadt besprochen,* und Louis löst den Knopf und hebt sie dann hoch, ihren gewichtslosen Körper, ihr Bambusskelett, sie hört ihre eigene brüchige Stimme, jenes Klagelied, wie die immer seltener werdenden Kardinalvögel Connecticuts, Louis trägt sie ins *Elternbad,* poliertes Porzellan, sie hat einen Punkt erreicht, an dem der Ventilmechanismus der Blase die überschüssigen Ausscheidungsprodukte nicht mehr richtig zu halten vermag, Aluminium, Spurenminerale, Spurenradionukleide, Neptunium, Polonium, Caesium, Wismut 214 in Salmiakgeist, diese Mischung von Abfallprodukten länger zu halten hieße, eine Infektion oder eine Ruptur zu riskieren, der Körper ist darauf bedacht, Infektionen und Verfestigungen in Blase und Niere, auch *Steine* genannt, zu verhindern; sie kommt unter Metaphernschleiern hervor, um das unauslöschliche Wort *Störfallberichte* auszuloten, ihr, die ihr vom Samstag vierzehn Stunden verschlaft und beim Aufwachen immer noch Lust auf ein Nickerchen habt, die Wachsamkeit hält nicht lange an, *Louis' Gesicht ist gütig,* und daran liegt es, daß ein so gütiger Mensch ihr einmal soviel bedeutete, *Was hätte sie denn anderes tun sollen, mit damals fünfzig, als ihr Gesicht immer hohler wurde, ihr die Zähne ausfielen, sie kein Kind mehr bekommen konnte und an Angehörigen nur noch ihren Sohn hatte, etwa allein in ihrem*

Haus leben? Hätte sie allein leben sollen, als Dexter in die Schule kam? Da war der Mann aus der Werbebranche und dann der Sportreporter, denn was hätte sie anderes tun sollen? Doch als Louis auftauchte, war er so sanft und trug sie ins Bad, brachte eine kleine Flasche Champagner und brachte Stielgläser, sein Gesicht nähert sich ihrem, seine Lippen auf ihren, im Elternbad, während er mit Pflanzenölen und Salzen das Bad bereitet, bloß eingetaucht werden, während ihr Körper verfiel, bloß ins Bad eingetaucht werden, in den Fluß, in den See, eingetaucht in die Regen, als die Regen kamen, eingetaucht in die Regen, die endlich die Ebenen sprengten, eingetaucht in die Regen, die der große Jetstream brachte, eingetaucht in die Regen, die die Dürre beendeten, die die Plackerei ihrer Familie beendeten, *ihrer Mutter am Herd,* ihres Vaters und der Männer von den Banken, die das alles beendeten, im Moment des Eintauchens im Bad, im Fluß, im See, in den Regen, im Taufsee, festgehalten von dem Mann im schwarzen Anzug, klatschnaß bis zur Hüfte, unterm Applaus der Nachbarn, *sie war eine gute Schwimmerin,* und Hex ruft, ruft lauthals, denn ihr Junge ist groß und kräftig geworden, wahrhaftig eine Leistung, die ihr niemand streitig machen kann, *Herrgott noch mal, jetzt kommt das Arschloch auch noch im Fernsehen,* in ununterbrochener Melodik, *steht da wie so ein verlogener Regierungsexperte,* sie hat ja *gewußt,* daß er sein Stottern irgendwann überwinden würde, jemand sagt, *Erste noch unbestätigte Berichte deuten auf ein unbedeutendes Leck hin,* während biologische Prozesse sich klammheimlich den Auspizien der Absicht entziehen, die Blase ihre Zuständigkeiten widerstrebend an die Schwerkraft und die für die periodische Entleerung zuständigen Muskeln abtritt, so daß vorerwähnte fermentierte Gerste, Malz und Hopfen, umgewandelt und mit Radionukleiden und anderen Mineralien, Niacin, Thiamin, weitertransportiert, in die Harnröhre, durch diese wenige Zentimeter lange Passage und *dann hinaussickert*, sachte zuerst, doch dann, schlicht gemäß der Dynamik von Flüssigkeiten, immer drängender, *ihr armer, armer Körper, ihr armer Körper,* Louis, der sie hält, *Wir möchten der Öffentlichkeit zu diesem Zeitpunkt mitteilen, daß es zu einem Leitungsbruch gekommen ist, der zu einem Austritt von Abwasser sowie Kühlmittel zur Lagerung von abgebrannten Brennstäben geführt hat,* und ihr dann, mit intimerer Stimme, ins Ohr flüstert, wohlige, erotische Nichtigkeiten, *Meinst du, du mußt katheterisiert werden?,* und er nimmt den Plastikschlauch, spült ihn mit extrem heißem Leitungswasser, bestreicht ihn mit einem wasserlöslichen Gleitmittel, um ein Poröswerden des Schlauches zu verhindern, sagt, *Du weißt, ich liebe dich, egal was passiert,* führt, wieder einmal, vorsichtig dieses prothetische Leitungsrohr ein, greift nach unten, führt die Polymerschlange ein, findet die Öffnung und führt ein, und dann qualvolle Stille, während sie zusieht, wie es sich füllt, *Mein Gott!,* schreit sie, *verdammt!,* von innen heraus, dorthin, wo die Frühaufsteher ihre Schlachten schlagen, *Dexter!,* Louis legt ihr den Plastikbeutel auf den Schoß, *Du mußt ein Auge darauf haben,* es läuft hinunter, im Restaurant, an ihren Beinen hinunter auf den Boden, ruiniert ihr Strümpfe und Schuhe, beschmutzt ihr die orthopädischen Schuhe, sein scharfer Gestank, *Dexter!,* wach, wach, wach, sie schluchzt, sämtliche Abwässer, sämtliche Flüssigkeiten, sämtliche Fluten, der Körper entleert sich, korrodiert, trocknet und ergibt sich dem Staub, dem Jetstream, dem von West nach Ost wehenden, der großen desertifizierten Kornkammer, leblos und versengt, während anderswo Ozeane ansteigen und die Küste berennen, *Scheiße, Mom, tut mir leid, ach du Scheiße,* sein Barhocker kippt um, als er heraneilt, sie sagt, *Tja ... nun ist es zu spät ...* Ihre Augen gehen auf. Das Licht ist eine ungeheure Zumutung. Die Stimmen in ihr schwinden, die Wiederholungen und Überblendungen verklingen, und damit einher geht ein Gefühl des Verlusts angesichts der harten Faktizität von *rotem Licht*, dieses widerwärtigen, korrodierten Hummeraquariums, der mit Isolierband geflickten Vinylsitzpolster, der Hängepflanzen aus Plastik, der an Tischen ausruhenden Kellnerinnen, die rauchen und sich die Nägel feilen, ihre Lippen sind so rauh und trocken, sie hat solchen *Durst,* ihr Gesicht ist gegen die Wand gequetscht, kann das Gesicht nicht bewegen und ruft, kann nur eben aus dem Augenwinkel den Raum erkennen, es ist unerträglich, *weil sie früher regelmäßig gelaufen ist und kräftige Beine hatte,* wirklich, Kummer muß seinen Ursprung im *unangenehmen Erwachen aus leichtem Schlaf* haben …

»M-m-m-mußt du aufs K-k-klo? M—m-mom?«

Hex gleitet in die Nische und zieht sie von der Wand weg, *schält sie davon ab* und versucht noch einen Moment lang, der Nässe auszuweichen, der unsäglichen Nässe, aber sie steht in sämtlichen Ritzen der Nische, er ist ganz voll davon, Pfützen und Lachen, die Lake seiner Mutter, nicht zu umgehen, *Scheiße, Scheiße, Scheiße,* vor sich hin gemurmelt, und er zieht sie aus der Nische und ruft dann, sie zittert, jemand anderem zu, *Ich w-w-w-weiß nicht, vielleicht hat sie F-f-fieber, g-g-gibst du mir mal eben den Stuhl,* Billie sagt kein Wort, schlägt aber wieder die Augen auf, und *diese Frau* klappt den Stuhl auseinander, mit zickigem Gesichtsausdruck, geschürzten Lippen, ein kleines, unfreundliches Gesicht, grünes Haar, Herrgott im Himmel, *grünes Haar,* diese Frau klappt den Stuhl auseinander, packt dann sie, die Witwe Mrs. Billie Raitliffe, unter den Achseln, Hex nimmt die Beine, die beiden wanken auf den Stuhl zu, lassen sie hineinplumpsen, *Schon gut, überanstreng dich bloß nicht, Mom,* sagt diese Frau muffig, und sie sehen alle zu, alle im Restaurant sehen zu, es ist eine Geburt, ein Tod, eine Heirat oder ein Passageritual, und Billie Raitliffe selbst weint, und eine Blondine schleppt Eimer und Mop heran, schleppt den Eimer aus der Küche, benutzt den Gummiwischer, wringt verschüttete Fischsuppe und rehydriertes Diätsoda in diesen Eimer, und dann hält diese Putze die Tür zur Toilette auf, sie kriegen den Stuhl nicht hinein, die Tür ist zu schmal, also tragen Hex und *Jane* sie, abermals, sie ist leicht wie ein Eichhörnchen, wie ein kleines Mädchen, in die Damentoilette. Dann, im Licht einer einzigen Glühbirne ohne Schirm an von der Decke baumelndem Kabel, *M-m-mom, du w-wirst es nicht g-g-glauben, aber Lou war gerade im F-f-fernsehen.*

10

»Ich möchte betonen«, sagt Stanford Warren, »daß diese geringfügige Emission weder im Augenblick irgendeine Gefahr für die Öffentlichkeit darstellt noch zu irgendeinem Zeitpunkt am heutigen Tage eine Gefahr dargestellt hat, noch künftig irgendeine Gefahr darstellen wird. Wir haben es mit einer geringfügigen Emission und nicht mit einem Störfall zu tun. Es besteht für die Kunden und die Anrainer von Coastal Powers keinerlei Grund zur Sorge oder Beunruhigung. Ich möchte diesen Punkt gegenüber den Nachrichtensendern unmißverständlich klar machen und darf deshalb wiederholen, was ich gerade gesagt habe. *Für die Öffentlichkeit besteht weder im Augenblick eine Gefahr, noch hat zu irgendeinem Zeitpunkt am heutigen Tage eine Gefahr bestanden.* Dabei möchte ich es vorläufig belassen.«

Unter Warrens schweißbedecktem und mit verzweifelter Freundlichkeit redendem Kopf wird der Schriftzug »Atomkraftwerk Millstone, 17.15 Uhr« eingeblendet, worauf die Regie von *Action News Six* abrupt zur Sonderberichterstatterin Samantha Goodman umschaltet, die auf der Brücke bei Niantic steht, wo ihr gelegentlich ein glückloses Auto mit verbeulter Stoßstange durch das Bild fährt. Samantha trägt ein schwarz-weiß kariertes Wollkostüm von Dior (1795 Dollar), eine weiße Armani-Bluse (225 Dollar), schwarze Strümpfe der Marke Victoria's Secret, Pumps von Christian Lacroix Haute Couture und schokoladenfarbenen Lippenstift, und ihre Frisur stammt von Nicki Finch von Hair, There, and Everywhere; hinter ihr, im dünnen Nebel von Scheinwerfern und blinkenden roten Luftwarnsignalen beleuchtet, erhebt sich die trostlose Fassade des Atomkraftwerks Millstone – in den Wirren eines *meldepflichtigen Ereignisses der Stufe 2.* Samanthas Haar ist ein wenig windzerzaust (beinahe wie von einem außerhalb des Bildes befindlichen Fön), ihre Kostümjacke flattert leicht, und sie kneift vor dem jähen Lichteinfall die Augen zusammen. (Sie wird gleich auf Sendung sein.) Samanthas Bericht ist eine *Liveschaltung* mit der entsprechenden Unmittelbarkeit und Authentizität. Sie befestigt das Mikrophon direkt unter ihrem Kinn und blickt ernst in die Kamera, während ihr Arm eine – weit ausholende – Geste nach hinten beschreibt, auf die Sicherheitshülle und die ominösen Gebäude des nuklearen Bauwerks.

»Können wir? Mike? Sie hörten soeben Stanford Warren, stellvertretender Betriebsleiter hier im Atomkraftwerk Millstone, das Sie direkt hinter mir sehen können, zu der Störfallsituation, die sich seit etwa 16.30 Uhr heute nachmittag hier entwickelt. Wie bereits bekannt, hat die Korrosion, von der der Hauptreaktor vor gerade mal zwei Monaten betroffen ist, äh, betroffen war, nunmehr auf den gefährlicheren Bereich der Abfallagerung übergegriffen. Das ist der Teil des Werks, wo der, äh, hochgradige Abfall – die Brennstäbe – in einem großen Tank, einer Art großem Wasserbecken, gelagert wird, Mike. Früher am Nachmittag hat man von seiten des Werkes eingeräumt, daß es zu einem Austritt von radioaktivem Wasser in den Hafen von Niantic gekommen ist, laut Schätzungen etwa vierhundert Liter über einen Zeitraum von etwa einer Stunde. Fachleute, mit denen wir gesprochen haben, sind der Ansicht, daß diese Emissionen aufgrund der Gezeiten stark verdünnt werden, so daß, wie Mr. Warren gesagt hat, *zum jetzigen Zeitpunkt keinerlei Gefahr für die Öffentlichkeit besteht.* So liegen die Dinge im Augenblick, und wir werden sie den ganzen Abend auf dem laufenden halten. Zurück zu Ihnen, Mike.«

Im Verlauf von Samanthas Reportage blendet die Regie

alte Wetterimpressionen des Kraftwerks – über den Reaktoren treibende, öminöse violette Wolken – und Archivmaterial von Arbeitern ein, die das Werk nach einem typischen Arbeitstag verlassen. Während der Anchorman von *Action News,* Mike Dorman, in schwarzgrauem, einreihigem Jackett von Lands' End (220 Dollar), blaßblauem Twillhemd (64 Dollar 99) und Ripskrawatte, die Einleitung von Samantha aufgreift und sich anschickt, das Publikum noch etwas mehr zu erbauen, erscheint hinter ihm, in der oberen rechten Ecke des Bildschirms, eine schematische Darstellung vom Inneren des Atomkraftwerks. Turbine, Druckventile, Brennstäbe, Kühlmittelröhren, Generatoren, Abwasser-Austritt etc. Doch bevor Mike seine vorbereitete Einleitung vom Teleprompter ablesen kann, kommt es zu einer technischen Panne, und über seinem Kopf wird statt dessen erneut Samantha eingeblendet. Mikes Mikrophon fällt aus, und man hört erneut ihre Stimme: »War ich gut, was meint ihr? Jungejunge, hauen wir bloß ab hier. Das ist vielleicht kalt!« Dann setzt sie ein leeres Lächeln auf, bis Regisseur Ralph Bobker einen Werbespot für Gebrauchtwagen einblendet.

»Herr im Himmel.« Warren Stanford selbst schaltet das an der Wand angebrachte Gerät und den Videorecorder aus, und anders als im Fernsehen wirkt er in Person weniger schwerfällig, weniger nervös, gefaßter, hier im Personalzimmer im zweiten Stock der Werksanlage von Millstone, umgeben von seinen Truppen: den PR-Leuten von Millstone; dem PR-Mann von der Betreibergesellschaft, Coastal Power and Light; dem Leiter der Abteilung Ereignisablaufanalyse von CPL (und außerdem Spencer Murphy, dem CEO, über ein funkelnagelneues ATT-ImagePhone 2100, das mit 56,6 Bits pro Sekunde überträgt, so daß sein Gesicht in dem winzigen Rahmen unentwegt verwabert und verwackelt); einer Schwadron

Ingenieure, sowohl aus dem Reaktor- als auch aus dem Abfallagerungsbereich des Werks; einem mit dem firmeneigenen Jet von Babcock und Wilcox eingeflogenen Troubleshooter-As, das seine eigenen Dosimeter, Geigerzähler und Werkzeuggürtel mitgebracht hat, und der Truppe von der Steuerzentrale von Millstone, und zwar sowohl der Tag- als auch der Nachtschicht, darunter Hank Chapin, Mike Kresh, Wallace Hellerstein, Bill Durkee, Reggie Davis, Mac Kowalski, Ron Self, Dot Halleran und Lou Sloane. Noch fehlt, wegen seines zum ungünstigsten Zeitpunkt genommenen freien Nachmittags, der Vor-Ort-Inspektor der NRC, der Aufsichtsbehörde. Sie sitzen schon seit Stunden im Konferenzzimmer und reden sich die Köpfe heiß, doch nun, da der CEO aufgetaucht ist – oder wenigstens sein schlecht übertragenes, Baud-verhunztes Konterfei aufgetaucht ist –, haben sie noch einmal sämtliche Berichte laufen lassen, sind noch einmal sämtliche Pressemeldungen, das große Trara auf den Lokalsendern, die vereinzelten landesweiten Berichte durchgegangen. Bei FOX, ABC und CBS hat man sie ignoriert. CNN waren sie viereinhalb, NBC sechs und PBS dreizehn sehr kritische Sekunden wert.

»Okay, Spencer«, sagt Warren, »das wär's, was wir haben. Ich denke, wir stehen im Moment ganz gut da. Wir müssen uns noch mit der Aufsichtsbehörde auseinandersetzen – es wird einen ganz schönen Papierkrieg geben, weil Stevenson weg war und sich einen Zahn hat ziehen lassen, einen Mordspapierkrieg –, aber die Betriebsvorschriften lassen es eindeutig zu, daß wir die Reaktoren weiterfahren und uns bei laufendem Betrieb mit den Lecks auseinandersetzen. Wir erwarten jeden Moment Ersatzteile von B & W. Das Abwasser wird aufgrund der Umweltgegebenheiten verdünnt.«

»Einverstanden. (Murphys Zinken und seine Brille schlackern auf dem kleinen Bildschirm in der Mitte des

Konferenztisches.) Und vielleicht wären die Ingenieure in der Zwischenzeit so nett, mir noch mal in einfachen Worten zu erklären, wie wir es geschafft haben, *vor zwei Monaten* die Lecks in den Röhren, im Primärkreislauf, wo das Salzwasser schon mal Löcher gemacht hat, zu reparieren, nur um dann festzustellen, daß dasselbe Problem jetzt woanders auftaucht. Und während wir das auseinanderklamüsern, kann vielleicht *irgendwer* – einer von euch PR-Leuten – bei der Feuerwehr anrufen und klarstellen, daß das hier kein Erstschlag ist, Herrgott im Himmel, und dann können wir das Haupttor aufmachen, alle heimschicken, die hier nicht unbedingt gebraucht werden, und kriegen damit hoffentlich auch diese scheiß Journalisten los. Alles klar? Von euch werden wohl auch einige übers Wochenende nach Hause wollen, Stan. Stimmt's?«

»Unbedingt«, sagt Warren und wendet sich den PR-Leuten zu, Aaron Glickes (von Millstone) und Jerry Sykes (von CPL), die vom Tisch aufstehen und ein halbes Dutzend Kaffeebecher zurücklassen, jeder von Kugelschreiberlöchern perforiert und mit Zigarettenstummeln gefüllt. Sie greifen nach ihren Handys und ihren Pagern. (Mitten auf dem Konferenztisch türmt sich, wie ein Protektorat um Murphys digitalen Schatten, ein Haufen Telekommunikationsgeräte und eine Reihe weitgehend unbeachteter Kartons mit chinesischem Essen.) Sie gehen auf den Flur hinaus. Unterdessen stellt der Experte von B & W auf einem kreditkartengroßen Taschenrechner irgendwelche Berechnungen an und macht sich bereit, seine unverständliche Begründung der Rechtsposition von Babcock and Wilcox vorzutragen.

»Ich denke, wir können uns alle darauf einigen«, sagt Warren, »daß es schön wäre, die Situation fest unter Kontrolle zu haben, damit wir nach Hause können. Richtig? Also gehen wir noch mal die technischen Fragen durch.«

Stanford stellt daraufhin noch einmal John Wellman, Leiter der Abteilung Produktsupport bei B & W, vor. Wellman umgeht ein paar Ingenieure, um zum Overheadprojektor zu gelangen, wo er ein, zwei Formeln auf das Azetat kritzelt. Er räuspert sich theatralisch. Von Alpha-, Beta- und Gammastrahlung singt er, von ihren jeweiligen Teilchen, von der Tendenz von Neutronen, sich zu verlangsamen, wenn sie durch Wasserstoffverbindungen, wie zum Beispiel *Salzwasser,* geleitet werden, und wie das zu Konzentrationen der Transuranen-Reihe und dann, bei betroffenen Metallen mit hochresonantem Querschnitt, zu einer Umwandlung im Prozentbereich führen kann, wenn die Neutronenzufuhr zu lange anhält oder der Beschuß zu intensiv ist, *zum Beispiel bei Korrosionserscheinungen oder Korrosionsvorgängen, wenn sich da in einer Sicherheitshülle im Laufe der Zeit eine Konzentration von Iodinen oder anderen Radionukleiden bildet, dann werden die Röhren selbst zu Alpha-Strahlern, und zwar auf eine Weise, wie sie von Babcock and Wilcox niemals geplant war, jedenfalls nicht bei kurzfristiger Nutzung des Werkes gemäß der Definition in Kapitel siebenundzwanzig Punkt drei der technischen Anleitung, die Sie alle vor sich haben.* Lou allerdings weigert sich, das alles noch einmal über sich ergehen zu lassen, tut sich diesen Scheiß nicht noch einmal an, verweigert sich dieser Physik des *Spin* und ist sowieso nur noch hier, weil er nicht vom Parkplatz herunterkommt – vor dem Werk stehen die Journalisten, die Feuerwehrautos aus der Stadt und die trist grünen Fahrzeuge der *Akademie für Notfalltraining der Feuerwehr* – für den Fall, daß der ganze Laden in die Luft fliegt, was natürlich ganz unwahrscheinlich, ja unmöglich ist. *Das hier ist kein graphitmoderierter Reaktor, Jungs,* murmelt Lou beim Hinausgehen, *schließlich sind wir nicht in der Ukraine,* und damit hat es sich für ihn, weil er seinen Job für heute erledigt hat, geholfen hat, die Kastanien aus dem Feuer zu holen. Gemeinsam mit Warren und den PR-Leuten hat er *das unzweckmäßige Vorgehen der früheren Werksleitung* für die Situation verantwortlich gemacht und im Anschluß daran vorgeblich inoffizielle Fernsehinterviews gegeben, in denen er einräumte, daß die Folgen der Salzwasserkorrosion *im Grunde erst jetzt erkennbar* würden und daß man bei einem derart schweren infrastrukturellen Schaden von einer Wertminderung, einer langfristigen Wertminderung der Anlage ausgehen müsse, von anleihefinanzierten Instandsetzungsmaßnahmen etc., etc., und damit hat er Warrens Arsch gerettet und *die Imageposition von CPL neu konfiguriert,* wie es einer von den PR-Leuten tatsächlich ausdrückte. Und so hält ihn niemand zurück, als er sich entschuldigt und auf den Flur – den gesichtslosen Flur – hinausgeht. Er ist auf dem Weg in den Ruhestand. Hat seinen Job erledigt. Läßt $Fs=(ma)(1/2at^2)=1/2ma^2t^2=1/2mv^2$ und die Redundanzen hinter sich, die doppelt ausgelegten, mit Blei ausgekleideten Abwasser-Sammelbehältern und dem Einfangen schneller Neutronen bei der Spaltung von U 238 eigen sind.

Auch Kowalski macht sich unauffällig davon. Tatsächlich kommt es hinter Lou zu einem gewissermaßen aufrührerischen Auseinanderlaufen der Leute von der Tagschicht, die, allesamt stumm und erschöpft, wie Zombies den Parkplatz ansteuern. Und wahrscheinlich eine nahegelegene Bar. Doch Kowalski bleibt auf einen Schwatz stehen. Der arme Mac hat sein kurzärmeliges Hemd und das Trägerhemd darunter durchgeschwitzt. Er hält seinen zerknitterten Sweater in der Hand, muß verdammt klamm sein, und das wahrscheinlich schon den ganzen Nachmittag, und wischt sich beim Herauskommen die breite rosa Stirn mit einem verblichenen Halstuch. Steuert den Trinkbrunnen an.

»Ob das Zeug schon strahlt?« fragt Kowalski, als er an

dem anämischen, fluorierten Strahl an die Reihe kommt. Sie kichern leise. Dann wahren sie einen respektvollen Moment des Schweigens, während sie zusehen, wie Dot, Reggie Davis und Ron Self allesamt den Flur hinuntergehen. Todmüde, alle miteinander. Es ist eine Menge passiert, seit Mac und Lou am Nachmittag von der Abschiedsparty weg durch die Luftschleuse in die Steuerzentrale hasteten, Sloane im Laufschritt, so gut es – in seinen Halbschuhen – ging, im Laufschritt den Flur entlang, unter dem Geblöke der Lautsprecher, zu den *Monitoren für hochaktiven Abfall*, den Schalttafeln rechts (wo bei der Renovierung der Steuerzentrale zusätzliche Bildschirme angebracht worden waren) – eigentlich redundant, da die Entsorgungssysteme zugleich von einer anderen Schicht in einem angrenzenden Gebäude bedient wurden –, auf denen es wie verrückt blinkte. Warren und die Trainees standen davor und starrten – in störfallbedingter Hypnose – dümmlich auf die Meßinstrumente, bis irgendwer sich am Riemen riß und die Interphonanlage einschaltete. Es war Kowalski, *Schichtleiter*, der das tat, der die Alarmsignale abstellte und über die Interphonanlage ganz ruhig und gesittet anfragte:

»Entsorgung, habt ihr irgendein Problem? Vielleicht irgendwelche *Fehlschaltungen?*«

»Ich fürchte, nein«, erwiderte die Stimme über die Interphonanlage. »Wir registrieren Lecks. Das zeigt es jedenfalls hier an. Mehrere Lecks.«

Mac sagte: »Au weia.«

Stanford Warren sagte: »Ich dachte, mit diesen Lecks hätten wir uns schon befaßt.«

»Wie lange schon?« unterbrach Kowalski.

Schon strömte endlos Papier aus dem Laserdrucker in der Nähe der Stelle, an der sie sich drängten. Die anderen Trainees auf der anderen Seite der Steuerzentrale, die die Schalttafeln für den Reaktor überwachten, bedachten die

Aufregung mit bangen Blicken. Es war *Stufe zwei,* nichts, worüber man sich aufregen mußte, aber sie hatten trotzdem Angst. Alle hatten Angst. *Stufe zwei.*

»Na ja, zuerst war es am Abwasser-Sammelbehälter selbst«, sagte der Typ von der Entsorgung, »da, wo die Kühlmittelröhren vom Behälter abgehen. An der Dichtung da, das ist ein O-Ring. Da war ein Leck. Vor ungefähr zehn Minuten.«

»Zuerst?« fragte Kowalski.

»Ja, genau. Wir haben die Dichtung verschlossen, als wir das Leck gefunden hatten. Das meiste ist in den sekundären Tank gelaufen, aber wir haben die Dichtung trotzdem verschlossen. Dann haben wir ein zweites Ablaßventil geöffnet, und zwar das, das an der gegenüberliegenden Ecke, an der Nordwestecke abführt, damit wir keine Probleme mit dem Pegel kriegen.«

»Und das Ventil hat geklemmt«, sagte Kowalski.

»Das Ventil hat geklemmt?« wiederholte Warren.

»Genau. Das Ventil hat geklemmt. Woher weißt du das?«

An dieser Stelle kamen Dot und Ron herein, in den Händen Butterkuchen mit Marmorguß und Plastikgabeln, und schaufelten sich die letzen Bissen in den Mund, während sie sich vor die Reihe der Monitore stellten. Das Tableau: hier der Trainee, ein Jüngling mit Pferdeschwanz und flaumigem Schnurrbart, der auf dem Drehstuhl an der Computerkonsule saß, dazu Mac, Stanford Warren und Lou; und nun noch Ron und Dot. Dot nahm sich eine Minute Zeit, Ausdrucke zu lesen, und sah ziemlich schnell klar. *Es ist die Entsorgung.* Über Lecks wußten sie alle Bescheid. Sie fragte Ron, ob er Kaffee wolle. *Wir werden noch eine ganze Weile hier sein.* Ron erklärte sich bereit, selbst ein halbes Dutzend Becher von der berüchtigten Millstone Automaten-Batteriesäure zu holen.

»Bestimmte Sachen weiß man eben«, sagte Mac. »Und

wie groß war der Überlauf? Wieviel Zunahme im Haupttank?«

»Eigentlich gar nicht so dramatisch, so zirka vierzig Liter Zunahme pro Stunde. Weniger als ein Prozent über Kapazität, würde ich sagen. Und ein Teil des Überlaufs fließt in den sekundären Tank, was an sich ganz prima ist, aber da ist eben auch ein Leck, so daß dieser Teil in einen Sumpf läuft, der den sekundären Tank leert, und dieses Kühlmittel gelangt dann wahrscheinlich ins …«

»Grundwasser«, ergänzte Sloane.

Warren seufzte tief.

»Grundwasser«, sagte der Typ über die Interphonanlage. »Ja, wahrscheinlich. Es leckt nämlich an den Röhren und läuft aus dem Sumpf in den Feuerkorridor, und soweit wir das auf den Plänen erkennen können, ist dort ein *Abfluß* im Boden. Sagen jedenfalls meine Leute. Es läuft irgendwohin ab. Ob ins Grundwasser oder in den Hafen, weiß ich nicht. Vielleicht beides. Auf jeden Fall muß man sich darum kümmern.«

»Ja, gut, danke, Chief«, sagte Mac.

An dieser Stelle blieb der Blick von Stanford Warren, der sichtlich in Panik geriet und verzweifelt die Gesichter im Raum durchforschte, an Lou Sloane hängen, und Stanford nahm Lou beiseite, auf eine Seite der Steuerzentrale, die ruhige Seite, die Seite, wo mit den Reaktoren alles in Butter war, wo die Reaktoren ihren Dampf erzeugten und die Turbinen liefen und die Häuser am Netz von Millstone ihr heißes Wasser bekamen und die Jungs und Mädels duschten. Stanford sagte: »Kannst du mir ein bißchen auf die Sprünge helfen? Ich weiß noch nicht mal genau, wen ich alles verständigen muß. Rufe ich jetzt schon CPL an? Und was ist mit den Leuten von der Aufsichtsbehörde? Stevenson ist beim Zahnarzt. Was soll ich als erstes machen? Kannst du mir einen Gefallen tun und mich einfach noch so zirka eine Stunde hier unterstützen?

Ich weiß, du bist eigentlich … aber du hast nun mal die, äh, na ja, Kompetenz, und ich …«

Lou wedelte mit den Händen.

»Es ist ein altes Kraftwerk«, sagte Lou, der unbedingt mitmischen, es Warren unbedingt zeigen wollte. »Knapp fünfundzwanzig Jahre alt, stimmt's? Und ganz egal, was die erzählen, die Korrosion ist nicht das Problem. Das Problem sind die fünfundzwanzig Jahre. Kein Mensch steckt mehr Geld hinein. In das eigentliche Kraftwerk. Da ist alles Flickschusterei. Man kann die betroffenen Röhren nämlich ohne weiteres verbuchsen, verstehst du, das heißt ein schmaleres Rohr aus neuerem, besserem Material in das dickere Rohr schieben.«

»Klar«, sagte Stanford, »versteh ich, aber mir geht es jetzt hauptsächlich darum, wen ich verständige.«

»Das versuche ich dir doch gerade zu erklären. Ich persönlich bin der Meinung, es ist ein altes Kraftwerk, und die Leute von der Aufsichtsbehörde wissen, daß es damit Probleme gibt, die gibt es nämlich mit allen; die NRC ist dabei, die meisten älteren Modelle stillzulegen. Und damit sind sie in Rückstand. Willst du sie hinhalten? Damit wärst du dann allerdings ziemlich ausgelastet. Du mußt dich entscheiden, ob du so deinen Arbeitstag verbringen willst.«

Dot reichte jedem einen Becher Kaffee von dem Tablett, das Self gebracht hatte. Es gab auch Plastikbecher mit abgestandenem Sekt. Falls jemand welchen brauchte. Stanford fragte sie spontan nach Zigaretten. Dorothy hatte tatsächlich noch eine einzige, ramponierte, ultraleichte, plattgedrückte mit niedrigem Teergehalt in ihrer Hemdentasche. Die steckte sie Stanford großzügig in den Mund. In Sichtweite von einem Dutzend *Rauchen-verboten*-Schildern zückte Warren ein teures Feuerzeug, brannte die krumme Kippe an und wandte sich wieder Lou zu.

»Können wir wenigstens dafür sorgen, daß nicht jeder herumquatscht? Es muß doch eine Möglichkeit geben, wie man verhindert ...«

»Versuchen kannst du's«, sagte Sloane, der genau wie Stanford selbst wußte, daß es unmöglich war. Heftig paffend, schnürte Warren hin und her. Unterdessen überprüfte Mac Kowalski mit seinem Interphon-Kumpel noch einmal die Zahlen: *Obwohl das Ventil am sekundären Auslaß klemmte, war es nur zu einer vorübergehenden Überflutung gekommen, und sie hatten den Einlaß gestoppt und das Wasser größtenteils in den sekundären Tank gepumpt.* Insgesamt vielleicht vierhundert Liter, etwas mehr als laut erster Schätzung, aber nicht viel mehr, und die Lage war stabil, bis auf das Leck. Das klein war. Andererseits würde das Wasser im Sammelbehälter trotz der Umladebehälter, der Zirkon- und Cadmiumumladebehälter, heiß werden, weil es alt war, weil sie kein zusätzliches Kühlmittel hatten, das via Kühlung dort einfloß; statt dessen hatten sie eine stehende Masse von Schwerwasser, Wasser, das nicht den üblichen Kreislauf durchlief. Es stand dort einfach. Das jedenfalls behauptete der Junge von der Entsorgung – er hieß Wayne –, und damit blieb in der Reihe von Fragen, die Mac zu stellen verpflichtet war, die eine gefährliche und beunruhigende Frage übrig, nämlich *wie heiß genau dieses Wasser war.* Falls es sich in Grenzen hielt, könnten sie es verdünnen, könnten frisches Wasser hineinpumpen, schweres und leichtes Wasser miteinander mischen, einfach immer weitermischen, bis sie so zirka zwanzigtausend Liter Lösung hatten, und damit würde es dann gemäß Einzelstaats- und Bundesrecht zu schwachradioaktivem Abfall, und man konnte damit machen, was man wollte, zum Beispiel ein Schwimmbad damit füllen, jedenfalls so ungefähr, oder es zur Massenproduktion von Kinderspielzeug verwenden, das im Dunkeln leuchtete.

Wenn das das schlimmste der unmittelbar gefährlichen Probleme wäre, dann erschien es bewältigbar, und deshalb akklimatisierten sich Lou und der Rest der Belegschaft in der Steuerzentrale mit einer gewissen Portion Wunschdenken an den Störfall. An die blinkenden Signale auf den Schalttafeln. Sie würden sich der Reihe nach mit jeder Anzeige befassen, und irgendwann würden die Lämpchen mit ihrem stroboskopischen Geblitze aufhören, und es würde bezüglich des Schwerwassers eine Entscheidung fallen; *so aufregend war es nun auch wieder nicht*, von Zeit zu Zeit vergaß man das nämlich.

»Wieso sollen wir es eigentlich verdünnen, wenn es da im Moment so viele technische Hindernisse gibt?« rief Mac Kowalski seinem neuen Vorgesetzten zu.

»Warte mal«, sagte Ron Self, der vor einer Kühlmittel-Kontrolltafel saß. »Darf ich mal das Naheliegendste vorschlagen? Pumpen wir das verdammte Zeug in den Hafen. Da landet es doch sowieso. Haken wir's einfach ab, bringen wir's hinter uns und stecken die Prügel dafür ein.«

»He, Moment mal«, sagte Stanford Warren, der sich hinter Kowalski schob. »Soll das heißen, wir ...«

Warren sog verzweifelt am letzten Rest seiner geschnorrten Zigarette. Er hatte *schon jetzt* ein Magengeschwür, hatte Lou gehört. Man hatte ihn dabei beobachtet, wie er ein breites Sortiment von Säurehemmern und extrastarken Digestiva in sich hineinmampfte. Wahrscheinlich hatte er ein erneuerbares Rezept für starke Schlafmittel. Er rauchte. Ganz gleich, was er in den nächsten Stunden tat – und die Störfalluhr an der Hauptwand maß über seinem Kopf die Dauer bis auf Hundertstelsekunden –, sein Job bestand nicht mehr schlicht aus Reden über *Menschenführung, Leistung und die Familienwerte der Firmengemeinschaft.* Bei der Betreiberfirma war er ein erstklassiger Zahlenfresser gewesen. Aber jetzt mußte er Entscheidungen treffen.

»In welcher Größenordnung läge denn die Verdünnung?«

»Es ist kein Schlamm«, fügte Self hinzu. »Vielleicht im Bereich von Teilchen pro Milliarde. Ich persönlich würde den Schellfisch in Niantic nicht essen, aber drüben im Thames River, mit den U-Booten, ist es noch viel schlimmer. Da liegt gleich nebenan die Hauptstadt des kommerziellen Fischfangs in diesem Staat. Da gibt es Restmüll, Schlämme, Lösungsmittel und die ganze Scheiße von Electric Boat.«

»Na ja«, sagte Kowalski. »Andererseits ...«

»Ja«, sagte Dot.

Stanford sah die beiden an.

»Plutonium«, soufflierte Lou.

»Richtig«, sagte Mac. »Einiges von dem Zeug bleibt eine Weile heiß. Eine ganze Weile. Das ist nämlich ein langsamer Emissionsprozeß. Zehn-, zwanzigtausend Jahre.« Der junge Trainee schaltete das Interphon wieder ein, als Mac sich über seinen Schreibtisch beugte. »Hör mal, Wayne, wie heiß ist das eigentlich da drin? Gibt es Kondensation oder sonst eine Erscheinung dieser Art?«

»Ach was, nein«, erwiderte Wayne.

»Hey«, rief Self penetrant. »Ich hab's. *Verkaufen* wir die Brühe. Da gibt es bestimmt einen Markt dafür. Unter Diktatoren und so.«

»Freundchen«, sagte Stanford Warren und zeigte unheildrohend mit dem Finger auf Ron, *»das ist im Moment nicht besonders witzig.«*

Erneut knisterte das Interphon.

»Hör zu, wir schicken einen Mann runter, der sich die Dichtungen und die Pumpe ansieht. Wir melden uns wieder, wenn wir uns die Sache angesehen haben.«

Und Warren segnete dieses Vorgehen ab und ging

dann, in der Zurückgezogenheit von Lous altem Büro, *seinen* Boß anrufen. Die Lämpchen in der Steuerzentrale flackerten mesmerisch. Die Telefone begannen zu klingeln. Die Pulsgeräusche von Störfallsignalen. *Wie haben die Zeitungen eigentlich die Nummer der Steuerzentrale rausgekriegt?* Dot löste sich aus ihrer Untätigkeit und hängte sich, *kein Kommentar, kein Kommentar, kein Kommentar,* fürs erste an eines der Telefone, und dann beschloß Lou Sloane, selbst hinüberzugehen und sich den Schaden anzusehen. In der Entsorgung die Kastanien aus dem Feuer zu holen. Warum auch nicht? Er war schon eine Weile nicht mehr dort gewesen. Und die Entscheidung, das Zeug abzulassen, war praktisch schon getroffen oder wurde gerade getroffen oder würde in den nächsten Minuten getroffen werden. Sie würden ablassen, weil es keine Alternative gab. Lou Sloane war mittlerweile etwas klargeworden: er war auf eine verschwommene, schmerzhafte Weise glücklich. Der Alarm machte ihn glücklich. Lou hatte eine Bedeutung, er war Teil einer Kontroverse, eines kontemporären Konflikts. Über diesen Tag würde geschrieben werden, und wenn er in Stockbridge, Jaffrey oder Montpelier schlief, in einer Blockhütte, die er eigenhändig gebaut hatte, einer Blockhütte am Ufer eines Sees, würde er sich an diesen Tag, und an andere, erinnern. Er hatte einen Job gehabt, wo Dinge erledigt wurden.

Das Shuttle zur Entsorgung war ein leerer, himmelblauer Econoline, gefahren von einem jungen Schwarzen namens Jones, der sofort fragte, ob das mit dem Leck stimmte. War es zu einem Bruch gekommen? Zu einer Kontamination? Konnte es passieren, daß die Belegschaft ihre festgelegte jährliche Dosis überschritt? Aber Lou biß nicht an. *Hab nichts gehört.* Ganz normaler Tag. Kühl wie eine Hundeschnauze. Er fragte Jones nach Frau und Kindern, machte ihm Komplimente zu dem vorgezeigten

Babyfoto und stieg dann aus. Am Haupteingang zur Entsorgung sagte er, er sei hier, um eine Stichprobe vorzunehmen, und bat um Konstruktionspläne. Sie kannten ihn nicht einmal. Von einem für Notfälle vorgesehenen Wandapparat aus rief er Wayne an, brütete in einem leeren Büro über den Konstruktionsplänen und stieg dann über die Feuertreppe drei Stockwerke hinab in jene klamme, stille Höhle. In diesem Untergrund traf er dann schließlich auch Wayne, einen jungen Mann in den Dreißigern von wirklich enormer Fettleibigkeit. Bestimmt brauchte Wayne auf seinem Kommandoposten einen speziellen Drehstuhl in Übergröße. Eine Art Auflieger, der seine eindrucksvolle Masse im Gleichgewicht hielt. Außerdem keuchte Wayne asthmatisch, als er Lou begrüßte. Gemeinsam warteten sie ab, bis ein Dritter seinen Schutzanzug angelegt hatte: ein großer, kräftiger junger Bursche, der einem Klempner ähnelte, mit riesigen Händen und unstetem, ausweichendem Blick. Der Typ von Angestelltem, den die Atomkraft heutzutage anzieht. Außenseiter und Fachidioten, Leute, die auf waffenbezogene Daten scharf waren, Fundamentalisten, Sonderlinge, Pot-Raucher, Leute, die durch die Ritzen einer Dienstleistungsökonomie fielen; das waren die Hüter des Atomzeitalters. Das Problem zog sich durch die gesamte Branche. Der Junge hätte sich noch nicht mal als Kassierer halten können, so schroff und ungehobelt war er. Und doch erledigte er hier seinen Job. Er zog den weißen Anzug an, schloß Kapuze und Gesichtsschutz und legte das Atemschutzgerät an; vor seinen Füßen stand eine Werkzeugkiste, die er gleich darauf lüpfte. Dave McCluskey, so hieß er, und McCluskey war ein Angestellter, der in diesem Moment genauestens über Rems und Millisieverts informiert war, keine Frage. Für ihn waren fünfzehn Millisievert pro Jahr festgelegt, nicht mehr. Für alles, was darüberlag, kam die Krankenversicherung nicht auf, nicht einmal für einen steifen Hals, falls er siebzehn hatte (eine Dosis, die man ohne weiteres abkriegen konnte, wenn man bloß am Reaktor vorbeiging). Trotzdem ging er hinaus durch die abgedichtete Tür, ließ dabei einen kleinen Schwall verseuchter Luft ein und marschierte langsam den Korridor entlang, auf dem seine Taschenlampe bizarre Schatten zerstreute. McCluskey hatte wahrscheinlich Frau und Kinder und ein Motorboot namens *Ladykiller,* und wahrscheinlich hoffte er, möglichst schnell zu diesen Menschen und Besitztümern zurückkehren zu können, auch wenn seine Frau ständig an ihm herummeckerte; wahrscheinlich erkannte McCluskey, daß er in seiner Lage von Glück reden konnte, daß er Frau und Kinder und außerdem noch einen Haufen Kumpel hatte, die den letzten Elch der Jagdsaison mit ihm erlegen würden, simple Vergnügungen waren das, schöne Freizeitbeschäftigungen, die sich immer verlockender ausnahmen, während er sich unter der Sumpfpumpe wiederfand, unter dem radioaktiven Massagestrahl der Sumpfpumpe, wo Sammelbehälter-Kühlmittel in alle Richtungen sprühte; mit seiner wasserdichten Taschenlampe wies er Lou und Wayne darauf hin, die sicher abgeschirmt in dem verglasten Treppenhaus standen. Das Wasser spritzte über einen Meter weit, bildete kleine Springbrunnen um McCluskey; wie nächtliches Grillengezirpe konnten sie den Geigerzähler hören, und Lou dachte, *das ist ein guter Junge;* den Jungen juckte es regelrecht, seinen Job zu erledigen; er liebte seine Familie; er hatte alles zu verlieren in dieser Wasserkaskade, in diesem Geysir, in diesem Grabmal, auf diesem Korridor; McCluskey hatte Mut, eine Art von Mut, die Lou nach seiner Überzeugung ebenfalls besaß. Lou war mit nichts hier heruntergekommen, allem bar, und er hätte ebensoleicht in dieses trübe Wasser hineinplanschen, in diesen Hades niederfahren können, diese exotische Tiefseeschau, in der sich McCluskey befand, mit ihrer radioaktiven Fauna; einem Meeresbiologen gleich hätte Lou selbst, im Vollgefühl seiner Wichtigkeit, dort draußen sein sollen, doch McCluskey lag es in der Natur. McCluskey machte unbeirrt weiter, ohne nach der Dosis zu fragen, ob es, sagen wir, dreihundert Mikrocurie waren, was da aus der Sumpfpumpe strömte, wonach er fünf Monate in einem betonverkleideten Raum aushalten würde, mit einer Überlebenschance von fünfzig zu fünfzig, umgeben von Schwestern in Gasmasken, weil ein guter, kräftiger Junge wie er echten Schneid hatte und zu Höherem berufen war, wo doch eigentlich Lou, ein toter Mann mit schweren Gewissensbissen, diese Arbeit hätte machen müssen, während der Abfluß das schwere Wasser ableitete, es den Abfluß hinunterfloß, bei nur noch zwei bis drei mSv im Raum, mehr nicht, *weil es dorthin abfloß, wo die Fischer in der Dämmerung ihren Fang einholten,* und McCluskey, auf der Leiter, machte sich jetzt mit einem Elektrowerkzeug an den Nieten in der Dichtung, am Ventil zu schaffen, und dann schoß plötzlich das ganze Wasser heraus, ein Schwall, ein Sturzbach von Restwasser aus der Leitung, der den Jungen von der Leiter riß, das Elektrowerkzeug trudelte in eine Pfütze, schlidderte außer Reichweite, die O-Ring-Dichtung über ihm wie Spaghetti, aber er kam gleich wieder hoch, *er war zäh,* winkte Wayne und Lou zu, Daumen nach oben, der Junge war klasse, das Wasser strömte aus der Leitung, rauschte in den Abfluß. Eigentlich machte sich Lou keine Sorgen um McCluskey, sondern er machte sich Sorgen um das Ende des Alarms, um das *Hinterher,* wenn Warren die Presse zusammentrommeln und zugeben würde, daß sie das Wasser abgelassen hatten, denn dann gäbe es überhaupt keinen Grund mehr, warum er, Lou, ehemaliger Betriebsleiter, sich noch auf dem Gelände aufhalten müßte, und er wäre gezwungen zu gehen, sich die besten

Routen aus der Stadt zu überlegen, vorbei an den Horden von Journalisten, die auf und entlang der 156 parkten – den Stau auf der I-95 bildete mittlerweile nicht mehr nur das übliche Aufkommen von Pendlern aus New London, Bautrupps und Sicherungsposten, die lässig in ihrer Sicherheitskleidung herumstanden, sondern das Verkehrschaos schloß inzwischen wohl auch überzählige Feuerwehrfahrzeuge und was nicht noch alles ein, Armee, Nationalgarde, Bundespolizei, Anti-AKW-Demonstranten und Umweltschützer. *Herrgott noch mal, was machte er eigentlich hier?* McCluskey trat einen Moment aus dem Springbrunnen, kam zum Fenster herüber, hielt mit einem Schnauben durch die Atemmaske die Ringdichtung hoch, die irgendwie zerfetzte, völlig zerfetzte O-Ring-Dichtung. und auf seinem weißen Gummihandteller auch gesprungene Nieten, ehe er wieder in den Korridor zurückging und Wayne ihm durch verstärktes Plexiglas hindurch nachrief, *Okay, sieh zu, daß das Rohr frei ist, und komm dann zurück*, und das war der Moment, in dem Lou zu dem Schluß kam, daß es nur Herzklopfen war, eine Rhythmusstörung, dieses blöde Gefühl, aber vielleicht wurde er auch bloß sentimental oder einfach nur alt. Er sagte Wayne, er müsse gehen, er werde die Meldung weitergeben, wie immer die Meldung lautete; er müsse zu der Konferenz zurück, der Konferenz mit Murphy, eine wichtige Konferenz, im Konferenzraum, er müsse gehen, müsse gehen, *schön, daß alles unter Kontrolle ist.* Er rief Warren an, brachte ihn auf den neuesten Stand, machte dann einen Umweg und blieb am Tor stehen, plauderte mit den Journalisten über eine *demnächst begebene Superanleihe zur Generalüberholung,* desinformierte gemäß einer altbewährten Auffassung von Pflicht, worauf er zu der Konferenz, der Belegschaftskonferenz, zurückeilte, wo er nichts sagte, schon abwesend, schon im Ruhestand, schon fort war, ein Kapitel abschloß und sich so allein *mit Kowalski* wiederfand, seinem stämmigen, Koteletten tragenden, vom Gin rosigen Untergebenen, in Konferenzraum B, in der Gegenwart, wo die beiden um 21.30 Uhr, die Füße auf dem Tisch, *ein paar kalte Biere* aus dem Konferenzraum-Kühlschrank trinken und abwarten, ob sie noch irgend etwas tun können; dabei ist es offensichtlich, und könnte gar nicht offensichtlicher sein, *daß es für Lou überhaupt nichts mehr zu tun gibt.* Weshalb Kowalski fragt:

»Was machst du eigentlich noch hier? Scheiße, was machst ausgerechnet du noch hier? Es ist dein letzter Tag, verdammt!«

Kowalski dehnt (aufgrund einer Kindheit in Worcester, Mass.) die Vokale.

»Was soll's, ist mir egal, warum du hier bist«, fährt er fort, »du kannst mir Gesellschaft leisten.«

Es ist alles Gealbere, das richtungslose Herumgerede erschöpfter Männer, aber es läuft immer wieder auf die eine Frage zu, *wo Lou war, als Mac tags zuvor bei ihm anrief,* und entweder hat Mac etwas gehört, oder er zieht Schlüsse und deutet Tonfälle. Er hat Theorien und Vermutungen.

»Na ja«, sagt Sloane lahm, »mein Sachverstand ist eben unbezahlbar, weißt du? Ich bin halt dageblieben. Ich bin heute länger geblieben, und ich bin gestern länger geblieben, und morgen würde ich auch länger bleiben, wenn ich könnte. Ihr werdet mich noch mit einer Sicherheitseskorte vom Gelände schaffen müssen. Ehrlich.«

Trotzdem zupft er sich jetzt die Sicherheitsmarke ab, zupft sie sich von der Brust, betrachtet sie kurz und steckt sie sich in die Jackettasche.

»Ja, weißt du, ich will nicht … es ist deine Sache, das weißt du. Ich will dich auch nicht damit belemmern. Ich mache mir halt nur Gedanken.«

»Furchtbar nett von dir, Mac.«

»Deshalb nur noch eine Frage. Geht mehr so in Richtung einer Frage aus alter Freundschaft.«

»Na ja«, unterbricht Lou, dem es zu seiner Beschämung tatsächlich so vorkommt, als bekäme er feuchte Augen. Er nimmt seine Brille, seine Sonnenbrille, ab – hat sie die ganze Zeit aufgehabt –, beschäftigt sich eine Weile damit, die Sonnenbrille mit der anderen Brille in dem Etui in der Tasche seiner Windjacke zu vertauschen, und putzt diese dann mit einem Taschentuch. »Also, ich finde, wir sollten das Thema einfach lassen, wenn du verstehst, was ich meine, deshalb will ich nur sagen, daß ich ...«

Kowalski betrachtet das Bier in seiner Hand, das einheimische Bier, das billigstmögliche Bier, und führt es zum Mund. Ihre Blicke treffen sich eine Sekunde lang, prallen aufeinander und trennen sich.

»Dann hab ich nur noch eine Frage, Kumpel«, sagt Mac, »nämlich ob du für heute nacht einen Platz zum Schlafen hast. Das ist alles.«

»Eigentlich geht dich das ...«

»Ich vermute nämlich, daß du ...«

»Ich hab drüben im Motel übernachtet. Da kann ich wieder hin. Ist überhaupt kein Problem. Da gibt es eine Lou-Sloane-Suite, weißt du. Aber darum geht es ...«

»Aber Louis, du wirst doch nicht ...«

»Es ist kein Problem.«

»Findest du nicht ...«

»Es geht schon, Mac. Glaub mir.«

»Hör zu, übernachte bei mir. Ich hab reichlich Platz. Auf die Füße treten würden wir uns bestimmt nicht. Ich will nicht, daß du in deinem Cadillac wohnst. Ich kann Leute nicht ausstehen, die in ihrem Cadillac wohnen. Das ist vornehmes Getue.«

Sie glucksen grimmig in sich hinein.

»Nein, wahrscheinlich sollte ich einfach ins Motel rübergehen, denke ich, obwohl es wirklich nett von dir ist. Ich schlaf mich richtig aus, und morgen früh breche ich dann auf.«

»Du brichst morgen früh auf?«

Kowalski läßt noch ein Bier zischen. Die Luft im Raum wird umgewälzt und ist muffig. Stickig.

»Hör zu, Lou, wenn ich mir zuviel herausnehme, dann sag's mir, aber wo das nun mal dein *letzter Tag* ist und so, weiß ich ehrlich nicht recht, ob du ausgerechnet heute nacht da drüben allein sein solltest. Schließlich haben wir auch nicht gerade die tollste Party für dich veranstaltet. Wahrscheinlich willst du nicht, daß ich so was sage, und es geht mich ja auch nichts an, aber einen Vorschlag möchte ich dir wenigstens noch machen. Komm mit zu mir. Morgen früh mach ich dir ein richtig schönes Frühstück, Steak und Eier oder so was. Und wenn du dann immer noch nicht nach Hause zurückwillst, Lou, dann leihe ich dir meinen verdammten Straßenatlas. Dann verabschiede ich dich höchstpersönlich.«

»Jetzt hör mir mal zu, Mac«, sagt Lou Sloane, zunehmend gereizt. »Ich kann für mich selbst entscheiden. Ich bin vierundfünfzig. Wenn du wüßtest, was los ist, würdest du das kapieren. Also halt dich gefälligst aus anderer Leute Problemen raus.«

»Hast ja recht, hast ja recht.«

»Und dann komm ich zu allem Überfluß noch hierher und muß mir dafür (mit einer das sterile Interieur umfassenden Geste) an den Karren fahren lassen, weißt du? Dabei bin ich hier praktisch *aufgewachsen.*«

»Weiß ich doch. Tut mir leid.«

»Deswegen gehe ich jetzt. Und ich werde dran denken, wie großzügig du warst.«

»Hauptsache, du kapierst, daß du jederzeit bei mir willkommen bist und, äh, jemanden zum Zuhören hast. Was für ein Schmu.«

Lou schaut zu Kowalski hinüber, der nun die in Turnschuhen steckenden Füße vom Tisch nimmt, er lächelt kein bißchen, und sie fühlen sich beide unwohl, wie sie da sitzen, und Lou weiß, daß er rot im Gesicht ist, etwas pocht in ihm – *Schlaganfall, Apoplexie, Thrombose* –, und er ist drauf und dran, loszubrüllen, hält sich aber noch zurück –

»Ich weiß dein Angebot zu schätzen, aber du bewegst dich auf verdammt dünnem Eis.«

»Lou«, sagt Mac, »ich bin auch schon den ganzen Tag hier, und ich war selbst schon gelegentlich in dieser Bucht schwimmen, und ich hab auch einen Scheißtag gehabt, Mr. Sloane, und ich sitze nicht einfach da und sehe mir dein idiotisches Getue an. Geh ruhig ins Motel, wenn du Lust hast, oder schlaf meinetwegen in deinem Auto, aber laß mich mit deinem Egoismus zufrieden. Ich bin verdammt noch mal nicht Florence Nightingale, also mach mich bloß nicht zum Weltverbesserer. So wie ich das sehe, ist die Diskussion damit vorbei, Louis, wenn du es so haben willst. Es ist mir scheißegal, was du machst. Tut mir leid, daß ich überhaupt davon angefangen habe.«

Mac verstummt. Und Lou wirft wie ein bockiges Kind mißmutig eine leere Bierdose nach dem Abfalleimer an der Wand und trifft natürlich daneben, so daß dort bernsteinfarbener Schaum zerspritzt, parabolisch die Wand bekleckert, und es tut ihm sofort leid, ist ihm richtig peinlich, er ist kurz davor, zur Tür hinauszugehen und dabei ein paar Sachen zu brüllen, ein paar unfreundliche Bemerkungen loszuwerden, aber nicht einmal das bringt er fertig, und statt dessen stehen die beiden gleichzeitig auf, er wirft die Dose zu anderen in eine Recycling-Tonne, und sie gehen wie in stummem Einverständnis zusammen auf den Korridor hinaus, vorbei an anderen Konferenzräumen, wo sich immer noch Stimmen erheben und aufeinandertreffen, debattieren und vernebeln, *Wir können eine provisorische Umgehungsleitung vom sekundären*

Ventil zur primären Kühlmittelleitung legen, die Kapazität zur Aufnahme der Leckage verdoppeln und das Abwasser dann sekundär zurückführen, und dann wiederholen die beiden in umgekehrter Richtung müde Lous mittäglichen Gang durch das vordere Ende des nuklearen Energiekreislaufs; das heißt, sie durchlaufen den Prozeß rückwärts, den Prozeß, für den sie sich abmühen, vom Reaktor selbst müde den Flur entlang, vorbei an der Stelle, wo das Uranhexafluorid mit Gabelstaplern aus gekühlten Becken hochgeschafft, zur Weiterverarbeitung befördert, zu Brennstäben aufbereitet und in Bor untergebracht wird; rückwärts durchlaufen sie diese schwarze Magie, Louis und Mac, durch den Ladebereich, wo auf Neunachsern der Brennstoff eintrifft, bis sie das alles hinter sich lassen, die sich selbst unterhaltende Kettenreaktion hinter sich lassen und auf den Parkplatz, den Management-Parkplatz hinaustreten, keine Lkws, kein Be- und Entladen, kein Uran, keine Leckage, keine Lecks, nur ein einziger, einsamer Sicherheitsmensch, der in seinem Kabuff auf einem Transistor einen christlichen Sender hört, *Der Herr schlägt die Unerlösten;* der Dunst hat sich in Nieselregen verwandelt. Es ist behaglich in diesem purgatorischen Dunkel. Die Unbeherrschtheiten und Blitzentscheidungen eines langen Nachmittags, die Stimmen von Stufe Zwei, sie sind im Regen untergegangen, im Geräusch der Bucht, den vom nahenden Sturm aufgepeitschten Wellen, dem auffrischenden Wind, in dem Sloanes Windjacke wie ein Doppelstander bei fünfzehn Knoten flattert. Beide fallen auf dem Parkplatz in Trab, Kowalskis mottenzerfressener Pullover ein Spinnaker über seinem Kopf, als es zu regnen beginnt. Der Haupteingang wird, für die Halb-elf- und die Elf-Uhr-Nachrichten, von Journalisten umlagert sein. *Fährst du mir nach?,* fragt Kowalski, und Sloane nickt, *Kennst du den Weg, falls wir uns verlieren?,* und Sloane nickt, steigt in seinen Cadillac, neben Kowalskis Tempo, der Wagen springt an, die Radionachrichten kommen, *AllNews 660 mit den neuesten Meldungen von dem Störfall im Atomkraftwerk Millstone,* und Lou checkt die Uhr am Armaturenbrett, die anscheinend kurz nach fünf stehengeblieben ist, einfach nicht weitergelaufen ist, als wäre es zu einem EMP-Effekt gekommen, während er beschäftigt war, als hätten sich am Nachmittag eine Reihe Erstschlags-Detonationen ereignet, der lange befürchtete Angriff mit Interkontinentalraketen, der sämtliche Uhren, Computer, Modems, Notebooks, Handys, Stereoanlagen, Fernseher, Videorecorder, Waschmaschinen, Trockner, elektrischen Fußmassagegeräte, Rotlichtlampen, Mikrowellen und motorisierten Rollstühle stillegen würde, der Erstschlag, der sie alle in ihre Keller schicken würde, die Yankees von Südost-Connecticut, sie im Keller zusammenpferchen würde mit Erbsen, Klingstone-Pfirsichen, Obstsalat und Kondensmilch in Dosen, mit Schaufeln und Gasmasken, Säcken mit Zement und frischer Erde, Bauholz und Planen, bis die kürzeste der Halbwertzeiten vorüber war, zwei, drei Jahre, all die Familien dort unten, zwei, drei Jahre lang kein Erblühen von Kindern, keine erste Menstruation, kein Frischverliebtsein, alle diese Familien und ihre Phantasien vom Kalten Krieg, ihre Alpträume von der *verbindenden Kraft.* Als Lou mit dem Knöchel, mit seinem Ehering, gegen die Digitaluhr klopft, kommt sie sofort wieder in Gang.

★★

11

Um das Leben eines Menschen kennenzulernen, ist häufig eine ehrliche, ungeschminkte Schilderung seines Zimmers erforderlich: *Soweit ich es verstehe, fand Billie Raitliffe, daß das Haus nicht mehr ihrem Geschmack entsprach, nicht mehr zeitgemäß war,* so Mavis Elsworth, Innenarchitektin, *und außerdem war sie dabei, ihr Witwendasein zu bewältigen und wieder zu sich selbst zu finden. Deshalb war ich die erste, die sie darin bestärkte, daß eine grundlegende Renovierung angebracht war. Bei diesen altmodischen Interieurs gab es reichlich Möglichkeiten zur Verbesserung! Zunächst einmal hat Billie die ältesten Stücke ihrer Sammlung verkauft – um ein Budget für unsere Renovierungsprojekte zu schaffen –, und die Auktion, auf der diese Stücke versteigert wurden, war gut besucht, das kann ich Ihnen sagen. Schon die Vorschau war ein Knüller. Bis runter zur Route 156 war alles zugeparkt! Weil Billie darauf bestanden hat, in dem Bau am Flagler Drive wohnen zu bleiben – einem Steinhaus, das in einem sehr traditionellen architektonischen Idiom gehalten war –, waren wir allerdings sehr beschränkt in der Wahl der Stile, die wir verwenden durften. Wir brauchten Sachen, die mit der Eleganz des Gebäudes selbst harmonierten. Deshalb haben Billie und ich uns prinzipiell für einen klugen, spielerischen Dialog zwischen alt und neu entschieden. So sollten beispielsweise Eiche und Marmor, die konventionellen Materialien ihrer antiken Vitrinen, Sekretäre und Tische, mit stilvollen modernen Objekten koexistieren. Achtung vor der Vergangenheit sollte mit einem Augenzwinkern in Richtung Zukunft einhergehen. Ich bezeichne den von uns entwickelten Look gern als Modernen Eklektizismus. Zwar bin ich persönlich der*

Meinung, daß ein so grandioses Haus vollständig eingerichtet gehört – schließlich ist das mein Job –, aber Billie tendierte eher zu einer gewissen Kargheit, einer Art präkolumbianischem Vokabular, zu schwarz-weißen Berbern und Stoffen in adobe und taupe als Kontrast zu Wandverkleidungen in blassem Leinen. Sie mochte Zimmer, die Raum entfalteten. So sollten sich freie Flächen ergeben, die nur von einem Couchtisch mit Glasplatte, einem Beistelltisch, einer antiken Hutablage oder vielleicht ganz schlichten Liegestühlen unterbrochen sein würden. Das war jedenfalls der Grundgedanke, und die einzige Ausnahme von dieser südwestlichen Stilpalette, die sich da herauskristallisierte, sollte das Zimmer bilden, das wir als erstes fertigstellten – das Zimmer ihres Sohnes. Der Kinderkram entsetzte ihn; er hatte die Mobiles und die Kinderspielzeuge in einen Schrank im Flur gestopft, ihre Streben und Querhölzer zerschmettert, ihre Schnüre verheddert; er hatte ein halbes Dutzend Stofftiere ausgeweidet, Spielzeugsoldaten in Massengräbern im Garten verscharrt. Und die ganze Zeit darum gebettelt, daß sein Zimmer gemacht wurde. Er hätte es selbst gemacht, wenn es sein mußte. Bei den ansonsten stummen gemeinsamen Mahlzeiten (Tiefkühlgerichte zu den edlen Bordeauxweinen) belemmerte er seine Mutter damit, daß die Seefahrer-Mobiles wegmüßten, daß die fröhlichen Farben an den Wänden und am Deckenstuck wegmüßten, daß die Kinderkommode, die Kinderbuchstützen, die Kinderlampen abgeschafft werden müßten, um Platz für die Embleme seiner knospenden Männlichkeit zu schaffen. Zum Beispiel schief an die Wand gepappte Poster von Baseballstars, die das kindliche Gepräge dieses Zufluchtsorts schon teilweise überdeckten. *Das Kinderparadies würde dem Männerparadies Platz machen,* das heißt dem Paradies der Endokrine, dem Paradies der Wachstumsschübe, dem Paradies der Akne und der Akneabdeckstifte, dem

Paradies der Verwandlung von Frauen in Objekte, dem Paradies des Gruppenwichsens, der unsittlichen Belästigung und der selbstgebastelten Sprengkörper, dem Paradies der Luftgewehre, der sexuell expliziten Materialien, der plötzlichen Stimmungsumschwünge und der geklauten Spirituosen. Trotzdem schlug seine Mutter bei einem ganz bestimmten Essen in diesem Mai *lavendelblau* als Möglichkeit für dieses Zimmer vor und wollte nicht nachgeben, obwohl Dexter (laut Mavis Elsworth in ihren Bemerkungen nach vollbrachter Tat) beteuerte, das sei eine Farbe für *W-w-w-w-warme, M-m-mom, H-homos.* Ohne ihn! Er würde in den Keller ziehen, wenn sie auf ihrem Vorhaben bestand! Er würde von zu Hause abhauen! Er protestierte unter Tränen – weil seine Mutter nicht verstand, einfach nicht verstand, und wie hätte sie auch verstehen können, was bei heißgemachten Tiefkühlgerichten ungesagt blieb, nämlich *daß Hex auf seiner Privatschule zu einer Handvoll wirklich einzigartiger und vom Glück begünstigter junger Menschen gehörte,* wie hätte sie verstehen können, daß er ein junger Patriot war, ein Verteidiger der Verfassung, ein Verfechter von deren Zweitem Zusatz, *der das Recht des Volkes garantierte, Waffen zu besitzen und zu führen, eine Miliz zu bilden, und falls erforderlich, unpopuläre Polizeiaktionen in fernen Ländern aufzuziehen;* wie hätte sie ihn verstehen können, diesen würdevollen jungen Mann, der in einer Zeit sozialer Gärung Krawatten und Tweedjacketts mit Lederflicken auf den Ellbogen und sein Haar stets ordentlich gescheitelt trug; woher hätte sie wissen sollen, was es hieß, ein *Junger Republikaner* zu sein, was Hex nach eigener Überzeugung war, Protokollführer jener außerschulischen AG, mit sämtlichen Pflichten, die eine solche Führungsposition mit sich brachte? Weder kannte sie seine speziellen Bedürfnisse, noch verstand sie die ihn bedrängenden Kräfte – *die dräuenden Gelüste der Puber-*

tät –, und so kam es zu einem Machtkampf um Hex' Zimmer. Um Farbe und Stil, um die Anordnung der Möbel, darum, ob Hex' ein Türschloß zugestanden wurde, um Wandschmuck, um sämtliche Einzelheiten seines Lebens, bis Mavis Elsworth selbst eingreifen mußte und unglücklicherweise für Hex' Partei ergriff, jedenfalls in der Frage der Farbe. (Sie hatte Billies Schwärmerei für Lavendelblau ohnehin nie verstanden.) Und so wurde statt dessen ein Blaugrau ausgehandelt. *Blaugrau, wie Sie's heute noch dort finden – rissig, angegraut, abblätternd und verschossen (obwohl damals Ende der Siebziger Louis Sloane höchstpersönlich ein bißchen nachgestrichen hat).*

Die Handwerker, die die ersten Renovierungsarbeiten ausführten, waren von Mavis Elsworth handverlesen. Und so fanden Hex und seine Mutter, als sie eines Tages von einem jahreszeitlich bedingten Einkaufsbummel in der Stadt New Haven zurückkehrten, überall im Haus Leitern gestapelt: im Wohnzimmer an die Bar gelehnt; im Speisezimmer der Länge nach auf dem Orientteppich; gegen die Regale in der Bibliothek geneigte Malerrollengriffe; überall Haufen von Abdeckplanen; ein ganzes entnervendes Sortiment von Fetischen der Arbeitswelt, das seinen Gipfel in Hex' Zimmer erreichte, auf das diese Handwerker – drei junge Männer, auf deren Rechnungen ihre Firma lediglich unter dem Namen *Himmelfahrt* figurierte – als erstes ihre Energien richteten. Auf dem Flur vor dem Zimmer stand eine gemietete Tischsäge, und in den Raum führte eine Spur aus staubigen, tragbaren Elektrowerkzeugen. Als vorbereitende Maßnahme räumte Hex daher noch am selben Nachmittag den größten Teil seiner persönlichen Habe aus seinem Quartier. Er raffte die heißgeliebten Stücke zusammen und installierte sich im *rosaroten Gästezimmer.*

Er war in der neunten Klasse. Und wie bei vielen Jungen dieser demographischen Nische gab es auch bei ihm ein Mädchen, über das er sich für erstaunlich lange Zeiträume Phantasievorstellungen hingab: stunden-, tage-, ja wochenlang, Semester auf Semester, nur ab und zu von Nahrungsaufnahme und hygienischen Verrichtungen unterbrochen; zuweilen ging Hex Raitliffe auch anderen Zerstreuungen nach – konservative Dogmatik und statistische Übersichten in Zusammenhang mit Profisport –, aber im wesentlichen drehte es sich nur um das Mädchen. Dieser Beschäftigung mit dem Mädchen tat auch der Höllenlärm eines Vorschlaghammers im Haus keinen Abbruch, als einer der Zimmerleute die Wand einriß, die Hex' Zimmer von dem angrenzenden Wäscheschrank trennte, um dem Raum, über den er bis dato verfügt hatte, acht Quadratmeter hinzuzufügen. (Die Arbeiter meißelten Gips und Mörtel weg. Sie schliffen und kratzten ein halbes Dutzend Farbschichten ab, jede mit ihrem Anteil an Blei und radioaktiven Pigmenten.) Theoretisch inmitten von Übungen zur Anwendung der quadratischen Gleichung, stellte sich Hex statt dessen eine Privatschuluniform vor, die *an den Oberschenkeln dieses Mädchens klebte,* während sie auf ihrem schwarzen Dreigangrad die lange, von Eichen gesäumte Gerade auf der Glendale entlangfuhr, die zur Middletown School führte, vorbei an einem betauten roten Gummiball, der auf einem perfekt gemähten Rasen vergessen worden war, *er dachte daran, wie sich ihre Hüften mit ihrem Gewicht von einer Seite zur anderen schoben,* dachte an den leichten Schweiß, den sie aufgrund der physischen Anstrengung vielleicht erzeugte, bis ihm die Wangen brannten. Unterdessen war man in seinem Zimmer bei dem Grundieranstrich angelangt, der eine Vielzahl von Sünden bemäntelte. Das heißt, man würde gemäß dem Zeitplan, der in dem schlampig von Hand geschriebenen Kostenvoranschlag der Firma enthalten war, am nächsten Tag die fünfzehn Zentimeter hohe Holzplattform bauen, auf der

Hex' Etagenbett stehen sollte, und man mußte, wenn man sich an diesen Zeitplan halten wollte, diesen Grundieranstrich aufbringen. Dessen ungeachtet saß einer der Handwerker träge auf dem unteren Teil von Hex' Etagenbett und holte auf Hex' Transistorradio einen verquetschten UKW-Sender, WUCN, herein, *dieser Tunichtgut,* wie Billie Raitliffe später sagen würde, *mit seinem ungepflegten Äußeren, seinen drogenvernebelten religiösen Sentenzen, seinen schlechten Beatnik-Gedichten und seinen anzüglichen Bemerkungen über homosexuelle Praktiken,* der sich angetrocknete Grundierfarbe von den Händen abpuhlte, während der andere unhörbar etwas von arbeitsbedingter Migräne und dem Generve seines Alten murrte und dabei architektonische Details grundierte – den Stuck, die Deckenornamente und die Jalousientür, die in *den neuen Wäscheschrank-Flügel* von Hex' Zimmer führen sollte. Gerade hatten sie unabsichtlich Hex' Wäschekorb durchgesägt, und das war ihnen irgendwie peinlich. Der Pferdeschwanz des zweiten Renovierers trug ein abstrakt expressionistisches Muster aus blaugrauer Latexfarbe. In ihrer Eigenschaft als Aufsichtsperson schaute eines Tages Mavis Elsworth herein, einen Fingernagel nachdenklich an die Lippen gedrückt, aber sie fühlte sich in Gegenwart dieser beiden, dieser halbwüchsigen Handwerker, die ihr ein Bekannter vom Jachtklub empfohlen hatte, dermaßen unwohl, daß sie nicht bleiben konnte. Wie aber wollte sie deren Arbeit einschätzen, wenn sie nicht einmal imstande war, mit ihnen zu reden? Billie Raitliffe dagegen war nicht schüchtern, hatte keine Hemmungen und wollte wissen, *wieso sie für drei Leute bezahlen sollte, wenn nur zwei auftauchten und nur einer von ihnen arbeitete.* Sie war in dieser Woche in gereizter Stimmung. Vielleicht machte Billie der situationsbedingte Stress zu schaffen, der davon herrührte, daß Männer sich in ihrem Haus breitmachten,

Männer mit ihren Nagelmaschinen und ihren barbarischen Handwerksdialekten, die Wäschekörbe durchsägten, verdeckt gelegte Leitungen durchsägten, Türen zunagelten und Wände einrissen, die eigentlich stehen bleiben sollten. Von dem ganzen Handwerkerpack waren diese beiden jungen Männer die schlimmsten, diese Anstreicher der Gegenkultur, die es kaum wahrnahmen, wenn man sie ansprach, und auf Hex' Transistorradio Vanilla Fudge, Moby Grape, Electric Flag und wer weiß was sonst noch dröhnen ließen, diese Beatniks, die jedesmal eine ohrenbetäubende Bandschleifmaschine anwarfen, wenn sie, Billie, ihre Fortschritte einzuschätzen versuchte, und ständig ihre widerlichen Schokoladengetränke und Minisalamis in ihrem Kühlschrank lagerten. Später würde sie sie auf der Suche nach diesem Fraß die Hintertreppe hinauf- und hinuntertrotten sehen, und sie hinterließen überall, wo sie hingingen, Spuren von Farbe und Sägemehl.

Zur gleichen Zeit hielt sich Hex im Gästezimmer auf und betrachtete ein Bild aus der Schulzeitung, das Bild eines Mädchens in Feldhockeykluft, mit gerötetem Gesicht und blonden Locken, die ihr der Wind aus der Stirn blies, *und er hatte das Gefühl, daß er sie vor den erhobenen Schlägern ihrer Gegnerinnen beschützen wollte,* vor dem Gewühl schlägerschwingender Frauen in diesen schwarz-weißen Pixeln. Sie trugen spezielle Sport-BHs. Die Vorstellung von BHs war erregend für ihn, BHs, die Mädchenherzen so nahe waren, der von ihnen ausgehenden Wärme, der Röte ihrer Gesichter, der Mathematik ihrer Pulsschläge.

Als Billie Raitliffe in dieser Woche der Renoviererhorden das nächstemal in Hex' Zimmer ging, um abermals nachzufragen, wieso Denny und Chris noch immer nicht damit fertig waren, zumal sie sich offenbar Zeit ließen, häufig Pause machten und vor 17 Uhr gingen, war ihr

Ton deutlich schriller. Der andere Bursche, Ed, der Partner der beiden, war nach wie vor nicht aufgetaucht, und sie bekam praktisch einen Anfall deswegen. Wo steckte Ed Valentine? Außerdem mußte ein Teil des Stucks neu gemacht werden – an der Stelle, wo der Stuck auf die Wand traf, war eine Farbnase; und sie sollten das Fenster im Giebel abbeizen und die Plattform lackieren. *Das Ganze war Pfuscharbeit.* Chris, der neben der Stehlampe saß, die er kürzlich kaputtgemacht und mit Epoxidharz geklebt hatte, erwiderte, *'tschuldigung, Mizz Raitliffe, machen wir noch mal, keine Frage, Eddie übernimmt das selber, gleich morgen,* worauf er eine Bandsäge anwarf. Ein feiner Dunst von frischer Fichte vernebelte das Zimmer und vertrieb sie hustend von der Baustelle. Allerdings stellte sich heraus, daß sie die angesprochenen Mängel tatsächlich behoben. Genau besehen handelte es sich dabei möglicherweise um eine Strategie im Zuge ihres Komplotts zur Hinauszögerung der Arbeit, um den Platz in Billies Kühlschrank nicht zu verlieren und die Nähe zu ihrem Sohn zu vertiefen, der am Ende dieses speziellen Schultages dem blonden Mädchen seiner Tagträume (es kam ihm beinahe so vor, als ob er sie kannte) auflauerte, sie auf dem Rasen vor der Middletown School, einem sonnengetupften Rasen, abpaßte, ihr dann, zuerst im Bus und später zu Fuß, nach Hause folgte und dabei ein Gespräch phantasierte, in dem er sie mit detaillierten Vorträgen über Landeoperationen, über die Dominotheorie, über die Bedeutung eines Gleichstands mit dem interkontinentalen Arsenal der Sowjetunion und über seinen persönlichen Helden beeindruckte, *Edward T-t-t-teller, der ungarische Ph-ph-physiker,* und sie lächelte, als sie fragte, *Dexter, könntest du mir bitte noch mehr über die russischen Gefechtsköpfe erzählen?,* ihr in den Schulbus und nach dem Aussteigen am Wasser entlang folgte – nur etwa anderthalb Kilometer vom Flagler Drive entfernt zu jenem Haus mit Blick auf das zerklüftete Ufer –, fröhlich pfeifend zwanzig Schritte hinter ihr ging, dabei ein Schlüsselbund hoch in die Luft warf und wieder auffing, Melodien von Rogers und Hart pfiff, die seine Mutter mochte, weil sie sie kultiviert fand, obwohl das blonde Mädchen weder seinen Schritt verlangsamte noch nach den Russen fragte, noch sich auch nur die Zeit nahm, ihm zu sagen, er solle abschwirren. Aber das machte nichts. Denn in der Woche, in der sein Zuhause von Männern überrannt wurde, jener Woche, die sich mittlerweile auf zehn Tage ausdehnte, ergriff die Bewohner von 58 Flagler Drive zunehmend ein Bewußtsein der späten Sechziger, ein Hauch von Aufklärung, und Hex dämmerte, daß er sich vielleicht gar keine Sorgen darum machen wußte, was sie dachte, weil es einfach ein gutes Gefühl war, sie zu mögen, *ein irres Gefühl*, umgangssprachlich ausgedrückt, dieser Taumel, in dem er die Stelle zwischen den kniehohen Strümpfen und dem Rocksaum ihrer Hockeykluft liebte, flüchtige Blicke auf ihre Stupsnase liebte, die Tatsache liebte, daß Zorn und Verlegenheit bei ihr genau gleich – nämlich irgendwie rosig – aussahen, die Art und Weise liebte, wie sie sich ihre Büchertasche schützend gegen die Brüste drückte, und sich dabei fragte, *wie sie wohl in den Breiten aussah, die er nie gesehen hatte*, obwohl es einem Jungen Republikaner vielleicht nicht unbedingt anstand, sich so etwas zu fragen, sich fragte, ob sie in jener namenlosen Region ebenso samtig war wie zum Beispiel ein Mädchennachthemd und ob die Zartheit von Nachthemden die Zartheit von Mädchen nachahmte. Und nachdem sie in den undurchsichtigen Schatten ihrer Garage verschwunden war, ohne ihn auch nur einmal anzusehen, bestand seine höchste Wonne darin, allein nach Hause zu wandern und zu phantasieren.

Nach Hause, wo er feststellte, daß die Handwerker die Macht ergriffen hatten! Das Haus war mittlerweile die

Kommandozentrale ihrer separatistischen Revolution der Arbeitsscheu und der gegenkulturellen Werte! An jenem Nachmittag machten sie Pause im Wohnzimmer und ließen auf der Stereoanlage ein paar LPs laufen, *wo sie doch eigentlich in seinem noch immer nicht fertigen Zimmer hätten sein und ihrer Arbeit nachgehen müssen.* Doch sie waren statt dessen hier und fläzten, die schmutzigen nackten Füße auf die Beistelltische gelegt, auf den übriggebliebenen Möbelstücken. Einer von ihnen, Chris, trank sogar aus einem Waterford-Longdrinkglas, Billies Kristall, trank allem Anschein nach ein alkoholisches Getränk! Sie hatten die Macht ergriffen! Und sie rauchten außerdem irgend etwas, irgendeine ungewöhnliche Zigarette, selbstgedreht, mit einem Duft nach vergorenem Aftershave und frischer Erde, und Chris bot Hex diese selbstgedrehte Zigarette sogar an! *Hey, Kleiner, entspann dich mal ein bißchen, und tu dir was Gutes. Wärst hier in der Gegend der erste.* Nie hatte sich Hex so bedroht gefühlt! Und dann ließ Chris den Joint *versehentlich auf den Boden fallen* und sagte, *Bück dich und heb das auf, Kumpel, ja?*, worauf die beiden sich halb totlachten. *Bück dich!* Natürlich hockte sich Chris irgendwann selbst auf den Boden, um das Ding aufzuheben, und der andere, Denny, sprang ihn an und simulierte, wie er sich so an Chris' knochiger Lumbalregion festhielt, *so etwas wie die Zeugungsstellung eines niederen Säugetiers,* in der er heftig gegen Chris' Steißbein rammelte. *Bück dich!* Kaum verwunderlich, daß Hex dieses Schauspiel verstörte. Er lehnte die Zigarette ab. Ja, er floh das Haus, sobald es höflicherweise ging, und marschierte, Kiesel vor sich her kickend, nervös am Golfplatz entlang. Er kehrte erst zurück, als er sicher war, daß der Lieferwagen mit der zweischläfrigen Matratze im Laderaum für den Tag verschwunden war.

Während die Woche der Hausrenovierung sich auf

zwei Wochen ausdehnte, *kam seine Entschlossenheit freilich ins Wanken* und wich einer Neugier auf die Handwerker und ihren alternativen Moralbegriff. So bezeichneten sie beispielsweise kleinste Abmessungen wie etwa einen halben Millimeter als *Schlitz,* verglichen unentwegt zwei Zentimeter dickes Sperrholz mit ihren laut eigener Beschreibung phantastischen *Johnsons* und drohten gelegentlich sogar, diese Körperteile zu entblößen. Dann war da ihr unverständlicher Fachjargon. *Hast du irgendwo fünfer Senkkopf mit Inbus? Ja, da bei dem Stapel Achtzehner.* Oder ihre Abneigung gegen gute, altmodische Arbeit. Zum Teil war Hex deshalb von ihnen fasziniert, weil seine Mutter jeden Abend in gräßlicher Laune war, sich darüber beklagte, welche Unordnung im Haus herrsche, wie diese Jungs sich breitmachten und daß sie sich das nicht mehr gefallen lasse. Mit Hex' Zimmer waren sie noch immer nicht fertig, und alles war übersät mit teuren Werkzeugen, Holzabfällen und Sägemehl! Und ihre kalkulierte Trägheit, ihre sexuelle Lockerheit, die Art und Weise, wie sie ohne jeden Grund ihre Hemden auszogen, die Tatsache, daß sie sich kaum einmal wuschen, ihr Jazzargot, das alles hatte etwas schrecklich Verführerisches für einen Jungen, der seinen Vater verloren hatte! Doch Billie erkannte wohl auch, daß sie sich *nicht genug und zu spät* sorgte, denn Hex fing bereits Gespräche mit Denny und Chris an. Er stand in der Tür seines halb gestrichenen Zimmers. Er hörte zu. Er atmete die Farbdünste ein. Chris sagte, *Hey, Kurzer, dein schicker Pullover kriegt gleich 'ne Kriegsbemalung, wenn du nicht aufpaßt,* und lachte sein kreischendes Lachen. Hex fragte sie bestimmte Sachen. Versuchte dabei, sich ganz beiläufig zu geben. Stellte seine Fragen eher allgemein. *K-k-k-könnt ihr euch v-v-v-vorstellen, daß ein M-m-m-mädchen einen T-t-t-typ wie m-mich mögen würde? M-meint ihr, es wäre eine g-g-g-gute Idee, wenn ich v-v-versuche, in die F-f-footballmannschaft zu k-kommen?* Dann, nach einigem Herumstehen in der Tür, wuselte er in sein Zimmer zurück und sinnierte über die Winkel ihrer Backenknochen, der Backenknochen jenes Mädchens, über die Radien ihrer Brüste, die Bernsteinwellen ihrer Löckchen. Er stellte sich vor, wie sie in Sozialkunde zu ihm kam und ihn fragte, wie die Nachfolge für das amerikanische Präsidentenamt nach dem Sprecher des Repräsentantenhauses geregelt war. Wer kam an fünfter Stelle? Er sagte, *Hey, vielleicht sollten wir eine Nachhilfestunde ansetzen.*

Eines Nachmittags wartete Chris, der Renovierer, im Foyer auf Billie Raitliffe, um ihr die schlechte Nachricht beizubringen: die Krümmung in den Bodendielen von Hex' Zimmer in Ost-West-Richtung sei schlimmer, als er gedacht habe, sie hätten fast zwei Zentimeter Durchhang, seien übel verzogen, hatte wahrscheinlich mit den Dielenbalken oder Streben zu tun, eine Frage der Konstruktion, *wahrscheinlich war da eine Schräge,* und die Plattform für das Bett würde kippeln, wenn sie sie nicht entsprechend anpaßten. Das laufe auf eine Spezialanfertigung hinaus. *Braucht wahrscheinlich ein paar Tage mehr.* Er bewunderte einen Messingleuchter auf der Ablage im Foyer, nahm ihn die Hand und prüfte die Verarbeitung, während er ihr die Sache beibog. Ihre Blicke trafen sich. Billie nickte unmerklich, sagte nichts und schritt dann mit übertriebener Würde die Treppe hinauf ins Elternschlafzimmer, wo sie die Tür zuknallte. Und kam nicht wieder heraus. Eine Stunde lang lag das Haus in erstauntem Schweigen. Dann tauchte Chris wie eine Erscheinung bei Hex im rosaroten Gästezimmer auf, *Hör mal, wir machen eine kleine Spritztour, ziehen ein paar durch, erstklassiger Stoff, und wir finden, du mußt unbedingt dabeisein, weil wir praktisch schon beim zweiten Anstrich sind und jetzt mal eine Pause fällig ist, und außerdem wollen wir dich wegen deinem Zimmer so einiges fragen, damit wir's dir so richtig auf Vordermann bringen können, weißt du; also nutz das Angebot mal lieber aus, solange der Vorrat reicht,* mit blaugrauer Farbe gesprenkelt, dazu der ungewaschene Hippiegeruch, jener Moschusgeruch, der später so zuverlässig wie nur etwas die Erinnerung an diese Initiation wachrufen sollte, *W-w-w-wollt ihr w-wirklich, daß ich m-m-m-mitkomme?,* worauf Chris Knox antworte, *M-m-m-mach schon, M-m-m-mann, m-m-m-meinst du, ich l-l-l-lüg dich an?,* und dann loskeckerte, als wäre er der erste Mensch, der jemals ein Stottern nachgeahmt hätte.

Hex' Mutter hätte jeden Moment aus ihrem Zimmer, ihrer *Stimmung,* herauskommen können, um zu fragen, wo er eigentlich hinzugehen gedenke, doch Hex ärgerte sich über seine Mutter. Es war nicht zu verkennen, daß es zwischen ihm und ihr tiefgreifende Differenzen gab, Gebiete, auf denen keinerlei Familienähnlichkeit bestand. So konnte er beispielsweise ihren kastanienbraunen Lippenstift nicht ausstehen. Und er fand, daß sie sich etwas übertrieben kleidete. Und ihre natürliche Haarfarbe war hübscher als das falsche Blond, das der Friseur für sie fabrizierte. Und dieser ganze Kirchenkram war Quatsch. Und sie war nachsichtig gegenüber Kriminellen. Und sie hatte diesen blöden Fimmel für die Farbe Lila. Sie gab immer und immer wieder die dümmsten Sachen von sich, wie etwa das aphoristische *Richtig kalt würde es nicht schmecken* oder *Wenn wir alle gleich wären, wäre das Leben sterbenslangweilig.* Er selbst käme nie auch nur auf den Gedanken, so etwas zu sagen. Niemals. Wegen dieser und anderer elterlicher Verfehlungen – zu zahlreich, um sie vollständig aufzulisten – ging Hex Raitliffe auf Chris' Angebot ein. Ohne Bedenken. Ohne seiner Mutter auch nur zu sagen, wann er wieder zu Hause sein würde.

Und so rauchte er im Mai, im Lieferwagen, sein erstes

jamaikanisches Gras mit den Original-Beatnik-Renovierern von Südost-Connecticut, während sie mit laufendem Radio die Küste entlangzuckelten, und jeder Song von dieser Fahrt war ihm bis heute unvergeßlich, zum Beispiel »Sad-Eyed Lady of the Lowlands«, »Brown Shoes Don't Make It«, »Volunteers«. Und da die in diesem Kapitel beschriebene chemische Reaktion von der Aufnahme einer bestimmten kritischen Masse abhängt, kicherten die Beatniks lange vor Hex, und zwar über die tiefernsten Sachen, die er von sich gab, wie etwa *M-mein D-d-d-dad war Physiker, aber er ist e-e-e-entschlafen,* oder bogen sich vor Lachen angesichts seiner Bewunderung für die ersten hundert Tage der neuen Regierung, und während sie lachten, schien das Radio immer lauter zu werden, man hörte das schräge Gegiekse von Pharaoh Sanders und die langen Monologe des DJs, in denen die Teilnehmer obskurer Liveaufnahmen genannt wurden, und Denny griff ins Handschuhfach, in sein Lager von billigen Süßigkeiten, Hershey-Milchschokolade, Sugar Babies, Three Musketeers, Almond Joys, und Chris stopfte sich unter hysterischem Lachen Sugar Babies in den Mund, während Hex einen weiteren Zug von der selbstgedrehten Zigarette nahm und ätzenden, giftigen Rauch aushustete.

Dann wandte Chris in böswilliger Absicht seine Aufmerksamkeit Hex zu und sagte, *Hey, Kumpel, schon mal was von der Vulkanschmiede gehört? Weißt du, was das ist?* Hex schüttelte den Kopf. Der Begriff bezeichnete eines der Geheimrituale der Beatniks von Connecticut. Denny fuhr rechts ran, ans Wasser, neben einen verfallenen Landungssteg, und ließ den Motor leerlaufen. Chris kletterte zusammen mit Hex nach hinten. *Das Ganze läuft so ab: Du nimmst einen Zug und behältst ihn ganz lange, richtig lange in der Lunge, als wärst du unter Wasser oder so, bis dir fast die Lunge platzt, und wenn du ihn dann rausläßt, diesen duftenden Rauch rausläßt, dann drück ich dich ganz fest um die Hüfte, um die Mitte, wie bei diesem alten Kinderspiel, wo man sich im Kreis rumdreht, bis man in Ohnmacht fällt, ganz genauso, nur daß es hier wegen dem Sauerstoffmangel und so'n Kram und wegen dem Gras ein Wahnsinnshigh gibt. So was hast du noch nicht erlebt. Das ist echt stark!* Chris schien das Ganze ungeheuer komisch zu finden. Sein Gesicht war von seiner Witzelei schon ganz erschöpft und rot; aber Hex hatte eine Heidenangst. Und war von Staunen erfüllt. Ungeachtet der Risiken der *Vulkanschmiede* – Kammerflimmern, Herzstillstand, kollabierte Lungen, vielleicht sogar Koma – nahm er den Zug, ohne Rücksicht auf die Gefahren, tapfer und stolz, und Chris *umarmte ihn.* Jawohl. Es ging ganz schnell. Hex behielt den Rauch in der Lunge, behielt ihn in der Lunge, seine Bronchien stachen, und Chris umarmte ihn; Chris' Arme schlangen sich fest um ihn; Hex konnte die riesigen, schwieligen Pranken mit den stark behaarten Knöcheln vor seinem Bauch verschränkt sehen wie den Gürtel eines primitiven Kriegers, die Unterarme mit Farbe gesprenkelt, und dann brach ein unendlicher Luftschwall aus ihm hervor, und es gab ein *reißendes Geräusch,* ein ganz bestimmtes metaphysisches Zerreißen, das sich gleichwohl als *tatsächliches Reißen* äußerte, das *Entzweireißen des Raum-Zeit-Kontinuums*, und er zerfiel, Hex war ein fallender Körper, der auf die Matratze da hinten fiel, eigentlich aber *in Farben fiel,* und es ertönten himmlische Saxophonklänge, und dann kam Schlaf, deliröser Schlaf, zumindest bis er Chris lachen hörte, *Mann, Denny, hast du das gesehen? Der Kleine kippt um wie 'n Stapel Hohlblöcke, kippt einfach um,* und nun auf von der Unterwelt Vulkans, auf von der filzigen, begräbnishaften Traurigkeit jener fleckigen Matratze, als schwebte sein Bewußtsein durch den Laderaum, und dann sah er Chris von nahem, das alte, zerrissene weiße T-shirt, die Schweißflecken, die Korallenkette, das Gewirr seiner Vipernhaare, er musterte Chris und dann Denny, die Riesenhaftigkeit von Poren, Talg, Pickeln und Backenbärten, *Männergesichter* dort oben im vorderen Teil des Kleinbusses, starrte ihre überzeichneten Gesichter an, ihre monolithischen Stirnen, ihre eigenartigen Gerüche, das mechanische Knurren ihrer Stimmen, jene Männer mit ihren Stimmen *w-wie der T-t-t-typ, der in »D-d-die Zehn Geb-b-b-ote« die Stimme G-g-g-gottes gespielt hat,* und er versetzte sich astral in irgendeine *Unterrichtsstunde, obwohl unklar blieb, worum es darin ging oder wo sie endete oder wo die Fahrt im Kleinbus endete und wo der nächste Tag begann, oder der übernächste oder der überübernächste; welcher war zum Beispiel der Tag, an dem Mavis Elsworth zur zweiflügeligen Tür des Wohnzimmers hereinlugte, während die drei sich eine Lusche teilten und Chris so heftig lachte, daß er das Ding nicht mehr weitergeben konnte? War das ein anderer Tag? Die zwei Wochen verschmolzen ganz und gar miteinander,* die vierzehn Tage der Renovierung, mittlerweile eigentlich eher drei Wochen, gekennzeichnet von Dopewolken, Zigarettenpapier und Sandwichtüten, reichhaltigem Parasitengras auf einem antiken Tisch, von einem geklauten Bier oder Scotch, die ordentlich in ein Kristallglas mit verschmierten Lippenabdrücken eingegossen waren. *Hey, w-wann t-t-taucht eigentlich m-mal Eddie Valentine auf?* Die drei – Hex, Denny und Chris – hatten den geheimen Witz der Jugend gelernt; die Renovierer hatten Hex in diesem Witz – hinter dem Lichtschimmer im Augenblick himmlischer Konvergenz und interstellarer Weite – unterwiesen, dem Witz vom Drogenhimmel hinter dem regulären Himmel, während Mavis dastand, ein Splitter von Paranoia in Hex' Endokrinen, *Ach du Scheiße;* es war zehn Tage später, sie waren wieder high, und Chris und Denny lachten noch heftiger, mit synchronisierten Stimmen, oder ihre Münder bewegten sich, und es drangen Sutren daraus hervor, lange, gebetshafte Silbenketten, oder es war ein anderer Tag, und sie rauchten in seinem Zimmer, Hex' unfertigem Zimmer, bliesen Rauch zu den Fliegenfenstern hinaus, eine Wand teilweise abgekratzt, die Plattform für das Etagenbett auf dem verzogenen Boden schaukelnd, und sie kicherten, die Öffnung zwischen seinem Zimmer und dem ehemaligen Wäscheschrank ein großes, klaffendes, gezacktes Loch, das Etagenbett mit Planen abgedeckt, und Chris und Denny führten ihn ins rosarote Gästezimmer und lachten und lachten und lachten, *Geh unter die Dusche, Kleiner, bring dich ein bißchen in Schuß, ehe deine Mom aufkreuzt, wir verziehen uns jetzt nämlich,* und er sagte, *W-w-w-wartet, w-wartet doch mal, ich m-m-muß euch noch was w-wegen M-m-mädchen fragen,* die Worte unmöglich lang und unaussprechlich, und er war sich ohnehin nicht sicher, ob er den Satz tatsächlich je beendete, allein im Haus, lange nach ihrer Ankunft, Wochen später, eingeweiht in die Verwirrung der Sinne, die exakt mit dem Geheimnis der Frauen zusammenfiel, zwei einmal angeeignete und nie wieder aufgegebene Geheimnisse, und damals sagte er laut, *Ich spreche jetzt, um festzustellen, wie das klingt,* in die unberührte Leere des rosaroten Gästezimmers hinein, *und zwar ohne zu stottern.* Ein Wunder! So *gestaltete Hex sich neu,* und so war er, als seine Mutter an jenem Nachmittag auftauchte – er war high, hörte eine Jazzsendung auf dem Transistor, in der Leute zur Begleitung eines Altsaxophons etwas vorlasen (*In jenen Tagen, da ihr Totes gegessen, habt ihr's lebendig gemacht/Was tut ihr nun, da ihr eingeweiht seid?),* und seine Mutter erschien in ihrer Tenniskluft, einen Pullover um die Schultern geschlungen, zitternd wie ihre Stimme, die sich in eine niedrige Frequenz verschoben hatte, *Haaaaaaaast duuuuuuu eiiiiiiineeeeeeeeen schööööööööneeeeeeen Taaaaaaaaag geeeeeeehaaaaabt, Schaaaaaaaaaatz*, während er selbst bloß grinste, weil er jede doofe Zelle in seinem Raumanzugkörper spüren konnte, und es ertönten pentatonische Melodien zur Begleitung der Sterne in ihrer Umlaufbahn und Melodien zur Begleitung der Atome und der kleineren Teilchen, ja, alles war cool, nahebei blühten Magnolien, er konnte sie riechen, und das Universum barg Verheißungen *in lachhafter Fülle,* während seine Mom sich die Hand gegen die Stirn drückte und etwas des Sinnes sagte, daß sie sich *nicht so berühmt fühlte.* Was antwortet man jemandem, der so etwas sagt? Er lachte. *Hab mir wahrscheinlich auf dem Tennisplatz zuviel zugemutet – mein Aufschlag war gräßlich*, sagte seine Mutter, und das war so ungefähr das Komischste, was er je gehört hatte, Tennisplätze, Grundlinienschläge, Netzspiel, Aufschlagreturn, *Na, dann wollen wir uns mal ansehen, was die beiden heute zustande gebracht haben,* das Haus in Unordnung, wo das Team der Beatnik-Renovierer mit einem halben Dutzend Zimmern halb fertig war, das Haus eine Ruine um sie herum, Relikt der verstrichenen Eisenhower-Jahre, *besetzt von bösen Kräften*, Arm in Arm gingen sie den Flur entlang, um sich anzusehen, wie die Farbe trocknete, der blaugraue, glanzlose Anstrich in Hex' Zimmer, dann, auf der Hintertreppe, am Geländer, auf dem Weg in sein Zimmer, stolperte seine Mutter, stolperte oder fiel, keine große Geschichte, im Grunde klappte sie einfach zusammen und wäre um ein Haar die Treppe hinuntergestürzt, *Diese erste Stufe ist aber auch zu blöd,* unter Gekicher, und ihr Lächeln war schief, als sie sich am Geländer festklammerte, der schmaläugig konzentrierte Ausdruck in ihrem verwitterten Gesicht zerrissen, und dann ins Zimmer, an der Wand ein großer Fleck, und Billie Raitliffe sagte, *Tja, es ist zwar verdammt anstrengend, aber ich werde wohl noch mal ein paar Takte mit ihnen reden müssen,* und dann *fiel sie wieder hin,* und er sah sich das alles in der Gelassenheit des Rausches an: wie ihre Hand nach dem Türknauf griff, ihre Beine unter ihr nachgaben, ihre Beine wegsackten, ihr Tennisrock sich bauschte, ein Aufblitzen jenes Sportslips, wie ihn Mütter trugen, wenn sie Tennis spielten, die kurzen Söckchen mit den lila Troddeln, alles flog mit aufwendiger Komik auseinander, alles rutschte unter ihr weg, während sie stürzte, bauschte sich, *und sie schrie auf,* mein lieber Mann, echt komisch war das, wie alles fiel, alles flog. Und als sie wieder zu sich kam, konnte sie nicht mehr aus eigener Kraft stehen. *Tja, Sie müssen verstehen, daß Billie mitten im Renovierungsprozeß von ihrem Zustand erfuhr* (fährt Mavis Elsworth fort), *und infolgedessen haben wir beschlossen, unsere Pläne eine Zeitlang zurückzustellen. Und damals habe ich sie eigentlich zum letztenmal gesehen, weil die Arbeiten nie wiederaufgenommen wurden. Soviel ich gehört habe, hat sie angefangen, mit ihren Ersparnissen hauszuhalten.* Chris und Denny kamen drei, vier Tage später hereingelatscht, um ihr Werkzeug zu holen, um ihre Sears-Craftsman-Bandsäge, ihre Leitern und farbbespritzten Planen, ihre Malerrollen, Wasserwaagen, Rollbandmaße, Pinsel und Abtropfschalen zu holen, und sie ließen Hex zurück. Als ihren Wächter.

Und so sah das Zimmer aus: Das Blaugrau bedeckte zwei Wände, bedeckte sie unvollständig; auf einer Seite, wo das Zimmer vergrößert werden sollte, klaffte ein großes, unregelmäßiges Loch, die Malerarbeiten um das Giebelfenster waren nicht fertig (desgleichen die Einfassung des Aussichtsfensters), und die Decke war, ebenso wie der Stuck, noch nicht einmal vorgestrichen; die Plattform war nicht geschliffen, die Tagesdecke mit den glücklichen Dinosauriern zierte nach wie vor das Bett, *und so sieht es noch immer aus,* obwohl Lou Sloane, um der

Symmetrie willen, in den Siebzigern zwei Wände neu strich. Noch immer sieht man die Schrammen und abgestoßenen Stellen, die vom Möbelrücken und von Hex' gelegentlichen nachpubertären Wutanfällen herrühren – wo Regale umgestürzt waren oder sich Wurfgeschosse in die Wand gebohrt hatten; und es gibt Stellen, wo das Zellulose- und das Kreppband schwarze Kleberspuren hinterlassen haben, es gibt Löcher von Reißnägeln, Fingerabdrücke und hier und da sogar einen Blutfleck. Sturmfenster, die saubergemacht werden müssen. Billige gerahmte Lithographien. Eine alte Vase. Es ist ein verwahrlostes Zimmer, ein halbfertiges Zimmer, ein Zimmer voller kaputter Sachen. Aber es ist trotzdem ein Zuhause. Das Zuhause, in das sich Hex bald in Gesellschaft jenes Mädchens begeben wird, an das er oft zum Zeitvertreib gedacht hat, während er hier lag. Jane Ingersoll.

12

Der Barkeeper hat ADD oder ACOA, oder er befindet sich in der manischen Phase einer bipolaren Störung, aber vielleicht leidet er auch nur an unheilbar gebrochenem Herzen. Die Leute glauben, sie könnten ihre Schwierigkeiten kaschieren. Aber man kommt immer hinter ihre Probleme, wenn man den Schlüssel dazu kennt. Bei diesem Barkeeper zum Beispiel liegt er in der Art und Weise, wie er durch die Kanäle surft. Er ist ein Meister der Fernsehcollage. Es kommt sowieso nichts als Mist in dem an der Wand angebrachten Barfernseher, jede fragmentierte Sitcom mit ihrem kleinbürgerlichen Rüpel und seiner aufreizenden (aber nicht zu aufreizenden) sexy Freundin. Die unterschwellige Tonnage dieses ganzen romantischen Komödiensalats, denkt Jane Ingersoll, veranlaßt diesen Typen aus dem wirklichen Leben, Hex Raitliffe, den Typen neben ihr, ein paar ungeschickte zwischenmenschliche Versuche in ihre Richtung zu starten. (Kathleen Ingersoll, ihre Schwester, sitzt ein paar Hocker weiter und brütet über der neuesten Ausgabe von *Glamour.)* Seien wir ehrlich, Jane hat nicht die Absicht, mit diesem Freier zu reden. Und außerdem ist dieser Raitliffe viel zu gehemmt, um zu merken, was jeder Idiot sehen könnte – daß ein Potpourri von Hauptsendezeit-Genüssen nichts für sie ist. Jedenfalls trampelt er mit seinem Kennenlern-Verhör blind über die entprechenden Signale hinweg. Er wählt dabei sorgfältig unter Themen, die seinen eigenen Begegnungen mit den Frauen-Hochglanzmagazinen – wahrscheinlich im Wartezimmer des Psychofritzen – entstammen. Frage: *W-w-w-was h-hältst du davon, daß die F-f-f-frauen heutzutage v-v-versuchen, einen A-a-ausgleich zwischen F-f-f-familie und B-b-b-berufsleben zu finden? W-w-w-wo siehst du dich in f-f-f-fünf Jahren? P-p-p-praktizierst du die R-r-r-religion deiner Kindheit?* Als der erste Hagel seiner öden Fragen vorüber ist – bei seinem Gestotter dauert das eine Weile –, ist sie sich ziemlich sicher, daß sie ihm die richtige Aufeinanderfolge von Abwimmelcodes übermittelt hat. Schließlich ist es nicht ihre Aufgabe, dafür zu sorgen, daß Männer sich wohl fühlen! Dafür hat der Barkeeper seine vierundfünfzig schnulzigen Kanäle! Jane nuschelt gereizt etwas von Phantasiegeschichten, Fernsehen und Politik, und daß das alles eins sei (das Ganze gleicht einem Plot des Christian Broadcasting Network), doch leider ermutigt diese Bemerkung Raitliffe nur. *W-w-w-wo b-b-b-bist du eigentlich aufs C-c-c-college g-g-g-gegangen? W-w-w-was war dein H-h-h-hauptfach? M-m-m-magst du F-f-f-filme mit Untert-t-t-titeln? W-w-w-welche G-g-g-gerichte der internationalen K-k-k-küche reizen d-d-d-deinen G-g-g-gaumen?* Die Wahrheit ist allerdings, daß Raitliffes Blick – der Ausdruck hinter seiner extrastarken Kann-die-Hand-nicht-vor-den-Augen-sehen-*Schweißerbrille für klinisch Blinde* – sie nervt. Er hat schlachtschiffgraue Augen. Und diese langen, weichen, jungenhaften Wimpern. Er gleicht einem Backenhörnchen auf der Straße, kurz bevor so ein richtiger Fiesling in einem Lexus das kleine Kuscheldling *plattmacht.* In den Falten und Fältchen seines gequälten Gesichts perlt Schweiß; Schweiß klebt ihm die Schuppen am Kopf fest und hängt tropfend wie kleine Stalaktiten an seinen unerwünschten Nasenhaaren. Wie die meisten Typen, die der Midlife-Crisis schon ganz nahe sind, gibt er sich um Jahre jünger. Deshalb ignoriert sie ihn standhaft und beantwortet vielleicht eine von einem halben Dutzend Fragen mit unbeteiligt monotoner Stimme, *ja, zwei Kinder, zwei Jungen.* Aber sie ist auch kribbelig. Es gibt bei einem Typen nichts Schlimmeres als Verletzlichkeit. Bei dieser empfindsamsoften Tour kann es einem restlos vergehen. Steht auch in sämtlichen Zeitschriften. Aber obwohl Jane auf der Schule der harten Schläge in weiblicher List promoviert hat, tut er ihr auch ein bißchen leid. Zum Beispiel, wenn er sich mit den Anlautkonsonanten abmüht. Und dann ist da noch seine Mom. Seine Mom ist eine Flickenpuppe.

Das erste und wichtigste Gebot für Frauen lautet *Hüte dich vor bedürftigen Typen.* Stimmt's? Deshalb beschwört Jane Ingersoll einen Voodoozauber, um ihre uneigennützigen und mitfühlenden mütterlichen Instinkte zu zügeln. Beispielsweise Flüche auf den Teil von ihr, der sich in diesen Nick Flynn verknallt hat – den Mann, der ihren ersten Sohn gezeugt und sich dann vom Acker gemacht hat; oder vielleicht ein Fluch für seinen Nachfolger, Bob Tracy; oder für Jack Golding oder Elvin Herbert (einen Schwarzen) oder für Chris Knox (den Gewerkschaftler). Quatsch, vergiß es, wie wär's mit einem Fluch *auf die ganze Bande*, für das Mitgefühl, das sie ihr abgeschwindelt haben, und wie wenig davon erwidert wurde. Und ein Fluch auf Dexter Raitliffe, wenn wir schon dabei sind, der den ganzen Sommer der Liebe über in khakibraunen Flanellhosen herumlief – soweit sie sich erinnern kann. Raitliffe, ein junger Nixonanhänger, glaubt, er kann die Jahrzehnte rückgängig machen. Dafür, daß er versucht, sie aus ihrem Zustand behaglicher Traurigkeit herauszulocken, sollen ein paar Blitzschläge auf ihn herabfahren. Frage: *W-w-w-wenn du dich m-m-m-mit einem T-t-t-typ, d-d-d-den du gerade k-k-k-kennengelernt hast, verabreden w-w-w-würdest, w-w-w-was würdest du ihn d-d-d-dann als erstes f-f-f-fragen?* Jane Ingersoll hat jeden Kniff ausprobiert, um dieses Geflirte schon in der Anfangsphase, im flachen Teil der Kurve, zu beenden. Sie hat sämtliche alten Standardsprüche an Raitliffe ausprobiert. Sie hat sich abgewandt. Sie hat sich mit dem Mann mittleren Alters unterhalten, der rechts von ihr sitzt, dem Mann in aquamarinblauem Polohemd, khakibrauner Hose und Halbschuhen ohne Socken. Dem spießigen alten Backenhörnchen.

Doch als es gerade so aussieht, als kriegt Raitliffe es allmählich mit – er hat ein beleidigtes, enttäuschtes Gesicht aufgesetzt –, als ihr gerade auffällt, daß der Kragen seines Jacketts schon die ganze Zeit umgestülpt ist, daß Raitliffe einen Säuferzinken hat, daß er ein Säufer ist, um es mal auf den Punkt zu bringen, genau in diesem Moment platzt der Fernseher mit dem *Störfallbericht* los. Es ist einer jener Störfallberichte aus einem Dutzend von Werbespots unterbrochenen Schlagzeilen, die weniger Zeit als ein Werbespot brauchen, und die große Story, das, was sie Störfall nennen, besteht mal wieder darin, daß die ortsansässige Industrie ihren *Dreck* in die Gewässer der County abläßt. Als wäre das was Neues! Sie haben irgendeine leuchtende rote Brühe in den Long Island Sound eingeleitet. Sie haben irgendeine Säure oder irgendwelches radioaktive Zeug eingeleitet. Als wäre das was Neues! Sie kann den Fernseher nicht richtig hören, aber den Ton kennt sie. Electric Boat? General Ordnance? Ein Ölteppich von einem der Tanker draußen im Sound? Vielleicht baggern sie aber auch mal wieder die Flüsse aus. Vielleicht baggern sie den Connecticut und den Thames River aus, und vielleicht pumpen sie ein paar Millionen Tonnen von diesem abgebaggerten Schlamm – mitsamt seinen Kolibakterien und Staphylokokken oder wer weiß was – in irgendeine abgelegene Flußmündung. Na und? Passiert doch ständig! Jeder weiß, daß man von dem Schellfisch aus der Gegend hier Lähmungen kriegt! *Keine Gefahr für die Öffentlichkeit,* bla bla bla bla, laut diesem Typ, der da vor einem Dickicht von Mikrophonen am Haupttor des Atomkraftwerks steht. Und ihre Kinder baden in diesem Wasser, wie jeder in Niantic, am Kai neben dem Jachthafen oder zwischen den Bahnseilen an den öffentlichen Stränden, während draußen die Atom-U-Boote vorbeifahren, die unser unveräußerliches Recht auf wirklichkeitsferne Komödien schützen.

Stellt sich raus, daß der Typ, der da redet, irgendwie mit Raitliffe verwandt ist, und Raitliffe keift schon seit ein paar Minuten, vielleicht auch länger, deswegen herum, aber die Wahrheit ist, daß Jane nicht direkt auf ihn geachtet hat. Es gibt ein *Gedöns*, während die anderen Schluckspechte an der Bar anfangen, die Nachricht zu registrieren, und Raitliffes Vater, denn um den handelt es sich offenbar, schwafelt weiter von wegen *das Ablassen hat ein sehr viel umfassenderes Vorgehen vermeiden helfen, darunter staatlich angeordnete Evakuierungsmaßnahmen, notstandsbedingte Einschränkungen des Fischfangs und möglicherweise damit verbundene negative Auswirkungen auf die Fremdenverkehrsbranche.* Obwohl Raitliffes Dad vielleicht vielen dieser einheimischen Figuren, dieser Bartrinker und Fischer, Arbeit gibt, obwohl er es möglich macht, daß sie eine Krankenversicherung und ein kleines Grundstück ihr eigen nennen, und obwohl die meisten ihr mit Atomkraft erzeugtes heißes Wasser für eine prima Sache halten, ist in diesem Fall ziemlich klar, daß er ein verlogener Scheißkerl von einem leitenden Angestellen ist, der mit den Bonzen unter einer Decke steckt.

An diesem Punkt stellt Jane fest, daß ihre Schwester Kathleen plötzlich auch um sie herumstreicht, dieser blutsaugende Moskito von einer Schwester – die aufdringliche, beim 4-H-Club, der Landjugend, engagierte Kleinstadtschwester, ihre Schwester mit den blondgefärbten Haaren, rosa Zehennägeln, dazu passendem Lidschatten und Garderobe von Lands' End. Kathleen schleicht sich an die Stelle heran, wo Jane und Raitliffe sitzen, lächelt ihr teures, auf Zahnspangen und -klammern zurückgehendes Lächeln, Kathleen mit ihrem unheimlichen Gespür dafür, wann es irgend etwas zum Weitererzählen gibt. Sie wartet einfach auf Neuigkeiten, als verdanke sich die ausgesprochen flüchtige Wärme zwischen Jane und Raitliffe ihrer ungeheuren Begabung als Kupplerin. Aber zwischen Jane und Raitliffe entsteht sowieso keine richtige Chemie. Jedenfalls nicht die Art, in die Kathleen einbezogen werden müßte. Da spielt sich schlichtweg überhaupt nichts ab, bloß das Mitgefühl, das man für jemanden empfindet, der Probleme hat. Jane versucht, ihre Schwester zu verscheuchen, aber Raitliffe scheint von der Reiberei aufzuleben und beginnt, seine Leidensgeschichte vor diesem größeren Publikum anzustimmen.

»D-d-d-die Sache ist d-d-d-die, daß mein S-s-s-stiefvater vor ein p-p-p-paar T-t-t-tagen – es muß g-g-g-gestern g-g-g-gewesen sein oder v-v-v-vorgestern ... N-n-n-na ja, eigentlich ist es eine z-z-z-ziemlich schreckliche G-g-g-geschichte.«

Im Rotlicht der Bar beugt sich Raitliffe flüsternd zu den Ingersoll-Schwestern hin. Es ist kein verführerisches Flüstern, sondern eher ein bekümmertes. Das Lokal hat sich geleert, die Speisegäste sind alle gegangen, und alle drei – Jane, Kathleen und Hex Raitliffe – starren mit leerem Bick durch das Restaurant, vorbei am Hummeraquarium und an der Salatbar, *auf seine Mutter*, aber vielleicht starren auch die anderen, die Trinker und Trinkerinnen, zu denen Jane Ingersoll früher einmal aufgeblickt hat. Der Typ von der Post, der Studentenberater von der Roger Williams High School, der Geistliche von der Grace Church. Vielleicht betrachten sie alle Raitliffes Mutter und fragen sich, wovon sie wohl träumt, während den Küstenbewohnern auf dem 33-cm-Bildschirm abermals die Erklärungen ihres Gatten nahegebracht werden.

»Er h-h-hat einfach einen B-b-b-brief hinterlassen, und d-d-das war's. Immerhin ist meine M-m-m-mutter b-b-b-behindert, sie ist auf fremde H-h-h-hilfe angewiesen, und er h-h-h-hinterläßt einfach d-d-diesen B-brief, m-m-mit Sachen d-d-d-drin, die man n-niemals jemandem sagen würde, sch-sch-schon gar nicht jemandem, d-d-d-der, n-na ja ... sch-sch-schwerkrank ist. V-v-versteht ihr? Und ich k-k-k-kann es einfach n-nicht f-f-fassen, daß er jetzt da s-s-steht und mit den Journalisten f-f-f-flachst und so t-t-tut, als wäre alles in Ordnung ...«

Jane ist kurz davor, etwas Teilnahmsvolles, etwas Mitfühlendes zu sagen – weil sie die Geschichte allmählich kapiert –, zugleich aber will sie nicht den Eindruck erwecken, als ermutige oder bemitleide sie ihn, und sie will, daß seine rührselige Geschichte nicht bloß eine Anmache, sondern *wahr* ist. Und so verstreicht diese Gelegenheit wie so viele Gelegenheiten für Mitleid. Und das stimmt sie ein wenig traurig. Unterdessen funkt Kathleen mit einem Einwurf dazwischen.

»Mein Gott, das ist ja furchtbar! Können wir dir irgendwie helfen?«

»Meine M-m-mom«, sagt Railiffe, »k-k-k-kann nicht mehr l-l-lesen, wißt ihr, sie k-k-k-kann die S-seiten nicht mehr umblättern. D-d-deshalb l-lese ich ihr vor, w-w-wenn ich zu Hause b-bin – so k-k-kriegt sie dann d-doch was mit. Das ist w-w-wichtig für sie. Jedenfalls hat ihr L-louis vor Jahren einen C-c-c-computer gekauft, und in d-d-den hat er ihr den B-b-brief reingetippt ...«

Im Fernsehen redet jetzt ein anderer Wichtigtuer in einem Anzug von der Stange mit ernster Stimme von dem Leck: Sie wollen hochradioaktiven Abfall in den Hafen von Niantic einleiten. Eine *bei unbedeutenden Emissionen gängige Verfahrensweise,* oder wie die dreisten Lügen alle heißen. Sie wollen das Zeug dort hineinkippen. Darauf läuft es hinaus. Der Bericht blendet ein Bild von dem Schwimmdock ein und schaltet dann wieder zu dem Reporter zurück, dies alles, während Raitliffe zwischen den Konsonanten festhängt. Dann, auf dem nächsten Sender, besteht abermals keinerlei Gefahr für die Öffentlichkeit. Doch Janes Zechgenossen, die Trinker, sind schon dabei, alles zu vergessen. So ist das nun einmal. Sie vergessen die Nachrichten, die Namen der Gifte, die Namen ihrer Frauen, die Namen von Geliebten, die Namen von Leuten, die neben ihnen sitzen, das, was sie zu vergessen versuchen, alles entschwindet, deshalb kommt Jane hierher, und wenn sie aus dem Vergessen erwachen, wenn ihnen aufgeht, wo sie sind, fangen sie mit dem Vergessen wieder von vorn an.

Dann hat Raitliffes Mom einen Anfall. Jedenfalls hält es Jane für einen Anfall. Mrs. Raitliffes erstickter Schrei ist schrill und so unkompliziert wie der eines Kindes. Verlust, Reue, Zorn, Verwirrung, Ungeduld, alles zu einem einzigen, grauenerregenden Gellen vermengt. Raitliffe wirft im Aufspringen seinen Barhocker um (der Barkeeper dreht den Fernseher lauter), und die Oberkellnerin von Penelope's, Jeanine, stürzt zum Telefon – *Soll ich einen Krankenwagen rufen?* Außerdem fällt irgendwo ein Glas um und zerklirrt, und sämtliche Amnestiker, unter ihnen auch Jane, drehen sich um und glotzen und hoffen auf das rasche Eingreifen medizinischer Profis. Doch Jane läßt sich aus eigentlich unerklärlichen Gründen in die Sache hineinziehen. Wer weiß warum? Reflexartig steht sie von ihrem Hocker auf. Weil sie eine alleinstehende Mutter von gedankenlosem Großmut ist, das Ingersoll-Mädchen, das einmal einen Schwarzen geheiratet und ihrer Familie Schande gemacht hat – sie steht von ihrem Hocker auf und folgt Raitliffe, ohne klare Vorstellung warum. Nun ja, einmal hat sie eine Schwesternausbildung abgebrochen. Sie sind alles andere als ein Gespann, sie und Raitliffe, sie kennt den Typen ja kaum, doch egal wie es funktioniert, sie heben seine Mutter aus der Nische, fassen sie auch an den Beinen – sie ist schwer und schlaff –, sie setzen sie in den Rollstuhl und fahren sie zur Toilette, nur leider paßt der Stuhl dort nicht durch die Tür, Ma Raitliffe stinkt nach Urin, er sammelt sich im Rollstuhl, sammelt sich darunter, ein Ebben und Steigen wie bei einer hiesigen Salzmarsch, es kommt sogar noch mehr, und jetzt kriegt auch Jane was davon ab, Herrgott noch mal, *sie kriegt die Pisse dieser Frau an die Hände*, während sie hochwuchtet, schleppt und Raitliffes Mutter, seine desorientierte Mutter, dann mit einem (von dieser Jeanine, der Oberkellnerin, beigebrachten) Geschirrtuch abwischt, seine Mutter, die obendrein noch taub ist, so jedenfalls kommt es einem bei ihrem sinnlosen Gegurgel und Genuschel vor; und Jane sagt Raitliffe, er muß seine Mutter in die Notfallambulanz bringen, doch im Moment sind sie in diese Toilettenkabine eingezwängt, der Kopf seiner Mutter nur Zentimeter von der Schüssel entfernt, Janes Hintern halb zur Tür hinaus, sie atmen das muffige Desinfektionsmittel, während seine Mutter brabbelt, *Wag das ja nicht, ich geh nicht dahin! ... Kein Krankenhaus, Dexter ... nur ein bißchen Ruhe ...* Und es stimmt wohl auch, nimmt Jane Ingersoll an, daß Ma Raitliffe von Skalpellkünstlern, Chiropraktikern, Physiotherapeuten, Sozialarbeitern oder Tag- und Nachtschwestern nicht mehr zu helfen ist, und das ist wahrscheinlich auch der Grund, warum Raitliffe nicht einmal mit ihr streitet, *Also g-g-g-gut, dann f-f-f-f-fahr ich dich nach Hause und ruf d-d-d-diesen Dings an, wie heißt er doch g-g-g-gleich,* die Situation scheint plötzlich unter Kontrolle, nur stehen nun auch Kathleen und der Barkeeper mit beunruhigten Gesichtern in der Tür der Damentoilette, so daß sie da drin jetzt zu fünft sind, die Tür von Hex aufgehalten, während der Barkeeper unmißverständlich klarmacht, daß der medizinische Notfall, wenn es sich denn um einen solchen handelt, vielleicht besser anderswo versorgt werden sollte, wo es sein Geschäft nicht störe, und Kathleen fragt, was sie tun kann, *Wisch auf, dumme Kuh,* sagt

Jane, und dann einigen sich Jane und Raitliffe darauf, den Katheter einzusetzen, das Ding in Ma Raitliffe einzuführen, das Ding mit dem kleinen Plastikbeutel, das dazu gedacht ist, ein Mißgeschick wie das eben eingetretene zu verhindern, und es führt kein Weg daran vorbei, kein Weg an diesem *intimen Moment* vorbei, vielleicht nicht die Art von intimem Moment, auf die Raitliffe spekuliert hat, nicht die Art, die sich durch das Ausziehen von Kleidern und die nächtlichen Klänge des Love Unlimited Orchestra auszeichnet, *Stell dir v-v-vor, du w-wirst mit einem stockhäßlichen T-t-t-typ auf eine einsame Insel v-v-verschlagen und m-m-mußt die M-menschheit vor dem Aussterben b-b-b-bewahren, sch-schläfst du dann mit ihm, l-l-läßt dabei aber die Augen zu und t-t-t-tust so, als w-wär er in W-w-wirklichkeit Eddie Doherty, der Quarterback; oder w-w-wirfst du dich auf einen Sch-sch-scheiterhaufen und sch-schwörst, d-d-deine W-würde zu bewahren, bis d-dich die F-f-f-flammen verschlingen; oder v-v-versuchst du ihn mit sorgfältig f-f-f-formulierten Argumenten über d-d-die Chemie zwischen den G-g-g-geschlechtern zu entmutigen; oder v-v-v-versuchst du, g-g-gemeinsame Interessen in F-f-f-film und P-p-p-p-popmusik zu f-finden, die als B-b-b-brücke zwischen euch dienen könnten?* Sie haben den Plastikschlauch mit Beutel, und Raitliffe dreht den Heißwasserhahn auf, bis der fleckige Spiegel beschlägt, er sterilisiert den Schlauch, so gut es geht, indem er ihn unter dem siedend heißen Strahl hin und her bewegt, während sie Ma Raitliffes Kopf hält und unbeholfen Beruhigendes von sich gibt, *Das wird schon wieder, keine Sorge,* und er kniet sich neben die beiden, Raitliffe kniet sich neben Jane Ingersoll und seine Mutter und schmiert den Schlauch mit irgendwelchem Zeug ein, mit irgendeinem petrochemischen Gleitmittel, das er zu diesem Zweck bei sich hat, und nach Abschluß dieser komplizierten Vorbereitungen kneift Raitliffe einfach, erstarrt, kann sich nicht mehr rühren, hat eine Heidenangst und sieht sie an, sieht Jane flehend an. Sein Gesicht glänzt von Schweiß, er entspricht in jeder Hinsicht seinem Alter. Er weiß nicht, ob er es kann. *Ich weiß nicht, ob ich …* Also sagt Jane, *Scheiße, dann gib das Ding mal her,* und improvisiert gemäß ihrer abgebrochenen Schwesternausbildung. Ma Raitliffe läßt die Exploration reglos über sich ergehen; ihre in Tränen schwimmenden Augen sind abgewandt, und die Luft in der Toilette ist muffig, während Jane Ingersoll den Saum von Ma Raitliffes Kleid hebt und im Feuchten herumfingert. Man hört das Tropfen des nicht vollständig geschlossenen Wasserhahns.

Jane kommt im Laufe der Prozedur zu einigen Schlüssen. Inmitten ihrer Versuche, den Zeigefinger auf die Harnröhre einer älteren Frau zu legen, kommt Jane zu dem Schluß, daß dieser Moment irgendwie romantisch ist. Wie wenn der eigene Mann sich weigert, einen die Treppe hinaufzutragen, nachdem man sich beim Herumgetolle mit seinen Kindern den Knöchel verstaucht hat; oder wie wenn das Ehegespons mit irgendeinem Flittchen in eine Bar abzieht und dann zurückkommt und einen um Verzeihung bittet; wie wenn das *Ehekreuz* einen anruft und sagt, mit einem selbst sei es viel schöner gewesen als mit der neuen Freundin; wie wenn die eigene Ehe in die Brüche geht. Bingo. Romantik ist schlechte Innenbeleuchtung, Gemischtwarenläden, Kegeln an den Spieltagen der Baseball-Liga, Seebäder im Winter, leere Hauptstraßen. Romantik ist in den Herzen von Menschen, die die Romantik aufgegeben haben. Am besten gedeiht sie in Räumen wie diesem, Toilettenkabinen, wo Frauen ihren Geist aufgeben.

Und so stellt Jane Ingersoll fest, daß Raitliffes Finger sich um ihre ranken, und das Geschlinge dieser Ranken ist in gewisser Weise *romantisch,* und das ermöglicht es ihnen, den Katheterschlauch in seine Mutter einzuführen.

W-w-wie w-weit muß das D-d-d-ding eigentlich rein? Weiß nicht, so drei Zentimeter, denk ich. F-füllt sich der B-b-beutel schon? Da ist nichts, womit er sich füllen könnte – das ist alles auf dem Boden. Moment. Hast du das gespürt? Okay, ich glaube, jetzt sitzt er richtig. Alles in allem dauert das Ganze vielleicht eine halbe Minute. Ma Raitliffe spürt überhaupt nichts. Nur Demütigung.

Dann heben sie sie aus der Toilettenkabine heraus in den Stuhl. Kathleen ist dabei, den Bereich zwischen den Nischen und der Toilette aufzuwischen, und natürlich ist es dort wahnsinnig glitschig und stinkt, und Jane kommt ins Rutschen, als sie Ma Raitliffe in den Stuhl setzen will. Wie ist sie überhaupt in die Sache hineingeraten? Ma Raitliffes Beine in den Händen, stürzt sie, schürft sich einen Ellbogen auf, landet auf dem Hintern. Der Absatz eines orthopädischen Schuhs knallt ihr gegen die Stirn. Ma Raitliffe fällt auf sie. Hex auf die beiden. Und Janes Schwester Kathleen entschuldigt sich noch nicht einmal. Kathleen klopft sich den Staub ab, klopft sich die Fusseln vom Knie ihrer Leggings ab und geht dann Ma Raitliffes Mantel aus der Nische holen. *A-a-angenommen, du v-versorgst mit einem M-m-m-mann zusammen d-d-d-dessen unheilbar k-k-k-kranke Mutter, b-b-b-bringt euch d-dieses Erlebnis einander n-n-näher? Oder t-t-t-treibt es euch w-weiter auseinander?*

Auf dem Weg nach draußen, in den leichten Regen, den Dunst, die Nacht, ein letzter flüchtiger Blick auf den Fernseher, jawohl, romantische Komödien mit ihren romantischen Paaren, die vor Chintzsofas stehen, vor ihren eigenen monströsen Fernsehgeräten, die Gesichter rot vom Streiten, Witziges brüllen, das überhaupt nicht witzig ist, während im Hintergrund der Lachkonserve eine bestimmte Stimme orgelt, derselben Lachkonserve, die von Produzent zu Produzent weiterverkauft wird, mit dem Kerl, der in jeder einzelnen Fernsehsendung, in den hintersten Ecken des elektronisch aufgemöbelten Studios, quer durch sämtliche Behausungen auf der Prärie *yeah!* blökt, während Liebende nach Kränkungen suchen.

Dann stellt sich ein numerisches Problem, das mit Autos zu tun hat. Fahrzeuge sind reichlich vorhanden. Kathleen nämlich ist in ihrem blaugrünen japanischen Kleinwagen mit dem nach Balsam riechenden Duftspender gekommen, die Raitliffes haben ihren Taurus von Hertz, und Jane Ingersoll ist, wie so oft, mit ihrem *Motorrad* da. Eine winzige Honda, überhaupt keine Beschleunigung, nicht mal Kettenantrieb. Gut, um damit durch die Stadt zu düsen. Bei Regen ist das Motorrad allerdings unsicher. Deshalb läge eine Verteilung auf die Fahrzeuge nahe, bei der Jane mit den Raitliffes in deren Auto mitfährt und Kathleen einfach nach Hause schickt – wo sie sofort ihre Freunde anrufen und über den Abend tratschen wird. Aber Jane will nicht bei den Raitliffes festsitzen. Sie wird Ma Raitliffe und ihren stotternden Sohn nach Hause begleiten, das schon, und zwar aus reiner Freundlichkeit, bloß um sich zu vergewissern, daß Dexter für den Rest der Nacht klarkommt, aber mehr auch nicht. Danach verschwindet sie sofort wieder. Sie hat keine Lust, an ihrem freien Wochenende ohne die Kinder – die Väter haben Besuchszeit – Krankenschwester zu spielen. Deshalb bietet sich ihr eine zweite Lösung an.

»Laß dich von mir nach Hause fahren, und leih mir deinen Wagen«, sagt sie zu ihrer Schwester. Sie stehen neben der Honda.

»Und womit fahre ich dann morgen früh?«

»Was heißt hier morgen früh? Ich bring dir das Ding gleich wieder. Ich helfe ihm bloß seine Mom ausladen, sehe zu, daß die beiden zurechtkommen, und bin dann sofort wieder da.«

»Warum nimmst du eigentlich nicht dein ...«

»Willst du, daß ich im Graben lande? Es regnet!«

Mitten in ihrer Auseinandersetzung drehen sich die beiden Ingersolls, hell und dunkel, um und mustern über den verlassenen Asphalt vor Penelope's hinweg die Raitliffes. Diese stehen ohne Schutz vor den Elementen neben dem Taurus. Hex blickt zum Himmel auf, als wäre der Regen irgendwie eine Strafe. Seine Mutter sitzt, den gesteppten Parka umgelegt, zusammengesackt in ihrem Rollstuhl.

»Hör zu«, sagt Jane, »stell dich nicht so an, und leih mir für ein paar Stunden dein Auto. Ich bring's dir wieder.«

Kathleen zuckt die Achseln.

Das Ganze hat natürlich seinen Preis, nämlich den, daß sie sich Kathleens Gewäsch anhören muß, ihre Theorien und Ansichten. Und das Thema heute abend? *Koabhängigkeit.* Das hat sie in den Zeitschriften gelesen. Koabhängigkeit: sieben alarmierende Warnsignale, darunter auch Reizbarkeit und Religiosität. Man kann die sieben alarmierenden Warnsignale bei seinem Partner feststellen, weil in dessen gesamter Familie in der Regel bestimmte Gewohnheiten auftreten: trinken, spielen, übermäßig essen, abführen, einkaufen, herumvögeln. *Im Grunde ist jede Beziehung koabhängig,* sagt Kathleen, *und kann insofern auch toxisch wirken;* so habe sie, *Jane Ingersoll,* sagt Kathleen, eine koabhängige Beziehung mit Chris Knox gehabt, *vielen Dank,* genau wie sie beide mit ihrem Dad, obwohl ihr Dad soviel nun auch wieder nicht trinke, und ihre Mutter leide unter religiösem Wahn, habe ständig versucht, sie dazu zu bringen, bestimmte Sachen zu essen, freiwillige Arbeit im Krankenhaus zu leisten; und so weiter, ohne Punkt und Komma, mit diesem neuen Sums von wegen Koabhängigkeit, bis Kathleen in ihrer Analyse endlich auf Hex Raitliffes Stiefvater kommt:

»So was passiert eben, wenn man zu sehr auf jemand anderen angewiesen ist, verstehst du? Er befindet sich in einer langjährigen Beziehung mit einer verkrüppelten Frau! Kein Wunder, daß er mal davon weg will! Das ist jedenfalls meine Meinung.«

Das Schlimmste daran ist, daß sie auf der Baldwin Bridge festsitzen, dem einzigen Weg über den Connecticut River, der einzigen Straße. Freitags abends staut sich dort der Verkehr. In jedem Fahrzeug sind Leute in Gesprächen gefangen, sehen zu, wie auf der Eisenbahnbrücke die Züge vorbeirasen, blicken flußaufwärts, der Verheißung ferner Wälder, den stromaufwärts gelegenen Kolonien entgegen, und fragen sich, wie weit, wie viele tausend Meilen sie noch miteinander fahren und sich die Ansichten des anderen anhören müssen. Jane braucht fünfunddreißig Minuten, um Kathleen zu Hause abzusetzen und nach Hex' Beschreibung zum Haus der Raitliffes zu finden, und dort angekommen, findet sie eine Nachricht vor. Mit Klebeband an der Haustür befestigt. *Es ist offen. Bin noch Bier holen gefahren.*

13

Mondlicht in einer Wolkenlücke, und die vorübergehende Beleuchtung von Ablaßventilen vierhundert Meter vor der Küste, drei Meter, fünf Meter, acht Meter auf dem Tiefenmesser, in dem Augenblick, in dem Wasser bei hoher Temperatur durch diese Ventile fließt und bei Niantic hydraulisch in den Long Island Sound, in die Strömungen gepumpt wird. Mondlicht auf dem Wasser, Spiegelbild eines Spiegelbildes, erspäht vom Fahrer eines gemieteten Taurus mit einem Leck im Tank, der (in einigem Abstand) einem weißen Cadillac folgt, der seinerseits einem neuen Ford Tempo folgt.

(Die Pläne für die Reaktoren 1 und 2 von Millstone landeten 1965, also noch ehe Untersuchungen zur Umweltverträglichkeit sich auf die Branche auszuwirken begannen, auf den Schreibtischen der Atomenergiekommission. Die Überbleibsel des nuklearen Prozesses, die Nebenprodukte der Spaltung, *die Abfälle* – hauptsächlich Isotope von Jod und Strontium 90 – sollten diesen Plänen zufolge in Tanks und Becken gelagert werden, bis sie in stabile Isotope zerfallen waren, was normalerweise einen Monat dauerte. Weitere toxische Erzeugnisse mit unvorstellbaren Halbwertzeiten, die im Laufe der Jahre infolge der Wiederaufbereitung anfielen, verblieben ebenfalls vor Ort. Da die Küstenregion von Connecticut 1965 nach industriellen Arbeitsplätzen gierte, da zweitens die Atomenergiekommission eine neu eingesetzte Behörde mit unterschiedlichen Ambitionen war und da außerdem die Hoch- und Tiefbauingenieure noch keine Möglichkeiten zur langfristigen Lagerung entwickelt hatten, hielt man die von Babcock and Wilcox vorgelegten Pläne zur Entsorgung und weiträumigen Verteilung für angemessen.

Gegen bloß nominellen öffentlichen Widerstand genehmigte die Kommission die Blaupausen. Zur Zeit der Genehmigung sah die von Millstone beantragte Anlage außerdem Ausweichleitungen vor, durch die Reinigungslösung, Regenwasser, Leckagen und alles, was anders nicht beseitigt werden konnte – darunter Alpha-, Beta- und Gammateilchen und ihre Spaltelemente – einen knappen Kilometer vor der Küste auf den Grund des Long Island Sound gepumpt wurde. Bei einem Störfall sollten diese Flüssigkeiten durch bleiverkleidete Röhren zu einer Ausleitungsstelle geführt werden, wo sie sich mit den dort herrschenden, kräftigen Strömen vermischen konnten und entsprechend verdünnt wurden. Auch diese Vorschläge billigte die Atomenergiekommission.)

Hex hat mit dem Lenkrad zu kämpfen. Fast glaubt er, daß die Räder nicht richtig ausgerichtet sind. Der Taurus gerät in das Gleißen entgegenkommender Fernlichter, schlingert in die Spur zurück. Man kommt sich vor, als fahre man ein Boot. Nachdem er seine Mutter zu Hause deponiert, nachdem er sie nach oben getragen, abgetrocknet, umgezogen, zu Bett gebracht und Beschwörungen des Schlafes über ihr geflüstert hat, hat er ihren Neurologen, Dr. Ron Kramms, angerufen, der nicht zu Hause war, und eine Nachricht mit detaillierter Beschreibung ihres Zustandes auf den Anrufbeantworter gesprochen – *Ink-k-kontinenz, D-d-desorientiertheit, B-b-beeinträchtigung des G-g-gehörs, S-s-stimmungsumschwünge, m-m-m-morbide Gedanken* –, und nachdem er sich dergestalt verantwortungsvoll verhalten hat, hat er versucht, sich zu entspannen. Er hat auf die Ankunft von Jane Ingersoll, jener beherzten jungen Frau, gewartet.

Wie hat er sich das mit Jane eigentlich vorgestellt? Was würde er machen, wenn sie käme? Wo seine Mom bloß ein paar Zimmer weiter liegt? Es ist nicht so, daß er beim schönen Geschlecht viel Glück hätte. Es hat im Laufe der

Jahre ein paar Techtelmechtel gegeben, Frauen, die er auf Parties getroffen hat, ebenso schwierig und problembeladen, wie er selbst es nach eigener Einschätzung war – Gillian beispielsweise, die er bei irgendeinem Empfang kennengelernt hat. Sie brachen übereinander herein wie eine Grippe, in dem verzweifelten Verlangen nach dem, was ihnen selbst nach eigener Überzeugung fehlte, gemeinsame Essen, Diskussionen über Filme und sogar eine schüchtern forschende Geschlechtlichkeit, dann kam es zum vorhersagbaren Zerwürfnis, und zwar am Übergang vom zweiten zum dritten Monat, als sie ein bestimmtes Wochenende allein verbringen wollte und er einfach den Hörer auflegte. Vielleicht war es aber auch er, der sagte, er wolle allein sein. In New York gab es immer eine Reserve von Einsamkeit, die einer Bindung zuvorkam. Seine Schwärmereien, so erkannte Hex, galten meistens irgendeiner, die gerade zur Hand war: Mädchen an Ticketschaltern, Frauen mit lavendelfarbenem Nagellack, Telefonistinnen, Telemarketing-Spezialistinnen, sogar Zeuginnen Jehovas. Sie alle schienen anfangs von ungeheurer Vollkommenheit zu sein. Doch dann lernte er aufs neue, daß er die Kennworte, die Siegelringe, die geheimen Händedrücke wahrer Liebe nicht besaß. Inwiefern würde der heutige Abend anders verlaufen? Was würde er tun? *Seiner Mutter die Windel wechseln und dabei Jane überreden, sich die Jeans auszuziehen?* Hex saß im Wohnzimmer. Die Lampen dort hatten Birnen mit wenig Watt. Ihr Licht war unspektakulär und traurig. Er war von medizinischen Geräten umgeben. Fahrbare Tragen, Sauerstoffflaschen, Stethoskope und mehrere Paar ominöser Gummihandschuhe. Noch immer machte ihn der Computer-Cursor auf sein unheilvolles Schriftwerk aufmerksam. Das war kein Haus für Verführungen. War es noch nie gewesen. Trotzdem kämpfte Hex zwanzig Minuten lang mit dem Verlangen, mit den Schwierigkeiten des Verlangens. Kann man davon ausgehen, daß sich jemand, zu dem man sich hingezogen fühlt, umgekehrt auch zu einem selbst hingezogen fühlt? Wird ein Date, auch wenn es nicht ausdrücklich als Date bezeichnet wird, gleichwohl als solches aufgefaßt? Als Jane nicht auftauchte (so wie sie oft nicht auftauchten, wenn er wartete), beschloß er daher, Bier kaufen zu gehen. Er stieg die Treppe hinauf, sah nach seiner Mutter. Billie lag reglos da, mit geschlossenen Augen, die Hände über der Brust gefaltet.

Einsamkeit und Gemischtwarenläden bedingen sich gegenseitig. Während Hex Raitliffe eine – wegen seiner pubertären Vorliebe für Süßigkeiten (Hostess Fruit Pies) wehmütige – Runde zwischen den Regalen von Store 24 drehte, verifizierte er empirisch die Gesichter der Einsamkeit. Es waren ein halbes Dutzend dicklicher, bebrillter, unrasierter Typen in Sweatsuits da, die ihren aus einheimischem Bier, Hot Dogs aus der Mikrowelle, Kartoffelchips, Tatoo-Zeitschriften und Fernsehprogrammgestaltung bestehenden Abend vorbereiteten. Diese Einsamkeit der Gemischtwarenläden war auch seine Einsamkeit. Einsamkeit war sein Autostellplatz, sein komplett ausgestattetes Studio, Einsamkeit war jenes Für-sich-Sein, das schon in den vergilbten Randbezirken der Erinnerung sein Kommen und Gehen kennzeichnete, schon in seinen Zwanzigerjahren in New York mit ihren Saufereien nach der Polizeistunde; schon in den Zehnerjahren, schon zu Zeiten der Demütigungen des Fotografiertwerdens als pummeliger kleiner Junge, sogar schon, als er noch Kleinkind war, Einsamkeit wie eine Fremdsprache, *wie ein abwesender Traum.* Sie war sein Sirenenruf. *Zwischen ihm und den Typen, die Narragansett-Bier, Ridgies, Berliner und das* Cheeks *kauften, bestand kein wahrnehmbarer Unterschied,* und das veranlaßte Hex, schleunigst zu bezahlen und abzuhauen, von dem mageren Parkplatz (um Selbstbedienungszapfsäulen) hinaus auf die Interstate zu preschen, während leichter Regen durch seine heruntergekurbelten Fenster hereinkam, hinaus auf die I-95, über die verstopfte Baldwin Bridge, den Meldungen im Radio folgend, als wäre deren Epizentrum der Magnetische Norden – er fuhr rücksichtslos, weil die Gefühle, die ihn antrieben, rücksichtslos waren, eine Kabbelung von Angst und Sorge, bis er aus einer spontanen Eingebung heraus bei der kleinen Tankstelle gegenüber dem Atomkraftwerk Millstone parkte und wartete. In seinem Wagen roch es nach Benzin. Auf dem Beifahrersitz standen kaum gekühlte Halbliter-Bierdosen. Er ließ eine zischen. Er wartete vierzig Minuten auf jenes Kennzeichen billigen Adels, den weißen Cadillac – Lou Sloanes schachtelartige, weiße Puderquaste von einem Auto –, der sich etwa zur Zeit der Hauptnachrichtensendungen an den Journalisten vorbeischob. Diese traditionellen Detektivtechniken waren leicht zu beherrschen.

Die 156 führt aus Niantic heraus Richtung Old Lyme, doch der Cadillac, der, wie Hex mittlerweile gefolgert hat, seinerseits einem billigen amerikanischen Kleinwagen unbestimmter Art folgt, biegt von der Hauptstraße nach links ab. Bald befinden sie sich auf den Seitenstraßen, den unbeleuchteten Nebenstraßen, auf zunächst noch küstennaher, dann davon wegführender, gewundener Strecke, vorbei an den billigen Häusern des Baubooms der Fünfziger und Sechziger. Fertigbauten mit Fassadenverkleidung aus Aluminium oder Vinyl. Dann und wann tut sich in der Monotonie der einheimischen Ahornbäume und 10-Ar-Grundstücke eine Lücke auf, und man kann den Hafen und, in sich kreuzenden Scheinwerferstrahlen, das Atomkraftwerk sehen, ehe der Konvoi wieder in alles verhüllende Dunkelheit eintaucht, weiter in jenes unerforschte Gebiet, von dem Hex so wenig weiß: das Kleinbürgertum. Als sie die Kuppe eines

Hügels auf der Halbinsel erreichen, sind es nur noch winzige 500-Quadratmeter-Grundstücke mit Seeblick und perfekt manikürten Sträuchern, Satellitenschüsseln, von Hummerkörben eingefaßten Garagen, auf dem Rasen umgekippten Rädern mit Trainingsreifen, Namensschildern an den Wänden – *Kirby, Scully, McElroy* –, Gartenbeleuchtung. Hex überprüft die Zentralverriegelung.

Um die Angelegenheit noch zu erschweren, bremst Sloanes Cadillac auf Kriechtempo ab. Eine Zone mit Geschwindigkeitsbeschränkung. Ein Gemeinwesen mit straffem Zusammenhalt. Die Bewohner ziehen sich früh in die Häuser zurück und machen es sich um die Mikrowellen ihrer Satellitenschüsseln gemütlich. Auf der Straße ist sonst kein Verkehr. Um seine Tarnung aufrechtzuerhalten, bleibt Hex eine Zeitlang bei laufendem Motor neben einem Gehölz aus Felsenbirne, Kirsche und undurchdringlichen Dornen stehen. Die Flora der Küste. Es muß das letzte unerschlossene Grundstück im Umkreis von Kilometern sein. Dann allerdings wird er ungeduldig und schiebt sich langsam auf die Straße hinaus, die Mariner's Lane, vorbei an einem halben Dutzend identischer Häuser, jedes mit Fernblick auf das Kraftwerk – blaue Häuser, blaßgrüne Häuser, gelbe und lavendelfarbene Häuser –, nur um festzustellen, daß der Cadillac verschwunden ist! *Scheiße, Scheiße!* Unauffällig stößt er wieder zurück, neben das unbebaute Grundstück. Er parkt. Will nicht auf sich aufmerksam machen. Will keinen Ärger.

Er steigt aus. Auf wackeligen Beinen. Mit einem Sechserpack.

Dieses zugebaute Wohngebiet der Niantic Shore-Owners Association ist von vorn bis hinten nur einen knappen Kilometer lang. Lou muß hier irgendwo stecken. Es geht um eine negative Auslese, ein wissenschaftliches Verfahren, ein Zahlenproblem. Hex wird den Cadillac finden. Zu Fuß. Fußgänger sind harmlos. Außerdem verbietet die Dringlichkeit seiner moralischen Absichten Feigheit. Hex Raitliffe marschiert los, und der Akt der Verfolgung bringt die früher am Abend erlebten Gefühle zum Schweigen. Wer wird sich um seine Mom kümmern? Und wie lange fährt er jetzt schon in der Gegend herum? Warum hat Jane Ingersoll ihn versetzt? Und was wird er zu Lou sagen? Dies alles wird überdeckt von der Rechtschaffenheit seines Kreuzzuges.

An der Ecke kürzt er über einen Rasen ab. Mittlerweile läßt sich ab und zu der Mond sehen, und in seinem Licht kann Hex erkennen, daß sich, von Tau bedeckt, das vollkommene Streifenmuster eines Rasenmähers über das Gras zieht. Doch gerade als er sich zu seiner umfangreichen Kenntnis von Rasenmäherschnitten beglückwünscht – dieser hier stammt fraglos von einem *Traktormodell* –, ertönt von der Ulme an der Grundstücksecke her bösartiges Gebell. Ein Rottweiler! Amerikas furchterregender und bewährter Wachhund. Aus den Schatten stürzt sich *Spike* oder *Cujo* auf Hex, wild entschlossen, seine Zähne in jene wabbeligen Quadriceps zu schlagen, und Hex wirft sich – der Schwerkraft trotzend – auf die Straße zurück. Der Hund wird jäh von einer Kette gebremst und erwürgt sich mit seinem Gezerre beinahe am Halsband. Im Haus geht ein Licht an. Ein Fenster im ersten Stock. Eine Frauenstimme – *Leonard? Leonard! Sieh doch mal nach, was da los ist!*

Kein Cadillac in der Auffahrt.

Sofort legt Hex in zügigem Tempo eine verläßliche Entfernung zwischen sich und Cujo, bis er am Ende der Straße auf einem Kliff über dem Hafen herauskommt. Und eine atemberaubende Aussicht vor sich hat. Drüben beim Kraftwerk stehen alle möglichen Lkws und Kleinbusse. Ein Kreuzundquer von Scheinwerferstrahlen. Stoßstange an Stoßstange vor dem Haupttor. So jedenfalls kommt es ihm vor. Wo das Kliff zum Wasser hin abfällt, steigt Hex einen Hang hinunter, kürzt abermals über einen Rasen ab, schleicht sich an kunstvoll kurzgeschorenem Buschwerk entlang, das die Kirkpatricks von den Mac Ilvaneys trennt, und steht mit einmal auf einer stabilen Stützmauer aus Beton. Den Hafen direkt vor sich. Der kräftige bakterielle Gestank der Ebbe. Das Dröhnen eines Nebelhorns. Von hier aus sind im schimmernden Mondlicht auch die Häuser auf der Landspitze zu sehen, wo die Architektur anspruchsvoller wird. Schindelbauweise. Landschaftsgestaltung. Hex bleibt eine Weile auf der Stützmauer, läßt noch ein Bier zischen, setzt sich hin, schluckt, bewundert die Nacht und wirft dann die leere Dose ins Meer hinaus. Er ist hingerissen von der Intensität des Ganzen, von der Intensität seiner *Suche* –

Bis er plötzlich von einer lichtstarken Allwetter-Deluxe-Taschenlampe von Sears geblendet wird, und dann ertönt *jene Stimme,* die Stimme aus Verfolgungsträumen, barsch, männlich, repressiv, eine Art Vaterstimme, *Hey, Mann, kann ich dir irgendwie helfen?*, und Hex bemüht sich mit einer absolut unbeholfenen Bewegung, die Hände zu heben (in einer Faust den Sechserpack-Halter mit nurmehr vier Dosen). Wegen der Taschenlampe und der Oberbekleidung mit Kapuze kann er nicht viel von dem Fragesteller erkennen – aber daß der Typ ein *Dad* ist, weiß er. Wer sonst wird zu einer solchen Mission vor die Tür gejagt?

»Äh, ich hab b-b-b-b-b-b-bloß … Ich hab b-b-b-b-b-bloß nach einem F-f-f-f-f-f-«

»Hast du vielleicht irgendein Problem, Mann? Gibt's irgendeinen Grund, warum du auf meinem Grundstück sein mußt? Ich bin mir nämlich nicht sicher …«

»Nein, ich …«

Der Typ kommt näher. Mit der Taschenlampe. Er trägt Schlechtwetterkleidung. Einen Vollbart.

»Ganz egal, was du machst, ich bin mir ziemlich sicher, daß es nicht auf meinem Grundstück stattfinden muß.«

»G-ganz Ihrer Meinung. Ich, äh, w-wollen Sie vielleicht ein B-b-b-b-bier?«

Der Typ ist für einen Moment aus dem Konzept gebracht.

»Hör zu, komm mir bloß nicht dumm. Versuch es erst gar nicht, Mann. Ich will, daß du zur Straße zurückgehst, und zwar in die Richtung, aus der du gekommen bist. Bevor ich die Cops rufe. Kapiert?«

»Nein, b-b-b-b-«

Und obwohl Hex gar nicht die Absicht hat, vor der Aufforderung des Bärtigen zu kapitulieren, marschiert er dennoch quer durch den Garten zur Mariner's Lane zurück, während sein Freund, der Hilfspolizist, am Rande seines Fleckens von amerikanischem Besitz stehenbleibt, schweigend die Taschenlampe auf ihn gerichtet hält und ihm nachschaut. Als es gerade den Anschein hat, als wären Hex' Bewegungen gründlich eingeschränkt, domestiziert, gezügelt, gestutzt und beschnitten, als es gerade den Anschein hat, als wäre jede Vorstellung einer schrankenlosen, gefährlichen, ekstatischen *Freiheit* hier in Südost-Connecticut im Keim erstickt worden, rast Hex los, die Straße entlang auf die Landspitze, auf den Leuchtturm zu. Es ist herrlich! Ein Bier macht sich selbständig, fällt aus seiner Plastikbrille, kreiselt über den Asphalt, schlägt schäumend leck. Ein zweites rollt über einen Rasen. Hex' Lungen arbeiten schwer. Er hustet. Er fängt an zu lachen. Zu lachen! Der alte Ed Driscoll (oder wie er heißt) verteidigt sein Land, ruft ihm sogar noch *Hey, das ist Privatbesitz, Freundchen!* nach. Und so schwenkt Hex, um Verwirrung zu stiften, vorbeugend nach rechts ab, vom Ufer weg, und wankt in ein Nadelgehölz. Auf der billigen Seite des Boulevards. Keine ungehinderte Aussicht aufs Meer. Das hier ist dunkler Wald, ein folkloristischer Wald, wo er stehenbleibt, um sich auszuruhen, wo er den Waldläufer macht, wo er sich mit Ästen spießt. Etwas schlägt ihm die Brille von der Nase, er fällt auf die Knie, *Nicht schon wieder,* schaufelt händeweise Kiefernnadeln (und Giftsumach) auf, *wo ist das Ding,* dreht sich hierhin und dahin, bis er endlich auf etwas tritt, auf etwas aus Glas, das schreckliche Knirschen hört, *o nein,* erneut auf die Knie fällt, sie müde aufhebt, seine Lieblingsbrille, mit einem kaputten Glas, und sie sich aufsetzt. In der Ferne ruft Driscoll einem Nachbarn über die Straße hinweg zu, *Da drüben bei Van Zandts,* und Hex drückt sich tiefer in den Wald, alles ist jetzt verschwommen, keine Ahnung, in welcher Richtung die Straße oder das Meer liegt, ohne den Anhaltspunkt der von Ästen geknickten Scheinwerferstrahlen und nur von einem balsamischen Geruch geleitet, rückwärts und nach Gefühl, bis er zufällig in einen idyllischen Hintergarten gerät. Einen Hintergarten aus der Vergangenheit. Aus den Fünfzigern oder Sechzigern. Mit Schaukeln und Rutschen in gelb, rot und blau. Mit einem Federballnetz. Mit einer Krocketbahn. Mit Obstbäumen. Mit einer Veranda mit Fliegengittern. Und dann stürzt sich wieder ein Hund auf ihn. Diesmal ein Husky. Oder ein Wolfshund! Er kann es nicht erkennen. Er zieht sich schleunigst in das Wäldchen zurück. Der Hund bellt sich heiser. Von fern antwortet der Rottweiler. Dann setzt stakkato ein kleiner Chor von Hunden des Viertels ein. Über Hex schweben, von hindernden Ästen fragmentiert, Taschenlampenstrahlen, die in unvorhersehbare Richtungen abschwenken. Verfolgt von wilden Tieren und einem Aufgebot von Hilfssheriffs, kann sich Hex nur eine einzige Vorgehensweise vorstellen. Den Mittelweg. Nur ein Versteck. *Und so erklettert er eine der Kiefern.* Immer nur einen Ast auf einmal. Bis hinauf zwischen die dünnsten Zweige. Gerten zeichnen sein gefurchtes Gesicht. Hex Raitliffe, achtunddreißig

Jahre alt. Auf einem Baum. Unterdessen ist der Hund – der, der ihn verfolgt – am Rand des Gartens angelangt und erstarrt. Er muß eines dieser Elektroschockhalsbänder tragen. Das Halsband hat elektrisch irgendeinen Anfall hervorgerufen, und nun, Schaum vor dem Maul und außer sich, rührt er sich nicht mehr.

Viel später, oben auf dem Baum, sind Hex' Hände vom Festhalten wund, während der Baldachin schwankt – die Erde unter ihm gleicht einem sich wellenden Gobelin. Er sieht, wie sich die Lichter die Straße hinunter entfernen. Vor Anstrengung zittern ihm die Beine. Er hat Angst, daß er vom Baum fällt oder daß die Äste unter ihm nachgeben, daß er ins Unterholz stürzt, sich einen Wirbel bricht, innere Verletzungen davonträgt. Ast um Ast läßt er sich vorsichtig hinunter. Ins Unterholz. Und als er schon glaubt, er wäre sie los, abermals Schritte im Wäldchen, die über das Polster aus Kiefernnadeln tappen.

Es ist ein kleiner Junge. Ein Junge in ungewöhnlich sackartigen Jeans, einem billigen, gebatikten T-Shirt und einer (verkehrt herum getragenen) Baseballmütze, in der Hand etwas, das im Dämmerlicht der fernen Veranda nach einer Wasserpistole in Form einer Maschinenpistole ausländischen Fabrikats aussieht. Einer Uzi. Der Junge ist vielleicht zehn oder elf. Hex wischt sich die Kiefernnadeln von seinem Anzug, der mittlerweile an den Ellbogen kleine Risse hat.

»Ich h-hab auch mal so ein H-hemd g-g-g-g-gehabt«, sagt er.

»Wer bist'n du?« fragt der Junge. Er betätigt den Abzug zu einer tödlichen Salve. Das Wasser erwischt Hex am Kinn. Der Junge lacht heiser.

»W-willst du d-d-deine N-n-nachbarn rufen?« Raitliffe nimmt seine kaputte Brille ab und wischt sie vorsichtig am Saum seines Jacketts sauber. Mit dem Unterarm trocknet er sich das Kinn.

»Wieso 'n das … ?«

»M-müßtest du n-nicht schon im B-b-b-bett sein?«

»Und wenn, Mister?«

Hex stellt fest, daß er dem Jungen etwas geben will, einen Rat, einen aphoristischen Happen – ehe die Polizei kommt, ihn auf ihren kindersicheren Rücksitz verfrachtet und in den Knast befördert. Er möchte diesen Moment ausnutzen, den Jungen vor den Verlockungen und Fallen des modernen Amerikas warnen; er möchte seine wohlwollende Freundschaft anbieten. An diesem seltsamen Wendepunkt seiner Abenteuer erscheint ihm das wichtig. Und so fängt er an, ihm mit betrunkenem Stammeln alles mögliche zu erzählen, von der Helligkeit der Nacht, vom Mondlicht und von Wolkenbrüchen, von der strategischen Bedeutung des Herbstes, von Einsamkeit und Frauen, und ehe er sich bremsen kann –

»Ich bin einer, d-d-der m-mitten in der Stadt was g-g-gesucht hat und dann f-f-f-fasch abgebogen ist, v-verstehst du; ich h-hab mich in der f-f-falschen Stadt verirrt, weißt du; als h-hätte ich mich n-n-nie irgendwo eingelebt, und in m-m-meinem sogenannten B-b-b-beruf bringe ich auch n-nichts … anscheinend k-k-komme ich mit n-niemandem aus … d-d-das ist die Wahrheit … und d-d-d-deshalb …«

Der Junge registriert überhaupt nichts. Er macht Schießübungen auf entfernte Ziele, Äste von Bäumen, nachtaktive Nagetiere. Was sind das für Eltern, die ihn um diese Zeit draußen lassen?

»H-hast d-d-du irgendwelche Cadillacs h-h-hier langkommen sehen? Einen weißen C-c-cadillac vielleicht?« fragt Hex. »W-weißt du, w-wie ein C-c-cadillac aussieht? D-d-das ist nämlich der W-wagen …«

»Wieso willst'n das wissen?« fragt der Junge zerstreut.

Und Hex ist von der Schlichtheit der Antwort verblüfft. Sogar Kinder halten ihn für blöd. Er ist erschöpft.

»Das ist eine lange Geschichte.«

Und nun verletzt Hex die ungeschriebene Regel von Jungen kurz vor der Pubertät, die Regel seines Wald-Gastgebers, *daß Gefühle etwas für Schwule oder für Weiber sind;* er wendet lange Zeit, so lange, daß ein Erwachsener sich unwohl fühlen würde, den Blick ab und sprudelt dann los, und der Junge steht einfach da wie ein Gespenst und bleibt stumm. Und nachdem Hex in einem Hügelwald, fern den gesellschaftlichen Konventionen Fenwicks, dieser Verletzlichkeit erlegen ist, stellt er schließlich doch fest, daß der Junge Mitgefühl besitzt. Denn anstatt Hex' Aufenthaltsort, den Aufenthaltsort eines, der vor dem Gesetz auf der Flucht ist, zu verraten, anstatt die Lynchhorden von Niantic herbeizurufen, die mit Bluthunden die Gegend durchkämmen, verpaßt ihm der Junge noch einen Spritzer zwischen die Augen, lacht meckernd, dreht sich um und geht nach Hause. Das heißt, er dreht sich mit seiner automatischen Waffe um und stürzt sich ohne Kommentar ins Gesträuch, in die zwiespältige Nacht. Diese Großzügigkeit bringt in Hex Raitliffe eine ganze Palette von Empfindungen zum Höhepunkt, darunter auch Dankbarkeit, ein Zuviel an Gefühlen, und er sinkt gegen einen Baumstamm, sein schlitzartiger Mund klafft in lautlosem Klagegeschrei, ein Schleimfaden zieht sich über seine Unterlippe. Wie ist er hierher geraten? Wo ist inzwischen der Junge, dessen Vater er sein könnte? Dieser jugendliche Delinquent könnte sein Sohn sein, hätte Hex nicht so viele Jahre vergeudet. Was macht er hier draußen im Wald? Was soll er wegen seiner Mutter unternehmen? Am Ende dieser Gefühlspalette ist er völlig erschöpft. Er zittert. Er ist viel zu leicht angezogen. Es ist feucht. Es ist kalt.

Teilweise hat der ganze Ärger natürlich mit dem Trinken zu tun. Keine noch so große Anzahl von Metaphern zum Thema Trinken könnte Form, Ausmaß und Wirkung beschreiben, die es bei Hex Raitliffe hat. Das Trinken bringt Engelsmusik, es bringt den Morast der Mutlosigkeit. Und so wird Hex, der zittert und naß ist, auf einmal klar, daß er irgendwo auf dieser bewaldeten Fläche den Rest seines Sechserpacks, seine großen Dosen, zwei Stück, abgestellt hat und daß dieses Bier weg ist. Und um Bier zu holen, ist er überhaupt erst losgefahren. Sein Leben wäre insgesamt ein unendlicher Katalog von Pech, würde er nicht, als er sich dem Saum des Waldes nähert – und dabei ein kleines Gebet murmelt, *hoffentlich ist dem W-wagen nichts p-p-passiert, hoffentlich ist dem W-wagen nichts p-p-passiert – würde er nicht* tatsächlich über Bier stolpern. Es stimmt! Hier im Wald. In der perlmutterartigen Dunkelheit. Er greift nach unten und findet nicht sein eigenes Bier, seine großen, den Walddruiden dargebrachten Dosen, sondern drei, vier lauwarme Dosen Importbier, die mit Bedacht für ihn zurückgelassen worden sind. In Wäldern nämlich verstecken Alkoholiker irgendwann ihre Notvorräte. Für den Fall, daß die kleine Frau im Spülkasten nachgesehen und den Brandy weggekippt hat; für den Fall, daß sie die Flasche Roggenwhisky im Gewehrschrank gefunden hat. Diese Experten für langfristige Planung kommen hierher in den Wald, um sich ihrer Kur von spirituellen Exerzitien zu unterziehen, und dann gehen sie zu ihren Frauen oder Männern zurück und geben sich gelassen. Hex verspürt eine ungeheure Befriedigung darüber, daß er im Wald drei warme Dosen deutsches Bier gefunden hat. Die erste putzt er sofort weg. Er beginnt mit neuer Energie, Gleichungen von Geschwindigkeit und Bewegung oder vielleicht Brechungs- oder Kompressibilitätsindizes zu berechnen, als er losgeht, als er ein Gesträuch teilt, auf die Straße hinaustritt, in dieses ruhige Strandviertel, über die Bodenwelle der nächsten, mit Mondlicht getüpfelten Einfahrt, so froh, so voller Gefühl, während er die nächste Dose trinkt, daß es kaum zu glauben ist – hier am Rasen eines (fäkaliengelb gestrichenen) Hauses im Ranchstil. Zwischen zwei Bäumen auf dem vorderen Rasen ist eine Hängematte aufgehängt. Vielleicht wird er sich darin ein Weilchen ausruhen. Er marschiert in die Einfahrt, als wollte er das Haus requirieren, und findet, neben dem Tempo unter dem Basketballnetz geparkt, seine Beute. Einen Cadillac.

14

»Einfach davonjagen, die Penner«, sagt Mac Kowalski (am Ufer), »sie nicht noch ermutigen. Die Amtszeiten begrenzen, die Diäten kürzen. Völlig egal, ob sie die U-Bootbasis retten, der Rest der Stadt ist nämlich im Eimer, die ganze Main Street ist zu vermieten. Und der Kerl, der gewählt worden ist, steigt auf seiner Wahlkampfreise in jeder Stadt mit Zwei-Dollar-Nutten ins Bett. In jedem Staat im ganzen Land, seine frigide Alte braucht bloß mal fünf Minuten wegzugehen, und schon –«

Sie sind auf dem Landungssteg. Mac und Lou. Und blicken hinaus. Direkt vor ihnen wiegt sich Kowalskis Ruderboot in den Wellen. Über den Nachthimmel eilen Wolken. Es ist *Altmännergerede,* alte Männer mit ihren Breitseiten, ihren Jeremiaden, ihren Entrüstungen. Wie zum Beispiel sind sie eigentlich in diese Branche geraten, die Branche der nuklearen Energieerzeugung, wo sie den halben Staat mit Strom versorgen, fünfzig Prozent dieses Scheißstaats, verdammt noch mal, und sie trotzdem jeder *haßt,* als hätten sie im siebten Spiel der Playoffs einen Ball versiebt. Jeder haßt sie. *Altmännergerede,* Impotenz, Gedächtnisverlust, Taubheit, Bifokalbrille, Inkontinenz. Zwar sind sie als ältere Männer eher ein Hindernis für den freien Austausch von Gedanken, doch kann man, wenn man sie genau betrachtet (hinter Kumuluswolken taucht der Mond auf), den Mechanismus ihrer Hilflosigkeit erkennen. Er liegt in den Brüchen ihres Gesprächs, in denen sie übergangslos von der Politik auf die Unvermeidlichkeit von Krankheit und Senilität kommen. Zwei ältere Männer, die da auf dem Landungssteg stehen. Lou mit einer Reisetasche vor den Füßen, Kowalski in seinem Sweater.

»Schlummertrunk?« fragt Kowalski und klatscht Lou die riesige Pranke auf die Schulter. »Los, wir bleiben auf und gucken Pornos. Lösen sämtliche Weltprobleme. Mir egal, ob ich morgen pünktlich zur Arbeit komme. Sollen die von der Atomaufsicht den Laden schmeißen.«

»Moment noch.«

Lou sagt, er habe möglicherweise etwas Wichtiges im Auto liegenlassen, obwohl das überhaupt nicht stimmt. Und Kowalski versteht. Kowalski macht sich auf den Rückweg über den Rasen. Über der Garage ist eine Außenlampe angebracht, die von Bewegungen in der Einfahrt angeschaltet wird, und sie übergießt Mac jäh mit Licht, während er (mit der methodischen Zielgerichtetheit eines Hintergarten-Waschbären) auf die Verandatür zuschlendert. Häuslichkeit – wie Lou sie von hier draußen wahrnimmt – erscheint als etwas unvorstellbar Zartes; Häuslichkeit ist das wahrhaft einladende Verandalicht. Lange Zeit trinkt Lou von dieser Zartheit, dieser Poesie des Hauses im Ranchstil am Wasser mit dem verfallenden Landungssteg. Es ist die Poesie alter Männer, die über ihre Einsamkeiten nachgrübeln.

Tatsächlich hätte er Lust auf eine kleine Ruderpartie. Lou hätte Lust, einfach in das Ruderboot zu steigen, abzustoßen, eine schnelle Runde durch den Hafen zu drehen. Das Geräusch der Gezeiten. Die Seeluft. Er verspürt dieses Mitgefühl. Der Hafen bei Niedrigwasser, der Wind, die Nacht. Rudern ist besser als die wöchentliche Teilnahme an dem blöden Kaffeekränzchen der Kirche; Rudern bei Nacht, sich auf die Stadt New York zutreiben zu lassen, *ist ein spiritueller Akt.*

Das automatische Licht an Kowalskis Garage geht nach zwei Minuten aus, und Lou wird in Dunkelheit getaucht. Er wird sich nur einen Moment lang in das Boot setzen. Einfach feststellen, wie ihm das gefällt. Es ist ein spontaner Einfall, das Rudern, aber er versucht, solchen spontanen Einfällen nachzugeben. Also läßt er die Windjacke auf den Landungssteg fallen, stellt die Reisetasche darauf und läßt sich die Leiter am Pfahlwerk hinab. In das Skiff. In die Pfütze im Skiff. *Mist.* Seine Schuhe! Seine Socken! Ist das kalt! Doch als er die Riemen ausprobiert, fühlt er sich ziemlich gut. Sogar verdammt gut. Die Riemen sind aus Holz, herkömmliche Bauart, keine von diesen leichtgewichtigen Aluminiumdingern, sondern gute, robuste Riemen, die Farbe von den Dollen abgerieben. Es besteht die Gefahr, sich einen Splitter zu ziehen. Er spritzt, als er diese Geräte anhebt. Meerwasser tüpfelt seine Brille. Dann stößt Lou kühn ab, wirft einen Blick zurück auf Macs Haus; Kowalski, der in der strahlend hell erleuchteten Küche hin und her zu gehen und mit einem Shaker irgendeinen Drink zu machen scheint, irgend etwas, das ein Zeremoniell erfordert. Lou beugt sich vor und zieht die Fangleine ins Boot. Er wirft die zusammengerollte Springleine auf den Landungssteg. Dann legt er sich ins Zeug. Mit seinen Riemen.

Er läuft sofort auf Grund. Nicht heftig, sondern er streift eigentlich nur eine Unterwasserklippe. Man hört ein dumpfes, gedämpftes Pochen. Mit Krebsen und Wasserschnecken besetzt, dieser Felsen; doch selbst ohne nennenswerte Geschwindigkeit, nur von Menschenkraft angetrieben, *könnte das Ruderboot ohne weiteres davon eingedrückt werden.* Er ragt über die Wellen. Lous Scham über seine seemännischen Fähigkeiten ist immens. Es gelingt ihm jedoch, die Gefahr zu umschiffen, *Hart Steuerbord, Louis,* und bald schwimmt er, unterm Mondlicht, an diesem Freitagabend, dreißig Meter weit draußen in der Fahrrinne. Sein Schlag kommt manchmal schwer ins Stottern, er fängt Krebse, anders als in jungen Jahren, als er bei Groton auf dem Fluß gerudert ist. Andererseits liegt eine gewisse Würde darin, hier zu sein, ein älterer Mann im Hafen zu sein, in Hemdsärmeln, in dieser Nacht gebadet, einer Übung der Altvordern nachzugehen und dabei gelegentlich an die Frau zu denken, die man verlassen hat.

Die Romantik ist jedoch jäh zu Ende, als seine Pumpe sich zu beschweren beginnt. Louis bricht einfach in Schweiß aus. Doch dann streicht der Backbordriemen nur über die Oberfläche, berührt das Wasser überhaupt nicht mehr, und das Boot schlingert in eine Drehbewegung, durch die er an eine grüne Markierungsbake stößt. Mit einmal bekommt er keine Luft mehr. Er keucht. Lou läßt die Riemen ins Boot fallen, sieht auf seine Uhr – seine jederzeit zuverlässig funktionierende Luxusuhr – und stellt fest, *daß er seinen Puls nicht finden kann,* jedenfalls nicht sofort. Es ist eine Angst, der er häufig erliegt, daß er noch bei Bewußtsein, noch hellwach sein wird, wenn er seinen Geist aufgibt – daß er die Verlangsamung und Stockung seines Kreislaufes miterleben, daß er das Ersticken seines Gehirns spüren, daß er bei Bewußtsein sein wird, während seine letzten Gedanken verlöschen. Doch als Lou sich gerade in diese Panik des Jenseits hineinzusteigern beginnt, lokalisiert er an seinem nach oben gedrehten Handgelenk das unregelmäßige Zucken seines Angstpulses. Tachykardie. Verdammt, so kann das unmöglich gedacht sein, daß sein Herz sekundenlang völlig stillsteht und dann hektische Spitzen folgen. Wie die Schlagzeugmusik irgendeines Monsterfilms. *Verdammt. Verdammter Mist.*

Er nimmt sich Zeit, den Hafen zu betrachten, den Hafen von Niantic; er hat ihn schon von jeder Position aus, ob zu Wasser oder zu Lande, gesehen, zu jeder Jahreszeit, in jedem Licht, bei jedem Wetter. Er ist gleichsam mit dieser Küste beschrieben. Er will nicht an Land zurück, will nicht unbedingt Kowalski gegenübertreten, will keine Aussprache über seine törichten Pläne, will mit niemandem darüber reden, favorisiert sie stillschweigend, wie einen Knieschaden, aber er fürchtet sich auch davor, weiter hinauszurudern. Es wäre schade, bei einem kindischen Abenteuer in den Himmel zu kommen, zwölf Stunden später gefunden zu werden, wie er in Mac Kowalskis Ruderboot in den Strömungen um Race Rock kreiselt.

Und er ist erschöpft. Kriegt kaum die Riemen hoch. Und da die Strömungen von der Küste weg verlaufen, muß er sich doppelt anstrengen, um auf dem Weg an Land überhaupt vorwärtszukommen. Tatsächlich ist Lou voll ausgelastet, *um überhaupt nur zu bleiben, wo er ist.* Während er sich mühsam bis auf Steinwurfweite an den Landungssteg heranarbeitet, geht Kowalskis automatische Beleuchtung wieder an. Lou verrenkt sich fast den Hals, um Mac zuzuwinken, ihn anzurufen, und während er das tut, treibt es ihn wieder hinaus. Herrgott im Himmel. Mac steht wohlwollend dort auf dem Landungssteg. *Ich bin hier draußen ein bißchen in der Bredouille!* Es ist ihm peinlich. So was passiert nur einem alten Mann. *Halt, Moment mal.* Es ist gar nicht Kowalski – stellt er mit plötzlicher Erregung fest. Er läßt die Riemen ruhen und späht über seine Schulter. *Augenblick mal. Das ist sein Stiefsohn.* Der nie auf einen grünen Zweig gekommene, nichtsnutzige verlorene Stiefsohn. Was zum Teufel macht der Junge hier? Lou ist empört. Seine erste Reaktion ist schlichte Empörung. Er denkt daran, das Boot zu wenden; er denkt daran, sich in das hohe Röhricht oder in die Salzmarschen treiben zu lassen, unter der Tarnung der Rohrkolben abzuwarten, bis Dexter wieder geht. Hat den Jungen noch nie gemocht. Die ganze Verachtung, die er aus Respekt vor seiner Frau bisher unterdrückt hat, darf sich nun zeitweilig Luft machen. Doch während er noch darüber nachdenkt, stößt er wiederum leicht – aber mit unheilverkündendem Knirschen – gegen einen Felsen. Zieht das Ruderboot Wasser? *Verflucht noch mal.* Er sinkt! Sein Herz kann jeden Moment schlappmachen. So kommen alte Männer an Land. Er wirft sich zu ein paar Ruderschlägen nach hinten, keucht, hustet, macht wieder ein paar Meter gut, bis Dexter selbst nach den Leinen greift, das Ruderboot festhält, die Springleine anklampt, den Bug heranholt, eine Hand ausstreckt. Lou quält sich schon die Leiter hinauf. Dankt ihm bereits überschwenglich.

»G-g-g-gern g-g-geschehen«, sagt der Junge

»Wär fast abgesoffen, Herrgott noch mal.«

Sie überprüfen noch einmal die Klampen. Dexter vorn, Lou achtern. Ein Ritual aus früheren Jahren. Lou wartet, bis sein Puls in eine *Lento*-Passage verfällt. Keiner von beiden sagt etwas. Dann bewegen sie sich schweigend vom Landungssteg weg, weg vom Haus (Lou nimmt seine Reisetasche auf und stellt sie beim Caddy wieder ab), zur Mündung von Kowalskis Einfahrt. Sloane und sein Stiefsohn messen einander mit Blicken, schätzen das Gesprächsspektrum ab. Dexter sieht – nicht daß das ungewöhnlich wäre – verboten aus in seinem Secondhand-Anzug mit dem Riß im Ärmel und den verdreckten, zerrissenen Hosen. Sein Bürstenschnitt wirkt ungleichmäßig, und seine Brille –

»Was ist denn mit deiner Brille passiert?«

»Bin d-draufgetreten. Im W-w-wald.«

Und Dexter nuschelt. Er hält sich an einem Bier fest, das so ausieht, als wäre es jahrelang im Garten vergraben gewesen. Er befindet sich an dem Punkt, an dem das Stottern sich vom Trinken bessert, aber das Nuscheln wird lästig. Der Junge ist ein Säufer. Genau wie sein Dad es angeblich war.

»Es wundert mich, dich hier zu sehen«, sagt Lou.

Dexter runzelt die Stirn.

»Mich wundert es auch, d-dich zu sehen. Obwohl ich dich schon im F-f-f-f-fernsehen gesehen hab und alles. W-war nicht allzu schwer, dich zu f-f-finden.«

»Ach das«, sagt Lou und verdreht die Augen. »Aber deswegen bist du wahrscheinlich nicht hier.«

»Nein.«

Zur Redeweise des Jungen gehört ein Grimassieren und Zucken. Lou bedauert Billies Sohn, obwohl er seine Nähe nicht ertragen kann. Dexter hat eine schwere Kindheit gehabt, *aber wer hat das nicht?* Wessen Lebensgeschichte kommt ohne Taschentücher aus?

»Ich b-b-bin heute hergek-k-kommen, um mich um M-mom zu k-k-kümmern, das heißt, sie h-h-hat mich gebeten.«

»Was ist mit Aviva los?«

»Na ja, Mom ...«

»Kommt sie nicht?«

»H-hast du ... eigentlich vor, m-m-mich die g-g-ganze Zeit zu unterbrechen?«

Spöttisch wirft sich Lou in Positur. Mit verschränkten Armen.

»M-mutter hat mich g-g-gestern abend angerufen, oder v-v-vielleicht h-hat sie auch von Aviva anrufen l-l-lassen, ich w-weiß es nicht. Irgendwer hat mich g-g-gestern abend angerufen und g-g-gesagt, ich soll k-k-kommen. Also bin ich g-g-g-gekommen. Und M-m-mom hat mir d-deinen B-b-b-brief gezeigt. D-das war das D-d-drama des N-nachmittags.«

Eine häßliche Wärme durchströmt Sloane, als die Rede darauf kommt.

»Ich wüßte nicht, was es da groß zu bereden gäbe.«

»Also, w-wenn du das so ...«

»Ich kann verstehen, warum du mit mir darüber sprechen willst, aber ich denke nicht, daß ich dazu allzuviel zu sagen habe. Jedenfalls nicht zu dir.«

»Eher s-s-s-s-«

Dexter bleibt hilflos an einem Anfangs-*S* hängen, und im endlosen Gewackel seines Bauchrednerpuppenkinns wendet Lou sich ab. Er beobachtet Kowalski. Im Haus. Wie ein Junggeselle, der für sein Date kocht, zündet Kowalski in der Küche Kerzen an.

»Eher sch-schlag ich m-mir ein *Loch* in den K-k-kopf, als daß ich d-d-dich in dieser B-b-beziehung um Hilfe b-bitte, Louis. D-d-du mußt m-mir noch mal was von v-v-versagen erzählen. H-hast du eigentlich eine Ahnung ...«

»Hast du beschlossen, ein bißchen persönlich zu werden?«

Lou rückt ihm ein paar Schritte auf den Leib.

»Ich f-fand nur, du solltest w-w-wissen, w-wie es deiner F-frau so geht, seit du a-a-abgehauen bist.«

»Ich habe keine Lust, mir das von dir anzuhören. Dein Standpunkt interessiert mich nicht, und im Grunde geht dich die Situation auch nichts an. Außer vielleicht am Rande. Wenn du wissen willst, was ich zu meiner Ehe meine, sage ich es dir vielleicht eines Tages. Aber wie du wahrscheinlich verstehen kannst, hatte ich nicht gerade die tollste Woche und heute außerdem noch einen wirklich langen Tag, also ...«

»A-also das b-b-bestätigt so ziemlich, w-was ...«

»Also versuch nicht, mich wütend zu machen, ich glaube nämlich nicht, daß du mit dieser Taktik ...«

Sie neigen dem Konflikt zu, als wärmten sie sich daran, als wäre er ein Prärie-Lagerfeuer nach langer Strapaze. Lou könnte weggehen, aber er tut es nicht, und Dexters Gesicht, aus der Nähe und im Licht der Garagenlampe, ist rot und entschlossen.

»Tja«, sagt Dexter plötzlich. »V-vielleicht war ich der Aufgabe, mich um sie zu k-k-kümmern, früher auch nicht immer g-g-gewachsen ... Louis, ich d-denke, es stimmt w-w-wahrscheinlich … daß ich d-d-dem nicht gewachsen war, aber d-das heißt nicht …«

»So wie damals … Wo warst du da eigentlich, Herrgott noch mal? Als sie …«

»A-aber jetzt b-b-bin ich der Ansicht, daß die D-d-dinge anders liegen. Ich f-f-finde wirklich, daß die D-d-dinge anders liegen und daß w-w-wir … ich denke, d-d-du und ich sollten uns d-darin einig sein.«

»Was heißt denn das nun wieder?«

Drohende Zeigefinger beginnen den Dialog zu begleiten.

»D-d-das heißt, daß ich v-vielleicht nicht immer d-d-da war … aber jetzt b-b-bin ich d-d-da. Heute b-b-bin ich da. D-d-da könnte von d-d-dir ruhig auch w-w-was k-k-k-kommen.«

»Dexter, ich meine es ernst. Ich habe nicht … Ich mag mir deine scheinheiligen Sprüche nicht anhören. Ich habe fünfzehn Jahre mit ihr zusammengelebt. In dieser Zeit passiert eine Menge. Und es gibt Gründe dafür, warum die Dinge so liegen, wie sie liegen. Und die brauche ich weder vor dir noch vor sonst jemandem zu rechtfertigen.«

»Gut, d-das verstehe ich«, sagt Dexter. »Aber ich b-bin ihr Sohn. D-d-das versuch ich dir die g-g-g-ganze Zeit zu erklären.«

Sloane schweigt. Gereizt.

»Und ich h-hab sonst niemand.«

»Na ja, ich …«

»Und … ich b-b-bin nicht restlos überzeugt, daß sie … es s-s-sieht so aus … die Situation ist w-wirklich *schlimm.*«

»Was heißt denn das? Hast du das auch endlich mitgekriegt? Stimmt irgendwas nicht?«

»Sie h-h-hat da etwas geschrieben, äh … ich weiß n-nicht recht, ob ich d-dir das überhaupt …«

Vom Schattengewimmel an den Rändern der Einfahrt bald erfaßt, bald freigegeben, täuschen sie lässige Haltungen vor – Dexter auf wackligen Beinen. So ist es bei diesen Gesprächen immer gewesen, wo die Kategorien *Vater* und *Sohn* unergiebiger sind als in den gängigen Formulierungen. Ab und zu hat Lou versucht, Dexter etwas beizubringen, ihn zu unterweisen, väterliche Weisheit zu spenden. Einmal, als Dexter das Familienauto kaputtgefahren hat. Einmal, als er einen Job verloren hat. Alle diese Gespräche, mit ihren kläglichen Ergebnissen, schwingen in dem jetzigen mit.

»W-weißt du, ich hab k-k-keine Ahnung, w-wie das jetzt f-f-funktionieren soll ... Ich f-f-finde bloß, d-du solltest zurückkommen, Lou. Ich f-f-finde, du solltest es dir n-n-noch mal überlegen.«

»Ich mache garantiert nicht den Lückenbüßer, bloß weil andere nicht bereit sind, ihren Teil beizutragen. Ach, was soll's.«

»Ich finde, du m-machst einen F-f-fehler. Ich g-g-glaube, dir ist gar nicht k-k-klar, was ein bißchen F-f-f-f-f ... was ein bißchen G-g-g-geduld für sie b-b-b-bedeuten würde. Sie ist *am B-b-b-boden zerstört.* Ich n-n-nütze ihr nichts, Lou. Sie hat sich auf d-dich v-v-verlassen. Und du ...«

Dexter holt Atem. Eine Pause, in der er sich faßt.

»Du liebst sie d-doch noch. Stimmt's? Und das L-leben ist zu k-k-kurz.«

Da greift Sloane nach Dexters Arm. Er hat gar nicht überlegt, was er mit dieser Geste beabsichtigt, ob sie versöhnlich gemeint ist – wie wenn man nach dem Arm eines anderen Mannes greift, um zu sagen, *Weißt du, für ein Männchen der Spezies bist du gar keine schlechte Gesellschaft* – oder ob sich noch nicht aller Zorn Luft gemacht hat. Wie auch immer, Dexter macht einen Riesenschritt zurück und wehrt Lou ab. Er macht den Eindruck, als will er noch mehr sagen, und tut es dann doch nicht.

»Hör zu, es tut mir leid«, sagt Lou. »Sag mir, was los ist. Okay. Gib mir die Einzelheiten. Es tut mir leid.«

Dexters versonnener Blick jedoch ist auf einen bestimmten Punkt gerichtet, und als Lou sich danach umdreht, wird die dumpfe Fixiertheit ihres Gesprächs, die Fixiertheit ihrer gemeinsamen Sorge für Billie, in der sich eine Entspannung einstellt, von Mac Kowalski über den Haufen geworfen. Der, in der Hand einen Cocktail, im ersten Gang die Einfahrt heraufkommt. Vor lauter Konzentration auf seinen großen Auftritt verschüttet Kowalski den Drink überallhin, und bis er schließlich an ihrer Kontroverse teilnimmt, hat er sein Getränk größtenteils in die Einfahrt geleert. Dexter rechnet allem Anschein nach mit dem Schlimmsten. Lou desgleichen. Kowalski strahlt eine fieberhafte *Unerbittlichkeit* aus.

»Mac«, sagt Lou, »du erinnerst dich an meinen Stiefsohn Dexter.«

Natürlich sind sie einander ab und zu bei einem Firmenpicknick, bei Sonnenuntergang unter Reaktordampfwolken, begegnet; sie haben am Strand Muscheln gegessen, frische, in Folie eingewickelte Maiskolben verdrückt und in der Glut von Freudenfeuern Tomaten gebacken. Sie sind bei diesen Picknicks beide am Strand entlanggeschlendert, um zwischen den Felsen Bier zu trinken. Sie haben beide über schlechte AKW-Witze gelacht. Aber das hier ist anders. Macs zornige politische Monologe haben einem noch unheimlicheren Gleichmut Platz gemacht. In ihm brodelt ein reichhaltiges Gebräu von Hormonen.

»Was verschafft uns denn das Vergnügen?«

»Hör mal, Mac«, sagt Lou, »ich glaube, das ist ein Gespräch, das Dexter und ich besser allein führen.«

»Hab nur mal nach dir sehen wollen, Louis. Mir war

so, als hättet ihr euch in der Wolle, deshalb hab ich gedacht, ich komme mal raus und helfe dir.«

»Wir können das selbst klären. Versprochen.«

Mac bedenkt die beiden mit einem mißmutigen, betrunkenen Blick – der etwas unverhüllt Drohendes hat. Doch gerade als er gehen könnte, als er in der Küche neue Ablenkungen bei Desserts und Hauptgängen finden könnte, *macht Dexter den Mund auf.* Dexter, so stellt sich heraus, sucht Ärger. Auch er ist betrunken. Was auch immer der Grund sein mag, *er geht auf Mac Kowalski los.* Obwohl sein Gegenüber fünfzig Kilo schwerer ist. Mit einmal gleichen die beiden Trainer und Schiedsrichter, die über eine Entscheidung streiten.

»Irgendein P-p-problem damit, d-d-dich aus anderer L-leute Angelegenheiten r-r-r-rauszuhalten?«

»Wer will'n das wissen?«

»Leute«, sagt Lou.

»Schwuchtel«, sagt Mac.

»Mac«, sagt Lou.

»Lieg deiner Mom ruhig noch ein Weilchen auf der Tasche«, sagt Mac. »Vielleicht kommt dann wieder alles in Ordnung.«

»M-m-machst dir wohl b-b-b-bißchen Sorgen um d-deine M-männlichkeit, wie?«

»Paß bloß auf, was du sagst.«

»K-k-k-kein Wunder, daß ihr d-d-diese Scheiße ins Meer k-k-kippt, solche W-w-wichser w-wie ...«

Zwar kennt sich Lou im Profiboxen nicht aus, aber er weiß, daß bei diesem Zeitvertreib auch der sogenannte *Schwinger* eine Rolle spielt, und der Ausdruck beschreibt recht treffend, wie Mac angesichts der letzten Provokation von links ausholt und Dexter mitten im Satz mit einem komisch klatschenden Geräusch zwischen Ohr und Nase auf die rechte Backe trifft. Dexters schwergeprüfte Brille fliegt herunter, sein Bier bespritzt die Einfahrt, und ein kläglicher, tiefempfundener Schrei entfährt Lous Stiefsohn, ein gequälter Schrei, der irgendwie zu erwarten oder vorherzusehen war, während Dexter sich von der Einfahrt hochrappelt, Kies an den Handtellern und ein verbogenes Brillengestell in den Fingern, und Kowalski *Scheiße!* schreit, eine Faust mit der anderen packt und sie massiert, und Dexter kommt taumelnd hoch, hebt nicht einmal die Hände, um den Schlag zu erwidern, während Kowalski *Steh auf, steh auf* brüllt und erneut nach ihm schlägt, diesmal (während Lou nach ihm greift) einen rechten Aufwärtshaken, mit dem ein geübter Boxer nach einem Schwinger rechnen würde, aber der Angriff schlägt fehl, und Kowalski gelingt es lediglich, Dexters Schlüsselbein zu treffen und ihn damit mehrere Schritte zurückzutreiben, als Lou sich selbst ins Getümmel stürzt, *Herrgott noch mal, Mac, das ist doch keine Lösung,* und Dexter jeden Moment damit rechnet, zu Boden zu gehen, weil Ernst und Passivität in ihm Garanten dafür sind, daß er die Sache gleich hinter sich hat. Während Mac drauflos drischt und Lou ihn festhält, macht Dexter Bestandsaufnahme. Nasenbluten? Ein Veilchen wird er bestimmt kriegen.

»Runter von meinem Grundstück, du Arschloch. Sonst mach ich dich richtig fertig. Du hast doch keine Ahnung!«

»Ich mach das schon, Mac«, sagt Lou flehend. »Ich fahr ihn wieder zu Billie rüber. Geh rein, Herrgott im Himmel. Benimm dich wie ein Erwachsener.«

Und Kowalski, der immer noch seine Hand festhält, beginnt sich endlich zurückzuziehen, behält die Situation allerdings noch im Auge, als er das Martiniglas am Rand des Rasens aufhebt, *Ich weiß nicht, wie du's mit dem Schleimscheißer unter einem Dach ausgehalten hast, Louis.* Mittlerweile erfüllt eine seltsame Gelassenheit dessen Stiefsohn, der sich gleichfalls auf die dunkel gewordene Straße zurückzieht.

»Halt, warte doch mal«, fängt Louis hilflos an. »Hör zu, es tut mir wirklich leid ... Er geht eben schnell hoch. Es war ein fürchterlicher Tag, das ist alles. Du kannst dir das nicht vorstellen.«

»Ich g-g-g-gehe zur P-p-p-polizei«, sagt Dexter und bricht in sardonisches Gelächter aus. Die konvulsivische Heiterkeit des Verfolgten. Sie strömt aus ihm heraus. Als hätte er seine Fröhlichkeit eine Zeitlang für sich behalten.

»Machen wir das unter uns aus, Dexter, es gibt keinen Grund, die Sache aufzubauschen.«

Bald befinden sie sich auf einem dunklen Abschnitt der Mariner's Lane und steuern auf die Niantic Shore-Owners Association zu. Lou ist es ganz recht, daß er das Gespräch ruhen lassen und die Entfernungen mit seinen Schritten messen kann. Wenigstens scheinen sie sich darauf zu verstehen, einander in Ruhe zu lassen, ihre diskreten Betrachtungen anzustellen. Wenigstens können sie sich auf ein paar Dinge einigen: Familien werden aufgrund der fadenscheinigsten Einbildungen aufgegeben: ein Tag in der Karibik, eine Nacht in der Stadt. Man kommt dem näher, mit dem man sein Haus teilt, so wie das Pferd von seinem verlorenen Stallgefährten abhängt.

»Sie redet von Euthanasie«, sagt Dexter endlich.

Er bleibt nicht einmal stehen. (Weiter vorn sind fröhlich schwankende Taschenlampenstrahlen zu sehen.) Er flüstert.

»*Was?*«

»Sie h-hat mich heute g-g-g-gefragt, ob ich b-b-b-bereit wäre ... du w-weißt schon. Keine K-k-k-krankenhäuser oder sonst was. Sie h-hortet Schlaftabletten.«

Das Gespräch wird von Rufen abgeschnitten, *Da ist er!*, dann steht drohend irgendein Nachbar von Kowalski vor ihnen und bombardiert sie mit einem Hagel von Fragen, *Was haben Sie in dieser Gegend zu suchen, zu welcher Adresse wollen Sie?* Weitere Drohungen. Festnahme durch Zivilpersonen. Doch weil Lou Sloane Manager ist, beginnt er sofort den Diskurs der Schlichtung; er verfällt in den opaken Ton, der Team-Konferenzen vorbehalten ist – sein Sohn und er seien von einem schweren medizinischen Notfall betroffen etc., nur der Ernst der Lage lasse sie zu diesen Mitteln greifen etc., er hoffe, sie hätten den Anwohnern in ihrer Hast keine Unannehmlichkeiten bereitet etc. – und bald wird der Mann, der Anführer der Bürgerwehr, ein bärtiger Kerl, nachgiebiger. Lou sieht, wie sie sich alle entspannen. Weil er sicher ist, jedem demonstrieren zu können, daß die meisten großen moralischen und sozialen Probleme der Zeit lediglich Probleme zwischen Menschen sind, wird, obwohl Ed Driscoll zu Dexter sagt, die Cops seien schon unterwegs, rasch klar, daß man sich über alles einigen kann, und bald schlendern Driscoll, Lou, noch einer aus der Gegend (Leonard Van Zandt) und Dexter in aller Freundschaft die Straße entlang, reden vom Angeln, darüber, ob die Blaufische diesen Sommer so gut stehen wie früher, über den Preis von Kabeljau im Gegensatz zu Schellfisch, und nur noch eine Frage ist ungeklärt, nachdem die Einheimischen sich davongemacht, sich in ihren privaten Refugien verbarrikadiert haben. Lou und Dexter stehen neben dem glänzenden Miet-Ford. An der Windschutzscheibe ein Strafzettel.

»Sag's mir noch mal.«

Dexter seufzt.

»S-sie hat sich von mir d-d-dabei helfen l-lassen, d-d-dieses D-ding mit allen Einzelheiten zu unterschreiben. W-weißt du, Lou, sie f-f-fängt an zu weinen, und dann g-g-geb ich ihr einfach in allem nach. Ich b-b-bin nicht so stark, wie ich s-s-sein müßte. Ich w-weiß n-nicht, ob ich das k-k-kann.«

»Du darfst dich jedenfalls nicht von ihr herumschubsen oder zu allem überreden lassen, Dexter. Weil … das einfach keine Art zu leben ist. Sag ihr deine Meinung, das ist mein Rat, steh zu dem, was …«

Aber Lou spürt selbst die Fadenscheinigkeit dieses Arguments. Verlegen verstummt er.

»Schon w-wieder ein Rat. Ich b-bin erst einen T-t-tag hier und schon v-v-völlig fertig. Zu v-v-viele Ratschläge. Zuviel Stoff zum N-n-nachdenken.«

»Kannst du denn noch fahren?«

Und obwohl er es unter Eid niemals zugeben würde, nimmt Louis Sloane bei sich selbst ein bestimmes Gefühl wahr, ein deutliches hydroelektrisches Aufwallen von Respekt für seinen unbeholfenen Stiefsohn. Mit aller Macht wehrt er die Empfindung ab. Mit aller Macht widersteht er dem Impuls, den jungen Mann zu trösten. Das gehört zum Altmännerkodex. Statt dessen patscht er auf der Fahrerseite gegen das Fenster, als Dexter sich anschnallt. Er ruft den Abgasen etwas Unverständliches nach, ruft es dem alten Gehölz von Felsenbirne und Wildkirsche auf jenem unbebauten Grundstück zu, der Landschaft, wie sie vorher war, bevor die Wochenendurlauber die Landschaft hier verhunzten, damals, als es in dieser Gegend nichts als Dornen und Kongregationalisten gab. Den Urlaub machenden Heiligen von New England flüstert Lou das Geheimnis zu, das er mitzuteilen hat:

»Dexter, ich werde über den Schmu nachdenken, den du mir da aufschwatzen willst.«

15

Sie ist sich zunächst nicht sicher, ob der Schatten auf dem Hocker einer Sinnestäuschung aufgrund des Lichts oder aufgrund der Paralyse entspringt – aufgrund deren ein bestimmter Bezug mit Blumenmuster oder ein Tête-à-Tête oder eine Stehlampe einem Mitmenschen ähnelt. Ihr Zimmer ist voller verkrümmter Schatten. Wiedergänger. Ihre Brille freilich liegt aufgespreizt auf dem Nachttisch, auf einem zugeklappten Buch. So ist der Gast auf dem Hocker eines Wesens mit der Einrichtung, mit Stühlen, Vorhängen, im Raum verteilten Tischen. Konturlos und unbestimmt. Ein spätimpressionistischer Besucher. Und Billie kann sich die Brille nicht aufsetzen, um die Frage zu klären. Statt dessen macht sie höflich Konversation, obwohl sie möglicherweise mit einem chintzbezogenen Sessel redet. Dann allerdings fällt ihr ein, daß in dem Restaurant – dem Fischlokal – tatsächlich eine Frau war. Sie geht Erinnerungen durch, Kindheit in Minnesota, Steakhäuser in Manhattan, leere Strandcafés mit ihren Hummersalaten und schaumigen Limonaden. Was damals war, was gerade eben war. Ein Bewußtseinsgulasch. Sie ist sich nicht sicher, ob die Bemerkungen, die sie schon gemacht hat – *Sie müssen mir verzeihen … daß ich keine bessere Gastgeberin bin* –, Absichten oder tatsächlich gefallene Bemerkungen, Wünsche oder Taten sind, zumal von dieser Polstersesselfrau, diesem Ausstattungsgegenstand, keine Reaktion kommt –

»Nicht imstande … Ihnen das Haus … zu zeigen. Bitte verzeihen Sie.«

Der Geruchssinn, dessen Mechanismus noch intakt ist, bestätigt überdies das Vorhandensein einer angezündeten Zigarette im Boudoir. Eine Ungehörigkeit, die zu tadeln

Billie nicht die Energie hat. Im Grunde ermutigt sie der Duft sogar; er läßt darauf schließen, daß ihre Wahrnehmungen verläßlich sind. Es muß die Frau aus dem Restaurant sein, die mit ihren Filterzigaretten hier im Zimmer sitzt. Billie hat vor, auch nach Louis zu fragen, die Frau zu fragen, ob Louis noch einmal hinausgegangen ist, um irgend etwas zu erledigen – die Lampen im Goldfischteich auszuschalten, wegen des Regens die Fenster zu schließen –, doch noch während sie diese Fragen formuliert, spürt sie den Stumpf ihrer ehelichen Amputation, und das höfliche Gespräch – in dem Billie sich ihre Probleme nicht anmerken läßt, in dem sie charmant ist und sich nicht unterkriegen läßt – hat ein Ende.

»Na ja«, sagt die Frau, »eine Führung hab ich nun wirklich nicht erwartet.«

»Mm …«, macht Billie.

»Könnten Sie lauter sprechen? Bloß ein kleines bißchen.«

Eine Träne läuft über Billies Unterlid, beschleunigt sich auf ihrer kürzestmöglichen Strecke, rinnt südwärts. Die nächste unterdrückt Billie oder gibt sich jedenfalls alle Mühe. Inzwischen raucht die Frau. Eine Wolke legt sich über das Bett, unter den Betthimmmel, und als die Frau fertiggeraucht hat (nach nervösem Ausdrücken des Nikotinstengels), kommt sie zu Billie herüber, die ausgestreckt daliegt, die Frau kommt, das Zimmer bricht entzwei, verströmt bunte Blasen, ein Gefunkel. Die junge Frau steht vom Hocker auf, tappt auf Strümpfen auf das Bett zu, bis ihr Gesicht, aufgebläht, über Billie Raitliffe schwebt. Sie hat schlecht gefärbtes Haar und Erosionen im Gesicht, schuppige Stellen. Eine Brille. Ihre Hand teilt die Angoraluft um Billie, greift hindurch, um eine verirrte Strähne zurückzustreichen; wortlos berührt sie Billies Gesicht, die Finger leicht wie ein Staubwedel, und Billie stellt fest, daß sie trotz allem für jedes Handauflegen dankbar ist.

Dann, noch schöner, greift die Frau nach der Brille auf dem Nachttisch und setzt sie ihrem Schützling auf die Nase. Konturen werden wieder scharf.

»Wie sagten Sie … könnten Sie … mir noch einmal sagen … wie Sie heißen?«

»Wissen Sie das nicht mehr? Jane. Jane Ingersoll.«

»Verzeihung.«

»Na ja, wir waren im Penelope's, und Ihr Sohn … Also, Dexter und ich haben Sie hierher zurückgebracht. Mehr oder weniger.«

Jane zupft an einer Steppdecke. Legt sie neu zusammen, streicht eine Falte glatt.

»Aber eigentlich kenne ich Sie von früher. Von damals, als ich noch ein Kind war. Jedenfalls sind wir uns ein-, zweimal begegnet, weil Dexter …«

Der Name ist ihr zunächst unbekannt – Dexter? Dexter, Dexter –, und während sie ihre Erinnerung durchforscht, erschreckt sie aufs neue die Apathie der Neurotransmitter. Ihr Körper reagiert wie durch starkes Telefonrauschen hindurch. Ihre Mutterschaft, der einzige anständige Job, den sie je hatte, löscht sich aus ihrem Gedächtnis. Hat Dexter mit Louis das Haus verlassen? War Dexter vorhin schon einmal da? Ist Dexter übers Wochenende nach Hause gekommen? In der Wiederholung seines Namens liegt ein Schimmer seiner Melancholie, seiner Naivität.

»Und ich bin noch mal hergekommen, um Hex zu treffen und um nachzusehen, ob mit Ihnen alles in Ordnung ist, aber er ist anscheinend mal kurz weggegangen oder so. Deshalb warte ich hier auf ihn, wissen Sie, und ich hab mir gedacht, ich komme einfach auf einen Schwatz zu Ihnen rauf.«

»Wie lange … hab ich denn geschlafen?«

Diese Jane, die da neben dem Hocker ein schon fast origamihaftes Kunstwerk aus Bettwäsche herstellt, scheint ihre ganze Aufmerksamkeit auf Billie zu konzentrieren. Genau zuzuhören. Angesichts dessen, wie sie sich darstellt, sind ihre Verrichtungen einigermaßen lächerlich. Viel zuviel Augenbrauenstift – *Augenbrauenkreide* träfe es eher –, hautenge schwarze Samtleggings, der Busen nicht im mindesten gebändigt.

»Geschlafen? Ach, ich weiß nicht. Anderthalb Stunden vielleicht. Eindreiviertel.«

Zu Billies defekten Biotechnologien zählt auch ihr Zeitsinn. Ihre Tage sind von schwankender Dauer und unterschiedlichem Äquinoktium. Drei Achtstundentage, jeder mit zweieinhalb Stunden Schlaf, oder eine zweiundsiebzig Stunden lange Nacht oder ein Alaskasommer mit einer knappen Viertelstunde Bewußtlosigkeit. Jedes Nickerchen, jede Ruhepause am Abend führt dazu, daß sie in den schwarzen Stunden des frühesten Morgens hellwach und einsam ist.

Jane Ingersoll verschwindet in das Elternbad mit seiner geräumigen Wanne, seinen Aluminiumstangen, seinen zehntausend Medikamenten – das Badezimmer eines Kreuzfahrtschiffes, ein transkaribisches, gerontologisches Badezimmer –, und Billie kann ihr Geschlurre und Getappe hören, kann hören, wie sie ein Glas füllt und irgendein Schönheitswässerchen beiseite stellt. Zerstreut macht Jane eine Bemerkung darüber, wie kurz die Tage schon wieder würden, wie Altpapier in einem Sturm kämen sie einem vor, und taucht dann mit einem Glas Wasser und, unwahrscheinlicherweise, einem verschlungenen Kindertrinkhalm am Bett auf, einem im Dunkeln leuchtenden Halm mit einem halben Stek, einem Verkürzungsstek oder einem Liebesknoten darin, der in trübem Leitungswasser schaukelt.

»Von Halloween übriggeblieben«, sagt Jane, von Billies alberner Überraschtheit amüsiert. »Meine Kinder lieben diese Dinger. Sie nehmen sie überallhin mit. Evan wollte seinen sogar in die Sprechtherapie mitnehmen. Ich mußte ihn ihm wegnehmen.«

Jane hält das Glas, während Billie daraus trinkt, während Billie alle Anstrengungen macht, nicht zu ersticken. Ein Erstickungsanfall würde anspruchsvolle Krankenpflege erfordern, und das wäre ungastlich. Als ein letzter Eßlöffel Wasser nach Durchfließen des schwach leuchtenden Halms Billies Kleid bekleckert (sie weiß nicht mehr, warum sie noch immer ihr Kleid anhat), schnappt Jane ihr das Glas weg und stellt es auf das Nachttischchen. Ohne Untersetzer.

»In der Schublade«, japst Billie.

»Ach so, Verzeihung …«

Coastal Power and Light, ein Bierdeckel. Sie schiebt ihn unter das Glas.

»Wie alt … sind Ihre Kinder?«

Worauf Jane eine Reihe langatmiger Anekdoten über Jungen zum besten gibt, über die Schwierigkeiten, in die sie geraten, über ihre Tendenz, sich üble Kopfverletzungen zuzuziehen *(Evan ist in den Keller runtergerannt und gegen einen Träger gedonnert!)*, Kleider, aus denen sie binnen Tagen herauswachsen *(Einmal hab ich ihn tatsächlich wachsen sehen, ich schwör's)*, wie sie von Bäumen fallen, von Rädern fallen und einen mal lieben und mal nicht. Sie gehen in fremde Zimmer und durchwühlen die Schubladen. Sie lesen die Liebesbriefe, die man auf seinem Schreibtisch liegen läßt. Das ist die unerwartete, offene Landschaft, in die ihr Gespräch flieht, die Landschaft der Jungen. Wilde Tiere mit Grasflecken an den Hosen; Jungen, die mit Zwillen und Luftgewehren auf Waldtiere schießen, Jungen nackt mit den Nachbarmädchen, Jungen, die ihre Little-League-Kumpel, ihre Freunde und Verwandten befummeln; Jungen und ihre Mütter. In Billies Wahrnehmung blüht Jane auf, während sich diese Sturzbäche von Mutterschaft ins Zimmer ergießen; Jane beginnt zu lächeln, ein schuldbewußtes Lächeln, als dürfte die Mutterschaft keine so dankbare Aufgabe sein. Eine Zeitlang ist es ein schönes Gespräch. Bis Jane abrupt aufhört.

»Wissen Sie«, sagt sie, »vorhin im Restaurant haben Sie ein kleines Malheur gehabt, und es wäre vielleicht eine gute Idee, wenn wir Sie ein bißchen waschen.«

»Na ja, wissen Sie …«, sagt Billie, »da gibt es ein kleines Problem.«

»Ich will Ihnen natürlich keine Ungelegenheiten machen, aber …«

»Leider … gibt es da so etwas wie ein … praktisches Problem … es ist schrecklich … aber in der Wanne … bekomme ich Muskelkrämpfe … solche Sachen … Für Gäste … ist das unangenehm.«

»Sie bekommen was?«

»Schmerzen auch …«

Jane setzt ein träge mitfühlendes Gesicht auf.

»Andererseits«, sagt Billie, »wissen Sie … falls Sie … falls das Wasser …«

»Verzeihung?«

»Wenn Sie darauf achten … daß das Wasser nicht zu heiß wird … wenn es Körpertemperatur hat.«

»Na ja, ich weiß nicht, ob das so eine tolle Idee ist. Vielleicht wenn Hex zurückkommt.«

»Tolle Idee?« sagt Billie trocken.

»Der hat darin mehr Übung.«

»Vielleicht könnten Sie … ein bißchen Schaumbad hineingeben? Der Geruch … ist so schön.«

Jane ist in die Enge getrieben. Die Witwe Raitliffe sieht sich dieser Tage in die Politik des Zwischenmenschlichen genötigt. Sie ist unnachgiebig, entschlossen. Sie bietet keine Alternativen. Deshalb geht Jane, die Hände in die Hüften gestemmt, im Bad auf und ab, streicht, während sie sich schlüssig zu werden versucht, gespaltene Haarspitzen zurück, rückt Gegenstände zurecht und entspannt sich allmählich zu einer gewissen Sorglosigkeit. *Was soll's,* denkt sie. Was soll's. So soll denn zum zweitenmal an diesem Tag ein Bad für Billie bereitet werden, die im Gegensatz zu Jane das Risiko kennt. *Doch da ihr Louis' Abschied so gegenwärtig ist wie eine Reklametafel,* ist Sicherheit die geringste ihrer Sorgen. Und so läßt Jane das Bad ein (das Pladdern laufenden Wassers elementar und lindernd) und entzündet eine nach Honig duftende Votivkerze (auf der Ablage, neben Billies dekorativen Bürsten). Der Flieder- und Weihrauchduft des Schaumbades ruft Assoziationen wach, und das Licht in Bad und Schlafzimmer ist ockerfarben, herbstlich.

»Wo ... sagten Sie ... ist Dexter hingegangen?« ruft Billie, aber Jane hört sie nicht (oder gibt keine Antwort), und Billie muß sich wiederholen. Das ist die Nagelprobe auf ihre Fähigkeit zu kommunizieren, und sie gibt sich alle Mühe zu schreien. *Warum muß diese Jane sie im Schafzimmer allein lassen?* Endlich taucht Jane wieder auf: sie hat sich bis auf ihr Tanktop ausgezogen, ihre Bluse um die Taille geknotet; woanders sprudelt der Strahl in die Wanne; Dampf beginnt das Bad zu bewölken, durch die Tür zu wallen.

»Er ist was zu essen holen gefahren.«

»Sie brauchen ihn nicht ...«

»Hat gesagt, er kommt gleich wieder.«

»Trinkt wahrscheinlich«, verkündet Billie.

Jane ist mit praktischen Fragen beschäftigt. Auf der Suche nach dem Rollstuhl läßt sie den Blick durch das Zimmer wandern, verschwindet kurz auf den Flur.

»Wie soll ich sie denn da rein schaffen?«

Jane Ingersoll muß jedoch daran gewöhnt sein, Kinder herumzutragen, kleine Jungen unter den Armen zu tragen, deren Zehen und Füße wie Wimpel zucken, während sie von Supermarktregalen stibitzen. Jane Ingersoll muß daran gewöhnt sein. Ihre Arme sind sehnig, mit *Bizepsen und Deltamuskeln,* oder wie sie heißen, die Hügel und Kuppen jugendlicher Anatomie. Jane wirft die Decken zurück, die die Witwe Raitliffe drapieren, und die beiden bekommen jenen Körper, seine steckendürren Glieder, genau zu sehen. Dem Künstler, der Billie Raitliffe zeichnete, würde man die bloße Andeutung einer Figur vorwerfen. Billie vermutet, daß Jane entsetzt ist, denn Jane kündigt mit sanfter Stimme an, was sie jeweils vorhat, *Ich ziehe nur rasch die Laken da zurück … Jetzt ziehe ich Sie an den Bettrand.* Und dann beginnt sie, sehr zögernd, Billie das Hauskleid vom Leib zu zupfen. Billies Kavitäten und Konkavitäten gleichen denen eines Gefangenen, eines Landstreichers, eines zitternden, enteigneten und nackten Individuums, ausgenommen freilich ihre saugfähige Erwachsenen-Wegwerfunterwäsche. *Seien Sie lieber vorsichtig … wenn Sie die ausziehen.* Ihr Körper haarlos, entblättert, mit Gänsehaut. Jane löst die Windel und macht mit dem ammoniak- und kamillegesättigten Material den im Benimmunterricht gelernten Gang ins Badezimmer, damit nichts verschüttet wird. Ins Schlafzimmer zurückgekehrt, schiebt sie die Hände unter Billies knochige Hüften, ihr zusammenklappbares Skelett, stemmt sich aus dem Kreuz heraus und hebt Billie hoch in die Luft, in einen Szenenwechsel, zu dem diese sich über den Bettrand erhebt, schwankend und mit gegen die Brust der Jüngeren schlackerndem Kopf, ältere Mutter in den Armen einer jüngeren, *Mütter machen diese Welt bewohnbar, Mütter kommen, um deine Qual zu lindern, Mütter bleiben danach noch, um deinen Schlamassel in Ordnung zu bringen;* aus diesem Blickwinkel findet Billie ihre Füße deprimierend; ihre Füße sind grau und leblos; das Fleisch fast grün unter ihren Nägeln; auch sie war einmal hübsch, aber wer wird das heute noch glauben, wenngleich es braunstichige Fotos geben muß, die es beweisen. Jane setzt Billie auf den Vorleger vor der Wanne, nimmt ihr erneut die antike Brille ab und faßt dann mit der Hand unter die wallenden Blasen. Als sie sich von der lauwarmen Temperatur des Bades überzeugt hat, lüpft sie noch einmal schwer, lüpft diese nackte alte Frau, läßt, als sollte Billie in Honig getaucht werden, zuerst deren Zehen und dann alles übrige unter diese herrliche Decke gleiten. Während sie Billie in die Wanne hinunterläßt, bekommt ihr Gesicht irgendwie einen Bart aus Schaumblasen – einen nach Lavendel duftenden, weißen Bart. *Zum erstenmal in einem aus lauter Sonntagen bestehenden Monat verspürt Billie einen Moment lang den Drang zu lachen.*

In dieser Ruhe strudelt das Wasser natürlich kaum, weil Billie sich nicht rührt, in dem Aluminiumgestell sitzt, das sie festhält, damit sie nicht ertrinkt. In der Stille verliert sie Jane Ingersoll an irgendeinen Tagtraum, der zweifellos von deren Mutter, von Mrs. Ingersoll, handelt. Warum sonst sollte sich Jane mit der Witwe Raitliffe abgeben, hätte es nicht eine Mrs.Ingersoll gegeben, die sich die Diatriben der jungen Jane mit ihren Beatnik-Klamotten, ihren motorradfahrenden Freunden und wer weiß was sonst noch anhörte? Der Dampf im Raum ruft die Vergangenheit hervor, die Vergangenheit der Ingersolls, die Vergangenheit der Raitliffes, zumal nachdem Jane die Tür zugestupst hat. Damit es keinen Zug gibt.

»Ist das Wasser zu heiß?«

Die Witwe gibt keine Antwort. Nervös rafft Jane sich auf, lenkt das Gespräch wieder auf das Studium von Söhnen. Auf dem Kachelboden steht mittlerweile ein Zentimeter Wasser, der Vorleger ist durchweicht. Jane spritzt, während sie Billie den Rücken schrubbt. Sie verrichtet die Arbeit voller Eifer. »Wie war Dexter als Kind? Was macht er in der Stadt?«

Billie sagt: »Sensibel ... ungeheuer sensibel ...«

Die Fragen erzeugen weitere Fragen. *Ist er im College in Schwierigkeiten geraten? Hat er gute Noten gehabt? Ist er in den Ferien nach Hause gekommen? Hat er erwartet, daß Sie ihm immer seine Wäsche machen? War er als Teenager schwierig? Fanden Sie, Sie waren strenger, als Sie selbst erwartet hätten? Ist es Ihnen schwergefallen, Strafen zu verhängen? Gab es Sachen, die Dexter prinzipiell nicht gegessen hat? Sehen Sie sich selbst jetzt durchgängig als Mutter? Wann beginnen Jungen, sich ihren Müttern ernsthaft zu widersetzen? Haben Sie irgendwann festgestellt, daß Sie als Mutter nichts mehr dazulernen?* Nervöses Geplapper, während sie Billie unter den Armen wäscht und ihr das Haar einschäumt, und es setzt, als Erwiderung, Billies Monolog in Gang, einen – wegen ihrer mangelhaften Sprechfähigkeiten ganz und gar mißverstandenen – wilden Wortwust, der sich jedoch, ungeachtet gelegentlicher Unterbrechungen, die nächsten Minuten hinzieht und die beiden Mütter in einer Art Prolegomenon zu jedem künftigen Gespräch über Söhne miteinander verbindet:

»Wenn sie Teenager sind … kriegen sie es immer irgendwie … mit Musik … mir hat dafür das Verständnis gefehlt … Auch wenn man … alberne Musik mag … oder gemocht hat … als man in dem Alter war … ist der Krach … auf den sie fliegen … schlimmer … Das ist natürlich … das erste Anzeichen dafür … daß sie in die Pubertät kommen … Als Dexter noch ganz klein war … hat er gemocht, was ich gemocht habe … Dann hat er sich verändert … aber wenn einem die Erfahrung mit den Kleinen fehlt … denkt man, man selbst wäre schuld … an den Schwierigkeiten … in die sie geraten … Zum Beispiel sind am Ende der High School … auf einmal seine Noten schlecht geworden … Er wirkte zerstreut … Wahrscheinlich gibt es eine spezielle Entwicklungskurve … für die Noten von heranwachsenden Jungen … oder irgend so etwas ... Aus dem Haus ist er jedenfalls ... nicht viel gegangen ... Später ist er dann ... vom Wehrdienst zurückgestellt worden ... ist aufs College gegangen ... und hat Gott weiß was studiert ... Söhne studieren immer das ... wovon sie glauben, daß es ihre Eltern ... am meisten aufregt ... also hat er *orientalische Religionen* belegt ... und Marx und Nietzsche und die Philosophen ... Allen hätte einen Herzanfall gekriegt, wirklich ... Und trotzdem ... wenn er was Süßes gegessen hat ... habe ich das Einwickelpapier weggeworfen ... und wenn er mit dem Studium ... Probleme hatte ... habe ich die Lehrbücher gelesen ... Wenn ich damals ... als ich noch Auto gefahren bin ... plötzlich bremsen mußte ... habe ich jedesmal nach ihm gegriffen ... damit er nicht gegen das Armaturenbrett prallt ... und als er die Kristallgläser in der Speisekammer kaputtmachen wollte, habe ich die Scherben zusammengefegt ... Wenn ich gesehen habe, daß er Schmerzen hat ... habe ich auch Schmerzen gehabt ... und wenn ich gesehen habe, daß er glücklich ist ... habe ich mich auch glücklicher gefühlt ... Diesen glücklichen Menschen habe ich großgezogen ... habe ich gedacht, und deshalb ... hat es mir nichts ausgemacht ... das alles zu tun ... natürlich habe ich gewußt ... daß andere Leute den Kopf schütteln ... in was für schäbigen Kleidern läuft er herum? ... Als ich ihn besucht habe ... damals auf der Krankenstation des College ... Dexter hatte ... irgendwelche Tabletten genommen ... ist sehr krank geworden ... den Magen haben sie ihm ausgepumpt ... Ich bin damals schon an Krücken gegangen ... Jedenfalls, wenn man Mutter ist ... liebt man seinen Sohn ... so wie Gott ihn liebt ... man sieht nicht die schreckliche Frisur ... man sieht nicht die Bummelei ... man sieht das Positive ... das Gesündeste ... und man geizt nicht mit Zuneigung ... man könnte es auch gar nicht ... ob ich ihn immer noch liebe? ... ohne Vorbehalt? ... Doch, ja ... Ich habe meine Bedenken ...

Das viele Geld, das er hat ... Es reicht, um das Erwachsenwerden ... aufzuschieben ... Ab einem bestimmten Alter ... läßt man seine Söhne ... selbst zurechtkommen ... Man erklärt sie zu Erwachsenen ... ob sie das wollen oder nicht ... Und die, die nicht aus dem Nest geworfen werden ... lieben einen am meisten ... und verletzen einen am schlimmsten ... und gehen dann doch ... und man gewöhnt sich an die ... Zeiten der Einsamkeit ... dann weiß man nämlich ... daß man nicht bloß Mutter sein will ... obwohl Mutter das beste ist, was man je war ...«

»Möchten Sie eine Tasse Tee oder so was, Mrs. Raitliffe?« unterbricht Jane, als die Erklärungen unverständlich werden. »Manchmal ist es schön, im Bad eine Tasse Tee zu trinken.«

»Eine Tasse Tee ... wäre herrlich.«

Jane nimmt ein blaßblaues Handtuch von der Stange. Um die Witwe abzutrocknen. Als Billies Leitfaden zur Kindererziehung endgültig verstummt. Die jüngere Frau läßt etwas warmes Wasser aus dem Hahn nachlaufen. Und rührt mit der Badebürste wie in einem Hexenkessel. Erneut lächelt sie Billie breit an – bestimmt hat sie als Kind Zahnspangen getragen –, und Billie hat das Gefühl, etwas geleistet zu haben, als hätte sie die Weisheit weitergegeben, das Erbe bewahrt. Dann geht Jane den Tee holen (*Grüne Minze, bitte,* ruft die Witwe ihr nach). *In diesem Moment kommt es zu einer Versteifung.* Wie in feiner Abstimmung auf ihr Alleinsein. In ihrem Brustbein. Ihr Rumpf verspannt sich, dann spürt sie einen Schnitt, der durch ihren Bauch fährt, beantwortet mit einem Schlag in die Lendengegend. Thema und Variationen. Vorn und hinten. Komplementärschmerzen. Billie stöhnt. Diesen flüchtigen Schmerzen, der sinnlichen Wahrnehmung bestimmter Zonen ihrer inneren Organe, folgt die vorhersehbare Neuralgie, Pfeile in ihrem Gesicht, die ihre Stirn, ihre Kopfhaut punktieren, für jede Pore einer, das alles, noch ehe sie die Schmerzen halbwegs einordnen kann, und dann die lächerlichste Variante des Ganzen, *Zahnschmerzen,* Herrgott noch mal, dabei sind ihre Zähne nach einem halben Dutzend Wurzelbehandlungen größtenteils überkront oder einzementiert – und sie schreit, und die Stiche irrlichtern und fintieren. Gerade als sie versucht, mit dem bisher aufgetretenen Spektrum fertigzuwerden, beginnt ihr Blick sich zu verdunkeln, zuerst am Rand, ein Chiaroscuro, eine Helldunkelblindheit, in der sie das Waschbecken, das blaue Handtuch, die schimmernden Schaumbläschen erkennen kann, nicht aber die Tür, die grau verhängt ist, dann haben sich mit einmal Spiegel und Lampe getrübt, etwas sticht an ihrem Gaumen, als kaue sie auf Stecknadeln, ihre Augen werden ausgelöscht, und sie schaukelt im Wasser, in dieser Stille, mit Schrauben in sämtlichen geschwollenen Gelenken, die Muskeln verdreht und verschlungen, ihre Atemzüge flach, selbst die autonomen Funktionen vom rollenden Donner der Krämpfe erstickt, *und wenn nun das Atmen vor dem Denken aufhört, Jane, Jane,* die Rufe sind so zerbrechlich, so spröde, und ihre Beine tanzen den unfreiwilligen Tanz, den spasmischen Tanz, das Wasser stampft, eine geballte Faust trommelt gegen den Wannenrand, und zu allem Übel ist sie auch noch durstig, wenn sie bloß die Zunge hinunterbrächte und etwas auflecken könnte, wenn sie sich bloß soweit in die Gewalt bekäme, daß sie sich unter die Oberfläche gleiten lassen könnte; die Schmerzen flitzen von vorn nach hinten, sie wird gepfählt, gespießt, ausgeweidet von ihren Qualen, und nun schließt sich auch ihr Mund fest, *Jane, Jane, bitte,* wenn sie unter den Meniskus der Wanne schlüpfen könnte, während das grelle Licht explodiert, erkennbar erst danach, erst an seinem Überbleibsel, das grelle Licht willkürlicher Verdrahtungen, undeutlich in ein einziges, vakuumverpacktes Gedächtnis gezwängte Erinnerungen, eine Lichtexplosion, Explosion des auf sich selbst zurückgefalteten Gedächtnisses, eine Sehnsucht, ein nur einen Augenblick währendes Verlangen, dann faltet sich das Bewußtsein zur Seite, alles umhüllende Liebe, die Liebe von Müttern und Söhnen. Billie bekommt Schaum vor dem Mund.

16

Ich spreche von einem Telefon mit Wählscheibe aus, einem alten Telefon, mindestens fünf Pfund schwer, und die Küche hier ist größer als meine ganze Wohnung. Lkws könnte man hier drin parken, oder eine Armee verpflegen, und der Kühlschrank, einer von diesen riesigen Serienmörder-Kühlschränken, nicht mal die Arme müßte man abschneiden, man könnte die Opfer einfach am Stück reinstopfen. Das Haus ist so groß, daß ich mich verlaufen habe, als ich runtergekommen bin, um Tee zu machen. Ich weiß nicht, wo ich überhaupt gelandet bin – da gibt's ein Wohnzimmer, so groß wie ein Tennisplatz, die Bibliothek ist genauso riesig, bloß sieht das alles so aus, als wäre denen das Renovieren schon vor Jahren langweilig geworden. Und überall so futuristischer Kram, so elektronisches Laser- und Infrarotzeugs, mit dem du einen Herzstillstand rauszögern kannst, bis der Notarzt da ist. Andererseits blättert die Farbe von den Wänden, die Sesselbezüge sind total abgewetzt, und stellenweise kommt die Füllung raus. Richtig deprimierend. Und ich spaziere hier rum und weiß immer weniger, wo die Küche sein könnte, ich bin nämlich die Vordertreppe runtergekommen und hab die Hintertreppe für das Personal übersehen – das ist so eine Geisterhaus-Treppe, die direkt in die Speisekammer führt, und da stehen tausend Vitrinen voller Porzellan, Kristall, Soßenkännchen und Samoware rum, dazu Schränke für das Silber. Also, ich könnte in der Speisekammer wohnen, ohne Scheiß, die Kinder und ich könnten problemlos in der Speisekammer wohnen. Jedenfalls bin ich schon wer weiß wie lang hier und warte darauf, daß der Sohn des Hauses zurückkommt, dieser blöde Kerl. Er ist einfach verschwunden. Also, ich bin schon öfter versetzt worden, aber so noch nie – nein, nein, das ist kein Date, bestimmt nicht, ich meine das nur metaphorisch, okay, oder bildlich, ist doch gleich, ich helfe hier einfach aus, ob dich das überzeugt, ist mir wirklich egal. Außerdem spielt das sowieso keine Rolle, weil ich nämlich im Haus bin und er nicht, und sonst ist keiner da. Ich hab mir die alten Big-Band-Platten im Wohnzimmer angeguckt und jedes Möbelstück ausprobiert, aber das war irgendwie unheimlich, also hab ich mich auf die Suche nach seiner Mom gemacht. Sonst hätte ich nämlich im Auto warten müssen, weiß du, und es ist ziemlich kalt geworden. Und wie ich nach oben komme, finde ich sie auch tatsächlich, zwar im Halbschlaf, aber ansonsten ganz kregel, kein Mensch würde glauben, was da vorhin passiert ist, ich bin also da oben, und wir unterhalten uns über Evan und Bobby, und alles läuft ganz prima, bloß daß sie irgendwie schlecht riecht, dies im Flüsterton, *na ja, also sie hat nicht gerade nach Rosen geduftet, und ich habe mir Sorgen gemacht, ob das nicht vielleicht unhygienisch ist oder so was, verstehst du? Hat er sie gebadet? Oder vielleicht hat sie ins Bett gemacht? Keine Ahnung. Also direkt Sorgen hab ich mir nicht gemacht, sondern ich hab mir einfach gedacht, wenn ich mich schon vorläufig um sie kümmern muß, dann sehe ich auch zu, daß ihr nichts fehlt – halt, warte doch mal, hör doch mal zu, laß mich ausreden. Natürlich hab ich sie ausgezogen, was denkst du denn, soll ich sie vielleicht in ihrem Kleid in die Wanne stecken? Natürlich hab ich sie ausgezogen. Falls er nämlich für ihre Pflege zuständig ist, dann ist das eine ziemlich blöde Situation. Also hab ich die Sache in die Hand genommen, und sie ist ein zähes altes Mädchen, weißt du, schämt sich überhaupt nicht, ist wahrscheinlich dran gewöhnt, jedenfalls liegt sie gemütlich in der Wanne und gibt mir jede Menge Ratschläge, was ich mit Evan und Bobby machen soll, Jungs sind göttlich, Jungs sind Halun-*

ken, Jungs sind dieses oder jenes, ich weiß nicht, sie ist hinreißend, auch wenn sie was von einem Drachen hat, und jetzt rauche ich hier unten eine Zigarette und lasse den Tee ziehen, vielleicht schläft sie ja wieder ein oder so was. Hör zu, ich weiß nicht, wann ich das Auto zurückbringe. Es tut mir leid, ich bring's zurück, versprochen, ich weiß nur noch nicht, wann. Nun hör schon auf, willst du etwa noch weg? Hast du um diese Zeit noch ein Date? Wie spät ist es überhaupt, elf? Du hast doch gar nichts mehr vor. Ich verspreche dir, es steht morgen früh bei dir in der Einfahrt, wenn du ins Fitneßstudio mußt oder sonstwohin. Wo willst du eigentlich hin? Vergiß es, ich bring's dir zurück, wenn ich's dir zurückbringe, nun stell dich nicht so an. Bleib zu Hause, putz deine Wohnung, guck dir im Fernsehen Eiskunstlauf an. Woher soll ich das wissen? Er wird doch sowieso jeden Moment da sein, außer er hat sein Auto um einen Baum gewickelt. Meinst du, er war so besoffen? Vielleicht sollte ich die Cops anrufen. Du bist doch mit sämtlichen Cops befreundet. Ich sage ihnen, ich kenne dich, besorg ihnen ein bißchen Arbeit. Ein Hochgefühl, wie von einem guten Filmtrailer, bloß von dieser kleinen guten Tat. Normalerweise kann Jane Ingersoll die Eltern anderer Leute nicht ausstehen – Bob Tracys Mom hat sie einmal vor die Tür gesetzt (wegen ihrer Ausdrucksweise); Chris Knox' Vater hat sie Dirne genannt. Doch Jane Ingersoll stellt fest, daß sie Ma Raitliffe mit ihrer altmodischen Sturheit, ihren Konjunktiven, ihrer ausgesuchten Höflichkeit mag, und als sie das Gespräch mit Kathleen beendet, fühlt sie sich von ihrer Leistung angespornt. Sie hat hier im Lager der Raitliffes die Stellung gehalten. Ma Raitliffe kann nicht viel länger wach bleiben. Sie ist ohnehin kaum mehr wach. Vor dem Küchenfenster tintenschwarze Nacht. Die Teekanne verströmt Blumenduft. Jane wird auch eine Tasse trinken. Sie wird den Tee nach oben bringen, neben der Wanne sitzen, grüne Minze auf Ma Raitliffes Kinn kleckern und sich später gelegentlich um den Delinquenten Hex Gedanken machen. Ein Gang durch die Speisekammer fördert den Rest des Teeservice' zutage, die zur Kanne passenden Sèvres-, Meißener oder Limoges-Tassen samt Zuckerdose und Milchkännchen – das *Reserve*-Teeservice –, und sie ordnet alles so auf dem Tablett an, daß sie es nach oben tragen kann. Aber da sie nach wie vor nur ihre vom Badezimmerboden feuchten, pinkfarbenen Söckchen (das einzige saubere Paar) an den Füßen hat, kommt sie in der ersten Haarnadelkurve jener Treppe aus dem Gleichgewicht und *läßt eine der Teetassen fallen.* Die Tassen sind gemäß einer schon länger zurückliegenden Ausbildung im Servieren gestapelt. Eine Sekunde lang ist Jane eine Jongleurin, die Tasse schwebt in der Luft und zerlegt sich dann in ihre Bestandteile, gefolgt von der grausamen Amputation der Teekannentülle. Die Teekanne gleitet seitlich vom Tablett, während Jane sich das andere Mißgeschick besieht, und landet mit alarmierendem Knirschen. Die *infusion de menthe* beginnt herauszusickern, die Treppe hinunter und auf das Linoleum. Eine richtige Schweinerei. Porzellan im Wert von zirka fünfhundert Dollar. Ein ganzer Wochenlohn bei der Old Saybrook Historical Society. Evans und Bobbys Frühjahrsgarderobe. Sie kann sich nicht mal einen abgebrochenen Fingernagel oder zerrissene Nylons leisten, geschweige denn das Ersetzen irgendwelcher Erbstücke. Genug Licht ist auf der verdammten Treppe auch nicht. Jane flucht alliterierend, euphonisch, enthusiastisch. Vielleicht könnte sie das Ding kleben. Die Teekanne kleben. Sie ganz hinten auf dem Bord verstecken. Mit nach hinten gedrehter Tülle. Irgendwo gibt es bestimmt Kunstharzkleber. *Nein, nein, sie trifft die einzig anständige Entscheidung. Sie wird die Sache beichten. Sie wird alles gestehen und die Verantwortung für ihr Tun übernehmen, ganz gleich was es ko-*

stet. Scheiße. Unterdessen wandert der Minutenzeiger um die Küchenuhr, eine herkömmliche Westclox mit Ebenholzrand und Palatino-Ziffern. Jane durchsucht den Speisezimmerschrank. Findet den Handfeger. Dann nimmt sie den Lappen, der den Küchenhahn einhüllt – mit ihm ist vor kurzem etwas Alkoholisches aufgewischt worden. Man hat ihn nicht ausgewrungen. Sie wischt den Tee auf, scheuert den Boden. Sie fegt. Dann sucht sie ein Sieb und seiht den Tee zur Sicherheit von der einarmigen Teekanne in zwei Kaffeebecher (Auberginen, dargestellt auf pastellfarbenen Feldern). Es ist eine anspruchsvolle Prozedur. Ein Becher besteht die Probe, ist nicht von Sediment der frühen Keramiker Europas verunreinigt. Im anderen jedoch treibt ein Splitter Limoges zwischen den Teeblättern. Das hat bestimmt etwas zu bedeuten. Sie versucht ihn mit einem Teelöffel herauszufischen, aber er flitzt ihr im Kreis herum davon. Egal. Sie wird die Becher trotzdem mit nach oben nehmen. Sie kommt schon zurecht. Zur Vorbereitung auf den Aufstieg zieht sie die Socken aus und läßt sie, wie pinkfarbene Filets, auf einem Stuhl am Frühstückstisch liegen. Diesmal geht sie methodischer zu Werke. Jane vermeidet weitere Kosten. Im ersten Stock angekommen, beginnt sie, Erklärungen zu machen, eine Rechtfertigung von sich zu geben, während sie den Flur entlanggeht. *Ach, Mrs. Raitliffe,* sagt sie, als sie um die Ecke ins Elternschlafzimmer geht, *es tut mir wirklich leid, daß es so lang gedauert hat. Mir ist auf der Treppe ein kleines Mißgeschick passiert. Es war ziemlich dunkel. Aber eigentlich war es meine Schuld. Ich bezahle es auch gern.* Die Badezimmertür steht zwanzig Zentimeter weit offen. Drinnen strahlt ein warmes Licht, eine Andeutung von ritueller Hygiene. Jane muß über das Pech, das sie hat, beinahe lachen. Es ist ärgerlich, aber es ist auch komisch. Die Kleinigkeiten gehen schief; man versucht zu helfen und macht alles nur noch schlimmer. Sie stößt die Tür auf, *Ich bin ein wandelndes Chaos, mich kann man nirgendwohin mitnehmen,* und sieht das Wasser auf dem Boden, mit dem der Raum volläuft. Es ist geradezu äquatorial hier drin, wie in einem dieser natürlich gestalteten Aquarien, *und das hier ist die Rundschwanz-Seekuh,* der Körper in der Wanne, der sich Glied um Glied zu einer erkennbaren Gestalt zusammenfügt. Zuerst kann sie gar nicht hinsehen, weil sie Bescheid weiß – *Moment, das da ist Ma Raitliffes Schulterblatt, und das da sind ihre Hände,* verzerrt vom Wasser, verzerrt von schaumigen Petrofarben, verzerrt von der trüben Deckenlampe. *Der Heiligenschein da ist ihr grauer Haarknoten, der sich irgendwie gelöst hat.* Jane läßt die Becher ins Waschbecken fallen, wo sie zerbrechen und auslaufen. Man hört das Klirren, mit dem sie zerbrechen. Dann, ungeachtet ihrer schwarzen Samtleggings, wirft sich Jane selbst in die Wanne, platscht hinein, im Kopf sämtliche Horrorfilm-Badezimmerszenen, Jagdmesser, Vergewaltigungen, Blutgier jeder Art, aufgetriebene, schwimmende Körper, sie versucht, an Ma Raitliffe Halt zu finden, sie unter den Achseln festzuhalten.

Natürlich ist die Witwe glitschig, schaukelt wie vollgesogen hin und her, und Jane, die schon das Schlimmste befürchtet, kann sie nicht einen Zentimeter heben. Während sie sich eine Strategie überlegt, tritt sie zerstreut gegen die Wannenwand, dann *taucht sie selbst ins Wasser ein,* schiebt sich buchstäblich unter Ma Raitliffe, so daß ihr die Seife in den Augen brennt. Nun selbst klitschnaß, stemmt Jane den Körper hoch, hält sich dabei an der Haltestange, dem *Alumninium-Badegestell in Leichtbauweise* fest, das ihr eine Furche in den Nacken kerbt, die Träger ihres Tanktop gleiten ihr von den Schultern, und ihr Haar wirrt um Ma Raitliffes Handgelenke. Sie drückt die Beine nach oben, bis die andere Frau in einer Sturzwelle, die die Wanne leert, wie ein nicht aufgepumptes

Wasserspielzeug auf die Badematte plumpst. Jane kraxelt ihr hinterher aus der Wanne. Ma Raitliffes Augen sind so stark nach oben verdreht, daß nur noch das Weiße zu sehen ist. Sie ist ein niederes Wassertier; in der Stille sind Janes hysterische, von keinem anderen Atmen beantwortete Atemzüge überdeutlich hörbar. Ma Raitliffe atmet überhaupt nicht. *Du hast sie umgebracht, du hast sie umgebracht, du blöde Kuh, du brauchst nur irgendwo hinzukommen, und schon fallen die Leute tot um.* Jane Ingersoll würde sich schluchzender Verzweiflung hingeben, nur ist dazu keine Zeit. Alles spielt sich in Bruchteilen von Sekunden ab. Sie überspringt den Körper der Witwe, stürzt ins Elternschlafzimmer, zieht eine Schaumspur bis zum Telefon, dem kabellosen Telefon, drückt die drei Zahlen, klemmt es sich zwischen Ohr und Schulter. Zurück ins Badezimmer, zu Ma Raitliffe, fahl wie Porzellan, nackter, schlaffer Bauch, Hängebrüste, sittsame und elegante M-ö-s-e, das Haar um ihr graues Gesicht verklebt. Jane drückt Mrs. Raitliffe mit einer Hand den Kiefer herunter, und aus weiter Ferne meldet sich eine Stimme. *Ja, ich bin hier im, äh, ich bin im Flagler Drive, die Nummer weiß ich nicht, zweiundfünfzig, in Fenwick, das ist ein großes Steinhaus, hören Sie, die Besitzerin ist, den Vornamen weiß ich nicht, aber sie ist – können Sie sich einfach beeilen, bitte? Nein, ich weiß nicht, sie ist in der Badewanne umgekippt, vielleicht vor zehn Minuten, nein, ich weiß die Nummer nicht, in der Auffahrt steht ein blauer Honda. Ein Honda. Beeilen Sie sich bitte, ich bin hier allein.* Sie wirft das Handy von sich, es schlittert durch die Tür, kommt unter dem Ehebett zum Stillstand. Dann kostet Jane ohne Zögern Ma Raitliffes Lippen, beginnt, während sie ihr die Nasenlöcher zuzwickt, ihr schnarchendes Schnaufen und Pusten, mit dem sie ihre Reserven in Ma Raitliffe hineinpreßt. Jane hämmert ihr auf den Brustkorb (wahrscheinlich gibt das blaue Flekken), drückt das Ohr zwischen Brüste, meint dort ein schwaches Besetztzeichen zu hören, falls es nicht ihr eigenes Pochen ist. Sie schiebt Ma Raitliffe ein Knie vor das Schlüsselbein, unmittelbar über ihren wabbeligen Brüsten, damit ihr Kopf nicht zur Seite kippt. Alles ist ruhig. Sämtliche Uhren sind stehengeblieben, alle Autofahrer halten sich an ein Fahrverbot, die Zootiere zittern stumm in ihren Käfigen, es herrscht Generalstreik – jede Anstrengung in Südost-Connecticut ist auf dieses tiefe Atmen, diesen Atem Gottes, gerichtet. Jane hört flehentliche Bitten in ihrem Kopf. Sie hört Gefeilsche. Eine Minute ist verstrichen, oder zwei Minuten sind verstrichen. Ma Raitliffes Dendriten sind verschlissen, erstickt, und Jane Ingersoll sinkt zu einer fetalen Kauerstellung zusammen, aus der sie sofort wieder hochfährt, nur um Ma Raitliffe zu ohrfeigen, sie anzuschreien, das Gesicht an der Schulter der älteren Frau zu vergraben. Immer kommt sie zu spät, *ihr blödes Telefonat mit Kathleen hat zu lange gedauert,* und jetzt ist Ma Raitliffe tot. Und gerade als Jane sich mit ihrem *Totschlag*, den vor ihr liegenden, dunklen Monaten voller Reue abgefunden hat, gerade als sie sich mit Evans und Bobbys Verbannung von der Public School abgefunden hat, in Gedanken bereits in einen abgelegenen Wohnwagenpark im Nordwesten von Rhode Island umgezogen ist und ihren Nachnamen in Hearne oder Connelly geändert hat, bricht ein Schwall Badewasser aus Ma Raitliffes schwergeprüften Lungen, Wasser und Gallengewebe, innere Fäulnis oder Auswurf, ein Mulch, und Ma Raitliffe gibt einen einzigen, tieftraurigen Seufzer von sich, und dann nichts mehr. *Schon wieder? Hört sie etwa schon wieder zu atmen auf?* Hilflos vor Panik und unter Schock, hämmert Jane Ingersoll erneut auf Ma Raitliffes Brust, bis ihre Fäuste brennen, verfällt in lange, unfeine Küsse, starrt Ma Raitliffe in die Augen, als könnte sie die ältere Frau mit irgendeiner

Blicksprache zurücklocken, und wirklich scheinen die Augen sich aus ihrer gen Himmel gerichteten Fixiertheit zu lösen, und Jane kann nicht nur Lederhaut, sondern auch Hornhaut, pigmentierte Iris, unerweiterte Pupille sehen, kann bis auf die Bindehaut von Ma Raitliffes arktisch blauem Auge, Fenster der Seele, sehen. Wieviel ist noch übrig von dem alten Mädchen? Wieviel in den Lungenlappen gespeichert? Wieviel ist noch da von den vegetativen Grundfunktionen, ein bloßes Arbeiten der Organe, mehr nicht? Jane zwickt Ma Raitliffe verzweifelt in die Wange. *Mach schon, bitte, bloß ein bißchen Luft, bitte. Sie werden jede Sekunde hier sein. Laß deinen Sohn nicht so im Stich,* und es vergeht eine Ewigkeit und noch ein paar Ewigkeiten mehr, insgesamt ein halbes Dutzend, in denen sie so viel Angst aussteht, daß man damit ein Kleinkraftwerk betreiben könnte, *und dann noch ein Seufzer,* ein symphonisches Crescendo, *forte, forte*, und Jane ist überglücklich darüber, auch wenn ihm eine dritte furchtbare Leere folgt. Also ist noch ein Funke Bewußtsein in jenem Körper auf der durchweichten Badematte. Sie ist sich dessen sicher, jedenfalls soweit, daß sie *die Stimme* zunächst nicht hört, unermeßlich lebhaft, eine Stimme, wie sie ihr niemals willkommener war. Von unten. *Hallo?* Es ist, als wäre sie schon immer hier gewesen, eingeschlossen mit Ma Raitliffe, und in Dramen von Leben und Tod verwickelt. *Hat sie versucht, Blockierungen der Atemwege zu beseitigen, ehe sie mit der Mund-zu-Mund-Beatmung begonnen hat?* Dann registriert sie den Klang der Stimme. Von unten. *Ach du Scheiße, hier oben, erster Stock, Badezimmer, Gott sei Dank, Gott sei Dank,* und das Ensemble verdoppelt sich, die Notfallsanitäter umdrängen sie auf dem Boden. Sie schieben sie zur Seite, *endlich,* zwei *äußerst gutaussehende* Schwarze in weißer Kluft, sie drängen sich in diese Grotte voller Feuchtigkeiten und Weiblichkeiten und beginnen, Jane mit Forderungen zu bombardieren, *Holen Sie uns eine Decke,* während sie das Atemgerät, den Defibrillator, Geräte und Monitore aufbauen, bis Jane buchstäblich ins Elternschlafzimmer hinausgedrängt wird, wo sie aus dem Hintergrund beobachtet, wie die beiden fast beiläufig Ma Raitliffes Atmung wieder in Gang bringen – *Hast du die Zunge nach vorn geholt?* – und sie an ein Gestell mit elektronischem Kram anschließen. Einer von beiden meldet sich über Funk bei seiner Zentrale, der andere verschwindet mit Lichtgeschwindigkeit die Treppe hinunter und kommt mit einer Trage wieder, und Jane Ingersoll stiehlt sich aus dem Schlafzimmer, *endlich,* sackt nebenan, im *rosaroten Gästezimmer,* in einen Sessel und hält sich, den Kopf zwischen den Knien, an ihren entblößten Knöcheln fest, *sie hat selbst ihre Mom verloren,* vor fünf Jahren (Adenom), war nie so schlau gewesen, sich damit auseinanderzusetzen, war nie damit klargekommen. Die Geschichten von Versöhnung und Einvernehmen mit Toten, Versöhnungen und Loyalitätsbekundungen am Sterbebett, Forsetzungsgeschichten in der Frischhaltepackung, mit genmanipuliertem Obst, Gewächshausblumen und fettfreier Schokolade, *diese Geschichten von Aussöhnungen zur elften Stunde sollen einen zu den Menschen zurückführen, die einen kennen,* den Menschen, die einem *hier* verzeihen – gib acht, daß sie dir nicht plötzlich wegsterben.

Dann taucht Hex Raitliffe auf. Natürlich. Ihr Date. Brüllt *Mom, Mo-om?* die Treppe hoch. Er hat den Krankenwagen in der Einfahrt gesehen, oder vielleicht ist er ihm auch gefolgt, über den Damm, auf der kurvenreichen Straße, die aus Old Saybrook herausführt, mit einem Rumoren im Bauch, als der Krankenwagen nach links abbiegt, *zu ihm nach Hause,* und mit seiner Sirenenklage Seevögel aufschreckt. Hex rast am rosaroten Gästezimmer vorbei den Flur entlang. Er folgt den Geräuschen der modernen Medizin – dem Klacken, mit dem die Trage auseinandergeklappt und montiert wird – und erscheint mit einem Aufschrei auf der Szene, doch jede Reaktion wird sofort von der Sprache der Katastrophe unterdrückt, *Vollmachten, nächster Verwandter, stationäre Beobachtung, mögliche Einführung eines Schlauches in die oberen Luftwege.* Hex entsetztes Gejapse vermischt sich mit der Sprache der Empirie. Jane würde ihn trösten, gerät jedoch selbst immer wieder in die Konvexität ihrer Panik. Sie ist sich ziemlich sicher, daß sie, wenn Hex noch etwas von dem Bier übrig hat, das er holen wollte, eines trinken wird, vielleicht auch mehr als eines. Gleich darauf aber richtet sich ihre Aufmerksamkeit auf eine Frauenstimme, die über dem Baß- und Baritonlärm wie ein altes Harmonium ächzt. Ma Raitliffe selbst mit ihrem Refrain –

»Keine Krankenhäuser! Keine Krankenhäuser!«

Völlig durchgedreht deswegen. Aber da hat sie Pech gehabt, weil die Profis sie sofort zum Schweigen bringen. Die Notfallsanitäter lassen sich auf überhaupt nichts ein. Sie haben Ma Raitliffe *lebendig* abzutransportieren. Das ist ihr Job. Sie lassen sich nicht ins Handwerk pfuschen. (Jane Ingersoll erhebt sich von ihrem flamingofarbenen Sessel.) Während sie Dexter gegenüber vorschnelle klinische Diagnosen wagen – *könnte ein Schlaganfall sein, könnte ein Aneurysma sein* –, knebeln die Sanitäter Ma Raitliffe mit einer Sauerstoffmaske und nuscheln dann etwas von *Endotrachealintubation,* als wäre die Patientin gar nicht anwesend. Vom Flur aus sieht Jane mit an, wie Ma Raitliffe, die Gesichtszüge von der Maske verwischt, erneut ein grauenhaftes Geheul austößt, ihre letzte Chance zum zivilen Ungehorsam. Ihr Schwanengesang. Worauf sie schlappmacht. Mehr braucht Hex für diese Nacht nicht mehr von ihr zu hören: *Es ist m-mir egal, ob d-d-du das w-willst oder nicht, du k-k-k-kommst jetzt dahin. M-m-mir egal. Das ist zu k-k-kompliziert für mich, das schaffe ich einfach nicht, in Ordnung? Ich weiß, du bist aufgeregt und h-h-hast Angst, ich h-h-hab auch Angst, aber ich l-l-laß dich nicht hier im Haus, nicht, wenn es w-was wirklich Ernstes ist.* Ma Raitliffe murmelt etwas von Versprechen, die Hex ihr gegeben hat. Von Vertrauensbruch, Verletzung seiner Sohnespflicht etc.. Aber die Worte schwinden dahin, die Sanitäter schnallen Ma Raitliffe fest, und gleich darauf rollt sie den Flur entlang.

»D-d-denken Sie dran, daß sie gegen die n-n-neurologischen Symptome B-b-b-beta-Interferon nimmt«, sagt Hex, »und v-v-vielleicht auch P-p-p-p-p- (er verfolgt sie bis zur Treppe) ... *Prednisolon,* außerdem irgendein Corticosteroid und Nitroglyzerin, Antidepressiva. MAO-Hemmer. Ich fahre Ihnen nach. Ich setze mich gleich ins Auto.«

Die Sanitäter mit ihren makellos rasierten Köpfen, ihrer schicken Kluft, ihren mürrischen Gesichtern, bleiben stumm. Sie beachten ihn kaum. Doch Hex folgt ihnen trotzdem zur Haustür, schlüpft in sein Jackett, als die Trage über den Kies auf dem Wendeplatz rollt. Er fügt Unterabschnitte mit Ratschlägen an – über Gliederkrämpfe, über Nystagmus –, bis sie die Hecktüren des Krankenwagens zuknallen. Er stottert im rosigen Schimmer der Rücklichter weiter.

Dann auf der Stufe, unter der Lampe auf der Eingangsstufe, bekommt Jane Ingersoll ihr Date richtig zu sehen. Während die Sirene ihren Ruf ausstößt. Wow! Seine Kleider sind völlig ramponiert. Im Ellbogen seines Jacketts ist ein Riß, sein Kragen hat einen Schmutzring, seine Hose ein Loch. Er hat überall Grasflecken, als hätte er gerade mit Teenagern Touch-Football gespielt. Schlimmer noch, er hat ein übles blaues Auge. Rechts. Jane zieht ihn in die Eingangshalle, zupft an seinem Ärmel, um ihn im Licht besser sehen, das dunkle Pastell seiner Verletzung besser sehen zu können – Marsviolett auf der Akrylfarbpalette, *die Farbe des Krieges.* Seine Lippe ist aufgeplatzt, seine Nase mit geronnenem Blut verstopft.

Sie sagt: »Du siehst beschissen aus.«

»Ja, ich weiß.« (Dann mit einer gewissen Gereiztheit:) »W-w-warum erzählst du m-mir nicht, was zum T-t-teufel eigentlich passiert ist?«

»O Mann«, sagt sie, »sie wollte baden, also hab ich sie in die Wanne gesteckt. Dann wollte sie Tee, und ich bin ihr welchen kochen gegangen. Und als ich wieder hochkam, war sie irgendwie reingefallen. Ich hätte sie nie allein lassen dürfen.«

Mit kindlicher Heftigkeit, ohne kultiviert erwachsene Zurückhaltung, beginnt Jane gleichsam in qualvollem freien Fall zu weinen. Keuchend. Die Hemmungslosigkeit, mit der sie das tut, scheint nicht enden zu wollen, was ihr um so peinlicher ist, als sie nicht das Gefühl hat, ihn besonders gut zu kennen.

»Es ist meine Schuld, ich hab telefoniert, ich wußte nicht, wo du warst, ich hab mir Sorgen gemacht, und dann habe ich die Teekanne fallen lassen, und ich war völlig durcheinander. Ich hab alles vermasselt, und es tut mir wirklich leid, ich weiß nicht, was ich sagen soll.«

Mit seltsamem Glotzen, die Arme verschränkt, tritt Hex zur Seite, doch dann tut er etwas, was sie früher am Abend als Schurkerei empfunden hätte, *er zieht sie an sich.* Sie sieht ihn kommen wie einen alten, exzentrischen Onkel, nicht wie einen Typen, der auf eine Frau aus ist, und sie hält ihn nicht zurück, weicht ihm nicht aus, ergibt sich dieser Schwerkraft, und seine Arme in Fetzen aus zweiter Hand sind weich, sanft, zärtlich, keineswegs in erstklassiger Verfassung, sondern wabbelig, zaghaft. Vor Verlegenheit, vor Überraschung, *vor Freude an der Umarmung* sinken die beiden gegen den Tisch im Eingangsflur, wo die Porträts durch einen alten Spiegel ersetzt worden sind, und sie stehen unter dem Einfluß eines *Zauberspiegels.* Sie stoßen einen Leuchter um. In dieser Verwandlung scheint alles möglich. Jane Ingersoll taucht vorübergehend aus dem Tunnelbau der mittleren Jahre auf, setzt sich von Kindern, Steuern, Strom, Gas und Wasser, Todesfällen, Scheidungen, Wehwehchen und Schmerzen zeitweilig in den Hain der Umarmungen ab. Es ist eine Wiese, ein Treibhaus. Vielleicht gefällt es ihr so sehr, daß es ihr egal ist, wen sie da umarmt, vielleicht gefällt es ihr besser als das, was später kommt, *doch im Moment kommt sie sich vor wie im Paradies,* und über seine Schulter hinweg sieht sie sich und ihn in diesem Nekromantenspiegel, und sie sieht nicht das durchnäßte Tanktop und das zerzauste Haar, das zerlaufende Make-up, die Leggings, die klamm wie eine Neoprenhose sind, hat vergessen, wie kalt ihr ist, sieht weder die Spuren der Prügelei an Hex Raitliffe noch sein zerfetztes Jackett, seine gebeugte Haltung. *Es ist, wie wenn man von der Überleitung wieder zum Thema kommt. Es ist, wie wenn man von der Predigt zur eucharistischen Gabe kommt. Es ist, wie wenn man über einen Kamm kommt und vor einem der Fluß und das hellerleuchtete Dorf liegen.*

»W-w-wahrscheinlich sollte ich jetzt l-l-lieber ...«

»Warte noch«, sagt sie, »mach es nicht kaputt.«

Ihre Wange an seiner Schulter, sein Kinn an ihrer Stirn. Sie will nicht diejenige sein, die sich zurückzieht. Sie will nicht diejenige sein, die Möglichkeiten ignoriert. Doch Hex drückt sie einmal kräftig und macht sich von ihr los.

»Es ist nicht d-d-deine Schuld. Ich hätte d-d-dableiben müssen.«

»Sag mal, wo warst du eigentlich?« fragt sie. »Ich war anderthalb Stunden hier. Mit ihr allein.«

Sie dreht sich zum Spiegel um und macht sich an ihren Haaren zu schaffen.

»Das würdest du mir sowieso nicht glauben.«

Er geht in Richtung Tür.

»Ich komme mit. Wenn du willst.«

Raitliffe macht ein Gesicht, als hätte sie sich gerade bereit erklärt, ein Baby von ihm zu bekommen oder auf seine Rückkehr vom pazifischen Kriegsschauplatz zu warten. Allerdings sind noch logistische Probleme zu lösen, *denn da ist der Taurus, und wenn sie unterwegs anhalten, um das Motorrad zu holen, dann müssen sie auch damit fahren, woraus sich ergibt, daß sie ihr Motorrad holen wird, Kathleens Wagen aber vorläufig noch in der Einfahrt der Raitliffes stehen bleiben muß, damit sie nicht die ganze Nacht mit dem Motorrad fahren und den Taurus vor Penelope's stehen lassen müssen.* Raitliffe regelt das alles mit Aplomb. Er hat gute Manieren.

Dann ist sie wieder im Badezimmer, in gelbstichigem Licht, und ihre Bluse ist über den Korbstuhl in der Ecke drapiert. In der seit ihrer Hilfeleistung verstrichenen Zeit ist die ganze Ereignisfolge auf ihre wirkliche Bedeutung, auf menschliches Maß geschrumpft. Jane fällt mit einer gewissen Ehrfurcht auf die Knie und wischt den glitschigen Boden, benutzt dazu das blaue Handtuch, das für Ma Raitliffe vorgesehen war, bis es völlig durchweicht ist und stinkt. In der Wanne stehen noch vier Fingerbreit Wasser. Letzte moussierende Schaumbläschen. Jane zieht den Stöpsel. Sieht zu, wie es abfließt. Als sie, abermals durchnäßt, fertig ist, hängt sie das blaue Handtuch zum Trocknen auf und geht ins Elternschlafzimmer, um die Laken glattzuziehen, die Decke aufzuschütteln und zurückzuschlagen. Dabei umgeht sie die ganze Zeit die Stelle, wo seine Mutter lag. Wo hat sie eigentlich ihre Stiefel gelassen?

17

Um 23.28 Uhr wird die Patientin Barbara Ashton Danford Raitliffe, Alter 70 (geb. 5.4.22), weiß, Gewicht etwa 50 kg, chronisch-progrediente MS oder ALS, Guillain-Barré-Strohl-Syndrom oder andere neurologische Funktionsstörung, sekundäre Hypertonie, 160/80 mmHg, schweres depressives Syndrom mit Angstzuständen, Angina Pectoris, Colitis, irritables Kolon, Harndrang, Osteoporose, Psoriasis in Verbindung mit unfallbedingtem Atemstillstand, mgl. epileptischem Anfall, mgl. Herzstillstand, mgl. Schlaganfall, mgl. Bewußtlosigkeit oder Koma aufgrund von Medikamenten oder Medikamentenwechselwirkung, Carbamazepin, Captropil, MAO-Hemmer, Diazepam und/oder andere Benzodiazepine, Prednisolon etc. in geringen Mengen, durch kardio-pulmonale Wiederbelebung reanimiert, als stabil beurteilt, nach Sauerstoffapplikation und Applikation von Vircuronium zur Hemmung von Vokalisierungen, von den Sanitätern Reginald Banks und Michael F. Miller Jr. mit dem Krankenwagen (Feuerwehr Old Saybrook) in das Allgemeinkrankenhaus New London transportiert und dort um 23.40 Uhr zur stationären Beobachtung als Privatpatientin aufgenommen. Um 23.32 Uhr greift der nächste Verwandte der Patientin, ihr Sohn Dexter Allen Asthon Raitliffe, 38 (30.9.54), weiß, 90 kg, 175 cm, erste Anzeichen von Alkoholismus (Pankreatitis und leicht vergrößerte Leber), erste Anzeichen einer Halcion-Sucht, multiple Schädel- und Gesichtshämatome, Sprachstörungen (Dyslalie und Dysarthria), in einem Zustand erhöhten Blutandrangs im Skrotal- und benachbarten Gewebe, nach Konsum von vier Maßeinheiten destilliertem, sechzigprozentigem Alkohol (Scotch Whiskey, Blended und/oder Sour Mash) und acht Halbliterdosen gegorener Malzgetränke seit 17 Uhr Eastern Standard Time, mittels mehrerer kleiner Zwischenschritte über eine Entfernung von etwa einem Meter nach Janet Sally Ingersoll aus Old Saybrook, Teilzeit-Verwaltungsassist., ebenfalls 38 (11. 8. 54), kräftig (Körpergewicht nicht bekannt), greift Dexter Raitliffe nach ihr, mit nur leichter muskulärer Funktionsstörung aufgrund obenerwähnter Intoxikation, unter möglicherweise alkoholbedingten Gefühlen erhöhten Wohlbefindens, wobei die daraus sich ergebende Umarmung ungefähr fünfundzwanzig Sekunden andauert, in denen sich kraft der Nähe von Nase auf Kopfhaut der olfaktorische Eindruck von Weizen und Meerespflanzen, außerdem von Körperölen – verdünnt durch Untertauchen und Waschen –, sowie Sandelholz und Lilien einstellt. Sie stehen vor einem antiken Spiegel, den die Patientin Barbara Raitliffe 1973 bei einer Auktion in Lakeville, CT, erworben hat, stehen wankend, unter fortdauernder Umarmung, auf einem Orientteppich, bis D.A.A. Raitliffe gemäß Sitte und Norm die linke Hand von ihrem Ruheplatz in der Kreuzbein- bzw. Lumbalregion von Jane Ingersolls Rücken nimmt, wo seine Fingerspitzen eben noch die Schwellung des rechten Glutaeus maximus oder Gesäßmuskels berühren; er nimmt die linke Hand weg und ebenso die rechte (mit der er leicht die Stelle tätschelt, an der sich die Schließe eines BHs hätte befinden können), ein wenig irritiert von der Kürze der Umarmung, eine Kürze, die er freilich nicht kommentiert. Um 0.01 Uhr, nachdem er einen Ford Taurus, Baujahr 1992, mit 232 Meilen auf dem Meilenzähler (NYS-Kennzeichen HCE 810) auf dem Parkplatz der Notfallambulanz des Allgemeinkrankenhauses New London, 1300 Broad Street, geparkt hat und noch einen Moment lang die Scheinwerfer anläßt, während neben ihm, in der benachbarten Parklücke, ein Motorrad der

Marke Honda (mit Riemenantrieb) schütternd zum Stehen kommt, hat Hex ein plötzliches mnemonisches Erlebnis unbekannten kortikalen Ursprungs, das die Ostfassade des Krankenhauses betrifft, eines eintönigen, öffentlichen Zweckbaus, entworfen von Schülern von Louis Skidmore in Anlehnung an dessen gefeiertes Gebäude der Atomenergiekommission und ausgeführt in naturbelassenem Einsatzstahl und Stahlbeton, und diese Erinnerung leitet bestimmte endokrine Vorgänge ein, setzt natürliche Steroide, natürliche Opiate frei, Reaktionen, die mit dem plötzlichen Erinnerungsschub zu tun haben, so daß Dexter Raitliffe, um 0.05 Uhr, erkennt: *Das ist das Krankenhaus, in dem der alte Herr gestorben ist,* eine Beobachtung, die er unverzüglich Jane Ingersoll mitteilt. Die schlimmste Nachricht. Sie ist gerade dabei, ihren rot-metallic gespritzten Motorradhelm abzunehmen – er entspricht den Vorschriften des Staates Connecticut. Sie schüttelt sich die Locken aus. Für die Zwecke dieses Berichts reicht es aus festzuhalten, daß Raitliffes Bemerkung über das Allgemeinkrankenhaus von New London durch eine respiratorische Anomalie (vgl. die oben erwähnte Sprachstörung) behindert wird, die ihrerseits zur Wiederholung bestimmter Laute, insbesondere harter Konsonanten, führt.

0.10 Uhr. D.A.A. Raitliffe ruft den Arzt der Patientin Barbara Raitliffe an, Dr. Ronald Kramms, Facharzt für Neurologie und pädiatrische Neurologie der Küstenregion, erreicht jedoch nur dessen Anrufbeantwortungsdienst, bei dem er die Nummer eines Münzfernsprechers in der Notfallambulanz des Allgemeinkrankenhauses von New London hinterläßt. Dieser Anruf trägt weiter zu Raitliffes präulzerösen Läsionen der Magenschleimhaut bei; zu dem Brennen in der Ringmuskulatur seines Pylorus, zu der Entzündung an der Stelle, an welcher der Pylorus sich in das Duodenum öffnet; dieser Anruf trägt bei zu dem Aufruhr und dem Rumoren in Raitliffes Bauchhöhle, das außerdem durch den bereits erwähnten mnemonischen Vorfall, durch Besorgnis um den Zustand der Patientin und durch die damit zusammenhängende, aber weniger bedeutsame Sorge verschärft wird, daß sich J.S. Ingersoll – die auf einer blauen Plastikbank sitzt und unter besonderer Beachtung der Wortsuchrätsel auf der letzten Seite in der Zeitschrift *Highlights* liest – im Wartezimmer langweilen, sich in seiner Gesellschaft langweilen wird, daß J.S. Ingersoll in ihm das unverkennbar Hochstaplerische erkennen wird, das in seinen Augen sein einzig denkwürdiger Charakterzug ist. 0.13 Uhr. Dr. Ronald Kramms ruft die Notfallambulanz über deren Hauptanschluß an. Raitliffe wird von der Sekretärin Arlene Margaret Perrin (Alter 28, 70 kg, obsessiv-zwanghafte Störung mit deutlichen Anzeichen von Waschzwang und Ansteckungsphobie, desgleichen Bulimie und Depressionen) zum Aufnahmeschalter gebeten, die das Gespräch freundlicherweise auf einen nichtöffentlichen Apparat in der Nähe legt, *Ich habe schon mit den Diensthabenden geredet, und die sind der Ansicht – mit der ich übereinstimme –, daß Ihre Mutter einen Rückfall in chronische Symptome erlitten hat, wahrscheinlich aufgrund des Bades oder vielleicht auch der Feuchtigkeit im Badezimmer. Ich habe Ihnen ja schon erklärt, daß Sie mit dem Baden vorsichtig sein müssen. Jedenfalls wurde ein vorbereitendes EEG geschrieben, und es ist überhaupt nicht schlüssig, aber man ist hier dieser Ansicht. Heute nacht besteht wirklich keine Gefahr. Tun Sie sich etwas Gutes, und schlafen Sie sich mal richtig aus.* Worauf ein Klinikarzt, der Internist Dr. Martin O'Brien, mit sorgfältig gestutztem, salz-und-pfefferfarbenem Bart und einer Glatzenbildung männlichen Typs (eine der ersten Versuchspersonen bei klinischen Versuchen mit Rogain™ gegen Haarausfall), in der Eingangshalle erscheint, nach

Mr. Raitliffe fragt und, nachdem er ihn ausfindig gemacht hat, in den vagen Begriffen, die beigezogenen Ärzten im Fall Barbara Raitliffe so leichtfallen, die Diagnose von Dr. Ronald Kramms wiederholt und sich dabei nervös über die sich lichtenden Löckchen auf seinem Kopf streicht. Danach erhalten Dexter Raitliffe und seine Begleiterin J. S. Ingersoll die Erlaubnis, im Untersuchungszimmer kurz mit der Patientin Barbara Raitliffe zu reden, ehe sie mittels fahrbarer Trage wieder auf ihr Privatzimmer gebracht wird und Dexter Raitliffe sich der langwierigen und unmenschlichen Aufgabe unterzieht, nachzuweisen, daß es in der Tat eine große, potente Versicherungsgesellschaft gibt, die bereit ist, die Kosten dieses Krankenhausaufenthalts zu bezahlen – gemäß dem Leistungspaket der Connecticut Power and Light Utility, deren Angestellter Louis Sloane, kraft fünfzehn Jahren geschätzter Dienste für besagte Firma, praktisch unbeschränkt versichert ist. Vor Beendigung dieses Verhörs durch die Bulimikerin in dem Glaskabuff nimmt Dexter Raitliffe um 0.22 Uhr, in einem Untersuchungszimmer, das in einem orseille- oder amethystfarbenen Ton gehalten ist, die rechte Hand seiner Mutter (während J. S. Ingersoll am Fußende des Bettes stehen bleibt und mit einem Reflexhammer spielt) und sagt, *Hey, wie g-g-geht's dir?*, wobei er in diesem Moment einen Derwischtanz von Finken oder Zikaden in seiner Bauchhöhle erlebt, hervorgerufen von einer Überlagerung von Krankenhauszimmern, einer mnemonischen Überlagerung von Krankenhauszimmern der Gegenwart und der Vergangenheit, hervorgerufen von der Erinnerung, von seinem präulzerösen Zustand, von seinem *Globus hystericus* (Schluckbeschwerden aufgrund eines eingebildeten Fremdkörpers im Rachen), von seinem kalten Schweiß, von seinem magischen Denken, aufgrund dessen Raitliffe mit absoluter Sicherheit weiß, welche Bemerkung als nächstes von seiner Mutter kommen wird, eine Bemerkung, die auch sein Vater geäußert hätte, als er bewußtlos in ebendiesem Zimmer (in Wirklichkeit zwei Stockwerke höher und den Flur entlang rechts) lag, den Satz, den auch er selbst murmeln wird, wenn er bettlägerig und dem Tode nahe ist, *Es ginge mir erheblich besser ... wenn du mich nicht ... in dieses verdammte Krankenhaus ... gesteckt hättest.* Mit beindruckender Unhöflichkeit bemüht sich Raitliffe, die nun folgende Breitseite zu unterbrechen, indem er etwas von Krankenhausdiät und guten Medikamenten nuschelt, teils um J.S.Ingersoll die volle Wucht der Tirade seiner Mutter zu ersparen, teils weil ihm um diese Zeit die Kraft zu einer philosophischen Auseinandersetzung fehlt. Barbara Raitliffe jedoch fährt trotz dieser Unterbrechung fort, *Falls du versuchst ... mich auf die denkbar langsamste ... und qualvollste Weise ... loszuwerden ... leistest du ... ausgezeichnete Arbeit.* D. A. A. Raitliffe, für den speziell dieses Thema ein wunder Punkt ist, fehlen nunmehr die Worte, und er sieht zuerst flehend Jane Ingersoll an (die sich mit dem Reflexhammer im Siebenachteltakt auf den Ellbogen klopft), deren Gesicht einen Ausdruck mitfühlender Gefaßtheit trägt – eine Wölbung der Augenbrauen verbindet sich mit einem sorgfältig gesteuerten Hervorquellen von alkalischer Flüssigkeit an den Unterlidern –, sieht dann wieder seine Mutter an und versucht zu sprechen, muß jedoch feststellen, daß sein Zustand Worte und Konsonanten vollständig blockiert. Statt dessen hält er die Hand seiner Mutter, öffnet ihre Faust, streckt die Finger, hält diese Hand flach zwischen seinen Händen und wärmt sie, während hinter dem *Raumteiler aus gewelltem Polyurethan* eine Frau flüsternd mit einer Tochter oder Nichte oder Enkelin oder sonst einer nicht identifizierten selbstlosen Verwandten spricht, und zwar über die Vorzüge bestimmter Arten von traditionellen Süßwaren, z. B. Erdnußbutterkekse, Zuckerkringel, Rice-Crispie-Köstlichkeiten, Dreifachkekse mit Marmeladenfüllung, die besten Methoden der Zubereitung dieser Süßwaren, die Notwendigkeit von Spritzbeuteln, Turmtöpfen und Formen zur Aufnahme der Maraschino-Kirschen, Klingstone-Pfirsiche, Dosenbirnen, Rosinen, Cashewnüsse und anderen Zutaten, desgleichen über bestimmte Strickmaschenarten und die Schwierigkeiten, die sie bieten, ferner darüber, wie die Rechnungen zu bezahlen seien, die ihr Mann niemals zu bezahlen gelernt habe, und über alles, was geregelt werden müsse, wenn sie einmal nicht mehr da sei. Es scheint Dexter Raitliffe in seinem Schweigen, daß diese Frau, diese Sterbende (seine Diagnose) mit der Würde aufrechter Amerikaner spricht; diese Frau spricht mit einem Gefühl, das weder er noch seine Mutter an einem Krankenbett oder auch unter günstigeren Umständen jemals aufbringen könnten, und trotz seines Erbes, seiner guten Ausbildung, seiner glanzvollen Herkunft, seiner elektronischen Spielzeuge und seiner teuren Therapien, trotz dieser Vorteile muß Dexter Raitliffe feststellen, daß, wenn man es genau nimmt, die einzigen Worte, die ihm leichtfallen, Worte der Entschuldigung sind. Während er den Handrücken seiner Mutter studiert, stellt Raitliffe die Hypothese auf, daß sein erstes Wort als ängstlicher, dicklicher kleiner Junge, noch vor *Mom,* noch vor *Dad,* ja sogar noch vor dem Namen seines Kindermädchens, wahrscheinlich das Wort *Verzeihung* war – das außerdem den Vorteil bot, hinsichtlich seiner Behinderung vergleichsweise leicht aussprechbar zu sein. *Verzeihung* für Dinge, die er tat, und Dinge, die er nicht tat, *Verzeihung,* wenn es angemessen und wenn es nicht angemessen war, *Verzeihung* für alle Gelegenheiten, *Verzeihung* für alles, darunter auch irgendein erstes, unvermeidliches Versagen, eine Verfehlung, weit schlimmer als die Erbsünden der Pappnasen aus dem Alten Testament mit ihren Äpfeln oder Tomaten, *ein derart ungeheuerliches Versagen, daß die Sprache erfunden wurde, um es zu rechtfertigen,* so daß Dexter nun, um 0.37 Uhr, als schon Schwestern und Pfleger bereitstehen, um die Patientin (Barbara Raitliffe) nach oben zu bringen, so wie sie auch die Sterbende auf der anderen Seite des Raumteilers wegbringen, den kurzen vorhersehbaren Text formuliert, *H-h-hör zu, M-ma, das ist jetzt einfach n-n-nicht der richtige Zeitpunkt, um d-d-d-darüber zu reden. Die b-b-b-beobachten dich über Nacht, und m-m-morgen früh komme ich her und h-h-hole dich raus, und d-d-dann b-b-bringe ich dich nach H-h-hause, und wir reden darüber. M-mehr kann ich nicht tun. T-t-t-tut mir leid.* Deshalb bekommt die Patientin (Barbara Raitliffe), nachdem Atmung und Herz-Kreislauf-Funktion, wie von Nachtschwester Ellen Mary Harrison – Afro-Amerikanerin, 63, mit Hammerzehen, leichter Schleimbeutelentzündung, unter Schlaflosigkeit leidend – um 1.00 Uhr festgestellt, stabil sind, in Abwesenheit des nächsten Verwandten (Dexter Raitliffe ist in diesem Moment mit Versicherungsfragen befaßt) ein mildes Sedativum (Versed) und schläft laut Krankenblatt um 1.15 Uhr tief und fest.

Zur Befremdung von D. A. A. Raitliffe beginnt seine Begleiterin Jane Ingersoll – mit der er nunmehr einige von familiären Ablenkungen ungetrübte Stunden zu verbringen gedenkt – um 1.08 Uhr unmittelbar vor dem Eingang der Notfallambulanz des Allgemeinkrankenhauses von New London unaufgefordert ein Gespräch mit einem Krankenwagenfahrer, nämlich John Edward England, 28, Afro-Amerikaner, kräftig, Golfkriegsteilnehmer bei der US Air Force. John England raucht zum Zeitpunkt dieses Gesprächs eine Zigarette der Marke Marlboro und lehnt dabei an seinem blankgewienerten GMC-Krankenwagen, der aufgrund früheren Regens einen feinen Schimmer aufweist, welcher Englands Spiegelbild zeigt. Obwohl sich Raitliffe angelegentlich, mit lässigem Schritt, der seinen verletzten sexuellen Stolz Lügen straft, von den beiden entfernt, hört er unabsichtlich genug, um zu wissen, daß das Gespräch sich anfangs um das im Staat Connecticut kürzlich in Kraft getretene Antirauchergesetz dreht, darum, daß dieses Gesetz (so würde er es einordnen) eine Beschneidung des unverwüstlichen Individualismus darstellt, der den transzendentalen Werten Amerikas zugrundeliegt – *jeder Mensch ist für sich und seine Laster selbst verantwortlich* –, daß dieses Gesetz Raucher und ihre Freunde marginalisiert, daß es schlicht und einfach unamerikanisch ist, *wahrscheinlich von den Kommunisten oder so jemand ausgedacht.* Die Unterhaltung zwischen Ingersoll und England ist kurz, berührt nur flüchtig das Leben und die untadelige militärische Karriere des kürzlich als Kandidat für die Vizepräsidentschaft angetretenen Adm. James B. Stockdale und wird dieser Schilderung lediglich angefügt, um das Schwankende, Sprunghafte von Raitliffes seelischer Verfassung zu dieser speziellen Tageszeit am Samstag morgen hervorzuheben, während er vor der Ostfassade des Krankenhauses steht, *in dem der alte Herr gestorben ist.* Zusätzlich zu den bereits geschilderten physiologischen Beschwerden hat es Raitliffe restlos satt, mitansehen zu müssen, wie ausnahmslos alle seine Zeitgenossen, ob Männer oder Frauen, als wäre es vorherbestimmt, Paare bilden, ganz gleich wo, in Nachtklubs, in der Abendschule, an öffentlichen Orten, in Bussen, U-Bahnen, Zügen, an Straßenecken, in Menschenschlangen vor Toiletten, wie sie sich in Gesprächen, für die er gut zwanzig Minuten brauchen würde, auf Anhieb gut verstehen, *Hallo, ich hab zufällig gehört, was du über die Wiederaufforstung in Katmandu gesagt hast, und das hat eine Saite in mir zum Schwingen gebracht,* bewährte Vorwände, von *1001 Methoden alleinstehende Frauen kennenzulernen* gutgeheißen, all diese Gespräche einsamer Herzen, Prosa von Liebenden, die sich einander in die Arme stürzen, aus Betten in die Seitenschiffe von Kirchen eilen. Nicht so Dexter Raitliffe. Angesichts der Konstellationen auf dem Parkplatz des Allgemeinkrankenhauses von New London, um 1.04 Uhr, beschließt Dexter Raitliffe, daß er sich von dieser Janet Sally Ingersoll nicht abschütteln lassen wird, daß er den pflaumenblauen Bluterguß seiner Persönlichkeit öffnen, daß er deren schon leicht zersetzten Inhalt exhumieren wird, denn morgen wird seine Mutter wieder aus dem Krankenhaus entlassen, und deshalb gilt es jetzt, junger Raitliffe, wenn nicht jetzt, wann dann! Jetzt gilt es, Worte zu sprechen, wie sie kein Ohr je vernommen! 1.05 Uhr; aus einer lässigen und bemüht entspannten Haltung, in der er an der rechten hinteren Tür auf der Fahrerseite seines gemieteten Taurus lehnt, nähert er sich deshalb Jane Ingersoll, die gleich darauf die Behindertenrampe von der Ladebrücke der Notfallambulanz heruntergetrabt kommt und im Licht der Straßenlaternen ein ansteckendes Lächeln zeigt; Raitliffe nähert sich ihr wortlos, energisch, ex cathedra, ein Mann der Tat, faßt sie leicht aber bestimmt am Handgelenk, ihrem zarten Handgelenk, führt sie zum Motorrad, zum Bock, zum Hobel. *In deinem Auto riecht's nach Benzin,* sagt sie. *Es g-g-gibt damit ein k-k-kleines Problem,* sagt er. Der Tank des Motorrades ist fast leer. Einen zweiten Helm gibt es nicht. Der Motor springt nicht an. Sie hat die Kerzen nicht gereinigt. Und die Straßen sind immer noch mit gefährlichem Niederschlag glasiert. Doch davon unbeeindruckt sagt Raitliffe, *L-laß mich auf d-d-deinem M-motorrad m-m-mitfahren, Jane, m-machen wir eine Spritztour,* und nach kurzem Schweigen sagt Ingersoll, *Also gut,* weil sie, wie Raitliffe vermutet, zu dem Schluß kommt, daß das tatsächlich der allerletzte Rock-'n'-Roll-Motorradtrip einer vergeudeten Jugend und wechselvollen Vergangenheit ist, der in diesem Leben des Massentransports noch stattfinden wird, weil sich Janes Motorrad am nächsten Morgen in einen achtjährigen Jungen, einen Chevy Cavalier oder eine vierteljährliche Einkommenssteuervorauszahlung verwandelt haben wird und gerade noch genug Zeit bleibt, eine Bank zu überfallen, einen Menschen umzubringen oder ein Liebespaar auf der Flucht zu werden. Daraus ergibt sich: Jane besteigt das Motorrad, dem sie sich von links genähert hat (Motorrad wie Palomino), läßt sich verlegen darauf nieder und hüpft auf dem Starter auf und ab, bis der Motor anspringt. Dann macht sie Raitliffe ein Zeichen, und er setzt sich auf den Sozius, sein Schambein und sein erschlaffter Penis behaglich in die Furche zwischen den Halbkugeln ihres schlanken Hinterns gedrückt, nicht zu vermeiden, und obwohl ihn zunächst eine natürliche, episkopalische Schüchternheit zu der Vermutung veranlaßt, er könne sich an dem Gepäckständer am Heck des Motorrades festhalten anstatt um Jane Ingersoll herumzugreifen, verliert er, sobald sie hochschaltet und sich in die Kurve legt, als sie im Bogen auf die Broad hinausfahren, beinahe den Halt und klammert sich – weil er voraussieht, wie sich der Bregen aus seinem aufgeplatzten Schädel auf der Landstraße verteilt – an ihr fest, an der Taille, seine Hände wie eine Gürtelschnalle auf ihrem Bauch, während er unter sich das schütternde, pochende Herz der Maschine spürt. Da Beschleunigung unter den gegebenen Umständen die Droge der Wahl ist, rast Jane Ingersoll aus der Stadt, schüttelt die versengten Blätter von den Herbstbäumen, vorbei an den alten, baufälligen Viktorianern, wo die Seefahrer von New London einst in den Hafen einliefen, jenen alten Pensionen auf dem Hügel, in denen seit kurzem die vom Pech verfolgten Unterprivilegierten aus Connecticuts verfallenden Großstädten, Mitglieder von Jugendgangs und ihre terrorisierten Eltern, Arbeitslose und Ältere wohnen, bis sie draußen bei den Einkaufsmärkten, den Autovertragshändlern sind, fünfzig bis sechzig Stundenkilometer *über der erlaubten Höchstgeschwindigkeit*, bis Dexter und Jane Ingersoll den Bogen des Ufers entlangdüsen, Kombis zur Linken und Lieferwagen zur Rechten passieren, ohne im zentrifugalen Druck ihrer Richtungswechsel, im Quietschen der Reifen zu blinken, neben den großen Schienenkörpern des nordöstlichen Korridors und an alten Seemannskneipen vorbei dem Verlauf des Thames River von der Hafenmündung aufwärts folgen und dabei beobachten, wie sich die mesmerischen Lichter des Hafens im Fluß spiegeln, bis Jane Ingersoll am Bahnhof scharf nach rechts abbiegt, am Rekrutierungszentrum der Armee vorbei über die Gleise holpert, die Schindel eines leeren Wachhäuschens am Rand eines Parkplatzes streift und dann auf die öffentliche Pier von New London düst. Hinaus auf die Pier! Über ihnen der Brückenbogen, auf dem die Freizeit-Parksünder sich beeilen, vor der Polizeistunde in Boston zu sein. Raitliffe fällt schließlich vom Sozius der Honda und schürft sich den Handteller auf. Auf der anderen Seite des Strömungsgekräusels erhebt sich nun der Hintergrund dieser modernen Romanze, ein Denkmal auf alles, was an Amerika groß ist, *Electric Boat, eine Tochter der General Dynamics Corporation*, wo in den Trockendocks, in Showbusiness-Beleuchtung, vor aller Augen *Polaris*-U-Boote gebaut werden. Wie geschäftige Diener über sie gebeugt, Kräne, lohgelbe Scheußlichkeiten, der Stolz von Südost-Connecticut, wo die noch verbliebenen Arbeiter und Arbeiterinnen von New London – ausgenommen die, die hinter den Ladentischen der Pornobuchläden und Spirituosenhandlungen sitzen – einstempeln, um Vernichtungswaffen zu bauen. *D-d-d-du Schande, sind d-d-die häßlich,* sagt Hex Raitliffe, und Jane nickt nur, weil das Motorrad noch leer läuft. Dieser unauslöschlichen Empfindung fügt sie dann noch an, *Im Winter kommen die Kids mit ihren Autos hierher, ans Ende der Pier, und dann fahren sie untereinander aus, wer am dichtesten vor dem Fluß bremsen kann,* und Hex sagt, *Ich w-w-will dich k-k-k-k-k ... ich w-w-will dich k-k-k-küssen,* und Jane lacht. Sie stellt den Motor ab. Klappt den Kickständer herunter. Auf der Pier, vor dem Prospekt aus Fährbooten, Schwimmbaggern und Küstenwachbooten, wo immer wieder Kairatten zu sehen sind, nimmt Jane ihren Helm ab. *Ich komm mir wieder wie ein T-t-teenie vor,* sagt Raitliffe. Sie rückt näher. Im sandgestrahlten und meerbenagten roten Ziegelstein von New London mit den atomar bestückten Fischerbooten des Milleniums, in der Stadt der kernspaltenden Yankees, küßt Hex Raitliffe – der vor Kälte Krämpfe hat und mit seiner laufenden Nase kämpft – seine Liebste. Eine Angel, an deren Ende ein Aal zappelt, erscheint am Rand seines Gesichtsfeldes, schwebt vorbei, gehalten von einem unsichtbaren Schlaflosen. Janes Mund schmeckt nach Ebbe, nach den Häfen von New England, nach Zigaretten, Alkohol, Erfahrung. Hex ist zu schüchtern, um seine Zunge groß ins Spiel zu bringen. Bald lösen sie sich verlegen voneinander. *Willst du fahren?* fragt Jane. Raitliffe schüttelt den Kopf. *K-k-k-komm mit zu m-mir nach Hause,* sagt er mutig. *Dort k-k-können wir uns aufwärmen.* Und Jane sagt zunächst gar nichts, sondern läßt das Motorrad an, und er wartet auf eine Antwort. Unterdessen: wieder den Hügel hinauf, vorbei an der Statue und dem Haus Eugene O'Neills, wo seine irische Familie kämpfte und sich abstrampelte, vorbei an den Autovertragshändlern, vorbei an den Einkaufspassagen, bis sie sich wieder auf dem Parkplatz des Krankenhauses befinden, dem Schlaf nicht näher als eine halbe Stunde zuvor – 1.52 Uhr, und Jane Ingersoll ist sich über ihre Pläne, ihre Neigungen noch immer nicht schlüssig, aber Raitliffe fährt trotzdem weiter, mit konservativen siebzig, im Taurus, gefolgt von dem Motorrad, fährt ihr voran auf den Wendeplatz von 52 Flagler Drive. Sie parkt das Motorrad. Sie nimmt den Helm ab.

Das Haus, angeblich aus den Steinen eines Stück für Stück in den Westen verfrachteten holländischen oder deutschen Schlosses erbaut, *wie alle wohlhabenden Küstenbewohner von ihren Häusern behaupten,* läßt sich nur schwer heizen. Drinnen macht sich D. A. A. Raitliffe wegen der Wärme Sorgen. Durch den Mörtel, durch die Platten auf dem Dach dringt die Kühle, die Enttäuschung vergeudeter Energie. Janet Sally Ingersoll hat eine beginnende Hypothermie, Erfrierungserscheinungen an den Fingern und/oder eine jahreszeitlich bedingte Erkältung in der Inkubationsphase – leichte Jacke, feuchte Leggings, Stiefel ohne Strümpfe –, doch die beiden beginnen wie Siedler der Kolonialzeit in dem fast wohnraumgroßen Kamin ein Feuer zu machen. Jane zerknüllt die letzten Fetzen Zeitungspapier und schiebt sie unter ein paar Scheite. »Ging ihr, glaub ich, ganz gut. Deiner Ma.«

»Klar, klar«, sagt Raitliffe. »Scotch?«

Sie hält ein modriges Stück Zeitungspapier hoch, ein altes Fernsehprogramm aus dem *New London Day.*

»Brauchst du noch P-p-papier? Okay, ich h-h-hol dir welches aus der K-k-k-küche. Nimm das da … das, w-w-was da auf dem T-t-t-tisch liegt.«

»Was? Das da?«

Typoskript. Vielleicht drei, vier Seiten.

»Ja, ja«, sagt er. »Nimm das.«

»Ja, aber … funktioniert das denn auch im Kamin?«

Dann, durch unbeleuchtete Kammern, Gewölbe, zurück in die Küche und die Recycling-Tonne in der Speisekammer durchstöbert, wo er einen Stapel Zeitungspapier hochhebt, eine Schachtel Luxusstreichhölzer mit blauem Kopf findet – er tritt ins Licht, setzt sich mit ihr vor das makellos gebaute Feuer. An den Steinen des alten Europas reißt er das Streichholz an. Sie lagern sich mit Fußbodenkissen auf dem Kaminvorleger und sehen zu, wie die enthusiastische Phase des Feuers die Willenserklärung seiner Mutter verzehrt. Unverzehrte Ascheflocken schweben träge den Schornstein hinauf.

18

Ein Partner weist eine Reihe von Spezifikationen auf, die er oder sie einem mitteilen muß, ehe das Paarungsritual sich fortsetzen läßt. So könnte Jane – während in dem riesigen Kamin die Verbrennung einsetzt – etwa zu Hex Raitliffe sagen, *Ich war zehn, und es war Kathleens Geburtstag, und ich war eifersüchtig, deshalb hab ich die ganze Tube Tortendekoration gegessen. Sie war smaragdfarben. Ich hab stundenlang gekotzt.* In Kurzschrift bringt sie Jahrzehnte kindlicher Entwicklung ans Licht. Die wesentlichen Punkte in ihrem wie überhaupt jedem amourösen Leitfaden weisen eine tendenziöse Bewegung auf. Beginnend mit kleinen, nicht besonders anzüglichen Enthüllungen, gehen sie über zu Kapiteln und Anhängen für Fortgeschrittene, Ratschlägen zur Krisenbewältigung, und kulminieren im Ablegen von Oberbekleidung. Hex Raitliffe sagt, *Ich h-hatte gerade m-m-meine Erbschaft angetreten und h-h-hab Erste-K-k-k-klasse-Tickets für mich und ein p-p-p-paar Freunde gekauft, und d-d-dann sind wir für eine N-nacht nach San Francisco geflogen, um d-d-diese Band zu sehen, aber ich h-h-hab so viele B-b-bbennies geschluckt, daß ich mich überhaupt nicht an das K-k-k-konzert erinnern k-konnte, oder wo ich gepennt hab, und aufgewacht b-b-bin ich erst wieder im F-f-flieger nach Hause.*

Jane Ingersoll sind jedoch gewisse Zweifel gekommen. Wegen ihrer Umgebung. Kaminfeuer und Massen von medizinischen Geräten können wirklich bedrohliche Schatten erzeugen. Man kommt sich im Hause Raitliffe vor wie in einer unheimlichen Sex-Phantasie der viktorianischen Zeit; sie rechnet mit gußeisernen Keuschheitsgürteln, Bechern voller zinnoberroter Opiate. Jane sieht zu, wie sich Hex Raitliffes Mund bewegt, wie das Stottern vor sich geht. Er erzählt ihr von dem Trip an die Westküste, und später erzählt er ihr von seinem Leben als Twen *(Ich hab p-p-p-praktisch im Mudd C-c-c-club gewohnt)*, doch sie nimmt nur einen Aspekt von ihm wahr, der dem Kaminfeuerlicht eigentümlich sein muß. Seine Wehmut. Im Kaminfeuerlicht sind diese Geschichten durchgängig von Verkehrungen gekennzeichnet; *er wacht weinend auf, sie stirbt, sie gehen auseinander.* Warum ist Jane überhaupt hierher mitgekommen? Warum steigt sie nicht einfach in Kathleens Wagen und fährt über den Fluß zurück? Sie sollte einfach anrufen, für ihre Rettung sorgen. *Komm schnell, der Typ ist ein Werwolf!*

Andererseits erzählt sie nicht viel. Und wenn doch – *Ich war nicht auf dem College, und meine Freunde von der High School, die sind fast alle weggegangen, um ihr Glück zu machen, und ich habe einfach herumgehangen, hab mich in der Nebensaison an den Strand gelegt und ansonsten als Sekretärin gearbeitet* –, fühlt sie sich einigermaßen wohl dabei. Die Eiswürfel in ihren Gläsern klappern; die Geschichten verebben und beginnen aufs neue; die nächste Runde gießt Jane selbst ein, tanzt in die Zugluft am anderen Ende des Zimmers. Sie hat die Gleichung nicht parat, mit der man ausrechnet, wieviel man an einem Abend trinken darf, *Anzahl der Stunden minus Körpergewicht plus Temperatur geteilt durch das Quadrat der Volumenprozentzahl des Getränks mal Halbwertzeit der Edelmetalle beim absoluten Nullpunkt oder so was ähnliches,* deshalb trinkt sie einfach weiter. Doch während sie sich als Mixerin betätigt, fängt sie an zu zittern. Ein Frösteln überläuft sie. Zum Kamin zurückgekehrt, greift sie nach der Patchwork-Decke auf der Couch, zieht sie herunter, wickelt sich darin ein, klemmt sich den Saum unter die Zehen mit den lackierten Nägeln.

Hex Raitliffe *identifiziert sich natürlich zutiefst* mit

ihrer schwierigen Autobiographie, nickt heftig, wenn sie vom Plündern von Hummerkörben, vom Marihuanarauchen im Steinbruch, von nächtlichen Trips zu dem menschenleeren Einkaufscenter außerhalb der Stadt erzählt. Dazwischen legt er einen neuen Holzklotz aufs Feuer. Einen perfekt gestutzten Birkenast. Sein blaues Auge ist weiter angeschwollen. Er lächelt, er gleicht einem Waschbären, und ehe sie sich bremsen, ehe sie es durchdenken oder ihre Vorbehalte aufzählen kann, greift sie schon danach, greift nach seinem verletzten Profil. Während er neben ihr kniet, streicht sie ihm mit den Fingerspitzen sacht über die Wange, und er wird ganz schüchtern, nestelt am Saum der Decke, als würden deren Flicken ausfransen, *Als K-k-k-kind hat man ein b-b-blaues Auge als Auszeichnung b-b-betrachtet.* Daß sie ihm mit den Fingern über die Wange streicht (sie nimmt ihm die ramponierte Brille ab), setzt etwas in ihr instand, verhüllt ihre eigene Einsamkeit, so daß sie außer Reichweite gerät, mildert alles ab. Daß sie Raitliffe über die Wange streicht, befeuert eine große, gütige Stille in ihr; es ist eine strahlende Stille, die anhält, solange sie ihn berührt, wie die Musik von Jazz-Balladen spät in der Nacht. Sie macht damit weiter. Sie hat Zweifel an ihren Zweifeln.

»Ich hab mal einen Freund gehabt, der mich nie geküßt hat.«

»Was?« sagt Raitliffe.

Sie berührt ihn weiter. Sie probiert verschiedene Liebkosungen aus. Wie Konfekt kostet sie die Verläßlichkeit ihres Körpers, ihrer Drüsen, ihrer Haut, ihrer Fingerspitzen. Ihr Körper bewegt sich ganz von selbst, trotz aller Einwände, auf Raitliffe zu, während er die Patchwork-Decke zurechtzieht. Bald umhüllt die Decke sie beide, sie werden von ihr vereinigt, und sie erzählt ihm alles von Chris, dem Typ, der sie nie geküßt hat: *Chris hat sich an sie herangemacht, wenn das Licht im Schlafzimmer aus war, Chris hat nie bei Licht mit ihr geschlafen, als würde das Licht ihn irgendeines Unrechts überführen, Chris wollte unter keinen Umständen über Sex reden.*

Raitliffe sagt voller Verblüffung:

»Ich w-würde eine F-f-frau nie so b-b-b-behandeln.«

Und sie glaubt ihm, daß er glaubt, er würde so etwas niemals tun, obwohl sie sich ziemlich sicher ist, daß sich diese Beteuerung am nächsten Morgen wie ein besonders verkommenes oder übertriebenes Beispiel romantischer Sprache ausnehmen wird. Sie wird im Schlaf verblassen. Raitliffe freilich hört an dieser Stelle nicht auf, sondern entwickelt eine ganze Theorie des Küssens, *Weißt du, das K-k-k-küssen ist so etwas wie der Verzicht auf das V-v-v-erschlingen,* er meint es todernst, er ist Soziologe, *es ist das Höchste an G-g-g-großzügigkeit*, und diese Bemerkung zieht natürlich unmittelbar eine ganze Reihe von Küssen unter der Decke nach sich. Feuergeprassel, sich leerende Gläser, Wind im Rauchfang. Und da sie seit Wochen niemanden mehr geküßt hat, außer vielleicht ihre Söhne Evan und Bobby (die beide finden, daß Küsse doof sind), ist sie bereit, die gesamte Praxis zu erforschen, zahlreiche zeitgenössische Formen auszuprobieren, zum Beispiel *Schneeflocken,* fünf bis zehn zarte Küsse, sanft auf die Stirn, den oberen Teil der Wange, das Augenlid oder sonst eine Stelle oberhalb des Halses appliziert; oder das *Fingermalen,* bei dem die Zunge mit der Leichtigkeit eines Fingers über den Adamsapfel des Empfängers und weiter am Kieferknochen nach oben fährt; das *Überdrehen,* die fast unmerkliche Seitwärtsbewegung auf den Lippen des Opfers, vergleichbar aber nicht identisch mit dem *Asthmatikerkuß,* bei dem man, ebenfalls beinahe ohne Bewegung, mit leicht geöffneten Lippen und hauchzarter Berührung *keucht,* als bräuchte man einen dieser Plastikinhalatoren, ein Stil, dem in vielen Fällen rasch das *Neunauge* folgt, so benannt nach den Freßgewohnheiten der Familie der Rundmäuler, die sich an anderen Fischen festsaugen; oder das Bogenschießen, das ebenfalls den sanfteren, zarteren Küssen folgt. Hier führt Hex Raitliffe selbst *das Instrument des Bogenschützen* ein, zielt mit seiner Zunge nach ihrem Gaumenzäpfchen, tastet nach jenem beweglichen Anhängsel der Speiseröhre, hält unterwegs inne, um die Bereiche zwischen ihren hinteren Molaren zu durchstöbern und nach Möglichkeit ihren Zahnersatz, ihr Zahnfleisch, ihre Kronen zu berühren, und hält sich dabei an ihrem Hinterkopf fest. Dieser Kuß veranlaßt eine neue autobiographische Enthüllung von ihr, *Ich bin eine Zahnseidenfanatikerin,* wobei die Worte in diesem Kontext leider unverständlich sind; dann schließt Jane ihre Lippen um seine Zunge und saugt unfein daran, ein Stil, den man in manchen ländlichen Gemeinden unter der Bezeichnung *Hühnchenzutzeln* kennt. Und um mit dem Erhabenen zu enden, wagen sie sich schließlich an den Kuß, der nach dem meerwasserdurchtränkten Geknutsche von Burt Lancaster und Deborah Kerr den Ehrentitel *Verdammt in alle Ewigkeit* (1953, Regie Fred Zinnemann) trägt. Hierbei lehnen sich die Beteiligten mit nervösem Lachen zurück, strecken sich, Rumpf an Rumpf, horizontal aus und ziehen die Decke über sich. *Ich küsse wahnsinnig gern,* sagt Jane Ingersoll und reibt die Hände an dem Tartan auf Raitliffes Nacken, wo sein Bürstenschnitt am dünnsten ist. Seine Hände liegen in den Mulden ihrer Taille, wo sie sich zu den Hüften auswölbt, und sie erwarten wie Lancaster und Kerr das Hereinbrechen der Welle, bis Raitliffe, *Hinweis auf sein perfektes Gespür für Verzögerung als Mittel erotischer Entfaltung,* sich plötzlich von ihr losmacht und aufsetzt. Düster richtet er seine Aufmerksamkeit auf das Schwelen im Kamin.

»Ich w-war drei M-monate lang nicht mit einer F-frau zusammen. Das l-letzte Mal war mit Gillian (Raitliffes Gesicht von echter Seelenqual gezeichnet). D-d-davor war zwei Jahre lang n-nichts.«

Natürlich müßte sie ihn nun sanft am Schulterblatt berühren – es gibt dort einen fünfzehn bis zwanzig Zentimeter messenden Bereich, der für die tröstliche Geste akzeptabel ist. Es wird erwartet, daß sie beruhigt. Es gibt für diesen Moment gewisse vorformatierte Schablonen. *Das ist mir egal. Du bist es, der mir etwas bedeutet. Dieser Augenblick ist etwas ganz Besonderes.* Die typische großzügige reifere Frau würde dergleichen sagen – jenseits der vierzig sogar, ohne zu zögern –, aber Jane Ingersoll hat dazu keine Lust. Sie wendet den Blick ab, nippt an ihrem Drink und sieht zu, wie das Licht des Kaminfeuers die hintere Wand tüpfelt. Raitliffes Zögern nämlich wirft ein paar kitzlige Fragen auf. *Warum war er mit keiner Frau zusammen? Warum so lange?* Vielleicht sogar einige der folgenden: *Zieht er heimlich durch die Schwulenbars? Reißt er via Kontaktanzeigen Typen auf? Schießt er harte Drogen? Hat er kleine, schmerzhafte Geschwüre am Penis? Hat er winzige Ausschläge, die nur mit einem starken Vergrößerungsglas zu erkennen sind?* Sie denkt wie eine Versicherungsgesellschaft. Sie denkt wie eine Mutter. Eigentlich müßte sie sofort Kathleen anrufen. Aber es ist wahrscheinlich drei Uhr morgens. Sie kann Kathleen nicht anrufen. Außer es liegt ein Notfall vor.

»Du bist doch nicht etwa krank, oder? Du bist kein Risikopartner, oder? Gibt's irgendwas, was du mir sagen müßtest?«

»Du lieber Gott, nein. Ich b-bin nur einfach überwältigt«, sagt er. Seine Sprache ist von flüssiger Anmut. Kommt wohl vom Trinken. »Ich hab eine gewaltige sentimentale Ader. Ich hab Angst vor Nadeln. Filmtrailer bringen mich zum Weinen. Sonnenuntergänge b-b-bringen mich zum Weinen. Ich umarme Kinder von anderen Leuten. So was Schönes wie jetzt p-p-p-passiert mir nicht alle Tage.«

»Paß auf«, sagt Jane, »daß ich hier bin, heißt noch lange nicht, daß ich leicht zu haben bin. Ich bin eine alleinstehende Mutter. Ich hab nichts gegen die Familie als Idee. Aber daß ich ein paar anständige Erinnerungen haben will, ist ja wohl nichts Ungewöhnliches, oder? Bevor ich hohle Backen kriege.«

»Klar doch«, sagt er. Und leert sein Glas.

Und so zieht sie ihn rückwärts vom Feuer weg, küßt ihn hart auf die Lippen; sie öffnet den obersten Knopf seines Hemdes, seines Hemdes mit Umschlagmanschetten – es ist an diesem Abend schon häufiger aus der Hose gerutscht und mehrfach zerknittert worden; sie legt Hex eine Fingerspitze auf die Lippen, verbietet damit längere Reden mit Ausnahme wichtiger taktischer Verlautbarungen, *Du mußt mich alles machen lassen, wenn ich deine Hilfe brauche, sage ich Bescheid* –, geht, dem Zeitplan voraus, dazu über, Kleider abzulegen, abermals ihre schwarze Bluse abzulegen, die sich ganz leicht löst und wie ein Wasservogel über ihren Kopf flattert, und nun sind seine Hosen dran, grasfleckig und verblichen, die sie ihm über die Hüften zerrt, wie sie es bei Evan oder Bobby machen würde (wenn sie deren Jeans in die Waschmaschine stopfen will), und dann beginnt sie in einer anmaßenden Geste, ihr Tanktop hochzuschieben, um plötzlich festzustellen, daß seine Hände auch da sind, Hände wie die eines Fischers, kurz, knubbelig, wuchtig, die unter dem Lycra-Baumwollgewebe nach oben gleiten. Dann fliegt das Tanktop davon wie die abgebrannte Stufe einer Apollo-Rakete, ihre Brüste sind der Zugluft ausgesetzt, und mit einem leisen Aufschrei schlüpft sie unter die Decke, schält sich die Leggings von zitternden Gliedern, und nun liegt sie da bei diesem Typ mit dem gebrochenen Herzen, hat nichts als ein maulbeerfarbenes

Tangahöschen an, dankbar für das dämmerige Licht, in dem Schwangerschaftsstreifen die elegante Schraffur einer Tuschezeichnung sind. Raitliffe trägt Boxershorts aus Oxford. Sie beginnen sich wieder zu küssen. Ihre Brüste fühlen sich sperrig an, wie immer in Gesellschaft anderer, doch es ist dieser Komplex der Ernährung, auf den Raitliffe unter der Decke zugleitet. Alles, was sie von ihm sehen kann, ist seine Kopfhaut. *Das Kreisen seiner Zunge um sie herum ist gar nicht so schlecht,* findet sie, nicht ganz so gut, wie Evan als Baby war, aber es wird seinen Zweck erfüllen (ihre Aufmerksamkeit entschwebt zur Zimmerdecke). Eine Rückenmassage wäre, wenn richtig ausgeführt, auch nicht schlecht, *sanft ist es am schönsten;* Raitliffe streift ihr das maulbeerfarbene Höschen über die Knie, die Knöchel und von den Füßen. Das Rascheln, mit dem er sich die Boxershorts auszieht. Da sind sie, wie Primaten, Anthropoiden, Propongiden, Protohominiden.

Hat er sich gewaschen? Mit morbider Neugier beginnt sie nach Entsprechungen zwischen Mutter und Sohn zu suchen. Sie stupst die Decke zurück, um Hex Raitliffe besser sehen zu können, den Wulst um die Taille und den Präriewuchs auf seiner Brust – ein Fell, weiß und grau, das Gott sei Dank vor Schultern und Rücken haltmacht. Von seinem Bauch abgesehen, ist er tatsächlich irgendwie zart, wie seine Mom. Haßt wahrscheinlich das Essen, hungert absichtlich, fastet, kasteit das Fleisch. Doch ehe sie die vergleichende Untersuchung mit einem schönen, langen, eingehenden, frontalen Blick auf seinen Stift abschließen kann, schiebt sich Raitliffes Kopf wie ein abgeplatteter Medizinball zwischen ihre Beine. Sie merkt es zuerst an dem Gefühl – wie es sie durchrollt, ihren Bauch, ihre Wirbel, bis hinauf zum Genick. Er widmet sich Scheide und Klitoris. Sie sinkt auf den Rücken, seufzt. Bestimmte Ekstasen müssen exquisit erscheinen, um das delikate Empfinden von Männern nicht zu verletzen. Die

Wellen kommen in Zweier- und Dreiergruppen, immer von Süden, durchlaufen Fußwurzeln, Kahnbeine, Mittelfußknochen, Schienbeine, Oberschenkel, Becken, Brustkorb, *Schädel* und wieder zurück in Richtung Handgelenke. Die Flut periodischer Impulse setzt sich gegen Klappen und Organe durch; ihr ganzes Ich ergibt sich einem Teil, wo sie unablenkbar ist; sie besteht aus Kristall; sie besteht aus kostbaren Metallen; Seidenblumen, Reispapier, Sommerdämmerung, *Kammermusik, Schwimmen bei Nacht, billige Süßigkeiten,* dann hört Raitliffe wieder auf.

»M-m-mann, bist du schön, Jane, M-m-mann, ist das t-t-t-toll, das ist ein ganz b-b-b-b-besonderer M-moment für mich, aber ich hab da ein P-p-problem, ich mag es eigentlich g-g-gar nicht ansprechen, aber ich k-k-k-k-kann ... d-d-das ist hier einfach nicht ... d-d-das ist kein g-g-guter P-p-p-platz für mich ... V-v-vielleicht k-k-könnten wir ... äh ... wegen dem K-k-k-klinikbett und so, dem ganzen m-m-medizinischen K-k-k-kram überall – für mich f-funktioniert das hier einfach nicht, w-w-weil es ... es ... es ist, als machen wir's in ihrem Zimmer oder so, m-m-m-macht's dir was aus, wenn wir den Schauplatz wechseln? Ist das okay für dich?«

»Das fällt dir ja im passendsten Moment ein.«

»Mein Zimmer. G-g-g-gehen wir in mein Zimmer.«

»Na gut ...«

Er schlüpft wieder in seine Boxershorts und kommt damit erneut ihren anatomischen Studien zuvor. Ist er da unten verstümmelt? Sie läßt die Kleider überall auf dem Boden liegen. Sie schreitet nackt den Flur entlang, noch beschlägt Atem ihr Inneres, ihr Gang hat etwas Raffiniertes, ein leicht erotisches Schaukeln, eine Art Stolz. Allerdings will sie nicht auskühlen, und deshalb trödelt sie nicht. Raitliffe in seinen Boxershorts schleift die Patchwork-Decke hinter ihnen her – es ist ein mitteleuropäischer Umhang – und lacht, als er sie auf der Treppe darin einzuwickeln versucht, auf den Saum tritt, ein paar Stufen zurücktaumelt, nach dem Geländer greift und nur knapp eine Reihe von Purzelbäumen vermeidet; dann, im ersten Stock, als sie an Lou Sloanes Zimmer und (den Blick abgewendet) am Elternschlafzimmer vorbeimarschiert, holt Raitliffe sie ein, wickelt die Decke endgültig um sie, spinnt sie darin ein wie in einen Kokon, küßt sie, an die Wand neben dem *rosaroten Gästezimmer* gedrückt, und trabt dann – es ist peinlich – an ihr vorbei, um das Ehebett zu bereiten. Er geht einmal kurz nach Haushälterinnen-Art über sein Zimmer. Als Jane in ihrem ländlichen Gewand hereinkommt, hat er bereits die Laken auf dem Etagenbett zurückgeschlagen und das gedämpfte Licht – einen alten, beleuchtbaren Tischglobus – eingeschaltet. Auf dem Etagenbett! Sie wird es mit Raitliffe auf dem Etagenbett machen! Die Wände blättern ab. Alles ist staubbedeckt.

»Ich b-b-bin mir ziemlich sicher, daß die L-laken gewaschen worden sind, seit ich im College war.«

Aber sie steht immer noch unter einem Bann, in der Ripptide, weil es trotz der Flüchtigkeit des weiblichen Orgasmus' – man ist fast da, fast da, und dann denkt man an die Wäsche, an das Vorbehandeln eines Kaffeeflecks und muß wieder ganz von vorn anfangen – *nur einen direkten Weg durch das Labyrinth gibt, wenn wir in diesem Punkt mal ganz persönlich werden wollen,* Typen können stundenlang auf sie einrammeln, von oben oder von unten, von vorn oder hinten, und das fühlt sich auch ganz okay an, aber es tut sich nichts. Der Koitus ist robust, theologisch vernünftig, die Proteinbahn der Sexualität, aber für Jane Ingersoll reicht das nicht. *Sie mag die Zunge,* ihre velaren, retroflexen, kakuminalen Künste, ihre Papillen, ihre Schleimhäute, ihre Linguale und Glossale, ihre indo- und proto-indoeuropäischen Wurzeln.

Weshalb sie sich auch nicht beklagt, als Raitliffe, am Fußende des Bettes eingeklemmt, auf einer Kaskade von Steppdecken und Bettzeug zu Boden rauscht und dort weitermacht, wo er aufgehört hat. Sein Stottern macht ihn in gewisser Weise besonders geschickt. Er wärmt die Stelle, die nur leicht abgekühlt ist, hält sich an ihrer Hüfte fest, wölbt von unten die Hände unter ihren Hintern, und sofort durchrast sie der erste elektrische Sturm wie aufreißende Wolken, wie alliterierende Vierzeiler, wie Windglocken, frisch gemähtes Gras, Ziegenkäse, der Innenraum neuer Autos, Kirchenchöre, Grand Slams. Dann das Nachbeben, und sie zischt, murmelt, ein ihr entrissener Laut, ob angemessen oder nicht. *Autsch, autsch, autsch.* Und Raitliffe unterdrückt ein Lachen und legt sich auf sie.

»Okay«, sie holt Atem. »Jetzt laß mich mal. Laß mich mal. Sag mir, was du magst.« Und während sie eine Auswahl zusammenstellt, von der nichts stimmt, *»Ich mag es gern auf anderer Leute Rasen, ich mag öffentliche Orte, ich mag die leeren hinteren Sitzreihen in Flugzeugen, ich mag es in Bussen, ich mag Jungen, die halb so alt sind wie ich, ich mag Lebensmittel, zum Beispiel Milch oder Honig oder Kuchenglasur, ich mag Typen in Uniform, besonders wenn sie die Uniform ausziehen, ich mag Typen, die überhaupt nicht sanft sind, obwohl ich manchmal auch die allersanftesten Typen mag, ich mag es, mir einen Finger reinzustecken, wenn ich wichtige Telefongespräche, zum Beispiel mit dem Steuerberater, führe …«*, trennt sie Raitliffe von seinen Boxershorts und bekommt so schließlich doch noch seine *Männlichkeit* zu sehen, die etwas Teigiges hat. Sie nimmt sie in die Hand, beginnt zu kneten. Der Penis ist neben dem Kropf der häßlichste Teil der Anatomie, den es gibt, und wenn man selbst einen hätte, der seinen Schmadder überallhin spritzt, hätte man wahrscheinlich auch so seine Launen. Typen und ihre

Schwänze, wie das Wetter von New England. Unvorhersehbar. Und so läßt Jane Ingersoll Raitliffes Homunkulus die beste Handarbeit angedeihen, zu der sie imstande ist, aufmerksam, geduldig, großzügig; sie spuckt sich in die Hand und appliziert das Elixier. Als das nicht funktioniert, nimmt sie ihn in den Mund.

Im Licht von Raitliffes Tischglobus kann sie nicht gerade viel von seiner Physiognomie erkennen, und ob er mit Pusteln bedeckt oder mit sehnigen Adern bebändert ist, aber er ist offensichtlich recht dürftig bestückt. Seine Hoden sind kleine Cashew-Nüsse, nicht die Asteroiden, die einige ihrer Freunde ihr enthüllt haben. Er ist beschnitten. Sein Wust von Löckchen ist angemessen gestutzt. Raitliffe schmeckt auch ganz okay, kein Gestank nach Ebbe.

Man hat Jane Ingersoll in einigen zwanzig Jahren sexueller Erfahrungen *versichert,* daß die Art, wie sie bläst, in den meisten Fällen ihren Zweck erfüllt. Sie nimmt gern Sachen in den Mund. Es findet keine spezielle Technik Anwendung, kein Umzüngeln der Eichel, keine Überwindung des Würgereflexes, keine jener Schaubudenfertigkeiten, die Typen in einschlägigen Publikationen finden und dann von ihren Partnerinnen verlangen. *Sie hat ihn manchmal einfach gern im Mund,* und wenn sie einen Typ mag, kann sie sich lange um ihn bemühen, ohne sich allzusehr zu langweilen. Doch bei aller Aufmerksamkeit, mit der sie Raitliffe überhäuft, stellen sich keine greifbaren Ergebnisse ein. Er ist angespannt. Kann nicht abschalten. Er legt sich zurück, er setzt sich auf, er wälzt sich herum, er streicht ihr nicht übers Haar, versucht nicht, sie herumzudrehen. Nein, Raitliffe hat einen Termin, und er hat sich verspätet. Raitliffe schlägt sich mit irgendeinem alltäglichen moralischen Problem herum. Nach einer Weile setzt sich Jane auf. Sie nimmt seinen linken Fuß in die Hand. Sie massiert die Sohle. Sein Fuß, eine krebs- und muschelbewachsene *Klaue*, ist wirklich häßlich.

»Okay, was ist los?«

»Ich mag dich wirklich, weißt du. Bestimmt ...«

»Lieb von dir. (Sie geht von der Ferse zu den vergilbten Krallen über, drückt sie eine nach der anderen.) Machst du dir wegen irgendwas Sorgen? Irgendwas, worüber du reden willst?«

»N-n-n-nein, das ist es nicht ...«

»Viele Männer haben Probleme, weißt du. Gehört zum Leben. Deswegen muß man sich nicht schämen.«

Sie bringt es kaum über sich, diese ganzen aufbauenden Sprüche abzulassen. Bestimmt hat sie das alles schon tausendmal gesagt. Raitliffe löst den linken Fuß aus ihrem Griff und schiebt ihr den anderen hin.

»Ich bin körperlich kein perfektes Exemplar«, meint sie. »Ich weiß.«

»D-d-du bist w-wahnsinnig schön. D-d-d-du bist unheimlich schön.«

»Ach so, jetzt kapier ich«, sagt Jane, »du machst Wahlkampf.«

»Nein, ehrlich«, sagt Raitliffe. »Wenn ich vor zehn Jahren eine Ahnung gehabt hätte, d-d-d-das ich mal soviel G-g-g-glück haben würde wie heute, wär's mir die g-g-ganze Zeit p-p-prima gegangen.«

»Wenn ich das bloß hätte voraussagen können.«

»Vielleicht l-l-liegt's ja an meiner M-m-mutter. Ich weiß nicht. Ich h-h-hab sie heute nachmittag auch gebadet, und d-d-das stört mich immer ein b-b-bißchen. Weil ...«

»Du hast sie auch gebadet?«

Raitliffe nickt.

»Das hat sie mir gar nicht gesagt.«

Jane Ingersoll drückt den Daumen tief in die Sohle seines rechten Fußes.

»Und außerdem h-h-hat sie mich heute n-n-nachmittag dazu zu b-b-b-bringen versucht, daß ich den S-s-s-s-s-s-s-s-«

Es entsteht ein längeres, angestrengtes Schweigen, dann sieht sie mit an, wie Raitliffe den Laut herausklopft. Mit einem leichten Schlag auf die Wange.

»S-s-s-stecker ziehe«, sagt er. »Ihr B-b-barbiturate gebe, oder wie sie sich das v-v-vorgestellt hat. Ich weiß nicht.«

»Was? Du meinst so was wie …«

Die Mitteilung verdient gebührende Achtung. Jane setzt seinen Fuß auf das Gekräusel der Tagesdecke.

»Aber d-d-das ist es nicht, das ist nicht das P-p-p-problem. Ich muß d-d-dir noch was anderes sagen. Ich muß.«

Sein Gesicht ist besorgt.

»Es ist nichts Sch-schlimmes. Es hat mir auch wirklich g-g-gefallen … mir hat das g-g-gefallen, was du g-g-gemacht hast. Ich bin g-g-gern mit dir zusammen, wahnsinnig g-g-gern, das ist es nicht …«

Mittlerweile ranken sie sich geradezu umeinander. Allmählich fühlen sie sich wohl. Sie macht es sich zwischen seinen Beinen bequem, ihr Kopf ruht auf seinem Oberschenkel. Sie blickt zur Unterseite des oberen Betts auf, zu dem Gewulste der festgestopften Laken.

»Es g-g-g-gibt da eine Stellung, die ich irgendwie …«

»Dann laß mal hören.«

»L-l-l-l-l-l-l-l-l-«

»Ich mache alles mit.«

»L-l-laß mich ausreden. Sonst w-werd ich nie fertig.«

»'tschuldigung«, sagt Jane. »Tut mir leid.«

Dann, leicht gereizt, platzt Raitliffe mit seiner Bitte heraus.

»H-h-h-hast du dich schon mal von jemand … in deiner B-b-b-bewegungsfreiheit einschränken lassen?«

»Was?«

»Na, du weißt schon.«

»Fesseln?«

»Na ja, also … ich w-w-will natürlich auf k-k-keinen Fall …«

»Mich ans … ans Bett fesseln lassen oder so was?«

»Na ja …«

Und natürlich ist sie eine moderne Frau, eine Abenteurerin, die schon viele zeitgenössische *Variationen, Posen* über sich hat ergehen lassen, die Typen, die wollen, daß man nur in Ballettschuhen reglos im Mondlicht am Fenster steht; die Typen, die wollen, daß man Stoffwindeln trägt; die Typen, die die Strumpfhose ihrer Partnerin anziehen wollen; die Typen, die einen mit Gegenständen schlagen wollen, oder die Typen, die wollen, daß man sie schlägt, und natürlich die Typen, die einen fesseln wollen. Die Missionarstellung ist ein alter Hut.

»Ich hab mal hinterm Einkaufscenter mit einem Mann zusammengewohnt, der hat das auch gern gemacht. Der hat mich gern gefesselt und sich dann vor den Fernseher gesetzt. Um Sex ging's ihm gar nicht. Eine halbe Stunde lang hab ich so dagelegen. *Nick? Was guckst du dir denn da an? Meinst du, du könntest mir wenigstens das Radio bringen, wenn du mich schon hier allein läßt? Ja?* Dann hat er ein paar Bier getrunken, ein paar Freunde angerufen. Er hat sich gern Eishockey angeguckt, während ich gefesselt war.«

Jane Ingersoll ist so höflich, oder so empfindlich, den Symbolgehalt von Raitliffes Bitte unerwähnt zu lassen, aber sie ist sich seiner deutlich bewußt. Die erfrischenden Wahrheiten des sexuellen Schlachtfeldes liegen normalerweise offen. Als sie Raitliffe ansieht – der sich halb um ein unbequemes Schaumstoffkissen gewunden hat –, weiß sie, daß er weiß, daß sie es weiß. Sie wird bewegungsunfähig sein. Paralysiert.

»Hör mal, du hast aber nicht vor, mich zu fesseln und dann mit rotglühenden Schürhaken anzukommen, oder? Du willst mich nicht knebeln, das Haus anzünden und mich allein lassen oder mir körperlichen Schaden zufügen, ja? Versprochen?«

Raitliffe hält theatralisch inne, was für Jane Ingersoll leider darauf hindeutet, daß er dieses Gespräch nicht zum erstenmal führt. »Es ist die einzige M-methode, wie ich k-k-k-k-k-k-«

Ein kalkuliertes, kunstvolles Stottern.

»Für m-m-mich ist es so angenehmer.«

»Na ja, dann ist es wohl okay. Dann muß es wohl okay sein.«

Und so stößt sie zur innersten Schicht von Raitliffe vor, einem Raitliffe, wie ihn nur ausgewählte Vertraute kennen. Es ist die letzte noch zu erforschende Frage, das fortgeschrittenste Kapitel in seinem Benutzerhandbuch. So jedenfalls erscheint es ihr. Praktisch sofort zieht er fuchsienrote Samtbänder unter den Kissen hervor, knotet eines davon um den Bettpfosten und greift nach ihrem Handgelenk. Das linke Handgelenk zuerst. Kein richtiger Knoten, damit sie ihn umgehend wieder aufbekäme. Doch in ihrer Abenteuerlust läßt sie ihn zu. Weil er möchte, daß sie auf dem Bauch liegt, kann sie nicht mehr tun, als gegen die Matratze zu treten. Symbolischer Widerstand. Irgendwann gibt sie auch das auf, überläßt ihm ihre Füße, läßt ihn ihre Knöchel fixieren. Ihre Beine sind so weit gespreizt, daß sie sich besonders verletzlich fühlt, als könnte er sich mit einem Spekulum über sie hermachen.

»Zieh eine Decke über uns, ja?«

Statt dessen massiert er ihr den Rücken. Irgendein Amalgam aus den Lehren des Nordens und des Ostens, des Asiatischen und des Niederländischen, die beide eine Verehrung für den weiblichen Körper beinhalten, für üppige Rundungen, für ihren elegant geschwungenen Rücken, auf dem Daumen sich an ihrer Wirbelsäule entlang bis unter den Haaransatz tasten; er hat ein Eukalyptusöl, mit dem er sie einreibt. Sie stellt sich vor, sie kann es aus großer Höhe, von der Decke aus, mitverfolgen, ihr Körper so, wie er im Teenageralter war, als sie einem Schönheitsideal glich, in den karierten Röcken der Privatschule, Bänder im Haar, in ihrer albernen Glanzlederhandtasche Dope oder geklaute Tabletten, Finger, die die Verspannungen in ihrem Rücken durchfurchen, sich nach unten bewegen, wo sie sich wölbt, in Autos, auf Wohnzimmersofas, auf irgendeinem epiphänomenalen Terrain, wie ihr Nicky einmal eine Rückenmassage gemacht hat, ehe sie verheiratet waren, unter den denkbar schlimmsten Umständen, sein Vater mit einem Schlaganfall im Krankenhaus, Nickys Tränen auf ihrem Rücken, die beste Rückenmassage, die sie je bekommen hat, oder der Musiklehrer in der High School, der wollte ihr nach der Schule eine Rückenmassage machen, oder eine Nackenmassage, wahrscheinlich hat sie deshalb mit dem Geigespielen aufgehört, der Kerl war ein Widerling, hatte furchtbar Schuppen, oder nachdem sie Kathleens Auto kaputtgefahren hatte, Kathleens Datsun, sie hatte ein Schleudertrauma und mußte zur Physiotherapie, oder wie man das nennt, und die Frau dort sagte die nettesten Sachen zu ihr, wie hübsch sie sei, während sie ihren Rücken trainierten, obwohl sie damals alles andere als hübsch war und voller Probleme, aber vielleicht noch immer ein bißchen attraktiv, und aus diesem Keller von Überlegungen taucht sie auf, um festzustellen, daß sich nun Lippen sanft auf ihre Wirbelsäule drücken, ein Kuß pro Wirbel, der einundzwanzigste, der achtzehnte, als kröche ihr eine Spannerlarve über den Rücken, Raitliffe legt sich auf sie, küßt ihre Wange, wendet sich ab, küßt ihren Hals, küßt ihre Arme, gleitet aufwärts zu ihren Fingern, nimmt zart den Ringfinger ihrer linken Hand (die lose in ihrer Samtfessel hängt) in den Mund, saugt daran, und in diesem Moment kann sie, weil er sich neben ihrem Kopf befindet, sehen, daß in der Tat zumindest bei seinem *primären Geschlechtsorgan* endlich ein gewisser Fortschritt zu verzeichnen ist, insofern es nach vorn absteht, na ja, waagrecht ist immer noch besser als schlaff – und bald darauf liegt er auf ihrem Rücken, seine Hände bahnen sich einen Weg unter sie, packen ihre Brüste, so daß er sicheren Halt hat, und dann sieht es so aus, als wollte er das Ding einfach einführen, sie erinnert ihn daran, *gefälligst einen Gummi zu benutzen,* und er sagt, *Ach so, klar, 'tschuldigung,* und schon hat er ein Kondom in der Hand, als hätte er alle diese Utensilien unter dem Bett vorrätig, Samtbänder, Massageöl, Kondome und Bourbon, so stellt sich heraus, einen Flachmann, aus dem er einen schnellen Schluck nimmt. Was für Kram da wohl sonst noch liegt? Er entrollt das Kondom, streift es sich mit leisem Schnappen über. Unterdessen ist es da unten, in ihr, nicht gerade wie im Regenwald, nicht direkt äquatorial, da er sich nicht darum gekümmert hat, deshalb ist er zu Vorbereitungen gezwungen, leckt von hinten, *Weißt du was, es ist durchaus möglich, daß sich hier zum zweitenmal bemerkenswerte Entwicklungen ergeben,* wie sie zu ihrer Freude berichten kann, sie fällt durch die Ritzen, murmelt Vokale, zerrt an den Samtfesseln, drückt sich in die Laken, als Raitliffe, über ihr, den Sergeant-at-arms einzuführen versucht, er füllt sie eine Sekunde lang aus, und dann hält Raitliffe völlig still, stößt sich ungeschickt den Kopf am oberen Bett, Sekunden verstreichen, seine Fülle, dann eine winzige Bewegung, eine Bewegung, die eigentlich gar keine ist, aufgeteilt in winzige Einzelschritte, *Mach schon, mach schon, mach schon.* Ein bißchen was kannst du ruhig auch tun! Er packt ihre Hüften, drängt sich zwischen sie und hört dann wieder auf, hält so still wie ein Vogel unter der Haube, vielleicht wird ihr ein bißchen schwindelig, vielleicht hat sie einen Sauerstoffmangel, so wie ihr Gesicht sich gegen das Schaumstoffkissen drückt, sie dreht den Kopf, so ist es auch nicht besser, Deckenfalten behindern die Luftzufuhr. Was sind eigentlich die Symptome einer Sauerstoffunterversorgung, Leuchtspuren, Kondensstreifen, Halonen um die Lichter, plötzliche Offenbarungen, Religiosität der hinduistischen, buddhistischen oder presbyterianischen Sorte? *Ich erfinde meine eigenen Evangelien, ich verkünde, daß die Liebe eine Sache von Reglosigkeit und Eile ist;* manche Sachen lernt man eben nur, wenn man bereit ist, so stillzuhalten, bis alles in einem wütend ist, und in diesem Moment schiebt sich Raitliffe wieder in sie und seufzt verdrießlich, und dann nichts, sie spürt Kondensation, Gezeitenbewegung, Bojengeläut, das Nebelhorn, die Fluten strömen durch einen engen Kanal, Raitliffe zieht sich ganz aus ihr zurück, sie weiß nicht, was da vor sich geht, er verschwindet ins Zimmer, sie hört, wie der Flachmann auf dem Boden umgestoßen wird, er flucht, sie drückt sich so gut es geht gegen die Laken, gegen irgendeinen Wulst aus Laken und Decken unter ihr, denkt an den Moment, in dem sie die Samtschlaufen loswird, *sie braucht Raitliffe gar nicht,* mit gespielter Anstrengung kämpft sie gegen die Fesseln, Liebe ist Szenenwechsel, Liebe ist die Erschöpfung von Optionen, *Liebe sind die Übriggebliebenen*, die Exzentriker mittleren Alters, und sie sagt gepreßt, mit Altstimme, *O Mann,* und kommt und reißt ihre rechte Hand los, um sich einen Knöchel in den Mund zu stecken, zerfetzt das Samtband, ein dunkler Schatten gleitet über sie, überhaupt keine Ahnung, was Raitliffe macht, doch als sie aus dem Wirrwarr von Empfindungen auftaucht, sieht sie, daß er auf dem Boden sitzt, ihr zusieht *und sich dabei einen runterholt,* Raitliffe macht es sich selbst, fahrig, zappelig, ein kraftloser Rückzug von den Freuden des Geschlechtsverkehrs, und als er sieht, daß ihre Hand frei ist, daß sie natürlich beginnt, ihr anderes Handgelenk loszumachen, gerät er ganz außer sich, stürzt auf sie zu, hält ihre freie Hand nieder, bis sie es wieder aufgibt, hält mit der rechten Hand ihr eines Handgelenk nieder und tut mit der linken, was immer er da tut, hantiert, ächzt und preßt ihr dann die Hand vor den Mund, nicht so, daß sie keine Luft mehr bekommt, *Pst, pst,* nicht um ihr angst zu machen, sondern damit sie seine nächste, umwerfende Erklärung hört, die Sprache der Drüsensekrete, *Ich liebe dich ich liebe dich ich liebe dich ich liebe dich.* Diese alte Geschichte, diese Zuflucht der Lügner. Die mit einem plötzlichen Getropfe auf ihren Rücken einhergeht.

»Ach du Scheiße«, sagt Raitliffe, dessen Redegewandtheit Ensetzen folgt. Er verschwindet aus dem Zimmer. Das ist das einzige, was er bei seinen Vorbereitungen für diese Vereinigung nicht berücksichtigt hat: der Erguß.

Und sein Kondom hat er bei seiner ganzen Plackerei auch verloren. Es liegt auf dem Boden wie eine abgeworfene Haut. Jane befreit ihre andere Hand, wartet jedoch höflich, bis er zurückgekehrt ist, wartet, während er mit einem alten, verblichenen Waschlappen ihren Rücken abrubbelt. Er versucht, jede Spur seiner Samenflüssigkeit von ihrem Rücken, von seiner Brust, von den Laken zu tilgen, und dabei entgeht ihm, daß Jane Ingersoll nicht direkt *unglücklich* ist, sich nun auf dem Bett aufsetzt und ihre Knöchel losbindet. *Weißt du, ich mag den Geschmack nicht, es schmeckt gräßlich, wie Zahnpasta mit Sojasauce zum Nachspülen, das ist das eigentlich Schlimme daran,* Beteuerungen im Hochgefühl der Freiheit von den Fesseln. Bei seinem Geschrubbe und Gekratze entgehen Raitliffe diese Versicherungen von ihr.

Als er fertig ist, läßt er sich auf den Boden plumpsen, ergeht sich in Interpretationen.

»Ich schäme mich«, sagt er. »Es tut mir unheimlich leid, d-daß ich dir d-d-d-das zugemutet habe.«

»Nun krieg dich mal wieder ein«, sagt Jane. »Du hast mir überhaupt nichts zugemutet. Ist doch keine Affäre. Theoretisch war es sogar interessant. Ist dir nicht kalt? Komm unter die Decke.«

Er trinkt, nimmt einen langen Schluck aus dem Flachmann, steigt schließlich aber doch heftig zitternd zu ihr ins Bett, und sie schließen einander in die Arme und geben sich dem so entstehenden Wohlgefühl hin, doch weil Jane Ingersoll mittlerweile hellwach ist, weil irgendein postkoitales Adrenalin in ihr ausgeschüttet wird, gibt sie sich nicht damit zufrieden, einfach nur dazuliegen oder Dexter Raitliffe eindösen zu lassen. Sie grübelt darüber nach, läßt das *Ich liebe dich* als Geschwätz einsamer Menschen unberücksichtigt und kommt durch Deduktion zu der Erkenntnis, daß sie eigentlich gar nicht einsam ist, nicht so einsam jedenfalls, wie sie es früher am Abend vielleicht behauptet hätte. Von hier aus betrachtet, sieht es sogar so aus, als hätte sie eine ganze Menge Freunde, eine ganze Küstenlinie voller Freunde, ganz gleich in welche Patsche sie geraten ist, überall auf dem sauerkleefarbenen Tischglobus Freunde, und dann sind da noch ihre beiden entzückenden Söhne, die das Leben erträglicher gemacht haben, und ihre Schwester. Wenn sie ehrlich ist, kann sie sich sogar jener Häretikergesellschaft zurechnen, jenem Freimaurerkult, der ganz Amerika, Westeuropa und die kürzlich demokratisierten Ostblockländer, ja selbst die von Armut geschlagenen Entwicklungsländer durchsetzt (sie drückt Raitliffe fest an sich), jener parallelen, aber rückwärtsgewandten Kultur, die Märchen, Folkloretänze und alle mündlich von Frau zu Frau weitergegebene Weisheit hervorbringt, *der Gesellschaft der guten Stim-*

mungen. Voller Verlangen bewahrt sie deren alte Traditionen in ihrem Herzen. Voller Verlangen flüstert sie gleich einer Litanei vor sich hin: *Eigentlich sieht alles ganz gut aus.*

»Hey, Raitliffe«, sagt sie. »Gehen wir tanzen.«

19

»Lou, Lou. Bist du wach?« ruft Kowalski von der Tür her. Ein Glühen umgibt seine gedrungene, eckige Gestalt mit einem Lichthof. Der Klang seines Namens reißt Lou schmerzhaft aus Alpträumen (eine Horde von der Hüfte abwärts Amputierter auf Skateboards), er hört seine notfallerprobte Stimme – *Was ist das Problem?* –, Erschrecken packt ihn, und er beginnt sich zu regen. Was für ein Zimmer ist das, wo ist er hier, ein kleines, doppelschläfriges Bett mit fossiliertem Kissen, Teppichboden, Heizdecke, das Keuchen eines klapprigen Luftbefeuchters? Wo ist seine Frau? Das Ächzen des jäh Geweckten.

»Lou?«

»Ich bin wach, ich bin wach«, murmelt Sloane. »Wie spät hast du's?«

Die von unangenehmen Träumen hervorgerufene Übelkeit nistet sich, gleich hinter finanziellen Sorgen, dem Widerwillen angesichts der Aussichten für die nächsten vierundzwanzig Stunden, der Angst vor körperlichen Katastrophen, in ihm ein und wird ihm für den Rest des Tages nachhängen. Er greift nach seiner Brille auf dem Nachttischchen. Nur daß es hier kein Nachttischchen gibt.

»Ich kann nicht schlafen«, sagt Kowalski. »Ich wälze mich da drin herum und fühle mich einfach schrecklich, Lou. Ich dachte, du bist vielleicht auch wach. Ich versuche, dahinterzukommen, warum ich deinen Sohn so behandelt habe, Lou, weißt du? Ich fühle mich einfach schrecklich deswegen.«

»Ist nicht *mein* Sohn.«

»Hör zu, es tut mir wahnsinnig leid, Louis. Wahnsinnig leid. Ich weiß gar nicht, was in mich gefahren ist.«

»Dexter hatte selber einiges intus. Da braucht er sich nicht zu wundern.«

Lou winkt Kowalski herein, setzt sich im Bett auf. Mac steuert schnurstracks auf die Brille zu – die auf dem alten Überseekoffer an der anderen Wand liegt. Bringt sie ans Bett, die Bügel voran. Lou experimentiert, bis sie genau richtig sitzt, dann zieht er die Beine an, seine Knie Bergspitzen unter den Decken des züchtigen Betts.

»Ich hab dem Jungen richtig eine gescheuert.«

Kowalski fläzt sich in den karierten Sessel.

»Na ja, du hast eine Linke gelandet«, sagt Lou, »aber ich glaube, Dexter hatte so eine Art Bauernfängertaktik. Er ist als Boxer begabter, als zu erwarten war.«

Mac lacht höflich.

»Die nächsten paar hat er jedenfalls vermieden. Nach dem ersten Schlag hast du eigentlich nicht mehr getroffen. Wenn es über zwölf Runden gegangen wäre – ich weiß nicht recht, Mac. Er ist jünger.«

»Na ja«, sagt Kowalski.

»Kopfschmerzen?«

»Und wie. Hab nicht schlafen können. Kopfschmerzen zusammen mit Magenverstimmung. Blöde Mischung.«

Kowalski massiert sich die Schläfen, als ließe sich damit die massenhafte Vergiftung von Gehirnzellen rückgängig machen. Daraus ergibt sich eine Diskussion über Mittel gegen Kater: Vitamin B, Vitamin C, die ganze Reihe der Antioxidantien, Gebete, heiße Milch, Yoga, Sport im Fernsehen, Scrabble, kalte Duschen, die Gesellschaft von Hunden, Tränen, rohe Austern, Jod. Macs Schlußfolgerung, *daß ein Kater in Wirklichkeit Ausdruck eigener Verantwortung ist* und deshalb stolz und entschlossen ertragen werden sollte, wird von beiden Männern nachhaltig bekräftigt.

»Lou, meinst du, ich sollte zu ihm rüberfahren und mich bei ihm entschuldigen?«

»Bei wem? Bei Dexter?« Lou liest den digitalen Wecker ab. »nicht um 2.37 Uhr.«

»Morgen. Ich meine morgen.«

»Na ja.«

»Manchmal halte ich es mit mir selber nicht aus. Ich komme einfach nicht dahinter, warum ich mich so verhalte, wie ich mich verhalte.«

»Ich weiß genau, was du meinst«, sagt Lou Sloane.

Schlaflosigkeit, die Erschöpfung hinter Lous Augen, hat etwas Melancholisches. Die Schlaffheit, die Teilnahmslosigkeit. Nun, da er Zeit zum Nachdenken hat, nun, da er im Besitz der Fakten ist, wie immer sie auch aussehen, wird er nicht mehr einschlafen können. Andererseits kann er sich kaum vorstellen aufzustehen.

»Na ja, er schläft jetzt, dein Junge. Das willst du damit sagen.«

»Mac, laß es gut sein. Hör zu, ich mach mal eben das Licht an, in Ordnung?«

Lous Torpfosten von Beinen ragen unter Bettzeug hervor. Er knipst die alte Stehlampe neben sich an, ein Flohmarktmodell mit einer rosa Farbglashaube als Schirm.

»Entschuldigst du mich einen Moment?« fragt Lou.

»Aber klar.«

Doch als Lou, in Flanell-Boxershorts und ärmellosem weißem Unterhemd, über den Flur geht, um seine Notdurft zu verrichten, in das mit Schimmelflecken getüpfelte und mager ausgestattete Badezimmer (New-England-Patriots-Handtücher, ein ganzes Set), dessen Tür sich nicht richtig schließen läßt, folgt ihm Kowalski. Er bleibt draußen stehen, übertönt das Zischen des Wasserhahns mit Selbstgeißelungen: *Kaum trinke ich harte Sachen, Lou, gerate ich in irgendwelche Auseinandersetzungen, irgendwelche Streitereien, fünfundzwanzig Jahre geht das jetzt schon so, ich werde wirklich zu alt für so was, im Ernst. Ich muß mich einfach auf Bier oder Wein beschränken.* Lou macht sich eher über die Erweiterung seiner Prostata Gedanken. Den dünner gewordenen Strahl, das Getröpfel und den schneidenden, stechenden Schmerz, den er da unten gelegentlich spürt. Hoffentlich überdeckt der Wasserhahn das Geräusch. Mein Gott, und einen Wanst kriegt er auch. Und seine Zähne sind in verheerendem Zustand. Seine Haare gehen zum Teufel. Als er aus dem Badezimmer kommt, ist Mac immer noch am Quasseln. Er folgt Lou über den Flur zurück, beachtet gar nicht, daß dieser sich anzieht.

»Willst du was essen?« fragt Mac. »Sollen wir einfach was essen?«

»Es ist noch nicht mal drei.«

»Frühstück, Lou, meine Lieblingstageszeit.«

»Ich weiß nicht recht, ob ...«

»Tut mir leid, daß ich dich geweckt habe. Ehrlich.«

»Ich hab mich selber auch ganz schön hin und her geworfen. Ist schon in Ordnung.«

»Ich brutzle uns ein Spezialrezept. Vielleicht schläft sich's mit vollem Magen besser. Kann man nie wissen.«

»Großes Glas Orangensaft, das reicht völlig.«

»Soll ich dir welchen holen?«

»Nein, ich –«

Von der Küche aus, wo man den besten Blick hat – eine ganze Wand aus Glas –, kann Lou die Weite des Meeres ausmachen, ein Geflitter von Mondlicht auf Wogen. Er gibt es auf, sich mit Kowalski zu streiten, akzeptiert die Tasse Kaffee, was soll's, versenkt sich in das Gebräu von Dunkelheit hinter dem Haus. Kowalski ist in Küchenriten vertieft. Die Pfannkuchenplatte ist auf *Max.* gestellt, so daß die Eier *(scharfe Sauce, 1 EL Speckstreifen, Prise Zwiebelsalz, gewürfelte Wurst, leicht gebräunt, nach Geschmack würzen)* unter aufzischendem Dampf sofort stocken.

»Mittel? Durch?«

»Verbrannt«, sagt Lou. »Ausgetrocknet. Leblos.«

Mit Topflappen bringt Kowalski die vorgewärmten Teller mit Petersiliesträußchen, Orangenschnitzen, Rosinentoast, Bergen von Ei, Gefäßverstopfer, drei bis vier Eier für jeden, ein Festessen für den Herbst. Lou macht sich natürlich um seine Pumpe Sorgen, meint jedoch, er müsse höflicherweise trotzdem zulangen, trotz des hohen Cholesteringehalts der Mahlzeit. Und so tut er es. Und er muß zugeben, daß die Eier *lecker, würzig, pikant* schmecken. Kowalski bricht schließlich das Schweigen, nachdem er sich bis zu seinem Rosinentoast mit hausgemachter Konfitüre vorgearbeitet hat.

»Ich glaube, wir haben im Werk einen großen Fehler gemacht.«

Lou kaut nachdenklich.

»Hast wahrscheinlich recht.«

»Ich meine nicht bloß die Risse in den Kühlmittelleitungen und so. Pumpgrenze, Containment. Nicht bloß das.«

Lou Sloane steht mit seinem Teller und seinem Saftglas auf – sie haben binnen zehn Minuten aufgegessen – und beginnt Geschirr aufeinanderzustapeln (ein Himbeermarmeladenfleck auf Macs Untertasse), doch Mac verstellt ihm den Weg zur Spüle, nimmt ihm mit Gewalt die Teller ab. Der reinste Linebacker.

»Fürs Aufräumen bin ich zuständig. Gäste haben hier überhaupt keine Rechte.«

Kowalski und die Hochdruckbrause an der Spüle (Einzelbecken, moderiges Abtropfgestell), die er übertönt:

»Ich mache mir schon Gedanken um die Risse, aber eigentlich denke ich an die Strömungen, Lou. Ich denke an die Strömungen in der Hafenmündung.«

Pfannenreiniger aus der grellfarbigen Schachtel.

»Okay«, sagt er, »da ist zunächst mal das Wasser, das

über Race Point reinkommt, und zwar im wesentlichen aus drei Richtungen. Dann das Wasser am anderen Ende von Block Island, genauso turbulent, das kommt auch rein. Dann hast du den Thames River, der in südlicher Richtung hinausfließt. Und den Two Tree Channel, der fließt nach Südosten, in den Sound hinein. Und dieses ganze Wasser tauscht sich überhaupt nicht aus. Darüber mache ich mir Sorgen.«

»Also wird die Leckage …«

»Die wird an Ort und Stelle bleiben, im Long Island Sound. Stimmt's? Wo soll sie sonst auch hin? Staten Island? Nach Portugal ganz bestimmt nicht.«

Lou bringt seinen Becher zur Spüle. Trinkt den letzten Schluck aus.

»Ich denke, die Theorie von Babcock und Wilcox, die Konstruktionstheorie, besagt das genaue Gegenteil. Um Fishers, Watch Hill zieht der Gezeitenstrom bis an Montauk, Block Island vorbei. Da ist offenes Wasser. Mit Gezeitenwechsel. Flut, Ebbe. Da ist Platz. Dort verteilt sich alles irgendwo. Immerhin entsorgt die Navy dort seit Jahren. Demnächst wollen sie dort wieder entsorgen. Rückstände aus der U-Bootwerft, Schlamm aus dem Fluß. Genau wie Ron gesagt hat. Das hat dem kommerziellen Fischfang in der Gegend noch nie geschadet. Jedenfalls nicht daß ich wüßtc. Noch nie.«

»Aber wie weit reicht denn das Rohr hinaus? Vom Werk aus. Einen knappen Kilometer, höchstens.«

»Willst du etwa behaupten, daß die Strömung dort nicht ausreicht, um das Zeug zu verteilen? Ich weiß nicht, ob ich dir das abkaufe. Du hättest mich vorhin mal zurückrudern sehen sollen. Ich habe es kaum geschafft.«

Kowalski greift nach einem alten Lappen, einem alten T-Shirt. Trocknet methodisch die Teller ab.

»Es hat übrigens ein Leck«, sagt Lou, »das Ruderboot.

Ich glaube, ich bin auf einen Felsen gelaufen. Ich weiß nicht, vielleicht habe ich es noch verschlimmert. War mir völlig entfallen. Tut mir wirklich leid.«

»Schon gut. Da war schon ein Loch«, sagt Kowalski. »Vor ein paar Wochen hab ich versucht, es zu flicken. Sehen wir's uns mal an.«

»Du willst jetzt rausgehen und dir das Ruderboot ansehen?«

»Na ja, wenn es abgesoffen ist, will ich das schon wissen.«

Dann, in der Küche, kommt Kowalski die Idee. Lou kann sie buchstäblich in Macs annähernd quadratischem Gesicht heraufdämmern sehen. Es findet eine Freisetzung von Obsessionen, ein Umlenken nervöser Energie auf sie statt: *diese Idee wird sie eine Zeitlang beschäftigen,* ihnen in ihrer Schlaflosigkeit etwas zu tun geben, ein positives Ventil für die Fixierungen alter Männer sein. Vielleicht wird sie sie sogar bis halb sieben fesseln, bis zum Sonnenaufgang, wenn Lou seinen Treck zum Lake Sacadanga, NY, nach White River Junction, VT, nach Truro, MA, oder sonstwohin beginnen wird:

»Ja, wir könnten uns das Ruderboot ansehen«, sagt Kowalski, »und dann könnten wir rausfahren und die Abwasserpumpe kontrollieren.«

»Die was kontrollieren?«

»Die Abwasserpumpe. Draußen im Kanal.«

»Du willst mich veräppeln, stimmt's? Was für Fahrlichter hast du an deinem Boot? Hast du ein GM-Zählrohr?«

»Lou, was bin ich? Ich bin Schichtaufseher. Vielleicht hab ich's mit dem Zurückgeben von Geräten nicht immer sehr eilig, aber ich habe zufällig einen Geigerzähler, einen tragbaren Proportionalzähler, ein Gaußmeter und einen Impulsdichtemesser im Haus. Ich habe Kopfhörer. Batteriebetriebene Kopfhörer. Alles. Ich hab das alles heute abend in eine Bootskiste verpackt, falls es sich als nützlich erweisen sollte.«

»Ich glaube, es ist mitten in der Nacht, und du hast Nachtschweiß. Oder du bist halb besoffen und halb verkatert. Das ist kein guter Zeitpunkt für wichtige Entscheidungen. Willst du die Ausrüstung der Firma vor Waterford im Hafen versenken? Wahrscheinlich wirst du die Dioden beschädigen, oder du kriegst Kondenswasser in das Zeug, und es fängt an zu rosten. Wir werden überhaupt nichts sehen können. Und außerdem hast du sowieso kein Seil, das lang genug ist, dreißig Meter Seil, so um den Dreh.«

»Zweiundvierzig, wenn du's genau wissen willst.«

»Vom Rausrudern ganz zu schweigen. Du willst mit deinem Boot im Dunkeln da raus? Ich bin schon nach dreißig Sekunden Rudern auf einen Felsen gelaufen.«

Kowalski, zunehmend gereizt:

»Lou, ich bin hier geboren. Damals, als es noch ein wunderschöner Ort zum Leben war. Ich bin in Niantic aufgewachsen. Das hier ist meine Heimat. Ich bin seit meiner Kindheit hier. Habe nie woanders gelebt. Wenn ich mitten in der Nacht aufwache und mir Sorgen darum mache, was im Wasser ist – Cäsium im Wasser, Thorium oder Neptunium, Herrgott noch mal –, dann tue ich das als Einheimischer, der sich um seine Nachbarn Sorgen macht. Ich finde, das ist Rechtfertigung genug. Ich werde weder meinen Job noch die Firma gefährden. Das weißt du. Wenn du mitkommen willst, kannst du mitkommen. Du kannst aber auch wieder ins Bett gehen.«

»Mach, was du willst.«

»Aber sagen wir mal, das Neptunium, oder was es ist, wandert zwei Städte weiter, der Kanal lagert es bei Madison ab. Bloß ein paar Millionen Teilchen, die vom Schellfisch verschluckt werden. Oder sagen wir, es treibt nach Bridgeport rüber. Sagen wir mal, wir können feststellen, daß die Strömungen es nach Bridgeport befördern, dort haben es dann die Schwarzen am Bein. Und zwar für ungefähr eine Million Jahre, zwei Komma zwei mal zehn hoch sechs, das dürfte die Zahl sein. Ich war mit dem Vorschlag einverstanden, weil die Situation heute nachmittag gefährlich war und mir auch nichts Besseres einfiel. Aber wenn ich jetzt so darüber nachdenke, gefällt es mir gar nicht. Und ob Stan Warren bei der ganzen Geschichte blöd dasteht, ist mir wirklich völlig egal. Ich will wissen, was Sache ist.«

»Ich kann es nicht fassen, daß ich um diese Zeit dieses Gespräch mit dir führe. Und du mit Exponenten um dich wirfst.«

Bei diesem Ballett aus Pliés, Développés, Pas de chat, Pointes, Grands jetés, diesem Taktikballett, rücken die beiden in eine bestimmte Richtung vor, ohne die Debatte abzuschließen. Sie bewegen sich auf die Hintertür zu. Sie stehen vor der Garderobe. Wo Lou nach kurzem Schweigen kapituliert.

»Na ja, wenn ich ehrlich bin, habe ich eigentlich gar keine Meinung dazu. Ich arbeite ja nicht mal mehr für den Laden. Mir gehen andere Sachen im Kopf rum. Und ich fahre einzig und allein deshalb mit, Mac, weil ich nicht schlafen kann und weil es unter den gegeben Umständen gefährlich für dich wäre, das Boot allein bedienen zu wollen. Aber du mußt mir einen Pullover leihen.«

An einem Haken hängt ein UConn-Huskies-Sweatshirt. Ein Sweatshirt mit Kapuze und Brutsack. Auf dem Bord liegt eine Neun-Volt-Taschenlampe. Lou zieht das Sweatshirt an, seine Windjacke darüber. Er findet eine marineblaue Skimütze, drückt sie sich für alle Fälle auf den Kopf. Kowalski, der Einzelgänger, der Junggeselle, hat einen Schlechtwetteranzug, grellgelb, und einen Pullover irischer Strickart an. Er trägt die Kiste mit den Geräten. Sie schließen hinter sich ab und gehen unter den

Zweigen einer alten Ulme hindurch. Lou knipst die Taschenlampe an. Ungeachtet ihres veralteten Designs hat sie frische Batterien. Kowalski steigt die Leiter hinab in das Ruderboot. Unter dem Gewicht senkt es sich. Lou reicht ihm den Pappkarton hinunter.

»Wie weit draußen hast du denn festgemacht?«

Womit er Kowalskis Mako mit zwei hundertfünfzig PS starken Mercury-Außenbordmotoren meint, ein Boot, das speziell für die schnelle Verfolgung und Vernichtung immer seltener werdender Küstensportfische konstruiert ist. Oder für die Flucht vor Patrouillenbooten der Küstenwache. Die *Barrakuda*, so ihr Name, ist sieben Meter lang, mit einer Persenning über dem Ruder und einer winzigen Kabine im Vorderschiff, die als Stauraum dient. Von Zeit zu Zeit lädt Kowalski die Tagschicht auf sein Boot ein. Träge Sommernachmittage, an denen wenig Fische anbeißen und viel Bier konsumiert wird. Alles schmiert sich die Nase mit Zinkoxid ein. Alles ißt BBQ-Chips oder Sauerrahm mit Zwiebeln.

»Gleich hinter den Klippen da.«

Der Bug des Dinghi, mit seiner Ladung dicklicher älterer Männer, steht nur wenige Fingerbreit über den Wellen. Lous Slipper sind durchweicht. Als er den Taschenlampenstrahl unabsichtlich in den Rumpf des Bootes richtet, stört er einen kleinen Schwarm Elritzen auf, die um Kowalskis Füße wimmeln. Der Wind hat erheblich aufgefrischt, und der Mond (dreiviertel, abnehmend) spiegelt sich überall. Wird immer wieder von Wolken verdeckt. Es ist kurz nach dem tiefsten Gezeitenstand. Die Sicherheitsfrage beschäftigt Sloane nach wie vor, doch als er sie anspricht – wie sicher es ist, mit dem Boot um drei Morgens quer durch den Hafen zu fahren, außerhalb der Fahrrinne –, hält Kowalski ihm die voraussehbare Predigt. *Durch den Kanal sind es vierhundert Meter, nicht viel mehr, und dann um die Halbinsel dort, an der Rück-*

seite des Kraftwerks, ich hab das schon tausendmal gemacht, und zwar stockbesoffen, in dichtem Nebel, und bis zwei Meter Entfernung kann dem Boot sowieso nichts passieren. So nah kann ich damit heran, wenn wir langsam fahren. Kowalskis Ruderschläge sind lang und elegant, und er macht sich nicht die Mühe, über die Schulter zu schauen. Er kennt die Route. Während er beginnt, die durchweichte Bulin an der braunroten Kugel zu befestigen, die seinen Liegeplatz markiert, weist er Lou Sloane – der sich und die Kiste mit den nuklearen Gemischtwaren von achtern in die *Barrakuda* zieht – an, sich mit dem Tiefenmesser vertraut zu machen. Das wird seine Aufgabe sein. Die Fender werden sie dranlassen; sie werden das Funkgerät testen. Sicherheit zuerst. Die Maschinen springen an. Der Lärm stört eine schnatternde Schar von Kormoranen in der Nähe auf. Von ihren feuchten Felsen vertrieben, streichen sie, bisweilen von Lous Lampenstrahl erfaßt, über die Wasseroberfläche.

»Bist du nüchtern genug?« fragt Lou.

»Nüchterner als meistens, wenn ich hier draußen bin.«

Lou klettert auf den Bug, löst die Vertäuung. Sie gleiten in tieferes Wasser. Hinter ihnen kreist das Ruderboot auf den Schwankungen ihres Kielwassers um den Wasserball. Lou sitzt auf dem Bug und sagt die Hummerkörbe und Bojen an, *Clorox-Flasche, zehn Uhr,* während Kowalski die Karten und das Radar konsultiert. Er hat eine komplette Navigationsausrüstung, Kompaß, Sextant, LORAN, ein Typ mit Karten für jeden Hafen, jeden Meeresarm, jede Meerenge im Umkreis von hundert Meilen. Der Kurs ist bereits abgesteckt. Als es Lou Sloane auf seinem Platz kalt wird, zieht er sich unter die Persenning zurück, hinter die Windschutzscheibe zu Mac, wo er getreulich damit fortfährt, mit der Taschenlampe das Wasser vor dem Bug nach Gefahren abzuleuchten. Die unmittelbar über ihnen angebrachte Positionslampe wirft ebenfalls ein diffuses Licht. Sie machen ein paar Knoten, mehr nicht.

»Einmal hab ich nachts auf diese Weise eine Hummerfalle mitgenommen«, sagt Mac. »Ich bin gerade dabei, den Sonnenuntergang zu bewundern, da sehe ich den Korb, rosa und grün. Er verschwindet unterm Bug. Als er wieder hochkommt, schwimmt er mir nach. Verfolgt mich. Ein gräßlicher Anblick. Dann so ein Vibrieren, weißt du, und das Boot wird langsamer. Auf einmal schleppe ich an einer Schraube mehrere hundert Pfund mit. Die Motoren stöhnen. Zum Glück war ich nicht weit vom Dock weg. Das war in Old Saybrook. Ich hab das Boot reingeschleppt. Die Falle eingeholt, Hand über Hand, wie früher die Hummerfischer. Da waren vielleicht zwanzig, fünfundzwanzig Meter Leine dran, und sie war teuflisch schwer. Stellte sich raus, daß die Falle voller Hummer war. Voll bis oben. Die Falle hab ich dagelassen, aber die Hummer hab ich geklaut, jedenfalls ein halbes Dutzend. So bin ich zu ein paar Feinschmecker-Essen gekommen. Surf 'n Turf. Danach hab ich von den Jungs vom Jachthafen das Boot aus dem Wasser holen und die Schraube nachsehen lassen. Sie war verbogen wie ein Kleiderbügel.«

Macs Augen sind auf das Wasser gerichtet. Er hält das Ruder ganz fest.

»Nun sind wir hier draußen auf dem Wasser, Lou. Wir haben ein paar Bier dabei, es ist schön ruhig. Also, was ist los mit deiner Frau? Was ist bei dir zu Hause los?«

»Verdammt, Mac. Du hast mich doch nicht etwa hierher mitgeschleppt, um ...«

»Du brauchst nicht darüber zu reden, wenn du nicht willst. Ist völlig in Ordnung für mich.«

»Willst du den Eheberater für mich spielen? Mir Nachhilfe in Krisenmanagement geben oder irgend so einen Mist?«

»Ach was, überhaupt nicht«, sagt Kowalski. »Halt die Taschenlampe hoch. So wie es bei mir gelaufen ist, könnte ich eine Frau nicht mal dazu überreden, aus einem brennenden Haus zu flüchten.«

Lou legt die Lampe auf Macs Kartentisch ab und geht vorn in der Kühlbox nach einem *kalten Bier* stöbern. Nicht daß sein Entschluß exakt seit seinem Gespräch mit Dexter ins Wanken geraten wäre. Als Entschluß hat er es ohnehin nicht betrachtet. Luftdicht, verläßlich, unerschütterlich. Mitten in der Nacht, als er erfolglos seine linke Seite, seine rechte Seite, Bauch und Rücken ausprobiert hatte und ihm *eine fünfte Schlafstellung*, jener verlorene Ton der Unbewußtheit, nicht einfiel, hat sich *die Entscheidung, der Vorsatz, der Plan* spontan in Luft aufgelöst. Er hat sechs Wochen allein im Norden vor sich gesehen, wie er in greller Sicherheitskleidung im White Mountain Pizza Shack, dem einzigen Lokal weit und breit, neben Typen ohne Arme, Typen auf Bewährung, ißt, in Wohnwagenparks haust, sich in Motels verkriecht, vierundzwanzig Stunden am Tag den Wetterkanal guckt, christliche Sender hört, in einem gemieteten Camper in der Gegend herumfährt; mitten in der Nacht, in Macs Haus, hat er sich eingeredet, daß sein Entschluß feststeht, und damit basta, und bald hat er festgestellt, daß das nicht stimmt, bald hat er gedacht, daß Billie nicht mehr lange da sein würde, und wenn sie so stürbe, wie von Dexter angekündigt, wenn sie Tabletten schluckte, Kohlenmonoxid einatmete, wenn sie so abträte und er nicht mehr dazu käme, mit ihr zu reden, keine Chance mehr bekäme, sie zum Lachen zu bringen, ihr hemmungsloses Gegacker nicht mehr zu hören bekäme, nie mehr miterlebte, wie sich auf diese typische Art Zufriedenheit über ihr gequältes Gesicht legt – wie ein Regenbogen –, wenn er diese Chance verpaßte, das wußte er, dann wäre er unglücklich bis ans Ende seiner Tage. Er wäre nicht imstande, in den

Knotty Pine Cabins, NH, aufzuwachen und sich selbst im Spiegel zu betrachten. Was an Billie unerreichbar war, befand sich noch immer irgendwo in diesem Haus, tief verwahrt, all das, was er an ihr geliebt, all das, was er in ihr zum Vorschein gebracht hatte. Gutes. Was für eine starke Frau sie war, was für eine kluge Frau, klüger als er, und großzügiger.

»Bier?« ruft er Kowalski zu.

»Nein, danke, ich fahre.«

»Wie weit noch?«

»Vielleicht zehn Minuten. Siehst du die rote Signalbake schon?«

Lou trinkt gierig aus der Dose. Er kann es kaum glauben, als sie, die Sprache seiner Ehe, eine Dreimeterwelle von Trauer, herauszukommen beginnt, die Mechanismen überwindet, die Gespräche ersticken, all *diese schmutzige Wäsche,* das Auf und Ab. Er selbst ist es, mit dem er da redet, im Dunkeln, in Dunkel gehüllt, von Meer umgeben. Er sieht Kowalski nicht an, als es aus ihm herausgeschwemmt wird, und er spricht ganz leise, *Ich kriege oft Angst, Mac, ich bin wohl einfach ein feiger Hund oder ein Schwächling oder so was, ich habe ständig Angst, mitten in der Nacht bilde ich mir irgendwas ein, stelle mir Sachen vor, Katastrophen, bilde mir ein, ich höre irgendwas Furchtbares, sie würgt, sie hat einen Herzanfall, und wenn ich nun nicht aufwache, ich wache auf und bilde mir solche Sachen ein, als wir geheiratet haben, hab ich zwar gewußt, daß sie krank ist, aber es war mir egal, weil sie so schön war und süß und alles, es war mir egal, daß sie krank ist, weil ich dachte, ich würde damit fertig und es ginge ganz langsam und wir hätten trotzdem viel Spaß, schöne Zeiten und tolle Erinnerungen und das alles, eine würdevolle Krankheit, der Preis der Liebe, so habe ich mir das vorgestellt, allerdings hatte ich nicht damit gerechnet, daß mich jede noch so kleine Hiobsbotschaft so schwer treffen würde, genau wie sie, und irgendwann habe ich mich dann gerade so unwohl gefühlt, daß ich den Eindruck hatte, es würde alles immer nur viel schlimmer anstatt besser, sie hätte schreckliche Schmerzen, sie würde Qualen leiden, sie würde sterben, einfach vor meinen Augen wegsterben, ich hatte überhaupt noch nie daran gedacht, daß sie sterben würde, gewußt hatte ich es schon, aber dran gedacht noch nie, und jetzt dachte ich viel daran, sie würde unter Schmerzen sterben, und ich würde es mit ansehen müssen, und der Auftrieb, den ich als glücklicher Mensch immer gespürt habe, das ist mir alles verlorengegangen, Stück für Stück, nach einer Weile habe ich mich nicht mal mehr daran erinnert, daß ich einmal so gelebt hatte, daß ich ein glücklicher Mensch war, und allmählich kam es mir so vor, als kämen nur noch Hiobsbotschaften, Mac, als hätten wir nur noch Pech, und jeden Tag mußte ich mich zusammenreißen, um die nächste Unglücksnachricht wegzustecken, und ich brauchte das Gefühl, ich könnte auch etwas für mich selbst tun, wegen der Wolken, die ich heraufziehen sah, und weil ich die Hoffnung aufgegeben habe, daß ich sie nicht einfach anbrüllen würde, sie solle sich ihre Scheißwindel selber anziehen, sich selber füttern, Herrgott noch mal, ich habe die Hoffnung aufgegeben, Mac, weil sie die Hoffnung aufgegeben hat, und die einzige Möglichkeit, wie ich weiter mit ihr zusammenleben konnte, bestand darin, mich zu isolieren, ich konnte nirgendwo damit hin, und was würde aus mir werden, wenn ich wegginge, ich hatte keine Familie mehr, Mac, das war alles an Familie, was ich noch hatte, in diesem Haus, diesem Rollstuhl, alles, was ich noch an Familie hatte, und wie zum Teufel sollte ich danach überhaupt weiterleben, nach allem, was ich von Billie wußte, als sie noch jünger war, und dann, zu allem anderen, hab ich auch noch die Kündigung gekriegt, das hat das Faß zum Überlaufen gebracht, ich hab's ihr gar nicht erzählt, habe es nicht über mich gebracht, ihr das zu erzählen, denn was würde sie dazu sagen bei allem, womit sie fertigwerden mußte, und ich habe so gut wie jede Nacht gedacht, ich kriege einen Herzanfall, mir immer mehr Sorgen gemacht, was mache ich, wenn sie heute nacht stirbt, was mache ich, wenn ich morgen ins Schlafzimmer komme und sie ist kalt, ich war so müde und so voller Angst, nicht so, wie es sich für einen Mann gehört, einen Mann mit Selbstachtung, sondern wie ein Kind, Mac, ein kleines Kind. Da habe ich beschlossen zu gehen.*

Als sie sich der an Backbord liegenden Landspitze, dem Ende der Halbinsel, nähern, konzentriert sich Mac aufs Navigieren, hält Lou zuliebe weit von der Küste ab. Man sieht den Schornstein (gestreift wie das Ladenzeichen eines Friseurs), die Reaktorbehälter, den Funkturm, alles von Scheinwerfern angestrahlt, auf dem Funkturm rot blinkende Signallampen. Kein Dampf. Millstone verschwindet achteraus, Zentimeter um Zentimeter; Kowalski tastet sich weiter in den Hafen hinein. Hier und da ein Licht auf dem sanft geschwungenen Bogen der nächsten Bucht. Schlaflos.

Mac sagt: »Du hast da ein Riesenproblem, gar keine Frage. Daß es so schlimm ist, war mir nicht klar. Wahrscheinlich hätte es mir klar sein müssen.«

»Na ja, ich ...«

»Ich bin jedenfalls froh, daß du das Gefühl hattest, du kannst es dir von der Seele reden.«

Sloane trinkt das Bier aus, legt die Dose wieder in die Kühlbox. Unterdessen drosselt Kowalski die *Barrakuda* – einen Moment lang treiben sie nur – und greift nach der vernachlässigten Taschenlampe. Ihr Strahl erfaßt ein Stück Treibholz, ein sehr großes, mit eierschalenfarbener Vorstreichfarbe getüpfeltes Stück Bauholz, ein ganzes Brett, zwei Meter fünfzig bis drei Meter lang, das Treibgut, das der Hafen mit sich führt, ein Stück von jemandes Haus, ein Stück von jemandes Hausbesitzertraum. Mit einem Fischhaken, den er für *Tiefseeexpeditionen,* für Schwert- und Riesenthunfisch, dabei hat, stößt Mac es weg. Es treibt träge davon, in Richtung Küste.

»Wenn du nicht mehr mit ihr zusammenleben kannst, dann kannst du eben nicht mehr mit ihr zusammenleben. Darauf läuft es hinaus, denke ich. Und was willst du machen?«

»Das ist genau mein Dilemma. Wenn es bloß so einfach wäre, Mac. Wenn ich bloß alles schön auseinanderklamüsert hätte.«

»Ja.«

Nun deutet Mac auf die rote Kanal-Bake, genau backbord, eine halbe Meile vor der Landspitze. Die Nebelhörner heulen in charakteristischen Intervallen. Von dieser Stelle aus sind zwei Leuchttürme zu sehen. Die beiden Signalfeuer. Eines ist ein *Schulhaus,* wie Lou weiß, ein kleiner roter Ziegelsteinbau, der einem typischen Schulhaus New Englands gleicht. Mitten im Sound. All die Wassermassen, die an den Flußmündungen und Gezeitentümpeln vorbeifließen. Vorbei an dem Schulhaus. Hier tritt das Abwasser von Millstone aus. Nur noch ein kleines Stückchen weiter. Kowalski hat mit rotem Stift eine wahrscheinliche Stelle auf seiner Karte markiert.

»Wenn du natürlich immer noch mit ihr zusammenlebst, sieht die Sache schon anders aus, stimmt's? Wenn du weiter mit ihr verheiratet bleibst, ganz gleich was passiert, wenn du nicht von ihr loskommst, egal wo du lebst, ob du nun eine Lehmhütte oder sonst was in Nevada kaufst oder ob du in Island lebst, wenn du da immer noch mir ihr zusammenlebst, wenn du Tag und Nacht an sie denkst, wo liegt dann der Unterschied? Dann kannst du genausogut wieder bei ihr einziehen. Dann bist du verheiratet.«

»Werd nicht herablassend, Mac. Bloß nicht.«

Kowalski legt den roten Stift aus der Hand, auf die halbierte und gedrittelte Karte von Niantic Harbor, um *gegen die altehrwürdige männliche Tradition zu verstoßen, derzufolge man einem anderen Mann nicht liebevoll in die Augen sieht.* Mit der freien Hand klopft er Lou auf die Schulter.

»Lou, das würde mir nie im Leben einfallen. Mach, was du willst. Ich sage dir nur, was du mir gesagt hast. Und du hast gesagt, daß du immer noch an sie denkst. Das ist ja wohl eindeutig. Vielleicht liebst du deine Frau immer noch. Das würde dir jeder sagen, jeder, der dich kennt. Die eindeutigen Sachen kriegt sogar jemand wie ich mit.«

»Quatsch«, sagt Sloane und zieht sich nach achtern zurück.

»Wie du meinst. Vergiß es. Ich fange nie wieder davon an. Verlaß dich drauf.«

Vom Angelstuhl auf dem Achterdeck holt Lou widerstrebend die Kiste mit Meßgeräten. Er zieht Kabelrollen heraus. Kowalski muß stundenlang aufgeblieben sein, um diesen Kabelsalat vorzubereiten, die Leitungen mit wulstigen Schichten von Isolierband zu umwickeln. Die Abdichtung des armen Mannes. Lautsprecherkabel? Telefonkabel? Nur zur Sicherheit testet Lou die Batterien, spult die Kabel ab. Kowalski wuselt von hier nach da, schaltet in den Leerlauf und geht nach vorn, um Anker zu werfen.

»Wie tief?« ruft er.

»Einundvierzig.« Lou hat das Rohr in der Hand, vor seinen Füßen entrollen sich fünfzig Meter Kabel.

»Noch hundert Meter, und es wäre zu tief. Vielleicht treffen wir das blöde Rohr genau auf den Kopf und haken den Anker daran fest. Bist du okay, Louis?«

»Das ist eine schöne Sonderaufgabe für mich«, sagt er. »Legt die Diagnoseinstrumente zurecht.«

Sloanes Hände sind rot und schmerzen. Als sie eiskalt sind, steckt er sie in die Bauchtasche seines extragroßen Sweatshirts, aber zuerst packt er den Saum des geliehenen Kleidungsstücks, nimmt die Brille ab und wischt sich, unter besonderer Berücksichtigung der Augen, das Gesicht, froh darum, nicht in Macs Gesichtsfeld zu sein. Dann, nach diesem Aufschub, wieder an die Arbeit. Der Geigerzähler ist ein herkömmliches Industriemodell *ohne das dünne Fenster, das Teilchen geringer Reichweite oder schwacher Strahlung erfassen würde.* Ein Industriemodell und *sexy* – ganz anders als die Erector-Apparate der Frühzeit. Eine schwarze Stahllegierung beherbergt das Glasrohr und die Elektrode, das Rohr ist mit Druckgas gefüllt. Im Grunde ist es eine *Ionisationskammer*, so daß ein Teilchen, das in das Gehäuse eindringt, im Füllgas Elektronen freisetzt, die ihrerseits Sekundärelektronen freisetzen, welche in diesem Falle über zweiundvierzig Meter Elektrokabel zu einem batteriebetriebenen Impulsdichtemesser in elegantem Plastikgehäuse gelangen, der wiederum den Stromstoß in Form eines altmodischen *Klick* erfassen wird, ein Signal, das wegen der Schaltungsanordnung im Impulsdichtemesser sofort abnimmt, zu einem Verstärker und damit zu den Kopfhörern (leicht, mit orangefarbenen Schaumstoffohrmuscheln) geleitet wird, um sogleich vom nächsten gefolgt zu werden. Nur gut, daß speziell dieser Geigerzähler auch nicht die dünne Folie zum Zählen von Alphateilchen hat, da sonst sofort Wasser hineingeriete. *Natürlich registriert ein GM-Zählrohr immer kosmische Strahlung* – auch hier, mitten in der Nacht, in der leeren Mündung des Hafens bei Waterford, ohne daß ein U-Boot, Lastkahn, Tanker oder Vergnügungsboot auf dem Wasser wäre. Selbst hier *wird die Oberfläche von Lou Sloanes geplagter Erde mit kosmischer Strahlung aus den entlegensten Gefilden des Alls bombardiert* – und so testet Lou Sloane auch den Geigerzähler. Er müßte aufgrund der Hintergrundstrahlung, der kosmischen Strahlung, so etwa sechzig bis achtzig Klicks pro Minute von sich geben, wie ein menschlicher Puls, und das tut er in der urtümlichen Stille auch. Etwa zu dem Zeitpunkt, wo der Anker auf Grund trifft und Mac zurückgeklettert kommt, um den Motor auszumachen, hat Lou Sloane das Gerät betriebsbereit.

»Hätte ich nie gedacht«, sagt Lou.

»Ich liebe dieses Geräusch«, sagt Kowalski.

Das Ticken im winzigen Lautsprecher des Impulsdichtemessers. Ihr Ruf der Wildnis. Kowalski überprüft die Nadel, nimmt die Kopfhörer ab.

»Weißt du, ich hab ehrlich nicht gedacht, daß wir so weit kommen würden.«

Was unter der Oberfläche liegt, unerkennbar, ist so verlockend, Dinge, wie sie im Werk Alltagsroutine sind – nicht Wahrnehmbares; alles, was sie nicht wissen und womöglich ihr Leben lang nicht erfahren; warum die Typen in den sozialen Klassen über ihnen alles Geld kontrollieren und über allen Einfluß verfügen; warum es die dämonischen Impulse knapp außerhalb des Bewußtseins gibt, mörderische Wutanfälle und nicht zu besänftigende Traurigkeiten; warum es Krankheit gibt und Liebe, die schiefgeht. Deshalb angeln Männer, deshalb tauchen Männer, deswegen bohren die Ölgesellschaften in den Rinnen zwischen tektonischen Platten; das ist das Mineral in den vulkanischen Magmaausbrüchen; *Männer erobern die Natur, um ihre eigenen Hinterhöfe zu begreifen;* sie gehen zur See, wie sie ans Rasieren gehen. *Strahlung ist wie Alchimie,* denkt Lou. Sie verrät einem mehr über die Physiker, die danach suchen, als sie einem je über die Elementarteilchen verraten wird, und genau das führt dazu, daß Mac Kowalski mit dem Rohr wie mit einer Harpune ausholt und es kräftig von sich schleudert; gefolgt von Kabelspiralen, fliegt es acht bis zehn Meter weit. Wie ein Blaufisch in der Dämmerung durchstößt es die Wasseroberfläche und verschwindet.

Weil Salzwasser die freie Bewegung radioaktiver Teilchen hemmt, ist es nicht verwunderlich, daß die sechzig bis achtzig Klicks pro Minute auf fünfzehn abnehmen. Es ist nicht einmal verwunderlich, daß die Klicks kurz darauf völlig verstummen. Mac und Lou warten ein paar Minuten. Verstärker und Kopfhörer empfangen ein statisches Rauschen, irgendein nicht zu identifizierendes Geräusch. Kowalski läßt ein Bier zischen.

»Hol das Ding ein«, sagt er. »Vielleicht hat das Wasser das Rohr beschädigt. Stell fest, ob es an der Luft funktioniert.«

Lou holt die Leine ein.

»Bist du sicher, daß wir an der richtigen Stelle sind?«

»Wir brauchen nicht an der richtigen Stelle zu sein«, sagt Kowalski. »Bloß in der Nähe.«

Als das Zählrohr auftaucht (Lous Hände sind an den Fingerspitzen taub geworden), zieht Kowalski es mit dem Fischhaken ins Boot. Es ist mit Algen behängt, einem braunen Streifen, der Lasagne ähnelt. Mac zupft ihn ab.

»Was zeigt es an?«

Das Klicken beginnt wieder, als hätte es nie aufgehört. Wie ein College-Experiment. *Angenommen, Sie haben eine Elektronenkanone, eine Wand mit zwei gleich großen Löchern und an einer weiteren Wand einen Detektor. Warum können wir nicht mit Sicherheit sagen, daß ein gegebenes Elektron entweder durch Loch x oder durch Loch y gehen wird?* Es zielt darauf ab, einen hereinzulegen. Das Experiment. Es verbindet Experimentator und Experiment, so daß die beiden nicht mehr auseinanderzuhalten sind.

Lou sagt: »Wenn es nach wie vor die Hintergrundstrahlung registriert, können wir das Rohr nicht beschädigt haben. Vielleicht ist es das Salz.«

Kowalski kratzt sich sein schütter werdendes Haar. Sie versuchen es noch einmal. Die gleiche Technik, eine Art Stabwurf. Lou läßt Kabel nach, gähnt. Es ist stockdunkel.

»Kann ich ein paar Stunden bei dir zu Hause bleiben, während du arbeitest?« fragt Lou.

»Bleib die ganze Woche, wenn du willst«, sagt Kowalski. »Bleib einen Monat.«

Wie zuvor stellen sie nach kurzer Zeit fest, daß Kowalskis Versuchsanordnung zwar kein Klicken von sich gibt, *dafür aber das gleiche ungewöhnliche Rauschen zu hören ist.* Es war schon vorher da. Es ist ihnen nur nicht aufgefallen, sie haben sich nichts dabei gedacht, das Geräusch der Wellen, dazu der Klang der Nebelhörner, die Hintergrundgeräusche ihrer jeweiligen Seelenqualen. Sie haben das Rauschen unbeachtet gelassen.

»Also, irgendein Geräusch macht es jedenfalls«, sagt Lou, der auf den Impulsdichtemesser schaut. Kowalski, der gedankenvoll zum Kraftwerk hinüberstarrt und sich – wie zuvor schon Lou – fragt, *Warum kein Dampf, warum kein Dampf?*, nuschelt ohne zuzuhören eine Antwort. Lou sagt: »Ich weiß nicht, vielleicht ist es ja Quatsch, aber was würdest du denken, wenn die Nadel über die Skala hinausgewandert wäre?«

»Wie war das?«

»Die Nadel ist über die Skala hinausgewandert, Mac. Über die Skala hinaus.«

Kowalski stolpert über die Kiste, als er neben Lou tritt. Im Licht der Taschenlampe schaut er ihm über die Schulter. Klemmt sich die orangenfarbenen Schaumstoffkopfhörer auf den Kopf, läßt sich in den Angelstuhl plumpsen.

»Unmöglich«, sagt er.

»Ganz deiner Meinung«, sagt Lou. »Vielleicht, wenn wir mit dem Ding direkt vor der Rohrmündung gelandet wären, aber wie hoch ist die Wahrscheinlichkeit dafür, und selbst wenn. Das Zeug ist verdünnt. Diese Trommeln dürfen einfach nicht so lecken. Im Containment. Unmöglich. Das wäre eine größere Leckage. Ich war heute da unten, wo es leck war, und es kam mir nicht so vor, und sie haben die gesamte Aktivität gemessen. Wir könnten hundert Meter davon weg sein, oder fünfzig. Wir könnten überhaupt auf der falschen Seite des Kraftwerks sein. Es ist lächerlich.«

»Stimmt«, sagt Mac. »Hol das Ding ein. Ich hab eine andere Idee.«

»Wasserprobe«, sagt Lou. »Wir könnten sie ins Büro mitnehmen.«

»Nein, warte.« Kowalski verschwindet in dem Stauraum im Bug. Lou holt das GM-Rohr ein, das erneut beginnt, das ganze Menü von Hintergrundpartikeln, Protonen, Neutronen, Mesonen, Gammateilchen zu messen. Er trocknet das Rohr an seinem Sweatshirt ab. Zu blöd, daß sie keine Filmdosimeter oder irgendeine weniger komplizierte Technologie mitgebracht haben. Die könnte man einfach über Bord werfen. Inzwischen taucht Kowalski mit einer erstklassigen Schlepprute wieder auf. An der eine teure Spinnrolle befestigt ist.

»Daß wir frustriert sind«, sagt Lou Sloane, »heißt noch lange nicht, daß du jetzt zu angeln anfangen mußt.«

»Zieh bloß nicht meinen Ruf als Sportfischer in Zweifel«, sagt Kowalski. »Ich hab mir überlegt, daß wir das Ding hier mit einem Thermometer beködern könnten.«

Er stellt die Angel ab und holt seine Werkzeugkiste.

»Wir können feststellen, ob sie Wärme abgeben. Die Abwasserleitungen.«

Lou durchsucht seine angeschlagene Identität nach einer Meinung, doch um diese Zeit ist es da drin leer. Träge überdenkt er die Strategie und bringt derweil mit Zange und Isolierband simple mechanische Arbeiten zustande, während Mac Kowalski sich anschickt, ein Drei-

Dollar-Thermometer an dem mit mehreren Haken versehenen, glitzernden, psychedelischen Faksimile-Köderfisch am Ende der Angel zu befestigen. *Bist du sicher, daß das Ding nicht schon radioaktiv ist?* Dies getan, plaziert Kowalski das Thermometer mit eindrucksvoller Form (er schwingt wirklich aus dem Kreuz heraus) ein paar Meter hinter die Stelle, wo das letzte Wurfgeschoß die Wasseroberfläche durchstoßen hat. Schnarrend spult die Rolle Schnur in ein Amalgam aus Mondlicht und Horizont. Mit gedämpftem Platschen taucht der Köder ein. Sie warten. *Noch Bier da?* Ja. Lou und Mac teilen sich das letzte, reichen es hin und her. *Wie hoch ist die Wassertemperatur?* Zwölf Grad. *Was meinst du, wie stark das Zeug aus dem Werk die Temperatur beeinflussen wird?* Kommt darauf an, wie nahe das Boot der Ablaßöffnung ist. *Wie lange wird es dauern, bis es vom Thermometer angezeigt wird?* Zehn Minuten. Kowalski ist in seine berufliche Maske geschlüpft, streng, verschlossen. Minuten verstreichen. Die Beengtheit, die Lou Sloane auf Booten empfindet, Überbleibsel seiner Fahrten mit Rickovers U-Bootflotte, findet ihren Ausdruck in Zeiten wie dieser. Boote, und seien sie noch so klein, und hätten sie noch so wenige Insassen – biertrinkende Typen in Hawaiihemden, japanische Walfänger, Marinerekruten, Greenpeace-Hippies –, Boote sind ein Mikrokosmos der Gesellschaft auf trockenem Boden. Ein kleines, schwimmendes Emblem der Zivilisation in einem riesigen, mannigfaltigen Unbekannten. *Daher die Notwendigkeit einer restriktiven Befehlsstruktur an Bord,* die Notwendigkeit der Spezialisierung von Arbeiten und Aufgaben, Anschlagen der Großsegel, Schrubben der Decks. Bis zum Anlegen.

Kowalski dreht den Angelstuhl nach backbord, steckt die Rute in den Halter an der Armlehne und beginnt – entgegen bewährtem Anglerrat –, hastig und unbedacht einzuholen, ohne auf Durchhang zu achten, ohne Druck auf die Beute auszuüben. Die Rolle klingt wie ein Geigerzähler. Mac pfeift eine tonlose Melodie, während er angelt. Er macht kurzen Prozeß. Beide, Lou und Mac, sind sie gespannt, wollen es zugleich wissen und nicht wissen, während das an dem bunten Köder befestigte Thermometer gegen den Rumpf der *Barrakuda* klappert.

»Mist«, sagt Kowalski. »Paß auf, daß es mir nicht mein Fiberglas zerkratzt.«

Lou bemüht sich, das über ihren Köpfen pendelnde Thermometer in die Hand zu bekommen, doch als er danach greift, schwingt es außer Reichweite und saust um ihn herum, so daß er die vielen Haken dicht an seinem Nacken zu spüren meint; Mac, der verspätet begreift, daß er die Rute mit ihrem voll bestückten Köder bändigen muß, versucht, sie in den Schlepphalter zurückzustecken, was allerdings eine ganz neue Bogen- und Flugkurve erzeugt. Er stolpert leicht, als das Boot in einer Welle stampft, und die Haken am Köder schneiden mehrfach den Taschenlampenstrahl – als stürze er sich auf sie –, bis Lou mit einem letzten verzweifelten Versuch, bei dem er mutig seine rechte Hand, deren fleischigen Teil, aufs Spiel setzt, ohne sich zu verstümmeln, den *Faksimile-Köderfisch* einfängt.

»Hat sich ja ganz schön gewehrt, das Mistvieh.«

Kowalski jedoch wendet sich sofort dem Thermometer zu, dreht es hin und her, um es ablesen zu können.

»Und?«

Das Licht ist fürchterlich.

»Was zeigt es an?«

Er experimentiert mit der Taschenlampe.

»Zwanzig Grad«, sagt Mac. »Ich glaube, das zeigt es an.«

Kowalski geht mit dem Therometer nach achtern zur Positionslampe – neben dem zusammengerollten Sternenbanner. Erneut überprüft er die Zahl. Reicht Lou

Sloane das Thermometer. Der starrt eine Weile darauf, reibt sich die schläfrigen Augen.

»Zwanzig kommt mir wahnsinnig hoch vor«, sagt Lou. »Eigentlich unwahrscheinlich. Wenn es aus dem Sammelbecken kommt, dürfte das Wasser nur wieviel haben, Körpertemperatur? Achtunddreißig, wenn es Probleme mit dem Kühlmittel gibt? An einem wirklich schlechten Tag auch dreiundvierzig. Aber das würde trotzdem vom Kanal verdünnt. Es gäbe keinen Temperaturanstieg. Und wenn, dann weniger als ein Grad. Das kann einfach nicht sein.«

»Ganz recht«, sagt Mac Kowalski, der schon wieder zum Bug unterwegs ist. »Es muß am Thermometer liegen. Hast du Lust, für eine Stunde oder so am Werk festzumachen?«

»Am Werk?«

»Irgendwas muß dort ja wohl los sein, oder? Ist jedenfalls einen Blick wert.«

Kowalski ächzt, als er den Anker einholt.

Der Gedanke bildet sich langsam im schlaflosen Lou Sloane:

Weil das Maximum bei einem BW-Reaktor bei dreihundertfünfzehn bis dreihundertvierzig Grad liegt; das ist ungefähr die Temperatur des Primärkühlmittels, dreihundert bis dreihundertfünfzehn Grad, und deshalb bekäme man bei einem Leck im Primärkühlmittelkreislauf eine höhere Temperatur im Hafen, und wenn ein Leck im Primärkühlmittelkreislauf aufgetreten ist, liegt eine ernsthafte Überhitzung vor –

»Ist noch ein Riß aufgetreten?« fragt Lou.

»Die Möglichkeit würde ich nicht allzu hoch einschätzen«, sagt Mac, »aber völlig ausschließen auch nicht.«

Der Landesteg von Millstone ist für Freitzeitzwecke, für die Angestellten und ihre Familien da, und es ist so etwas wie eine Tradition, daß die hohen Tiere, der Inspektor der Atomaufsicht (immer gut, den Leuten vom Staat ein paar Vergünstigungen zukommen zu lassen), einige von den Schichtaufsehern und der Betriebsleiter allesamt ohne Vorankündigung hier festmachen dürfen. Ansonsten bleibt er unbenutzt. Er ist mit dem Gelände übernommen worden und wird im wesentlichen durch Geldsammelaktionen in der *Angestelltenfamilie von Millstone* und nicht mit den Steuerdollars der Kunden von CPL instand gehalten. Er stößt an etwas mehr als einen Hektar schön gestaltete Parklandschaft am Rand der Halbinsel von Millstone. Da Lou Sloane, anders als in jungen Jahren, nicht mehr Boot fährt, hat er den Landesteg nie viel benutzt. Deshalb ist es, als er schneidig vom Bug auf die Pier springt und die *Barrakuda* wie einen Stier heranzieht, seit Monaten das erste Mal, daß er einen Fuß hierher setzt. Der Achterfender prallt gegen eine Dalbe. Kowalski hievt seine schwarzen Mercury-Außenbordmotoren aus dem Wasser.

Als nächstes weigert sich der Wachmann, ein Nachtwächter, den die beiden weder vom Sehen noch dem Namen nach kennen, Mac Kowalski durch die Brennstoffanlieferung in das Werk zu lassen. Nicht ohne Sicherheitsausweis. Es ist ihm egal, ob Kowalski der Gouverneur des Staates ist. Egal, ob er von der Atomaufsicht ist. Egal, ob er von der Nationalgarde ist. Mac bleibt gelassen. Millstone läuft auf Hochsicherheit. Es hat den ganzen Tag Schwierigkeiten gegeben. Zum Beispiel ein meldepflichtiges Ereignis *der Stufe 2.*

»Sie wissen nicht, wer wir sind?« fragt Kowalski.

»Nein, Sir, leider nicht.«

»Sie kennen Ihren eigenen Betriebsleiter nicht?«

Lou dagegen hat zufällig seinen Ausweis dabei. Er hat jetzt schon seit fast vierundzwanzig Stunden dieselbe Windjacke an. Sie ist voller beschwerlicher persönlicher Effekten. Erinnerungen an die Vergangenheit. Der

Nachtwächter mustert nervös den ihm hingehaltenen Ausweis. Ein Walkie-talkie in seinem Kabuff quäkt hektisch.

»Könnten Sie bitte Ihre Mütze abnehmen?« sagt er zu Lou. Vergleicht das Foto mit dem Sicherheitsausweis. Doch dann, als er auf den Makel des Ausweises stößt, als zeige dieser so etwas wie eine Verschwörung an: »Sir, dieser Ausweis ist abgelaufen. Dieser Ausweis ist gestern abgelaufen.«

»Junger Mann«, legt Lou los, »wir haben hier Wichtiges zu tun, dieser Herr hier ist der Aufseher der Tagschicht, und ich hätte gern Ihre Erlaubnis …«

»Kann Sie nicht reinlassen. Tut mir leid.«

»Geben Sie mir Ihr Telefon«, blafft Mac.

»Darf ich nicht. Tut mir leid.«

»Ich ruf in der Steuerzentrale an, verdammt. Dann lassen Sie uns verdammt noch mal hier rein.«

»Moment, Mac, Sekunde«, sagt Lou.

Es ist der Moment, in dem er es satt bekommt, Berge zu versetzen, Dinge in Ordnung zu bringen, die von vornherein defekt waren. Lou bekommt es satt. Als klar wird, daß man Mac, wie nur recht und billig, hereinlassen wird, Lous Antrag auf einen Tagesausweis dagegen kurz davor steht, an die Abteilung Kommunikation weitergeleitet zu werden, wo man fragen wird, warum Lou eingelassen werden will, ob er einen Termin hat, ob er offiziell hier zu tun hat, welcher Art seine Tätigkeit ist, um dann zu versprechen, daß man jemanden herunterschicken wird, *sobald der Betreffende einen Moment erübrigen kann.* Lou steht praktisch kurz davor, vom Gelände begleitet zu werden.

»Mac, ich gehe zu dir nach Hause. Ich bin hundemüde. Ich kann nicht mehr klar denken. Ich wäre wahrscheinlich sowieso nicht zu viel nütze. Geh du rein und mach das. Du bist ein guter Mann. Du bist ein guter Freund,

und ich hab Glück, daß ich dich habe. Geh rein und schmeiß den Laden nach allen Regeln der Kunst.«

Sie stehen auf Parkplatz C. Die Wolken haben sich vollständig verzogen. Sterne tüpfeln den Himmel. Die Orte seines Lebens. Reaktornebengebäude. Dampferzeuger. Abschirmung. Schaltanlage. Turbine. Atomenergie. Kowalski sagt nichts. Macht sich nicht die Mühe, ihn umzustimmen. In gewisser Weise wissen sie, wie es ausgehen wird, das Drama der kleinen Fehlleistungen und Ausflüchte, die den Problemen eines so komplexen Unternehmens nicht gerecht werden, der Papierkram, die Berichterstattung durch unerfahrene Reporter. Die abgemilderten Versionen der Wahrheit. Bis Sonnenaufgang werden Kowalskis Sorgen gedämpft, nicht aber verflogen sein. Er wird mit seinem Boot nach Hause fahren, wird es wie üblich an der öffentlichen Pier abspritzen.

Mac fragt, ob Lou vom Kabuff des Wachmannes aus nach einem Taxi telefonieren will.

»Nein«, sagt Lou. »Ich mache einen kleinen Spaziergang.«

»Wirklich?«

An dieser Stelle schiebt sich Ron Selfs Pickup in die Parklücke neben ihnen. Ron, hochgewachsen, schmal, mit modischem Bürstenhaarschnitt und ergrauendem Schnurrbart, trägt einen schockfarbenen Sweater. Allerdings verbreitet er nicht die gewohnte aufgekratzte, schulterklopfende Ulknudel-Stimmung. Sie wechseln ernste Grüße.

»Habt ihr's schon gehört?«

Der Wind bläst steif, in Wirbeln, über den Parkplatz.

»Was denn gehört?«

Daß der NRC mit einem Militärkonvoi vor dem Tor steht, daß kurz nach zwei Uhr morgens ein Riß in der Hauptkühlmittelleitung aufgetreten ist; daß die Notkühlung versagt hat, weil sämtliche Filter verstopft waren;

daß das primäre Kühlmittel in die Abwasserleitung umgeleitet worden ist; daß mehrere tausend Liter radioaktives Kühlmittel in den Two Tree Channel gepumpt worden sind; daß der NRC die Abschaltung angeordnet hat; daß die Reaktoren eins und zwei auf 35 Prozent ihrer Kapazität heruntergefahren worden sind; daß es eine Stunde später zu einem Beinahe-Fehler beim Blasenkoeffizienten gekommen ist, als man die Steuerstäbe nicht richtig abgesenkt hat; daß man versuchen wollte, die Hälfte der verlorenen Megawatt von den anderen Reaktoren flußaufwärts zu beziehen; daß der NRC dann auch in diese Werke Inspektoren geschickt hat; daß dort sofort Verstöße ans Licht gekommen sind; daß die Firma vorgehabt hat, zusätzliche Energie von CANUS zu beziehen; daß CANUS wegen eines heftigen Sturms in Montreal, von dem auch die großen Seen betroffen waren, Schwierigkeiten gehabt hat, die notwendige Energie zu liefern; daß die Consolidated Edison Corporation in New York die Differenz nicht hat ausgleichen können; daß die Long Island Lighting Corporation die Differenz nicht hat ausgleichen können; daß das Parlament am Morgen zusammentreten wird, um über die Lage zu beraten und eine sofort in Kraft tretende Gebührenerhöhung zu beschließen; daß der Riß in der Abwasserleitung noch nicht geflickt ist; daß sämtliche Schichten zurückgerufen worden sind; daß das Haupttor verschlossen ist.

Zu diesem Zeitpunkt ist Lou schon auf dem Weg nach draußen, fort, weit weg von der Debatte, vom Argot der Atomenergie, Schutzgas, Bestrahlungsversuch, Extraktion, erlaubte Höchstdosen, Einschnüreffekt, Grobregelstäbe. Die beiden rufen ihm etwas nach, Self ruft, *Soll ich dich mitnehmen?*, aber er geht schon zu Fuß die Zufahrtsstraße entlang, der Klang dieser Fremdsprache hinter ihm wie Altenglisch. Für ihn ist das jetzt, da er mit einer gewissen Unbekümmertheit die Zufahrtsstraße entlanggeht, eine vergangene Epoche; die Autos, die die Straße entlangkommen, hupen, die Fahrer lehnen sich aus den Fenstern und winken, einer bietet an, ihn nach Hause zu fahren, bis er die Kapuze seines *UConn-Huskies*-Sweatshirts aufsetzt, seine Windjacke zusammenknüllt, sie samt abgelaufenem Sicherheitsausweis am Straßenrand liegen läßt und nicht anhält, bis ihn das Tor freigibt und er die Pizzeria gegenüber dem Atomkraftwerk erreicht, die Pizzeria, die die ganze Nacht geöffnet hat. Tatsächlich sitzt er am Tresen neben einem Einarmigen, leichten Herzens, keineswegs besorgt um die Stromversorgung des Nordostens mit ihren Gezeiten von Megawatts, froh darum, das alles Mac, Stan, Ron und den anderen überlassen zu können, als er eine kleine Pizza mit Pepperoni, Champignons und grünen Paprika, *ach, was soll's, mit allem Drum und Dran* bestellt, Lou Sloane, schlaflos, praktisch schon halluzinierend, Lou Sloane, der Flüchtling, in freundlichem Gespräch mit dem einsamen, ungewaschenen, achtzehnjährigen Pizzabäcker der Nachtschicht, *'ne Menge Ärger da drüben gestern abend, richtig gut fürs Geschäft, alle wollten nur Stücke, aber ich hab ihnen gesagt, ganze Pizzas, nur ganze Pizzas,* und dann, als der Junge den Zapfhahn betätigt, um ein Halbliterglas mit einer in den Vereinigten Staaten zu Berühmtheit gelangten Cola zu füllen, als die Lichter im Restaurant sich bloß eine Sekunde lang trüben und die Straßenlaternen blinzeln, die Dialysegeräte keuchen, sämtliche Videogeräte im Nordosten *12:00, 12:00, 12:00* blinken, Computer den Schluckauf bekommen und ihre RAMs verschlingen, Alarmanlagen losgehen, EKG-Kurven abflachen, Nachtlampen von Kindern versagen, die systematische Verdunkelung ein-, zwei-, dreimal über den gesamten nordöstlichen Korridor zuckt und der jugendliche Chefkoch der Pizzeria *Ach du Scheiße* sagt, der Ofen sich zurückstellt, der Hahn an der Colamaschine sich schließt und die – irreduzibel in einer Aufnahme von R.E.O. Speedwagon hängengebliebene – Jukebox ihr monotones Farbenspiel einstellt, um es mit einem Anschwellen pianistischer Scheußlichkeiten sogleich neu zu beginnen, inmitten dieser Demonstration des *Vorher und Nachher der Energie*, bevor Chicago sich bereit erklärt, Montreal die dreihundert Megawatt zu verkaufen, so daß Montreal nicht Rochester um den Strom bitten, nicht (inmitten seines auf die Seen ausgedehnten Schneesturms) Chicago behelligen muß, so daß Rochester-Syracus der CPL fünfhundert Megawatt verkaufen kann, die ihrerseits die Kosten auf die Menschen von Südost-Connecticut abwälzen wird, nachdem die Abgeordneten des Parlaments, noch im Vollgefühl von Wahltriumphen und in Wahlkampfspenden der Stromindustrie schwimmend, für die Gebührenerhöhung gestimmt haben, so daß die Menschen von Connecticut ihre Häuser heizen, ihre Fernseher betreiben, ihre nagelneuen Internet-Anschlüsse ausprobieren und für ihre umherziehenden Kinder ihre Lampen brennen lassen können, beginnt Lou voller Genuß seine Pizza mit allem Drum und Dran und extra Käse zu essen, pickt sich ein glühendheißes Stückchen Wurst herunter, plant den Weg nach Hause zu seiner Frau per Taxifahrten, Fußpfaden und vorsichtigen Aufklärungseinsätzen, mit Strategie und Heimlichkeit, zu Billie, um den Schaden zu reparieren, ihr sein Herz zu Füßen zu legen, sie zurückzugewinnen.

20

Er hat diese Anfälle öfter, im bierlackierten Inneren von Bars, daß er Wildfremde anheult, anstottert, Hypothesen über die *Schubkraft der Metaphysik* absondert, über die frühchristliche Kirche, zweites bis viertes Jahrhundert (als die Valentinianer ihr Fett bekamen), oder darüber, daß *Reagan der b-b-b-b-beste P-p-p-p-präsident war, den dieses L-l-l-land je gehabt hat, v-v-v-verdammt noch mal,* eine Olive auf die Spitze eines Martinistäbchens gespießt, Tröpfchen seines Speichels auf den Revers von Wildfremden, während er die Gesichter von Kneipenhockern mit Säuferzinken einsprüht, sich den Mund am Ärmel abwischt, ein leeres Glas über den Tresen zurückschiebt, ein wichtiger Punkt noch, *es dreht sich alles um die Mormonen ...*

Auf dem Boden aufwachen, *wenn Aufwachen das richtige Wort ist, um den Vorgang zu beschreiben,* oder zwischen den Stoßstangen parallel geparkter Autos, mit ins Gesicht gedrückten Schotterteilchen, in der Endstation der IND-U-Bahnlinie aufwachen und sämtliche Wertsachen vermissen. Wenn er doch nur ein einziges Mal zu Hause aufwachen könnte, nicht im Treppenhaus, nicht auf der Fußmatte, nicht im Fahrstuhl, sondern *von Bettlaken eingehüllt,* wenn er nur ein einziges Mal ein wenig Respekt für sein Obdach zeigen könnte – 925 Dollar pro Monat –, ein wenig Respekt für seine Nachbarn, für seine neunzig Quadratmeter und den Eingang mit Portier, für die Restriktionen des Eigentümerausschusses und die verschrumpelten, juwelenbehängten alten Drachen von den Penthouses an der Nord- und Südseite, die ihn dominieren, wenn er doch nur ein bißchen Respekt zeigen könnte …

Sie sagt irgend etwas. Verschwommen, nachlässig. Vielleicht klinkt er sich aber auch jetzt erst ein, nimmt das Gesagte erst jetzt zur Kenntnis, *Moment mal,* Jane Ingersoll, so wunderbar, so charmant; sein ganzes Leben eine Probe für den Auftritt von Jane Ingersoll, Personifizierung weiblicher Freundlichkeit; *sie ergänzen sich perfekt,* Dexter und Jane; sie haben die richtige Größe füreinander; sie zeigt das richtige Maß an Verachtung für das Kleinstadtleben; sie hat Kinder, und er liebt Kinder abgöttisch. Er würde ihre anbetungswürdigen kleinen Neinsager gern mit seinem Überschuß an Gefühlen überschütten, würde gern von einem Gör, das sich weigert, irgendwelche Haushaltsarbeiten zu übernehmen, *Dad* genannt werden. Außerdem kann Jane Ingersoll Französisch, sie kennt Wörter für gallische Liebespraktiken, für die Namen von Nachtschattengewächsen, *Aubergine.* Hat die Existentialisten wahrscheinlich im Original gelesen. Er hat sich die Schuhe ausgezogen, die Füße oben auf dem Armaturenbrett, atmet tief den Neuwagengeruch, hält den Kopf aus dem Fenster. Sie sagt, *Wir brauchen Sprit.* Er sagt, *Un-m-m-m-möglich. Ich h-h-hab ihn vollgetankt übernommen …*

Wenn die dämpfende Wirkung des Alkohols voll einsetzt, die Phase, in der er sich normalerweise nach anderen Drogen umsieht, überwältigt ihn ein Gefühl des Überfordertseins. Das tritt an einem ganz bestimmten Punkt ein. So fährt man etwa durch New London, und Arbeitslose bewerfen das Auto mit Steinen, oder man biegt um eine Ecke und durchfährt ein längeres Stück voller Wohnwagenparks und auf dem Reißbrett geplanter Siedlungen, Meile auf Meile dieser provisorischen Behausungen. In dieser Stille wendet man sich flüchtig der Wahrheit über sich selbst zu. Man stellt sich beispielsweise der Tatsache, daß man alle drei Tage tatsächlich *Blut scheißt,* einen Strom rötlichbrauner Schmiere, so daß man sich zur gleichen Zeit am liebsten vorbeugen und ins Waschbecken erbrechen würde, einen hydroelektrischen Schwall von Unverdaulichem, der einem unter erheblichem Druck aus dem Arsch strömt. Man hat das Zittern. Man hat Angstanfälle. Stechende Schmerzen in den wichtigsten Organen. Man wacht an ungewöhnlichen Orten mit spärlichen Erinnerungen an die Vergangenheit auf. Man spricht Dinge aus, die kein Mensch sagen sollte. Man schluchzt.

Es gibt Regeln, an die sich Hex Raitliffe halten sollte. Überliefert von der Erfahrung. Gute, solide, verläßliche Regeln. Er sollte Jane Ingersoll nach Hause schicken. Er sollte sie drei Tage später anrufen. Er sollte das dritte Date abwarten. Er sollte mit dem Trinken langsamer machen. Sie sollten nicht so spät noch ausgehen, wo sie sich doch gerade erst kennengelernt haben. Oder wiedergefunden. Er sollte nicht daran denken, mir ihr zu schlafen, jedenfalls nicht, wenn er sie respektiert, *Moment mal, er hat doch schon mit ihr geschlafen. Mein Gott, das hat er völlig vergessen.* Ein Überschuß an Gewissensbissen angesichts dieses Filmtrailers seiner Erinnerungen: daß er ihn nicht hochgekriegt hat, daß er sie an Armen und Beinen an sein Etagenbett gefesselt hat. Glücklicherweise hat er seinen Beinschuß nicht praktiziert: *Manchmal passiert es schon, bevor er seine Hosen runterkriegt.* Ein Klümpchen auf seinem eigenen Schienbein. *Flasche bitte.* Sie reicht sie herüber. Zu allem Übel hat er auch noch Blackouts. Er sollte umdrehen, er sollte das Steuer packen, über den Mittelstreifen fahren. Im Morgengrauen zu Hause …

»Hab ich dir doch schon gesagt«, sagt Jane …

Irgendwas über die *Nachtschattengewächse?* Was genau hat sie ihm schon gesagt? *Hinter Groton.* Wovon hat sie eigentlich geredet? Ist da ein Gespräch im Gange?

»Wohin f-f-f-fahren wir eigentlich?«

»Hörst du nicht zu? Hinter Groton in einer alten Kirche, einer alten Kongregtionalistenkirche oder so was.«

Er murmelt: »Du hast meine unget-t-t-t … meine volle Aufmerksamkeit.«

Er macht Pläne, sie auf den Geraden, *auf jeder einzelnen Geraden,* zu küssen. Er würde im Hinblick auf seine nächste Durststrecke gern ein paar Küsse horten. Wie die Dinge liegen, wird er gerade mit einem Kuß fertig, wenn schon der nächste nach ihm verlangt. Er drückt seine whiskyfeuchten Lippen auf die Einbuchtung ihrer Schläfe, streicht Haarsträhnen zurück, um leichter dranzukommen. Beim Biergroßhändler für drei Counties durchfahren sie langsam eine Kurve. Er wartet auf die nächste Gerade, auf ein langes, langweiliges Stück bis zum Horizont.

Einmal hat er auf Anraten eines Urologen mit dem Trinken aufgehört, als sein … seine *sanitären Anlagen* nicht richtig funktionierten. (Über den Thames River, mit einem unverstellten Blick auf die Atom-U-Boote von Groton.) Einmal, weil seine Leber geschwollen war und weh tat. Auf Geheiß eines Allgemeinarztes. Die Verhaltungen dauerten jeweils eine Woche. Einmal hat er aufgrund eines Neujahrsvorsatzes aufgehört. Bis zum Abend hat er dann wieder getrunken. Einmal hat er aus Liebe aufgehört. In seinem Dämmer erkennt er, daß er dem Alkohol abschwören sollte. Im Laufe der Jahre hat er Prognosen getroffen, an welchem Datum er aufhören würde. Mit dreißig, mit fünfunddreißig, mit vierzig. Allmählich aber hat er sich irgendwie von dieser Vorstellung vom Aufhören getrennt.

»Es ist ein Schwulenclub«, sagt Jane Ingersoll, »jedenfalls weitgehend. Das stört dich doch nicht, oder? Raitliffe? Ein paar Schwule stören dich doch nicht?«

Wenn sie in Highway-Bullenmontur in dem Laden herumwimmeln?

»Eigentlich ist es bloß ein Tanzclub, aber es gehen eine Menge Schwule hin. Andere Leute gehen auch viele hin, weil die Musik wirklich prima zum Tanzen ist. Die beste hier in der Gegend.«

In der Nähe der U-Bootbasis. Im Schatten des nuklearen Waffenarsenals der Vereinigten Staaten. Fünfundvierzig Interkontinentalraketen mit Mehrfachsprengkopf pro Boot. Seeleute, im Club, Kadetten, in ihren gestärkten Uniformen. Ein Schwulenclub mit echten Seeleuten.

»H-hab ich kein P-p-p-problem mit. Ist in Ordnung.«

Er greift nach der Flasche.

Auf den Hügeln über dem Thames River, auf dem Weg zu dem Club, der nach einem Gemüse aus der Familie der Nachtschattengewächse benannt ist. Jane Ingersoll macht keinen Witz, als sie ihm erzählt, daß es sich um eine säkularisierte Kirche handelt. Hex Raitliffe erwacht im Taurus aus einem kurzen Schläfchen und stellt fest, daß sie vor einer Kongregationalistenkirche stehen, wie sie für New England typisch ist. Anfang neunzehntes Jahrhundert, klassischer länglicher Horizontalbau mit weißem Einzelturm, schwarze Fensterläden, Schindeldach. Ohne jeden Zierat. Ungepflasterter Parkplatz. Autos und Motorräder kreuz und quer geparkt. Hundertvierundvierzig Leute drin, denkt er, jedenfalls so um den Dreh. Mehr, als nach den feuerpolizeilichen Vorschriften erlaubt.

Jane Ingersoll, der er ewige Treue schwören, zu der er in guten wie in schlechten Tagen halten wird; Jane, die seine Kinder gebären wird; Jane, Ehegefährtin, seine vollkommene Ergänzung, an seiner Seite. *Das ist der Club, von dem ich dir erzählt habe, der Tanzclub.* Außer Reichweite für den hiesigen Sheriff und seine Leute, die mit den Hühnern ins Bett gehen und mit den Hühnern aufstehen. Sie schauen gelegentlich vorbei, um zu schikanieren und abzukassieren, aber es ist mitten in der Nacht. Jane Ingersoll hilft Dexter aus dem Wagen, pflückt ihn aus dem Sitz, hievt ihn hoch, bis eine Welle von Stolz es ihm unmöglich macht, weitere Hilfe zu akzeptieren. Danach wankt er, fehlerhaften Richtungsimpulsen folgend, aus eigener Kraft über den Parkplatz, schwenkt ab zu der Tankstelle nebenan, Anderson's Gulf. Jane ruft, und der Klang ihrer Stimme holt ihn zurück. Er dreht sich um, taumelt, kippt gegen einen geparkten Wagen …

Säkularisiert. Innen drin größer, als es sich für eine Kirche gehört. Ein Hauptraum mit Bar, Tanzfläche und einer Treppe, die nach unten führt, hinab in das grausame Unterbewußte des Lokals, wo es Kabelzieher von Electric Boat, Rohrschweißer und Nieter geben wird, die an Stahlseilen über Dominas hängen (Frauen in Ballettröckchen oder Federboas, in Goldlamé, Straß oder edlen Stoffen), oder Kadetten der U-Bootflotte oder AKW-Ingenieure in Polizei-Ledermonturen und Tropenhelmen, gejagt von Frauen mit Reitpeitschen. Unten. Derweil wogen auf der Tanzfläche Männerpaare in perfekt aufeinander abgestimmten Wellen – auf der Zwei und der Vier – zu einer ungefähren Entsprechung des Clubkrachs, der sich einige Jahre zuvor in der Stadt durchgesetzt hat –, wirres, anonymes Synthesizergequäke, von gesichtslosen DJs mit Plattenteller und digitalem Interface organisiert. Technodreck, darunter vielleicht ab und zu ein Stück des Artist formerly known as Prince, genau das richtige für die Gegend von Groton mit ihren High-Tech- und militärisch-ökonomischen Depressionen.

Ein paar heterosexuelle Dyaden, wenn es sich denn um solche handelt, die auf Barhockern fläzen. Ein Hetero-Paar begibt sich sogar auf *die Tanzfläche,* in Straßenklamotten, Jeans und T-Shirts, und windet sich im Rhythmus der Umgebungsgezeiten.

»Was zu trinken?« fragt Jane.

Hat er je nein gesagt? Er will nicht, daß sie ihn hier allein läßt, in diesem Gewölbe voller tanzender Militaristen, der schwulen militärischen Subkultur, unter Schnauzern und Abschlüssen in Kerntechnik, unter Abschießern von Gefechtsköpfen, aber sein Verlangen nach einem Drink überwiegt alle Vorbehalte. Sie kommt mit der Spezialität des Hauses zurück – am Wochenende halber Preis –, dem Blue Boy, sieht aus wie aus Wodka und Windex gemixt. Es ist blau. Es ist ein blauer Drink. Vielleicht eine Idee Lavendel. Es schäumt. Schmeckt prima. Auch gut für Ihre Windschutzscheibe. Kippt ihn weg und …

»Was willst du denn sagen?« fragt Jane Ingersoll. Ihr Gesicht dicht vor seinem. Sie sitzen an einem Tisch am Rand der Tanzfläche; sie ist mit den Drinks wiedergekommen. Hex Raitliffes Benehmen fällt hinter den bei einem ersten Date zu verlangenden Minimalstandard zurück. Ein sanfter, fürsorglicher Ton kennzeichnet die Art und Weise, wie Jane Ingersoll mit ihm spricht, aber darüber setzt sich Dexter hinweg. Er ermahnt sie, *ihn nicht zu lange allein zu lassen;* sein Ton wird schriller. Er merkt es selbst. Der Text der Bemerkungen ist verschwommen. Er kann nach wie vor mit einem speziellen Gesetz fallender Körper rechnen: *Je mehr er versucht, sie in Reichweite zu halten, desto mehr stößt er sie ab,* aber er kann in seinem reduzierten Zustand die allgemeinen Weiterungen dieses Gesetzes nicht mehr herleiten.

Das Innere ist natürlich *auberginefarben.* Oder vielleicht heliotrop, amethyst- oder pflaumenfarben, vielleicht auch purpur oder etwas in Richtung orseille, mauve oder vielmehr magenta, amarant, maulbeerfarben, braunrot, violett oder vielleicht sogar fuchsienrot. Es ist die Farbe der Monarchen, der Götter, die Farbe, mit der Agamemnon zu Fall gebracht wurde. Die Spiegelglaskugel mit den darin reflektierten und gebrochenen farbigen Lichtern funkelt über ihnen, nimmt Teile der violetten Vorhänge und purpurnen Vinylnischen auf, bis sich der Raum verdoppelt und dann vervierfacht.

Tränen der Dankbarkeit in Dexter Raitliffes Augen, als Jane Ingersoll mit der Frage herausplatzt, *Raitliffe, hast du Lust auf heiße Socken? Wie wär's mit Tanzen?* Selten Gelegenheit zu dem überaus intimen Erlebnis des modernen Tanzes, und noch seltener mit einer Frau, die dermaßen seinen Bedürfnissen entspricht: Jane Ingersoll, die er schon seit der achten oder neunten Klasse liebt *und die deshalb dazu ausersehen ist, ihn zu lieben.* Ungeachtet entsprechender Stunden in seiner Kindheit jedoch *kann Raitliffe nicht tanzen.* Trotz früherer Versiertheit im Cha-Cha-Cha, Walzer, Foxtrott, Jitterbug und Pony, trotz hinreichender Beherrschung des Lindy, kann er jetzt schwerlich Erfolg haben, auch nicht bei den einfachsten Schritten. Der einzige Tanz, der ihm nach Neigung und Stil wirklich gefällt, ist *der Pogo,* ein kurzlebiger und kaum im Gedächtnis haftengebliebener Vorläufer des dieser Tage von den Kids bevorzugten Moshing. Dieser Tanz verlangt natürlich nur ein simples Auf-und-ab-*Hüpfen.* Dabei seine Nebenleute anzustoßen wird durchaus ermutigt.

Er ist natürlich ein erstaunlicher Tänzer, ein hervorragender Tänzer, ein Weißer mit übernatürlich viel Funk und Extrovertiertheit, der mindestens so gut wie jeder andere mit dem Hintern wackeln kann, ein Typ, der als Junge regelmäßig jeden Tanzwettbewerb gewonnen hat, der festgestellt hat, daß das Hinzirkeln der Schritte im Tanzunterricht, der Dreier-, Fünfer- und Zweiertakte, der Sambas und der Sarabanden, das einzige Talent ist, mit dem er jemals wirklich gesegnet war. Die Kids machten allesamt große Augen, so wie jetzt sämtliche Schwule, alles glotzt, bedenkt ihn mit abschätzenden Blicken. Köpfe drehen sich, während Dexter Raitliffe durch das Scheinwerferlicht fegt. Zu seiner Überraschung stellt er fest, daß er gar nichts dagegen hat, im Mittelpunkt der Aufmerksamkeit zu stehen. Er läßt Jane Ingersoll nach hinten sinken und pflanzt ihr einen Kuß auf den exponierten Hals. Ein Schweißrinnsal läuft ihm über die Stirn. Es ist großartig. Sämtliche schwindenden Elemente der Gegenkultur des Landes sind hier auf der Tanzfläche vertreten : da ist ein Junge mit dem Kopfschmuck eines amerikanischen Ureinwohners, vielleicht ein Flüchtling aus dem Kasino am anderen Ende der Stadt; da sind Männer in Frauenkleidung und Frauen in Männerkleidung; da gibt es Moleküle sämtlicher sexueller Präferenzen und sämtlicher Rassen, Schwarze, Weiße, Asiaten, Hispanics; es ist alles da und macht Platz, als Dexter Raitliffe, der weiße, männliche Unterdrücker, zu einer kurzen Geschichte des Steptanzes ausholt, ornamentiert mit ein paar dem goldenen Zeitalter des Disco entlehnten Schritten, einem Zucken der Hüfte, den Kopf zur Seite gelegt, *the land of thousand dances …*

Er kann kaum gerade auf der Tanzfläche stehen, so betrunken ist er, hat Schwindelgefühle, läuft Gefahr, die Fischsuppe vom Abendessen auszukotzen, so schmeckt es jedenfalls, sein Bauch rumort unheilvoll, er torkelt gegen die Wand, bleibt stehen, um nach Atem zu ringen; falls Jane Ingersoll bislang noch nicht von seiner Gesellschaft angewidert war, wird sie es jetzt sein. Sie tanzt allein über die Tanzfläche, isoliert, ummauert, laserilluminiert, in einem Go-go-Käfig. Ihre Korkenzieher-Locken. Er ruft, *Liebes, t-t-t-tanz d-du nur, ich g-g-guck dir einfach zu, alles b-b-bestens, es g-g-geht schon wieder, ich b-b-b-bin heute abend n-n-nicht sehr unterhaltsam, liegt an dem g-g-ganzen Kram, den ich heute d-d-d-durchgemacht habe, es war einfach zuviel, ich s-s-setz mich ein b-b-bißchen hin, t-tanz du einfach mit w-w-wem du Lust hast, m-mach dir um m-m-mich keine Sorgen,* Gebrüll über die synthetische Industriemusik hinweg, Metallblech im Hintergrund des Mix, sie nickt und lächelt, unklar, ob sie ihn überhaupt gehört hat.

Seitlich auf einer Bank zusammengesackt, wacht er auf. Er zuckt zusammen, wie immer, wenn er aus kurzen Spannen, aus Sumpflöchern der Bewußtlosigkeit erwacht. Tastet nach seiner Brieftasche. Sie ist noch da, wärmt eine Stelle an seiner Hüfte. O Connecticut. *Qui transtulit sustinet.* Ihr kommt aus guten Familien, ihr Tänzer und Liebhaber Connecticuts. Ihr würdet ihn nie berauben. Ihr würdet vielleicht sein Bargeld klauen, aber seine Kreditkarten, seinen Führerschein und seinen Sozialversicherungsausweis würdet ihr ihm lassen. Um ihn dreht sich alles. Er fühlt sich beschissen. Er sucht nach Jane Ingersoll, läßt seinen Hochglanz-Blick durch den Raum wandern. Sie ist nicht in den Käfigen. Sie ist nicht auf den Säulenplatten. Sein Kopf hämmert. Ein frischer Blue Boy vor ihm, kann sich weder erinnern, ihn bestellt, noch, ihn bezahlt zu haben etc. Trinkt gierig, obwohl eine Stimme der Mäßigung in ihm, eine Stimme aus seinem *Kommittee ethischer Supervisoren,* sich höflich dagegen ausspricht, damit nicht lallende Sprache schwerer Beeinträchtigung körperlicher Funktionen weiche. Aber der Rat kommt zu spät. *Gott, er haßt Kirchen. Wer hat ihn nur in diese Kirche geschleppt?*

Wie kommt sie dazu, mit *einem anderen Typ* zu tanzen? Wie kommt sie eigentlich dazu? Durch die unheimlichen Trockeneiswolken, die Monsterfilm-Simulationen der Nebelmaschine hindurch kann er die Frau sehen, die er liebt, die Frau, mit der ihm bis ans Ende seiner Tage zu leben beschieden ist, mit der er alt und vergeßlich werden wird, *und sie tanzt mit einem anderen Typ.* Der Eindringling ist vage vertraut, ein Schwarzer in irgendeiner Kluft. Sie bewegen sich über die Tanzfläche, als wären die Bewegungen Dexter zuliebe entworfen, absichtlich auf seine Schaulust hin choreografiert, denn sie tanzen den *Hustle*, oder ist es der *Bus Stop*, jedenfalls einer dieser anzüglichen großstädtischen Tänze. Der Schwarze gibt sich dennoch würdevoll, ernst, beinahe fromm. Hex steht auf und überquert die Tanzfläche, als wäre auch er Teil der intrikaten Schrittfolge ihrer Darbietung, vorbei an der Bar, vorbei an den Unentwegten an der Bar, umwallt, geschmückt von Trockeneisnebel und den Lichtern der Spiegelkugel. Dann aber bleibt er hinter einem Kellner hängen, der ein Tablett voller Blue Boys und alkoholfreier Drinks mit Schirmchen oder kitschigen Plastik-U-Booten schleppt und ihm den Weg verstellt. Nirgendwo ein Weiterkommen. Der Kellner selbst zeigt dabei eine vollendete Hommage an Gene Kelly: ein launiger Sprung, ein Zusammenschlagen der Absätze, ein ins Gesicht geklebtes Lächeln, so benutzt er das Tablett, die Nischen und die Bar selbst als Requisiten. Er singt schmachtend, mit jungenhaftem Tenor. Links und rechts von Raitliffe Tänzer, Tänzer wie eine Kirchengemeinde, die Gene Kellys Schritte nachahmt, während der

Schwarze in der Kluft mit beträchtlichem Charme den Nationaltanz Argentiniens beginnt.

»Raitliffe, ich will dir jemanden vorstellen.«

Auf einer Bank weggesackt, sieht er beim Aufwachen Jane Ingersoll vor sich stehen. Sie ist ihm nahe genug, um seine Pupillen zu untersuchen. Unmittelbar hinter ihr steht der Schwarze aus dem Krankenhaus, *der Krankenwagenfahrer.*

»John England. Hab ihn im Krankenhaus kennengelernt. Er ist Krankenwagenfahrer bei ...«

Raitliffe sagt: »A-a-a-a-a-a-«

Was er von sich gibt, gleicht irgendeinem indoeuropäischen Kauderwelsch. Er stottert, keucht, ächzt. Trotzdem bedenkt ihn England mit einem besorgten Blick, schüttelt ihm die Hand. Ein fester Händedruck!

»N-n-nett, dich k-k-k-kennenzulernen. K-k-k-kommst du oft hierher?«

England gibt keine Antwort. Lächelt.

Jane Ingersoll fragt: »Willst du mit uns tanzen?«

Das heißt, mit ihr und England. Das heißt, ob er Lust hätte, mit den beiden zu tanzen, während sie die Abstimmung ihrer Körper aufeinander, das Hörneraufsetzen vollenden. Seine Ausschaltung.

»Was soll denn das?« fragt Jane Ingersoll. »Vor ein paar Minuten hast du gesagt, du setzt dich ein bißchen hin und ich soll einfach ...«

»Das heißt aber noch lange nicht, daß ...«

»Vielleicht müßten du und ich uns mal unterhalten«, sagt Jane Ingersoll. »Du könntest dich aber auch im Auto ausruhen, und ich fahre dich in zwanzig Minuten nach Hause. Worauf willst du eigentlich hinaus, Dexter? Es ist ja nicht so, daß wir verlobt wären oder so was. Wir haben uns gerade erst kennengelernt.«

Hinter ihrer Schulter steht lässig John England und sieht dem Treiben im Club zu.

»Am besten, du schläfst dich mal aus«, sagt sie. »Du bist total gereizt. Du bildest dir Sachen ein. Und außerdem ist John hier ... Also, wenn du's nicht weißt, kann ich es dir auch nicht erklären ... Er ... er steht nicht auf Frauen.«

Dann hat er, in dieser Kirche, eine Vision, *spiritus contra spiritus,* eine religiöse Ekstase, diese Schönheit im Hochzeitskleid, *diese umwerfende Braut,* jedenfalls so eine Art abgeändertes Hochzeitskleid. Unten ausgefranst, so daß er ihre bloßen Füße sehen kann, ihren lavendelfarbenen Nagellack. Sie hat genug Beinfreiheit zum Tanzen. Sie trägt offenbar weiße Strapse und Strümpfe, dazu einen weißen Schleier, weiße Volants. Alles in weiß. Eine Jungfrau der säkularisierten Kirche der Schwulen, die am Ende der Bank sitzt. Zunächst ist nicht klar, ob es sich um eine Kellnerin handelt, ob sie ihm Ersatz für sein leeres Glas bringen könnte oder ob ihre Motive andere sind. Sie fragt, ob er allein da ist, und er sagt, *Ja, das heißt, nein, m-mein Date ist für ein, zwei M-m-minuten aufgehalten worden, d-da d-d-d-drüben, aber sie ...* Und diese Vision setzt sich in ihrem zerschlissenen Hochzeitskleid rittlings auf das Ende der Bank, reichlich Make-up außerdem, regelrechte Farbwirbel im Gesicht; das jedenfalls kann er hinter dem weißen Schleier ausmachen – und Raitliffe sagt ihr, *ich lebe in beschränkten Verhältnissen.*

Sie will einfach wie eine Lady behandelt werden. Sie heißt Florence – Kurzform Flo – und fragt, ob er tanzen möchte, doch er gesteht, daß er zum Tanzen zu betrunken ist, worauf sie fragt, ob er vielleicht *ein paar andere Möglichkeiten sondieren möchte, zum Beispiel könnten sie sich in eine dunkle Ecke, ein Nebenzimmer oder einen*

Beichtstuhl, eines der Wunder kongregationalistischer Architektur, zurückziehen, dabei weiß er ganz genau, daß es bei den alten Protestanten gar keinen Beichtstuhl gibt, weshalb er auch diese liebenswürdigen Vorschläge ablehnt, und dann fragt sie, woher er *das gräßliche Veilchen* hat und *wie seine Kleider in diesen fürchterlichen Zustand geraten sind,* und Raitliffe gibt zu, daß die Verletzungen Teil seiner beschränkten Verhältnisse sind, *Teil des W-wwirrwarrs von Schwierigkeiten, d-durch d-d-die er an d-d-diesen d-d-dunklen Ort geraten ist,* Florences Gesicht nüchtern, unverbindlich, *M-mein D-d-d-dad ist in einer K-k-k-kirche gestorben, verstehst du, deshalb g-ggehe ich nicht in K-k-kirchen, jedenfalls nicht aus G-g-glaubensgründen. Und d-deshalb wundert es mich w-wahnsinnig, d-daß du mich hierher ...*

Wo ein anderes Mädchen angesichts von Dexter Raitliffes Bildern des Jammers tiefes Entsetzen bekundet und die Hand nach ihm ausgestreckt hätte, um ihn zu trösten, ihm Halt zu bieten, ihn mit schlichten Liebkosungen zu umhüllen, da fällt an Florence hauptsächlich ihr Ennui auf. Durchaus vorstellbar, daß sie jeden Moment anfängt, sich die Nägel zu feilen. Ihre Verkörperung von Weiblichkeit ist daher unvollkommen; sie sagt kein Wort, gewährt, wofür sie ihren Schleier zur Seite zieht, seiner Stirn einen einzigen Kuß, der einen Lippenstiftfleck von tiefem, schon zur Familie der Hämatomfarben zählendem Kastanienbraun hinterläßt, wonach Dexter selbst mit ausgestreckten Armen nach ihr greift, um den Kopf auf ihre Brust zu legen, auf *die Schaumstoffprothesen,* denn wenn sie, wie er annimmt, ein seraphisches Geschöpf ist, dann deshalb, weil Seraphim vom Aufruhr des Geschlechtlichen verschont bleiben. Worauf Jane Ingersoll und ihr Geliebter von der Tanzfläche zurückkommen.

»Verzeihung«, sagt Jane, »seid ihr beide beschäftigt?«

»Wer?« fragt Dexter Raitliffe. »Was?«

Ehe er auch nur anfangen kann, auf freundlich-parteiische Weise Flos Engelhaftigkeit, ihre Wärme, ihre Anteilnahme, ihre Standfestigkeit, ihre Zärtlichkeit, ihre Selbstlosigkeit zu katalogisieren, *ist Florence verschwunden,* in einer Zusammenballung gleichgesinnter Andächtiger, einer Ansammlung tantrischer Yogis, gnostischer Libertins untergetaucht –

»Hast du ihre Telefonnummer gekriegt?«

»Wovon r-r-redest du eigentlich?« fragt Raitliffe.

Jane streckt die Hand nach seinem Gesicht aus, um den Lippenabdruck wegzuwischen.

»Bist du vielleicht so 'ne Art Perverser, Raitliffe? Vielleicht sollten wir die Frage gleich hier an Ort und Stelle klären.«

»Ich hab … doch bloß …«

Dann kommt es im Aubergine zu drei kurzen Stromausfällen, von denen der erste nur wenige Sekunden dauert, so daß die teure, supermoderne Musikanlage langsamer wird – eine LP verdumpft bei sechzehn Umdrehungen pro Minute zu einer Annäherung an die Stimme Gottes – und dann ausfällt. Hex hat ein aus Stille und ultrahochfrequentem Zischen bestehendes Rauschen in den Ohren, das sich rasch mit den Dissonanzen erschrockener Stimmen, dem Zerklirren von Flaschen und Gläsern, hundertvierundvierzig Aufwallungen von Besorgtheit vermischt, während zugleich jener winzigste Same, *Erregung,* keimt. Der einzige Schwulenclub zwischen hier und Hartford ist nun in Dunkel getaucht, Dunkelheit, Hysterie und Erwartungsfreude, hundertvierundvierzig Männer und Frauen, die nur eine Sekunde lang glauben, *die U-Boote seien in See gestochen* oder der Gegenschlag sei erfolgt oder der Lärm ihrer eigenen Panik sei das Aufheulen von

Luftschutzsirenen, und so streben sie dem Mann oder der Frau zu, die sie schon immer von fern gemocht haben, oder sie streben den Türen zu, einer letzten Möglichkeit von Trost entgegen.

Die Lichter gehen an. Ein kurzes, sardonisches Gekicher. Ein kollektives Gegiggel. Und dann versinkt der Club im Halbschatten. Es handelt sich um einen stroboskopischen Effekt unter mehreren anderen Beleuchtungsklischees der Tanzfläche. Ehe die DJs ihre Plattenteller anwerfen können, ist sie wieder da. Die Dunkelheit. Im letzten Bild unmittelbar davor macht Hex Raitliffe Jane Ingersoll aus, die sich an einer Wand entlang auf ihn zutastet, und er stürzt blindlings auf sie zu, seine Filmliebste, nur daß er unterwegs *einem wuchtigen Kopfstoß* erliegt, einem Schlag in den Solarplexus, vermutlich von einem ehemaligen Universitäts-Footballspieler, der gerade seine Sexualität entdeckt hat, und Hex kippt rückwärts über eine Bank, im Dunkeln versagen seine Beine unter ihm, er segelt durch den Raum, Arme und Beine gewichtslos, sein Kopf von Sternen umschwirrt, das jähe Ende der Schwärze; im Zu-Boden-Gehen kann er ernsthafte Bitten hören. *Verzeihung, ist das meine Sonnenbrille?* und *Nancy! Nancy! Tun wir uns zusammen!*, und dann setzt ihm jemand einen Cowboystiefel auf den Kopf, und er –

Die letzte Verdunkelung. Hex Raitliffe, in die Arme von Jane Ingersoll gebettet. Oder sie in seine? So gut es geht. Hundertvierundvierzig am Ausgang zusammengedrängte Körper, die nicht nur über Raitliffe, sondern auch über andere hinwegtrampeln, sechs, sieben andere Männer und Frauen, die wimmernd, die Arme über dem Kopf, wie frisch geschlagene Stämme an die Ränder der Tanzfläche gewälzt werden. In der Notbeleuchtung, den schwarzen Lichtern, dem reflektierenden Band, meint Raitliffe, Florence – wie Marilyn Monroe, die über dem Lüftungsschacht mit ihrem Rock kämpft – in ihrem Hochzeitsgewand geisterhaft über dem Ausgang levitieren und den erschöpften Männern und Frauen den Weg weisen zu sehen, während sie hintereinander in die Sicherheit hinausmarschieren, auf den Parkplatz hinausströmen, draußen das Aufheulen von Motorrädern, als endlich die Lichter wieder angehen, als die Lichter aufschimmern und sich stabilisieren und Raitliffe zu Jane Ingersoll sagt:

»M-m-mann, heute abend h-h-hab ich wirklich einen H-h-haufen Ärger bekommen.«

Jane sagt: »Verschwinden wir von hier. Gehen wir schlafen.«

»L-l-l-laß mir noch fünf M-m-minuten Zeit.«

Die Treppe hinunter in die Vorkammern erotischer Folter hat, wie sich herausstellt, eine sehr viel simplere Erklärung: Toiletten. Im Zickzack stemmt sich Raitliffe gegen die Strömung, trinkt dabei den Rest eines Blue Boy leer und endeckt unterwegs, daß es hier zwar keine Privaträume für sadomasochistische Phantasien und Gruppenbegegnungen gibt, aber trotzdem gruselig ist. *Unheimlich.* Als er die Treppe hinuntergeht, sieht er auf vertraute Weise freiliegende Rohre, Hohlblockwände und sogar – als wäre das in ganz Amerika ein wesentliches Charakteristikum kirchlicher Innenräume – eine Reihe alter Aktenschränke an einer Wand. Das eigentlich Furchterregende hier ist die Erinnerung, die Lücke, in welche die nichtsäkulare Allmacht ihre wahrnehmbaren Grenzen gießt, Krankheit und Leid, menschliche Grausamkeit, *ethnische Säuberung, Kreuzzüge, Dschihads.* Der Name seines Vaters gehört zu den Namen, die in den Aktenschränken von Kirchenkellern oder an den Toilettenwänden stehen. Verlorene Freunde, zur Erde verdammt. Wandernde Seelen. Kein Wunder, daß es hier

Typen gibt, die von einem zum anderen ziehen. Sie gehen mit dem Strom der Ruhelosigkeit. Sie schlendern an Raitliffe und den anderen in der Reihe der Urinale vorbei und besetzen die Kabinen. Die Zirkulation des Verlangens ist rege und verzweifelt. Am Becken links von Raitliffe murmelt ein Typ in gebügelten Jeans, *Macht schon, Leute, wir haben einen weltweiten Gesundheitsnotstand,* während er sich den Reißverschluß zuzieht. Unterdessen hat Hex Raitliffe Harnverhaltung. Es will einfach nicht kommen.

Mit John England, verbindlicher Konsument amerikanischer Tabakerzeugnisse, verabschieden sich Hex und Jane schließlich von jenen lila Innenräumen. Obwohl es Raitliffe peinlich ist, es zuzugeben, entnervt ihn die Anwesenheit des Krankenwagenfahrers nach wie vor. England hat sich eine Marlboro zwischen die Lippen geklemmt und schafft es zugleich, die öffentlichen Versorgungsbetriebe vernichtend zu kritisieren. *Werden uns wahrscheinlich die Kosten aufdrücken.* Draußen ist es kälter. Im Wind ahmen die Bäume Haltungen menschlicher Not nach. Die Sterne leuchten lebhaft. Raitliffes zerrissener Anzug mit weißem Hemd reicht nicht annähernd aus. Er, Jane und John steuern auf den gemieteten Ford Taurus zu, der zufällig genau neben Englands aufgemotztem 72er Mustang geparkt ist. *W-wo ist eigentlich d-d-dein K-k-krankenwagen?* fragt Raitliffe.

Der Ford Taurus steht ein paar Autos *von Englands Krankenwagen* entfernt. Was hat der Krankenwagen hier zu suchen? Raitliffe hätte schwören können, daß England gerade auf seinen *Wagen* hingewiesen hat. Liegt ein Notfall vor? Sind unsere Krankenwagenfahrer sensationslüstern, gefahrensüchtig, klappern sie im Dienst die Clubs ab, gehen unnötige Risiken ein? Raitliffe torkelt über den Parkplatz, links von England, rechts von Jane Ingersoll gestützt. Alle zittern. Hex deliriert über seinen Vater, über Geister in Kirchenkellern, über unheimliche architektonische Verbindungen von theokratischem Plan und Schicksal. *Irgendein Freimaurerkomplott.* Dann fängt er plötzlich an, von seiner Mutter zu faseln, von der Einmischung von Ärzten, der Technologie des Erbarmens. Er deliriert. Er halluziniert. Ein Zähneknirschen und An-die-Brust-Schlagen. Es ist unattraktiv und wird, abermals, von übertriebenen Entschuldigungen abgelöst, *Am besten, ihr laßt mich einfach hier. Ich schlaf es aus.* Urin sickert ihm vorn über die Hose. Er kann nicht gehen.

»Riecht ihr auch Benzin?« fragt Jane Ingersoll.

Es findet eine Diskussion über Dämpfe statt, zu der Hex Raitliffe nicht viel beiträgt. John England, wie eben schon mit zwischen die Lippen geklemmter Marlboro. England zieht aus der Brusttasche seiner gestärkten weißen Kluft eine lavendelfarbene Streichholzschachtel mit dem Logo des Clubs. Dieser Schachtel entnimmt er ein Streichholz und schickt sich an, es anzureißen. Daß ein solches Vorgehen angesichts entzündlicher Dämpfe von Benzin mit hoher Oktanzahl nicht ratsam ist, kommt keinem von ihnen in den Sinn, jedenfalls zunächst nicht. Obwohl nicht klar ist, wo genau die Dämpfe herkommen, scheint Jane Ingersoll, stets eine Pragmatikerin, quer vor Raitliffe herüberzugreifen und eine Warnung, einen Vorbehalt zu murmeln, während England das Streichholz mit überheblicher Coolness auf den Sandtrog des Parkplatzes zuschnickt, in der Absicht, es mit seinem makellos gewienerten Slipper auszutreten.

Sich um sich selbst drehend, fliegt das Streichholz durch die Luft auf den Taurus zu. Hex Raitliffe beginnt – mit einer besonderen, durch exzessives Trinken angeeigneten

Wahrnehmungsfähigkeit und einem unmittelbaren Gefühl der Scham, das lange für diese Krise kennzeichnend sein wird – zu begreifen, was ihnen bevorsteht. Im Augenblick des Beginns. *Wie in Träumen.* Wie eine kleine *olympische Flamme.* Wie ein brennender High-School-Stab. Auf den Taurus zu, auf die Pfütze darunter, auf die Unterseite des Fahrgestells des Taurus zu. Jane Ingersolls verspäteter Schrei. Schreiend greift sie quer vor Raitliffe herüber nach Englands Arm, ein auf dem Gesicht des Schwarzen eingefrorener, irritierter Blick, während das sich um sich selbst drehende und trotz des Windes nicht erloschene Streichholz eine der Schwerkraft folgende Parabel beschreibt. Zur Erde. Der Taurus fungiert als vorübergehendes Obdach für den Funken, die gnostische Flamme, die Manifestation des Glühens, die erste Ursache. Es landet unter dem Wagen. Raitliffe zeigt den Mut von Kindern und Betrunkenen und reißt sich sein Jackett vom Leib, sein Jackett aus zweiter Hand, das ihm wie angegossen paßt, und schickt sich an, zu ersticken, was da kommt.

Der Taurus gibt ein erschöpftes *Dunk* von sich. Das Geräusch eines angehenden Boilers. Das bleifreie Normalbenzin entzündet sich. Auf dem Parkplatz. Unkrautbüschel darunter versengt, alte, welke Löwenzahnpflanzen, ein halbes Dutzend, geschwärzt. Raitliffe stürzt sich mit seinem Jackett auf den Brand. Er fängt an einem Ende an. Da wächst ein kniehohes *Flammengestrüpp.* Das Jackett, der Tweed, brennt gut. Hex muß es aufgeben. Es hat ihm die linke Augenbraue depiliert. Sein Bürstenschnitt zeigt seitlich eine kahle Stelle. Er spürt das alles nicht. John England jedoch, in Notfällen geschult, packt Raitliffe und zerrt ihn kommentarlos ein paar Meter zurück, während das Feuer seine automobile Nahrung gründlicher zu verdauen beginnt.

Der Mietwagen in Flammen gehüllt. Eigentlich sofort ein mittelalterliches Freudenfeuer. Es ist das Freudenfeuer, das in einem lang zurückliegenden Herbst die Hexen des Nordostens verzehrt hat. Es ist die rituelle Läuterung der Kongregationalisten New Englands, die ihre Kirchen offenbar Säufern und Huren überlassen haben. Verdammnis und Höllenfeuer. Und es ist wie die *High-School-Freudenfeuer von früher.* (John England erinnert die beiden daran, daß der Benzintank noch explodieren kann. Sie zerren Raitliffe hinter einen Baum und sehen von dort aus zu. Zusammen mit den anderen Gaffern.) Es ist wie *das Freudenfeuer vor dem großen Spiel.* Hex hat sie alle von weitem beobachtet, diese internen Wettbewerbe, die Typen und die Mädchen in ihren Sweatern mit Buchstaben auf der Brust und ihren Tartans, ihren Tweeds, ihre Wangen von der Kälte, rot wie Holzäpfel. Im tangerinroten Licht. Er hat sie alle beobachtet und dabei nach dem Rand seines Abgesondertseins gesucht, nach dem Moment, in dem sein Abgesondertsein ein für allemal erklärt würde. *Was ist der verborgene Sinn von Hitze, die in ihrer Grellheit so übermächtig ist? Hitze hat mit Teenagerliebe zu tun!*

Mit einem Publikum von ein paar Dutzend sehen sie zu, wie der Taurus explodiert. Eigentlich ist es eine kleine Enttäuschung. Ganz anders als in den Fernsehkrimis. Der Taurus müßte in die Luft fliegen, sich mehrmals überschlagen, qualmende Schrotteile überallhin verstreuen. Statt dessen zerklirren, als der Tank sich entzündet, beinahe geziert die Fensterscheiben, und schwarzer, übelriechender Rauch legt sich über die Szene. Ein Typ in Motorradjacke neben Raitliffe keucht asthmatisch. Die Airbags schießen aus dem Armaturenbrett wie Zeitrafferblüten. Alles in Sekunden. Aber das wirklich Unglaubliche an dem ganzen Schlamassel ist, *daß er Raitliffe nüchtern macht.* Er könnte ohne weiteres mit der Fingerspitze seine Nase berühren.

Die Nummernschilder beginnen zu verkohlen. Die Plaketten. Und der Parkplatz beginnt sich zu leeren. Die Nachtschwärmer treffen Vorbereitungen für das erste Tageslicht.

»Ich hab ein Handy im Mustang«, sagt England.

»Mustang?« sagt Raitliffe, »Ich dachte, du f-f-fährst deinen ...«

»Was willst du denn jetzt machen?« fragt Jane Ingersoll. »Willst du ...«

»Ich w-w-weiß es einfach nicht«, sagt Hex. »Ich b-b-bbin verwirrt.«

»Du müßtest dort anrufen.«

»W-w-wo?«

»Bei der Autovermietung. Es ist doch ein Mietwagen, oder?«

»Morgen früh«, sagt Hex. »Ich schaff d-d-d-das jetzt nicht. Ich rufe m-m-morgen früh an.«

»Sei nicht blöd.«

Die Reifen platzen. Die bernsteinfarbenen Flammenlöckchen lecken an den von Glasresten gezackten Fensteröffnungen entlang. Die Angestellten des Clubs erscheinen, schütteln die Köpfe. Der geschwärzte Rumpf des Taurus. Es ist eine lange Nacht gewesen.

»Die haben so was wie eine Pannenhilfe, Raitliffe«, sagt sie.

»Ich wette, du rufst einfach an, und die holen das Ding ab und lassen dir ein anderes da. Es ist ja nicht ...«

»Ich w-w-will d-d-das nicht«, sagt er und schubst Jane ein Stück weg. »Ich f-f-f-friere fürchterlich, und ich w-will wissen, ob du ... mich liebst.«

Janes Gesicht leuchtet auf. Flammt auf.

Die Feuerwehr, vielleicht aber auch der Notarztwagen oder die Polizei, kommt, aus dem Schlaf geweckt, aus der Gegenrichtung die Straße entlang. Mittlerweile kennt Hex die Intervalle jener Sirenen und der Lampen hinter ihnen, weil sie den Schauplatz immerhin in Englands Krankenwagen verlassen – worin auch sonst? –, den England wie ein Wahnsinniger fährt. Ist doch kein Notfall, oder? Hex drückt den ganzen Weg über die Baldwin Bridge, sämtliche Biegungen der Küstenlinie entlang, die Wange an Janes Gesicht. Hundert verschiedene Nuancen von Ärger vor und hinter ihm. Bis sie wieder in Fenwick sind, ist John England ein Fremder. Sie steigen aus dem Krankenwagen, die beiden, um sich in die Betten des rosaroten Gästezimmers zurückzuziehen, wo Hex Raitliffe einst über Jane Ingersolls Foto sinniert hat. Es ist ein vorübergender Trost, diese Wärme. *Morgen,* denkt er, *n-n-nehm ich Urlaub vom S-s-saufen.*

★★★

21

Eine schlaflose Nacht, in der für Billie Raitliffe mehrere Vorfälle von Gewalt mit Schußwaffen im Staat Connecticut an die Stelle des traditionellen Schafezählens treten, Vorfälle, die über das Radio im Schwesternzimmer fragmentarisch in ihr Bewußtsein dringen: Lionel H. Everson, Vater von vier Kindern, Little-League-Trainer, Bauunternehmer aus Norwich, geht mit einer 38er in das Schlafzimmer seiner Söhne und setzt ihnen der Reihe nach den Lauf an den Kopf, Mündung an Schläfe. Seinen Söhnen. In dem Krankenhausbett, an das man Billie Raitliffe wegen ihres Tremors angeschnallt hat, hat sie reichlich Zeit, über Mr. Eversons Nöte nachzudenken – von etwa drei Uhr an, als sie endgültig aufwacht, alle zwanzig Minuten, zwanzig und vierzig Minuten nach der vollen Stunde. Alle zwanzig Minuten eine neue Darstellung oder eine Ausschmückung. *Ist immer sehr für sich geblieben,* meinen die Nachbarn. Um zwanzig nach vier wird Emersons Verbrechen auf dem Nachrichtensender allmählich von einer Reihe von Schießereien mit jugendbandenspezifischem Hintergrund in der Nähe von Hartford verdrängt, *mit offenbar jugendbandenspezifischem Hintergrund,* wie es heißt. Hartfords zweite Wachstumsbranche nach der Versicherungswirtschaft. Nach einem Leben voller Abenteuer an ein Krankenhausbett geschnallt, hört sich Billie an, wie Duane Collins, 19, und sein Bruder Louis *von einem Ford Explorer aus mit Stahlkernmunition (fünfundvierzig Schuß pro Magazin) aus großkalibrigen Maschinenpistolen in eine Gruppe von High-School-Studenten einer gegnerischen Sportmannschaft schießen, drei Tote, sechs Verletzte,* wovon sie als nächstes (zwanzig vor fünf) zu der spät bekanntgegebenen Geschichte von Gail Schramm aus Glastonbury übergeht, einer höchst ungewöhnlichen Amerikanerin, *die Frau, die tötet.* Gail bedient gerade ein Computermodem, als ihr angeblicher Angreifer über die Veranda in ihr Haus eindringt; Gail schreibt ihrem Freund auf der Romance Connection ihres neumodischen Online-Dienstes, *Höre seltsame Geräusche im Haus, bin gleich wieder da;* ihr Partner benutzt daraufhin seinen PC, um die Telefonbücher nach der Polizei von Windsor Locks abzugrasen, die gerade eintrifft, als Mrs. Schramm, ausgerüstet mit einer Sportflinte vom Kaliber 10, einem Geschenk ihres Bruders, den zweiten Lauf in die Brust eines Nachbarn leert, der auf der Suche nach einer Hauskatze in Gails Hecke herumraschelt. Auf dem Nachrichtensender ein ganzer Katalog dieser Beziehungen zu Neunmillimeter-Pistolen, Vierundvierzigern, Dreihundertsiebenundfünfzigern, Fünfundzwanzigern (mit Perlmuttergriff), Dreißig-null-sechs-Karabinern, Raketenwerfern, sowie, elf Minuten nach der vollen Stunde, das Wetter, *klar und kälter.* Sie ist festgeschnallt, damit sie nicht aus dem Bett fällt.

Im Morgengrauen, oder in den Finsternissen unmittelbar davor, verstummt das Radio. Geht aus. Billie kann sich nicht sicher sein, ob sie sich das nicht nur einbildet. Sie kann sich nicht sicher sein, ob sie dem Jenseits nicht schon so nahe ist, daß die kleinen Ärgernisse des Lebens – der Sauerstoffschlauch in ihrer Nase, der Gestank ihres eigenen Urins – einfach von ihr abzufallen beginnen. Die Stille ist herrlich und absolut. Selbst ihre unruhige Zimmergenossin gibt sich Schläfrigkeit hin. Die Monitore an Billies Bettstatt setzen mit ihren gezackten, unerbittlichen Herzschlägen aus. Billie ist von würdevoller Entschlossenheit, als sie die irdische Klarsichtfolie ein für allemal abstreift. *Ein purpurroter Korridor, und dort warten verstorbene Familienmitglieder auf sie, wortlos, mit aus-*

gestreckten Händen ... Doch nein, das Radio knistert wieder, Geklimper von Megahertz. Connecticut ist mit seinem Blutbad beschäftigt, seinen 5,1 Morden pro Jahr auf hunderttausend Einwohner, seinen 26,9 Vergewaltigungen, 252,5 schweren Körperverletzungen. Dreißig Sekunden, und sie befindet sich erneut in den stillen Sühnekammern des *Himmelreichs,* weder Radio noch Zimmergenossin, noch Schwestern mit ihren Gesichtern voll erschöpfter Besorgnis, bloß ein Brei von Wahrnehmungen – schlechte Ohren, noch schlechtere Augen –, dann meldet sich das Radio enttäuschenderweise erneut, *Übertragungsschwierigkeiten aufgrund von Störungen in der Brennelementebeschickung und Problemen mit den Atomreaktoren bei Connecticut Power and Light ... Sporadische Verdunkelungen im gesamten Staat.* Der Schmerz, den sie verspürt, wenn von irgend etwas Atomarem die Rede ist. Wieso konnte sie sich nicht nach Männern aus komplikationsfreien Branchen sehnen, etwa der Landwirtschaft oder der Kleinstadtjuristerei?

Konsterniertes Gemurmel der Nachtschwestern erreicht einen Höhepunkt, übertönt die Stimme des Nachrichtensenders, und die Krankenhauslampen flackern erneut, worauf der Generator wohl endgültig anspringt, so jedenfalls Billies Vermutung – damit die an ihre Geräte angeschlossenen Patienten der Intensivstation nicht in Schwierigkeiten kommen. Eine barsche, sich gelassen gebende Stimme aus einem anderen Stockwerk sprudelt aus den Lautsprechern und fragt nach *verfügbaren Schwestern,* und Billies Zimmergenossin rührt sich, dreht sich auf ihren Bauchspeicheldrüsentumor; die Nachtschwestern eilen an ihrem Zimmer vorbei zum Schauplatz der Dramen.

Die Stunde vor der Morgendämmerung ist nicht die richtige Zeit, sich an diesen dornigen theologischen Fragen zu versuchen. Was soll sie als nächstes tun? Wie weitermachen? Verlangen, Erinnerung, Religion, Steuern, die schlimmsten Spielplatz-Streitereien der Grundschule (Billie Raitliffe, die Seilspringerin und Himmel-und-Hölle-Spielerin), solche Themen scheinen sich zu dieser Nachtzeit dennoch einzustellen. Worüber sollte sie sonst nachdenken? Doch während sich die Rätsel wie lange Sequenzen von binärem Code häufen, kommt die Nachtschwester, der Engel, der die Gebrechen heidnischer Leidender verzeichnet, mit Essen herein. Und bittet Billie Raitliffe zu essen. *Damit man sie nicht intravenös ernähren muß.*

»Na los, meine Liebe, Sie wollen doch nicht, daß wir den Doktor rufen müssen. Diesen ganzen Hokuspokus wollen wir uns doch ersparen.«

Der Löffel, frisch aus seinem hygienischen Plastikbeutelchen. Die Nachtschwester führt dieses Utensil vor Billie Raitliffes Gesicht und versucht, als sie keinen Zugang findet, ihr die Lippen auseinanderzudrücken. Billie hält sie fest geschlossen. Billie Raitliffe verweigert das Essen eine Zeitlang, doch dann öffnet sie in Betrachtung der eben anbrechenden Dämmerung zufällig bloß eine Sekunde lang den Mund, und die starke, erfahrene Schwester nutzt die Gelegenheit, den Löffel mit den Nährstoffen in sie einzuführen, die Billie sodann herauszuwürgen und auf ihr Flügelhemd zu spucken beschließt. Stumm setzt sich dieser Kampf einige Minuten lang fort, in denen die Schwester der Witwe den Löffel zwischen die Zähne zwängt (und dabei zeitweise deren Prothese verschiebt), seinen Inhalt an Billies Oberzähnen abkratzt, nach ihrem Kinn faßt, es zudrückt und den autonomen Schluckmechanismus abwartet, bis Billie ein Hustenanfall packt und sie den Mundvoll besonders matschigen Haferbrei auswirft. In den Falten ihrer Bettwäsche sammeln sich heiße Getreideklümpchen.

Die Schwester meint, daß *der Doktor gleich da sein*

wird. Deshalb wird sie schon einmal die Infusion vorbereiten. Das heißt, sie wird, in Erwartung einer entsprechenden Weisung, Billie eine Nadel in den Arm stechen und diesen fixieren. Das Ganze hat eine Dimension von Vergeltung, und Billie kreischt, um darauf aufmerksam zu machen. Ein langer, offener Vokal, wie eine Einsingübung für eine schwierige Arie. Sie weckt sogar die Frau mit dem Bauchspeicheldrüsenkrebs, die sich aufsetzt, *Wer ist da?* schreit und dann wieder in morphiumbedingten Halbschlaf sinkt. Auf Billies Geschrei hin tauchen noch ein paar andere Schwestern, darunter auch einige von der Morgenschicht, auf. Alles starrt hin, während der Racheengel das Gummiband um Billies Arm festzieht und sich mit der Nadel an die Arbeit macht. Die Witwe kocht.

»Sie sollten sich was schämen, eine Frau in Ihrem Alter.«

»Reden Sie … gefälligst nicht … so mit mir …«

»Und was machen Ihre wundgelegenen Stellen?« fragt die Schwester gleich darauf hinterhältig, als betätigt sie sich schon die ganze Zeit in dieser Richtung. Nachdem sie den Infusionsschlauch befestigt hat, beginnt sie, Billies Extremitäten loszumachen. »Am besten schauen wir gleich mal danach, solange wir warten.«

Mit einer Komplizin aus ihrer Schicht wälzt die Nachtschwester Billie wie ein Stück aufgerollten Teppich herum und zieht dann die Flügel ihres Krankenhausnachthemdes auseinander – so daß das Raitliffesche Gerippe kräftig nach dem Franzbranntwein, dem Äther und den vielfältigen Keimen dieser im Kreislauf umgepumpten Atmosphäre riecht. Die Schwestern beschäftigen sich mit einer stinkenden Wunde an einer ihrer Pobacken. Die Nachtschwester macht ihre weniger erfahrene Kollegin auf die Merkmale dieses Druckgeschwürs aufmerksam –

»Die hier ist ziemlich schlimm. Zieht schon fast Fäden, wenn man den Eiter … Richtig. Genau so.«

Der Mozzarella des Druckbrandes. Das Zimmer stinkt nach Desinfektionsmitteln und der Süße des Verfalls. Nach einigem Säubern mit klinischem Alkohol versucht die Nachtschwester fröhlich, die Dinge wieder ins Lot zu bringen.

»Tut mir leid, wenn ich vorhin ein bißchen kurz angebunden war.«

Sie sammelt ihre mit Keimen behafteten Läppchen auf.

»Vielleicht möchten Sie jetzt versuchen, noch ein bißchen zu frühstücken?«

In der nächsten Stunde gibt sich Billie ihrer Wut hin, und ihr Herz sticht, wie es normalerweise ihr fleckiges Fleisch tun würde. Natürlich verweigert sie jede Nahrung. Verschiedene Varianten von Rache beschäftigen sie, und so vergeht die Stunde, vergeht viel schneller, als eine Stunde vergehen dürfte. Dann erweitert sich die Besetzung. Ihr Sohn Dexter, ihr Neurologe Ronald Kramms und ein Klinikarzt versammeln sich um ihr Bett und heucheln Besorgnis. Sie helfen ihr, die Brille aufzusetzen. Sie beschwichtigen und beruhigen. Die Nachtschwester, die Quälerin, ist verschwunden. Im Grunde ist es unklar, ob sie *überhaupt je da* war. Keiner wird Billie glauben, wenn sie versucht, Vergehen des Krankenhauspersonals aufzuzählen.

»Wie ich höre«, setzt Kramms einen offenbar schon begonnenen Kommentar fort, »weigern Sie sich seit Ihrer Einlieferung zu essen, Mrs. Raitliffe. Wir können aber nicht bei Kräften bleiben, wenn wir nichts essen, stimmt's? Müssen Sie es uns denn so schwer machen? Wenn Sie nichts essen, muß ich Sie noch ein paar Tage hierlassen, und dann werde ich die Genehmigung dazu geben, daß man Sie künstlich ernährt, wenn das den Wünschen Ihrer Familie entspricht. Gute Ernährung ist nämlich ganz wesentlich für das, was wir erreichen wollen. Remission, Eindämmung der Symptome.«

»Ich esse … wenn ich wieder … zu Hause bin …«

Kramms gestikuliert aufgebracht mit den Händen.

»Wo wir gerade dabei sind, haben Sie das mit den heißen Bädern jetzt verstanden? Ich weiß nicht, wie oft ich mich in diesem Punkt noch wiederholen muß. Es funktioniert einfach nicht. Sie reagieren einfach nicht gut auf die hohen Temperaturen. Es verschlimmert die Symptome. Das sollte mittlerweile doch wirklich vollkommen klar sein. Es ist ein Trauma. Verstehen Sie?«

Sie macht sich nicht die Mühe zu antworten.

»Kommen wir nun zur Frage der Antidepressiva. Haben Sie sich mit dem Psychopharmakologen in Verbindung gesetzt, den ich empfohlen habe? Ich denke wirklich, Sie werden feststellen, daß dieses neue Medikament Ergebnisse bringt. Man macht heute erstaunliche Dinge mit diesen, äh, Reuptake-Blockern. Dramatische Ergebnisse. Können Sie sich nicht von Ihrem Mann oder Ihrem Sohn hier diese Antidepressiva besorgen lassen? Ich sage Ihnen, meiner Meinung nach lohnt sich das wirklich. Ich bin zwar bereit, über diesen jüngsten Vorfall hinwegzusehen, aber nur, wenn Sie die Medikation endlich ernst nehmen. Das nächste Mal behalte ich Sie eine Woche hier. In Ordnung? Dexter, sind Sie in der Lage …«

»A-a-a-alles unter K-k-kontrolle. B-b-bestens.«

Dexter jedoch sieht völlig erledigt aus. Sogar sie kann das erkennen. Er hat ein blaues Auge, irgendeine *Kontusion.* Seine Augenbraue ist versengt. Oder er hat sie sich abrasiert, genau wie die linke Seite seines Schädels. Und er trägt eine gräßliche Flanellhose, die er sich so gut wie sicher aus *Lous Kleiderschrank* geborgt hat. Warum? Die Hose entspricht so gar nicht dem, was Dexter normalerweise tragen würde. Sie paßt nicht richtig; sie bauscht sich um seine Knöchel, fast wie diese gräßlichen Hosen mit

Schlag oder sonst eine lächerliche Mode. Außerdem hat er sich einen malvenfarbenen Golfpullover angeeignet. Er wirkt gespenstisch. Geisterhaft. Außer Fassung. Ihre Besorgnis deswegen, ihre mütterliche Besorgnis, kommt anderen, praktischen Fragen in die Quere. Ihre Sehnsucht nach der einfachen Bewegung des Umarmens ist stark, und deshalb macht ihre Melancholie darüber, *dieses Privileg des Tröstens* eingebüßt zu haben, von allen Behinderungen diese zur schlimmsten. Unterdessen haben die Schwestern Abschied genommen, genau wie Dr. Kramms und der Klinikarzt mit ihren teuren Ratschlägen. Und so sind die beiden, bei quer durchs Zimmer zugezogenem Mylar-Vorhang, wieder allein miteinander. Mutter und Kind. Dexter fällt erneut die Aufgabe zu, sie anzuziehen.

»Soll ich d-d-dir das P-p-p-pflaster da abmachen? Von der Inf-f-f-f-fusion.«

»Was ist mit deinem Gesicht los?«

»Erzähl ich d-d-dir später.«

»Mach dir ... um die Verbände ... keine Gedanken.«

Hex schnürt das Krankenhausnachthemd im Nacken auf und läßt es noch einen Moment auf ihr liegen. Dann zieht er sich ins Bad zurück, wo ihr Bademantel hängt. Das war alles, worin sie die Sanitäter gestern nacht noch einhüllen konnten. Mit abgewandten Augen beginnt Dexter schüchtern, ihr dieses Kleidungsstück anzuziehen. Seine Blicke huschen umher. Wie üblich verheddert er ihre Arme in den Ärmeln. Er versucht, ihren Kopf durch den Ärmel zu stecken.

»Hast du ... irgend etwas?«

»Später«, sagt er.

Er geht auf den Flur hinaus, um einen Rollstuhl zu organisieren.

Die Mobilität mit ihrer Vorstellung von Eigenbewegung hebt ihre Stimmung beträchtlich. Der Szenenwechsel. Einfach nur Türen, Schränke, Schwesternzimmer zu sehen und sie rasch zu passieren. Die Schwerkranken, die vorübergehend Kranken, sie werden von ihrem stereoskopischen Apparat erfaßt und verlieren sich wieder. Das Kommen und Gehen von Ereignissen. Der Fahrstuhl mit seinen absteigenden Zahlen. Die Wartezimmer. Operationssäle. Der Rollstuhl schwankt durch die automatische Tür am Vordereingang des Krankenhauses. Man hört das befriedigende Geräusch der Gummireifen auf Gummimatten. Reifenzwitschern. Vor der Tür ein Taxi mit laufendem Motor. Im sonnengetüpfelten Morgen. Ein Taxi? Während Dexter den mühsamen Vorgang des Entladens und Wiedereinladens in Angriff nimmt, bedankt er sich bei dem Taxifahrer fürs Warten. Er lüpft Billie aus dem Stuhl und klappt sie zu einer Art Kugel zusammen, die so klein ist, daß er sie durch die hintere Tür *quetschen* kann. Auf den Rücksitz. Ein Pfleger taucht auf, schnappt sich den leeren Rollstuhl, ist verschwunden.

»Was ist ... mit dem Auto passiert?« fragt sie, während Hex auf der anderen Seite einsteigt. Er schnallt sie an. Er beugt sich vor, um dem Fahrer die Adresse zu nennen. Und dann:

»B-b-b-bin gestern n-nacht mit d-d-deinem Mann aneinanderg-g-g-geraten. Oder vielmehr mit seinem ... seinem Stellv-v-v-vertreter.«

»Du hast ... Louis gesehen?«

Dexters Mund stülpt sich nach vorn. Sein Gesicht nimmt die übertriebenen Züge einer Theatermaske an. Von irgendeinem hyperbolischen Gefühl gepackt. »Mom, ich hatte einen w-wirklich schlimmen T-t-t-tag. Ich weiß nicht. W-willst du das w-w-wirklich alles wissen? Ich weiß, d-d-du hast selber g-g-genug um die Ohren.«

»Erzähl deiner Mom ...«

»Ich m-mach mir Sorgen, daß ich ... ich w-w-weiß auch nicht ... einen N-n-nervenzusammenbruch oder so was k-k-kriege. Ich w-w-weiß nicht, was eigentlich los ist, Ma. Ich k-k-k-kann nicht lange genug abschalten, um L-l-l-luft zu holen, und ich …«

Im Rückspiegel trifft Dexters Blick den des Fahrers. Pole oder Tscheche oder sonstwo vom Balkan. Auf den Rückspiegel gerichtet, fixiert sie sein Blick.

»Ich h-h-hab den Mietwagen k-k-k-k-kaputtgefahren.«

»O nein. Liebling.«

»Oder er hat F-f-f-f-feuer gefangen oder so was. Ich k-k-kann mich nicht mehr erinnern. Jedenfalls ist der W-w-wagen hin, und ich hab ihn stehenlassen. Ich b-b-bin in eine P-p-prügelei geraten, ich w-w-wollte mit Louis reden, hab v-v-versucht, mit Louis zu reden.«

»Dexter, ich bin gerührt, daß du … aber du weißt doch … du …«

»Und dann b-b-bin ich auf ein f-f-fremdes G-g-g-grundstück geraten … jedenfalls soweit ich m-m-mich erinnere … und dann h-hat Louis' Freund aus dem W-w-werk mir eine g-g-g-g-g-«

»Hat dich jemand geschlagen?«

»Und dann b-b-bin ich in so einem Nachtclub g-g-gelandet.«

»Dexter, du kannst doch nicht …«

Es ist irgendein arkaner Dialekt, ihre idiomatischen Verschrobenheiten, die Ausdrücke und Absonderlichkeiten, die nur diesem aussterbenden Stamm eigen sind, den alten Puritanern, seit dreihundert Jahren Bewohner dieses Kontinents, *Dialekt der Rechtschaffenheit und Tugend,* der gleichwohl eine Geschichte von Scham und Reue kaschiert, wie sie Schweigen, Kirchenbesuche, Alkoholprobleme und Umwege in Sprache und Verhalten implizieren.

»Du wirst … dich … natürlich … entschuldigen müssen.«

»Ich w-weiß«, sagt er, »ich weiß.«

Er seufzt.

»W-w-wie k-k-kriegen andere Leute das nur hin? Wie k-kriegen sie es hin, auf stilvolle Weise alt und h-h-häuslich zu werden?«

Das Taxi beschleunigt, als es auf die Baldwin Bridge fährt. Die parallel dazu verlaufende Eisenbahnbrücke ist geöffnet, damit ein Schoner, irgendein Narrenschiff aus dem vergangenen Jahrhundert, mit seiner Ladung wohlhabender Touristen in den Connecticut River einfahren kann. *Hier, auf der I-95, als sie noch nagelneu war, hatten sie und Louis eines Nachts einen Platten. Vor zwanzig Jahren vielleicht. Und hier hatten sie, auf einer vom Countryclub organisierten Schnitzeljagd durch die County, anhalten müssen. Und hier haben Allen und sie sich einmal ein Haus angesehen, als die Grundstücke noch zig Morgen groß waren. Apfelgärten und Milchfarmen. Seither immer wieder aufgeteilt.* Das Licht auf dem Meer ist frisch, sprenkelt das Gekräusel. Die Boote werden nur noch ein paar Wochen im Wasser sein. Die Angler werden vor dem Frühjahr noch einen letzten Angelausflug einschieben. Was man alles hat aufgeben müssen. Wann war Billie das letzte Mal auf einem Boot? Wann hat sie das letzte Mal Wasser einen Bootsrumpf kitzeln hören? Vor zehn Jahren? Als Louis mit ihr zum Königskrabbensuchen durch die Salzmarschen gerudert ist? Sie hat einen Führer über einheimische Vögel durchgeblättert. Er hat sie geküßt, als sie einen Blaureiher, die Flügel von der Farbe des Himmels, fast beiläufig aus dem Schlick aufsteigen sahen. Wann?

Sie sind noch nicht einmal ausgestiegen, da beginnt sie schon ihren taktvollen Überredungsversuch.

»Wir haben etwas … zu besprechen.«

Dexter bezahlt. Durchwühlt die Taschen seiner geliehenen Hose nach zusammengeknüllten Scheinen, ein halbes Dutzend Zwanziger, fest zusammengedrückt wie gekaute Papierkügelchen. Seine Hände zittern. Er schafft es kaum, die papiernen Zahlungsmittel glattzustreichen, um die entsprechenden Kennzeichnungen zu finden. Ebensowenig kann er stillhalten, als er das Wechselgeld entgegennimmt und das Trinkgeld abzählt. Rot vor Verlegenheit, bringt er es dennoch irgendwie zustande. Dann läuft er ins Haus, um ihren Stuhl zu holen. Dann werden sie von den Abgasen des Taxis umduftet. Sie läßt sich in den Rollstuhl sinken. Sie setzen sich über den Schotter Richtung Haustür in Bewegung.

»L-laß uns ans Wasser g-g-gehen«, sagt er.

»Wir müssen ... miteinander reden ...«

»Ich b-b-b-brauche ein paar Minuten.«

»Ich bin müde ... ich möchte gern ... ins Haus ...«

»Kannst du mir den G-g-g-gefallen nicht tun, Mom?«

»Nein, kann ich nicht ... was wir ... zu besprechen haben ...«

Am Eingang angelangt, stößt er die Tür auf. In kalte Innenräume. Auf der Stufe stolpert er.

»Das ist sch-sch-schlicht und einfach Selbstzers-s-s-... Was d-d-du da machst. G-g-g-gestern abend in der Wanne. Im K-k-k-krankenhaus. Wie soll ich so für d-d-dich sorgen? Schließlich ...«

»Rede gefälligst.«

Ihre schrille Aufgebrachtheit.

»Es ist mir w-w-w-wirklich egal, ob d-d-du dich aufregst, Mom. Du b-b-b-benimmst dich wie ein Kind. Manchmal k-k-kann ich irgendwo verstehen, w-w-warum Lou das G-g-gefühl hatte, er muß gehen. Wenn du dich so b-b-b-benimmst ...«

Die Bemerkung ist so verletzend, daß sie sie zum Schweigen bringt. Ihre Lider senken sich wie Theatervorhänge über das Gespräch. Tränen steigen ihr in die Augen. Ihr Kopf sinkt auf ihre Brust. Unterdessen hängt Hex die geborgte Strickjacke mit den grasfleckigen Ellbogen in den Schrank im Eingangsflur. Er streicht einmal kurz darüber, um Knitter zu entfernen.

»W-w-wenn ich hierherkommen und mich um dich k-k-k-kümmern soll, w-w-wenn du das von m-mir erwartest, dann wird sich hier einiges ändern. Dann g-g-gelten hier ein paar Regeln. W-w-wenn du willst, daß ich meine Zelte ab-b-b-breche.«

Die Zahnräder greifen ineinander, der Satellit gerät in sein immerwährendes Taumeln, und sie flüstert, daß sie *nicht mehr leben will, nicht mehr leben will, nicht mehr leben will, es ihm eigentlich nicht zumuten will, aber auch nicht bis ans Ende ihrer Tage leben will, welchen Sinn hat das, keinen Sinn, welchen möglichen Sinn soll das haben, sie will, daß er etwas unternimmt, sie will, daß er sich darum kümmert, wenn er ein Sohn, ein richtiger Sohn wäre, der erkennt, welche Opfer sie für ihn gebracht hat, würde er selbst auch dieses Opfer bringen, würde tun, was sie von ihm verlangt, würde sich um dieses Problem kümmern, würde sich darum kümmern, ganz gleich wie schwer das ist, mittlerweile ist es zu schmerzhaft, und es wird immer nur noch schlimmer, heute Einsilbigkeit, morgen angespanntes Schweigen, heute Rollstuhl, morgen Bettpfanne, Druckgeschwür, Demenz, Lungenentzündung, trockener Brand, das Geld wird komplett draufgehen, er wird das Haus verkaufen müssen und die Aktien, wird die Investmentfonds zu Geld machen müssen, bis nichts mehr da ist, Tag für Tag, keine Versicherung, astronomische Rechnungen, und sie will nicht, daß er das alles erfährt, sie will einiges für sich behalten, eine Frau sollte hocherhobenen Hauptes sterben können, und wenn die entsprechenden Muskeln nicht funktionieren, die, mit denen sie ihr Haupt erhebt, dann sollte sie nicht leiden müssen, sie sollte nicht leiden müssen.*

»V-v-v-verdammt. Ich w-will mir d-d-d-das nicht anhören, dieses …«

Er stampft auf, um die Worte herauszubringen. Und in diesem Moment klingelt das Telefon. Ein Segen. Sie kann sich nicht erinnern, wann sie zuletzt das Telefon hat klingeln hören. Sie konzentriert sich auf dieses Detail. Wer könnte das sein? Um diese Zeit? Gleich als erstes am Morgen? Wer sollte hier anrufen? Dexter spitzt die Ohren, obwohl der Anrufbeantworter im Wohnzimmer eingeschaltet ist. Die Zeit reicht aus, um den Grad ihrer Erbitterung zu überdenken.

»Du hast g-g-g-gesagt, du bist m-müde. B-b-bist du immer noch m-müde? Schlaf doch ein b-b-bißchen. D-d-d-dann reden wir weiter. Ich v-v-versuche, darüber zu reden, wenn du das willst. W-w-wenn du dich ausgeruht hast.«

»Ich habe keine Lust ... darüber zu diskutieren.«

»Ich weiß. Ich weiß. Aber im M-moment wirst du m-m-mit mir auskommen müssen, weil das alles ist, w-w-was du bis M-m-montag morgen kriegst. Ich wette, das eben am T-t-t-telefon war Kramms, und ich w-w-werd ihn zurückrufen und ihm sagen, w-w-was du mir da erzählst, w-w-wovon du schon den g-g-ganzen Tag redest. Und dann d-d-d-diskutieren du und ich weiter darüber. W-wenn ich mit ihm geredet habe.«

»Du verstehst nicht ...«

»K-k-klar, und ob.«

Am Fuß der Treppe hebt er sie aus dem Stuhl und beginnt schwankend hinaufzusteigen. Ihre Füße ragen über das Geländer. Die Augen zittern ihr im Kopf, so daß der Boden und die Teppiche darauf sich kaleidoskopisch drehen. Das Erdgeschoß entschwindet. Er könnte sie hier fallen lassen, denkt sie. Wie leicht das wäre. Er könnte sie vom Treppenabsatz fallen lassen. Er könnte sie aus dem Fenster auf der anderen Flurseite werfen, auf den schmiedeeisernen Zaun um das alte Rosenbeet, sie könnte aber auch mit dem Kopf auf den Steinplatten aufschlagen, oder er könnte sie in den Goldfischteich stoßen, er könnte sie hintragen und ihr Herz zum Stillstand bringen. Das ginge ruckzuck. Der Ernst der Lage. Es wäre ganz leicht.

»Ich liebe dich, das weißt du doch. Mom.«

Keinerlei Nervenimpulse in ihrem Handgelenk oder allenfalls ganz wenige. Die Phantomschmerzen, die sie hat, die Phantome ihrer Krankheit, würden den Schnitt einer ordentlichen Klinge, einer Rasierklinge oder eines Gemüseschneiders, überdecken; vielleicht die Blutgefäße an ihrem Hals, fein wie Engelshaar-Pasta. Leicht zu durchtrennen. Dexter könnte ihren Kopf einmal kräftig herumreißen, die Wirbel gegeneinander verschieben, nicht schwieriger, als eine Hühnerbrust auseinanderzubrechen, um an deren Köstlichkeiten zu kommen. Solche Gewalt wäre barmherzig. Statt dessen bringt er sie zu Bett, Leichenbett, Totenbett, denkwürdig nur wegen unterschiedlicher Formen von Ruhe. Die Bewegung von einem Bett zum anderen, der unbarmherzige Wechsel zwischen Bettruhe und Zerstreuung im Bett. *Sie ist wieder im Bett,* in dem gleichen besudelten Bademantel, den sie seit Jahren trägt, den sie ins Krankenhaus und zurück getragen hat, und es stimmt, daß sie müde ist, daß ihr hypnagogische Bilder und familiäre Schlachten durch den Kopf flackern, zum Beispiel ist hier Allen Raitliffe, der einen Strauß Rosen hochhält, ein Friedensangebot, durch Inzucht erzeugte Rosen aus dem Garten, *sehr nett von dir, laß uns nicht streiten, da ist etwas, das ich dir zeigen möchte, es geht um die Mathematik der Sterne,* Differentialgleichungen, sie schaut durch ein Fernrohr in der Wüste, Allen zeigt ihr die Suppe der Galaxien und beschreibt ihr die Gewichtslosigkeit des interstellaren Raums, sie ist selbst gewichtslos dort, *schwebt davon,* verblüfft darüber, wie klein das Okular dieses großartigen Geräts ist, man lädt sie ein, jederzeit wiederzukommen, freut sich, sie kennengelernt zu haben, ihr Sohn zieht die

Vorhänge zurück, öffnet die Fenster einen Spalt, kalter Wind, *November,* reichlich Sonne, sie hätte mehr machen sollen, als sie gemacht hat, und Allen und das Fernrohr und die Rosen und die Mathematik und die Sonne und die Erde im Garten, wenn man sie mit einem Hohlspatel umsticht, der Dünger …

Sie findet ihn neben sich. Auf dem Bett. Er sitzt sogar auf der anderen Bettseite, als wäre es seins. In Schuhen.

Daran erkennt man einen Menschen, an seinen Schuhen nämlich, Schuhe sind das Maß des Menschen, Arbeitsschuhe aus den dreißiger Jahren – dringend reparaturbedürftig, mit blank geriebenem Leder, neu besohlt – oder Flügelkappenschuhe oder Sandalen, *Sandalen mit Socken,* oder Tennisschuhe oder *Gummistiefel, von Jahrzehnten von Salzwasser zerfressen,* eine große Erleichterung, daß er da auf dem Bett sitzt, Schuhe hin oder her. Sie ist erleichtert darüber, daß Leute es fertigbringen, sich mit ihrer Quälerei abzufinden. Sie stehen noch immer zur Verfügung. Ebendiese Verläßlichkeit schafft den Chitinpanzer des Schlafes.

Dexter hält ihr ein Glas Wasser hin, als sie die Träume abschüttelt. Er berührt sie an der Schulter, hält ihr das Glas hin. In einem Tal neben ihren Beinen, wo die Hügel des Bettzeugs in eine Tieflandschlucht übergehen, liegt das halbe Dutzend Arzneifläschchen, diverse Schlafmittel, obwohl sie doch ohnehin kaum wachbleiben kann, und ihr Sohn spricht mit ihr, legt Rechenschaft über bestimmte Entelechien ab, darüber, weshalb er es tut, über den Grund für seinen Meinungsumschwung, *Verstehst du, ich w-w-w-will das nicht tun, wirklich nicht, und ich w-w-weiß nicht, was ich danach machen soll,* er durchwühlt das Gläserhäufchen auf der Suche nach einem besonders starken Mittel mit noch nicht abgelaufenem Verfallsdatum, das Phenobarbital vielleicht, öffnet den kindersicheren Verschluß, *Was wird dann eigentlich aus mir?*, schüttelt ein halbes Dutzend Tabletten heraus, legt sie beiseite, MAO-Blocker, *Vermeiden Sie den gleichzeitigen Verzehr von Käse,* deshalb vielleicht ein bißchen Käse dazu, einen Camembert oder einen Brie, um das Hexenwerk zu beschleunigen, ein paar Xanax, ein paar Diazepam (generisch), ein paar Triazolam, ein paar Haloperidol (gegen Halluzinationen aufgrund von Medikamentenwechselwirkung), *M-m-m-meinst du, du k-kannst die schlucken?* Ihre übernatürliche Erschöpfung, ihr völliges Einverständnis damit, nicht mehr gegen bestimmte Ereignisse ankämpfen zu müssen, auf Wiedersehen Bettpfanne, lebe wohl Katheterisierung, *au revoir* Freundlichkeit von Fremden, aber sie hat dennoch Angst, weiß nicht, ob sie die Medikamente tatsächlich schlucken kann, weiß nicht, ob sie wirklich Abschied nehmen will, was für eine Überraschung, und deshalb ist sie froh darum, daß er neben ihr auf dem Bett sitzt, als er den Inhalt der Gläschen in das Glas Wasser zu schütten beginnt, die bunte Vielfalt der Kapseln ausstreut, die Tranquilizer mit einer Nagelfeile zerkleinert, damit sie leichter hinuntergehen, *ein Trinkhalm,* da auf dem Nachttischchen, der gekringelte Halm vom Vorabend, der schöne kindliche Schnörkel, den Jane Ingersoll mitgebracht hat, *da ist der Halm, schau ... da,* und er nickt und macht sich dann wieder an die Arbeit, zerdrückt die größeren Stücke auf dem Handteller, mit heftig zitternden Händen. Er sticht sich mit der Spitze der Feile, bringt eine zinnoberrote Perle zum Vorschein, und dieser korpuskulare Zusatz vermischt sich mit den Schlaftabletten, gerät in das Glas mit der trüben Flüssigkeit, kleine, duftige Spuren von Pink und Blau rieseln in das Glas hinab, winzige Teilchen aus den Kapseln, *B-b-b-bist du auch sicher, daß d-du das willst? Sag nicht, daß d-d-d-du's mir zuliebe t-t-t-tun willst, weil ich hierb-b-bleibe, solange du mich b-b-brauchst, Mom. Ich stelle a-a-a-alles zurück, was ich zu-*

rückstellen muß. Mom, ich würde alles t-t-t-tun, damit du b-b-b-bleiben kannst. Ich f-f-f-fange ein neues L-l-leben an, ich versprech es, ganz b-b-b-bestimmt. Mit aller ihr noch verbliebenen Willenskraft versucht sie, das gewöhnliche amerikanische Nicken zustande zu bringen, nun da sie soweit erwacht ist, daß sie die Weiterungen begreift, und trotz ihrer Angst müht sie sich um das gewöhnliche amerikanische *O.K., geht in Ordnung, alles klar,* und es vergeht viel Zeit, vielleicht *Jahre* im Zeitempfinden alter Witwen, während sie die Muskeln dort zu betätigen versucht, sie dazu zu bewegen versucht, ihre Aufgabe zu erfüllen, und vielleicht gelingt es ihr, *ja, sie ist sich sicher,* da ist so etwas wie ein Nicken, das ihr Sohn wahrnehmen kann, ein kleines Wackeln des Halses, Andeutung einer gewissen Würde, zumindest in Anbetracht der gestörten Erregungsleitung aufgrund neurologischer Erkrankung. Eigentlich ist es beinahe energisch. Und so greift er über sie hinweg nach dem Trinkhalm und taucht ihn in das Glas. Die Zeit, die er dafür braucht, ihr das Glas unters Kinn zu halten, die Zeit zur Überbrückung der Kluft zwischen Gedanke und Tat ist minimal. Die Gelegenheiten, diesen Plan aufzugeben, liegen, so scheint es, ein ganzes Stück zurück, zwanzig Jahre zurück, als sie am Stock ging, als Louis sie in einem Golfwagen herumzufahren pflegte, als sie es sich vielleicht zweimal überlegt hätte, doch sie hat alle Fotos von damals versteckt, alle guten Erinnerungen, und nun beginnt sie die Schluckmuskeln zu betätigen, die Muskeln der Speiseröhre, betätigt diese noch verbliebenen Muskelgruppen, um von jenem Brunnen zu trinken, von jenem frischen Wasser, jenem Quellwasser der Green Mountains oder White Mountains oder Sangre de Cristo Mountains, jenem unverschmutzten Ambrosia, jenem H_2O. Sie hat Durst. Das Glas ist leer. Er ergreift ihre Hand. Es ist intimer als das Ehebett. Sie schläft.

Sie kann kaum mehr erkennen, ob es die Jalousien sind oder Lichter in ihr, die verdämmern, ob der Tag gekommen und gegangen ist; sie kann sich nicht erinnern, welcher Tag ist und wie die Wettervorhersage lautete – bewölkt mit sonnigen Abschnitten –, und er kommt mit einer *Plastiktüte* zu ihr. Ja, jetzt erinnert sie sich, sagt aber nichts, er kommt mit einer Plastiktüte von der Apotheke, muß eine Apotheke sein, sie hat so viel bei ihnen gekauft, bestimmt sind sehr viele Apothekentüten im Haus, Duane Reade, CVS oder Rite Aid. Er macht ein tieftrauriges Gesicht, wenn er bloß sehen könnte, daß es überhaupt kein Problem ist, daß er sich ihretwegen nicht grämen muß. *Das ist ein Experiment ... das ich schon lange machen will ... ich weiß nicht, wie ich mich so ... in Arbeit stürzen konnte ... wo es mir doch viel besser gegangen wäre, wenn ich mich mit dir beschäftigt hätte, Liebes,* und die Apothekentüte stülpt sich über ihren Kopf. Wie eine Kappe. Vielleicht wird sie jetzt gebadet; sie läßt sich schrecklich gern baden; vielleicht ist jetzt eine Tour durch die Waschanlage fällig. Gott, die Riemen unterm Kinn sitzen ein bißchen stramm, da ist so etwas wie ein Knoten, eine Schleife vielleicht, in diesem Zimmer ist es schrecklich schwül, die Ränder sind grau geworden, kann man denn kein Fenster aufmachen, sie selbst fühlt sich dazu nicht recht imstande, aber vielleicht macht ja Allen oder Dexter ein Fenster auf, und sie würde vielleicht doch gern einen kleinen Spaziergang machen, sie hat einiges zu tun, Anrufe zu erledigen, Pflanzen einzupflanzen, Einladungen auszusprechen, Freundlichkeiten zu erweisen, ist noch Zeit für einen Spaziergang?

22

Der Sturz aus dem Bett im Wohnzimmer dauert lang; Hex liegt verkehrt; er liegt falsch herum; er ist in der Zeit zurück; seine bestrumpften Füße, schmutzig und stinkend, sind da, wo das Kopfkissen liegt; sein Kopf liegt zwischen medizinischen Geräten; er hat noch immer seine Brille auf; er hat mit der zerbrochenen Brille auf der Nase *geschlafen;* seine Kleider sind widerwärtig; sein Körper ist mit sauren Gerüchen der vergangenen Nacht behaftet; im Büffet menschlicher Archetypen entspricht er, als er stürzt, *einer Woche alten Maccaroni mit Käse* oder *kaltem Chinafraß zum Mitnehmen.* Das Gefühl kehrt nach und nach in seine Extremitäten zurück, wie auf ein Betätigen von Schaltern hin; es dämmert, und an den Laken und seinen Kleidern klebt etwas unheilvoll Zitronengelbes; als die Leckage seine Aufmerksamkeit zu beanspruchen beginnt, ihn zu überströmen anfängt, so wie etwa die Gezeitensuppe des Long Island Sound in die Salzmarschen von Old Saybrook zurückschwemmt, gerät Hex Raitliffe in Panik und wirft sich seitlich vom Klinikbett – *das Klinikbett im Wohnzimmer?* –, begreift dadurch, daß er sich nicht in seinem Schlafzimmer befindet, *kann sich nicht erinnern wieso,* die käsigen Socken leicht erhöht auf dem Kopfkissen; er muß sich mit bestimmten Körperfunktionen befassen, *falls er die Absicht hat, weitere Demütigungen zu vermeiden,* stürzt unter Verkennung der Entfernung und der Schmalheit des Bettes seitlich davon herab in das feierliche Gewölbe des Wohnzimmers und vollführt, Kopf voran, wild fuchtelnd und aufschreiend einen Purzelbaum. Er landet zusammengerollt auf dem Teppich. Wie ein Fetus.

Raitliffe selbst würde die Panik in der gegenwärtigen

Situation hervorheben. Eine grundlose Aufregung, eine Beunruhigung, obwohl sich am Horizont wenig Bedrohliches abzeichnet. Er ist ein Typ auf Wochenendbesuch im schicken Landhaus seiner Mutter und läßt es Samstag morgen ruhig angehen, entspannt sich. *Warum dann dieses Gefühl, daß die Welt die Farbe von rezeptfreien Durchfallmitteln hat? Woher dann bei dem Akupunkturgestichel an seinen Schläfen, in seiner Leber, seiner Bauchspeicheldrüse die Gewißheit, daß wirklich Schlimmes bevorsteht?* Es gibt jede Menge drängende Probleme, von denen jedes ein wenig Interesse verdiente, zumindest dann verdiente, wenn er auf der Veranda gebutterten Toast und eine Tasse Kaffee zu sich genommen und dabei den früh aufs Wasser gehenden Segelbooten zugesehen hätte. Dennoch fühlt er sich, als hätte er eine Hummel verschluckt.

Auf dem Weg zu dem Duschbad neben dem Foyer strampelt sich Raitliffe die Hose von den Beinen. *Hüpfend* bekommt er sie von einem Bein ab und trabt, das nicht ganz abgelegte Stück als Wulst um seinen rechten Knöchel, weiter. Seine Boxershorts sind feucht. Sein Hemd ist löchrig und zerrissen und an mehreren Stellen mit irgendeinem fäkalen Zeug beschmiert. Er gleicht den dreibeinigen Hunden seiner früheren Wohngegend mit ihren wedelnden Stummelschwänzen. Die Kinder haben diese Hunde mit Steinen beworfen. Er betrachtet sein Gesicht in dem schlecht beleuchteten Toilettenspiegel des Badezimmers. *O Mann.* Sein Auge ist geschwollen und lila, sein Gesicht zerkratzt, seine Augenbraue praktisch nicht mehr vorhanden. Über seinem linken Ohr ist eine kahle Stelle. Seine Lippe ist aufgeplatzt und mit irgendeinem gerinnenden Glimmer überschorft. An den Mundwinkeln hat er kleine seifige Stellen. Seine Zähne sind so grün, daß sie zur Photosynthese imstande sein müßten. Er läßt sich auf die Toilette sinken.

Er war einmal ein süßes Kind, er könnte es schwören, mit unbefangenem Lächeln und guter Gemütsart, ein Kind, das Eiswagen hinterherjagte, Kanadagänse aufscheuchte, stehenblieb, um sich junge Hunde anzuschauen, sich nach Geschwistern und rührseligen Geschichten sehnte. Er war ein unschuldiges Kind, jedenfalls weitgehend unschuldig, und es gibt Leute, die das bei einem Drink oder spät in der Nacht bezeugen würden.

Sein Atem rast. Eine Untersuchung des Blutdrucks brächte alles an den Tag. Seine Konstitution bewegt sich ganz allgemein *um das Anfangsstadium eines medinzinischen Notfalls,* während ihm beispielsweise allmählich wieder einfällt, daß Jane Ingersoll mit ihm nach Hause gekommen ist. *Das Mädchen, das er in der neunten Klasse geliebt hat.* Die Punkrock-Sirene. Sie ist mit ihm nach Hause gekommen, und es kam zu Beteuerungen immerwährender Liebe, die Art von Beteuerungen, denen man mit einem Kater unmöglich gerecht werden kann. Und dann war sie plötzlich verschwunden. *War es gut?*

Auf wackeligen Beinen wankt Raitliffe aus dem Klo. Er knallt mit unnötiger Heftigkeit die Badezimmertür zu. Die Toilettenspülung läuft. Vergessen, am Spülhebel zu wackeln. Mit der seinem mißlichen Zustand eigenen verkürzten Konzentrationsspanne, die ein Symptom seines *toxischen Entzugs* ist, verhält Hex Raitliffe sodann im Eingangsflur, macht die Tür auf, um die Lage im Hinblick auf das Auto zu überprüfen, um sich wieder zurechtzufinden, um von weitgehend nüchterner Warte aus ein paar zustandsspezifische Wahrnehmungen zu versuchen. Seine Motive sind unklar. Es fehlt ihm eine bestimmte Information: sie hat mit Autos zu tun. Diese Information wird den Morgen komplizieren. Als die große Haustür aufschwingt, wie um diesen Punkt zu illustrieren, bringt sie einen Schwall frühmorgendlichen Lichts mit sich, der ihn, zusammengekrümmt, ins Wohnzimmer treibt, wo die Vorhänge bereits zurückgezogen sind. Er bekommt nur ein ungefähres Bild von der Einfahrt. *Dort stehen überhaupt keine Autos.* Vielleicht hat er den Mietwagen woanders abgestellt. Wäre nicht das erste Mal. Er hat schon ganz Greenwich Village nach geparkten Autos abgesucht. Er hat sich mit flehender Stimme auf Parkplätzen erkundigt: *Ich glaube, es hat so eine Art kirschrote Farbe. Neues Modell. Amerikaner. M-m-m-möglicherweise hab ich es gestern abend hier gep-p-p-parkt.*

Muß schon nach sieben sein. Das qualvolle Licht. Erste Metapher dafür, wie die Panik sich ausdrücken, wie sie sich entfalten wird: bei Licht, bei jedem Licht kriegt er das Zittern, auf dem Weg in die Küche, *ein bißchen Koffein könnte nichts schaden,* ein bißchen Koffein. *Hat er eigentlich seine Sonnenbrille dabei?* Raitliffe verzettelt sich damit, die Vorhänge und Gardinen zuzuziehen, um die aufdringliche Sonne draußen zu halten. Er spürt ein regelrechtes Pochen in den Vorderlappen. Als ihm die Puste ausgeht, befindet er sich im Eßzimmer – wo ihm selbst der Schimmer von Sonnenlicht, der die Säume verblichener Vorhänge beleuchtet, noch zuviel ist.

Praktische Fragen machen sich geltend. *Seine Mom liegt im Krankenhaus, Mitte der Woche hat er für irgendeine Stiftung einen Job zu erledigen, jemand muß die Goldfische füttern, er muß sich mit Aviva in Verbindung setzen und sich mit ihr auf einen Zeitplan für das Wochenende einigen.* Er zwingt sich weiterzugehen, in die Küche, sucht die Regale nach den Kaffeebohnen, nach der Kaffeemühle ab, läßt sich von der Kaffeemühle in Beschlag nehmen. Ein sexy Gerät, wenn man es recht bedenkt, schlank, weiß, säulenartig. *Müßte im Krankenhaus anrufen,* müßte dort anrufen und feststellen, wann die Besuchszeit beginnt. Grübelt über die Kaffeemaschine nach. Wieviel für eine volle Kanne? Die Kaffeemühle macht ein heftiges Geräusch. Er greift nach oben in den Schrank, nach einer Tasse mit erhaben gearbeiteter Artischocke. Er schaltet das alte Radio über der Spüle ein. Die Nachrichten. *Weitere Probleme in Millstone. Drei Menschen in Windsor Locks angeschossen.* Schaltet es sofort wieder aus. In der Spüle steht ein offenes Glas Apfelmus, im Rest steckt noch ein Suppenlöffel. Er macht sich darüber her, obwohl der tropfende Wasserhahn es verwässert hat. Ein paar Löffel, ehe ihn das Gefühl beschleicht, daß das keine gute Idee war, daß er es vielleicht nicht bei sich behalten kann. He, Moment mal, er läuft immer noch in Boxershorts herum. Raitliffe schält sich aus dem zerrissenen Hemd, trottet auf der Suche nach anderen Kleidern die Hintertreppe hinauf, verläuft sich im ersten Stock.

Kommt an seinem Zimmer vorbei, in dem sowieso kein Kleidungsstück mehr ist, höchstens daß noch ein Sweatshirt im Schrank hängt, das seine Mutter ihm vor zwanzig Jahren zu Weihnachten geschenkt hat. Er hat das Zeug, das sie ihm geschenkt hat, nie gemocht; ständig hat sie ihr Geld für die lächerlichsten Klamotten hinausgeschmissen und auch dann noch auf seine Garderobe Einfluß zu nehmen versucht, als er über dreißig und das schon längst nicht mehr möglich war. Durch Zufall oder aus Neigung gelangt er statt dessen in Lou Sloanes Zimmer, oben an der Vordertreppe, und klaut die erste Hose, auf die er im Schrank stößt. Flanell. An den Aufschlägen bauschig. Er zieht den Gürtel ziemlich fest. Die Hose bildet Wülste. Außerdem stibitzt er ein gestreiftes, kurzärmeliges Polyesterhemd und eine Strickjacke. Die Vordertreppe wieder hinunter. Vorbei am Badezimmer neben der Eingangshalle: seine eigene, abgelegte Hose dort, wie eine abgestreifte Haut.

Kaffee. Er braucht unbedingt Kaffee. Während er mit der Zubereitung des Kaffees fertigwird, kommt ihm der

Gedanke, Jane Ingersoll anzurufen. Vor Vollendung des Kaffees. Bevor er den Kaffee vergißt. Es ist ziemlich früh, doch bis er die Ziffern eintastet, hat er vergessen, wie früh. Sie ist nicht zu Hause. Jane ist nicht da. Er beginnt sich Sorgen zu machen. Wo genau haben sie sich getrennt? Zu ihrem Anrufbeantworter: *Hallo, Jane ... ähm, D-d-d-d-d-d-d-d* – sein Stottern schlimmer als erwartet – *ich bin's, Hex Raitliffe. Ich f-f-finde ... ich, äh, wir waren g-g-gestern nacht zusammen, und ich wollte nur sagen, m-m-m-mir hat es gefallen, jedenfalls, also, es war g-g-g-ganz t-t-toll mit uns, finde ich, es war wirklich t-t-t-toll, dich wiederzutreffen, und dafür w-w-wollte ich mich bedanken, weil, ich h-hab ja vielleicht g-g-gesagt, daß das nicht allzu oft ... und ich h-hab mir überlegt, ob d-d-du vielleicht ...*

Er hört ein gedämpftes Rumsen, irgend etwas kippt um, dann eine rauhe Stimme, heiser von Alkohol und Zigaretten.

»Ach du Scheiße ...«

»Jane? Jane?«

»Lieber Himel, Raitliffe.«

»Ruf ich zu früh an?«

»Raitliffe, wie spät ist es? Hab ich dich nicht gerade erst vor einer Stunde oder so gesehen? ...«

»Ja, schon.«

»Könnte ich nicht noch ein paar Stunden schlafen, ehe wir uns wieder unterhalten?«

»Natürlich. K-k-klar. Tur mir wirklich leid. Ich hab bloß ...«

»Die Kinder kommen bald heim, in ein paar Stunden oder so. Hör zu, tut mir leid, daß ich gegangen bin, ohne eine Nachricht zu hinterlassen oder so was, aber ich ...«

»Überhaupt k-k-k-k-«

»Es ist nur so, daß ...«

»Laß nur. Kein P-p-p-p-p-«

»Hey, du mußt unbedingt wegen dem Auto anrufen. Hast du schon dort angerufen? Bei der Autovermietung?«

»Das Auto. Ja, also ehrlich g-g-gesagt, ich hab mich gefragt, ob du …«

Auf der anderen Seite der Küche atmet die Kaffeemaschine. Es ist ein digitales Modell. Mit eingebautem Speicherchip. Er kann riechen, wie das Elixier aus überbrühtem Schlamm Intensität gewinnt.

»Ich hab mich gefragt«, setzt Raitliffe erneut an, »ob du mir s-s-sagen k-k-k-k-könntest, wo g-g-genau das Auto ist.«

»Erinnerst du dich denn nicht mehr?«

Die Worte sind mit wachsender Anstrengung verbunden, und das nicht nur in der gewohnten Weise. Sie sind klebrig und grau und scheinen aus irgendeinem elenden Dreck, irgendeinem Stoff zu bestehen, der ein schlechtes Licht auf ihn werfen wird, so daß er praktisch nicht imstande ist, die Fragen herauszubringen. Er wünscht mehr und mehr, er hätte erst gar nicht angerufen.

»Na k-k-klar erinnere ich mich. Ich w-w-w-weiß bloß nicht mehr g-g-g-g-«

Sie läßt ihm Zeit. Ihr Stakkatoatem.

»Ich w-weiß einfach nicht mehr genau, wo wir gep-p-p-p-p-«

»Raitliffe«, sagt sie, »vielleicht willst du's ja gar nicht wissen. Vielleicht lassen wir das mit dem Auto noch ein paar Stunden. Hör zu, ich brauche einfach noch Schlaf. Ich kann nicht mal gerade denken. Soll ich rüberkommen und dich ins Krankenhaus fahren? Du weißt doch, daß deine Mutter im Krankenhaus ist, oder?«

»Ich …«

Ein Reflex in ihm wird ausgelöst.

»Ich komme dich abholen«, sagt Jane, »warte auf mich.«

Ein Anfall von Rechtschaffenheit, vielleicht eine Art kleiner epileptischer Anfall, anormale EEG-Kurven, Stromspitzen, fast wie bei einem echten Anfall.

»Hör zu, ich ruf dich später noch m-m-m-mal an, ich ...«

»Sei nicht albern.«

»M-m-mir ist gerade was eingefallen, was ich n-noch erledigen muß. Ich k-k-kümmere mich um die Sache mit dem K-k-k-krankenhaus. Ich ruf dich später n-noch m-m-mal an.«

»Warte doch mal. Ich erzähl dir eben noch das mit dem Auto.«

»M-m-m-muß los.«

»Raitliffe.«

»Danke ...«

Er steckt den Wandapparat wieder in die Halterung am Küchentisch, wo zufällig zwei pinkfarbene Strümpfe – müssen Janes sein – auf einem Stuhl liegen. Instinktiv nimmt er einen davon in die Hand und hält ihn sich an die Stirn. Soll er sie zurückrufen? Welchen seiner vielen Bußgänge soll er zuerst antreten? Die Socken sind an den Sohlen gräulich, an den Fersen fadenscheinig. Offenbar achtet Jane Ingersoll nicht sehr auf ihre unteren Schichten. Das Kleidungsstück treibt Raitliffe zur vergangenen Nacht zurück, zu dem Jiu-Jitsu mit Jane vor dem Kamin. Wie andere bruchstückhafte Erinnerungen, so hat auch diese, wie er feststellt, eine heitere Oberschicht, die irgendeinen Kern von Enttäuschung oder Verlust verbirgt, und so wird seine Beunruhigung noch drängender, noch physischer in ihren Dimensionen. *Kaffee, vor allem Kaffee mit seinen Amphetamin-Eigenschaften.* Sein Puls rast, unsicher gießt er den Kaffee ein, bemerkt dabei nun endlich, daß ihm die Hände zittern, gießt die extrastarke Droge in die Artischockentasse, mit jagendem Atem, als nähme er an einem 10-Kilometer-Straßenrennen teil, er nimmt den Kaffee und verschüttet ihn quer durch die Küche, als er sich auf einen Stuhl am Küchentisch plumpsen läßt und die Nummer des Krankenhauses wählt. *Seine Mutter hat einen Anfall gehabt.* Besuchszeiten um –

Während der Kaffee seine altbewährte Wirkung zu entfalten beginnt, führt Hex' Beschäftigtsein mit den strahlenden Lichtern im Haus – Tageslicht, Leuchtstofflampen, Halogenlampen – allmählich dazu, daß er zappelig wird. Die Lampen sind ein Problem. Er knipst die trüben, unangenehmen Birnen aus, die noch vom Vorabend brennen, die Beleuchtungskörper im Flur, die Regler, die Schalter, die Tasten, und dann kommt ihm ein noch besserer Gedanke, und er geht die Treppe hinunter in den Keller – vorbei an der Hintertür, an der Waschmaschine und dem Trockner am Dienstboteneingang –, in der Hand noch immer den Becher Kaffee, drängend in seiner Eile, um *die Hauptsicherung auszuschalten.* Er tastet sich an einer Wand entlang, stolpert über Terrakotta-Übertöpfe und uralte Fahrradteile, die atavistischen Keller-Orientierungsfähigkeiten der Kindheit, er benutzt diese Techniken zum Erspüren und Berechnen und stößt prompt auf den *Sicherungskasten,* die glatte Metalloberfläche, von seiner Handfläche berührt. Er legt den Hauptschalter um. Der gibt ein gebieterisches Schnappen von sich. Boiler, Kaffeemaschine, Stereoanlage und Computer, sämtliche Stromfresser der Raitliffes schalten ab, die Uhren gehen aus, und in der Dunkelheit des Kellers fühlt er sich vorübergehend sicher.

Wieder nach oben. Proteine. Ein Taxi rufen. Zum Krankenhaus. Er muß seine Mutter holen. Er muß etwas wegen seines Wagens unternehmen. Er muß den Anrufbeantworter in seiner Wohnung anrufen. *In ihm ist ein philosophisches Zögern, das näher zu untersuchen er kaum über sich bringt.* Es ähnelt der Marihuana- oder

der Prüfungsangst. Gerade als die gebetsmühlenhaften Wiederholungen – *Entspann dich, das wird schon, ganz locker, atme, das ist bloß der Kater, entspann dich* – allmählich Wirkung zu zeigen scheinen, teilt oder reproduziert sich diese Furcht und bringt das nächste verzweifelte Argument für eine Behandlung mit sich, das wie ein Nimbostratus in sein Gesichtsfeld schwebt: *Scheiße, Hex, nimm ein Schlückchen, ein Gläschen, ein Tröpfchen, um den Kater zu vertreiben, einen Zug aus der Flasche. Dann wird sich alles Widerwärtige in Wohlgefallen auflösen.* Bloß ein kleines bißchen. Es täte ihm tatsächlich gut. Erweitert die Gefäße, fördert den Blutfluß. Regelmäßig angewandt, so berichten Kardiologen, trägt es zum Wohlbefinden bei.

Allerdings hat er, zumindest bis zum Mittagessen, Abstinenz gelobt, um den Organismus zu reinigen, der Leber etwas Gutes zu tun. Den Dingen ihren Lauf zu lassen. Bis er sich überlegt hat, was er wegen seiner Mom unternehmen soll. Trotzdem geht Hex in die Speisekammer. (Hat er nicht gerade etwas überlegt, was mit der *Zubereitung von Essen* zu tun hatte? Wollte er nicht etwas essen?) In makellosen, wenn auch staubigen Glasvitrinen sind, je nach Prestige, Dutzende von Flaschen gestapelt. Die Liköre, das gute Zeug, die seltenen Weine. Die Single-Malt- und die Sour-Mash-Whiskys läßt er außen vor, aber er geht so weit, eine Flasche Brandy herauszunehmen. *Hey, ist doch bloß ein Schluck nach dem Essen. Mach schon. Trink einen. Sei nicht so tugendhaft.* Er öffnet die Flasche auch tatsächlich und atmet von ihrer zuckerigen Süße, ihrer schwerkraftartigen Lockung. *Der herrlichste Duft.* Und dann dreht sich Raitliffe auf dem Absatz um, eilt aus der Speisekammer, läßt die Kaffeetasse und die noch leicht kippelnde Flasche hinter sich zurück, um erneut am Eßzimmertisch zusammenzusacken.

Dann gerät er plötzlich in eine ontologische Zwickmühle, als er sich dem Vorhandensein geistiger Getränke im Hause seiner Mutter und der *Beziehung zwischen geistigen Getränken und seinem derzeitigen Zustand* stellt; in dieser Zwickmühle *beginnt Hex, sich darum Sorgen zu machen, daß er sich Sorgen macht,* seine Empfindungen mit panisch-kritischer Distanz zu betrachten, was zu Besorgnis über diese Distanz selbst führt, über die Sorge zweiter oder dritter Ordnung, das heißt *Sorge über Sorge über Sorge,* so daß er in Metastasen von Panik abtrudelt, denen als zusätzlicher Aspekt ihre Schmählichkeit eignet, insofern er sich nicht nur den herkömmlichen verführerischen Zwangsvorstellungen morbiden Denkens, suizidaler Ideation etc. hingibt, sondern nun auch noch Sorge und Scham und Sorge über Scham und Scham über Sorge, und er weiß, daß dieses Denken abwegig ist, komisch, verfehlt, auf peinliche Weise vertraut, und ist deshalb nicht geneigt, es offen anzugehen. Aber er muß jemanden anrufen. Er muß es noch einmal bei Jane Ingersoll probieren. Oder bei seinem Therapeuten. Oder bei seinem Geschichtslehrer von der High School. Oder bei Jane Ingersolls Schwester. Bei irgendwem.

»Raitliffe? Bist du das schon wieder?«

»Ja, ich ...«

»Was ist denn eigentlich los? So komme ich nie zum Schlafen. Brauchst du bei irgendwas Hilfe? Genau in dieser Sekunde? Und wenn nicht, könntest du mich dann schlafen lassen?«

»Ich weiß nicht, ich ...«

»Was ist denn?«

»Ich glaube, ich ...«

»Wo liegt das Problem? Hör mal, ist wirklich irgendwas nicht in Ordnung? Soll ich jetzt gleich rüberkommen?«

»Äh ...«

»Okay, okay. Paß auf. Raitliffe. Ich gehe unter die Dusche und esse was. Hast du schon was gegessen? Vielleicht versuchst du mal, was zu essen. Ich esse was, sag meiner Schwester wegen ihrem Auto Bescheid, und dann komme ich rüber. In zwei Stunden. In Ordnung? Kommst du noch zwei Stunden ohne mich klar? Hör mal, hat deine Mutter nicht eine ganze Großhandelsapotheke oben in ihrem Medizinschränkchen? Wieso nimmst du nicht einfach eine Valium, Raitliffe? Sei nicht blöd. Du mußt nicht den gesamten Globus stemmen. Das kommt alles wieder hin.«

Er müht sich, das nächste Wort herauszubringen, ein bloßes Dankeswort, aber die Silben sind bis zur Unkenntlichkeit entstellt, und dann ist die Leitung tot, und er sinkt auf den Küchenboden, wo auch, einem Geisterschritt gleich, einer von Janes pinkfarbenen Socken hingeraten ist, Abdruck der verirrten Mitbrüder, die durch dieses alte Haus geschritten sind, und dort auf dem Kachelboden bleibt er eine Weile sitzen, bis er, die Socke vor sich zerknüllt, zur Seite sinkt, um sich mit beiden Händen den Kopf zu halten.

Das Medizinschränkchen seiner Mutter wäre eigentlich eine Sache für das FBI oder für die vornehme Rechtsabteilung der katholischen Kirche oder für die Müllköpfe unter den lokalen Teenagern – die Wracks, die den gleichen Weg gehen wie er. Seine Mutter könnte einen ganzen Ortsverein der Gesellschaft für Sterbehilfe ausrüsten. Als er jedoch den Inhalt zu inspizieren beginnt, stellt er fest, daß die meisten Verfallsdaten überschritten sind, daß Billies Weigerung, ihre Medikation im Laufe der Jahre selbst zu übernehmen, sich *proaktiv* mit ihrem Verfall auseinanderzusetzen, jede Planung für diesen Moment nachteilig beeinflußt hat. Raitliffe hat Schwierigkeiten, die Fläschchen so ruhig zu halten, daß er die Etiketten lesen kann. Er ist sich ziemlich sicher, daß das mit den blauen Pillen

Valium ist. Er hat es immer in den Clubs gekauft, um die Schärfen irgendeiner Dröhnung abzustumpfen. Valium. Auch nicht anders als Fluor. Die Kids in den Clubs nehmen es, die Süchtigen in den Gettos, die Hausfrauen bei sich zu Hause, die Älteren, die Schlaflosen, die Fänger in den oberen Ligen, die Politiker. Fünf Milligramm, zehn, fünfzehn. Hex benutzt kein Glas. Er hält sein rechtes Profil unter den Hahn. Das Wasser läuft ihm übers Gesicht. Er gibt einen Seufzer der Erleichterung von sich. Er betrachtet sich erneut im Spiegel. Es stimmt: er fühlt sich ein wenig besser. Gut genug für eine Autofahrt.

Aber bis sie das Krankenhaus verlassen haben, bis er und seine Mutter zu Hause sind und er sie im Stuhl sitzen hat, fühlt er sich schon wieder so, als würde er von extragroßen, zinnoberroten Blattläusen gefressen oder als bestünde seine Haut aus Plastik – während sie in der Tür stehen (sie quatscht davon, daß er ihr den Gnadenschuß geben soll) und das Telefon klingelt, und mit einmal bricht er in kalten Schweiß aus, und er hört nicht einmal zu, sondern formuliert zerstreute Anworten, die in keinerlei Zusammenhang stehen; er würde alles sagen, alles tun, damit sie still ist. Die Lichter sind gräßlich. Mit dem letzten Fünkchen Energie, das er noch hat, trägt er sie in ihr Zimmer. Er läßt die Jalousie herunter, zieht ihr die Decken über die Brüste. Verzweifelt flüstert er Koseworte, *Sie ist der einzige Mensch, der ihn je gut behandelt hat, er hat ein neues Leben angefangen, doch, wirklich, diesmal ist es anders, er wird wirklich nicht wieder trinken, er wird wirklich dableiben, und er wird auf dem Posten bleiben, na ja, eine Zeitlang jedenfalls, er wird großzügig geben, so wie sie ihm gegeben hat, er wird lieben, was ihm an Familie noch geblieben ist,* aber es ist klar, daß sie ihn nicht gehört hat. (Eine schlafende Mutter ist am besten geeignet, Koseworte loszuwerden.) Er bekommt eine Gänsehaut. Sein Versagen liegt nun versteckt und verborgen, wohin er auch blickt. Er hat nicht einem Wort zugehört, das seine Mutter zu ihm gesagt hat, hat das noch nie, er kann sie die Hälfte der Zeit nicht verstehen, er hört nie zu, er hört nie jemandem zu, so wie er auch Gillian oder vergangene Nacht Jane Ingersoll nicht zugehört hat; in seinen Händen liegen nun die angekokelten Ränder des Schreibmaschinenpapiers, rußig und fragmentarisch; so betet Hex Raitliffe das große amerikanische Gebet, den amerikanischen Psalm, das Gebet kleiner Kinder, doch an wen er es richtet, ist unklar – den anglikanischen, neutestamentarischen Gott der Kirche seiner Eltern? Den interkonfessionellen und weitgehend säkularen Gott seiner allgemeinbildenden Erziehung? Eher fleht er nun, wie seine Landsleute, zu einer provisorisch ersonnenen, ad hoc erfundenen personalen Gottheit, angemessen allmächtig, vollkommen großzügig, eine Adaptation aus Hollywood, Rock and Roll und Mondschein auf Wasser. Zu diesem Gott betet er, mit brennender Opfergabe, *H-h-hilf mir da raus, h-hilf mir aus dieser K-k-k-klemme, und ich t-t-tue alles.*

Nun steht er im Türrahmen des Zimmers seiner Mutter. Rein oder raus? Seine Augen tief wie Höhlen. Er klettert auf die leere Bettseite. Er versucht zu schlafen. Neben seiner Mutter. Sie schnarcht. Die Luft geht hinein, kommt aber nicht wieder heraus. Raitliffe wird immer wieder von einem Schwindelgefühl erfaßt. Jeder Atemzug ist ihr letzter. Nach ein paar Sequenzen aus dem Schneideraum der Alpträume gesteht er sich plötzlich zu, das Undenkbare zu denken, und er stellt fest, daß es ein stetes Signal, eine schon immer vorhandene, verschlüsselte Nachricht war, wie die Leuchtfeuer auf Funktürmen oder Fabrikschloten. Er hatte bloß den Sender nicht eingestellt. Nun verdrängt es alle anderen Frequenzen. *Er könnte etwas tun, um sie davon zu erlösen.* In unruhigen Träumen, beim Versuch, neben seiner Mutter zu schlafen – er pflegte sich nachts in ihr Zimmer, das Zimmer seiner Eltern, zu schleichen und in ihre Armbeuge zu kriechen –, drückt er seiner Mutter ein Kissen aufs Gesicht oder holt ein Fleischerbeil aus der Küche und hackt damit auf ihren Hals ein. Er taumelt mit einem Aufschrei aus diesen Träumen hoch und stellt fest, daß die Augen seiner Mutter offen sind, jedoch langsam wieder zugehen. Er kann nicht schlafen. Er kann nicht wach bleiben. Er hört Dinge. Er hört Sirenen. Er dämmert weg. Nimmt ihr abermals das Leben. So fällt die Entscheidung. *Er gibt sich auf.* Er fragt, ob sie das wirklich will, *Willst du das wirklich?* Er könnte schwören, daß sie nickt.

Und so füttert Hex Raitliffe sie mit diesen Lebensmitteln. Der Tod, die sechste Nahrungsmittelgruppe. Seine Mutter schluckt. Es gibt da einen angemessen phantasievollen Trinkhalm, den sie weiß Gott woher hat. Auf dem Nachttischchen. Sie weiß Bescheid. Sie will, wovon sie gesagt hat, daß sie es will. Noch ehe er die Entscheidung endgültig getroffen, noch ehe er auch nur die Falten darin ausgebügelt hat, damit ins reine gekommen ist, hat sie schon die Pillen geschluckt, die er mit zitternden Händen zerkleinert hat, und schläft in der Stille wieder ein. Sofort macht er sich Sorgen. Hat es nicht Momente gegeben, in denen er wegen ihrer Krankheit wütend war, so wütend, daß er sich wünschte, sie wäre tot? *Ja.* Hat es nicht Zeiten gegeben, zu denen er sie und ihren Eigensinn, ihre Machenschaften, ihren Stolz so sehr gehaßt hat, daß er ihr den Rest geben wollte? *Es hat solche Zeiten gegeben.* Hat es nicht Tage gegeben, an denen er darin geschwelgt hat, wie einfach alles wäre, wenn sie stürbe? *Klar, solche Tage hat es gegeben.* Ist ihr Zustand, ihre Immobilität, ihre Ohnmacht nicht von Vorteil für ihn gewesen? Hat er zuweilen nicht davon profitiert? *Doch.* Er nimmt die Hand der Schlafenden und hält sie fest. Seine Hände zittern. Er ist ein Mörder. Er ist ein Pazifist. Er würde nie jemandem weh tun. Er ist aufgebracht. Er ist trauriger als je zuvor.

Er durchstreift das Haus, die alte steinerne Heimstatt, durchwühlt abermals die Schreibtischschubladen, sichtet die Denkwürdigkeiten, ein Berg davon in einer Schublade, ein College-Referat über die Tempelrolle vom Toten Meer, das er einmal geschrieben hat, vergilbte Zeitungsausschnitte. Das Klingeln des Telefons fällt ihm wieder ein, der Anrufbeantworter, und er greift hinter den Schreibtisch, um den Stecker des digitalen Geräts zu ziehen und es in den Keller hinunterzutragen, wo er für einen Moment den Strom wieder einschaltet, um die nächste Steckdose ausfindig zu machen. Er drückt den *Nachrichten*-Knopf, *Mike Schlosser von der Hertz-Pannenhilfe, wir hätten gern Mr. Dexter Raitliffe gesprochen, es geht um die Anmietung eines, äh, eines Ford Taurus, Kennzeichen New York HCE 810, bei unserer Filiale in der 40. Straße in Manhattan, bitte rufen Sie so bald wie möglich zurück.* Eine zweite Nachricht, dringender, ebenfalls von Mike, betreffend einen *Polizeibericht aus Groton, Connecticut, und einen von Ihnen gemieteten 1992er Ford Taurus,* und Raitliffes Puls beginnt erneut zu rasen, und er erwägt, sich im Besenschrank in der Speisekammer zu verbarrikadieren. Es wäre ruhig da drin, es wäre dunkel. Er könnte sich – bei den Billardstöcken, den Taschenlampen und Wasserstiefeln – ein wenig Zeit nehmen, alles zu durchdenken.

Er schlägt mit einem rostigen Pflanzenheber auf den Anrufbeantworter ein, bis das Gehäuse splittert. Eine Stunde ist vergangen. Als er nach seiner Mutter sieht, ist ihr Atem nicht flacher geworden, nichts deutet darauf hin, daß ihr Vorrat an rezeptpflichtigen Substanzen tut, wofür er vorgesehen war, und Hex beginnt zu schreien, *N-nicht mal das k-k-kannst du richtig, n-n-nicht mal mit ein bißchen W-würde sterben k-k-kannst du, du hast d-d-das elendeste Leben gehabt, von dem ich je g-g-gehört habe, und w-wenn du morgen in der Lotterie g-g-gewinnen würdest, würde d-d-dein Haus n-n-noch vor heute abend vom Sturm zerstört, und die L-l-lotteriegesellschaft ginge p-p-p-pleite,* und dieser ungerechtfertigte Angriff versetzt ihn in die Lage, an den Wäscheschrank im Flur zu gehen und die Plastiktüte zu holen, seine Kiefer wie von einer Infektion blockiert. In einer einzigen fortlaufenden Handlung zieht er ihr gedankenlos die Plastiktüte über den Kopf und knotet sie fest, das Logo der landesweiten Kette von Apotheken über ihren Augen. Das Logo bedeckt ihre Augen, so daß er sie nicht ansehen muß. Er drückt ihr die Tüte fest aufs Gesicht, wartet darauf, daß das Atmen aufhört, doch es geht weiter, es ist wie das Ticken eines narrensicheren digitalen Chronometers. Er hält ihr durch die Tüte die Nase zu, doch es hat keinen Sinn, der Westwind, von dem sie atmet, dringt durch den Spalt zwischen ihren Lippen – er würde ihre Lippen küssen, versucht statt dessen aber, sie zuzuhalten. Verführung und Euthanasie, weit liegen sie nicht auseinander. Er kniet neben ihr auf dem Bett, kneift ihr die Nasenlöcher zusammen und versucht ihr mit der linken Hand den Mund zuzuhalten. Im kritischen Augenblick allerdings *bringt er es nicht fertig, er bringt es nicht fertig,* bringt es irgendwie nicht über sich. Zu kompliziert. Er nimmt eines der Daunenkissen, ein altes, aus dem einzelne Federn rieseln, lehnt sie nach hinten gegen die Matratze und drückt ihr das Kissen aufs Gesicht, ihr Rite-Aid-Pharmacy-Gesicht mit den grau-weißen, unter den Rändern der Plastiktüte hervorschauenden Haarsträhnen, löscht ihr Gesicht aus, löscht das Gesicht seiner Mutter aus, ihren Rumpf, ihre bewegungsunfähigen, vollkommen machtlosen Klauen. Er hält das Kissen eine, zwei, drei Minuten lang auf ihr fest, fünf Minuten, fünf endlose Minuten lang, der Gestank seines Fleisches tropft auf das Kissen, Schweiß und Tränen, bis er es endlich losläßt, mit wildem Blick seine Hände anstarrt, fassungslos, daß sie getan haben, was sie getan haben, *B-b-b-b-b-b-b-b-b-b-b-bitte, bitte, bitte*, sagt er, *s-s-sag mir, daß ich's nicht get-t-t-tan hab, s-sag mir, daß ich's nicht get-t-t-tan hab.* Er schlägt das Kissen zurück und löst die Plastiktüte. Sie atmet immer noch.

Er geht das Gewehr holen. Es ist nur noch das eine da, das Erbstück, das Lou Sloane nicht hat verkaufen können, Winchester 21, Vorkriegsmodell, noch mit dem Originalschaft. Es ist in Hex' Kleiderschrank. In seinem Zimmer. Dort sind auch die Waffenreinigungsutensilien. Bevor er das Gewehr benutzen kann, muß er es reinigen. Das ist Teil der Tradition, Teil des Vermächtnisses. Zuerst den Schaft von den Läufen trennen. Die Waffe aufklappen. Dann mit Werg, Messingbürste und den am Putzstock befestigten Lappen die grauen, körnchenartigen Ansammlungen im Lauf entfernen. Dann das ultrafeine Browning-Öl mit seinen Petroleumdestillaten. Den Lauf einölen. (Es ist zehn bis fünfzehn Jahre her, daß er die Waffe abgefeuert hat. Es ist Rost vorhanden.) *Der größte Feind der Schußwaffe ist die schweißbedeckte Hand.* Dann die Verschlußkappen aus Chrom entfernen und die Waffe mit den grünen Remingtons laden. Ein paar Rehposten. Ein paar sechser Patronen. Messing mit hohem und niedrigem Zinkanteil. Von jeder eine. Nummer sechs in den rechten. Falls er vorbeischießt. Mit der nicht angemeldeten Waffe, dem Sportgewehr, geht Hex durch den Flur zurück zum Zimmer seiner Mutter. Im Gesicht den Ausdruck der Barmherzigkeit.

23

Obwohl eigentlich kein unternehmungslustiger Mensch, marschiert Lou Sloane im ersten Morgenlicht wie ein Tramper von der die ganze Nacht geöffneten Pizzeria los. Die sedimentäre Vergangenheit Connecticuts ist die Landschaft, die er durchquert, von Waterford nach Niantic, von Osten nach Westen, wie ein verdammter Hippie. Am Ufer entlang geht er Kowalskis Haus entgegen, um seine Habseligkeiten zu holen. Er kann sich nicht erinnern, wann er das letzte Mal so erledigt war. Der Morgen zeigt sich sonnig.

Hier ist der Bootshafen – zwischen zwei verrammelten Kneipen und einem halben Dutzen Neon-Bierreklamen –, wo die Freeds, Dan und Stan, früher ihr Fischerboot hatten. Ein aquamarinblaues Hummerfangboot mit der klassischen quadratischen Kajüte. Mußte ständig neu gestrichen werden. Blätterte ständig ab, so daß eine Unterschicht von anämischem Gelb zu sehen war. Die Freeds hatten Hände wie geschwollene Fäustlinge. Sie waren Säufer. Lou kann sich erinnern, daß ihm irgendwer – Kowalski vielleicht – erzählt hat, der Vater der Freeds gehe in diesem Hafen noch immer mit dem Ruderboot auf Hummerfang. Hole an den Wochenenden von Hand die Fallen ein. Illegal. Wahrscheinlich immer eine Flasche im Boot dabei. Als nächstes das Eisenwarengeschäft – davor ein Dutzend leichtgewichtige Metallfallen gestapelt. Der bärbeißige Besitzer, Kenny Driscoll, hat sie gelegentlich drüben ins Werk geliefert. Driscoll ist nach Florida gezogen, hat an einen pensionierten Polizisten aus New Jersey verkauft, der die Einheimischen übervorteilt. Neben Driscoll der Autoersatzteilladen.

Am notleidenden Hafen von Niantic entlang kommt

Lou, der gegen die Fahrtrichtung marschiert, nur langsam voran. Jetzt würde er eine Mitfahrgelegenheit akzeptieren, wenn sich eine ergäbe.

Route 156 schlängelt sich vom Ufer weg, weg von den Häusern an der Bucht, und auf ihr verschwindet Lou nach einer halben Stunde zwischen Birken- und Ahorngehölzen und gelangt, an einer Grundschule und einer Kindertagesstätte vorbei, hügelaufwärts zur *Niantic Shore-Owners Association.*

Er macht sich Gedanken darum, wie er die Sache seiner Frau beibiegen, wie er seine ausführliche Entschuldigung und Erklärung formulieren soll. *Schatz, ich habe einen schrecklichen Fehler gemacht. Ich will versuchen, dir zu erzählen, was passiert ist.* Unter solchen Sorgen versucht Sloane, an einem Eckhaus, einem sonnigen Fleck makellosen Rasens vorbeizukommen, wo ein dösender Rottweiler Wache hält. Der Hund wacht auf und stürzt sofort bis an den Rand des Asphalts auf Lou los. *Lou freilich ist in achtbarer, rechtschaffener Mission unterwegs,* und deshalb wendet er sich in New-England-Pidgin an den Hund, *Brav. Platz. Brav.* Denn wenn der Hund nun das Hindernis ist, das ihn davon abhält, *vollständige und umfassende Wiedergutmachung zu leisten?* An Aluminiumfassaden und Rasenmäherfahrern vorbei geht er den sanft abfallenden Hügel methodisch wieder ein Stück hinunter und macht dann einen erneuten Versuch. Der zwecks Autofellatio auf der Seite liegende Hund rappelt sich auf. Er droht. Er stürzt vorwärts. Da jedoch kommt, *gerade rechtzeitig, um eine Tragödie abzuwenden,* der dickbäuchige Besitzer des Tiers in Segelmütze und marineblauen Bermudashorts den mit Platten belegten, gewundenen Pfad herabgehüpft – hinter ihm schließt sich zischend ein Fliegengitter –, um seinen treuen Gefährten zu bändigen, *Trigger, sitz. Trigger, sitz. Tut mir leid, das Ganze, tut mir wirklich leid. Sitz. Sitz. Er lernt halt gern neue Leute ken-*

nen. Lou hat das unangenehme Gefühl, gleich eine Versicherung aufgeschwatzt zu bekommen: richtig, es ist Leonard Van Zandt, Aetna Life and Casualty. Leonard steckt sich die Pfeife zwischen die Lippen. *Kennen wir uns nicht?* Doch Lou macht Eile geltend – und geht durch ein Immergrüngehölz weiter bis ans Ende der Straße.

In Mac Kowalskis Ranchhaus kommt es erneut zu Verzögerungen. In der Küche. Lou nimmt sich Saft und ein Stück kalten, übriggebliebenen Speck, in Folie eingeschlagen. Eine Atempause nach der ganzen Lauferei. Wenn die Nacht mit ihrem Regen und ihren kräftigen Winden etwas Bedrohliches hatte, ist der Tag wie eine Verheißung – leichte Brisen, strahlender Sonnenschein, Möwengeschrei über dem Haus. Stare. *Was wird er sagen? Warum jetzt zurückgehen?* Kein Grund zu der Annahme, daß sich etwas bessern wird, da Billies Melodram mit seinen Symptomen nur immer ausgefallenere Folterqualen für ihren Körper bereithält, *Ich kann mir vorstellen, daß du dich wunderst, mich zu sehen, Billie.* Er muß nichts weiter tun, als die Reisetasche in den Cadillac zu legen; er muß nichts weiter tun, als sich hinterm Steuer anzuschnallen, den Schlüssel in das Zündschloß zu stecken; er muß nichts weiter tun, als zu fahren, die Mündung des mächtigen Connecticut zu überqueren. Doch statt dessen geht Lou zurück in Kowalskis Gästezimmer. *Schön ruhig hier.* Er legt sich auf das Gästebett, um über die Lage nachzudenken. Seine Augen sind von Schlaf, von unvollständigen Träumen wie durchsplittert. Sobald er sie zumacht – nur vorübergehend, nur für einen Moment –, ist er auch schon bewußtlos. Und doch entwirft irgendein Bereich in ihm weiter Strategien. Sloanes Schlummer gleicht einer Haft. Bilder von Folter kennzeichnen ihn. *Er ist mit Schiffstauen gefesselt. Er trägt Beinschellen und Ketten.* Er beschließt, eine Tasse Kaffee zu trinken, nur eine Tasse – Billie wird ohnehin noch nicht auf sein. Dann wird er fahren. Wirklich. Er legt sich wieder zurück. Eine Stunde vergeht.

Schließlich tappt Lou, aus leichtem Schlaf erwacht, in Kowalskis getäfelten Freizeitraum mit Billardtisch. Ein somnambules Taumeln. Er wählt Billies Telefonnummer. Seine eigene Telefonnummer. Im Flagler Drive. Von fern beginnt der Apparat zu antworten. Die Computerstimme. Lou unterdrückt ein Schluchzen. Er legt auf. Wählt erneut. Legt wieder auf. *Billie, Liebling, mir ist mittlerweile einiges über mich klargeworden, über meine Schattenseiten, und ich denke, ich will versuchen, sie mit dir zu teilen, in der Hoffnung, daß ich dir erklären kann, warum ich getan habe, was ich getan habe, und warum ich zurückgekommen bin.* Dann, in einem letzten, gewaltigen Verzögerungsversuch, verfaßt Lou im Freizeitraum mit einem vertrockneten Textmarker einen Dankesbrief an seinen lebenslangen Freund Mac Kowalski. Auf einem Schreibblock. In diesem Brief geht es um *das unteilbare Band der Freundschaft. Wir lernen nur wenige Menschen kennen, die so großzügig sind, Mac, so treu, daß sie uns von unserer allerschlimmsten Seite erleben und trotzdem zu uns halten. Sie schenken uns die große menschliche Gabe des Verzeihens. Wenn wir sie sehen, wissen wir, daß wir geliebt werden, und wir lernen, daß die Verantwortung der Freundschaft etwas ist, das wir voller Eifer auf uns nehmen.* Lou unterschreibt dieses Dokument mit seinem Namen und klebt es mit Kreppband an den Kühlschrank in der Küche. Im Moment dieser Geste wird ihm klar, daß er damit auch sein eigenes Manifest geschrieben hat oder jedenfalls Worte, die in Richtung eines Manifests gehen, *das ebensogut an seine Frau gerichtet sein könnte.* Er weiß nicht, woher er diese Gemeinplätze, diese Psychologismen hat. *Billie, ich denke, ich weiß jetzt über das unteilbare Band wahrer Liebe Bescheid und darüber, daß wir nur sehr wenige Menschen kennenlernen, die so großzügig, so treu sind, daß sie uns von unserer allerschlimmsten Seite erleben ...*

So ermutigt schnallt sich Lou endlich doch hinter dem Steuer des Cadiallac an. Er stellt den Oldie-Sender ein. Nervös singt er Motown-Antiquitäten mit, die das Spirituelle mit dem Profanen verbinden – Gitarren und Kinderflöten. Lous *basso*, einen Halbton neben der Melodie, schallt über Hügel und Tal der *Niantic Shore-Owners Association.* Nun muß er nur noch Old Lyme durchqueren, die für ihre Zecken berühmte Gemeinde, entlang der Flußmündung und dann darüber, mit einem zusätzlichen Stop bei einer Wein- und Spirituosenhandlung mit dem eponymischen Namen Old Lyme Ales and Spirits, wo er sich für einen schönen Champagner entscheidet. Er wird diese Flasche und ein paar von Billies Gläsern im geeigneten Moment hervorholen. Wenn alles gutgeht. Außerdem hält er an, *um den Ölstand zu überprüfen.* Mit einem geschwärzten Lappen überprüft er seinen Meßstab. Dann wäscht er sich auf der Männertoilette gründlich die Hände. Er ist abgezehrt und unrasiert. Er sieht traurig aus. Vielleicht ist das die Miene, mit der man samstags morgens um Vergebung bittet. Unter der trüben Leuchtstoffröhre der Männertoilette der Getty-Tankstelle von Old Lyme verzweifelt Lou Sloane. Das Ganze ist unsinnig schwer. Sein Leben ist kein Schaltplan, keine Blaupause für andere Leben. Es ist nicht geordnet.

Beim Überqueren der Baldwin Bridge wird er von Schwierigkeiten überwältigt. Er fährt die Hauptstraße von Old Saybrook entlang, die Allee mit den Sommerhäusern, bis zu der Stelle, wo die Halbinsel in die Econo-Lodge ausläuft. Gegenüber dem Kriegerdenkmal. Hundert Meter weit draußen, im Hafen, eine Klippe mit einem halben Dutzend Kiefern darauf. Ein kleines Inselchen. Lou fährt rechtwinkelig auf den Damm und parkt dort vorübergehend, um hinauszuschauen. Und dann nimmt er die Landstraße nach Fenwick hinein. Die Straße nach Hause. Die großartige Schönheit dieses tiefgelegenen, von Marsch umgebenen Boulevards nötigt ihm ein Heimwehgefühl ab. Er gelangt auf die Landzunge, Fenwick, den Country Club samt Umgebung, wo seine Frau lebt, und rammt beinahe einen Golfwagen, als er sich die Augen wischt. Es sind Justin Grant und seine zweite Frau Laurie. Sie tragen helle Pastelltöne. Sie winken fröhlich, als sie Lous Cadillac schneiden. Sie rufen hallo.

Ungefähr zu diesem Zeitpunkt *taucht der Polizeiwagen in seinem Rückspiegel auf.* Keine Sirene, keine offizielle Eile. Er ist einfach nur da, kriecht mit so etwas wie gezwungener Nonchalance, wie sie alle Kleinstadt-Gesetzeshüter an sich haben, die Straße entlang. Obwohl Sloane die Menschen bewundert, die die schwere Aufgabe haben, den öffentlichen Frieden aufrechtzuerhalten, verspürt er eine gewisse Unruhe wegen dieses schwarzweißen Wagens, der es dem Cadillac Biegung für Biegung, Kurve für Kurve nachtut; Lou biegt nach rechts in den Flagler Drive ein, der andere folgt; er fährt die Steigung hinauf, der andere folgt – und als Lou oberhalb des Wassers herauskommt und das Sonnengefunkel darauf sieht, ist der andere immer noch da. Der Tag ist klar. Fishers Island ganz in Grün. Auf halber Strecke eine Fähre. Montauk, sein Steilufer wie eine Chimäre.

Auf dem Wendeplatz kommt der Polizeiwagen langsam hinter ihm zum Stehen. Am Rand des Rasens liegt umgekippt ein Motorrad. Aus Verzweiflung folgt Lou Sloane einer bei Millstone-Angestellten seit langem üblichen Prozedur: er zieht die Autoschlüssel ab, greift auf der Fahrerseite zum offenen Fenster hinaus und legt sie auf das Dach. Auf diese Weise tun städtische und staatliche Angestellte ihre Verbundenheit kund. *Ich werde nicht fliehen.*

»Mr. Raitliffe?« Der Cop in seinem Rückspiegel, in peripherer Wahrnehmung.

In diesem Kontext überrascht Lou der Name. Sein erster Gedanke ist natürlich, daß er ein Verbrechen begangen hat. Er weiß nicht, was er antworten soll. Er wirft die Hände hoch.

»Tja, äh, ich denke schon. Nein. Also ... der Mann meiner Frau lebt schon seit einiger Zeit nicht mehr. Ich bin Louis Sloane, ich bin der derzeitige Mr. Raitliffe, wenn es das ist, was Sie meinen, denke ich.«

Er streckt eine Pranke zum Fenster hinaus. Zum Händeschütteln. Der Cop starrt sie zögernd an.

»Führerschein und Zulassung?«

»Aber gewiß.« Nach kurzem Schweigen: »Könnten Sie mir sagen, was los ist? Liegt irgend etwas gegen mich vor, worüber ich Bescheid wissen müßte?«

»Nein, Sir«, sagt der Polizist. »Allerdings hoffe ich stark, daß die Flasche da nicht offen ist.« (Er deutet auf den Beifahrersitz.) Dann zieht er sich ohne weitere Äußerung zu seinem Wagen zurück. Zwischen den Vogelrufen der Küste, Finken und Eichelhähern, Rotkehlchen und Trauertauben, bricht das Knistern und Summen von Funkverkehr aus. Lou sitzt im Cadillac und starrt zerstreut auf das Haus. Sämtliche Jalousien sind heruntergelassen. Das Haus wirkt verwahrlost, als hielte *allein seine herkulische Anwesenheit* Unordnung und Verfall fern. Vielleicht ist es aber auch bloß die frische Perspektive, die er mitbringt, die Perspektive der Reue, die es ermöglicht, das Haus so zu sehen, wie es wirklich ist. Niedergedrückt. Mitten in Lous Grübelei kommt in quietschenden schwarzen Schuhen der Polizist zurück.

»Wir suchen einen Mr. Dexter A. A. Raitliffe.«

»Das ist mein Stiefsohn«, sagt Lou. »Kann ich jetzt aussteigen?«

Der Cop nickt.

»Darf ich fragen«, erkundigt sich Lou und tastet nach seinen Schlüsseln, »worum es eigentlich geht?«

»Tut mir leid, aber das bespreche ich besser mit Mr. Raitliffe persönlich.«

»Ich habe ihn gestern abend gesehen. Das sollte ich Ihnen wohl sagen.«

Der Cop, der wie ein Mannequin in der Einfahrt steht, beginnt leichtes Interesse zu zeigen. Er zückt einen Notizblock.

»Und wo war das?«

»Ich war bei einem Freund in Niantic. Wir waren ...«

Sogar der Kugelschreiber hat an diesem Mehrzweckgürtel sein eigenes Halfter. Der Mann muß ein Frischling sein, höchstens vier- oder fünfundzwanzig, und Lou vermutet, daß er seine erste große Verhaftung dicht vor Augen hat. Ein bedeutender Drogenring an der Küste von Connecticut. Weiße-Kragen-Kriminalität. Gesetzesbrecher. Falsches Parken.

»Nachtfischen«, sagt Lou.

»Sie waren nachtfischen mit Ihrem Stiefsohn?«

»Mit einem Freund. Ich bin ihm zufällig begegnet. Meinem Stiefsohn. Auf dem Hinweg. Auf der Straße vor dem Haus meines Freundes.«

»Ihm ... zufällig ... begegnet.«

Er schreibt alles auf.

»Auf der Straße«, sagt Lou. »Er war ...«

»Und wissen Sie, ob er nach Hause zurückgekehrt ist? In den ... (Ein Blick in seine Notizen) Flagler Drive?«

Sie betrachten alle beide die Eingangstür des Hauses.

»Tja«, sagt Lou zögernd, mit der Höflichkeit des Hausbesitzers. »Möchten Sie hereinkommen?«

»Ich hätte Mr. Raitliffe gern gesprochen, jawohl, wenn er da ist.«

Sie marschieren über den Kies auf das Haus zu, das merkwürdig stille Haus, um die restlichen Gesprächsfäden zu verknüpfen, doch gerade als Lou seine Taschen nach seinem Schlüsselbund durchwühlt, *hält ein dritter Wagen in der Einfahrt des Hauses Flagler Drive 52.* Ein japanischer Kleinwagen. Da das Haus, wie Officer Brian Reilly es formulieren würde, *allem Anschein nach vollkommen leer ist und sich weder der Täter noch andere Personen darin aufhalten,* wenden sie ihre Aufmerksamkeit dem japanischen Wagen zu, der genau hinter dem Polizeiwagen zum Stehen kommt, und das trotz Officer Reillys Versuch, ihn weiterzuwinken, *Miss, Miss? Könnten Sie Ihren Wagen bitte auf der anderen Seite parken?* Die Hände um seinen Allroundersatzspieler-Schnurrbart gewölbt. Und Jane Ingersoll – obwohl Lou Sloane noch nicht weiß, daß die Frau mit dem kohlfarbenen Haar so heißt – gehorcht unter ziemlichem Herumgeschalte. Dann steigt sie aus dem japanischen Kleinwagen und steuert auf die Haustür zu, als wären Lou und der Polizist gar nicht vorhanden.

»Verzeihung«, sagt Lou, als *die Frau, weiß, ausgebleichte Jeans, Größe zirka eins zwoundsechzig,* wie selbstverständlich zur Haustür geht. »Verzeihung?«

»Will nur einen Freund besuchen«, murmelt Jane nervös.

Lou unterbricht, »Leider kenne ich Sie nicht, und das hier ist mein …«

Daraufhin zählt die Frau zwei und zwei zusammen. Die neue Information macht sie zittern, beben. Außerdem erkennt sie intuitiv, was für ein Problem die Anwesenheit eines Polizisten bedeutet – zumal, als ebendieser Polizist, *weil auf der Polizeischule gründlich in den Feinheiten der Psychologie und des kriminellen Verhaltens geschult,* in Jane Ingersolls Auftreten ein Muster wahrzunehmen beginnt und ihr nun seinerseits mit ungelösten Fragen zusetzt, *Kennen Sie einen Dexter A. A. Raitliffe? Haben Sie Mr. Raitliffe in den vergangenen vierundzwanzig Stunden gesehen? Ist Ihnen Mr. Raitliffes derzeitiger Aufenthaltsort bekannt? Können Sie mir sagen, ob Sie einen Dexter A. A. Raitliffe zu irgendeinem Zeitpunkt in den vergangenen vierundzwanzig Stunden einen Mietwgen haben fahren sehen? Können Sie den Besitzer dieses Motorrades nennen?*

Jane Ingersoll erwidert: »Ich weiß wirklich nicht, was das Ganze eigentlich soll.«

Daraufhin erkundigen sich sowohl der Polizeibeamte als auch Lou Sloane nach dem Namen *dieser unbekannten Frau*, und Jane nennt ihnen in abgekürzter Form die biographischen Einzelheiten; dann schwingt die Tür des heruntergekommenen Raitliffeschen Anwesens auf und läßt das Tageslicht in das unterseeische Innere, und die drei, Officer Brian Reilly, Lou Sloane und Jane Ingersoll, bilden ein Grüppchen, und dieses Grüppchen bewegt sich im Gänsemarsch durch die Eingangshalle, wo, verknäuelt und mit nach außen gekehrtem Inneren, vernachlässigt eine Hose liegt, und von dort aus weiter in das Erdgeschoß des Hauses. Es ist Lou Sloane, der mit seinem unaufrichtig fröhlichen Baßbariton in das Gewölbe hineinruft, *Jemand zu Hause? Dexter? Billie?* Officer Reilly marschiert unterdessen entgegen dem Uhrzeigersinn los, denn er hat bereits mit seiner heimlichen, aber dennoch fachgerechten Untersuchung des Hauses begonnen, weg vom Stiefvater des angeblichen Gesetzesbrechers, der möglicherweise bestimmte Aktivitäten vertuscht, während Jane Ingersoll in der Eingangshalle wartet, als wüßte sie im Innersten nicht recht wohin. Dann geht diese Einwohnerin von Old Saybrook, weiß, alleinstehende Mutter und Verwaltungsangestellte, die Treppe hinauf, zieht sich zuvor, um keinen Lärm zu machen, die Stiefel aus und läßt die *schwarzen Justin-Cowboystiefel mit den abgerundeten* Absätzen auf der Treppe stehen.

Unterdessen stößt Officer Reilly in der Küche auf eine einzelne, pinkfarbene Socke in Frauengröße, und zwar auf einem vinylbezogenen Stuhl am Frühstückstisch. Seine Vermutung geht daher in Richtung *illegaler sexueller Aktivitäten, die hier stattfinden, könnte ein exklusiver Callgirl-Ring sein oder irgendein sexueller Kult, vielleicht sogar Satanisten.* Er sichert die Socke als Beweismittel, doch dann wird ihm klar, auf welch dünnem Eis er sich rechtlich damit bewegt, und er legt die fadenscheinige, blaß pinkfarbene Nylonsportsocke sorgfältig wieder an ihren alten Platz. In der Speisekammer eine offene Flasche Kognak. Später, im Eßzimmer, stellt er im Staub auf dem antiken Tisch Handabdrücke fest. Dann fällt ihm auf, daß der Strom abgeschaltet ist. Er notiert es auf seinem Notizblock. Zur gleichen Zeit verhält Lou Sloane im Wohnzimmer – wo auf dem leeren Krankenhausbett verknäuelte Laken liegen – vor seinen eigenen Worten, seinen eigenen idiomatischen Ausdrücken, in Hardcopy, auf dem Schreibtisch. Der Schock seiner Sprache hält ihn fest. *Deine Schwäche hat mich erschöpft.* Mit plötzlicher Klarheit erkennt er, daß seine Verwirrungen zu den Schleiern von Stille hier geführt haben. Auf dem Boden liegt ein Durcheinander von Papier und Krimskrams. Die Raitliffes haben die Vergangenheit nach Erklärungen abgesucht. Auch er wühlt sich durch diese Fragmente. Briefe von Allen, ein zehn Jahre alter Strafzettel, ein bei verschiedenen Maissorten aufgeschlagener Samenkatalog.

Lou geht durch die Terrassentür in den Patio. Er läßt Tageslicht herein. Die schläfrige Schwüle des Patios ist eher karg als angenehm, und während er diese Kargheit in sich aufnimmt, gleitet sein Blick über das Fenster von Billies Schlafzimmer. Das Fenster ist offen; Die Jalousie raschelt gegen die Scheibe. Das Innere ruft geradezu nach ihm. Das Zimmer ruft nach ihm. Und so eilt er im Altmännertrab ins Haus zurück, wo er auf Officer Brian

Reilly trifft, und in stummem Einverständnis, einer Übereinstimmung gemeinschaftlicher Wertmaßstäbe, gehen sie die Treppe hinauf. Ihr Schritt ist plötzlich schnell.

Inzwischen huscht Jane Ingersoll an den im Flur des ersten Stocks verteilten Tischchen vorbei, stößt dabei eine leere Vase um, und sieht so als erste die Szene, wie sie sich abspielt, stellt als erste fest, daß Raitliffe *irgendeine Waffe, eine Büchse oder Flinte, auf seine Mutter gerichtet hält,* die in ihrem Bett schläft, in friedlicher Besinnungslosigkeit. Wer weiß, wie lange er das schon tut? Der Lauf des Gewehrs zittert, während Raitliffe ihn ruhig zu halten versucht. (Das Bett trennt ihn von Jane.) Die Mündung der Waffe ist etwa anderthalb Meter vom Kopf seiner Mutter entfernt. Dieser ist das einzige exponierte Ziel. Raitliffes Mutter ist zugedeckt. Janes *überraschtes Lufteinziehen*, ihr Erschrecken, verrät sie. *Als der Bewaffnete bemerkt, daß er beobachtet wird, beginnt er sich mit der Querflinte Kaliber 12 unbehaglich zu winden.* Er wird bleich. Jane hält Raitliffes Blick fest, und obwohl sie nur Furcht verspürt, ist sie sich bewußt, daß der Blick, den sie miteinander teilen, am ehesten einem sinnlichen Blick gleicht. Er jedoch löst sich aus diesem Blickwechsel, um sich wieder auf sein *Ziel* zu konzentrieren. Von primitiven Instinkten geleitet, fährt Jane von der Tür zurück. Sie stürzt auf den Flur, duckt sich hinter eine halb offene Schranktür. Und lauscht. Steckt sich die Finger in die Ohren, zieht sie wieder heraus, summt, lauscht, weint kurz, flucht auf sich selbst, weil sie weint. Hört nichts. Dann Schritte. *O Scheiße.* Jane Ingersoll ist zerrissen zwischen dem Wunsch, den Aggressor ans Messer zu liefern, Raitliffe an die Polizei zu verraten, die Sache zu beenden, und dem gegenteiligen Bedürfnis, ihn vor kommenden Ereignissen zu warnen. *Er hat versucht, sie in einem Restaurant aufzugabeln. Sie hat das unmöglich ahnen können.* Jane erwägt Möglichkeiten, Vor- und Nachteile, doch die Szene entwickelt sich rasch, und ehe sie zu einem Entschluß kommt, kann sie Lou Sloane und den Cop anrücken sehen. Und so bricht sie endlich doch aus ihrer Redoute hervor und ruft Hex Raitliffe zu, ruft, während sie ohne Rücksicht auf die Gefahr vom Schrank ins Elternschlafzimmer eilt, *Tu das weg, wirf es einfach unters Bett. Wirf es einfach unters Bett, jetzt gleich. Sie kommen. Mach schon. Los. versteck es. Unterm Bett.* Diese Sekunden wollen kaum vergehen. Die Sekunden, in denen Raitliffe *ihr Zeichen gibt,* stottert, sie wegscheucht. *H-h-h-h-hau ab!* Er will seine Mutter nicht aufwecken. Er will sie nicht aufwecken, außer im Jenseits. Janes Stimme stört die delikate Stille, die erst der Schuß beenden wird.

»M-m-m-mach schon«, sagt er. Flehend. »Raus.«

»Aber Dexter.«

Es ist die letzte Unterredung zu diesem Thema, ihre letzte Unterredung, denn unmittelbar danach stoßen Raitliffes Vater und der Frischling mit dem Schnurrbart zu Jane. Das Röhren, das aus Lou Sloane hervorbricht, ist elephantenhaft, ein Laut aus der Welt primitiver Verständigung. Es ist verzweifelt. Lou und der Cop prallen zusammen, als sie sich wie in stummem Taumel ins Zimmer drängen, und dann ist der Raum mit Beteiligten überfüllt, den auf je charakteristische Weise stummen und reglosen *dramatis personae.* (Anderswo nähern sich von Hertz beauftragte Detektive rasch dieser Adresse, und Jane Ingersolls Söhne stehen zitternd vor ihrer verschlossenen Wohnung.) Alles ist still, zumindest bis Lou Sloane einen tapferen Versuch unternimmt, die Situation unter Kontrolle zu bringen. Mit arhythmisch pochendem Puls macht er einen Schritt in Richtung Raitliffe, der daraufhin, gemäß den Regeln bewaffneter Verwicklungen, *das Gewehr auf ihn richtet.*

»Dexter«, sagt Lou, »was soll das denn?«

»M-m-m-mit dir m-m-muß ich überhaupt n-nichts d-d-diskutieren«, sagt Hex. Seine Stimme bebt. »Das hier g-g-g-g-g-«

»Raitliffe«, wirft Jane Ingersoll ein, »der Cop ist nur wegen dem Auto hier. Leg einfach das Gewehr weg. Wir kriegen das irgendwie hin.«

Der schwankende Lauf auf Lou Sloane gerichtet.

»Unterb-b-brich mich nicht«, sagt Raitliffe. »Ich k-k-kann's nicht leiden, wenn man mich unterb-b-b-bricht.«

»Lassen Sie sofort die Waffe fallen«, sagt der Cop, der damit von seinen fortgeschrittenen psychologischen Waffen und Taktiken Gebrauch macht. Aber Raitliffe *ist es offenb-b-b-bar völlig egal, was der C-c-c-cop zu der Situation m-m-meint.* Schweißrinnsale laufen ihm über die Stirn. Mit einer unbeholfenen Geste, bei der das Gewehr einen gefährlichen Bogen beschreibt, wischt er sich das Gesicht am Ärmel seiner Strickjacke ab.

»Dexter«, fängt Lou wieder an, »ich weiß, du stehst wegen der ganzen Sache ziemlich unter Druck. Ich weiß, daß sie viel Druck auf dich ausgeübt hat, aber das ist kein Grund, so etwas Drastisches zu unternehmen. Die Situation hat sich geändert, das versuche ich dir zu sagen. Ich habe über das nachgedacht, was du gestern abend gesagt hast. Deswegen bin ich hier. Der Polizist hat nur rein zufällig in der Auffahrt gestanden, ich habe ihn nicht mitgebracht, das kann ich dir versprechen. Kein Mensch will dir irgend etwas Böses. Wenn du bloß das Gewehr weglegst. Gib es her. Laß uns versuchen, die Sache als Familie zu regeln. Machen wir einen Anfang.«

»Tu, was er sagt«, kommt als Refrain von Jane Ingersoll.

»Mein G-g-gott«, wendet sich Raitliffe an die Geliebte, »du steckst mit dem K-k-k-kerl unter einer D-d-d-decke, d-d-du hast keine Ahnung, w-w-wie er ist.«

»Mann«, sagt Officer Brian Reilly, »überlegen Sie mal, in was für einen Schlamassel Sie da hineingeraten.«

Schwer zu sagen, ob es Schweißbäche sind oder sonst was, denkt Jane Ingersoll, als Raitliffe die Flinte erneut herumschwenkt, während er sich das Gesicht mit dem Ärmel abtrocknet und der Frischling in den Flur hinausschlüpft, um über Funk Verstärkung herbeizurufen; dann nimmt der Beschützer des Gemeinwohls, *auf Weisung seiner Zentrale* – weil er ein Frischling ist –, die Vordertreppe hinab immer zwei, drei Stufen auf einmal und baut – nachdem er über einen Cowboystiefel gestolpert ist – eine Bruchlandung in der Eingangshalle, so daß er sich ziemlich schmerzhaft den Knöchel verstaucht. Könnte sogar verrenkt oder angebrochen sein. Er humpelt zum Streifenwagen hinaus – *er hat sich im Zuge seiner Bemühungen zur Überwältigung des Angreifers verletzt* – und greift nach seinem Funkgerät; dann wartet er mit gezogener Waffe im Wagen; wartet auf den Captain mit dem Megaphon; wartet auf die nervenzermürbende, haarsträubende Pattsituation; wartet, wie dieser Tage üblich, auf die Typen, die sich mit Kisten voller Waffen und Zitaten aus der Offenbarung verschanzen: *war vermutlich ein radikaler Umweltschützer oder so was, hatte wahrscheinlich seit Monaten Stahlkernmunition oder automatische Waffen da oben gehortet, wollte den Golfplatz in seinen natürlichen Zustand zurückversetzen.*

Raitliffes Hände zittern. Er beginnt die Hitze zu spüren. Als Jane Ingersoll sich durchs Zimmer schiebt, um zu versuchen, Ma Raitliffe aus dem Bett zu heben, sie in Sicherheit zu bringen, sie zu umhegen, gerät Raitliffe wirklich in Panik. Jane bewegt sich langsam, mit erhobenen Händen, mit weiblicher Sanftheit. Trotzdem *richtet er das Gewehr auf sie.*

»Mach schon, Dexter«, sagt Jane und verharrt neben dem Bett, »leg es hin.«

»Halt die Klappe«, sagt Raitliffe, und um den Ernst des Augenblicks zu unterstreichen, beschließt er endlich, die Waffe zu entsichern. Seine Konzentration auf dieses simple Stück Technik – ein kleiner Hebel am Schaft – verschafft Lou Sloane die Ablenkung, die er braucht, und in einer letzten, gewaltigen väterlichen Anstrengung stürzt er sich erneut auf seinen Stiefsohn; leider jedoch ist Raitliffe im Umgang mit der Waffe versierter, als man hätte erwarten können. Er stellt fest, daß er das Gewehr sachgemäß handhaben kann, und schafft es, die Waffe zu entsichern und an seine unrasierte Wange zu drücken, noch während Lou das Zimmer durchquert. Als Ziel visiert er den Oberkörper – wahrscheinlich die gefäßreichen Organe – an, betätigt dann ohne weitere Verzögerung, ohne Überlegung oder Voraussicht *den Abzug* und nimmt damit, im stinkenden Schwefel- und Salpeternebel, viel unterdrückten Zorn und Kummer, vielleicht sogar Generationen davon, für sich in Anspruch. Von der Dekoration und Ausschmückung des Zimmers ungedämpft, erschreckt der Knall des Schusses Jane fürchterlich, seine Dauerhaftigkeit, die Ladung, die knapp an einem Menschenkörper vorbeigeht und einen Lampenschirm in der Ecke durchschlägt, ehe sie ein großes Loch in den Wandputz reißt, die Ladung, die unterwegs knapp an *Lou Sloanes Kopf* vorbeigeht und eine leichte Pulververbrennung in seinem Gesicht hinterläßt, die der Stiefvater des Bewaffneten sogleich, zusammengekauert, mit weichen Fingern betastet. Die ganze *Philosophie des Schusses* ist auf eine Weise erschreckend, wie es Jane nie zuvor empfunden hat, die Art und Weiße, wie Gegenstände umfallen, sich teilen und zerlegen. Der Rückstoß wirft den nicht darauf gefaßten Raitliffe nach hinten um, so daß er seitlich über eine Sessellehne fällt. Fluchend erneuert Sloane seinen Ausfall, doch Raitliffe bringt die erforderliche Behendigkeit auf, sich Lou diesmal voll zuzuwenden, und das mit einer Wut, daß nun auch Jane Ingersoll vorwärtsstürzt, um Dexter A. A. Raitliffe zu stoppen. Der hat sich aufgerappelt und steht jetzt über Sloane, Lou greift nach dem Lauf, und Jane Ingersoll schreit auf, ein klarer Vokal, irgend etwas, das Dexter aufhalten könnte, doch da ertönt ein zweiter Schuß und dann eine Art Plätschern, als der korpuskulare Geysir aus Lous rechter Hand zu sprudeln beginnt, die zwar nur gestreift, aber trotzdem fast vollständig abgerissen worden ist. Der Daumen ist auf eine Weise freigelegt, wie es kein Fingerglied sein dürfte. Er schimmert. Raitliffe klappt die Flinte auf. Zwei leere Plastikpatronen werden ausgeworfen. Abermals steigt schwefliger Dampf von der Waffe auf. Ein Stück Fußboden ist verschwunden.

Der Krach weckt Ma Raitliffe. Ihre Augenlider zittern. Sie murmelt etwas. Lou Sloane stöhnt und wälzt sich auf dem Orientteppich, hält sich die eine Hand mit der anderen. Raitliffe steigt über ihn hinweg. *Um nachzuladen.* Am Fußende des Bettes liegen mehrere Reservepatronen. Jane Ingersoll umklammert den der Tür nächsten Bettpfosten. Die ältere Witwe Raitliffe flüstert, *Was … geht … hier,* und sieht, als sie wieder zu sich kommt, ihre Ambitionen vereitelt. Sieht ihren Sohn mit seinem Gewehr, wie er bedrohlich durchs Zimmer schreitet. Und angesichts ihres schwachen Notschreis, ihrer Stimme, schreit Lou Sloane selbst auf, *Billie, Schatz, ich bin wieder da. Ich gehe nie wieder weg.*

Jane Ingersoll zieht sich zurück. Während Raitliffe die neuen Patronen aufhebt, greift er nach ihr. Das Bild wird ihr später wieder einfallen, wie er das aufgeklappte Gewehr überm Arm hält und die freie Hand ausstreckt. Aber Jane dreht sich um und flieht, auf den Flur hinaus und die Vordertreppe hinunter in die Auffahrt, taub für seine Rufe – während er ihr, ein paar Schritte dahinter, zur Haustür folgt –, taub für ihre eigene Aufgewühltheit, taub für den Cop im Streifenwagen, ohne auch nur das geringste zu hören. Ihre Reifen quietschen, als sie losfährt, es ertönt ein großes Quietschen und Heulen. Dann ist Jane verschwunden.

Inzwischen ist geschehen, was sich Dexter Raitliffe erhofft hat, und er weiß es nicht. Folgendes passiert: In der Hand die Flinte, begibt sich *der Angreifer* mit Bedacht ins Wohnzimmer, von dort in den Patio und von da aus in den Garten der Raitliffes, vorbei am Goldfischteich und am leeren Swimming-pool. Am Rand des Grundstückes angelangt, betritt er widerrechtlich den Rasen der Firths, der natürlich an den Golfplatz angrenzt, *und beginnt von da aus seine sinnlose Flucht.* Was er sich erhofft hat, liegt daher in den Streifenwagen, die auf der Dammstraße ihre Arien darbieten; was er sich erhofft hat, liegt in dem frischen, klaren Tag, in den er sich in den Kleidern seines Stiefvaters hineinwirft; was er sich erhofft hat, liegt in der Art und Weise, in der die Männer mit entspannt gehaltenen Holzschlägern neben vor sich hin tuckernden Golfwagen stehen, während er das erste und dann das dritte Fairway, jene ansteigenden Spielbahnen, überquert; es liegt in seiner beginnenden Entgiftung – darin, wie seine Haut nach Wild Turkey riecht; es liegt darin, wie ihm aufgeht, daß er noch immer die Schrotflinte bei sich hat, und er beschließt, daß er sich nun, im Sandhindernis am fünften, davon trennen könnte, vom Gewehr seines Vaters; darin, wie das Sonnenlicht auf dem Wasser, hundert Meter weit weg, seine schlimmsten Exzesse abzumildern scheint; darin, wie er Jane Ingersoll schon jetzt vermißt, und das um so mehr, als er ihr angst gemacht hat; darin, daß er seiner Mutter nichts getan hat; darin, wie er seine mit dem Blut seines Stiefvaters getüpfelte Strickjacke auszieht und auf der Bank am Grün liegen läßt, darin, wie er die Flanellhose auszieht und es ihn nicht mehr kümmert, wer ihn so sieht, die Armstrongs zum Beispiel, die in einem Wagen vorbeikommen und gaffen; darin, wie er in Boxershorts und gestohlenem Hemd durch das Unterholz am Ende des Fairways marschiert, auf dem Ring vergilbten Grases um den Leuchtturm herauskommt und stehenbleibt, um den im Long Island Sound kreuzenden Segelbooten zuzusehen; darin, wie er über die von einem eiszeitlichen Moloch emporgeschleuderten Felsen an der Landspitze stakst; darin, wie er in Socken über Krebse, Schnecken und Entenmuscheln hinweg ins Wasser watet; darin, wie er seine Socken und sein Hemd auszieht, darin, wie die Polizei, nachdem sie seine Fluchtrichtung festgestellt hat, *mit gezogenen Waffen* die Verfolgung aufnimmt; darin, wie er in den eisigen Unterlauf des Connecticut River eintaucht, auf der Nase noch immer eine kaputte Brille; darin, wie er trotz der kalten Temperaturen in der Manier der allerersten Schwimmstunden in gemächlichem Bruststil losschwimmt; wie er sich nahe der Küste hält und eine Runde dreht. Er würde seiner Mutter niemals etwas tun. Franchise-Unternehmen, Sterbehilfe, plötzliche Todesfälle, Verfechter weißer Vorherrschaft, staatsfeindliche Milizen, alleinstehende Mütter, neue Viren. Es ist alles da. Welche bedrängten, anderweitig beschäftigten Gottheiten würden einen nackten Verbrecher leiten oder gar *lieben,* der eines Samstags im November kurz nach Anbruch der Dämmerung in den verstrahlten Gewässern des Long Island Sound schwimmt? Wer könnte einen Menschen lieben, der auf seine eigenen Angehörigen schießt? Wer Ohren hat, wird hören.

24

11.8.46

Liebe B,
ich schreibe das in der Hoffnung nieder, daß es später einiges erklärt. Ich lege es einfach für schlechte Zeiten beiseite. Ich hatte keine Lust, zu dieser Charlie-Geschichte hierherzukommen. Aber es ist nun mal mein Job, stimmt's? Der Flug nach Hawaii war unruhig, der Weiterflug nach Südwesten ebenso. Wir sind in Kwaj untergebracht, der Phosphorhauptstadt der Welt. Eigentlich ist es bloß eine Kaserne und verdammt warm. Nirgendwo ein Ventilator, außer im Messezelt. Nachdem die Laborfritzen die Apparatur auf den Schlachtschiffen installiert hatten – sie wollten wieder über einer kleinen Flotte zünden, diesmal mit an Bord angebundenen Versuchstieren –, haben wir uns auf dem Schiff entspannt, Karten gespielt usw. Der Test sollte wie zuvor im Morgengrauen stattfinden. Die Baker-Explosion hat praktisch ein ganzes Korallenriff vernichtet, behaupten jedenfalls die Jungs. Es ist einfach weg. Diesmal waren wir auf offener See. Die Konstruktion hatte einen neuen Zünder, dank dem sie besser funktionieren soll. Ein gemischter Kern, ein Komposit. Egal, mich hat anderes beschäftigt. Ich weiß auch nicht, warum. Die anderen waren deswegen nervös, weil es für das Super-Programm wichtig ist oder weil die zweite Explosion total danebenging. Ich bin nicht mehr mit dem Herzen dabei, wahrscheinlich seit sie Slotin nach Hause verfrachtet haben.

Frühmorgens gab es Essen, dann haben die Bomber von der Piste auf der Insel abgehoben. Wir haben den Funk abgehört. Bei Baker gab es Navigationsfehler, deshalb haben sie diesmal bei der Entfernungsmessung aufgepaßt.

Der Bomber brauchte stundenlang für den Anflug, jedenfalls kam es einem so vor. Man konnte das Atoll nicht sehen. Es lag hinter dem Horizont. Wir machten uns alle über das Wetter Gedanken. Der Wind hatte ein wenig gedreht und hätte die ganze Schweinerei ohne weiteres in unsere Richtung blasen können. Beim Militär wurden Schutzmaßnahmen gegen Niederschlag nicht geübt, bei uns dagegen schon.

Um fünf waren sie über dem Ziel, und wir hatten die Filmplaketten angelegt. Der Funker zählte die letzten Sekunden über die Lautsprecher mit.

Wie gesagt, es war eine Unterwasserexplosion vor Morgengrauen. Ziemlich kompliziert. Als erstes fiel mir auf, wie still es war. Ich war mir sicher, daß wir es vermasselt hatten. Alles umsonst, die Kommunisten in unserem Hinterhof, so hieß es jedenfalls immer. Aber man vergißt in diesem Moment, daß die Schallwelle eine gewisse Zeit braucht.

Kein Mensch hat eine Vorstellung davon, wie dieser Blitz aussieht. Auch wenn das jemand behauptet. Es kommt darauf an, wo man steht. Ich glaube nicht einmal, daß es für diese Art von Licht schon eine Bezeichnung gibt. Ich kam auf den dummen Gedanken, ich müßte ein paar Sekunden hinsehen. Ich habe nach dem Blitz die Schutzbrille abgenommen, weil ich einfach wissen wollte, worauf ich mich da eingelassen hatte. Zuerst war es strahlend blau. Am Himmel war ein Kochen, ein Kochen von Lichtern, Wolken und Meer. Das passiert bei einer Unterwasserexplosion. Alles kommt zum Kochen.

Wir verstopften uns die Ohren.

Die Wolke entfaltete sich wie eine Art Purpurwinde, mit Formen, die ich wohl auch mit sämtlichen Rechenmaschinen der Welt kaum hätte voraussagen können. Dann schaute langsam die Sonne über den Horizont. Sie spielte im Vergleich dazu nur die zweite Geige. Der Himmel war hell erleuchtet, grau und violett, während das Ganze über uns hinwegfegte. Wir waren fünfzig Meilen weit entfernt, und der ganze Himmel war purpurrot. Dann erreichte uns die Schockwelle – das Ganze spielte sich in Sekundenbruchteilen ab –, und wir mußten alles festhalten, was nicht niet- und nagelfest war. Mützen und Papiere, alles landete im großen Teich. Der Wind war ganz heiß, ein regelrechter Schirokko. Wir klammerten uns fest, und dieser riesige blaue Fleck am Himmel hüllte uns ein. Ich mußte mich ermahnen zu atmen.

Wir dampften in das Zielgebiet. Nicht sehr schnell natürlich, aber in die allgemeine Richtung. Es dauerte den ganzen Morgen, aber bald waren wir da und untersuchten die Ziegen und Schafe. Sie hatten die typischen Verbrennungen, innere Blutungen, die ganze Leier. Ich blieb für mich. Als wir in den Archipel einliefen, war das Wasser dort sumpfig grün. Ölig, wo die kleineren Schiffe verschwunden, abgesoffen waren. Die Flotte, die eine Meile weit draußen lag, war nur noch Schrott, wie nach schwerem Beschuß mit Brandbomben.

Sie waren hochzufrieden. Die Oberen. Sie hatten das Ziel getroffen. Der Kompositkern funktionierte. Für sie hieß es, weiter zum nächsten Problem, der Wasserstoffbombe. So haben wir den letzten regulären A-Bombentest abgeschlossen. Die Jungs haben sich die Jacke vollgesoffen, als wir wieder in Kwaj waren. Sie haben gefeiert. Sie sind mit einem Kater aufgewacht, aber ich bin mir nicht sicher, ob der vom Trinken kam.

Wenn ich Ende des Monats damit fertig bin, die Ergebnisse zusammenzuschreiben, gehe ich wieder auf die Universität. Ich habe keine Lust mehr dazu, Billie. Ich will so weit weg vom Pazifik, wie ich nur kann. Ich will aus dieser Geschichte raus. Ich will mit dir zusammensein. Ich will auf der Veranda Irish Coffee trinken. Ich will auf Rummelplätze gehen. Ich will unser Radio loswerden.

Ich will eine Tochter oder einen Sohn. Möchtest du bei alledem meine Komplizin sein?

Alles Liebe,
A.